06. 20. 19

"MJ와 도윤 선생님의 이야기가
여기서 끝이라니, 제가 더 아쉽습니다
부족한 이야기는 독자님들의 마음 속에
살아 숨쉬…… 기능요 ㅠㅠ mj, 도윤쌤
우리 헤어지지 말아요, 사랑해요… 쪽 ♡"

매리제인

MARY JANE

vol. 3

매리제인
MARY JANE
vol. 3

G바겐 장편소설

Lab

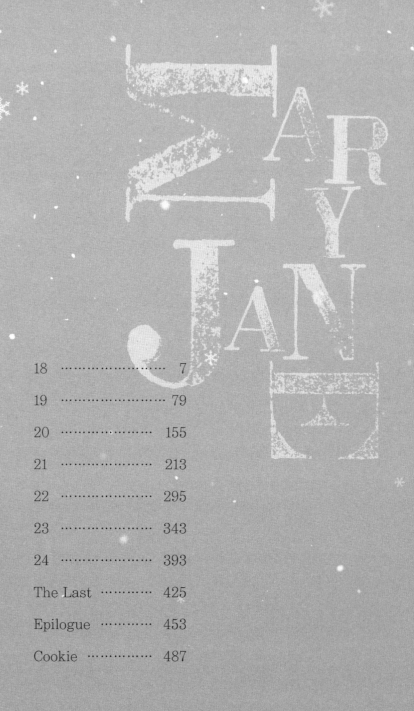

18

18

하늘이 서서히 어두워지더니 갑자기 비가 쏟아졌다. 추위가 한풀 꺾였다는 이야기가 거짓은 아니었다.

높은 빌딩 마천루와 하늘의 경계선이 잿빛으로 흐려지면서 덩어리져 떨어지던 눈송이들이 더는 보이지 않았다. 눈송이는 사람들 우산과 차의 지붕 위에 떨어지던 가벼운 춤사위를 잊었다. 대신 바람에 사선으로 꺾여 바닥으로 내동댕이치는 물길로 바뀌었다.

젖은 도로 위로 자동차가 달리는 궤적이 길게 남았다. 바퀴 모양으로 갈라지는 물 위를 자동차들이 몇 번이고 가르며 지나갔다. 잿빛이다 못해 시꺼멓게 변한 산 너머 하늘은 햇살보다 밝은 번개가쳤다. 곧이어 지축을 뒤흔드는 천둥소리에 놀란 자동차들이 경적을 울리기도 했다.

거리에 사람들은 보이지 않았다. 궂은 날씨 탓으로 돌리기엔 부족했다. 의도적으로 한 지역을 피하고 있었다.

버스는 정류장을 지나쳤고, 지하철에서는 혼잡도를 안내 방송했다. 연인들은 레스토랑 예약을 취소했다. 친구들은 약속 장소를 변경했다.

시위 행렬이 개인 방송을 통해 비공식적으로 보도되었다. 화면 속 시위대는 모두 새까만 색의 우비를 입고 있었다. 단체에서 무료로 제공한 우비는 규격도 특징도 한결같아서, 후드를 코밑으로 눌러쓴 사람들을 개인이 아닌 집단으로 보이게 했다.

사전에 준비했던 공연과 소규모 연설이 악천후로 모두 취소되었기에 검은 덩어리로 보이는 사람들의 행렬만이 길게 이어졌다.

문 닫은 카페와 불 꺼진 빌딩, 개천 물이 불어난 도로를 옆에 끼고 비에 젖은 플래카드가 흔들렸다.

[시민을 죽이는 살인 경찰 물러가라!
피해자를 정신 병원에 감금하고 압박 수사 지시한 OOO 청장은 사퇴하라!]

청년들을 중심으로 타블로이드판 크기의 피켓이 현수막 앞뒤를 따랐다. 사람들은 예상 이상으로 거리에서 분노를 표출했다.

방화 사건으로 전국이 불안해진 시점에서 대기업 자제들이 클럽에 모여 난잡한 마약 파티를 한 것이 밝혀졌고, 그들에 얽힌 듯한 힘없는 일반 시민은 마포대교에서 자살함으로써 계층 갈등까지 불거졌다.

그 와중에 자살한 이의 부인을 병원에 감금하여 수사한 사실이 보도되었다. 경찰이 적법한 절차에 따라 신문했다고는 하지만 결과적으로 그녀의 자살마저 타살이 아닌가 하는 의혹이 제기되었다.

경찰을 향한 불신이 극에 달해 폭발했다. 일부 급진적인 성향의 단체와 시위 집단이 결합하면서 시에서 허가하지 않은 도로 점거가 벌어지고 말았다.

청계천을 따라 행진하는 사람들을 경찰은 나서서 막지 않았다. 대신에 시위 인파가 서울 광장에 들어갈 수 없도록 경찰 버스로 도로를 에워쌌다. 방패를 든 경찰들은 그 앞을 지키고 섰다.

동원된 경찰 병력이 만 명에 달했다. 시위 행렬에 참가한 시민 수와 맞먹는 숫자였다. 과잉 대응 논란이 불거지면서 경찰들은 시민들과 직접적인 몸싸움을 벌이는 대응을 하지 않았다.

그들의 목표는 시위 행렬의 중단이었고, 광장에 모여 집회를 할 수 없도록 해산시키는 일로 바뀌었다.

〈여러분은 관할서에서 허가하지 않은 집회에 불법으로 가담하셨습니다. 자진 해산하시길 바랍니다.〉

확성기 소리와 시위 행렬 가장 앞의 마이크 소리가 정면에서 충돌했다.

"이들은 잘못된 것을 언제나 덮으려 하고, 사람 된 권리조차 손쉽게 짓밟습니다. 고작 자살 사건 하나로 시위가 일어났다며 우리 목소리의 가치를 깎아내리는 사람들입니다."

〈다시 한번 말씀드립니다. 불법 집회에 가담하신 분들은 자진하여 해산하시길 바랍니다.〉

"이들에게 맡길 수 없는 일이 너무 많습니다. 이들이 무엇을 잘못하고 있는지를 알려 줘야 합니다!"

바로 옆에 있는 사람의 목소리도 구분하지 못할 정도로 비명에 가까운 구호와 확성기 소리가 빈틈없이 쏟아졌다. 그 사이사이를 채우는 빗소리와 간헐적으로 터지는 천둥 번개 소리에 귀는 거의 제 기능을 잃고 있었다.

뒤섞여서 구분하기도 어려운 소리 속에서 도원은 어지러운 듯 머리를 흔들어 털었다.

도원 역시 남들과 똑같은 우비를 입고 있었다. 후드를 두드리는 굵은 빗줄기가 코끝과 볼, 입술을 적셨다. 인이어에서 아이스의 목소리가 들렸다. 다른 소리와 뒤섞여 있기에 제대로 구분하려면 온 신경을 집중해야만 했다.

〈수상한 움직임은 없어. 시민 측도 경찰 측도 그대로야.〉

연결된 다른 목소리들이 뒤따르기 시작했다.

〈경찰 측에서 시위 해산을 강요할 가능성이 커. 폭력 진압은 안 한다고 했지만 어떻게 될지 모르는 상황이야. 조심해.〉

〈광장 뒤편 A1에서 A4 구역까지 수상한 움직임 없음.〉

〈A5에서 A8 구역도 클리어.〉

〈B0에서 B6 지역도 아버지 측 의심 동향 없어.〉

〈시위대 안에도 없어.〉

빠르게 주고받는 정보 속에서 도원은 코까지 내린 후드를 이마까지 젖혔다. 눈앞은 물안개가 자욱하게 낀 듯 흐렸다. 빗물이 눈에 들어갈 때마다 깜빡여야 했다.

눈을 가늘게 뜨느라 넓은 시야를 확보할 수가 없었다. 지켜보고 있는 MJ 측 사람들의 정보는 충분히 믿을 만했지만 시위대에 직접 몸을 맡기고 있는 도원은 그들이 말하는 것처럼 "아무것도 없다." 는 말에 안심할 수가 없었다.

날씨와 집회의 목적 모두 무겁게 가라앉아 있었다. 반대로 사람들의 분노와 억울함은 부풀어 오른 풍선처럼 팽창해 있었다. 작은 바늘 하나로도 터뜨릴 수 있는 상태였다.

검게 덩어리진 사람들은 개성을 지워 버린 짙은 색상의 우비 탓이 아니라, 정말로 혼자서는 분출하기 두렵고 어려운 감정을 함께 모인 사람들에 기대어 발산하려 했다.

원인은 다양했을 것이다. 모인 사람들의 수만큼 다양한 이유로 같은 구호를 외치고 있었다. 아버지가 원한 것이 이러한 공권력에 대한 거부 반응이었을까.

지승준이라는 사람이 그토록 다양한 사회 현상과 가치에 관심을 가지리란 생각은 들지 않았다. 그는 자폐적으로 일에 몰두하는 경향이 있었다. 그것이 병적 질환으로 표출되지 않고 그럴듯한 사회성을 갖춘 덕분에 나르시시스트, 천재, 괴짜 정도로 포장될 수 있었다.

마약 단체를 운영하면서 돈을 벌려는 욕심도 보이지 않았다. 그럴 욕심이었다면 MJ가 망가트린 매리제인 판매 루트를 빠른 시일 내에 정상 궤도로 되돌려 놓고, 자신에게 대적하는 MJ와 아이스를 가장 먼저 처단하려 들었을 테다.

사업은 전적으로 그의 대리자에게 맡겨 놓았다. 아버지가 하는 일이라고는 그저 마약이나 사냥에 이끌려 모인 사람들에게 즐거움을 제공하는 것뿐이었다. 그 이상의 역할은 하지 않았다. 나서서 자신을 과시하지도 않았다.

자연스럽게 형성된 칭송과 권위를 제 표피로 두르고 있지만 그런 사람들의 추종을 억지로 만들어 내지는 않았다. 모든 걸 자연스럽고 그럴듯하게 포장하기만 했다. 그 모든 오라는 전적으로 자기 자신을 위해서였다.

자기만족적인 숭고함을 기리려고. 사회 현상이라든지 시민들의 감정 따위에 신경 쓸 위인이 아니었다.

그렇다면 왜 하필 이 시위일까. 무슨 목적인 것일까. 어떤 효과를 기대하는 것일까. MJ와 관련된 것이 뭐가 있는 걸까. 부패한 공권력에 맞서는 사람들 틈에서 MJ와 관련된 무엇을 찾으려는 것일까.

"선생님."

오른손을 꽉 잡고 있는 MJ가 생각에 잠긴 도원을 불렀다. 시민들이 던지는 외침과 도로 건너편 확성기에서 번진 경찰의 목소리가 뒤섞인 탓에 MJ가 부르는 소리를 단번에 듣지 못했다. MJ가 붙잡은 손을 제 쪽으로 당기고 나서야 도원이 고개를 돌렸다.

MJ의 눈에 비친 도원은 이마에 젖은 머리카락이 가닥가닥 달라붙어 있었다. 속눈썹과 볼을 타고 떨어지는 물방울을 MJ가 반대편 손가락으로 닦아 주었다.

MJ의 입술이 움직였다. 목소리는 여전히 제대로 전달되지 않았다. 입술 모양만으로 괜찮으냐고 묻는 뜻임을 알았다. 도원은 고개를 끄덕였다. MJ가 조금 더 가까이 다가왔다. 그의 목소리를 간신히 알아들을 수 있게 되었다.

"출발 전에 내가 했던 말 기억해?"

젖은 속눈썹을 깜빡거리면서, MJ를 물끄러미 올려다보던 도원이 고개를 끄덕였다.

"제 옷과 시계에 위치 추적기와 도청기를 설치했다는 거 말이죠. 혹시나 위급한 상황이 되어도 MJ는 제가 어디 있는지, 무슨 일이 벌어지는지 알 수 있다는 말이라면 기억합니다."

"아니, 그 말하기 전에 했던 거."

"아, 음. 이동 루트 확인이었던가요. 여기 오기 전까지 열심히 봤습니다."

"그보다 더 전."

아이스를 비롯한 사람들이 컨트롤 룸에 모여서 세부적인 계획을 마련했다.

도원도 경청하긴 했지만, 아버지 측 사람을 생포해서 정보를 더 캐내고 싶어 하는 그들의 계획까지는 관여하지 않기로 했다.

도원은 제 상태나, 시위 장면을 보고 원하는 정보를 얻은 후에 현장을 벗어나기로 약속했다.

그 덕분에 정보도 선택적으로만 기억했다. 움직여야 할 방향이나 시간 같은 것 말이다. 그러니 MJ가 세세하게 물어볼수록 도원은 난감한 기분을 표정으로 드러냈다.

"제가 놓친 정보가 있었나요. 지금이라도 알려 주시면 기억할게요."

"정보라고 할 건 아냐. 나랑 선생님이 함께 말한 게 듣고 싶어서야."

"MJ가 조심하라고 신신당부해서, 저 혼자 결코 움직이는 일은 없을 거예요. 무조건 MJ 손 붙잡고 다닐게요. 그 말을 듣고 싶은 거죠?"

"더 듣고 싶은 말은 따로 있어."

"어떤 말인가요?"

"사랑한다고 말해 줘."

도원은 어리둥절하게 올려다보다가 황급히 주변을 살폈다. 행진하는 사람들의 구호가 찌르듯이 울렸다. 날카로운 말들 속에서 사랑한다는 말만큼 부드러운 말은 섞여들지 않을 것만 같았다. 시기도, 때도 어울리지 않는 요청인 셈이다.

"여기서요?"

"침대 위에선 해 주었잖아."

"거긴 우리 둘만의 공간이잖아요."

"여기도 우리 둘만의 공간이야. 선생님의 목소리를 들을 수 있는 나와 선생님만의 세계."

"그, MJ."

"듣고 싶어. 내 좆이 좋아서 우는 선생님의 고백도 좋지만, 역시 제정신일 때도 듣고 싶어. 욕심인가?"

아니, 그건 욕심을 떠나서 상식적으로…….

그 상식이라는 것을 재보던 도원은 음, 하고 목을 울리다가 볼을 긁적이고 말았다. 생각해 보니 도원이 속한 상식의 세계는 이미 한참 멀어져 있었다. 광기로 물든 집단과 대적하는 순간부터 일상이나 상식에서 한 걸음 빗겨 서 있게 되었다.

괴물을 상대할 때는 괴물이 되어야 한다. 설령 모양이나 형태가 똑같은 괴물은 아닐지라도, 무너지지 않기 위한 새로운 변화는 필요했다. MJ의 사고방식이 더는 이상한 게 아니라고 받아들이는 것이 그 변화의 시발점이었다.

"MJ, 내가 가장 사랑하는 사람은 당신이에요."

MJ가 웃었다. 입가에서 불안이 걷혔다.

"아, 기분 좋아."

"사랑해요."

"진짜 기분 좋아."

안심한 MJ를 확인하자 도원도 비로소 맞잡은 손에 힘을 주었다. 소중한 사람에게 걱정을 끼치면서까지 고집부릴 생각은 없었다. 그가 안심하는 행동 범위 안에서만 움직일 생각이었다.

〈해산하십시오. 불응할 시, 다른 시민들의 편의와 안전을 위해 다소의 강제력을 동원하겠습니다.〉

경찰이 다시금 집회 해산을 명령하자 앞에 서 있던 그룹은 흥분했다.

앞에서부터 번진 '폭력 경찰'이라는 구호가 뒤로 전달되기까지 많은 시간이 걸리지 않았다. 긴장 수위가 한층 높아졌다. 어느 한쪽이 발을 떼는 순간 서로를 물어뜯을 것만 같았다.

〈아버지 측에 심어 놓은 제보가 들어왔어. 그쪽이 무기를 준비했대.〉

〈사냥 협회에서 움직인다고 했을 때부터 그건 예상 가능했잖아.〉

〈사용할 거라는데.〉

〈설마 이 시위대 안에서?〉

〈투입됐어. 그 안으로.〉

MJ의 표정이 단숨에 바뀌었다. 사방이 소음으로 가득 차서 사무실 안에서 조직적으로 정보를 교류하는 이들과 대화를 할 수는 없었다. 소음에 놓치는 정보가 없도록 귀를 열고 숨을 참는 것이 전부였다.

〈이상 움직임은 없어.〉

〈바보야, 저게 다 이상한 움직임이잖아.〉

〈그럼 정상적인 움직임이 없다고 하면 돼?〉

〈시민들의 움직임이 더 빠르고 커졌어. 흥분 상태야. MJ, 일단 자리 피해. 이 분위기에서 혹시나 총기 소지한 아버지 측 사람 만

나면 진짜 대책 없어.〉

분위기가 과열되이 가고 있었다. 앞으로 진진하는 사람들에 저항하여 뒤로 빠지기란 쉽지 않았다. 고막을 터뜨릴 듯한 강한 소음 속에서 MJ는 도원을 끌어안듯이 하고 귀에 직접적으로 말했다.

"피했다가 다시 오자."

MJ의 뜻에 도원은 동의했다. 과열된 분위기에 휩쓸리면 아버지 측 행동을 확인하는 것도 불가능해진다. 아침에 침대 위에서 서로의 벗은 몸을 만지며 오간 말이 있었다.

─선생님 말대로 아버지가 나를 자기 자신과 동일시하면 어떤 느낌일지 생각해 봤어. 왜 나를 대체제로 삼는지 알 수 없고, 뭐를 꾸미는 건지 영 모르겠지만 이거 하나는 알겠어.

MJ가 도원의 내벽에 남은 제 흔적을 긁어내며 말을 이었다.

─아버지가 집착하는 건 내가 아냐. 선생님이야.

아니라고 말하는 도원에게 MJ는 확신을 담아 말했다.

─나한텐 선생님이 절대적이잖아. 그런 내 상태를 아버지가 알고 있다면 선생님을 절대 못 죽여. 죽인다고 말했어도 절대 그러지 못해. 오히려 날 죽이려고 할걸. 내가 없어야 선생님을 차지할 수 있어.

MJ는 아버지 입장에서 생각한 것을 말해 주었다.

─내게 선생님의 존재를 알려 준 건 아버지야. 그 자식이 선생님이 나온 다큐멘터리를 틀어 줬어. 나보다 선생님을 먼저 알고 있었단 말이지. 그런 선생님을 내게 보여 준 이유가 뭐겠어. 내가 선생님께 집착하고 빠져들길 바란 거야.

흔들리는 눈으로 보는 도원에게 MJ는 다짐했다.

─그 새끼는 선생님을 좋아했던 거야. 본인이 선생님과 제대로

된 관계가 되질 못해서 내가 대신 선생님과 사랑하길 바란 거야. 선생님을 지켜본 거야. 사랑에 빠지는 선생님을. 그리고 확신이 드는 시점에서 선생님을 빼앗으려 하겠지. 애초에 선생님 의견은 중요하지 않았던 거야. 사냥이었어. 선생님을 사냥하는 거야. 누군가를 사랑할 수 있는 선생님을 사냥해서 제 것으로 만들려고.

아버지는 자신을 드러내는 것이 싫다고 했다. 그러나 자신을 해석하는 도원은 무척이나 흥미롭고 열정에 들뜬 표정으로 지켜보았다.

누군가의 신이나 절대적 존재, 초자아로 살아가는 아버지가 실은 권력의 정점에 서서 사람을 도구적으로 사용하는 성향이 아닐지도 모른다는 생각이 문득 들었다.

아버지는 그저 나약한 자신을 드러내지 않으면서 안전하게 원하는 것만을 취하고 싶어 하는 겁쟁이일지도 모른다는 생각.

그래서 자신을 드러내는 사랑, 믿음, 인간관계를 모두 단절한 채 아랫사람들의 욕구를 적절하게 충족시켜 주면서 자신이 원하는 것만을 취해 온 사람.

그런 그가 아주 오랫동안 도원에게 집착해 왔고 이젠 '사냥'을 통해 가지려 한다. 그게 MJ가 이해하고 있는 현재 상황이었다.

도원의 생각은 달랐다. 아버지가 도원을 전유하려는 것은 MJ와 같은 생각이었지만 그것이 최종 목적이 아니었다. 도원은 트로피였다. 최종 목적은 MJ라는 존재의 말소. 지승준은 MJ를 지우지 못한 트라우마와 함께 제 머릿속에서 날려 버려야만 하는 존재로 인식하고 있었다.

그러니 도원과 MJ 사이에 위험이 닥친다면 도원보다는 MJ가 목숨을 잃을 확률이 컸다. MJ를 감금해 놓고 괴롭혀 고통을 준 것마저 유희 삼아 영화를 만들기까지 했으니까.

아비지는 MJ를 절대적인 공포의 근원으로 인식히면서도 그 자체를 부정하고 있었다.

그런 목적을 가진 사람이 이렇게 민간인과 경찰이라는 공권력이 충돌하는 현장에서 취하려는 것은, 그래, 잔혹할 정도의 폭동일지도 모른다. 서로가 서로를 물어뜯는 살육 같은 장면을 보고 싶어 할지도 모른다.

이를테면 아주 상냥한 목소리로 사람을 난도질하며 웃고, 이렇게 말할지도 모른다.

'이것 봐, 사냥이 얼마나 즐거운지 알아? 아무것도 모르는 토끼 떼들이 그래도 크고 날카로운 앞니를 가졌다고 서로를 물어뜯어 죽이는 걸 말이야. 어서 보라고, 보고 느껴. 어떠한 발버둥을 쳐도 너 역시 토끼몰이를 당해 죽을 초식 동물이라는 사실을 느끼라고.'

그러한 생각에 닿자, 도원은 문득 걸음을 멈추었다. 무언가가 떠오르려 했다. 이런 식으로 광기에 목말라 하던 무언가를.

"선생님!"

생각에 잠기던 도원이 저를 부르는 소리에 흠칫 놀라 고개를 돌렸다. MJ가 조금 더 빨라진 목소리로 말했다.

"뭔가 이상해. 지난밤부터 시위가 시작된 지금까지 외부에 아버지 쪽 사람이 발견되었다는 정보가 들리지 않고 있어. 두 가지 가능성이 있어. 내부에 있거나, 아예 오지 않은 경우."

오지 않았을 리는 없다. 이렇게 즐거운 판을 깔아 놓고 지승준이 외면했을 리 없다.

"조금 전에 사무실에 있는 사람들이 무기를 소지한 아버지 측 사람들이 와 있다고 했잖아요."

"선생님이 보기엔 어때. 아버지 쪽 사람들이 경찰과 시민, 어느 쪽에 있을 것 같아?"

"둘 다요. 지금은 둘 중 어느 쪽에 있어도 신분을 숨기기가 쉽습니다. 경찰 쪽 방호구로 신분을 확인할 길이 없어요. 시민들은 우비를 입고 있어서 개별적인 구분이 어렵고요. 제가 아버지라면 양쪽 모두 배치해 둘 겁니다."

"양쪽에 다 준비해 놓고 더 유리한 쪽부터 움직인단 말이지."

"그 움직임을 혼란이나 폭동으로 생각하고 있습니다. 지금 분위기로는요."

"사람들 수만 명을 인질로 잡고 뭔가를 벌일 것 같진 않지만, 단순한 혼란을 즐기기 위함이라면."

"네, 이 분위기에선 가능할 겁니다. 그 혼란으로 무엇을 취하려는지 알기 어렵지만요."

"역시 벗어나는 게 좋을지도 몰라."

"혼란을 목적으로 무엇을 하려는지까지만 확인했으면 합니다. 그러려고 이 시위에 참가한 거잖아요."

"……불안해."

"괜찮아요. 이렇게 MJ가 곁에 있으면 아무 일도 없었어요. 이번에도 괜찮을 거예요."

〈마지막으로 말씀드립니다, 해산하십시오!〉

시민들의 격앙된 목소리가 움직이는 살수차 앞을 가로막았다. 차바퀴 밑에 드러눕는 사람까지 나오자 요지부동이던 경찰들도 대열을 가다듬었다.

요란한 사이렌 소리를 울리는 살수차 앞에 서로의 팔짱을 낀 세 남자가 드러누워 저항했다. 뒤에 선 사람들이 현수막을 건 쇠 봉을 잡아 내리기 시작했다.

경찰이 방패를 들거나 시민이 쇠 봉을 들면 바퀴 밑에 드러누운 사람들을 향해서 살수차가 거센 물을 쏟아부을 분위기였다.

구호 소리가 점차 커졌다. 지축으로 내리꽂는 천둥소리가 가려질 정도였다.

—나는 쫓기는 사람이 되고 싶지 않아요. 쫓는 사람이 될 거예요.

거센 천둥은 수년 전, 그 연구실에서도 강렬한 번개와 함께 내리쳤다.

소년은 발끝이 들리는 높은 의자에 앉아서 뒤축을 구겨 신은 신발을 앞뒤로 흔들었다. 낯선 곳에서 낯선 사람과 함께 있어도 위축되지 않는 소년은 그 존재만으로 이상했다.

그 존재는, 그러니까 갑자기 친 천둥에 연구소 안팎으로 정전이 벌어지면서 불쑥 찾아온 어둠과도 같았다.

맹 소장에게 보여 준 논문의 기반이 되던 내용. MJ에게 꼭 말해 주고 싶었던 사실. 최기혁 형사가 파헤쳐 수집하려고 했지만 끝내 얻지 못한 도원의 혼잣말.

그 이야기는 짧지만 간결했다.

[내가 아는 아버지에 대해 적습니다. MJ, 당신을 위해 내가 해 줄 수 있는 유일한 일이에요. 크랙 아니, 장진원의 사촌 동생이었던 그 사람에 대해서 말하겠습니다. 거짓 없이 씁니다. 이 이야기가 도움이 되길 진실로 바랍니다.

그 사람은. 장진원의 사촌 동생인 그 사람은 내가 아직 학생이었던 시절, 학교 연구소에서 만났습니다. 크랙과 상담한 자료로 석사 논문을 발전시키던 때였습니다. 논문에 집중해 있던 시기였습니다. 상담 환자에게 몰두해 있던 때라서 그의 사촌 동생과 만났던 사실을 지금까지 잊고 있었습니다.

일련의 사건들이 아니었으면 여전히 그를 떠올리지 못했을 겁니다. 그래서 이 기억은 불완전합니다. 틀린 부분이 있을 수도 있습니다. 인상적인 것들만 삽화처럼 떠오르는 게 전부거든요.

그날은 낮도 어두운 날이었습니다. 천둥 번개가 몰아쳤습니다. 의자에 앉아 있으면 등 뒤로 번개가 수십 번도 더 번쩍여서 제 그림자를 맞은편 문가까지 길게 드리워지게 만들 정도였습니다.

궂은 날씨로 상담 예약이 모두 취소되었고 동료들은 일찍 집에 돌아갔습니다. 연구실엔 저밖에 남은 사람이 없었습니다. 저도 집에 가고 싶었지만 장진원이 상담 약속을 유지했습니다. 약속이 취소되지 않았기에 저는 집으로 돌아갈 수가 없었죠.

그와의 상담 예약 시간이 40분 정도 남은 때였습니다. 어두운 복도에서 발소리가 들렸습니다.

장진원이 온 줄 안 저는 읽고 있던 책을 덮었습니다. 조금은 부끄럽지만 번개가 칠 때마다 움찔거리며 겁을 먹은 저를 숨기고자 심호흡도 했습니다.

그러나 발걸음이 문밖에서 멈추고도 문은 열리지 않았습니다. 기다려도 노크하는 소리도 들리지 않았습니다.

나는 자리에서 일어나 문을 열었습니다. 문밖에는 아무도 없었습니다. 불 꺼진 복도는 궂은 날씨로 음산했습니다. 차갑게 내려앉은 한기가 뼛속을 시리게 만들었습니다.

어딘가에서 물 떨어지는 소리도 들렸습니다. 똑, 또옥, 규칙적으로 떨어지는 물소리는 문 열린 다른 연구소의 싱크대에서 들리는 것 같았지만 그곳을 찾아 들어가 물을 잠글 엄두가 나지 않았습니다. 어디서 뭐가 튀어나와도 의심되지 않는 상황이었죠.

낮에 맞이한 어둠. 건조한 교내에 코끝을 적시는 습기. 제 그림자를 제 키의 세 배로 늘리는 강렬한 번개. 건물 밖에서 우우, 하고 우는 비바람 소리.

나는 도망치듯 열린 문을 닫으려 했습니다. 어딘가에서 튀어나온 흰 손이 불쑥, 문고리를 잡지 않았다면요.

기절하지 않은 게 다행입니다. 비명도 지르지 않아서 간신히 체면을 차릴 수 있었습니다.

흰 손의 주인은 이제 10살이 되었을까 말까 한 어린 소년이었습니다. 아주 새까만 눈을 가진 동양 소년은 피부색만 봐서는 백인처럼 보였습니다. 창백하고 생기가 없어서 처음에는 시체처럼 느껴진 것도 사실입니다.

길을 잃었느냐고 물었습니다. 가족과 함께 왔느냐고도 물었습니다. 소년은 대답하지 않았습니다.

나는 일단 소년을 연구실로 들였습니다. 비바람이 몰아치는 바깥 날씨를 생각하면 아이를 불 꺼진 복도로 매몰차게 내쫓을 수가 없었습니다.

소년은 처음엔 말이 없었습니다. 그저 나를 들여다볼 뿐이었습니다. 나와 말없이 단둘이 있는 것이 지겨웠던지, 사무실 벽에 있는 붉은 눈동자로 사람들이 찍힌 사진을 구경하기 시작했습니다.

소년은 유독 적안으로 나온 제 사진에 집착했습니다. 의자를 가져다 놓고 벽에 걸린 사진과 눈높이를 맞추어 아주 오랫동안 바라보았거든요.

"나도 이거 사냥했어요."

아이가 저한테 처음 한 말입니다. 저 말이 정확한지는 자신 없습니다. "이런 걸 잡았어요."라고도 한 것 같은데 중요한 건 저를 '이 것'이라고 대명사 취급하면서 사냥했다는 뉘앙스를 풍겼다는 거죠.

처음엔 무슨 뜻인지 몰랐는데 적안으로 찍힌 사진 속 제가 토끼를 닮아서 그런 말을 한 것 같습니다.

"토끼도 잡아 보고 까마귀도 잡아 봤는데 사냥이 즐겁지 않아요. 할 수 있는 모든 동물들을 잡아 봐도 만족이 안 됐어요. 이번엔 사람을 잡아 볼까요?"

그때 제 심정은 아이의 정체는 뭔지, 왜 여기 있는지, 무슨 연유로 그런 말을 하는지는 중요하지 않다는 생각이었습니다.

어쩌면 아이가 자기 얘기를 아주 길게 늘어놓았을 수도 있어요. 제가 기억 못하는 것일 수도 있죠. 아이가 사냥에 대해 말하는 것만 기억한 것은 그가 짐승에 이어 사람마저 사냥 대상으로 삼는 사고방식 때문이었습니다.

저는 물었습니다. 왜 사냥에 집착하는지를요. 정확하진 않지만 그런 대답이 따라왔습니다.

"저는 누군가에게 사냥당할 뻔했어요. 꽤 오래전 일인데도 잠을 자면 어김없이 그 장면이 돌아와요. 수챗구멍에 머리카락이 빨려 들어가는 모습을 본 적 있으신가요? 제 기억이 그래요. 저는 볕 좋은 날에 상쾌한 기분으로 행복하게 산책을 하다가도 갑자기 그때 기억으로 되돌아가서 비참해지고 무서워지고, 한편으론 날 사로잡은 그 기억을 저주하게 돼요. 그래서 토끼를 잡았어요. 날 노려보는 그 빨간 눈을."

나는 많이 놀랐습니다. 어린 나이에 어울리지 않는 논리 정연한 화법이었어요. 언어적으로 아이는 천재에 가깝지 않을까, 하는 생각을 했던 것 같아요.

그의 언어는 어른의 논법을 위화감 없이 따라가고 있었고, 비교적 자기 자신을 정확하게 분석하고 인지하고 있었거든요.

아직 '세상'에 관심이 많은 나이에 '자기 자신'에게 관심의 화살을 돌리는 것은 자폐적인 성향에 가까웠어요. 스스로에게 관심 갖고 함몰하는 자폐적인 성향. 나르시시즘으로도 보였습니다.

"나는 쫓기는 사람이 되고 싶지 않아요. 쫓는 사람이 될 거예요."

그게 제가 기억하는 소년의 마지막 말입니다. 나중에 장진원이 와서는 사촌 동생과 함께 학교를 구경하다가 갑자기 비가 와서 놓쳤다고 말했어요.

그 아이는 부모 손에 잡혀 돌아갔고 나는 장진원의 상담에 더 많은 관심과 집중을 보였죠. 그래서 아이와 함께한 30분 남짓한 시간을 어떤 이야기로 보냈는지 생각나는 게 거의 없어요.

위에 적은 것이 생각해 낼 수 있는 모든 이야기예요.

소년은 두려워했어요. 그 트라우마가 되는 원인을 어떻게든 깨부술 작정이었어요. 그 정도 각오를 한 눈이었어요. 그 어린 소년이 말이에요.

MJ, 당신의 방법과 정반대예요. 당신이 트라우마를 직시하고 극복하려 한다면, 아버지는 트라우마를 피하고 없는 것으로 만들려

해요.

그래서 당신을 죽이려 해요. 당신이 가장 형상화가 잘 되어 있는, 실체성이 있는 악몽의 중심이거든요. 나는 그런 당신을 꾀어낼 미끼입니다. 그러니 난 죽지 않아요. 그는 재미없는 토끼 사냥에는 관심이 없어요. 악마를 잡으러 나서는 데에 전력을 다할 사람이니까요.

"쫓긴다는 건 공포스러운 일이잖아요. 난 무서운 것에 떠밀리듯이 살고 싶지 않아요. 차라리 내가 무서운 것이 되겠어요. 내가 위협당하지 않기 위해 위협할 거예요. 날 무섭게 하는 것은 모조리 없앨 거예요. 꿰뚫어 보는 빨간 토끼 눈도, 불운을 노래하는 까마귀도, 날 향해 짖는 커다란 옆집 개도."]

기억의 편린에 머릿속이 따끔한 통증을 호소했다. 끊어졌던 지승준의 어린 시절 모습이 이어졌다. "죽인다는 건, 내가 살고자 함이에요."라고 말하는 어린 소년이 번갯불 속에서 웃고 있었다.

"선생님?"

손을 붙잡고 있던 MJ가 무리에서 벗어나려고 힘을 줄 때, 도원은 천천히 뒤를 돌아봤다.

폭동이 목표라면 그럴 만한 방아쇠를 당길 사람은 시민이 아닌 경찰에 섞여 있을 가능성이 컸다.

내부에서부터 질서를 흐트러뜨리고, 약자들을 더욱 공포로 몰아넣는 사람은 선량한 피켓을 든 시민이 아니라 방호구로 신분을 가린 채 방패를 무기로 바꿀 수도 있는 경찰이었다.

가해자는 시민보다 경찰일 때 더 공포스럽다. 상대적으로 강자인 그들이 죄 없는 시민들을 쫓아가며 죽인다는 적당한 역할을 할 수 있었다. 그러니까 시작을 경찰로부터 한다면. 그렇게 하면.

"안 돼."

8차선 도로 너머, 경찰들이 각을 맞춰 선 곳에서 똑같은 복장, 똑같은 방패를 들고 있던 남자가 방패 위로 저격용 총을 들었다.

시끄러운 확성기 소리와 공격적인 시민들의 반응, 검은 우비를 하얗게 빛내는 번개와 폭우에 눈과 귀가 어지러운 경찰들은 제 옆 사람이 총을 꺼내는 것조차 보지 못했다.

총구는 정확하게 MJ와 도원을 향해 있었다. 누굴 쏴 맞추려는지는 거리가 멀어 확신할 수 없었지만, 도원은 그 총구가 MJ를 향해 있다고 믿었다.

잠금쇠를 풀고 방아쇠를 당기는 순간, 도원은 온 힘을 쥐어짜서 MJ를 넘어트렸다.

갑작스레 밀어붙이는 바람에 MJ는 미처 대처하지 못했다.

운동화의 깔창까지 잠긴 물길이 솟아올랐다. 뒤로 넘어진 MJ가 양손으로 간신히 몸을 지탱해서 엉덩방아를 모면했지만, 고개를 들기 무섭게 이마와 눈가로 피가 튀었다.

도원의 옷이 찢어졌다. 총알이 팔에 스친 수준이 아니라 완전히 관통한 흔적이었다. 빠른 속도로 회오리치는 총알을 이겨 내지 못한 팔의 근육이 찢어지고, 살점과 피가 쏟아졌다.

눈앞에서 도원의 팔이 새빨갛게 물드는 모습을 MJ는 홉뜬 눈으로 바라봤다. 넘어진 MJ의 얼굴로 피가 쏟아지기까지, 마치 시계를 느리게 작동시키듯 모든 것이 비정상적으로 느껴졌다.

귓가에서 울리던 온갖 소음들이 차단되었다. 도원의 팔을 찢어 놓은 무언가가 넘어진 MJ의 뒤편에 서 있던 남자의 머리를 관통했다.

주변 인파의 시선이 MJ 뒤로 넘어진 사람에게로 집중되었다. 현기증이나 빈혈로 넘어진 줄 알았던 남자의 코와 인중에서 검붉은 피가 용암처럼 흘러나왔다.

빗물에 씻겨 내려간 액체가 사람들의 운동화와 구두, 바지 밑단을 붉게 물들였다. 개천까지 밀려간 피가 땅을 붉게 물들이는 순간 높은 비명이 터졌다. 비명은 파동처럼 번져 나갔다.

"경찰이 총을 쐈어!"

"미친 새끼들이! 피해, 피해요, 다들!"

"아아아악, 밀지 마요, 밟혔어요! 내 친구가 밟혔다고!"

"뭐 하는 거야! 아악!"

MJ가 다급히 도원에게 손을 뻗었다. 밀물처럼 쏟아져 들어오는 사람들 틈에서 도원은 목을 꺾고 누워 있는 시체를 보고 있었다. 비틀거리는 도원의 뒤로 수십 명이 몸을 돌려 뛰기 시작했다. 불도저가 되어 도원을 완전히 짓누를 기세였다.

"선생님!"

흠칫 놀란 도원이 발아래를 흔드는 진동에 고개를 돌렸다. 수십명에서부터 시작된 불안이 순식간에 그 배수가 넘는 사람들로 번져 나갔다. 비에 옷깃이 젖는 것보다 빠른 속도로 사람들의 입에서 끔찍한 비명이 터졌다.

도망치는 사람들에게 부딪힌 도원이 물길에 미끄러져 넘어졌다. MJ가 그런 도원의 목덜미를 잡고 제 품으로 끌어들였다.

영문도 모른 채 다른 사람들이 도망가니까 따라 뛰던 사람들조차 길바닥에 드러누운 시체를 보고 혼절할 듯 비명을 질렀다. 비명에 번개를 동반한 천둥소리가 들리지 않을 지경이었다.

"한 명일 리 없어요."

인이어 안쪽에서 뒤죽박죽으로 섞인 소리가 터져 나왔다. 그 속에서 도원은 차마 시체를 보지 못한 채 MJ를 양손으로 움켜잡았다.

"주변에 양치기를 할 사냥개를 대거 풀어놨을 거예요."

MJ는 도원을 붙잡고 일어났다. 경찰 진영에서 다시 총소리가 들렸다. 이번엔 확성기를 타고 경찰 측 명령이 들렸다.

〈총기를 소지한 민간인이 있다! 즉시 진압해라!〉

아니다. 총을 든 경찰과 시민으로 위장하여 서로를 쏴서 서로를 적으로 간주하게 만든 것이다. 진짜 경찰과 시민이 아닌 아버지 측 사람들이 만들어 낸 혼란이란 말이다.

MJ가 도원을 잡고 뛰었다. 인이어와 연결된 마이크에 대고 소리쳤다.

"4번으로 간다! 차 대기시켜!"

도원은 간신히 밟지 않고 건너뛴 시체를 멍하니 바라봤다. 자신이 피하는 바람에 희생당한 사람이었다.

도원의 시선이 불안정하게 시체의 얼굴 위를 떠돌았다. MJ가 불러도 들질 못하는 아수라장 속에서 도원이 중얼거렸다.

"총기까지 숨기지 않고 전면으로 나선 건, 사냥 협회의 조직적인 움직임을 세상 사람들에게 드러내겠다는 거예요."

"아이스, 들려? 이런, 젠장. 몰라, 무슨 얘기하는지 안 들려!"

"왜, 왜 갑자기 여기에서. 정말로 일반 시민들을 사냥하려는 건 아닐 텐데."

"준비했던 곳으로 안 갈 거야! 가장 가까운 차량으로 갈 테니 준비해! 빌어먹을, 들리냐니까!"

"사람들을 사냥해서 얻는 건."

옆에 서 있던 여자가 우비 속으로 손을 집어넣었다. 시체에서 시선을 뗀 도원이 여자와 눈이 마주쳤다.

그녀가 품에서 꺼낸 것은 작은 권총이었다. 모형이라기엔 지나치게 정교했다. 그 섬뜩한 총구가 아직도 충격에서 벗어나지 못한 도원을 향했다. 아, 라는 반응을 보이기도 전에 총이 발포되었다.

미끄러져 넘어지는 도원을 본 MJ는 순간적으로 숨이 멎을 뻔했다. 달리는 사람들에 부딪힌 여자가 도원 옆에 있는 다른 사람의 허벅지를 관통시켰다.

운이 좋았다. 도원은 간신히 죽지 않고 살아 있었다. 운이었을 뿐이었다. 다른 이유도 아닌 운 하나로 도원은 목숨을 건졌다.

도원의 시선이 걷잡을 수 없이 흔들렸다. 명백한 살인 의도가 담긴 여자의 총구를 보고 머릿속이 백지장으로 변했다.

타깃이 될 수 있다고 생각했지만 그건 나중 일이라고 생각했다. 아직은 대비하지 못한 일이었다. 도원이 젖은 입술로 혼잣말했다.

"여기서 날 죽이려는 거였어?"

분노가 MJ의 머리를 새빨갛게 태웠다. 조직적이고 비밀리에 움직일 줄 알았던 아버지 측의 전혀 다른 행보에 논리적인 사고를 모두 잊게 되었다.

명백하게 도원을 노리고, 도원을 죽이기 위해 인파 속에서 총을 꺼내 드는 그들의 무도함을 참을 수가 없었다.

"이 개 같은 새끼들이……!"

MJ는 튀는 공처럼 일어나 여자의 옆구리를 주먹으로 후려쳤다.

갑작스러운 타격에 놀란 여자가 비틀거렸다. 그 바람에 재장전된 총이 도망치던 시민의 가슴을 맞추었다. 도원의 뒤편에서 사람 하나가 젖은 장작처럼 맥없이 쓰러졌다.

도원이 흠칫 놀라서 쳐다보았다. 두 번째 시체를 확인한 도원이 희게 질린 얼굴로 MJ를 돌아봤다. MJ가 여자를 제압하고 권총을 빼앗는 사이에 연속되는 총성을 듣고 도망가기 시작한 사람들에 도원이 떠밀려 버렸다.

비명으로 아수라장이 된 사람들의 물결 속으로 도원이 휩쓸리고 말았다.

"선생님!"

MJ가 도원을 놓쳤다. 인파 속으로 도원이 떠밀려 들어갔다.

"안 돼, 선생님!"

일부 시민들은 총을 쏜 경찰을 향해서, 대부분의 시위 가담자들은 걸어왔던 도로를 거슬러 올라가는 방향으로.

양분된 두 무리가 뒤섞였다. 경찰들은 자신 쪽에서 누군가 발포를 했다는 사실을 알고 크게 동요하다가도, 악귀 같은 얼굴로 달려드는 시민들이 무서워 방패로 그들의 가슴을 내리찍거나 발로 차면서 제 몸을 지키기에 급급했다.

"누구야? 누가 발포한 거야!"

"저희 쪽에서 한 발, 시민 쪽에서 여러 발 터졌습니다."

"우리는 누구야, 빨리 확인해!"

"저희는 총기 소지 못 합니다!"

"총 쏜 새끼 어디 갔는지 봤어?"

"그게, 갑자기 시민들이 달려오는 바람에……."

"멍청한 새끼들, 어디서 사람들 핑계를 대! 빨리 잡아, 이거 심각한 문제야, 당장 찾으라고!"

경찰들이 다급해지는 동안에 도망치는 사람들과 맞서는 사람들의 비명과 욕설 속에서 도원은 정신을 차리지 못했다.

인이어를 꽂은 귀에서 무어라 외치는 소리가 들렸지만 알아듣지 못했다. 거의 동시에 두 사람이 죽는 걸 본 도원으로선 정신을 다 잡기가 쉽지 않았다.

간신히 제정신을 차리려 하면 사람들에게 떠밀리거나, 넘어진 상태에서 자신을 밟고 넘어가는 힘에 눌려 다시 머리가 아득해졌다.

피 냄새가 짙어졌다. 팔을 내려다보았다. 빗물이 흐르는 손등과 손끝이 붉게 물들어 있었다. 지혈을 할 여유가 없었다. 제 몸이 아프다는 감각조차 없었다.

도원은 주변을 살폈다. 모두 똑같은 우비에 똑같은 방향으로 뛰어가고 있어서 누가 누군지 구분할 수가 없었다.

"MJ."

그를 불러 보았다. 도원의 목소리는 사람들 비명에 묻혀 어디에도 닿지 못했다.

"MJ!"

다시 소리치면서 주변을 살펴도 부름에 대답해야 할 이가 보이지 않았다. 사람들에게 밀리고 넘어져서 손등과 발목이 밟혔다.

혼비백산한 사람들 속에서 누군가가 도원을 일으켰다. 얼굴도, 이름도 모르는 젊은 여자였다. 그녀는 도망가는 와중에도 도원을 부축했다. 도원은 덜컥 겁이 났다. 어디선가 또다시 자신을 노리는 총구가 있을지도 모른다.

여자가 몸을 부축해 주고 있다는 이유만으로 그녀의 머리나 심장이 붉은 점으로 번져 가는 모습은 보고 싶지 않았다.

도원은 여자를 밀쳤다. 도와주려 한 사람이 도움의 손길을 뿌리치는 힘에 작게 비명을 질렀다.

그녀를 살펴볼 겨를이 없었다. 도원은 더 이상 앞으로 나아가지 못하고 사람들에게 휩쓸린 채 뒤로 도망갈 수밖에 없었다.

머릿속이 널을 뛰었다. 뇌를 감싼 얇은 피부를 타고 혈관들이 터질 것처럼 부풀어 올라 두통이 일어났다. 수십 가지 생각이 동시에 떠올랐다.

─나는 쫓는 사람이 될 거예요.

소년이 웃었다.

─선생님이 기억해 냈다고 아버지가 얼마나 즐거워했는데!

소리 지르는 박 형사의 번뜩이는 눈이 바로 앞에 있는 것만 같았다.

─사냥은 재밌는 스포츠예요. 하지만 지금은 아버지가 얼마나 전지전능한지를 보여 주는 연극 무대로 전락했어요.

대답해 주던 크랙의 손에서 맡아지던 담배 냄새.

─There, there, it's just a game!

온갖 곳에서 발견되던 문장.

─그게 종교죠. 하느님은 지상에 강림할 필요가 없어요, 그의 신적 행함을 예수님이 보여 주면 돼요.

사방의 거울 가운데에서 웃고 있던 여자.

─어서 도망쳐 봐! 아버지가 잡아먹기 전에!

피로 새긴 경고.

그가 원하는 건 혼란, 과시욕, 즐거움, 자기만족, 스릴 등 수십 가지 감정과 목표였다.

우열을 가리기 힘든 목표들은 앞서거니 뒤서거니 뒤죽박죽으로 뒤섞여 있었다. 그 혼란의 중심에서 오로지 명확한 목표는 하나. 도원을 죽이는 것이었다.

도원을 죽여서 MJ가 미쳐 날뛰길 바랐다. 자신의 공포이자 트라우마의 근원인 MJ를 단순히 처리하는 게 아닌, 아버지가 원하는 방향으로 변질시켜서 완전한 통제하고 처리해 버리는 것이었다.

아수라장이 된 사람들 속에서 도원을 향해 똑바로 걸어오는 이가 있었다. 손에 권총을 들고 있었다. 도원은 또다시 희게 질린 얼굴로 몸을 떨었다. 자리에서 일어나 피해 보려 했지만 직선으로 겨냥하고 있는 총구를 피했다가 또다시 죄 없는 사람이 죽을지도 모른다는 공포가 엄습했다.

자신이 피하면 피할수록 죽어 가는 사람의 숫자가 늘었다. 그들은 다른 사람이 죽는 것은 아랑곳하지 않았다. 최종적으로 도원이 죽으면 그만이라는 태도였다.

어째서.

도원은 아득한 머릿속에 떠오른 한 가지 의문에 사로잡혔다.

어째서. 아직은 이용 가치가 있다며 죽이지 않을 것처럼 하고는.

"아, 이거 진짜 재밌네."

총을 든 남자가 웃었다. 그가 어떤 말을 하는지 도원은 듣지 못했다. 웃고 있는 입꼬리만 구분되었다. 그는 총을 들고 무작위로 사람들을 겨냥하면서 웃고 있었다.

도원이 자라 왔던 미국이었다면 총기 소지를 자연스럽게 받아들이고 도망칠 때에도 훈련받은 방법을 생각했을 것이다.

그러나 이곳은 한국이었다. 총이라는 것 자체가 생소한 나라였다. 혼란의 강도가 더 거셌다. 겪어 본 적 없는 두려움과 위협에 혼비백산인 사람들을 보면서 즐겁다고 웃는 남자라니.

"재밌어. 이래야 사냥 같지."

많은 사람들 중에서도 도원을 겨냥한 총구가 점점 가까이 다가왔다.

"널 죽이면 매리제인 쪽 사람들이 다 튀어나오겠지? 더 재밌겠네."

MJ를 꾀어낼 미끼 취급을 할 때와 태도가 바뀌었다. MJ를 붙잡아 내는 미끼를 놓치더라도 상관없이 도원을 죽이려 했다. 처음부터 이 시위의 혼란은 MJ가 아닌 도원이 타깃이었던 듯했다.

아니, 혹시 이 상황은 아버지가 통제하는 상황이 아닐지도 모르겠다. 아버지가 원하는 방향과 달리 자신들의 즐거움을 위해서 도원을 쫓는 것처럼 보였다. 다가오는 사람이 둘로 늘었다. 둘 모두 권총을 들고 있었다.

"내가 죽일래."

"머신 건을 준비할걸. 이렇게 사냥감이 많은 줄 몰랐는데."

"재밌어."

"재밌어!"

우비에 가려져 하관만 보이는 여자 한 명, 남자 한 명. 나이가 제법 있어 보이는 그 입가가 진실로 즐거운 듯 웃고 있었다. 그들이 거리를 좁혔다. 절대 빗나갈 리 없는 지척에서 도원의 이마에 총구를 겨누었다.

MJ가 느꼈을 공포가 떠올랐다. 박 형사와 차 속에서 겪었던 두려움도 함께 깨어났다.

죽음은 모든 것이 새까맣게 잠식되어 버리는 그 깊고 좁은 구멍을 닮아 있었다. 두 사람이 도원을 향해 방아쇠를 당겼다.

탕!

또다시 인파 한복판에서 발포된 총소리에 도원은 눈을 질끈 감았다. 운이 좋아 팔에만 입었던 총상이 이번엔 제 머리통이나 가슴에 커다란 구멍을 뚫을지도 모른다고 생각했다.

어째서, 라는 짧은 의문에 해답을 구하지도 못한 채 왈칵 터지는 공포의 눈물이 빗물에 뒤섞였다. 그러나 발포 소리를 듣고도 도원은 숨이 끊어졌다든가, 어딘가 아프다는 고통을 느끼지 못했다.

눈물과 빗물이 뒤섞인 얼굴을 들었다. 허공에 총을 쏜 여자가 쓰러져 죽어 있었다. 옆에 서 있던 남자 역시 갑자기 이마에서 피가 터지며 몸이 바닥으로 추락했다.

"하아, 하, 하아."

도원은 거친 숨을 몰아쉬었다. 공포로 쿵쿵 뛰는 심장 소리가 갈빗대 안쪽이 아닌 귓가에서 터지는 것만 같았다. 상황을 하나도 따라갈 수가 없었다.

죽임을 당해야 할 자신이 살고, 죽이려고 온 자들이 죽어 버린 이 상황을 어떻게 받아들여야 하는지 모를 때였다.

〈선생님!〉

귓가에 간신히 걸려 있는 인이어에서 고막이 터질 듯한 음성으로 아이스가 소리쳤다. 도원은 본능적으로 주변을 살폈다. 여전히 MJ는 보이지 않았다.

〈리더가 선생님을 엄호하고 있어요! 걱정 말고 몸 피해요!〉

아픈 팔에 힘이 들어가지 않았다. 한 팔로만 간신이 몸을 지탱하여 일어났다. 도로에서 앰뷸런스의 사이렌 소리가 울려 퍼졌고, 격앙된 사람들의 비명이 메아리쳤다.

도원은 엉망이 된 우비를 움켜쥐고 다리를 끌 듯 간신히 몸을 움직였다.

속이 메스꺼웠다. 현기증이 일었다. 시야가 좁아지고 흔들렸다. 토하고 싶었다. 결국 몇 걸음 못 가 바닥을 짚고 엎드렸다. 몸이 들썩이면서 식도를 타고 위 속의 잔여물들이 역류했다.

도망치던 사람들이 도원을 치는 힘에도 꺾인 무릎을 펼 수가 없었다. 발목이 후들거리며 떨려서 몸을 지탱하기는 무리였다. 귀 안에서 아이스가 외쳤다.

〈왼쪽에 커피숍 보이세요? 거기 골목으로 들어가요. 제가 길 안내해 드릴게요.〉

등 뒤에서 또다시 누군가 피를 흘리며 쓰러졌다. 도원은 이번엔 돌아보고 확인하지 않았다. 리더가 저격에 특화된 그 여자가 맞다면 그녀가 멀리서 엄호해 주는 덕에 간신히 목숨은 부지하는 셈이었다.

비록 자신 때문에 시민 두 명과 아버지 측 사람이 최소 셋 이상 죽었다는 사실에 다시 무릎이 꺾일 것 같았지만 말이다.

〈부속 부위 집 있죠, 거기 끼고 골목 도세요. 트랙터가 보일 거예요. 그 뒤로 패널 세운 공사 현장 있어요. 리더가 바로 도착할 테니 함께 준비된 차를 타고 오시면 됩니다.〉

도원은 입 안에 고인 토사물을 뱉어 내고 간신히 혀를 움직여 말했다.

"MJ는요? 괜찮아요?"

〈네, 배치되어 있던 저희 쪽 사람들이 안전하게 벤으로 데려왔어요.〉

"아……."

〈선생님도 안전해지면 연결해 드릴게요. 지금은 저하고만 대화 가능한 채널이에요. 다른 채널도 지금 정신없어서 한꺼번에 열어 놓으면 선생님이 혼란스러우실 것 같아서 닫아 버렸어요.〉

"골목, 골목 돌았어요."

〈건설 현장 보이세요?〉

"네, 네."

〈들어가서 리더를 기다리세요. 근처에 있으니 몇 분 안에 도착할 거예요.〉

도원은 건설 현장을 막아 놓은 높은 패널을 밀어내고 좁은 틈으로 몸을 구겨 넣었다. 흙탕물이 튀었다. 쌓아 놓은 모래가 흘러내려 하수구까지 밀려 나가 그 근처에 쌓여 둑을 이룬 탓에 바닥에는 고인 물이 흥건했다.

핏물이 밴 운동화로 물웅덩이를 밟았다. 누런빛으로 뿌옇게 번져 있던 웅덩이에 붉은 피가 섞였다.

고개를 들어 최소 10층은 넘을 듯한 건물을 올려다보았다. 짓다 만 빌딩은 콘크리트 외관까지 완성된 상태였다. 창문이 없어서 아직은 건물의 기능을 하지 못하고 있었지만 말이다.

도원은 건물 입구로 들어갔다. 쏟아지는 빗물은 콘크리트 차양에 가로막혀 더 이상 도원을 적시지 못했다.

번쩍이는 번개가 도원의 발끝에만 빛을 걸어 놓고 사라졌다. 가로수 나뭇가지를 꺾어 대던 비바람이 건물 밖에서 웅웅거리며 울어 댔다. 간혹 밖에 세워 놓은 삽이 굴러다니면서 패널 벽을 치는 바람에 깡깡, 철소리가 들리기도 했다.

먼 곳에서 아직도 비명이 들렸다. 사람들이 죽어 가는 소리였다. 비바람에 섞여서 더욱 처절하고 음산하게 들리는 절규였다.

눌러 쓰고 있던 우비의 후드를 젖힌 도원은 젖은 얼굴을 손바닥으로 쓸어내렸다. 욱신거리는 두통으로 머리가 터질 것만 같았다. 일련의 과정을 버티기엔, 도원은 이제 한계였다.

"MJ…… 아이스, MJ 채널 연결해 주세요."

빗물과는 다른 의미로 얼굴이 젖고 있었다. 여전히 건물 밖에서 깡깡 울려 대는 철제 소리에 도원은 폭발하듯 불안감을 숨기지 못했다.

"아이스, 아이스, 내 말 들려요?"

예측하지 못한 상황이 벌어져서 이어폰 너머도 사정이 급하게 된 걸까. 연결이 끊어진 것 같지는 않았지만, 아무 소리도 들리지 않았다. 이어폰과 마이크를 만지작거리며 재차 아이스를 불렀다.

"이 사람들, 이 사람들 그냥 즐기는 거예요. 처음부터 무슨 목적이 있던 게 아니었어요. 그냥 혼란스럽길 바란 거예요. 이걸 재밌어하고 있어요. 이런, 이런 걸 어떻게, 아이스 듣고 있어요?"

대답은 없었다. 건물을 울리는 천둥소리에 도원이 흠칫 놀랐다.

고개를 들었다. 짙은 색으로 젖어 있는 콘크리트 외벽을 멍하니 보다가 아픈 팔을 발견했다. 피가 멎지 않는 시뻘건 구멍이 보였다. 얼마나 정신이 없었으면 그 욱신거리는 통증을 까마득히 잊고 있었다.

상처가 덧나지 않게 묶어 둘 것이 없어서 찢어진 소매를 아예 팔에서 뜯어냈다. 물기를 대충 짜내고 팔에 감아 묶었다.

겨울비에 흠뻑 젖은 입술을 벌리자 하얀 입김이 흘렀다. 금세 몸이 식어 추위가 엄습했다. 젖은 몸을 우비로 감싸서 어떻게든 체온을 유지하려 했다.

도원은 벽에 기대어 앉았다. 무릎을 세우고 그 위에 팔과 고개를 얹었다. 젖은 머리를 타고 차가운 물방울들이 떨어졌다. 물방울들은 피부에 창백한 길을 남기고 이젠 더 이상 아무것도 흡수할 수 없을 만큼 젖어 버린 옷 속으로 빨려 들어갔다.

몸의 떨림이 멎지 않았다. 추위 때문일 것이다. 혹은 어설프게 지혈한 총상으로 체온이 낮아져서일 테다.

어느 쪽이든 아버지 쪽 움직임에 두려워서 떠는 것이 아니길, 스스로를 달래는 마음으로 벽만 바라보았다.

비 비린내가 밖에서 불어오는 바람을 타고 몰아쳤다. 그 비린내가 도원의 코끝을 무디게 만들었다. 한 번씩 깊은숨을 들이마시면 피 냄새가 진동을 했다. 요란한 소리와 함께 세상을 꽝꽝 두드리는 천둥 번개도 성난 황소 떼가 발을 구르는 것처럼 묵직하게 도원의 머릿속을 파고들었다.

총을 든 이들은 즐거워했다. 세상 사람들이 아버지와 동창회 사람들을 무서워하고 공포의 대상으로 삼는 걸 그냥 즐기고 있었다.

사람을 쫓고 죽이고 공포로 물들이는 재미만을 추구하고 있었다. 경찰들 앞에서 발포를 했다는 게 얼마나 무책임한 행위였는지를 애초에 따질 생각조차 없는 듯했다.

도원은 그들을 이성적으로 판단해 보려 했지만 그들은 애초에 이성적으로 움직이질 않았다. 순간의 희락에 완전히 미쳐 있었다.

죽는다는 것. MJ나 자신이 죽을 수 있다는 것.

그 생각에 도원은 핏기가 가신 팔을 움켜쥐었다. 이가 딱딱 부딪히는 추위가 엄습했다. 온몸이 가늘게 떨려 오며 고통을 호소했다. 언제 죽을지 모른다는 공포는 사람을 손쉽게 미치게 만들었다.

달콤한 와인처럼, 처음에는 목마른 입술만 적셨는데 어느새 와인과 같은 색의 피를 흘리는 자신을 목격하게 되는, 그런 게 바로 근저에 있는 죽음이었다.

발소리가 들렸다. 규칙적으로 떨어지는 물방울 소리에 희미하게 섞여 있는 소리였다. 같은 낙수 소리로 듣던 도원은 가볍고 보폭이 좁은 여성의 발자국 소리라는 것을 확신한 후에야 팔에 묻고 있던 고개를 들었다.

안심하는 마음과 울컥하는 마음이 교차했다. 살았다는 안도와 함께 이런 안도를 느껴도 되는지 몰라 혼란스러운 이성 때문에 머릿속이 터질 것 같았다.

건물의 반대쪽 출입구로 한 여자가 들어오고 있었다. 어두워 얼굴은 보이지 않았다. 긴 코트 차림새에 얇은 발목과 운동화를 신은 실루엣만 구분될 뿐이었다.

도원이 벽을 짚고 일어났다. 아이스가 보낸 리더라고 확신한 때였다.

"리더……."

그녀를 부르는 소리가 끝나기도 전에 하늘이 순간적으로 밝아졌다. 어두운 한기뿐인 건물 안에 그 빛이 만들어 낸 긴 그림자가 생겼다가 곧바로 사라졌다.

그림자가 사라지는 동시에 가까운 곳에서 꽝, 하고 대지를 주먹으로 내려치는 듯한 거대한 천둥소리가 이어졌다.

도원은 아주 짧은 순간에 본 여자 얼굴에 그만 굳어 버리고 말았다. 빗방울이 맺혀 있는 안경을 쓴, 짧은 단발머리의 여자. 그녀는 크랙의 파티에서 보았던 아버지의 대리자였다.

"오랜만이에요, 선생님."

그녀의 손엔 총이 들려 있었다. 그녀는 무방비하게 서 있는 도원을 향해 여유로운 걸음으로 다가와 저보다 한 뼘쯤 키가 큰 도원을 올려다보았다.

가까이 다가온 여자가 장전된 권총을 배에 눌렀다. 얇은 외투를 지그시 누르며 들어온 총구의 무게는 도원이 생각하는 것 이상으로 묵직했다.

제 목숨이 그녀의 두 번째 손가락에 달려 있었다. 여자가 눈을 가느다랗게 떴다. 그리고 여유를 가득 담아 웃었다.

"리더가 아니라서 미안해요."

사악할 정도로 잔혹한 미소였다.

"그렇게 떨지 마요. 울리고 싶어지니까."

미리 안도하던 마음에 스며든 것은 절망이었다.

팔에서 흐른 피가 쉼 없이 바닥으로 떨어졌다. 감각이 무뎌지는 왼손으로 주먹을 쥐었다가 다시금 풀었다. 힘이 들어가지 않았다.

이런 몸 상태로는 아무리 여자라지만 군대에서 사격을 배워 왔다는 그녀를 상대할 수 없었다. 어쩌면 이미 반쯤 포기한 것인지도 몰랐다.

"절 죽이려고 직접 온 겁니까."

힘없는 물음에 그녀는 배를 누르고 있던 총을 조금 떨어트렸다. 총구가 천천히 도원의 흉곽을 따라 위를 향했다. 가슴을 지나쳐 쇄골과 목에 닿았다.

총구는 이젠 정확하게 턱 밑에 위치했다. 배 속 내장이 아닌 두 개골 속 흘러내리는 뇌를 보는 방향으로 취향을 바꾸었다. 그녀는 낮고 진한 입김을 뱉었다.

"죽으면 어쩔 수 없다고 생각했어요. 협회 사람들을 일일이 통제하기는 쉽지 않거든요. 운이 좋으면 선생님은 살아남을 테고, 운이 없으면 죽어도 어쩔 수 없다고 생각했어요."

"그 말은 지금 이 일을 당신들이 제어하는 게 아니라는 소리로 들리는데요."

"우리가 시킨다고 미래도 잊고 날뛰는 일은 쉽지 않죠. 온전히 그네들이 선택한 몫인걸요."

"왜 그러셨습니까. 민간인 중에 사상자가 난 걸 모릅니까."

"그러게요, 안타깝네요."

전혀 애도하지 않는 음색이었다. 똑같은 우비를 뒤집어쓴 수많은 사람 중 한두 명이 죽은 것을 대수롭지 않아 했다.

그녀의 반응에 도원이 괴로운 신음을 흘렸다. 어딘가 뒤틀려 있는 그들의 골이 너무 깊었다. 뒤틀린 부분을 평평하게 펼 수 없을 만큼이나.

"우리 쪽도 사람들이 많이 나갔어요. 크랙의 마약 파티가 세간에 알려졌고, 사냥 동호회까지 오늘 이런 일을 벌이고 있으니 온전하게 아버지를 따르는 사람은 줄어들겠죠. 솔직히 예전처럼 마약을 독점하고 동창회 사람들끼리 짐승을 잡으며 사냥하는 재미를 즐기긴 힘들어졌어요. 이왕 동창회를 해산할 거라면 화려한 송별 파티를 해야죠."

"게임이라면서요. 사람들을 다 휘말려 들게 하고서는 이제 와 지루하니 그만두려는 건가요."

"지루하진 않아요. 재밌어요. 가능하다면 이런 놀이를 더 즐기고도 싶어요. 하지만 경찰까지 깊게 개입해서 마냥 즐길 수가 없네요. 옛날처럼 쉬쉬하며 마약 파티만 벌이기엔 일이 커졌잖아요."

"이 일을 시작한 건 당신들입니다. 총까지 꺼낸 건 당신들이라고요!"

"맞아요. 그래서 이제 슬슬 접으려고요. 관리 안 되는 협회 사람들을 일부러 다 불러 모은 거거든요. 알아서 자폭하라고요. 우리는 말 잘 듣는 사람들만 안고 갈 생각이라 제정신 아닌 놈들까지 챙길 겨를 없어요."

"언제까지 MJ가 당신네들 계획대로 끌려갈 거라고는 생각하지 않았으면 좋겠습니다."

"그러게요. 가장 변수가 많은 존재예요, 매리제인은. 그래서 더 흥미롭긴 하지만 결국은 벗어나지 못하겠죠."

"내가 벗어나게 할 겁니다."

"아뇨, 당신 때문에 못 벗어나요."

"벗어나게 할 겁니다!"

"그를 통제하려고 당신을 MJ에게 보낸 거예요. 아버지는 그 정도로 앞을 볼 줄 아니까요."

도원은 이를 악물었다. MJ의 최대 약점이 되어 버린 자신을 자각하자 눈물이 났다.

강제적으로 자신이 출연한 다큐멘터리를 보게 만들고, 유대감을 쌓게 만들고, 다른 사람은 생각하지도 못할 만큼 사랑하게 만든 것이 모두 계획된 것이라는 말만으로도 끔찍하고 괴로웠다.

어떻게 몸부림쳐도 아버지의 놀이감이 되는 MJ를 생각하는 것만으로도 심장이 터질 것 같았다.

트라우마를 파괴하려고 사람 하나를 가지고 노는 아버지가 악마처럼 느껴졌다.

아니, 악마였다. 누가 죽든 말든 상관도 하지 않는다. 즐겁다는 이유만으로 살인을 게임으로 치부한다. 약점을 파괴하려고 멀쩡한 사람을 평생토록 계획 하에 가두어 버린다. 그런 그가 현신한 악마가 아니면 대체 뭐란 말인가.

턱밑으로 들어온 총이 더 세게 도원을 찔렀다. 방아쇠에 손가락을 건 여자가 속삭였다.

"선생님께 선택권을 드릴게요."

그녀가 총구로 도원의 턱을 두 번 두드렸다.

"선택지는 두 가지가 있어요. 하나는 여기서 죽는 거예요. 그럼 MJ는 아버지 손아귀에서도 통제가 안 되는 최대 변수가 되어서 아버지를 무척 곤욕스럽게 만들겠지요. 다른 하나는 당신과 MJ, 단 둘만 저희 쪽으로 오는 거예요. 당신을 지켜 주는 MJ 측 사람 누구도 데려오지 않는 조건이에요."

선택지라고 했지만 선택할 것이 없었다. 두 가지 선택지 모두 도원과 MJ 중 반드시 한 명 이상은 죽이겠다는 소리였다.

"당신이 MJ 하나만 데리고 오면 돼요. 시민들이 사냥당하는 것보단 낫지 않아요? 언제 또 2차 사냥이 벌어질지 모르잖아요. 그땐 권총으로 안 끝날걸요. 머신 건이 한두 개가 아니니까."

어차피 어떤 방법으로든 사람들을 죽이고 MJ와 도원을 억압하리란 결론은 바뀌지 않을 것이면서 이제 와 선택사항을 내미는 위선이라니.

대리자는 도원의 턱에 총구를 더 깊게 눌렀다. 무서워 떠는 대신 그 총을 마주했다. 겁먹지 않는 도원을 보고 안경알 너머의 눈이 이채를 띠었다.

혼란을 바라는 그들이었다. 공포로 사람들을 다 제 발아래에 두려고 했다. 그게 아버지 방식이다. 자신보다 위에 서는 사람을 용납하지 않았다. 자신보다 위에 서는 사람이 있다면 철저히 짓밟으려 들 것이다. MJ에게 그러했던 것처럼. MJ에게 앞으로 그럴 것처럼.

"내가 MJ의 약점이 될 거 같습니까."

먼 곳에서 인 번개와 거인이 발을 구르는 포효를 닮은 천둥 속에서 도원은 입술을 깨물었다가 놓았다.

"여기서 죽이세요. 두 번 다시 약점은 되지 않겠습니다."

두려워하면서도 끝내 침착함을 잃지 않는 도원을, 여자는 신기하다는 듯 오랫동안 올려다보았다. 도원이 보이는 행동이 허세가 아니었기에 여자는 더더욱 시선을 떼지 못했다.

"살려 달라고 빌어야 하지 않나요?"

"당기세요."

"약점이 될 바에야 죽겠다는 거죠?"

"당기라고!"

"후회 안 할 자신 있죠?"

후회 안 하는 삶이 어디 있을까. 언제나 돌아보면 더 나은 방법이 있었는데, 하고 아쉬움이 남는 게 지금까지의 삶이었다. 도원은 눈물인지 빗물인지 알 수 없는 물방울을 속눈썹 끝으로 툭, 떨어트렸다.

"당겨."

어차피 무얼 선택해도 후회할 것이다. 그럴 바엔 차악을 선택하는 것이 나았다.

천천히 방아쇠를 당기던 손가락이 피스톨이 튀어 나가기 직전에 멈추었다. 찰칵, 하고 여자의 뒤통수에서 총이 장전되는 소리가 들렸다. 멈칫한 여자의 뒤통수에 그녀가 들고 있는 권총보다 크고 묵직한 총이 겨냥되었다.

안경알 너머에서 눈동자가 천천히 옆을 향해 돌았다. 제 뒤통수를 볼 수는 없지만 자신을 겨냥한 사람이 누구인지는 어느 정도 눈치챈 듯했다.

그녀의 입가에 피식, 하는 웃음이 걸렸다. 도원의 턱밑에 댄 총은 치워지지 않았다. 뒤통수를 세게 누르는 또 다른 총구도 빗겨나질 않았다.

그녀의 등 뒤에서 오랫동안 묵은 한을 뱉듯 차갑고 냉정한 목소리가 나왔다.

"오랜만입니다, 대위님."

MJ 측 리더가 짓씹듯이 음절 하나하나를 끊어 말했다.

"당신을 만나기 위해 지옥에서 살아 돌아왔습니다."

서울 한복판에서 벌어진 집회 현장 총기 사건은 외신까지 번졌다. 이미 모든 매스컴은 특별 방송을 편성해 갑작스러운 사건을 집중 보도하고 있었다.

총기로 인한 사망자가 여덟 명이나 발생한 전무후무한 일이었다. 확인된 용의자 다섯 명 중 두 명이 죽었고, 한 명은 경찰복을 입고 피신하던 중에 검거되었으며, 다른 두 명은 경찰이 추격 중이라는 정보가 빠르게 전달되었다.

도원과 MJ를 적극적으로 백업하고, 최종적으로는 아버지 측 사람을 붙잡아 정보를 확인하려던 계획이 모두 틀어졌다.

경찰이 전면적으로 나서고 외신의 이목까지 집중된 상황에서 섣불리 움직였다가는 총을 쏜 이들과 한 무리로 취급받을 수가 있었다.

자리를 피하고 추후를 도모하기로 현장에 나가 있는 사람들에게 변경된 지시가 끊임없이 전달됐다.

아이스는 그중 한 화면을 보고 있었다. 도원, 리더, 두 개의 붉은 점이 삼정 빌딩에서 반짝거렸다. 위치 추적기가 고장 난 게 아니라면 두 사람은 한 건물에서 만난 상태다.

그러나 함께 이동하려는 기미가 보이지 않았다. 벌써 수 분째 제자리였다. 이동 차량이 건설 현장 뒤편에 준비되어 있는데도 두 사람모두 이동하지 않았다. 깜빡이는 붉은빛은 오랫동안 겹쳐 있었다.

MJ와 동료들을 피신시키는 지시 사항이 일단락되자, 한시름 놓게 된 남자가 아이스를 돌아봤다. 가만히 화면을 들여다보고 있는 아이스는 깊은 생각에 빠져 있었다.

아이스가 보는 화면을 제 화면에도 불러온 남자가 고개를 갸웃했다. 도원과 연결된 통신이 모두 끊어져 있었다. 연결 채널은 아이스만 단독으로 뚫고 있는 상태였다.

"뭐야? 아이스, 너 왜 그 선생님 채널 다 끊었어?"

화면을 보던 아이스가 눈동자만 들어 남자를 마주했다. 의아해하는 남자에게 아이스가 곧 눈가를 접듯이 부드러운 미소를 지어 보였다.

"선생님이 다채널 통신에 적응을 못해서서 내 걸로만 연결해 뒀어."

자연스러운 답변이었다. 남자가 고개를 끄덕였다.

"리더 만난 거 같은데 바로 이동하고 현장에서 피하라 그래. 돌아와서 우리도 어떻게 해야 할지 얘기해야 할 거 같아. 일이 커지는 분위기거든."

아이스는 이어폰으로 들어오는 현장의 목소리 볼륨을 낮췄다. 도원의 목소리만 들리던 이어폰 안쪽에서 두 여자의 대화가 주를 이루고 있었다.

그녀들의 이야기를 멀거니 듣고 있으면서도 아이스는 아무것도 듣지 못하는 것처럼, 남자의 말에 "그래."라는 대답만 할 뿐이었다.

한쪽 손으로 입가를 만지작거리며 대화를 들었다. 이렇게 정다운 해우는 세상 어디에도 존재하지 않을 것이다.

〈이날만 생각하며 살았습니다, 대위님.〉

리더의 목소리는 흥분으로 떨리고 있었다.

〈정말 귀신같이 숨어 지내셨던데요. 덕분에 찾는 것도 이렇게 오래 걸렸잖아요.〉

그런 리더의 말을 받아치는 아버지의 대리자는 약간의 웃음기를 머금고 있었다.

〈열렬하게 좋아해 줘서 고마운데, 난 여자는 상대 안 해.〉

〈당신 대가리 날아가게 생겼는데도 여유가 있나 봐요, 예?〉

〈혼자선 날 못 찾겠다고 매리제인에게 붙은 애가 뭐래. 남의 손 빌려서 나 찾으니까 좋아?〉

〈당신을 찾을 수만 있으면 누굴 돕든 중요하지 않거든.〉

〈그렇게 원하던 나를 만나니까 어때?〉

〈이딴 헛소리 주고받을 시간에 죽여 버리고 싶은 생각뿐이야.〉

〈내 반사 신경 알면 조심하는 게 좋아. 매리제인이 제일 아끼는 사람이잖아. 이 사람 턱이랑 머리통 날아간 거 보게 되면 저 제상에서 나랑 만날 시간도 단축될걸.〉

〈상관없어.〉

〈이 선생님 죽어도 좋아?〉

〈상관없다고!〉

〈그런 말도 할 줄 알고, 많이 컸네.〉

〈당신만 죽이면 돼! 다른 건 알 게 뭐야!〉

〈그래, 당겨. 송장 두 구 잘 처리하고.〉

선언한 것처럼 쉽게 총소리가 들리지는 않았다. 침묵이 이어졌다. 상황을 눈으로 볼 수 없는 아이스는 숨소리마저 조절하는 도원의 상태로 미루어 보아, 두 여자가 첨예한 신경전을 벌이고 있다고 생각했다.

리더가 MJ를 찾아와 저격수로서 전력이 되어 주겠다고 하던 때를 아이스는 기억하고 있었다. 아버지를 상대하는 MJ 곁에 있으면, 아버지의 사업 파트너이자 복수를 위해 찾아 헤매는 대위를 만날 수 있다는 이유 하나에서였다.

그녀만큼 집착적으로 제 일에 골몰한 경우가 드물어서 MJ는 오히려 리더를 좋아하는 편이었다. 다른 동료들은 자신들과 움직이는 목적이 다르다며 의심하고 내켜하지 않을 때도, 목표가 지나치게 깨끗하고 순수해서 오히려 믿을 수 있다고 말하는 MJ였다.

아무래도 남성 위주로 구성되어 있는 MJ 측 일원에서 리더의 존재감은 부각될 수밖에 없었다.

정교한 총격은 물론, 상냥한 말투에 차분한 상황 판단력, 아버지를 직접 만난 병원에서 몸에 칼질을 당한 후에도 처음만 놀랐을 뿐, 두려움을 빠르게 잊고 해야 할 일에 몰두하는 집중력까지.

평소에는 다정하고 친절한 모습으로 잘 웃어 보이는 여자였다. 그녀는 아이스처럼 농담도 좋아하고, MJ를 스스럼없이 대하는 배짱도 있었다.

그러나 속된 말로 일명 '야마가 돌면' 그 어떤 사람도 상대할 수 없었다. 가장 믿음직하면서도 가장 위험한 최대의 변수로 취급되었다. 그것이 연약한 여자를 한 무리를 이끄는 리더의 위치까지 끌어올린 힘이었다.

지금의 리더는 모든 게 상관없는 투였다. 대위를 만날 수만 있다면 자신은 어떤 일을 해도 상관없다는 듯이 굴었다. 왜 유독 MJ가 리더를 챙기고 믿었는지를 알 것 같았다.

MJ와 리더는 동류였다. 둘 다 불꽃이었다. 점화도가 높은 순수한 불씨는 주변을 태우는 힘도 있지만, 자기 자신을 불태워 파괴해 버리는 극단적인 존재였다.

〈왜 그랬어? 죽일 필요까진 없었잖아!〉

리더의 물음에 대리자가 한결 가벼워진 목소리로 대꾸했다.

〈이유를 듣는 게 중요해?〉

〈그래, 말해 봐. 내가 그렇게 사정했는데도 친구를 죽일 수밖에 없던 이유.〉

〈네게 중요하면 말하지 않을래.〉

〈개 같은 년!〉

〈하하, 안 말해. 아하하, 어디 끝까지 그 이유 몰라서 괴로워해 봐.〉

〈죽여 버릴 거야!〉

〈아하하. 당겨, 이년아! 나를 죽이고, 이 새끼 대갈통 날아가는 거나 지켜보라고!〉

아이스는 MJ의 위치를 찾아보았다. 삼정 빌딩까지는 차를 타고 5분 거리였다. 5분이라는 짧은 시간이 어떤 변수가 될지를 가늠해 보았다. 손해 볼 것은 없다는 결론에 도달했다.

5분이면 중요한 일은 모두 벌어지고 종료되기에 충분한 시간이었다. 수습하거나 하지 못하는 것은 개인의 재량이다. 리더와 도원의 재량으로 5분간 어떤 수습이 가능할지를 상상해 보았다. 제법 흥미로운 일이 벌어질 듯했다.

"MJ, 나야."

단독으로 연결된 아이스의 목소리를 듣자마자, MJ가 재빠르게 물었다.

〈선생님 어디 있어?〉

"삼정 빌딩에 리더랑 같이 있어."

〈뭐? 거기 가는 계획 없던 걸로 쳤잖아.〉

"아버지 측에 추격당하고 있었어. 선생님 혼자서 대처하기는 무리라 가장 가까운 곳에 있는 리더의 엄호를 요청했어. 선생님 혼자 움직이기보다는 리더랑 같이 움직이는 게 더 좋을 것 같아서 빌딩으로 보낸 거고."

〈씨발…… 내가 그쪽으로 갈게.〉

"그래, 5분 거리지만 너무 튀지 않게 속도 내. 사방이 경찰이야."

MJ와 연결을 끊자마자 도원의 채널에 다시 접속했다. 여전히 오고 가는 흥미로운 이야기 속에서 아이스는 눈을 빛냈다.

손으로 만지작거리던 입술을 가렸다. 바삐 움직이는 사무실 내의 동료들은 누구도 눈치채지 못했다. 아무도 듣지 못할 정도로 낮은 목소리로 아이스가 중얼거렸다.

"선생님, 시간이 많지 않아요. 빨리 결정하세요."

이어폰 속에서 총이 발사되는 소리가 들렸다.

　　　　　　　　　　◐

탕!

고막이 터질 듯 날카롭게 울린 소리에 도원은 숨을 멈추었다. 귀에서 이명이 일었다. 거센 빗발이 귀신처럼 울어 대는 바깥소리가 단숨에 차단되었다.

삐이, 하고 울리는 소리가 응급실에서 들어 봤던, 심박수 정지를 통보하는 사인파와 같았다. 귓속이 먹먹해지면서 균형 감각도 흔들렸다.

다치지 않은 왼팔로 벽을 짚었다. 간신히 넘어지는 것만은 모면했으나, 눈앞이 위아래로 길어지는 어지러움이 몰려왔다.

반사적으로 방아쇠를 당긴 대리자는 도원의 귀 바로 옆에서 총을 발포했다. 죽음이 코앞까지 다가와 있다고 느낀 순간, 도원은 오히려 살아 있는 자신이 의아해 숨을 헐떡였다.

대리자의 손에는 목표물인 도원에게서 빗겨 간 총이 들려 있었다. 총을 쥔 손을 비틀어 쥐고 있는 사람은 리더였다. 대리자가 웃음을 터뜨렸다.

"이 사람이 죽든 말든 상관 안 한다더니, 그때처럼 또 무른 짓을 하네!"

리더가 후려친 주먹에 대리자의 안경이 날아가 벽에 처박혔다. 안경이 긁은 콧잔등의 상처를 닦기도 전에 대리자의 고개가 반대편으로 꺾였다.

리더는 대리자의 손에서 총을 빼앗아 바닥에 던졌다. 맨손이 된 여자의 얼굴과 명치에 힘줄이 도드라진 주먹이 사정없이 꽂혔다.

주먹이 아니라 돌덩이로 내려치는 것 같았다. 전문적으로 훈련받은 손속에는 여성이라는 성별을 떠나 파괴력이 있었다. 위협적으로 상대를 제압하기 충분했다.

리더는 대리자를 벽으로 밀어붙였다. 얇은 팔목의 어디에서 그런 힘이 나오는지, 비슷한 몸무게를 지녔을 여자를 한 손으로 압박하며 나머지 손으로 볼을 후려갈겼다.

"하, 씨발!"

일방적으로 맞은 대리자가 바닥에 침을 뱉었다. 피가 섞인 침을 운동화 밑창으로 밟아 비비고는 그대로 몸을 숙였다. 후려치는 리더의 주먹을 요령 좋게 잡은 대리자는 입가에 흐르는 피를 닦을 새도 없이 반격했다.

대리자는 리더보다 주먹이 빨랐다. 명치에 꽂히는 힘은 더 묵직했다. 팔꿈치와 어깨까지 고르게 써서 사정없이 밀어붙였다.

맨손으로 주고받는 손속에 우열을 가릴 수가 없었다. 어느 한쪽도 우월하지 않았다. 서로 발을 밟거나 머리를 잡아당기며 비겁한 수를 총동원해서라도 악착같이 이기려 했다.

반칙을 써도 괜찮다. 비겁하게 보여도 상관없다. 이건 정정당당
한 스포츠 경기가 아니었다. 한 대라도 더 때리고 짓밟는 게 목표
인 싸움이었다.

졌다고 손을 들어도, 그 손을 꺾어 버리고 목마저 비틀어 버릴
듯했다. 자신이 죽지 않기 위해서는 상대를 죽여야만 하는 처절한
싸움이었다.

도원은 벽에 기대어 선 채 두 여자를 바라보는 게 고작이었다.
아직도 귓가에서 울리는 이명에 머리가 어지러웠다.

몸에 다 담지 못할 물이 흘러넘치는 기분이었다. 감당할 수 없는
죽음에 대한 공포와 들썩이는 감정들이 뒤섞여 있었다.

그 광포한 폭풍우 속에서 도원은 무너질 것만 같았다. 이번에야
말로 정말 죽을 줄 알았는데 또 살아남았다. 이번에도 운이 좋아
살아남은 셈이었다.

죽이고 말겠다는 살육의 의지가 눈앞에서 맞싸움으로 불붙어 있
었다. 소리를 지르면서 내뻗는 리더의 주먹과 웃음을 터뜨리며 욕
설과 함께 밀어붙이는 대리자의 모습이 광인처럼 보였다. 광기에
휩싸인 두 여자가 서로를 때려죽이려 하고 있었다.

도원은 바닥에 떨어져 있는 대리자의 권총을 들었다. 떨리는 손
으로 꽉 붙잡고 있어도 위아래로 요동치는 총구를 진정시킬 수 없
었다.

조준이 잘 되지 않는 총을 무작정 대리자에게 겨냥했다. 방아쇠
에 걸린 검지가 부들부들 떨렸다. 온몸에서 핏기가 가시고 창백한
손끝의 감각이 마비될 것만 같았다.

그런 도원을 발견한 사람은 리더였다. 떨리는 손을 어떻게든 다 잡아 대리자를 향해 총을 발사하려는 도원을 보고 리더가 소리 질렀다.

"쏘지 마요!"

높은 쇳소리가 빈 건물을 요란하게 휘감았다. 어깨가 움츠러들 정도로 놀란 도원이 리더를 바라봤다. 온 얼굴이 얻어맞아 부어오르고 멍이 들어 있어도, 그녀는 광기에 젖은 눈으로 대리자에 대해 말했다.

"죽여도 내가 죽여, 당신은 끼어들지 마! 어떻게 잡았는데. 몇 년을 추적해서 겨우 닿았는데!"

이제 와 다른 사람에게 대리자를 넘길 생각 따위 추호도 없는 어투였다. 끝을 보더라도 그건 자신일 뿐, 다른 사람의 손에 의해 끝이 난다면 아무런 의미가 없다는 의미이기도 했다.

"당신은 다른 데 도망가 있으라고!"

리더가 잠깐 도원에게 신경을 쓴 사이를 놓치지 않은 대리자가 리더의 팔을 잡아 뒤로 돌렸다. 뼈가 부러질 기세로 팔꿈치가 꺾여 버렸다.

리더가 비명을 지르며 한쪽 무릎을 꿇었다. 대리자가 그녀의 목을 졸랐다. 리더의 얼굴이 터질 듯이 빨갛게 부풀어 오르기 시작했다.

"하아, 하, 그래서 네년이 원하는 건, 복수야? 응? 내가 네 친구 죽였다고 되갚아 주겠다, 뭐 그런 거냐고."

리더만큼이나 얼굴이 울긋불긋한 대리자가 거친 숨을 몰아쉬었다.

"고작 그거 하나 때문에 나를 계속 찾아 헤맸어. 고작 그런 거 때문에 인생을 낭비하고 있다고."

대리자의 말에 리더가 민감하게 반응했다.

"고작이라고? 네가 뭔데 판단해."

"날 죽이면 죽은 친구가 돌아오는 것도 아닐 텐데."

"네가 판단하지 말라고 말했어!"

"넌 그냥 후련해지고 싶은 거 아냐? 말해 봐, 날 죽이고 나서 뭐 할 건데? 할 거 없는 거 아냐?"

"닥쳐!"

"너 같은 걸 정신 나간 년이라고 하는 거다, 이년아."

리더의 목을 조르던 손을 풀고 주먹을 있는 힘껏 코와 인중 위로 내리꽂았다. 코뼈가 부러지는 소리가 들렸다. 비명이 뒤따랐다. 기도를 타고 넘어간 피 때문에 리더는 숨을 제대로 쉬지 못했다.

"하아, 컥, 허억!"

리더는 목이 졸릴 때 나는 소리와 비슷한 음색을 쏟아 내며 괴로워했다. 대리자는 자리에서 일어나 리더의 복부를 다시 후려 찼다. 부러진 코와 깨진 입술 밖으로 피가 흘러내렸다.

"후우, 아, 씨발, 진짜, 짜증 나게."

대리자는 머리를 쓸어 넘기며 도원을 돌아봤다. 총을 쥐고 있는 도원을 향해 걸어왔다. 방아쇠를 당기지 못하는 도원에게 대리자가 비릿하게 웃었다. 감당하기 어려운 일을 힘겹게 버티고 있는 도원의 모습에서 더없는 즐거움을 느꼈다.

"이 맛에 사람을 사냥한다니까."

대리자는 도원의 손에서 총을 빼앗으려 했다. 그녀의 목소리에 광기가 서렸다.

"저년도 따라갈 테니까 너무 억울해하진 말고."

리더가 자리를 박차고 일어났다. 그녀는 대리자의 뒤통수에 총을 정확히 겨냥했다. 분노로 눈물을 흘리고 있는 그녀를, 도원은 대리자의 어깨 너머로 바라보았다.

너무 억울하고 슬퍼서 엉엉 울고 싶은데도, 그런 나약함을 비웃을 대리자를 생각하면서 이를 악물고 버텨 내고 있었다.

아파도 아프다고 말하지 못했다. 제게 가장 중요한 것을 지키려고 수 년 동안 대리자를 쫓아왔지만, 상대는 그것을 가치 있게 생각하지도 않고 비웃었다.

리더는 모든 게 어긋나 버린 도로 위 신호등이라도 된 것 같았다. 빨간불에 멈추지 못하고, 파란불에 달릴 수도 없었다. 강제로 채워진 브레이크이거나 무거운 납덩이를 올려놓은 액셀러레이터이거나. 영원히 멈춰 서 있거나, 무언가를 들이박아 스스로 고장 나야만 멈출 수 있는 존재.

적정 속도로 달리는 법을 잊은 것처럼 보였다. 차가운 복수가 무엇인지 몰라, 스스로를 태워 버리는 불꽃이 되어 버릴 것이다.

도원은 벽에 기댄 몸을 돌렸다. 힘 풀린 다리를 가까스로 움직였다. 계단을 향해 달렸다. 도망치는 도원을 뒤쫓으려는 대리자에게 리더가 소리쳤다.

"움직이지 마, 개 같은 년아!"

도원이 코너를 돌아 계단에 한 발 올린 사이에 총이 발사되었다.

탕!

커다랗게 부푼 풍선이 터지는 것보다도 더 요란하고 큰 소리였다. 철근과 콘크리트로 성기게 도배된 건물 구석구석까지 커다란 메아리가 울렸다. 도원은 돌아보지 않았다. 리더의 총이 발포된 결과를 확인하고 싶지 않았다.

계단을 올라와 2층에 도착했을 때, 도원은 제 발에 걸려 넘어지고 말았다. 손에서 떨어진 권총이 몇 미터 앞으로 미끄러졌다. 굴러간 권총을 잡고 다시 3층 계단을 올라갔다. 다리에 힘이 풀려 제대로 걸을 수 없었다.

3층에 도착하기 전에 주저앉고 말았다. 계단과 벽에 기대어 앉은 도원은 왈칵, 터지는 눈물을 간신히 참아 냈다. 총소리가 들렸던 1층에서 아무 소리도 들리지 않았기에 공포심이 도원을 잡아먹었다.

"아이스, 아이스, 대답해 줘요. 대답해 줘, 제발."

도원의 필사적인 부름에도 대답이 없었다. 몇 차례나 더 이어폰과 마이크를 잡고 "아이스, 아이스." 하고 불렀지만 소용없었다. 아무 목소리도 응답하지 않았다.

덜덜 떨리는 손을 따라서 총도 덜그럭거리며 흔들렸다. 입김이 하얗게 뱉어지는 한기가 도원의 머리와 어깨 위로 서리처럼 내려앉았다.

침묵이 불러온 공포는 압박감이 대단했다. 권총이라는 낯선 물건만이 제 목숨을 지킬 수 있는 유일한 해결책이라는 압박이 숨 쉬는 것마저 어렵게 했다. 엉망으로 숨을 들이마셨다 뱉으면서 눈앞이 깜깜해지는 현기증을 느꼈다.

"MJ······."

아이스를 찾던 목소리가 MJ를 찾기 시작했다. MJ를 불렀다.

"MJ, MJ······."

생각을 해야 했다. 도원은 자신이 무엇을 해야 하는지를 어떻게든 생각하려 했다. 총이 발사되었다. 대리자가 죽었을 것이다. 리더가 살아남았다면 도원을 불러서 이 건물을 벗어나려 할 것이다.

도원은 바닥을 향해 있던 총구를 들었다. 한쪽 무릎을 세우고 그 위에 양손으로 꼭 쥔 총을 들었다. 계단을 올라오면 머리통이 보이는 지점에 겨냥했다.

다시 통신이 연결될 때까지 권총 한 자루로 제 목숨을 지켜야 했다. 도원이 생각할 수 있는 것은 여기까지였다. 도원이 발휘할 수 있는 이성의 한계였다.

살아남는다. 그뿐이었다. 가장 절박하면서도 연약한 그 생각 하나뿐이었다.

발자국 소리가 들렸다. 운동화의 고무 밑창에서 날 법한 소리는 아니었다. 조금 더 딱딱한 밑창을 가진 소리. 구두 소리였다.

도원의 머릿속이 회전했다. 대리자는 운동화를 신고 있었다. 리더는 무슨 신발을 신고 있었는지 잘 생각이 나지 않았다. 구두를 신고 있었던가. 그건 아니었던 것 같은데, 어쨌든 대리자는 구두를 신고 있지 않았다. 그것만은 확실했다.

구두 소리가 계단을 밟고 올라왔다. 도원은 코너에 몸을 기대고 올라오는 사람을 바로 쏠 수 있는 곳에 총구를 고정시켰다.

"허억, 헉."

급하게 들이마시는 호흡과 긴장과 공포로 널을 뛰는 심장 페이스를 전혀 조절할 수 없었다.

시선도 차분하게 목표점을 향해 맞출 수가 없어서 몇 번이나 눈을 꽉 감았다가 뜨길 반복했다. 어느새 머릿속에는 제발이라는 단어만이 가득 차올랐다.

제발 리더이길. 제발 아이스와 통신이 연결되길. 제발 MJ와 연락이 닿길. 제발 이 이상 나쁜 상황이 벌어지질 않길. 제발.

머릿속을 가득 채운 제발의 홍수 속에서 도원은 계단을 올라오는 그림자를 보았다. 어둠 속에서 꿈틀거리듯 올라오는 검은 그림자가 계단 난간 사이로 도원을 쳐다보았다.

하얗게 빛나는 흰자위와 그 가운데에 깊이를 알 수 없는 검은 눈동자가 도원을 정확히 직시했다. 그대로 굳어 버린 도원의 등 뒤를 장전된 총이 찔렀다. 돌아보지 못하는 도원의 등 뒤에서 익숙한 여자 목소리가 나왔다.

"뭐 해요, 선생님. 내려가지 않고."

기대했던 리더의 목소리가 아니었다. 그녀가 웃음기를 섞어 말했다.

"아버지가 기다리시잖아."

번갯불에 계단이 한낮처럼 밝아졌다. 쏟아지는 빗방울의 그림자마저 콘크리트 계단 위에 점선으로 이루어진 그림자를 만들어 놓는 강렬한 빛이었다.

도원을 올려다보던 시선의 주인공이 걷힌 어둠의 자리에 서 있었다.

근사한 검은색 코트에 검은색 정장, 검은색 가죽 장갑과 권총을 들고 있는 남자. 얇은 무테안경 너머로 도원을 올려다보는 냉철한 시선을 가진 남자.

번개를 뒤따른 천둥이 건물 바로 위를 내리쳤다. 고막이 먹먹해질 정도로 강렬한 천둥소리에 도원은 그저 굳어 있었다.

얇은 안경알 너머의 눈동자가 호선을 그리며 미소 지었다. 아마도, 이곳에서 직접 만날 줄은 몰랐던 상대와의 대면이 도원의 이성을 잠재운 게 아닐까 싶었다.

간헐적으로 생각이란 걸 할 수 있던 머릿속이 텅 비어 버렸다.

심장 박동수를 체크하던 의료 기기에서 들리던 삐이, 울리던 정지된 심박 소리. 그 이명 소리가 다시금 귓가를 가득 메웠다.

○

리더는 바닥에 누워 있었다. 그녀의 입과 가슴에서 흘러나온 붉은색이 옷과 피부를 먹어 치우고 있었다. 인체 구조상 꺾여서는 안 되는 방향으로 발목이 꺾였다. 거품 섞인 피가 끊임없이 턱을 따라 흘렀다. 경직에 의한 경련도 따르지 않았다. 눈을 뒤집은 채 그녀는 아무런 반응도 없었다.

대리자는 그제야 뒤를 돌아보았다. 소리 없이 죽어 버린 리더를 그녀 역시 이해 못하기는 마찬가지였다. 그녀를 죽인 것이 소음기를 장착한 총의 소행이라는 걸 뒤늦게 파악했다.

"이런, 내가 타이밍이 별로였나 보네."

건물의 뒤쪽 문에서 한 남자가 걸어오고 있었다. 비바람을 고스란히 맞은 코트 밑으로 또옥 똑, 빗방울 떨어지는 소리가 크게 이어졌다. 어두운 그림자 속에서 이따금 번개가 칠 때만 얼굴의 실루엣이 드러나는 남자였다.

그는 권총을 만지작거리다가 대리자를 마주 보았다. 얇은 무테안경 너머로 밤바다처럼 깊은 눈동자가 자리 잡고 있었다.

그것은 모든 것을 잠식시킬 것처럼 깊고 잔잔했다. 너울이 이는 것은 바다가 할 일이 아니라는 듯, 그저 깊게, 더 깊은 곳으로, 빛 한 점 들지 않는 저 모래 밑바닥으로 끌어들이는 것이 바다가 할 일이라는 듯, 남자는 총구처럼 아득한 검은 눈동자를 지니고 있었다.

"괜히 죽인 건가. 네 후임이랑 볼일 있던 거 같았는데."

대리자가 몸을 바로 잡았다.

"아뇨, 할 얘기 없었습니다."

시체를 구두 끝으로 슬쩍 건드리면서 아버지가 여상한 어투로 말을 이었다.

"소문은 나도 들어서 알고 있었어. 네가 이 여자한테 뭐 실수했다고."

"군대에서의 얘기예요. 5년도 더 전에 있었던 일이라고요. 부대 내에 있는 미친년 하나를 잡았어요. 죽은 애가 애 친구였고."

"흐음."

"일이 커져서 제가 해결했던 건데 불만이 많았나 보네요. 제대해서까지 절 쫓아다닐 줄은 몰랐으니까요."

"그렇게 가벼운 사정은 아닌 것 같지만 모른 척해 주지."

"중요한 일 아니에요."

"계속 부정하네. 흠. 내가 괜히 나섰어."

"덕분에 목숨을 구했네요."

"그래서 괜히 죽였다는 거야. 난 원한 깊은 사람이 좋더라. 무슨 일에든 도취되어 있으면 초인적인 힘을 발휘하거든. 정신적인 작용이 극단적으로 나타나는 예라 지켜보면 재밌더라고. 너랑은 조금 다른 케이스다만."

여자가 입을 다물었다. 그녀는 상당히 불쾌해지려던 표정을 단숨에 지우고 냉정한 포커페이스를 유지했다.

남자는 피 웅덩이를 지나 계단 앞에 섰다. 아무것도 보이지 않는 새까만 통로를 물끄러미 올려다보고는 대리자에게 물었다.

"선생님은 위에 계셔?"

대리자가 다른 쪽 계단을 체크하며 대답했다.

"네. 계단으로 올라가는 모습은 확인했습니다."

"데리고 와야겠네."

"죽일 건가요?"

"서두를 거 있나."

반대편 계단을 올라가 먼저 도원의 뒤에 도착한 대리자는 도원의 뒤통수에 다시금 장전된 총을 붙였다. 몹시 겁먹은 도원은 대리자하나도 상대하지 못할 모습이었다. 아버지가 계단 밑에서 고개를 끄떡였다.

"선생님 모시고 내려와."

대리자는 도원의 손에서 총을 빼앗아 무방비한 상태의 도원을 억지로 일으켜 1층으로 내려갔다.

도원은 피 웅덩이 속에 있는 리더에게 다가갔다. 벌써 몇 번째 시체를 보는 걸까. 수백 아니 수천 번 반복되어도 익숙해질 수 없는 장면들이 마치 꿈같았다.

꿈이라면 지독한 악몽이었다. 사람의 몸에 검은 구멍이 뚫려서 붉은 액체가 잉크처럼 살 위로 번져 가는 그로테스크한 꿈이다. 이런 게 현실에서 가능한 일일까. 정말로 꿈은 아닐까.

도원은 리더의 손을 잡았다. 밀랍 인형처럼 차가운 손은 그녀의 몸 밖으로 빠져나가는 피의 속도만큼 빠르게 온기를 잃어 가고 있었다.

볼을 타고 흐른 눈물이 턱 끝에서 모여 피 웅덩이 위로 떨어질 때쯤, 도원은 고개를 들었다. 눈물이 멈추지 않았다. 리더의 손만 꽉 잡고 있었다. 아무런 목소리도 나오지 않았다. 남자를 가만히 올려다보기만 했다.

남자는 이런 지옥을 아무렇지 않게 살아가는 듯했다. 그 남자, 지승준의 세계는 피와 어둠밖에 없는 것 같았다. 그는 이 피비린내와 버려지는 육신이 자연스러워 보였다. 원초적인 공포의 세계가 원래 그의 세계인 것처럼 보였다.

끔찍한 악몽에서 벗어나고 싶어 하는 도원과 달리 지승준은 이 꿈의 주인이라도 되는 것처럼 여유롭기 그지없었다.

지승준이 천천히 몸을 숙였다. 한쪽 무릎을 꿇고 도원과 눈높이를 맞췄다. 빗방울이 맺혀 있는 얇은 무테안경 너머에서 그의 매력적인 눈매가 현월처럼 휘어졌다.

"선생님, 그러게 여긴 왜 왔어요. 감당도 못할 거면서."

가죽 장갑을 낀 손이 도원의 턱을 잡았다. 도원은 흠칫 놀라 그 손을 쳐 냈다. 동시에 대리자는 도원의 뒤통수를 권총으로 누르면서 가만히 있을 것을 종용했다.

도원은 낯빛이 하얗게 질려서 굳어 버렸다. 그제야 지승준은 만족스러운 듯 웃었다.

"여기 오겠다고 MJ랑 말싸움도 좀 했다면서. 그래서 와보니까 어때요? 원하던 건 찾았어요?"

도원은 입술도 달싹이지 못했다. 힘겹게 숨을 내쉬는 게 고작이었다. 자신에게 총을 들이밀고 웃던, 시위 속에 숨어 있던 동창회 사람들의 입꼬리가 지승준의 미소와 겹쳐 보인 탓이다.

"놀랐어요? 미안해요. 난 사람은 잘 안 죽이는데, 내버려 두면 내 파트너가 죽을 것 같아서 일단 쏴 버렸어요. 평소엔 안 그래요.
아시잖아요."

턱을 잡은 손이 도원의 볼을 쓰다듬었다. 도원이 그 손을 피하며
입술을 떨었다.

"왜."

지승준은 떨어져 나가는 턱을 다시 붙잡아 자신을 바라보게 만들
었다.

"하하하, 진정해요, 선생님."

"왜, 왜 여기서, 왜."

"하하, 그렇게 겁먹은 얼굴 계속 하고 있으면 나 흥분한다니까요."

"……왜."

"착하지, 응?"

입술을 손으로 매만졌다. 마른 입술에서 시선을 떼지 못하면서
눈이 마주친 도원에게는 생긋 웃어 보였다.

노골적인 성욕의 표시였다. 시위대 행렬에서 느꼈던 혼란은 지승
준을 만나 폭발했다. 그의 말대로 이 비정상적인 상황들을 감당 못
해서였다.

감당할 수 있는 사람이 오히려 이상했다. 시체를 앞에 두고 태연
하게 성욕을 보이는 지승준을 어떻게 감당한단 말인가.

"왜 이렇게까지 하는 건데."

그는 우는 도원을 황홀하게 바라봤다. 사람이 극한에 몰리면 제
정신을 잃는다는데, 도원이 그 정도로 이성을 잃는 지점이 대체 어
디일까 궁금해했다.

보통 사람이라면 이미 미쳤을지도 모를 일들을 도원은 아슬아슬

하게 견뎌 내고 있었다. 외줄 타기를 하는 광대의 모습이었다. 길 잃은 밤바다 위 북극성을 찾지 못하는 모습이었다. 위태로울 정도로 힘겨워 보였다.

다른 사람이라면 진작 포기했을 것이다.

아무리 도원이 우수한 인재라 해도 이런 상황엔 면역이 없는 사람이었다. 미국의 중산층 가정에서 부족함 없이 자라지 않았나.

원하는 공부를 모두 마치고 사회적으로 인정받는 명예를 얻었다. 흠 없이 자라 온 사람이 이런 속물적이고 본능적인 세계를 견디지 못하는 게 당연했다.

그리고 지승준은 도원이 이쯤에서 무너지길 바랐다. 그럼에도 끝까지 버티고 있었다. 무너지지 않았다. 그게 지승준이 도원에게 성욕을 느낀 포인트였다.

"선생님은 품위를 유지하는 지적이고 단정한 사람이잖아요. 그래서 이렇게 울면서 무너지면 나도 참기 힘들어요."

지승준은 달콤하게 속삭였다.

"엄청 섹시하거든요."

충격을 받은 도원의 표정을 보면서도 여전히 웃었다. 그는 도원을 감상하면서 미소를 감추지 못했다.

"이래서 MJ가 그렇게 헤어 나오질 못하는가 싶기도 하고. 어느 정도일까 궁금해서 나도 선생님이랑 섹스해 보고 싶기도 해요."

"……지승준."

"그렇게 다정하게 이름 부르면서 섹스해 주나 보죠? 이렇게 예쁘게 울면서."

"그만해."

"아아, 그냥 데리고 가 버릴까 보다."

"그만해, 제발."

정신적으로 한계에 달한 도원의 모습을 보고 지승준은 그저 짜릿한 쾌감을 느끼듯 웃기만 했다.

죽은 사람의 손을 꽉 잡고 우는 도원에게서 눈을 떼지 못했다. 그는 몸을 떨면서도 끝까지 리더의 손을 잡고 있었다. 혹시나 그녀의 의식이 조금이라도 붙어 있다면, 혼자 공포에 물들어 죽어 가지 않도록 곁을 지켜 주려는 듯이 보였다.

그녀가 잘못해서 죽은 게 아니라고 필사적으로 위로해 주는 것처럼 보였다.

"선생님, 힘들면 놔도 돼요. 뭘 제정신을 유지하고 있어요. 그냥 다 놔요. 놓는 것도 괜찮은 방법이에요. 그렇게 애쓰면서 상황을 분석하려 하지 않아도 충분하다니까. 당신이 이렇게 희생할 이유는 없잖아요."

쉼 없이 흘러내리는 눈물을 보며 흥분하는 지승준에게 무슨 말을 해야 하는지도 알 수 없어졌다.

머릿속은 더 이상의 정보를 거부했다. 직접 보고 겪은 것만으로도 충분히 벅차다 못해 흘러넘쳤다. 여기서 이성적인 사고까지 요구하는 것은 무리였다.

온몸이 거부했다. 구역질이 날 정도로 위와 내장이 뒤틀리며 거부했다.

도원은 참지 못하고 바닥에 토사물을 쏟았다. 거리에서 한 번 구역질을 했기에 입 밖으로 쏟아진 것은 노란 위액이 전부였다. 식도를 거슬러 올라오는 시큼한 위액을 뱉는 동안 숨을 쉴 수 없는 몸의 반응에 눈물이 더 빠른 속도로 바닥을 적셨다.

힘들어하는 도원을 보면서 지승준은 젖은 머리를 만지작거렸다.

"이거 완전 한계까지 오셨네요, 예쁘긴."

지승준은 도원의 젖은 머리를 개처럼 쓰다듬기 시작했다.

"놔도 된다니까. 나 봐요. MJ가 뭐가 중요해. 이 미친 세상에서 당신만 정상이고 나머지가 다 비정상이잖아. 그 비정상 중 하나가 되는 것도 나쁘지 않다니까요. MJ는 특별한 게 아니야. 다 똑같은 비정상인 사람들 중 하나잖아."

쓰다듬는 손길이 목 뒤와 어깨로 이어졌다. 아침에 새긴 MJ의 잇자국이 보였다. 지승준이 그 자국 위를 손으로 덧그리며 한결 가볍게 말했다.

"MJ를 처리하면 선생님은 내가 돌봐 줄게요. 의미 있는 논문 작업도 우리 둘이 하면 많이 완성할 수 있어요. 난 다른 건 다 이기겠는데 선생님 머리는 못 이기겠더라고요. 진짜 선생님, 못 이기겠어. 정말 대단해. 탐이 날 정도로 머리가 좋다니까."

안경알 너머에서 매끄러운 눈알 표면이 빛났다.

"같이 연구하다가 섹스도 해요. MJ가 어떤 식으로 선생님을 길들였는지 모르겠지만, 꽤 궁금해서 나도 한동안 선생님께 빠질 것 같거든요. 음, 이미 좀 늦은 거 같기도 하고."

대답 없는 도원을 한동안 만지작거리던 지승준은 도원의 이어폰을 잡았다. 이어폰에 연결되어 있는 마이크에 대고 속삭였다.

"아이스, 네가 선생님이랑 MJ 잘 모시고 와라."

그 말에 멈추어 있던 도원의 시선이 사정없이 흔들렸다. 파랗게 질린 입술을 벙긋거리다가 아무 말도 못 하고 입을 다물어 버렸다.

인이어에서 아무런 대답도 들리지 않았지만, 지승준도 딱히 대답을 바란 것은 아닌 듯했다. 미련 없이 자리에서 일어났다. 도원이 지승준의 옷을 잡았다. 내려다보는 지승준에게 도원이 절박한 목소리로 물었다.

"원하는 게 혼란이야? 그냥 다 미쳐서 날뛰었으면 좋겠어? 모든 게 엉망이 되는 게 당신 목표냐고!"

지승준이 다시 도원의 앞에 앉으면서 대답했다.

"흐음. 사람이 미쳐 가는 과정 본 적 있어요? 아, 봤겠네. 내가 보여 줬잖아요. 창고 안에 가둬 둔 MJ요. 지금 난 두 번째로 그 과정을 보는 기분이 들어요. 바로 당신이란 사람이 망가져 가는 거."

"공포가 사람을 다스리진 못해."

"당신 정도면 오래 버틴 거야."

"사람을 갖고 노는 것도 적당히 하라고!"

"하하, 무너지는 소리가 들리네, 와르르 하고."

"……지승준."

"키스해 주면 알려 줄게요."

키스를 해 달라는 지승준을 믿을 수 없는 얼굴로 바라봤다. 농담이 아니었다. 진심이었다. 도원의 표정은 사색이 되었다. 섹스 운운했던 말이 거짓이 아니었다는 듯이 지승준은 제 입술을 손끝으로 톡톡 두드렸다.

"싫으면 말고요."

일어나는 지승준을 다시 붙잡았다. 지승준은 도원을 돌아봤다. 어떻게든 버티려 하지만 이미 초점을 잃고 덜덜 떨고 있는 도원을 향해 입술을 핥으며 웃었다. 그가 미소를 지었다. 참을 수 없는 욕정에 휩싸인 남자의 표정이었다.

"말한 김에 딜을 높일게요. 나랑 한 번만 섹스해 봐요. 여길 나가서 나와 섹스해 주면 전부 다 알려 줄게요. 키스만으로는 알려 주지 않을 비밀까지 전부 다. 밖에는 차가 대기해 있고, 삽입에서 사정까지 길어 봤자 5분에서 10분이면 끝날 일 아니겠어요?"

주먹을 움켜쥔 도원은 웃고 있는 그에게 천천히 손을 뻗었다.

힘이 들어가지 않는 한 손으로 지승준의 뒤통수를 누르면서 맞물린 입술을 벌렸다. 혀를 내밀어 섞는 농염한 키스는 아니었지만, 벌어진 입술을 비비며 숨결을 섞는 최소한의 성의가 들어 있는 키스는 분명했다.

파랗게 질린 입술로 어떻게든 지승준이 만족할 만한 선을 찾아 입술을 물고 빨아 주었다.

지승준은 나른하게 뜬 눈으로 그런 도원을 지켜봤다. 도원의 젖은 머리칼을 만지작거리며 거부 반응을 보이는 입술을 쪽쪽 빨아 보았다.

빗물에 젖어 있는 입술은 비리지 않았다. 아주 달았다. 이 단 걸 MJ만 물고 빨았다 생각하니 괜히 아쉽다는 생각마저 들었다.

지금이라도 데려갈까.

이익과 손해를 계산하면서 고민하던 지승준은 다시금 생각해 봤다.

데려가서 떡 칠까. 치고 싶은데.

한참이나 고민한 끝에 그 욕정을 잠시 참기로 결론 내렸다. 시체 냄새가 자욱한 곳에서 먼저 키스를 해 주는 도원의 정신이 얼마나 무너졌을지 알 것 같기에 지금은 이 선에서 만족하기로 했다.

사람의 껍질을 이렇게 하나둘 벗겨서 그 안에 자리 잡고 있는 알맹이를 꺼내는 작업을 누구보다 좋아하는 지승준이었다. 섹스가 아니어서 아쉬웠지만 필사적인 키스가 마음에 들었기에 선처를 베풀었다.

"배부른 고양이에게 사냥감은 장난감이거든요."

맞붙은 입술을 할짝이면서 속삭임을 이었다.

"그 장난감으로 볼 수 없는 유일한 사람이 MJ와 선생님이야. MJ 라는 내 과거의 과오는 도려내고, 내 부족한 부분을 보완해 줄 수 있는 선생님을 가지면 완벽해져. 내게 혼란은 목표가 아니지만, 혼란 자체가 목표인 사람들이 동창회에 들어와 내가 원하는 대로 움직여 주니 더할 나위 없이 기쁘기도 하고요."

지승준은 고개를 떼었다가 다시금 한쪽으로 틀어 도원에게 입을 맞췄다. 경멸로 덜덜 떨리고 있는 도원의 입술이 사랑스러워서 들뜰 지경이었다.

"당신 말대로 공포는 사람을 다스리기 어려워. 그런데 쾌락은 가능해. 그들은 '사람 사냥'만큼 맛있는 먹이는 한 번도 못 먹어 봤어. 그래서 날 믿고 따르지. 내가 주는 쾌락엔 끝이 없거든. 계속해서 기대하게 되거든."

지승준은 어린아이에게 잘했다고 상을 주는 듯이 쪽, 하고 도원의 볼에 뽀뽀를 해 주었다. 머리가 터질 정도로 복잡하게 생각하던 것들이 지승준의 말을 통해 진실이라는 점 하나에 모였다.

트라우마의 상징이 되어 버린 MJ를 제거하고 도원을 갖는 것. 과거의 고통에서 벗어나 육욕까지 성취하는 미래 설계.

그걸 위해 지금까지 수많은 범죄를 자행했던 것이다.

지승준은 도원의 입술을 한 번 더 핥았다. 언젠가 제 것이 될 것이라며 입술의 가장자리, 도톰한 살점을 깨물어 상처를 내었다.

"웃." 하고 아픈 소리를 내뱉는 도원을 보면서도 키득거리는 지승준의 웃음소리가 번졌다.

상처가 아물기 전에 새로운 상처들이 도원의 입술과 살갗, 몸속 곳곳으로 퍼질 것이라 선포라도 하는 듯했다. 자신의 바이러스라도 심는 듯한 태도였다.

"미친놈들뿐인 세상에서 그렇게 버티다가 더 미칠지도 몰라요. 뭐, 그것도 내 취향이니까 당신이 어떤 방식으로 망가지든 환영하겠지만."

대리자에게 턱 끝을 까딱였다. 대리자는 도원의 뒤통수를 누르고 있던 총을 거두었다. 일어난 지승준은 대리자와 함께 건물 뒤편 문으로 걸어갔다. 문 밖으로 나가기 직전에 뒤돌아 도원을 바라봤다. 여전히 시체의 손을 꽉 잡고 있는 도원을 보면서 눈가를 휘어 웃었다.

"곧 볼 거예요. 다시 보게 되는 날만 기다릴게요. 그땐 내가 당신 목에 목줄을 채워 줄게요. 이젠 내 사랑스러운 개가 될 차례니까."

인사를 한 지승준이 비가 쏟아지는 어둠 속으로 들어갔다.

"MJ가 보는 앞에서 섹스할 준비도 하고."

웃음소리가 빗소리를 뚫고 들려오다가 곧 사라져 버렸다. 끊임없이 파도가 밀어닥치는 바닷가처럼 느껴졌다.

굵은 빗줄기가 지면에 닿는 소리만이 세상을 이루고 있었다. 이 속에서 뜨겁게 말싸움하며 총을 쏘았던 격정은 처음부터 존재하지 않은 것처럼 느껴졌다. 뇌우 소리만이 가득했다.

똑똑 떨어지는 물소리가 전부였다. 굳어 버린 새파란 손톱과 숨쉬기도 힘들어하는 도원의 존재감은 그 무자비한 뇌우 속에서 미미했다.

견디기 힘든 공포와 고통이 아무렇지도 않은 것 취급당하고 있었다. 잔인한 날씨였다.

"선생님!"

건물 입구에서 들리는 목소리를 반가워할 수도 없었다. 멍하니 고개를 돌리자 한 남자가 필사적으로 달려오고 있었다. 그를 부르고 싶어서 입을 벙긋했다.

MJ.

소리가 되지 못한 목소리가 도원의 머릿속에 울렸다. 도원은 자신을 붙잡는 손길을 느끼기도 전에 눈을 감았다. 퓨즈가 끊어진 기계처럼 몸이 피 웅덩이 속으로 고꾸라졌다.

"선생님!"

전원을 끈 텔레비전 화면처럼 뚝, 하고 모든 것이 도원 안에서 사라져 버렸다.

그들은 컴퓨터와 연결된 전선을 한꺼번에 잡아당겨 플러그를 뽑았다. 벽면에 붙인 지도와 메모, 정보들을 모두 뜯어서 작게 찢었다. 지문이나 체액이 묻었을 법한 벽지와 장판은 불을 붙여 흔적을 지웠다. 화장실과 싱크대 근처의 타일은 망치로 깨부수고, 용해 페인트를 거칠게 뒤집어씌웠다.

이런 작업이 익숙한 동료들이 10분 만에 모든 오피스텔 공간을 엉망으로 만들었다. 벽지까지 옮겨붙은 불에 매캐한 연기가 피어 올랐고 복도에선 스프링클러 물이 쏟아졌다.

갑작스러운 경보음에 놀란 오피스텔 주민들이 계단을 뛰쳐나왔다. 그들 틈에 섞인 MJ 측 사람들은 자연스럽게 지하 주차장으로 향했다. 차 키를 들고 뛰어나온 사람들도 많았기에 주차장을 빠져나오는 차량 수는 상당했다. 도망치는 행렬에 MJ 측 사람들도 자연스럽게 섞여 들었다.

8층과 지하 주차장의 CCTV를 입주하기 전부터 조작해 두었기에 이 정도로 신중을 기할 필요는 없었지만, 그래도 '혹시'라는 게 존재하는 법이었다. MJ에게서 연락을 받기 전까지는 뿔뿔이 흩어져 있기로 했다. 경찰 조사가 주춤할 때 다시 움직이기로 했다.

[청소 완료]

문자 메시지를 확인한 아이스는 그 휴대 전화를 달리는 차창 밖으로 던져 버렸다. 옆 차선에서 달려오던 트럭이 바닥으로 굴러떨어진 휴대 전화를 짓밟으며 산산조각 나버렸다.

아이스가 뒷자리를 돌아보았다. MJ가 무릎에 머리를 기댄 채 정신을 잃은 도원을 내려다보고 있었다.

도원은 몇 시간 째 깨어나지 않고 있었다. 총상을 입은 팔의 상처가 제법 컸지만 탄환이 몸에 박히지 않고 관통했기 때문에 오히려 상처를 봉합하기는 더 안전했다.

그러나 출혈량이 적지 않은 게 문제라면 문제였다. 수혈을 받을 정도는 아니어도, 도원이 건강한 사람은 아니었기에 어떤 부작용이 있을지 아무도 몰랐다.

전문가를 만나 치료를 받고 안정을 취하는 길이 가장 좋을 텐데.

이번 사건에 언론은 물론, 해외에서까지 귀추를 주목하고 있어서, 의사를 찾기란 거의 불가능했다.

정신을 잃은 도원에게 아무것도 해 줄 수 있는 게 없어서 MJ는 반쯤 정신이 나간 것처럼 보였다. 기절한 도원을 놓지 못했다. 분노와 후회에 뒤덮여서는 섬뜩한 목소리로 중얼거리기도 했다.

"그때 거절했어야 했는데."

누가 듣든 상관없이.

"선생님이 원해도 광장에는 데려가지 말았어야 했는데."

격렬해진 속내를 숨기지도 않으면서.

"다 죽여 버렸어야 하는 건데."

불안정한 이야기를 혼잣말처럼 읊조렸다. 그런 MJ를 달래 주고 어루만져 줄 수 있는 존재가 몇 시간 째 눈을 뜨지 못하고 있었다.

아이스가 심각하게 지켜봐도 MJ는 그 시선조차 느끼지 못했다. 굳은 표정으로 도원을 막연하게 내려다볼 뿐이었다.

그 모습을 지켜보던 아이스가 무언가 말을 할 것처럼 입을 벙긋거렸다가 한숨을 삼켰다. MJ에게 꼭 해 주고 싶은 이야기가 있었지만 이런 분위기에서는 쉽지 않아 보였다.

그토록 신중한 아이스의 반응이 아주 이례적이라는 사실을, 그저 휘몰아친 이 사태를 파악하는 데 급했던 운전석의 그리즐리와 도원에게 온 감각이 집중되어 있는 MJ는 알지 못했다.

끝까지 알지 못했다.

19

19

MJ는 거실 소파에서 꼼짝도 하지 않았다. 우비를 벗지 않은 몸을 둥글게 웅크리고 있는 게 전부였다.

무릎 위에 양손을 올리고 겹쳐지는 손가락들을 톡톡 두드렸다. 젖은 몸을 따라 흐른 빗물이 가죽 소파와 그 밑의 양털 러그를 적시고 있었다.

물이 떨어지는 앞머리 뒤로 안 그래도 까맣던 눈동자가 광물처럼 굳어 있었다. 빛 한 점 들지 않은 깊은 바닷속을 그 눈동자에 담고 있는 것 같았다. 너무 깊어서 잘못 발을 디디면 숨이 차올라 죽어 버릴지도 몰랐다.

그의 눈동자만큼 그를 둘러싼 공기도 무겁게 가라앉았기에 욕실을 나온 아이스도 섣불리 MJ 곁으로 다가갈 수 없었다.

"아이스, 앉을래?"

오른 다리를 거의 쓸 수 없는 아이스를, 뒤에서 그리즐리가 물끄러미 내려다보며 물었다. 덩치 큰 그가 뒤에 설 때마다 아이스는 놀라서 움찔했지만, 순하고 맹한 그 표정을 보면서 긴장을 풀었다. 여기까지 운전하느라 힘들었을 텐데 쉬지도 않나. 아이스는 그의 호의를 거절하며 말했다.

"아니, 괜찮아. 너 욕실 써."

"좀 이따 씻을게. 그보다 깁스 불편했을 텐데 혼자 어떻게 씻었어?"

"알아서 잘 하니까 걱정 마."

"또 그러는 거 봐."

"뭐가?"

"불편하면서 만날 괜찮대. 뭐가 그리 괜찮나 몰라."

"야, 네가 나를 너무 신경 쓰는 거거든."

"그럼 신경 안 쓰이겠냐. 다리가 그 모양인데."

"장애 생길 정도는 아니잖아."

"그건 모르는 거지. 꼬박꼬박 치료받아도 어떻게 될지 모르는 판국에 무리하고 있잖아."

"흐응, 걱정해 주는 거야?"

"응."

"농담도 안 통하네. 그럴 땐 아니, 라고 대답해야지."

"진짜 걱정되어서 그런 건데."

아이스는 진지하기만 한 상대의 반응에 졌다면서 두 손을 들었다.

그는 MJ가 데리고 있는 사람 중 가장 덩치가 좋은 사람이었다. 운전 하나는 알아주는 사람이기도 했다. 차종을 막론하고 자유자재로 다룰 수 있었기에 거동이 불편해진 후로는 아이스를 거의 전담하다시피 한 사람이기도 했다.

본명으로 부르지 않는다는 무리의 법칙을 따라서, 아이스는 남자를 그리즐리라고 불렀다. 험악한 인상과 덩치 큰 몸에 비해 온순한 성격이 오로지 육식만을 하는 북극곰보다는 꿀과 열매를 채집하다가 어쩌다 연어를 잡아먹는 회색 곰을 연상시킨 것이다.

"업어 줄까?"

"집어치워 줄래?"

"휠체어는?"

"아, 진짜."

"알았어, 그만 놀릴게. 여기 이거."

그리즐리는 목발을 건넸다. 겨드랑이에 목발을 끼우는 아이스의 머리 위로 수건이 덮였다. 커다란 손으로 수건을 잡고 아이스의 부스스한 머리를 털어 주었다.

작게 한숨을 내쉰 아이스는 머리를 털어 주는 손길을 얌전히 받아들였다. 그것마저 됐다고 밀어내기엔 오늘 있던 일들에 지쳐 버린 터였다.

"의사 선생님은 어디 있어? 안 보이네."

아이스가 뒤를 돌아보며 그리즐리에게 물었다. 젖은 머리를 꼼꼼하게 닦아 주던 그리즐리가 벽시계를 한 번 쳐다본 후 대답했다.

"네가 씻고 있을 때 갔어."

"응? 치료가 그렇게 순식간에 끝난 거야?"

"총상 입은 상처는 지혈하고 꿰맸는데, 근육이나 신경 손상이 올 수 있대. 병원에서 제대로 검사 받고 재수술해야 한다고 했어. 나머진 문제없대. 깨어나지 못하는 건 정신적인 충격 때문이라더라. 기절한 거니까 너무 걱정하지 말래."

"그렇다고 나 씻는 사이에 훌쩍 가 버리시다니."

"맞다, 앞으로 연락하지 말래. 휘말리기 싫다고."

"흐음, 그런 태도라면 이해하고."

아이스는 의사의 대처에 서운해하지 않았다. 돈이 필요한 외과 의였다. 아이스가 다리를 다쳤을 때 병원을 다닐 수 없는 신분임을 고려해서 웃돈을 주고 불러온 이였다.

총기 사건에 연루된 도원을 치료하기에 제격인 사람이지만, 전 세계 매스컴이 주목하는 사람을 끝까지 도맡아 책임지기엔 부담이 클 것이다.

웃돈을 더 얹어 주면 계속 치료해 주려나. 그렇지만 도원을 치료하는 비용으로 큰돈을 쓸 수 없는 게 현실이었다.

도원이 사는 오피스텔 8층을 구하는 데에 지출이 컸다. 돈을 최대한 아끼고 혹시 모를 또 다른 사태에 대비하는 편이 현명했다.

"그리즐리, 밥할 줄 알아?"

눈알을 도록도록 굴리던 그리즐리가 고개를 끄덕였다.

"할 줄 알아."

"MJ 먹을 음식을 차려 줄 수 있어?"

"응, 양 많이 할게. 너도 먹어."

"고마워."

그리즐리가 부엌으로 향하는 모습을 확인한 후에야 아이스는 MJ의 맞은편 소파에 앉았다. MJ는 제 앞에 앉은 아이스를 못 볼 리가 없는데도 단 한 번도 아이스에게 시선을 주지 않았다. 비에 젖어 있는 석상처럼 미동조차 없었다.

아이스는 이런 상태의 MJ와 대화가 가능할까, 고민하면서 어쩔 수 없다는 듯이 한숨을 푹 내쉬었다.

"MJ. 흩어진 사람들에게 언제, 어떤 방식으로 연락할지 결정해야 해. 그리고 트렁크에 있는 리더의 장례식 얘기도 해야 하고."

여전히 반응 없는 MJ를 신중하게 바라보았다. 아예 듣지 않는 것인지 들으면서도 숨소리조차 죽이며 가만히 있는 것인지를 알기 어려웠다.

누구보다도 MJ를 오래 보아 왔고, 잘 알고 있다고 생각한 아이스조차 그런 MJ의 앞에 앉은 것 자체가 불안했다. 아무리 들여다봐도 MJ가 무슨 생각을 하는지 알 수가 없었다.

이 말을 꺼낼까, 말까, 고민하던 아이스도 더는 MJ의 눈치를 본다고 입을 다물고 있을 수도 없었다. 그는 타들어 가는 입 안을 침으로 적시고 말했다.

"도원 선생님에 대한 문제도 대응해야 해. 여긴 한국이잖아. 서울 한복판에서 총을 쐈어. 그 배후에 선생님이 있다는데 우리가 아무 대응도 안 하면 선생님 정말 큰일 나. 사람들에게 다시 연락하고 모여서 처음부터 다시 아버지 정보를 수집해야 해. 돈을 최소한으로 쓰면서 시간을 단축할 방법을 생각해야 해."

MJ는 미세하게 손끝만 움직였다. 아이스의 목소리가 높아졌다.

"아버지의 사업 파트너가 벌인 마약 공장, 그 위치는 알아 났어. 거길 터뜨리든 뭐든 도발해서 끌어내는 것도 나쁘지 않을 거야. 사냥 협회도 경찰 관리 들어가서 함부로 못 움직이는 지금이 기회야."

까만 눈동자가 처음으로 아이스를 향했다. 아직도 물이 떨어지는 앞머리 사이로 심해를 닮은 시선이 드러났다. 아이스는 벌렸던 입을 도로 다물었다. 이런 MJ는 아이스도 처음 보았다.

흥분하여 날뛰는 불꽃같은 MJ만 알고 있었다. 그 불꽃이 지나간 자리를 모두 폐허로 만들고, 부숴 없애 버리며 짓밟는 방식이 바로 MJ 자체를 무리의 우두머리이자 독보적인 존재로 만든 근원이었다.

그는 리더와 달리 무리에 섞이지 않았다. 오로지 단독으로만 행동했다. 그럼에도 그를 보고 모인 사람들은 MJ가 혼자 움직이는 것을 불안해하지 않았다. 의심하지도 않았다. 너무 순수하게 파괴의 목적만 남은 사람이라 그 순수성을 믿고 따랐다.

그러나 지금의 MJ는 주변을 삼키며 몸집을 키우던 불꽃과는 달라 보였다. 훨씬 더 높은 온도로 타오르지만, 무차별하게 주변을 먹어 치우지 않았다.

기다리고 있었다. 더 확실하고 강렬한 단 한 번의 타이밍을. 다른 사람도 아닌, 인내심이라곤 누구와 비교해도 뒤떨어지는 그 MJ가 기다리고 있었다. 작은 불씨에서 시작하는 것이 아니라 처음부터 모든 걸 덮어 버리는 용암이나 폭탄처럼 말이다.

"아버지도 수족이 잘렸고, 나도 잘렸어. 이제 와서 다시 수술하고 처음부터 싸우긴 무리야."

MJ의 목소리는 음산하다 못해 한기가 돌았다. 너무도 냉철하게 들리는 그 목소리가 마저 말했다.

"그때를 기다려 줄 생각도 없어. 넌 지금부터 아버지의 연락처를 어떻게든 알아내. 나 혼자 상대할 거야. 다른 사람은 끼어들지 못하게 네가 막아."

MJ의 기세에 숨이 막히던 아이스가 다급히 말했다.

"혼자 상대하겠다니. 죽겠다는 소리야?"

"죽일 거야."

"그게 말처럼 간단했으면 우리가 지금 이 고생을 하고, 이렇게 준비하지 않았어."

"연락처 알아내."

"아버지가 원하는 게 그걸 수도 있어. 네가 궁지에 몰려서 직접 아가리 속으로 기어들어 오길 기다리는 걸 수도 있다고."

"다른 선택 사항은 없어."

"아니, 있어. 네가 도원 선생을 포기하면 내가 알려 줄게."

MJ의 시선이 아이스에게 못처럼 박혔다. 날카롭고 무서워서 아이스는 마른침을 삼켜야 했다. 속으로 '빌어먹을'이라고 욕을 하며 사실대로 말했다. 이 방법밖에 없다는 듯이 말이다.

"도원 선생을 이용하면 넌 죽지 않아도 돼. 아버지만 없앨 수 있어. 그냥 하는 소리가 아니야. 날 믿는다면 알려 줄게."

아버지를 상대하는 게 부담스럽고 위험하니 차라리 도원을 희생해서라도 이득을 얻었으면 하는데. MJ는 그런 편법 따위 듣지도 않았다.

"아이스, 딜을 할 땐 상대에게 가치 있는 걸 걸어야 하는 거야. 아버지의 목숨과 선생님의 목숨은 내게 똑같은 가치가 아니야. 교환할 수 없어. 계속 헛소리할 거면 여기서 헤어지자. 나 혼자 알아서 할 테니까 너랑 그리즐리는 알아서 몸을 피해."

"멍청아. 지금 상황이 어떤 줄 알아? 경찰에 붙잡힌 사냥 협회 사람들이 거짓 진술을 했어. 도원 선생이 이번 일의 배후로 지목되었다고. 경찰청에 특별수사본부가 편성되었어. 곧 있으면 전국 도로를 대상으로 불심 검문도 할 거야. 의심 지역에 수색 영장을 보내며 밀어닥칠 텐데 꾸물거릴 시간이 어디 있어?"

"그래서?"

"그래서라니!"

"그래서 지금 세상이 미쳐 돌아가는데 선생님을 버리고 우리끼리 아버지를 상대하자 그 소리 아냐."

"내 말은 그게 아니잖아."

"아니, 그 소리로 들려. 그딴 얘기 더 할 거면 헤어지자고. 더 이상 서로 안 맞는 얘기하지 말고."

"이대로 일을 망칠 거야?"

"누가 일을 망친다는 건데?"

"아버지를 죽이고 싶어 했잖아. 이제 와서 생각이 변했어? 그런 거야?"

"아니야."

"그럼 뭔데, 이미 잃을 대로 다 잃고도 선생님은 포기 못하겠다는 걸 내가 어떻게 받아들여야 하는데!"

"걱정 마. 아버지는 죽일 거야. 반드시 죽일 거야. 선생님을 타깃으로 삼은 순간, 그 새끼는 내가 평생을 걸쳐서라도 죽여야 한다고 마음먹었어. 선생님에게 위협이 돼. 선생님이 그 새끼한테 죽을지도 몰라. 그러니 내가 먼저 죽일 거야. 선생님은 절대 건들지 못해."

"그 마음으로는 아버지를 못 죽여."

"그러니까 생각이란 걸 하는 거잖아. 어떻게든 방법을 찾으려고."

"……선생님을 정말 포기 못하겠어?"

"그 말 한 번만 더 해 봐. 정말 짐 싸서 나갈 거다."

"선생님을 지키면서 아버지를 없애는 게 정말 가능하다고 믿는 거야, 너는?"

"못하면 내가 죽겠지."

"MJ."

"그러니까 가능하게 만들 거야. 이젠 더 이상 기다릴 수도, 물러설 수도 없으니까."

손끝을 까딱이던 움직임조차 사라진 MJ에겐 이제 아무런 움직임도 남지 않았다.

그의 등 뒤로 창밖이 반짝였다. 마지막 번개와 마지막 천둥, 그이후 내리는 빗줄기는 산속 계곡에 음산한 물소리를 만들었다. 모든 것을 쓸어내려 밑으로 더 밑으로, 제일 낮은 저 밑에 퇴적층을 쌓고 있었다. 진흙 속에는 썩지 않은 동물 사체가 가득했다.

"이제 끝을 낼 거야."

MJ가 왜 이렇게 냉정한지를, 아이스는 비로소 알았다.

고민할 가치가 없어서였다.

도원을 포기하지 못한다는 것. 도원을 포기할 바에야 아버지를 죽이는 일을 뒤로 미룬다는 것. 결국 그런 식으로 결론을 내린 것이다.

아버지보다 도원을 우선순위 삼기로 확고하게 마음먹은 것이다.

"……바보 같은 놈."

아이스가 작게 탄복해도 MJ의 눈빛은 변하지 않았다. MJ는 맹소장이 주의하던 내용을 이제야 이해하게 되었다.

─아버지를 죽일 거면 그와 동일한 마음가짐으로 덤벼. 자네 곁에 있는 모든 사람을 희생해서라도 그의 숨통을 확실히 끊어 놓아. 그럴 수 없다면 자네 욕심은 포기하고 곁에 있는 사람을 지키기 위해 판을 다시 짜.

포기해야 하는 것.

잃지 않기 위해 매달려야 하는 것.

선택할 것은 하나였다. MJ는 자신의 인생을 걸어야 할 것이 무엇인지를 정확하게 인지했다.

그 선택은 오롯하게 MJ의 몫이었다.

도원은 노력할수록 나빠지는 상황에 대해 생각해 보았다.

그것은 무릎으로 걷는 일이었다. 네 발로 기는 것과는 달랐다. 기는 사람은 더러운 바닥에 키스하는 일을 어려워하지 않지만, 무릎으로 걷는 사람은 그것을 두려워했다.

무릎으로 걷는 일은 서 있는 것보다 낮은 키로 세상을 감당하는 일이었다. 일어나지 못한다면 차라리 엎드리면 편해질 일인데, 남들보다 낮은 시선으로 세상의 무게를 생각하는 일이었다.

도원을 괴롭게 하는 많은 것들은 도원이 똑바로 서 있는 것을 싫어했다. 비스듬히 서 있거나 무릎으로 버티길 바랐다.

굴복하는 법을 알려 주려는 듯했다. 지배당하는 노예의 심정을 스스로 깨우치라고 외치는 목소리가 곳곳에서 튀어나오기도 했다. 노력해도 안 되는 일이 있다는 것을 알려 주느라 도원을 둘러싼 세상은 하루하루 바쁘게 돌아갔다.

'넌 누군가의 소유가 되는 법을 알아야 해. 지배당하고, 거스를 수 없는 부분이 있다는 걸 깨우쳐야 하지. 사람이란 네가 책에서

배운 것만큼 쉽게 파악할 수 있는 존재가 아니야. 네가 건방지게 파고들 수 있는 존재도 아니고.'

누군가의 목소리였는지 도원은 알 수가 없었다. 머릿속에 가득 찬 그 목소리는 낯설면서도 익숙했다.

내면에서 나는 소리일까. 어린 시절 자신을 가르치던 가정교사의 목소리일지도 모른다. 대학교수일 수도, 동료일 수도. 그가 만난 수많은 내담자들의 목소리일 가능성은? 누구의 것인지 정체를 알 수 없었다. 그러나 결코 낯설지 않은 목소리였다. 그래서 더욱 섬뜩한 존재였다.

'무의식은 의식하지 않기에 존재하는 것이지. 의식하지 않은 상태에서 발화되는 언어와 표정과 행동이라는 게 정말 존재한다고 생각해? 모든 건 자기만의 언어로 재해석되어 습관처럼 표출되는 거라고 생각하진 않고? 너의 마조히즘은 무의식이 아니야. 스스로 외면했던 성향이 지금에 와서야 드러난 것뿐이지.'

자세히 귀를 기울이니 그 목소리의 주인이 누군지 알 것 같았다.

깊고 낮지만 너무 서늘해서 한기가 도는 사람이었다. 철새처럼 어디에도 머물지 않으면서 다른 사람을 물끄러미 내려다보는 새의 눈을 가진 사람.

주변에서는 그를 '아버지'라고 불렀다.

'이건 무의식이 아니야. 잠을 자고 있던 전의식이지. 이 목소리는 누구라고 생각해? 너? 나? 우리? 누군가? 어떤 존재? 모르겠지? 그러니 무릎으로 걷는 법에 대해 다시 생각해 봐.'

도원은 언제부터 있었는지 모를, 제 목에 걸린 개 목줄을 바라봤다. 새빨간 가죽 목걸이는 아주 얇고 부드러운 붉은색 끈과 연결되어 있었다.

끈은 도원의 가슴 사이를 수직으로 가로질러 내려가 발기된 성기 밑동에 감겨 있었다. 등 뒤로 묶인 손 역시 똑같은 붉은 끈으로 억압되어 있었다.

목과 성기를 직선으로 묶어 낸 끈은 다시금 여러 갈래의 끈들로 얽혀 있었다. 그중 하나는 도원의 가슴을 음란하게 짓누르며 등 뒤로 돌아 나갔고, 다른 하나는 아랫배와 허벅지를 감아서 도원이 근육을 쓰지 못하게 만들었다.

하얀 피부에 감겨 있는 붉은 끈은 연인들 사이에서 다양한 플레이를 합의했을 때 사용되는 것과 같았다. 본디지 플레이를 위해 엄격하게 피지배자를 구속할 때 쓰는 방식이었다.

흥분과 경악과 두려움이 동시에 휘몰아쳤다. 묶인 손을 풀어내려 할수록 발기한 성기 끈이 조였다. 도원은 MJ를 불러 보았다.

'MJ, MJ, MJ.'

그 이름에 의존하듯이 몇 차례나 불렀다. 하지만 대답 대신 무언가가 입 안으로 들어왔다. 발기된 성기였다. 성기 하나가 음탕하고 비릿한 냄새를 풍기며 음모 속에서 고개를 흔들고 있었다.

누군가의 성기가 천천히 입 안으로 밀려들어 오는 동시에 붉은 끈에 팽팽하게 감겨 있는 엉덩이 사이로도 무언가가 파고들었다. 입 안 가득 밀려들어 온 성기의 주인을, 도원이 올려다보았다.

얇은 무테안경 너머에서 호선으로 웃고 있는 눈이 보였다. 경악한 도원은 입 안을 쑤시고 들어온 성기를 뱉어 내려 했지만 벌어진 엉덩이 사이를 사정없이 쳐올리는 힘에 몸의 중심을 잃었다.

작게 기침을 토하며 뒤를 바라봤다. 엉덩이 사이를 퍽퍽, 빠르게 쳐올리는 남자 역시 무테안경을 쓰고 있었다.

입술을 혀로 핥으면서 리드미컬하게 허리를 흔드는 남자를 보고 도원은 사색이 되었다. 입 안에 성기를 물린 사람과 구멍 사이를 파고든 사람은 동일인이었다. 도원은 이 상황을 믿을 수가 없었다.

'싫어, 싫어, 싫어, 지승준, 싫어.'

도저히 제정신으로 견딜 수 없을 만큼 도원은 패닉 상태에 빠졌다.

바닥에 누운 지승준이 도원을 제 하반신에 올렸다. 벌어진 구멍 사이를 가득 채우고 수직으로 밀어 올리더니 도원의 팔을 잡아당겨 가슴팍에 기대어 엎드리게 했다.

입 안에 좆을 밀어 넣었던 지승준은 이미 성기 하나를 삼키고 있던 도원의 아래 구멍에 제 것을 밀어 넣었다.

도원은 눈을 커다랗게 떴다. 작은 구멍 하나에 동시에 파고드는 두 개의 성기를 더는 감당할 수가 없었다. 몸이 반으로 갈라질 것만 같았다.

'아아악!'

커다랗게 터지는 고통스러운 비명에도 두 성기는 움직임을 멈추지 않았다. 도원을 가운데에 두고 위 아래로 사정없는 폭력을 가했다. 아래에 누워 있던 지승준이 말했다.

'그렇게 똑똑한 머리로 이렇게 음란한 상상이나 하다니……. 좋은데요, 선생님.'

위를 점유하고 있던 지승준이 거들었다.

'당신은 순수한 마조히스트가 아니에요. 마스터가 육신을 완전히 점유하길 바라는 슬레이브지.'

'그러게. 이렇게 성기 두 개를 삼키며 흥분하는 발칙한 몸을 가진

노예잖아.'

'그러면서 어디서 MJ와는 깜찍한 섹스를 하실까. 만족도 못하면서.'

'내게 와요. 당신에게 철저한 종속과 길들임의 과정이 얼마나 즐거운지 알려 줄게요.'

'완벽한 복종과 지배가 당신을 더 자유롭게 만든다는 걸 알려 줄게.'

도원은 눈을 세게 감았다. 온몸에 가해지는 고통 앞에서 오로지 한 단어만을 외쳤다.

'MJ, MJ!'

웃음을 터뜨린 두 개의 성기가 동시에 몸 안에 사정하는 순간, 도원은 눈을 번쩍 떴다.

"하아, 하악, 헉, 헉."

숨이 멎는 기분이었다. 폐가 들썩이는 것만으로도 고통스러웠다. 눈물이 쉼 없이 흘러 귀 옆을 적셨다. 가슴까지 덮고 있는 이불을 손이 파들파들 떨릴 정도로 세게 움켜쥐었다.

온몸이 아프고 힘들어서 눈물이 멈추지 않았다. 얼굴을 타고 흘러내린 눈물이 옆머리를 적셨다. 도원은 공포에 가득 찬 눈으로 주변을 살폈다.

"MJ."

불러도 대답 없는 한 사람을 다시 찾았다.

"MJ."

여전히 멎지 않는 눈물을 흘리면서 침대 구석에서 떨리는 몸을 움켜잡았다.

커피색 조명이 그리 크지 않은 방 안을 감싸고 있었다. 방에는 침대 하나만 덩그러니 놓여 있었다. 그 침대를 통째로 덮을 듯한 커다란 이불엔 북유럽식 전나무와 토끼가 수놓여 있었다.

문밖에서 현악기로 연주되는 클래식 음악이 들려오는 듯했다.

비올라가 다른 악기들의 도움 없이 솔로로 연주되고 있었다. 그다지 화려하지도 웅장하지도 않은 그 음악은 특정한 노트만 반복적으로 짚고 있었다.

클래식에 조예가 깊지 않았기에 어떠한 작곡가의 음악인지도 알지 못했다. 비브라토가 거의 없이 레가토로만 이루어진 단순한 구성이란 것만 구분할 줄 알았다.

그것은 샤콘이나 파사칼리아처럼 들렸다. 아주 외롭고, 고독하고, 쓸쓸하고, 그래서 절제된 슬픔이 느껴지는 종류의 음악이었다.

아직도 몸의 떨림이 멎지 않은 도원이 가까스로 침대 밑에 발을 내렸다. 살갗과 근육, 뼈가 불협화음을 내며 떨렸다. 팔에는 힘이 들어가지 않았다. 팔을 감싼 압박 붕대를 손끝으로 더듬으면서 몸을 일으켰다. 왜 붕대를 감고 있는지를 생각하기보다는 음악 소리를 따라 발을 옮겼다.

문을 조심스럽게 열고 거실로 보이는 너른 공간으로 나갔다. 거실은 방 안보다 온도가 더 낮았다. 열기 없는 찬 바닥에 발이 시렸다.

바람에 덜컹거리는 창문 소리를 듣고 흠칫 놀라 어깨를 움츠렸다. 창문 너머에서 긴 그림자가 되어 버린 나무는 머리채를 휘날리는 춤사위로 발밑까지 닿아 있었다.

비가 오다 말길 반복하는 듯, 창문을 간헐적으로 톡톡 두드리는 소리가 들렸다. 마치 호시탐탐 집 안으로 들어오려는 악마의 노크 소리처럼 음산했다.

거실을 가로지르고 몇 개의 닫힌 문들을 지나쳐 은은한 조명등이 켜져 있는 부엌에 다다랐다. 스탠딩 스피커 앞에 한 남자가 서 있었다. 익숙한 뒷모습을 보자 도원은 다리에서 힘이 풀렸다. 벽을 짚고 주저앉자 남자가 그 소리를 듣고 도원을 돌아봤다.

MJ였다. 스피커를 손으로 하나씩 만져 보던 MJ가 도원을 알아보고는 황급히 다가왔다. 그는 하얗게 질려 있는 도원의 안색을 살폈다.

"선생님, 언제 일어났어? 괜찮아? 방으로 데려다줄까?"

도원은 양손을 뻗어 MJ를 끌어안았다. 멈추었던 눈물을 다시 쏟았다.

"흐윽, MJ, MJ……."

허공에서 손을 멈춘 채 움찔하고 있던 MJ가 도원을 마주 안아 주었다. 얇은 티셔츠 너머로 몸의 떨림이 고스란히 전해졌다. 도원은 MJ의 가슴팍에 고개를 묻은 채 펑펑 울기만 했다. MJ는 도원을 품에 안고 속삭였다.

"괜찮아, 응, 선생님, 다 괜찮아. 아무 일도 없었어."

"미안, 미안해. 미안해, MJ, 내가 다 망쳐서, 미안해."

"아니야, 선생님 잘못은 하나도 없어."

"도와주고 싶었어요. 내가 할 수 있는 일이 있다고 생각했어요. 자만이었어. 오만이었어. 나 같은 게 뭘 할 수 있다고."

"……선생님?"

"나 따위가, 미안해요. 정말 미안해요."

자책하는 도원의 태도는 어딘가 뒤틀려 있었다. 충격적인 일을 겪은 사람이라면 응당 겁을 내고, 두려워하는 것이 맞지만 지금의 도원은 그보다 큰 자책감에 휩싸여 있었다.

자신의 무능력함을 채찍질했다. 경찰청 지인이었던 박 형사가 죽었을 때처럼 그는 또다시 모든 일을 제 탓으로 돌렸다.

"미안해, MJ, MJ, 미안해요."

하늘을 수놓던 뇌우보다 더 큰 바람과 비가 머릿속을 난도질했다. 무엇이 다행이고 무엇이 비참한 통곡인지 모르는 상황에서 도원은 기어이 헛구역질을 했다.

"흐윽, 흑…… 으읍!"

MJ가 다급히 도원을 붙잡았다. 울고 있는 도원의 몸이 지나치게 심하게 떨리고 있었다. 도원은 제정신이 아니었다.

"선생님, 아니야, 선생님은 아무것도 잘못한 거 없어."

하지만 MJ의 위로가 도원의 귀에 닿지 않았다. 도원은 눈꺼풀을 떨었다. 그의 목소리는 소리가 되지 않는 신음에 가까웠다.

"하아, 하, 나 때문에 사람들이 죽었어. 총을 피하지 말았어야 했는데."

"선생님, 그런 생각 하지 마."

"흐윽, 웃, 리더가 자리를 피하라고 말했을 때 그러지 말았어야 했는데."

"선생님!"

"리더가, 리더가 나보고 피하라고 했는데 내가 도망가지 못해서. 윽, 흐윽."

"선생님, 제발……!"

"미안해, 정말 미안해. 나 때문이야. 내가 다 망쳐서."

도원은 힘이 들어가지 않는 아픈 손으로 MJ의 옷깃을 필사적으로 움켜쥐었다. 단조로운 음을 반복해서 연주하는 음악이 도원을 숨 쉴 수 없는 고립된 곳으로 잡아끌었다.

몸을 길게 세운 커다란 나무들이 우거진 숲속에 서 있는 기분이 었다. 나무들이 초록색 머리를 내려서 도원을 굽어보는 커다란 존 재가 된 것만 같았다. 그들의 흔들리는 머리카락 아래에서 바람 소 리는 낮고 음울하게 번졌다.

눈물이 멈추지 않았다. 머릿속엔 자신을 겨냥하는 정체 모를 목 소리가 손가락이 되어 얼굴 위에 달라붙었다. 편해지고 싶어서 눈 을 감으려 하면 그 손가락들이 부득불 눈꺼풀을 까뒤집어 도원이 잊고 싶어 하는 장면을 목전까지 들이밀었다.

붉은 피에 물들어 있는 사람들과 온기를 잃은 손을 떨어트린 리 더의 시체였다. 도원의 코를 막은 손은, 비명을 지를 수도 없게 목 구멍으로 주먹을 찔러 넣었다. 이젠 뭐가 뭔지, 감당하기 어려웠다.

"하아, 학, 하아, 하."

과호흡 상태가 되었다. 붙잡고 있던 MJ의 옷깃을 놓치고 바닥에 엎드렸다. 포갠 양팔 위에 이마를 얹자, 쏟아진 눈물에 팔뚝이 축축 하게 젖어 들었다. 온몸을 떠는 도원을 MJ가 거대한 담요처럼 끌어 안아 주었다. MJ는 어쩔 줄 몰라 하며 도원을 강하게 붙들었다.

"선생님, 쉬이, 선생님, 괜찮아."

귓가에 속삭여 주는 목소리가 너무 아득하게 들려왔다. 목이 졸 리는 기분이었다. 숨을 쉬기가 버거웠다. 왜 이렇게까지 정신 상태 가 엉망인지를 차분하게 들여다보고 싶었다.

어떻게든 이성을 붙잡으려 했다. 그러나 그때마다 MJ가 부르는 소리가 귓가에서 흩어지고 새로운 소리가 덧입혀졌다.

'망가져도 된다니까요?'

지승준이 도원의 목을 손으로 감싸는 것 같았다. 붉은 목줄을 맨 도원을 길들이던 마스터의 방식으로, 도원의 숨통을 양손에 쥔 채 웃었다.

'당신이 버티려 할수록 사람들이 죽어 가는 걸 봤잖아요. 총알이 지나간 자릴 보고도 아무런 생각이 안 드나 봐요. 나 같으면 죄스러워서라도 MJ는 포기하겠는데 말이죠.'

도원은 휘몰아치는 머릿속 목소리에서 벗어날 수가 없었다. 목을 쥐고 속삭이는 소리가 바로 뒤에서 들리는 것만 같았다. 그의 손아귀에서 벗어날 만한 체력도, 힘도 없어서 이 순간을 버티는 게 고작이었다.

도원은 MJ를 필사적으로 잡았다. MJ가 곁을 비울까 봐 무서움에 떨었다.

"하아, 하, 하윽."

도원의 몸에서 점차 힘이 풀렸다. 엎드려 있는 것도 힘들어서 모로 쓰러져 누워 몸을 웅크렸다. 더 이상 지켜볼 수 없어 MJ는 황급히 도원을 품에 안았다. 가누지 못하는 몸이 젖은 빨랫감처럼 아래로, 자꾸만 아래로 미끄러졌다. MJ가 소리를 질렀다.

"아이스! 그리즐리! 아이스! 그리즐리!"

비명에 가까운 목소리였다.

"당장 나와! 아이스! 그리즐리!"

그 소리를 들은 누군가가 계단을 밟고 쿵쾅쿵쾅 뛰어내려 왔다. 커다란 덩치의 남자가 MJ와 빠르게 이야기를 나누었다. 남자는 몇 번이나 고개를 저었다. 아이스가 황급히 말했다.

밖에 있어, 의사가 연락이, 안정을 취하라고, 약은 어디 있는지 모르는…….

이야기가 드문드문 들렸으나, 온전한 문장이 되어 도원이 이해할 수 있는 범위 내로 들어오지는 못했다. 온전한 문장은 도원의 머릿속에서 울리는 목소리가 전부였다.

'이번엔 아이스를 죽여 줄까요? 아니면 맹강조 소장? 아하, 당신 가족들도 있네. 걱정 마요, MJ는 마지막의 마지막까지 살려 줄게요. 나도 그 정도 아량은 있어요, 하하하.'

"연락이……."

"왜! ……안 보여?!"

"내…… 게!"

"안 돼……!"

'MJ가 언제까지 당신을 지켜 줄 수 있을 거 같아요? 쉽지 않을 걸. 그 녀석은 나를 이길 수 없어요. 내가 시킨 일만 잘해 오던 충성스러운 개였는데 말이야. 제 주인 목덜미 물어뜯는 게 어디 쉬울까. 그렇다고 MJ를 너무 빨리 포기하지는 말고. 그래야 이 판이 재미있지.'

도원은 악마의 속삭임을 더는 견디지 못하고 비명을 질렀다.

"MJ!"

그 소리에 대화 소리가 끊어졌다. 말싸움을 벌이던 공방이 잦아들고 황급히 도원만을 위한 움직임으로 바뀌었다.

"약 없으면 따뜻한 물이라도 데워 줘!"

"알았어!"

MJ는 도원을 안고 일어나 조금 전까지 도원이 누웠던 침대로 달려가 다시 몸을 눕혔다. 도원은 푹신한 침대에 누워서도 괴로워했다.

과호흡 상태에서 헐떡이는 호흡을 평소대로 되돌리지 못했다. 생각과 감정이 온통 뒤섞였다. 앞뒤, 위아래가 구분 없이 뭉쳐졌다. 이러다가는 죽는 것과 사는 것조차 구분하지 못할 것 같았다. 죽으면 이 고통에서 해방될 것 같았다.

죽으면. 죽을 수 있다면.

"MJ."

매달리는 도원에게 MJ가 필사적으로 말했다.

"괜찮아, 선생님, 나 여기 있잖아. 괜찮아."

"죽을 거 같아, 아, 하아, 하아, 숨 쉬는 게, 하아, 아."

"선생님…… 괜찮아, 응? 선생님, 제발."

"폐가, 하악, 학, 폐가 안 움직여, 아, 아아."

손끝이 하얗게 질릴 정도로 이불을 움켜쥐는 도원을 보자, MJ가 울 것 같은 표정을 지었다.

"하아, 하, MJ."

도원은 MJ의 목에 고개를 묻었다. 그의 살 내음을 맡으면서 몸을 비틀었다. 힘겨워하는 도원을 잡은 MJ가 덩달아 침대 위로 올라왔다. 도원이 아무렇게나 몸부림치다가 다칠 것만 같았다.

도원의 양손에 깍지를 꼈다. 팔을 휘두르다 벽에 부딪치지 않도록 했다. 무릎 사이에 도원의 허벅지를 끼워서 몸을 들썩이다가 침대 밑으로 떨어지지 않게 붙들었다.

눈물에 젖은 도원의 속눈썹이 파르르 떨렸다. 이젠 숨 쉬는 방법마저 까먹은 듯 숨을 헐떡이지도 못했다.

파랗게 질려 가는 도원을 지켜보던 MJ는 덜컥 겁을 먹었다. 익사 직전의 사람처럼 보여서 황급히 고개를 숙여 도원의 입술에 제 입술을 비볐다.

인공호흡을 흉내 내며 도원의 목 너머로 숨을 밀어 넣자 도원이 몸을 들썩였다. 간헐적으로 끊어지던 호흡이 조금씩 길어졌다.

"소, 손으로 조르고 있었는데, 날 끌고 가서, 물이, 물이 너무 깊어서."

힘겹게 말을 잇는 도원을 MJ는 도저히 바라볼 수가 없었다. 이 정도로 고통스러워하는 도원에게 면역이 없었다. 언제나 부드럽게 웃어 주고, MJ를 달래 주면서 등허리를 토닥토닥 다독여 주는 손길을 가진 사람이 이렇게나 고통스러워하는 모습이라니. MJ는 도원의 몸을 더 세게 움켜잡았다.

울고 싶어졌다. 아픈 도원을 보면서 제 안쪽에서 무언가가 깨지는 기분이 들었다. 어떻게든 지켜 왔던 도원을 향한 순수한 집착이었다.

조금 이기적인 마음가짐으로라도 도원을 옆에 붙들어 두고, 도원에게 의존했던 집착. 그 집착으로 인해 평범하고 평온하게 살아왔던 소중한 사람의 인생이 엉망이 되어 버렸다.

"물 같은 거 없어!"

MJ는 절규에 가깝게 외쳤다.

"물 같은 거 없다고! 선생님을 힘들게 하는 거, 없단 말이야!"

"숨을, 숨을 잘 못 쉬겠…… 하악, 학."

"선생님! 선생님! 제발, 제발…… 제발……!"

"홋, 싫어…… 싫어, 지승준, 넣지 마요, 움직이지 마요……."

"선생님, 선생님!"

"묶지 마요, 싫어…… 내가 잘못했어……."

"미안해, 내가 선생님을 놓쳐서, 내가, 선생님, 제발……."

MJ는 깍지를 끼고 있던 손을 천천히 풀었다. 온몸을 덜덜 떨던 도원이 몸을 웅크렸다.

몸을 아주 작게 마는 모습을, MJ는 절망을 담은 눈으로 지켜봤다. 다리를 끌어안고 이불 안으로 들어간 도원이 울었다. 봉긋하게 솟은 이불이 봉분처럼 보였다. 그게 정말로 젖은 무덤이라도 되는 것 같았다.

MJ는 모든 게 무너진 얼굴이었다. 그토록 지키려고 노력했던 것을 지키지 못했다. 소중했던 것이 부서지는 모습을 처음부터 끝까지 지켜본 기분마저 들었다.

"MJ."

그 젖은 무덤 안에서 작게 들리는 부름 때문에, MJ는 침대에서 나올 수가 없었다. 자신이 도원을 이렇게 만들었다고 자각하면서도, 앞으로 그를 괴롭게 하지 않기 위해 자신이 물러나야 한다는 걸 알면서도, 도저히 먼저 떠날 자신이 없었다.

아직까지는 자신을 불러 주는 도원이 있어서 MJ는 그 목소리를 놓을 수가 없었다. 이기적이라고 욕해도 어쩔 수 없었다. MJ에게는 도원이 전부였다. 도원이 MJ를 먼저 놓을 수 있어도 그 반대는 불가능했다.

"선생님, 나 여기 있어."

이불을 들추지도 못한 채 MJ가 울음 섞인 목소리로 대답했다. 이불 속에서 도원은 MJ의 목소리를 인식하지 못했다. 중얼거리듯이 MJ, 하고 간절하게 부를 뿐이었다.

"여기 있어. 계속 여기 있을게. 어디 안 갈게."

"MJ, MJ."

"선생님, 선생님은 아무것도 잘못한 거 없어."

"MJ……."

"내가 다 잘못했어. 내가 선생님 허락도 안 받고 선생님을 내 전부로 만들어서 미안해. 나 때문이야, 선생님."

결국 울음을 터뜨린 MJ의 목소리에 그를 공허하게 부르던 도원의 목소리가 잦아들었다. 한동안 아무 움직임도 없던 이불이 젖혀졌다. 열린 이불 속에서 고개를 든 도원이 눈물을 쏟고 있는 MJ를 멍하니 바라봤다.

"아……."

그 목소리는 탄식에 가까웠다. 도원은 MJ가 이렇게 우는 모습을 처음 보았다. MJ는 도원의 피폐해진 상태를 상상도 못했기에 보는 것만으로도 괴로워서 어쩔 줄을 몰라 했다.

서로가 서로를 낯설고 이상하게 보는 시선이 이어졌다. 좋은 것만 보여 주겠다고 약속했던 것이 아주 오래전의 일처럼 느껴졌다. MJ가 먼저 떨리는 입술을 열고 말했다.

"선생님은 잘못한 거 없어. 하나도 없어. 이건, 그래, 이건 그냥 아주 나쁜 꿈인 거야. 또 나쁜 꿈을 꿀 거 같으면 이번엔 내가 내쫓아 줄게. 내가 선생님 꿈까지 지켜 줄게."

멍하니 바라보는 도원에게 MJ가 조심스럽게 손을 뻗었다. 피하지 않는 도원을 보면서 아주 작은 희망을 발견했다. 아직은, 아직은 도원을 만져도 된다는 희망이었다.

"내가, 내가 무슨 일이 있더라도 선생님을 지켜 줄게."

도원은 젖은 눈을 몇 차례나 깜빡였다. 도원보다 더 힘겨워하는 얼굴로 MJ는 입술을 꽉 깨물었다. 표정은 엉망이었다.

도원의 목을 조르던 지승준의 목소리가 사라지고 있었다. 가느 실 끝에서 흔들리던 이성이 조금씩 돌아왔다. 현실과 환상을 구분 하지 못하던 시야에 울고 있는 MJ만이 또렷하게 보였다.

그는 어린아이처럼 울고 있었다. 밀려 올라온 설움을 견디지 못 해서 도원을 보며 눈물을 흘리고 있었다. 소리를 내면서, 주먹 쥔 손등으로 눈물 자국들을 닦아 내면서, 그렇게 어깨를 들썩이면서 울었다.

부엌에서부터 들려오던 음악이 다음 곡으로 넘어갔다.

피아노와 협연하는 비올라 연주는 앞선 노래보다 조금 더 빠르고 경쾌했다. 겨울 숲에서 혼자 서 있던 남자에게 다정한 아가씨가 다 가와 미소 지어 주는 것처럼, 하나보다는 나은 둘이 무엇인지를 알 려 주고 있었다.

녹턴인가. 아니면 잘 모르는 종류의 변주곡일까. 따뜻한 갈색빛 조명에 스며든 클래식 곡이었다.

도원은 멀리서 들려오는 음악을 들으며 조금씩 숨을 가다듬었다. 폐까지 차올랐던 물기를 잊을 수 있게 되어서야 MJ에게 손을 내 밀어 그의 얼굴을 한 손으로 쓸어 만졌다. 손바닥이 순식간에 젖어 들었다.

입가를 일그러트리고 우는 MJ를 도원이 천천히 안아 주었다. MJ는 도원의 어깨와 다리를 감싸 주었다. 도원은 그런 MJ를 하염 없이 바라봤다. MJ도 도원에게서 시선을 떼지 못했다.

둘은 서로를 지켜보는 게 전부였다. 여전히 울고 있는 MJ와 지 친 얼굴을 한 도원이 한참이나 서로를 바라보았다.

MJ는 도원의 왼손을 양손으로 꽉 잡았다. 기도하는 심정으로 그 손을 잡고 고개를 숙였다. 한 번도 신을 찾아본 적 없기에 사람들이 무슨 마음으로 기도하는지를 몰랐다. 본 적도 없고 배운 적도 없는 기도하는 마음이란 게, 아마도 이런 것은 아니었을까.

"지켜 줄게. 선생님은 내가 지켜 줄게."

신이란 존재가 제 인생을 망쳐 놓았다면 부디 원망하지 않을 테니, 선생님까지 망가트리진 말라고. 한 번도 해 본 적 없는 절박한 마음으로 기도했다.

"내가…… 선생님의 전부를 지켜줄게."

너무 절박해서 몇 번의 오열이 터지는 기도가 오랫동안 이어졌다.

도원은 멍한 시선으로 천장을 바라봤다. 생각을 해야 하는 뇌는 직무 태만이었다. 공장은 가동을 멈추었다. 평생 기름칠을 해가며 쉼 없이 굴리던 톱니바퀴들이 처음으로 파업을 선언하고 무기한 휴직에 들어갔다.

모든 기능이 정지해 버린 머릿속은 텅 비어 있었다. 비가 많이 온 다음 날 뿌연 안개가 낀 것처럼, 무언가를 찾으려 해도 눈앞이 멍해져서 찾을 수가 없었다.

신경안정제의 작용이거나 지나친 스트레스로 미쳐 버린 뇌가 선택한 생존 방법이거나. 어느 쪽이든 도원의 멍한 시선을 바로 잡는 건 당분간 무리였다.

생각해야 할 문제가 있다는 걸 알면서도 그 생각에 닿지 못했다. 아주 작은 병정들이 대걸레를 들고 몰려와 길 위에 뿌연 거품을 뿌려 놓고 닦지 않는 모습만 상상이 되었다.

다가오다가 미끄러지는 바람에 우스꽝스럽게 느껴졌다. 까르륵, 웃는 작은 사람들의 발랄한 모습에 도원은 생각에 닿지 못하고 빙그레 웃고 말았다.

머리카락을 만지작거리는 손길을 따라서 눈을 움직였다. MJ가 한 이불 아래, 모로 누워 자신을 보고 있었다. 설핏 웃고 있는 도원을 보면서 MJ가 따라서 웃었다.

"왜 웃어, 선생님."

도원은 여전히 초점이 맞지 않는 눈으로 MJ를 보다가 눈가를 접었다.

"병정들이⋯⋯."

"병정?"

"청소를 너무 대충 해서요."

"음. 뭔 소린지 모르겠어."

"거품이 보글보글해서⋯⋯."

"좋은 거야?"

"응, 좋아요."

"그럼 됐어. 선생님이 좋다 하니까."

MJ는 도원의 얼굴로 손을 뻗었다. 깜빡이는 눈꺼풀을 손끝으로 더듬어 세어 보았다. 도원은 제 얼굴을 가만히 만져주는 MJ를 멍하니 바라보기만 했다.

공중에서 시선이 섞이고 한참을 들여다본 후에야 MJ는 도원에게 얼굴을 붙였다. 고개를 숙여 이마와 눈꺼풀, 볼과 코에 입술을 내려 앉혀 가벼운 키스를 해 주었다. 쪽, 하고 달콤하게 달라붙었다가 떨어지는 입술을 도원이 눈을 깜빡이며 좇았다.

"MJ."

도원의 부름에 MJ가 느리게 깜빡이던 눈을 들었다. 그의 투명한 홍채에 도원의 멍한 얼굴이 비쳤다. MJ는 여전히 도원의 뺨과 입술을 쓰다듬어 주고 있었다.

"응, 선생님."

"음, 저기 갑자기 그냥…… 그런 생각이 들어서 그런데요."

"뭐가?"

"키스해도 돼요?"

MJ가 웃음으로 대답을 대신했다. MJ는 자연스럽게 고개를 옆으로 틀어 주었다. 도원이 입을 맞추기 편한 각도를 만들어 주자 도원은 MJ의 얼굴을 잡고 입술을 붙였다. 맞닿은 입술이 벌어지자 뺨을 왼쪽으로 숙이고 혀를 내밀었다.

MJ는 제 입으로 넘어온 도원의 혀를 쪽쪽 빨기 시작했다. 오돌토돌한 혀가 서로를 애무하고 적시면서 뱀처럼 똬리를 꼬았다.

혀뿌리를 서로 끌어당기는가 하면 치열과 잇몸을 훑으면서 영역 표시를 하듯 자신의 구역을 혀끝으로 하나하나 새기기도 했다.

도원이 입꼬리를 말아 올려 미소를 지었다. 그 웃음이 MJ의 명치를 간질였다. MJ는 입술에 이어 볼과 콧잔등까지 쪽쪽 빨았다.

도원은 그런 MJ의 입맞춤을 모두 받아 주었다. 키스만으로도 행복하고 안심이 되어서 웃음이 멎질 않았다.

"어떡하지, MJ의 키스가 너무 좋아요."

참지 못하고 터뜨리듯 고백해 버린 그 한마디에 MJ는 몸을 들썩였다. 절로 숨이 거칠어졌다. 도원의 달콤한 분위기에 정신을 차릴 수가 없었다.

"키스만 좋아? 나는?"

"그걸 질문이라고 하다니."

"선생님 지금 분위기 장난 아닌 거 알지?"

"왜요?"

"심장이 간지러워."

"나 때문에요?"

"응, 선생님 때문에."

"좋은 거죠?"

"그걸 질문이라고 하는 거야?"

"앗."

도원의 어깨와 팔을 만지던 MJ의 손은 천천히 내려와 허리와 엉덩이를 매만졌다. 도원은 엉덩이를 움켜쥐는 감촉에 얼굴이 붉게 달아올랐다. 엉덩이를 만져도 괜찮지만 지금은 키스가 더 하고 싶었다.

"키스해 주면 안 될까요."

도원이 이렇게 조른 적이 있던가. MJ는 도원의 유혹을 거절할 수 있는 사람이 아니었다. 도원이 벌려 준 입 안으로 혀를 밀어 넣었다. 도원이 살짝 고개를 젖혀서 더 깊은 키스를 유도하는 대로 MJ 역시 따라갔다.

도원은 MJ의 숨을 빨아 마셨다. 입 안으로 밀려들어 온 그의 타액도, 냄새도 모두 다 도원의 오감에 새겨 넣었다. 아무리 오래 키스를 해도 아쉬움이 남아서 도원은 안달이 나기 시작했다.

손을 뻗어 MJ의 목뒤와 날개뼈 근처를 쓰다듬었다. 맞닿은 살 갗이 서로 비벼졌다. 몸이 옆으로 움직여졌고, 단정하게 누워 있던 MJ는 도원의 몸 위로 올라왔다.

그동안에도 입술은 떨어지지 않았다. 여전히 서로의 혀를 탐하면서 손은 몸 곳곳을 애무했다. 달콤한 키스에 다정한 스킨십. 아무 걱정 없는 일상의 연인들처럼 서로의 사랑을 탐닉했다.

"간지러워요."

잠깐 입술이 떨어졌을 때 도원이 솜털처럼 가볍게 웃으며 말했다.

"옆구리에 손, 아, 간지러워."

도원이 키득거리는 웃음소리를 듣자, MJ도 입가를 올리며 웃었다. 도원의 옷 속으로 손을 넣은 MJ가 평평한 배와 가슴, 옆구리를 하나하나 쓸어 만졌다.

"의외네. 간지럼도 잘 타는 줄 몰랐어."

"아, 응, 터치가 그러니까 그렇죠."

"하나하나 다 새기려고 그래."

"뭘요?"

"언제 어디서든 눈 감아도 떠올릴 수 있게 선생님을 새기는 거야."

그게 무슨 의미인지 몰라서 눈을 깜빡거리는 도원에게 MJ는 부드럽게 미소 지으며 쪽, 하고 뽀뽀를 해 줄 뿐이었다.

도원이 멀뚱히 바라보기만 하자 MJ는 손가락 사이에 걸린 도원의 유두를 꼬집었다. 작게 신음을 뱉은 도원은 두 볼에 홍조를 띠었다.

"으응, 왜 놀리는 것처럼 만져요."

MJ는 마른 입술을 혀로 축이면서 웃었다. 꼬집은 유두를 당기면서 손가락 사이에 넣고 비볐다. 허리를 바르작거리는 도원이 귀여웠다. MJ는 웃으면서도 입가를 살짝 떨었다. 그 웃음이 진실로 행복한 것과는 약간 거리가 멀다는 것을, 도원은 눈치채지 못했다.

MJ는 도원이 제 표정을 살필 수 없도록 고개를 숙여 손으로 꼬집은 유두를 빨았다. 숨소리가 거칠어진 도원을 느끼면서 MJ는 최대한 평상시의 목소리를 내려고 노력했다.

"배고프지 않아?"

젖이 나올 리도 없는데 입에 넣고 쪽쪽 빨다가 짧게 물었다. 도원이 대답하기도 전에 쪽쪽 빨던 유두를 다시 입에 머금었다. 도원은 숨결이 거칠어진 대답을 들려주었다.

"배가 고픈 것 같긴 한데요."

"대답이 뭐 그래."

"아, 잘 모르겠어요. 배고픈 건가."

"안 되겠네. 맛있는 거 잔뜩 먹여야겠어."

"그거…… 야하게 들리는 말인데요."

"하하, 이젠 바로 알아듣네?"

"전 정상적인 걸 먹고 싶으니까 이상한 실험은 하지 마세요."

"정상적인 거라. 오므라이스 어때?"

"아응, 좋아요."

"계란이나 우유에 알레르기 있지는 않지?"

"저 뭐든, 아, 살살 깨물어 주세요…… 아, 응, 잘 먹는걸요."

"그럼 조금 더 부드럽게 스크램블 해 먹자."

"아."

"도와줄 거야? 그럼 더 부드럽게, 더 말랑말랑하게 여길 애무하고 싶은데."

MJ가 타액으로 흥건하게 젖은 도원의 가슴을 이번엔 손으로 유륜까지 쥐고 주물렀다. 홍조에서 확장된 붉은 기운이 도원의 목 위까지 물들였다. 도원은 빨갛게 부어오른 가슴을 내려다보다가 부끄러움을 참지 못하고 말했다.

"대체 계란으로 요리를 해 먹고 싶다는 건가요, 절 뭐 어쩌고 싶다는 건가요. 하나만 해요, 하나만."

"선택이 가능한 거야? 그럼 나 두 번째 거. 선생님부터 어떻게 해야겠어."

"섹스하고 싶다는 말을 왜 이렇게 낯간지럽게 하는 건데요."

도원의 입에서 섹스라는 소리를 듣자 MJ가 웃어 보였다.

"할까?"

"해도 돼요?"

"못할 게 뭐 있겠어."

"아, 음, 그게, 우리 이렇게 속 편하게 있을 때가 아닌 거 같은데……."

"문제될 거 없는데."

"……없어요?"

"응, 없어. 젤이랑 콘돔도 없고. 그래도 하자. 몸에 무리 안 가게 부드럽게 할게."

"없다면 나가서 사 오는 게……."

"안에다가 싸면 되잖아."

"그, 그게."

"쉬이, 다른 거 생각하지 말고, 일단 나랑 섹스하는 데에 집중해야지. 안 그러면 선생님 오줌 쌀 때까지 박을 줄 알아."

"무, 뭐라고요."

음탕한 말에 삐거덕거리며 톱니바퀴가 돌아가려던 머릿속이 다시 멈추고 펑 소릴 내며 터졌다.

MJ의 자극적인 한마디에 도원의 얼굴이 새빨개졌다. 오줌을 쌀 때까지 박는다는 게 대체 무슨 행위인지 감히 상상할 엄두도 나지 않지만 생리 작용을 조절하지 못할 정도로 이성을 잃는 섹스란 게 뭔지 알 것 같아서 가슴이 뛰었다.

해야 할 숙제를 미룬 어린아이처럼 원인 모를 불안감과 초조함 속에서 MJ의 유혹을 거절하지 못했다. 어쩐지 MJ의 유혹을 거절하지 못하게 된 것 같다.

MJ와의 섹스를 기대하게 된 걸까. 아님 이런 식으로 사랑받는 일에 익숙해져서 더 그 사랑에 심취하고 싶은 욕심을 부리게 된 걸까. 복잡한 생각하지 않고 육욕에 쾌감을 맡기고 싶은 도피적인 마음가짐일지도 모른다.

바지를 내린 MJ가 도원을 온몸으로 내리눌렀다. 빨갛게 달아오른 가슴이 MJ의 상의에 쓸렸다. 아릿한 흥분이 찾아왔다.

올려다보는 도원의 바지 속으로 손이 들어왔다. 몸은 그 손길을 기억하고 있었다. 또한 어떤 식으로 자극이 찾아올지를 기대하기까지 했다. 허벅지에 닿은 MJ의 성기가 얼마나 발기하여 어떤 각도로 솟아올랐는지를 상상만으로도 제법 정확하게 그려 낼 수 있었다.

몸 안으로 침에 젖은 손가락이 파고들었다. 그 이물질의 침입을 몸은 더 이상 거북하게 여기지 않았다. 이런 식으로 MJ에게 사랑받는 것에 익숙해져 있었다.

도원은 스스로 다리를 벌렸다. 언제나 상황을 따져서 섹스를 해야 할지 말지를 결정하던 이전과 달랐다. 어째서인지 이번에는 순수하게 그와의 섹스를 우선으로 삼았다.

MJ와 가장 가까이 닿을 수 있는 형태라면 그것이 섹스가 아닌 어떤 것이라도 좋았다. 아쉬움이 남지 않을 때까지 더 깊이 자신을 내어 주고, 그를 자신에게 내어 달라고 요청했다. 갈증이 느껴지지 않을 때까지 말이다.

"MJ."

침에 젖은 손가락은 도원의 구멍을 벌리면서도 자신의 성기를 잡고 흔드는 데에 이용하기도 했다. 부풀어 오른 성기가 벌리다 만 구멍 안으로 밀려들어 왔다. 섹스를 얼마나 오랫동안 안 했나요, 라고 물었던 도원에게 대답이 되는 반응이었다.

몸은 쉽게 열렸다. 최근에 섹스를 했다는 흔적이었다. 젖은 구멍으로 밀려들어 오는 압박 강한 성기를 받아들이면서 도원이 숨을 헐떡이며 말을 이었다.

"하아, 아, 왜 이렇게 좋지, 아, MJ."

도원의 그 말이 MJ에겐 더없는 자극이었다.

"선생님, 오늘따라 왜 이렇게 야해."

"하으, 으, 아, 좋아."

"좋아? 응? 내 키스가? 내 좆이?"

"MJ가 좋아요. 좋아서, 아응……!"

"아, 선생님, 이젠, 웃, 이런 식으로 나오겠다 이거지."

몸을 부르르 떤 MJ의 숨결이 단숨에 거칠어졌다. 도원의 다리를 양옆으로 활짝 벌리면서 있는 힘껏 무게를 실어 자신을 밀어 넣었다.

"아!"

괴로움에 가까운 비명을 내지르는 도원을 붙잡고 허리를 더 찍어 올렸다. 도원의 가장 깊은 곳에 닿을 수 있는 사람은 세상에서 자신이 유일하다고 마킹을 했다.

도원에게는 아무리 섹스 횟수가 늘어나도 좀처럼 익숙해지지 않는 행위였다. 거대한 성기와 무자비한 피스톤질은 매번 새롭게 도원을 자극했다. 본능적인 움직임이 날이 갈수록 짐승처럼 변해 가는 것 같았다.

"하아, 아! MJ, 아, 그렇게 한 번에 넣으면, 하아!"

도원의 내벽, 가장 깊은 곳에 닿을 수 있는 사람은 MJ, 자신이었다. 누구도, 누구에게도 이런 도원을 내어 주지 않을 것이다. 목을 뒤로 길게 젖히면서 파르르 떠는 도원에게 고개를 숙였다. 도원의 목과 쇄골에 이를 박으면서 MJ는 허리를 쳐올렸다.

"아, 응!"

제 아래에서 터지는 비명을 들으면서 젖은 구멍 안을 더 깊게 파고들었다. 도원이 젖어 가는 모습을 황홀하게 바라봤다. 그저 도원을 보는 것만으로도 행복했다. 자신을 좋아한다고 말해 주는 도원이 고마웠다. 그래서 손을 놓을 수 없었다.

MJ는 도원의 양손에 깍지를 꼈다. 다리를 넓게 벌린 도원은 그 다리 끝을 파르르 떨었다. 엄지에 걸린 이불이 밀려 나갔다. 밀려 내려간 이불이 침대 밑으로 툭, 떨어지는 소리를 듣고도 도원은 제 속을 황홀하게 쑤시는 MJ의 움직임에 몸을 맡겼다.

"하웃, 아, 아, MJ, 아."

좋아서 어쩔 줄 몰라 하는 도원을 보며 MJ 역시 이성을 잃었다. 품 안에서 숨을 헐떡이는 도원을 움켜쥐듯 끌어안고 허리를 움직였다.

도원의 얼굴에는 다정하게 입을 맞춰 주었지만 허리 아래는 난폭했다. 빨갛게 부어오른 구멍을 인정사정없이 쑤시면서 힘겨워 떠는 다리를 오히려 더욱 잡아 벌렸다.

"하, 아! 아! MJ, 아!"

고개를 뒤로 젖히는 도원을 따라서 목에 이를 박아 넣었다. MJ가 숨을 몰아쉬었다. 헉헉, 하고 쏟아지는 숨결 속에서 MJ는 터질 듯이 부풀어 오른 성기로 도원의 몸 안을 쑤셨다.

"하악, 학, 선생님, 하, 아, 제기랄, 아!"

"MJ, 아, M……."

"선생님, 흐으, 아, 잠깐, 이대로, 잠깐만."

"싸, 쌀 것 같아요."

"싸도 되니까, 흐으, 잠깐만, 쉬이."

"아, 응……! 노, 놓아주…… 아!"

"아, 젠장, 여기, 아, 여기 너무 좋아, 아!"

견디기 힘들어하는 도원을 보면서도 MJ는 원하던 지점에 터질 듯한 페니스를 찔러 넣었다. 도원의 가장 연약한 성감대이자, 그의 이성을 툭 끊어 버리는 깊고 뜨거운 지점이었다.

"흐으, 아웃, 아아!"

멈출 줄 모르는 허릿짓에 도원은 이미 눈앞이 하얗게 타들어 갔다. 흥분해서 들썩이는 MJ를 끌어안고 벌어진 구멍으로 그를 받아

주었다.

힘겹긴 했지만 그것만으로도 도원은 가슴이 가득 차는 듯한 충족 감을 느꼈다. 좋아서 죽을 것 같은 기분은 비단 MJ만의 감정이 아니었다.

"선생님, 아, 아!"

MJ는 밤새 손끝으로 아로새겼던 도원의 얼굴만큼, 그의 내부까지 온몸으로 파고들며 신체에 새겼다. 뜨거운 내벽이 꿈틀거릴 때마다 MJ는 허리에 힘이 풀려 비틀거렸다. 강하게 물고 놔주지 않는 구멍에 신경 줄이 하얗게 타들어 가서 아무것도 생각할 수가 없었다.

도원만을 온몸으로 느꼈다. 괴로워하는 듯하지만 숨을 할딱이면서 눈가를 붉히는 도원의 모습을 그저 눈 속에 아로새겼다.

MJ는 필사적으로 자신을 새겨 넣었다. 도원이 몸으로 기억할 수 있는 사람은 MJ 하나뿐이라고 강요하듯이 움직였다.

"너무 좋아, 흐으, 하아, 선생님, 하아!"

저를 도원에게 새겨 넣는 행위였건만. 오히려 도원이라는 존재가 피부와 심장과 머리에 더 짙게 음각되어 갔다.

서로가 서로의 문신처럼 변해 버리는 이 섹스에 더 이상 단순한 희열은 남지 않았다. 남은 것은 절박함과 애절함이었다. 서로를 놓칠 것 같은 불안함이었다.

"선생님!"

MJ에게 섹스는 생존이었다. 그리고 이젠 그 생존이 도원에게 전이되고 말았다. 서로가 서로의 숨이 되어 버린 섹스는 적나라하고 난잡해질수록 서로만을 필요로 하는 가장 애틋한 제의가 되어 버렸다.

타나토스적인 섹스를 안타깝게 생각하던 도원마저 그 감정에 휩쓸렸다. 도원에게도 MJ의 격렬함이 그대로 옮겨 오고 말았다.

MJ의 섹스에 숨을 쉴 수 있었다. 목이 졸리는 느낌도, 폐에 물이 가득 차 있던 것 같던 감각도 사라졌다. 그에게 안겨 있을 때 비로소 사는 기분이었다.

이런 섹스라니. 이런 걸 매번 느껴 왔을 MJ라니.

"흑, 웃…… MJ."

울음을 터뜨린 도원에게 다정하게 키스하면서도 밑에서 맑은 물이 줄줄 흐르는 상태가 될 때까지 놓지 않았다. MJ에겐 도원이 전부였다. 이젠 말할 필요도 없는 당연한 이야기를 섹스로 대신했다.

"너무한 거 아니냐. 몸도 마음도 만신창이인 사람한테 무슨 짓을 하는 거야, 너."

아이스가 질렸다는 얼굴로 말했다. 욕실에서 젖은 머리를 털고 나온 MJ는 거실 소파에 앉아 있는 아이스를 힐끔 보다가 성의 없이 대답했다.

"사생활에 관심도 많네."

"그게 사생활이면 좀 은밀히 하던가. 문도 얇아서 다 들려."

"신경 쓰지 마. 너 들으라고 하는 거 아냐."

"미, 미친놈아. 그걸 어떻게 신경 안 쓰냐. 너, 아침부터 지금까지 저 선생님한테 얼마나 몹쓸 짓을 하고 있는지 아냐? 이거 범죄야, 너!"

"몸에 무리 안 가게 신경 많이 쓰면서 하는 거야."

"웃기지 마. 몇 번이고 기절했다가 다시 깨어나는 사람 붙잡고 계속 했잖아."

"아, 진짜, 쯧."

"네가 섹스 중독인 건 알지만 상대까지 그렇게 만들지 마."

"알았어, 잔소리 그만해."

"내가 다 민망해서 그래. 적당히 좀 하라고. 선생님이 침대 밖으로 나오질 못하잖아."

"알았다고."

그러면서도 다시 방에 들어가 기절한 도원의 풀어진 구멍에 성기를 끼워 맞출 태세인 MJ였다.

"야, 씨, 또 방으로 가는 건 뭔데. 그리즐리, 막아."

그리즐리가 아이스의 말에 냉큼 문 앞을 막았다. MJ는 사나운 표정으로 문 앞을 가로막은 그리즐리를 응시했다. 그리즐리는 화끈화끈해진 얼굴을 손부채질했다. 어떻게든 열기를 식히면서 부끄러운 듯이 말했다.

"그, 그만해, MJ."

문 너머에서 도원이 자고 있다. 자는 중간중간 도원은 자주 깨곤 했다. 식은땀에 푹 젖어서 MJ를 붙잡고 말하길, 붉은 끈이나 노예, 시체와 죽은 사람에 관한 이야기를 했다.

자꾸 지승준을 부르기에 화가 나서 끌어안고 다독여 주기도 했다. 도원이 환청이나 환시에 괴로워하지 않도록 곁을 지켜 주고 싶은데, 그럴 타이밍이 아니라서 짜증만 늘어 가는 MJ였다.

도원에게 꿈에 대해 묻지 않았다. 그저 도원을 안고 등을 토닥여 주면서 끔찍한 악몽에서 벗어날 수 있도록 도와줄 뿐이었다.

도원이 악몽 속에서 무언가를 떠올리고 해석하려 하면, MJ는 도원의 맨몸을 쓸어 만져 그 생각의 흐름을 끊어 버렸다. 도원이 정신적으로 무리할 때마다 MJ는 도원의 가장 깊은 쾌감을 찔러 댔다.

도원의 생각은 찰기 없는 밀가루 반죽이 되어 뚝뚝 끊어졌다. 시체의 차가운 살갗이 떠오르다가도 몸속을 파고든 MJ의 뜨거운 온기에 집중했다. 헌팅 트로피인 제 위치를 잠시 잊고서는 사랑하는 사람이 적셔 주는 사랑에 온전히 취할 수 있었다.

도원은 몇 번이나 갈팡질팡했지만 결국은 MJ의 목을 끌어안았다. 젖은 입술로 "MJ."라고 부르는 목소리는 도원이 설명하지 않아도 MJ가 얼마나 소중한 존재인지를 말해 주는 듯했다.

도원이 숨김없이 드러내는 사랑을 만끽하며 취해 드는 것은 MJ도 매한가지였다.

아주 오랫동안 서로를 탐닉하고 싶었다. 서로의 향기에 취하고 싶었다. 하지만 도원과 MJ가 함께 있는 성은 견고한 벽돌로 지어진 성이 아니었다. 봄바람에도 부서질 수 있는 유리 성이었다. 투명하고 예쁘지만 연약한 유리 성을 마음가짐만으로 지킬 수 있다면 얼마나 좋을까.

MJ는 문 앞을 가로막은 그리즐리를 피해 소파에 앉았다. 그런 MJ를 줄곧 좇는 두 개의 시선이 있었다. MJ가 한숨을 내쉬었다.

"알았어, 상황 파악 먼저 할게."

MJ의 태도에 만세, 하고 손을 번쩍 든 아이스였다.

"좋아, 바로 보고할게! 그리즐리, 그거 가져와 줄 수 있어?"

아이스가 부탁하자 문 앞에서 쩔쩔매던 그리즐리가 해맑게 웃었다.

"응, 가져올게."

위층으로 올라간 그리즐리가 양손 가득 무언가를 들고 내려왔다. 인터넷이 연결되지 않은 태블릿 PC 여러 대였다.

그 속엔 각종 뉴스 자료와 경찰 측에 심어 놓은 협력자가 보내 주는 수사 상황을 정리한 문서들이 담겨 있는 것은 물론, 내부에서 녹화한 영상과 메신저에 남은 대화 정보들도 남아 있었다.

"총기 사건의 배후로 도원 선생님이 지목되었어."

그리즐리에게서 태블릿 PC를 받아 든 아이스가 문서 하나를 열었다. 열린 문서를 MJ에게 보여 주며 말을 이었다.

"전국의 경찰과 군인, 기자까지 모두 선생님을 찾고 있어. 대대적인 수색이 시작된다는 일정표야."

경찰청장이 국방부에 병력 지원 요청 문서까지 작성한 상태였다. 총기 사건인 만큼 군대까지 동원하여 제압하려는 의지가 확고하게 드러났다.

"여기도 안전하지 못해. 빠르면 며칠, 늦어도 보름 안에 이곳이 발각될지도 몰라."

MJ는 턱 끝을 매만지다가 물었다.

"선생님의 직장이나 가족들은 어때?"

"음. 선생님이 일했던 연구소 사람들에 소장, 병원장까지 줄줄이 소환 조사를 받고 있는 걸로 알아. 선생님의 가족들은 미국에 있지만 소식은 들어간 모양이고. 그 뭐더라, 선생님 결혼했었잖아. 전처와 경찰청 동료들까지 관련 진술서를 작성할 정도로 분위기가 심각해."

"사회적으로 얼마나 파장이 큰 건데?"

"텔레비전 틀면 매일 마약과 총기 사건에 대한 보도가 나와. 인터넷을 켜면 학계와 여성 잡지에서나 토막 기사가 났던 선생님에 대한 모든 정보가 공개되어 걸려 있고. 이 상황을 선생님께 어떻게 알려 줘야 하는지도 문제야. 너 지금 속 편하게 그 선생님이랑 알콩달콩할 때 아니야."

"안 돼, 말하지 마."

"어떻게 이 상황을 말 안 하고 넘어가냐?"

"그럼 이걸 어떻게 말할 건데? 전 세계가 선생님을 잡으려고 혈안이 되었다고 말해 줘?"

"알려 주는 게 낫지. 본인이 어떤 상황인지는 알아야 하잖아."

"무슨 세계 경찰이 출동한 것도 아니야. 우리나라 경찰이 공조한 곳은 국방부야. FBI나 CIA 같은 게 아니니까 아직 일이 그렇게 커졌다고 생각하지 않아."

"하아, 정말 이게 아무 일도 아니라고 생각해?"

"아직은 우리가 바로잡을 수 있어. 아버지가 주적인 걸 밝히면 돼. 선생님이 배후가 아니라는 걸 말하면 되잖아."

MJ는 이 상황을 결코 도원에게 알리고 싶지 않았다. 도원을 이 이상 불안하게 만들고 싶지 않았다. 자신은 도원처럼 정신분석 전문가가 아니어서, 도원의 이상 증세나 반응을 보고 어느 수준이 괜찮은지, 위험한지를 판단할 수가 없었다.

판단할 수 없을 땐 원천 봉쇄하는 수밖에 없다. 도원을 지키기 위해서 그에게 아무것도 말해 주지 않는 편을 선택했다. MJ는 턱을 매만지던 손을 떼고 아이스에게 물었다.

"우리 쪽 연락되는 사람 누구 있어?"

그리즐리가 태블릿 PC와 함께 들고 내려온 가방을 보여 주었다. 가방을 건네받은 아이스가 지퍼를 열고 거꾸로 뒤집자 휴대 전화가 수십 개 쏟아져 나왔다. 테이블 위를 요란하게 구르는 휴대 전화들 중 하나를 집어 들었다.

"네 조력자 있어."

건네주는 휴대 전화가 조력자와 직접 연결이 되는 유일한 수단임을, MJ는 눈치로 알아차렸다.

"그쪽에서 핸드폰 없앤다고 했는데."

"아직은 안 없앤 모양이야."

"그 사람 말고는 없단 말이지."

"연락하고자 하면 못할 건 없어. 돈이 많이 들 뿐이지."

"자금이 그렇게 여유롭지 않다며."

"어, 남은 돈이 얼마 없어. 그래서 우리 선에서 다시 연락을 취하고 모이는 건 무리가 있어. 다른 곳에서 융통할 시간이 필요하거든."

MJ는 소파에 몸을 묻었다. 등받이에 몸을 기대어 곰곰이 생각해 보았다.

제 사람을 모으지 않고 일을 벌이기엔 무리수가 컸다. 기동력이 월등히 떨어지는 아이스와 수배 포상금까지 걸린 도원의 안전을 보장하면서 아버지 측과 대립하면 승산이 없었다.

돈을 최소한으로 들이면서 사람들을 다시 모아야 했다. 효율적인 방법을 떠올려 보았지만 이렇다 할 방법은 생각나지 않았다.

"아버지 쪽은 어때."

MJ 측 사람들에게도 연락 못하는 상황에서 아버지의 정보를 알기란 불가능에 가까웠다. 그러나 아이스는 망설임 없이 대답했다.

"사냥 협회는 경찰 감시로 전혀 활동하지 못하는 상태야. 경찰이 크랙을 중심으로 한 마약 집단을 잡고 있는데, 상류층 사람들이라 섣불리 건드리지 못하고 있어. 그쪽도 우리랑 비슷해. 자기네 사람들을 모은다고 해도 움직일 말이 별로 없어. 아버지와 대리자 외엔 예전처럼 활발히 활동하지도 않고."

"그래서 그 둘은 지금 어디 있지?"

"매리제인 제조 공장. 경남에 마지막으로 남은 곳. 며칠간은 거기 있을 거야. 못해도 나흘 정도는."

공장이라고 해 봤자 대마초를 재배해서 시가로 만드는 일 정도다. 추운 겨울에 그런 공장을 가동한다면 실내 보온 시설이 완벽하게 갖추어져 있는 규모라는 소리다.

상류층 마약 투약 사건이 매스컴에서 여전히 보도되는데도 몸을 사리긴커녕 공장을 돌리고 있다. 자신감이 있다는 의미다. 들키지 않고 정상적으로 운영할 정도의 자신감이.

"폐쇄적인 공장 시설에서 아버지가 있단 말이지. 나흘간."

MJ에게는 기회였다. 인원수만 조금 따라 준다면 더할 나위 없는 기회다. 설령 맨몸으로 부딪히는 도박을 한다 해도 승산이 전혀 없는 것도 아니었다. 구체적으로 아버지의 위치를 알고 있고, 그의 나흘간 행동을 예측할 수 있다. 이번을 놓치면 언제 또 이런 기회가 있을지 장담할 수 없었다.

"남은 자금 전부 사용해서 사람들에게 연락을 취하면 모이는 데에 며칠 걸릴까?"

MJ가 묻자 아이스가 눈알을 도록도록 굴렸다.

"못해도 일주일은 걸려."

"나흘 안에 가능해?"

"그러려면 오늘내일 안으로 사람들한테 전부 연락해야 해. 우리 지금 두메산골에 있잖아."

"그럼 우리끼리 가야겠네."

"선생님도 같이."

"아니, 선생님은 같이 가지 않아."

"MJ, 내 말대로 해. 선생님이랑 같이 아버지 만나러 가. 다른 사람이나 세력 끌어들일 거 없이 셋이서 쇼부 봐."

"선생님은 안 돼. 선생님 없이라면 응하겠어."

"이래선 또 도돌이표네."

"왜 꼭 선생님이 있어야 하는데."

"아버지가 원하는 게 그거니까."

"그 개새끼가 원하는 걸 우리가 들어줘야 해?"

"안 들어줘도 돼. 우리 쪽에서 선생님을 이용하는 방법도 있어."

"그 말 두 번 다시 하지 말라고 내가 말했을 텐데."

"어차피 셋이서 만나야 한다면 우리가 만든 판에서 선생님을 굴리는 게 낫지 않냐."

"말 가려서 해라. 주먹 날리기 전에."

"사실을 말하는 거야. 네가 마냥 지킨다고 지킬 수 있는 사람도 아니잖아."

"아이스."

"포기할 줄도 알아야 돼. 언제까지 어린애처럼 욕심껏 다 가지면서 살 거냐?"

병긋한 입을 굳게 다물었다. MJ는 신경질적으로 아이스를 바라봤다. 도원이 개입되지 않는 계획이 최상의 시나리오라는 것은 MJ와 아이스, 그리즐리 모두 알고 있었다. 그러나 그 시나리오대로 움직일 수가 없게 되었다.

도원이 이대로 사회에 돌아간다 해도 이전과 같은 일상생활을 영유할 수 있을까. 불가능하다. 재판을 받을 것이다. 그의 무고함을 증명하기 위해서 실제 죄인을 법관 앞에 세워야 하는 절차를 견뎌내야 할 것이다.

모든 절차를 마치고 나서도 사회에서 도원을 이전처럼 반기지 않는다면, 그땐 어떻게 해야 할 것인가.

"안 돼."

MJ는 중얼거렸다.

"안 돼, 아무리 그래도 선생님을 이용하고 싶지 않아. 내가 어떻게든 다른 방법을 찾을게. 선생님 이용하자는 말 좀 그만해."

MJ의 신경질적인 대답에 아이스는 더는 따지지 않았다. MJ가 이 정도로 필사적인데 계속해서 선생님을 버리자고 말하는 것도 무리였다. MJ가 생각을 바꾸지 않는다면 아이스도 더는 할 말이 없었다.

"나갔다 올게."

아이스가 자리에서 일어났다. MJ가 아이스의 움직임을 쫓았다.

"어디 가는데."

"너도 나도 환기가 필요하지 않겠냐."

"……하."

"생각 좀 하고 다시 얘기하자. 어이, 그리즐리."

아이스가 그리즐리를 불렀다. 다가온 그리즐리에게 차 키를 건넸다. 지프차 로고가 박힌 스마트 키가 두툼한 손바닥 위에 놓였다. 그리즐리는 다리를 끄는 것도 버거워 보이는 아이스에게 물었다.

"업어 줄까?"

아이스의 표정이 순식간에 구겨졌다. 당황한 것도 같고, 안쓰러운 것도 같은 복잡한 심경이 녹아났다.

"매번 묻더라. 그렇게 신경 안 써 줘도 돼."

"불편해 보여."

"다쳤으니까 그러지."

"또 그렇게 말하네. 그거 아무렇지 않은 거 아니잖아."

"이미 다친 거 어쩔 수 있나. 언젠간 나을 거야. 안 나으면 어쩔 수 없지만."

아이스는 절뚝거리는 다리를 가볍게 주물렀다. 이렇게 된 것을 누구를 원망해도 소용없다는 걸 알고 있었다. 등을 내미는 그리즐리를 피해 걸었다.

"아이스."

그의 부름을 모른 척하며 현관문을 나섰다. 아이스 뒤를 그리즐리가 졸졸 쫓았다.

"산 밑에 괜찮은 두부 집을 찾았어."

"난 두부 싫은데."

"고기 먹을래?"

"고기 먹을래."

"현금 얼마 없어."

"내가 낼게."

"그럼 업어 줄까?"

"아, 됐다니까."

집 밖으로 이어진 대화는 툭툭 내뱉는 어조와 달리 오랜 시간을 함께 보낸 살가운 정이 묻어 있었다.

아이스가 심각한 중상을 입고도 제대로 치료를 받지 못한 채 무리하고 있다는 사실은 MJ도 잘 알고 있었다. 허벅지 근육이 정상적으로 붙는다고 해도 아이스는 평생 다리를 절게 될지도 모를 일이었다.

신체에 장애가 생기는 것도 감수하고 MJ의 일을 성의껏 도와주고 있었다. 금전 관계나 평범한 이해관계를 넘어선 행위였다. 적어도 지금까지는 그렇게 생각하고 있었다.

—MJ, 그를 믿어요?

섹스를 하던 도원이 그렇게 중얼거렸다. 지나친 쾌감에 허벅지 안쪽이 떨리던 사람이었다. MJ를 생각해서는 반드시 그걸 물어야만 하는 것처럼 반사 작용으로 입을 벌렸다.

—아이스를, 하악, 아! 아응.

울먹이는 도원은 MJ의 가슴 위에 손을 올리고 직접 허리를 움직였다. 땀과 눈물이 뒤섞인 물을 턱밑으로 흘렸다. 수직으로 곧추선 성기를, 구멍을 벌름거리며 삼키느라 두 눈의 초점이 흐렸다.

MJ는 상을 주는 것처럼 도원의 엉덩이를 때려 주었다.

—아앗.

구멍이 조여지며 성기가 팽팽하게 부풀어 올랐다. 도원은 붉게 부풀어 오른 엉덩이의 자극을 못 견뎌 했다. MJ가 꼬집어서 엉덩이만큼 새빨갛게 변해 버린 가슴이 떨렸다.

허벅지 안쪽까지 입술 자국이 빼곡하게 들어선 몸은 MJ의 손길이 닿지 않은 곳이 없을 만큼 갖가지 흔적으로 가득 차 있었다.

―아, 아아, MJ, 싸, 쌀 것 같아, 아.

MJ는 견디기 힘들어하는 도원을 올려치면서도 그가 내뱉은 말을 떠올렸다. 아이스를 믿느냐는 질문이 낯설었다. 아무렇지 않게 흘러나가 버린 말이라 별 뜻이 없을 것 같은 분위기였지만 도원의 말을 허투루 들을 MJ가 아니었다.

―아이스는 갑자기 왜?

되물어도 도원은 신음 외에 아무 대답도 하지 못했다. 벌써 몇 번째 도달하는지 모를 오르가슴에 온몸이 흐드러지게 흔들렸다.

―응? 선생님, 아이스는 왜?

MJ가 몸을 뒤집었다. 벌어진 다리를 어깨에 올리고 부푼 성기를 벌어진 구멍 안으로 밀어 넣었다. 구멍은 내벽을 흥건하게 적신 정액을 물처럼 질질 싸고 있었다. 도원은 젖은 구멍을 움찔거리며 MJ를 붙잡았다.

―하윽, 아, 아, 이번이 마지막, 아응, 응……!

고통과 쾌감 중간에서 정신을 놓아 버린 도원이었다. 가늘게 휘는 허리를 양손으로 잡고 MJ는 다시 페니스를 처박았다.

―아!

비명처럼 터지는 목소리에 황홀해졌다. MJ는 피스톤질을 멈추지 못했다.

―이, 이러다 배가 찢어질 것 같아요, MJ…….

―괜찮아, 하아, 학.

도원을 몇 번이나 달래면서 계속해서 그 안에 사정했다. 언제부턴가 도원은 젤이나 콘돔을 찾지 않았다. 젖은 구멍에 젖은 성기가 맨몸으로 꽂히고 박히는 일이 자연스러워졌으니 말이다.

아이스와 관련된 이야기는 그렇게 흘러가 버렸다. 서로에게 심취해 있는 것만으로도 아쉬워서 다른 사람을 깊게 고민할 겨를이 없었다.

도원이 다른 생각을 하지 않았으면, 하고 바라는 마음이 컸기에 MJ는 더욱 도원에게 아이스 관련 일을 캐묻지 않기도 했다.

이제 와 아무렇지 않게 지나가 버린 아이스에 대한 발언이 생각났다. 아무렇지 않게 도원을 밑바닥으로 끌어내리려는 그의 말들이 떠올랐다.

─네가 도원 선생을 포기하면 내가 알려 줄게.

─아니면 우리 쪽에서 선생님을 이용하는 방법도 있어.

─어차피 셋이서 만나야 한다면 우리가 만든 판에서 선생님을 굴리는 게 낫지 않냐.

아이스가 가방에서 성의 없이 꺼내 놓고 간 수많은 휴대 전화들을 바라봤다. 유일하게 연락이 된다는 맹강조 소장과의 연락용 휴대 전화를 손에 쥐고 만지작거렸다. 문밖에서는 차에 시동이 걸리고 길도 없는 산을 내려가는 소리가 멀어지고 있었다.

사람이 떠난 넓은 거실에 괘종시계만 음울하게 울렸다. 오후 5시를 알리는 종소리가 메아리처럼 오랫동안 울려 퍼졌다.

─네가 도원 선생을 포기하면 알려 줄게.

아이스가 꺼냈던 이야기를 MJ는 곱씹었다. 그 의도를 깊이 생각해 보려는 것처럼.

도원은 이러다 자신이 바보가 되는 게 아닐까, 하는 상상을 해 보았다. 늦게 배운 도둑질에 날 새는 줄 모른다더니 자신이 딱 그 꼴이었다.

대체 뭐 하는 걸까. 뭐 하는 짓이지. 스스로 저지른 일을 곱씹어보다가 머리칼을 움켜쥐고 끄응, 앓는 소리를 내야 했다.

"······미쳤어."

도원은 머리를 움켜쥐었던 손으로 얼굴을 덮었다. 이러한 자괴감은 실로 오랜만이었다.

"미쳤다고, 도원."

어느 순간부턴가 MJ만 바라봤다. MJ의 야만적인 냄새에 익숙해져 갔다. 그가 보이는 몸짓에 흔들리기만 하다 보니 머리가 멍해져서 입 밖으로 나오는 소리라고는 더 해 달라는 보챔이 전부가 되었다.

젖어서 풀어진 구멍을 빼끔거릴 때면 부끄러움보다 흥분을 먼저 느꼈다. 구멍 위를 좆으로 찰싹, 때리던 MJ가 좋아서 몸을 한껏 뒤틀기도 했다.

나중에는 섹스와 섹스가 아닌 것의 경계가 사라지기도 했다. 밥을 먹다가도 허리가 들어 올려졌다.

입으로는 몽글한 스크램블드에그가 가득 찼다. 씹지 못하고 입밖으로 흘러내린 노른자가 기립한 성기의 귀두를 뒤덮었다.

그 밑으로 정액이 뚝뚝 떨어지는 구멍과 그 구멍을 쑤셔 박는 검

붉은 성기에 대체 몸이 무엇을 먹고 있는지를 분간하기 어려웠다.

보고 듣고 냄새 맡는 모든 게 MJ뿐이어서 그에게 완전히 도취되어 아무것도 생각할 수 없었던 것이다.

어이없는 자기 고뇌와 MJ를 떠올리는 것만으로도 발기하는 무분별함에 얼굴을 붉히길 반복했다. 도원은 혼잣말로 중얼거렸다.

"왜 사냐, 진짜……."

허리가 끊어질 것처럼 아팠다. 엉덩이도 욱신거리고 내장이 구멍 밑으로 빠져나갈 것만 같아서 몸을 비스듬히 돌린 채 엎드려 있는 게 고작이었다.

고개를 박고 있는 베개에서 MJ의 냄새가 났다. 덮고 있는 이불에서도. 심지어 깨끗하게 씻은 몸에서도 MJ가 뿌려놓은 정액 냄새나 성기의 음란한 향이 맡아지는 착각이 들었다.

아픈 건 둘째 치고 왜 이렇게까지 대책 없이 몸만 섞었는지, 스스로 생각해도 납득이 안 되고 부끄러워 죽을 것 같았다. 그 순간엔 그게 최고였던 걸까. 섹스를 무슨 도피처로 삼는다고.

몸을 일으킬 힘조차 남지 않은 도원은 이불 끝자락을 손가락에 끼우고 만지작거리다가 다시 베개에 얼굴을 묻었다. 목까지 새빨개져서 애꿎은 이불만 두드렸다.

"선생님?"

문가에서 들린 목소리에 도원이 흠칫 놀라 고개를 돌렸다. 이불 사이로 고개를 내민 도원은 아직도 빨갛게 익은 얼굴을 진정시키지 못했다.

MJ가 유리잔을 들고 서 있었다. 과일과 채소를 믹서에 갈아 만든 음료였다.

이슬 맺힌 유리잔과 MJ를 한 번씩 바라본 도원은 이불을 눈 밑까지 끌어 올렸다. 처음 섹스를 한 것도 아닌데 미칠 것 같았다. MJ와 말도 안 되게 뒹굴었던 시간이 선명하게 뇌리에 박혀서 MJ가 들고 있는 유리잔에 코를 박고 싶은 심정이었다.

"하하, 왜 갑자기 부끄러워하고 그래."

MJ가 앉은 침대가 삐거덕, 녹슨 스프링 소리를 냈다. 한쪽으로 기울어지는 매트리스를 느끼면서 도원은 이불 쥔 손만 움찔거렸다.

아, 이러려던 게 아니었는데.

덤덤하게 받아들이려 해도 몸이 뜻대로 따라 주질 않았다. 몸이 먼저 MJ의 열기를 떠올리고 있었다. MJ의 목소리를 듣는 것만으로도 심장이 어수선하게 뛰었다.

"설렁탕 끓여 놨어. 나가서 먹자. 이거랑 약도 먹고."

도원은 머뭇거리다가 이불 밖으로 고개를 내밀었다. 눈치를 살피는 도원을 MJ가 사랑스러운 눈으로 내려다보았다.

"응? 먹고 나가자."

다정하게 말하면서 도원의 얼굴을 매만져 주었다. 유리잔에 맺힌 이슬이 손가락 끝에서 볼로 전해졌다.

차가운 물방울이 금세 미지근해졌다. 미지근한 물기마저 야하게 느껴지는 것을 보니, 중증의 병에 걸린 게 분명했다. 도원은 나지막하게 한숨을 내쉬면서 유리잔과 알약을 조심스럽게 받아들었다.

MJ가 도원의 허리를 양팔로 끌어안았다. 도원은 MJ의 가슴팍에 머리를 기댔다. 신경 안정제라고 설명해 준 알약을 먹고 주스를 한 모금 삼켰다.

유리잔을 테이블에 내려놓자 MJ는 잘했다는 듯이 키스를 해 주었다. 도원은 고개를 꺾어 가며 키스에 응했다. 먼저 입을 벌리고 혀를 내밀어 MJ의 입 안을 핥기까지 했다.

"무슨 생각해?"

도원의 입술 위에 몇 번의 뽀뽀가 내려앉았는지 모른다. 도원은 벌어진 입술 사이로 조심스럽게 대답했다.

"이러다가 바보가 되겠다는 생각이요."

"나만 생각하는 바보?"

예상 못한 농담에 멈칫했다. 도원은 심각한 표정으로 MJ의 유머 감각을 고민했다. MJ가 웃음을 터뜨렸다.

"표정 봐, 그렇게 질색이라는 듯 바라볼 건 없잖아."

유머 감각은 잘 모르겠지만 눈치가 빠른 건 확실한 듯했다. 도원은 MJ만 생각하는 바보가 뭔지를 고민하다가 고개를 끄덕였다.

"비슷할지도 모르겠네요."

"음? 나 기쁘라고 하는 말이야?"

"아뇨, 정말로요. 내가 당신한테 너무 심취해 있어서…… 시간이 얼마나 지난 건지도 모르겠고……. 음, 내가 상황 파악할 수 있게 도와주겠어요?"

아무렇지도 않게 MJ에게 푹 빠져 있었다는 말을 내뱉은 것 아닌 가. 이 순진한 아저씨를 어쩌면 좋을까.

MJ는 도원을 끌어안은 팔을 놓지 못했다. 이런 사람이 자신을 좋아해 줘서 정말 고맙고 행복했다. 도원을 안은 품을 비우기 싫을 정도였다.

"기절한 건 기억나?"

"아, 섹스하다가……."

"아니, 그전에. 의사가 절대 안정을 취하라고 했어. 관련된 일은 당분간 생각하지 않도록 도와주라고. 그래서 수면 유도제랑 신경 안정제를 섞어서 처방해 주더라. 선생님 끼니마다 간단하게 밥 먹으면서 약 먹었어. 조금 전에 주스랑 같이 먹은 게 그 약이야."

도원은 고개를 끄덕일 수 없었다. 절대적으로 안정을 취하라는 의사의 처방을 듣고도 갖은 체위로 섹스를 한 MJ에게 움찔하고 만 것이다.

MJ는 절대 안정이라는 말을 자의적으로 해석한 변명을 하지 않았다. 오히려 섹스가 얼마나 큰 도움이 되는지를 주장하려는 듯이 이 순간에도 도원의 옷 속으로 손을 밀어 넣었다.

도원의 유두를 꼬집었다. 잇자국이 발갛게 남은 피부 위에 꼬집은 흔적이 더해졌다. 자극을 받은 유두가 단단하게 서기 시작했다. 이제는 도원의 가장 예민한 성감대 중 한 곳이 되어 버린 가슴이었다.

"아, 응……."

반사적으로 흥분한 도원이 MJ의 목에 얼굴을 붙였다. 따끈한 볼이 닿아서 MJ는 기분이 좋았다. 이렇게 부드럽고 나긋하게 달라붙는 몸을 어떻게 싫어할 수 있겠나.

MJ는 손바닥을 넓게 펴서 도원의 가슴을 크게 주물렀다. 짜릿한 감각이 진득하게 달라붙자 도원은 허리를 뒤틀었다. 기대어 오는 따끈한 몸을 보면서 MJ는 마른침을 삼켰다. 평평한 가슴을 더 세게 쥐고 흔들었다. 도원이 미간을 좁히면서 아, 하고 작게 신음할 때까지.

"많은 사람이 다치고 죽었어."

순흔이 가득한 목에 다시 입술 자국을 남기면서, MJ가 말을 이었다.

"그 때문에 선생님 쇼크 상태였어. 솔직히 지금도 조금 불안해. 선생님 다시 힘들어질까 봐. 아예 잊었으면 좋겠는데 그건 불가능하겠지. 외면하길 바라는데 선생님 성격에 가능할까?"

도원은 눈을 느리게 깜빡였다. MJ에게 기댄 볼을 떼고 그의 눈을 올려다보았다. 손에 잡히는 것도 거의 없는 가슴을 주무르면서 침을 계속 삼키는 MJ를 멍하니 바라봤다.

이곳에 오기 전의 풍경이 생각났다. 아주 많은 비가 내리는 하늘. 음울한 회색빛으로 가라앉은 도심이었다.

벼락이 내리치는 하늘을 올려다본 기억이 났다. 짙은 적란운 밑으로 붉은 웅덩이들이 생겼다. 그 위에 팔다리를 꺾으며 쓰러진 사람이 여럿 있었다. 검고 작은 점이 총구의 형상으로 도원의 턱밑을 겨냥했다.

총소리가 들렸다. 누군가가 차가운 손을 붙잡았다. 자동차 헤드라이트 불빛이 없어도 반질반질하게 빛나던 지승준의 눈알이 코앞에서 쳐다보기도 했다.

MJ에게 기대어 있던 도원이 입가를 일그러트렸다. 머릿속이 복잡해서 눈을 감았다. 약 덕분인지, MJ가 곁에서 꽉 붙잡고 있어서인지 그전에 느꼈던 몸의 거부 반응은 간신히 참을 수 있었다.

쉼 없이 구역질을 하고 정신이 미쳐서 세상이 소용돌이치던 때와 달랐다. 갈색으로 물든 방의 풍경은 여전히 아늑했다. 속이 메스꺼워도 환장할 것처럼 힘들진 않았다.

"선생님, 못 견디겠으면 말해. 다른 약도 가져올게."

도원은 깊게 숨을 들이마셨다. 극복한다거나 이겨 내는 것은 불가능했다. 지금 당장 가능한 일이 아니라는 것을 인정하기로 했다.

"빈말로도 괜찮다고 못하겠어요. 그래도 버틸 만은 해요."

"그런 대답으로는 충분하지 않아. 한숨 더 자도 돼."

"그거야말로 지금 상황에서 회피하란 소리로 들리는데요. 이번에도 내가 아무 개입도 안 했으면 좋겠나요?"

짧게 고민하던 MJ가 입을 뗐다.

"이번엔 안 되겠지. 선생님이 너무 깊게 들어왔어. 아무것도 아닌 것처럼 예전으로 돌아갈 수 없을 거 같아."

"그렇다면 저도 빨리 정신 차리고 MJ에게 짐이 되지 않는 게 좋겠어요."

"짐이라는 말 하지 마. 내가 더 우울해지려 하네."

"당신이 왜 우울해요."

"선생님을 그렇게 쓸모없는 사람으로 말하는 거 싫어. 내게 소중한 사람이잖아. 선생님이 스스로를 가치 있게 여겼으면 좋겠어."

"음, 그 말은 제가 당신에게 했던 말인데."

"……그랬어?"

"네. 제가 사랑하는 당신이 스스로를 더 사랑했으면 좋겠다는 말이요."

"……아."

MJ는 혼잣말처럼 중얼거렸다.

"그 말 무슨 뜻인지 이제 알 거 같아."

도원은 MJ에게서 몸을 떼어 냈다. 하지만 MJ가 따라붙어 몸을 꼭 끌어안았다. 무슨 일이 있어도 놓고 싶어 하지 않는 행동에 도원은 저도 모르게 피식 웃고 말았다.

의존적이라고 화를 낼 때가 얼마 전이었다. 이젠 도원도 MJ를 의존하게 되어서 이렇게 꼭 붙어 있는 것이 안심이 되었다.

"여러모로 신경 써 줘서 고마워요."

"힘들면 말해 줘."

"네."

"약속."

"약속할게요."

MJ는 도원을 꽉 끌어안았다. 중얼거리는 목소리에 진심으로 안 도하는 기색이 묻어났다. 얼마나 마음 졸이며 도원의 상태를 지켜 봤는지를 굳이 설명하지 않아도 알 수 있을 정도였다.

도원은 혼자 애쓴 그의 손을 토닥여 주었다. MJ가 도원의 곁을 한시도 떨어지지 않고 지켜 주며 자기가 아는 방법 모두를 동원해 위로해 준 게 어떤 마음인지 전해졌다.

그 방법이 의사가 권유한 것과는 다른 방향이라 부적절하다고 할 지언정, 도원이 MJ가 곁에 있는 것에 위로받았으므로 결과적으로 는 나쁘지 않았다. 도원은 가만히 생각하다가 입을 열었다.

"시위 현장에 가면 아버지가 어떤 의도를 갖고 있는지를 알 수 있 을 거라 생각했어요. 그들이 조직적으로 움직이는 모습을 보면 체 계 같은 것도 알 수 있으리라 믿었고요. 어떤 식으로 아버지의 명령 을 전달받는지, 움직이는 규모는 어느 정도인지 같은 것 말이죠."

가장 고통스러웠던 순간을 복기하는 도원은 예상보다 차분한 목 소리였다. 괴로운 듯이 눈가가 미세하게 떨렸지만 MJ가 곁에 있어 서인지 발작적으로 놀라진 않았다. 도원은 MJ를 꼭 끌어안고 계속 말했다.

"그래서 시위 현장에 직접 가서 두 눈으로 보겠다고 고집을 부리게 되었나 봐요. 제가 제 판단과 추측만 너무 과신하고 당신을 걱정스럽게 한 것 같아요."

"아냐, 무사하면 됐어. 그걸로 충분해."

"소득이 별로 없었어요. 동창회 사람들은 비정상적일 정도로 쾌락과 혼란을 원하네요. 아버지는 그런 미치광이 집단을 보면서 즐거워했고요. 이 와중에 당신을 짓누르고 싶어 해요."

MJ는 그 말에 짧게 한숨을 내쉬었다. 순간적인 판단력이 좋아서 싫으면 싫다, 좋으면 좋다 바로 내뱉는 MJ가 아무 말도 없었다. 그는 한참 동안 신중하게 고민한 끝에 입을 뗐다.

"선생님, 몸을 숨기고 있는 게 어때?"

도원은 그 말을 이해하지 못했다. 물끄러미 올려다보는 도원의 머리에 MJ가 볼을 비볐다.

"나만 아는 곳이야. 내 돈이 보관되어 있는 곳이기도 해. 아주 안전할 거야."

"갑자기 왜 그런 말을 해요."

"상황이 많이 안 좋아졌어."

"시위가 있고 나서 아버지 측과 정면으로 부딪치게 된 건가요?"

"아니, 내 쪽이 아니야. 선생님 쪽이 굉장히 안 좋아."

"네?"

"선생님이 지명 수배되었어. 아버지 배후로 지목받았고, 경찰들은 전국을 뒤져서라도 선생님을 잡으려 해."

MJ가 농담을 하는 줄 알았다. MJ의 얼굴에는 장난기도 웃음기도 없었다.

"선생님이 이 일의 중심에 있는 거, 더 이상 내가 못 버티겠어. 다쳤는데도 제대로 치료도 못 해 주는 상황이잖아. 아버지는 나 혼자 만날게. 당분간만 나만 아는 그곳에 숨어 있어. 내가 상황을 바로잡아 볼게."

바로잡는다는 게 어떤 뜻일까. 그게 무엇이든 희생이 따르는 계획일 것이다. 도원은 MJ의 손을 움켜잡았다. MJ가 도원을 우선시하다가 상황이 이보다 악화되는 것은 도원이 원치 않았다.

"상황을 어떻게 혼자서 바로잡을 생각이죠."

"아버지를 경찰에 넘길게. 이젠 아버지를 죽이지 못하게 되었으니까."

MJ가 섹스나 방화와 같은 도피적인 집착에서 벗어날 수 있고 사회생활을 하는 데에 무리 없는 언행을 학습하길 바랐지, 인생을 걸고 아버지를 죽이려는 목적을 포기하는 대신 얽혀 버린 도원을 위해 모든 걸 희생하길 바란 것은 아니었다.

도원은 MJ의 품에서 벗어났다. 움찔, 하고 따라붙는 MJ의 손을 피했다. 그를 마주 보고 앉은 도원이 양 손바닥으로 MJ의 얼굴을 강하게 붙잡았다.

처음엔 따귀라도 때리나 싶어서 눈가를 떨었던 MJ는 제 얼굴을 붙들고 정면에서 시선을 마주치는 도원을 눈 한 번 깜짝하지 않고 바라봤다.

도원은 살이 많이 빠져 있었다. 턱선은 도드라졌고 콧대는 더 선명해졌다. 입술도 이전보다 얇아진 것 같았다. 머리는 많이 자라 있었다. 눈썹 위에서만 살랑이던 앞머리가 속눈썹 아래까지 내려와 흔들리고 있었다.

MJ가 구분할 수 있을 정도로 처음과 많이 달라진 도원의 외향이었다.

딱 하나, 변하지 않은 것은 시선이었다. 도원은 중요한 순간에 절대 눈을 피하지 않았다. MJ보다 강한 시선으로 직시할 줄 알았다. 그것은 도원만이 가진 결단력과 어른스러움이었다. MJ가 아무리 발버둥 쳐도 절대 도원을 넘을 수 없는 부분이었다.

"지승준이 내게 섹스를 하자고 말했습니다."

처음 듣는 이야기에 MJ는 충격을 받았다. 그는 발광하듯이 소리쳤다.

"언제?! 언제 그 새끼가 그따위 개 같은 말을 했어? 씨발, 감히 누굴 건드린다는 거야!"

MJ의 이러한 반응을 미리 예상했기에, 도원은 그를 자극하지 않도록 조심스럽게 말을 이었다.

"시위 현장에서 도망치다 공사 현장에서 만났거든요."

"그 새끼가, 씨발……! 그래서 선생님한테 집착한 거 맞았어? 선생님을 취하려고? 내 생각이 맞았던 거야?"

"정확히는 나를 좋아해서 섹스하자는 소리를 한 게 아닌 거 같아요. 날 꺾고 짓누르려고 섹스라는 방편을 내민 것 같아요."

"그게 뭐가 달라!"

"그는 권위에 집착하고 있거든요. 아마도 자신이 이루지 못한 학계 업적이나 권위 때문에 저를 더 비정상적으로 짓누르려 하는 게 아닐까요."

"그 말은 그 새끼가 결국은 선생님을 가지려 한다는 거잖아!"

"MJ, 진정해요. 이러면 내가 아무 말도 못해요."

"선생님, 내가 정말 죽는 꼴을 보고 싶은 거야?"

"그런 의미가 아니잖아요. 이건 모두 제 추측일 뿐이에요. 고작 몇 가지 경험으로는 지승준을 모두 파악하고 판단해서 분석할 수가 없어요. 그냥 경험에 따른 제 추측이요. 당신이 생각하는 것만큼 확실한 정답이 아니라는 뜻이에요."

"그 새끼가 선생님한테 섹스하잔 소릴 할 때까지 내가 선생님을 지키지 못했다는 거잖아. 왜 이렇게 돼 버린 거지? 내가 정말 빌어먹을 새끼 같아졌어."

"아니에요, 당신을 비난하려고 한 말이 아니에요."

도원은 MJ의 흔들리는 시선을 자신에게 정확히 고정시켰다. 그 어디도 아닌 도원 자신만을 바라보게 했다. 지승준을 비롯해서 세상의 수많은 남자와 여자가 도원을 취하려고 하고 꺾으려고 할지언정 스스로 안길 수 있는 사람은 MJ가 유일하다는 것을 인지시키려 했다.

도원의 육체적인 약함을 힘으로 꺾으려는 그들과 달리, MJ는 그 약함을 어떻게든 보호하려고 애쓰려는 소중한 사람이란 것도 일러주었다.

"내가 내 한 몸을 지키지 못하는 사람이라 미안해요."

"선생님. 그런 의미로 꺼낸 말이 아니야."

"매번 당신에게만 의지하고 있어서 정말 미안합니다. 어떻게든 도움이 되려 하는데 상황을 악화시키는 것만 같아요. 빌어먹을 새끼는 바로 저라고 생각합니다."

"선생님!"

"내가 빌어먹을 새끼라서, 여기서 손을 뗀다고 당신의 안전을 지켜 줄 수도 없고, 지승준의 집착을 떨쳐 낼 수도 없을 것 같아요. 정면 돌파밖에 방법이 없다면 당신과 끝까지 함께하겠습니다. 괜찮을까요?"

울상이 된 MJ는 입술만 악물었다. 도원이 험악한 표현으로 자신을 지칭하는 것―빌어먹을 새끼―도 처음 들을뿐더러, MJ도 실은 마땅한 대응 방법을 찾기 어려웠다.

지승준과 세상으로부터 도원을 격리시키는 안전함 말고 이 상황을 어떻게 벗어날 수 있을까.

"아직 제가 제정신이 아니라고 생각해서, 이 모든 생각이 맞다고는 장담 못하겠어요. 그래서 두서없고 어수선하겠지만 그저 막연하게 이런 생각이 들었어요."

MJ의 일그러진 얼굴을 신중하게 들여다본 도원은 MJ를 토닥이듯 매만졌다. 함께하기로 한 이상, 모든 생각과 행동을 공유하겠다며 아는 것을 모두 털어놓았다.

"지승준이 내게 집착하는 것은 당신과는 다른 방향이라고 생각했습니다. 그는 자폐적으로 자신을 찾아 헤매다가 정신분석학에 빠져들었으리라 생각해요."

MJ가 어린 시절 트라우마의 공격성을 방화와 섹스로 풀었다면 지승준은 다른 사람들을 조종하면서 희열했다. MJ에게 불을 지르게 시키고 살인하는 장면을 구경하며 방관하고 또 지켜보기만 하던 그 태도 그대로.

"사촌 형이었던 크랙을 통해 여러 가지 의미 있는 결과를 도출한 저를 롤 모델로 삼았을 거예요. 크랙에게 어떤 식으로 제 얘기를 했는지는 모르겠지만 크랙이 저에게 직접 그렇게 말했습니다.

자신에게는 아버지의 과거가 필요하다고요. 자신이 지승준을 다룰 수 있었는데, 어느 순간 그 역학 관계가 역전되니까 지승준의 약점이라고 할 만한 '과거'를 필요로 해서 제게 접근했습니다."

지금의 지승준을 멈춰 세울 것이 존재한다면 그것은 분명히 어린 시절의 무언가다.

이 모든 일을 저지른 원흉. MJ에겐 공포 대상이 어둠이었다. 그렇다면 지승준에겐 무엇이 있을까. 그게 바로 지승준이란 존재를 해석하는 열쇠가 아닐까.

MJ가 고민하다가 입을 열었다.

"그 '과거'란 게 뭔데?"

"솔직히 아직도 잘 모르겠어요. 제가 아는 지승준의 약점이 뭘까요. 저는 지승준을 딱 한 번 만나 봤습니다. 그것도 정식 상담이 아닌, 우연한 기회에 대화를 나누었을 뿐이에요. 그래서 추측할 수밖에 없습니다. 가장 큰 가능성은……."

도원은 마른 입 안을 침으로 적시고 이어 말했다.

"'사냥'인 것 같아요. '사냥'이라는 게임. 그는 쫓기는 사람이 되고 싶지 않아 해요. 자신이 쫓아다니고 싶어 해요. 그러니까 사냥감이 아닌 사냥꾼이 되고 싶어 할 거예요. 자신이 모든 걸 파악하고 판단하고 설계하는 절대자가 되고 싶은 거죠. 그런데 그게 불가능했던 가장 치욕적이고 두렵고 무서운 일이 있었죠. MJ, 당신과 동시에 겪은 그 일 말입니다."

불같이 달아오르던 MJ의 시선이 더 새빨갛게 변했다. 도원의 손을 감히 쳐내지도 못하고, 그저 그의 손바닥에 얼굴을 기대어서 끊임없이 흔들리는 시선으로 도원을 바라봤다. 도원은 그 시간 동안 머릿속을 정리했다.

아버지에 대한 윤곽이 조금씩 잡히고 있었다. 이제 그는 남들이 다 믿고 따르는 아버지가 아닌 지승준이 되어 갔다. 이름 없는 절대자를 왕좌에서 끌어내리자 평범한 인간이었다.

적어도 도원은 그가 '아버지'라 불릴 만큼 전능하지 않다는 것을 알게 되었다.

"어린 시절 불을 질렀던 거."

중얼거리는 MJ에게 도원이 고개를 끄덕여 보였다.

"지승준에게 결정적인 균열을 준 사람이 MJ, 당신이에요. 당신과 지승준은 똑같은 죽음의 상황에 던져졌어요. 그곳에서 당신은 그 죽음을 스스로 극복하고 상대를 죽였어요. 그걸 지켜본 지승준이라면 당신이 자기보다 더 강한 존재라는 걸 은연중에 인정할 수밖에 없었겠죠."

그렇게 생각하면 MJ에게 집착적으로 고통과 괴로움을 준 일들이 설명 가능해진다. MJ를 감금하고 억압하고 마약 유통업자로서 발아래 두고 부려 먹으면서, 관찰하며 스스로 만족했을 것이다.

"당신이 절대 거스를 수 없는 '아버지'란 전능함을 보여 주려고 그 모든 일에 공을 들였을 거예요. 내가 나온 다큐멘터리를 당신에게 던져 준 것도 같은 맥락일 겁니다. 나와 당신을 함께 엮어서 어떤 식으로든 굴복시키려고요."

씨근덕거리는 MJ의 숨결은 도원이 이야기를 진행하는 동안에도 사그라지지 않았다. 그는 분한 시선으로 도원을 바라봤다. 도원을 끝까지 잡고 붙드는 지승준의 저열함에 심정적으로 견디기 힘든 인상마저 보였다.

누군가를 짓밟고 망가트려서라도 자신이 정상에 올라가려는 태도에 몸을 떨었다. 남을 짓밟고 올라서려는 사람들이 세상에 얼마나 많은지 MJ는 배우지 않아도 잘 알고 있었다. 그러나 그런 모든 사람들이 상대방을 파멸로 밀어 넣지는 않는다.

"그 새끼가 만든 판에 모든 게 엉망이 되는 걸 못 견디겠어."

MJ는 괴로운 얼굴로 중얼거렸다.

"처음에는 나 하나였는데 이젠 세상 사람들이 다 얽혔잖아. 이걸 보면서 얼마나 즐거워할지 상상하면 끔찍해. 최종 목표가 나를 처리하고 선생님을 발아래에 꿇리는 일이란 것도. 너무 분해서 참을 수가 없어."

볼을 감싸고 있는 도원의 손 위에 MJ의 상처투성이인 손이 포개어졌다. 표정은 괴롭게 일그러져 있었다. 지켜보는 도원이 입술을 달싹거릴 정도였다.

"내가 먼저 지치고 있기도 해. 이런 적은 처음이야. 많이 힘들어. 다 손에서 놓고 싶어져. 얼마나 더 버틸 수 있을지 자신할 수가 없어."

지금까지 잘 버텨 오던 MJ도 도원까지 깊숙하게 얽힌 상황에 심한 스트레스를 받고 있었다.

도원을 어떻게든 무관한 사람으로 만들고 싶지만 지승준이 짜 놓은 판에서 도원은 배제할 수 없는 말이 되어 버렸다. 악수(惡手)를 끈덕지게 주고받는 상황에서 먼저 기력이 빠져나가기 시작한 MJ를 도원이 붙잡고 말했다.

"MJ, 체스 해 봤어요?"

"갑자기 체스는 왜."

"아버지가 체스 판을 깔았고, MJ 당신을 상대 진영 킹으로 취급하고 있습니다. 저를 퀸 같은 기물로 취급하고 있고요."

"아버지 그 새끼도 왕이겠네. 영토에 자리 깔고 앉아서 손가락 하나만 까딱이며 다른 말들을 다 조종하는 말."

"훌륭한 킹은 아니죠. 폰과 비숍과 룩이 어느 왕을 위해서 길을 열어 줄까요? 저라면 게으르고 엉덩이 무거운 왕보다는 왕관을 내려놓고 함께 걸어가는 왕을 더 지지할 겁니다."

MJ는 느리게 눈을 깜빡였다. 도원은 그의 이마에 정중한 키스를 해 주었다. 믿음을 상징하는 그 부드러운 키스에 MJ는 눈을 깜빡이는 것조차 잊었다. 그저 도원을 바라보는 게 전부였다.

"체스가 영국으로 건너가기 전까지 퀸의 원래 신분은 참모였습니다. 그러니 제 계획을 들어 주세요."

도원이 천천히 웃어 보였다. 아주 오랜만에 보는 미소였다.

"무슨 계획이 있어?"

"경찰은 우리 생각보다 큰 변수가 될 겁니다. 제가 그렇게 준비하려고 했습니다. 어떤 순간이 오더라도 그곳의 판단이 옳을 수 있도록요. 서포트해 줄게요. 이번엔 나서서 당신을 걱정시키지 않을게요. 뒤에서 지켜 줄게요. 당신은 당신이 쳐야 할 왕만 생각할 수 있도록 도와줄게요."

MJ의 뺨을 감싼 양손에 힘이 들어갔다. 총상을 입은 팔이었다. 끊어진 근육과 신경이 예전처럼 완벽하게 돌아오기 힘들 수도 있었다.

의사가 한 말을 MJ는 이제야 알 것 같았다. 도원이 다친 팔에 힘을 잘 주지 못했다. 여리고 연약해져 버렸다. 이런 몸으로도 도원은 여전히 웃고 있었다.

이런 사람을 어떻게든 숨겨 두고 보호할 생각만 하다니.

무지한 사람은 자신이었다. 피하고 도망치는 사람은 MJ였다. 도원은 퀸이 아니었다. MJ에게는 왕이었다. 언제나 자신보다 자신이 아끼는 사람을 먼저 생각하는, 가장 배려심 많고 강직한 왕.

"선생님. 어떻게 하면 선생님처럼 강해질 수 있어?"

MJ의 질문을 이해하지 못한 도원은 어, 하고 말끝을 흐리다가 자신만의 언어로 대답했다.

"어…… 전 약해요. 너무 약해서 언제나 폐만 끼쳐요. 당신과의 사랑을 잃지 않으려고 발버둥치는 게 고작인걸요."

MJ는 등을 토닥이는 손길에 가만히 몸을 내맡겼다. 도원의 옷을 움켜잡고 입술을 질끈 깨물었다가 풀었다.

"이젠 무슨 일이 있어도 선생님과 함께할 거야."

눈물이 고인 눈으로 도원의 어깨너머 벽을 죽일 듯이 노려보았다. 더는 망설이지 않기로 했다.

"절대 놓지 않아."

모든 것을 쏟아붓기로 했다.

경찰청의 유리 창문이 덜컹거렸다. 살짝 열려 있는 창틀 새로 찬 바람이 들었다. 팔뚝과 어깨를 문지르면서 재빨리 창문을 닫을 사람은 없었다. 모두들 열린 창문을 신경 쓰지 못할 만큼 정신이 없었다.

식사를 하던 사람도 배달 그릇에 철 숟가락을 서너 번쯤 담그다가 곧장 호출을 받고 뛰쳐나갔다. 밤샘 작업으로 충혈된 눈을 비비는 사람들이 대다수였다. 눈만 붙인다며 안대를 쓰고 의자 등받이에 머리를 기댄 사람이 나머지였다.

눈을 뜨고 있는 사람들은 간간히 뉴스 화면을 확인했다.

뉴스는 폭력 시위에 대한 사회 전반적인 분위기와 심각함이 주된 골자였다.

경찰청장은 프레스룸에서 하루에도 몇 번씩 진행 중인 수사 상황을 브리핑했다. 동료 경찰의 총기 살해—관계자들은 그것이 박 형사 살해 사건임을 알고 있다—와 마포대교에서 시작되어 병원으로 이어진 부부 자살 사건, 그리고 시위 날 벌어진 총격 사건을 모두 관계있는 것으로 보고 있었다.

드러난 사실로는 마약을 유통하는 조직이 있으며 그 조직과 연계된 곳이 사냥 협회라는 것. 배후이자 조직의 우두머리가 '아버지'라고 불리고 있으며, 가장 유력한 용의자로 한 정신분석학자를 지목한 정도이다.

대외적으로 알려진 것과 달리 경찰들은 더욱 구체적인 방향으로 수사를 진행하고 있었다. 도원의 병원 내 행동을 분석했다.

주요 프로파일러들이 도출해 낸 보고서에 따르면, 이번 마약 조직은 전국을 천천히 잡아먹던 연쇄 방화범과도 연관이 있다고 했다. 방화 지역은 대부분 대마초 재배 및 보관 장소들이었다. 병원인 곳도 있었지만 수사를 혼란스럽게 만드는 속임수로 여겼다.

방화범이 지방이 아닌 서울에서 유일하게 활동한 곳이 크랙이 주도한 마약 클럽 파티인 점도 발견했다.

이들은 전부 '아버지'라는 존재로 얽혀 있었다. 얽힌 이들은 마약을 재배하고 유통해서 동아시아 전역에 제공했다. 역대 최대 규모였다. 이번 폭력 시위에 영향을 미친 것까지 연결 지으면, '아버지'는 매우 지능적이고 치밀한 사람이라고 추론할 수 있었다.

어딘가에서 큰 소리가 터졌다. 문 닫힌 회의실 안쪽에서 난 소리였다. 유리문에 부딪힌 목소리는 뿌옇게 들렸지만 그가 하고자 하는 말은 또렷하게 구분되었다.

"이번 거 잘하면 특진에 보너스도 어마어마해. 다들 휴가 못 갔다고 징징댔지? 해외로 보내 준다고 직접 답변 받았으니까 잘하자고, 응?"

회의실 프로젝터 앞에서 기동수사대 3팀 최기혁 형사가 외쳤다. 그의 밑으로 배정받은 경찰들이 우렁차게 대답했다.

"예, 알겠습니다!"

특진 욕심보다는 대통령 직접 지시가 더 무서워서 필사적으로 매달리는 표정들이었다.

한때 대통령과 면담까지 한 한국 최고의 정신분석학자로 유명세를 떨쳤던 남자가 이제는 최고 수위의 범죄 조직의 배후로 지목되니 아이러니했다.

최기혁이 도원을 의심하여 진즉 윗선에 보고했지만 물증이 확실하지 않아서 영장 심사도 오래 걸리지 않았나. 그것만 제때 끝났으면 지금처럼 행방불명된 사람 하나 찾겠다고 전국이 들썩이지는 않았을 것이다.

도원을 끊임없이 의심하여 어필한 최기혁이 특별수사본부의 총책임자가 된 것도 그 이유였다.

그럼에도 최기혁은 미심쩍은 기분을 지울 수가 없었다. 그 기분은 수사 보고 상황을 듣고 회의실을 나올 때까지 이어졌다. 의심의 눈초리는 컴퓨터 앞에 앉아 있는 빈유미를 향해 있었다.

경찰 중 누구 하나 빈유미의 정적을 이상하게 보는 이가 없었다. 바빠서 남을 신경 쓸 겨를이 없으니 당연하겠지만 최기혁은 그마저도 신경이 쓰였다.

월요일 아침에 출근하면서부터 빈유미의 표정이 심각한 것을 빠른 눈치로 알아차렸다. 자세히 지켜보니, 그녀는 자주 휴대 전화를 들여다보고 있었다. 아마도 개인 메일로 추정되는 무언가를 반복해서 보고 머리를 싸매면서 깊은 생각을 하는 듯했다.

도원 일로 경찰청이 뒤집혔는데도 경찰청 일 자체에 집중하지 못하는 그녀의 태도가 평소와는 확실히 달랐다. 아직 어리기 때문에 혹은 직업상 여자라는 핸디캡을 극복하려고 동기 남자들보다 더 열심히 뛰어다니던 여자였다.

그런 그녀가 굳은 표정으로 휴대 전화만 들여다보는 것은 확실히 평소답지 않은 행동이었다.

"빈유미 형사, 뭐 하나?"

가까이 다가가 말을 걸자 빈유미가 깜짝 놀라 고개를 들었다. 잠을 못 잔 건 빈유미와 최기혁 모두 같았다. 실핏줄이 도드라져 붉게 보이는 충혈된 눈이 서로를 바라봤다. 그녀는 한참 동안 최기혁을 쳐다보더니 자리에서 일어났다.

"아, 팀장님."

"뭔데 딴생각이야. 집중 안 해?"

그렇게 말해도 빈유미는 머뭇거렸다. 한참이나 고민하던 그녀가 조심스럽게 입을 뗐다.

"저기, 뭐 하나 부탁드려도 되겠습니까."

"뭔데?"

"저도 기동 병력으로 옮기고 싶습니다."

의외라는 듯이 최기혁은 눈썹을 들어 올렸다.

"지인 문제는 웬만하면 빠지지. 괜히 감정적으로 대응하면 책임 져야 할 문제만 늘어."

"그럴 일 없습니다."

"흠. 우리도 인력이 부족하긴 해. 옮기고 싶은 이유 들어보고 괜 찮으면 위에 보고할게."

"흔적 하나만 찾으면 도원 박사와 아버지란 사람 둘 다 어디 있 는지 알 것 같습니다."

"이거 봐라. 아버지 용의자로 지목된 게 도원 박사야. 그런데 그 둘을 구분하고 있어?"

"동일 인물 아닙니다. 둘은 다릅니다."

"역시 빠지는 게 좋겠어."

"아닙니다, 감정적으로 말씀드리는 게 아니에요. 둘은 다른 사람 입니다. 증거를 모아서 보여 드릴 수 있습니다. 흔적 하나만 찾으 면 됩니다."

최기혁은 눈가를 가느다랗게 떴다. 빈유미의 말을 무조건 부정하 지는 않았다. 주말 시위에서 총기 난사 사건을 벌인 가해자들을 붙 잡아 신문했을 때 도원을 아버지라 지목한 것을 곧이곧대로 믿기 어렵기는 했다.

사냥 협회 자체가 비리도 많고 회원들을 신뢰하기 어려워서 도원이 곧 아버지라는 증언을 백 프로 믿을 수 없는 게 경찰청 입장이었다.

사람들 사이에서 갑자기 확산된 공포심을 억누르고자 도원을 아버지 본인으로 놓고 수사하고 있다 말한 것도 임시방편임을 순순히 인정했다.

최기혁은 빈유미의 바로 앞까지 다가왔다. 강아지처럼 동그랗고 순한 눈을 가진 여자가 아버지뻘 되는 남자의 시선을 꼿꼿하게 받아들이고 있었다.

표정은 파랗게 질려 있지만 그건 최기혁을 무서워하거나 어려워하는 감정과는 달랐다. 극심한 고민과 망설임의 흔적이었다. 빈유미가 뭔가를 알고 있다고 확신한 최기혁은 최대한 부드러운 목소리로 물었다.

"무슨 흔적을 찾으면 되지?"

빈유미는 입을 벌렸다가 잠시 다물었다. 숨을 깊게 들이마신 그녀가 조금 전보다 더욱 안정된 시선으로 대답했다.

"방화범인 매리제인의 흔적이요. 정확히는 '아버지에 맞서는 매리제인의 조직'이요."

그녀는 휴대 전화를 꽉 움켜쥐었다. 숨을 고르고 다시 입을 뗐다.

"연락은 제게 맡겨 주세요. 관계자의 정보를 알고 있으니까요."

조금 전까지 보았던 메일이 불 꺼진 액정 화면 뒤에 가려져 있었다. 도원이 발송한 메일이었다. 받는 사람에는 맹강조 소장과 빈유미, 두 사람의 주소가 적혀 있었다. 빈유미는 확신에 찬 어조로 말했다.

"실수는 없을 겁니다."

20

20

"MJ, 저 좀 도와주실래요?"

"무슨 일이야?"

"팝콘이 튀었어요."

"응?"

"아, 전자레인지에 넣었는데 제가 팝콘 봉투 입구를 열어 놔서 난리가 났어요."

"어디 다쳤어?"

"아뇨. 레인지가 엉망이 된 것 말고는 괜찮아요."

"그럼 됐어. 내가 청소할게."

"앗, 아뇨, 당신을 부려 먹으려는 게 아니라 작동법을 물어보려 고…… 그건 제가 치울게요."

"부려 먹기는 뭘. 타이머 너무 오래 잡아 놔서 그런 거네. 금방 치우니까 선생님은 앉아 있어."

MJ는 버터 기름이 묻은 전자레인지 내부를 훑어보았다. 도원의 실수를 한심하게 생각하는 얼굴은 아니었다.

전자레인지 사용법이 집에서 쓰던 것과 달라서 헷갈렸나 보지. 팝콘 같은 거 잘 안 돌려 먹어 봤나 보지. 그렇게 생각하며 잘 익은 팝콘을 도원의 입술 안쪽으로 손수 밀어 넣어 주었다.

난처하게 바라보던 도원이 두루마리 휴지를 찾았다. 그보다 먼저 MJ가 키친타월을 가져와 기계 안쪽에 묻은 기름을 말끔히 닦아 냈다.

행주에 물을 묻혀 온 도원과 달리, MJ는 물티슈로 빨랫감을 줄이고 아직 터지지 않은 옥수수 알갱이들을 멜라민 볼에 담아 랩으로 덮었다.

비닐에 구멍을 낸 멜라민 볼을 전자레인지에 넣고 다시금 돌렸다. 삐이, 하고 울리는 기계를 뒤로한 MJ가 도원의 손을 손수 닦아 주었다.

이런 걸 뭐라고 그러더라.

도원은 MJ를 올려다보며 생각했다. 생각하던 것을 곧장 입 밖으로 뱉고 말았다.

"내 애인이 너무 유능해서 부끄러워요."

"뭐어?"

MJ가 웃었다. 엄청나게 웃었다. 티슈를 던지고 도원을 끌어안으면서 웃음을 참지 못했다.

"아하하, 이런 걸로 유능하다니, 선생님 자꾸 귀여운 소리 할래?"

"저 이거 버릇 들면 어떡하죠."

"어떤 버릇?"

"MJ가 해 주는 것만 받아먹는 거요."

"좋은 버릇이네. 손 하나 까딱하지 마. 내가 다 해 줄게."

"나중에 요리 학원이라도 끊을게요. 혼자 밥 먹을 땐 관심 없었는데 아무리 생각해도 안 되겠어요."

"싫어. 요리도 내가 해 줄 거야."

"그런 게 어디 있어요."

"선생님은 내가 주는 것만 잘 먹으면 돼. 뭐든지."

"뭐든지?"

"응, 뭐든지."

그 '뭐든지'에 평범한 식재료만 포함되는 것 같지는 않았다. 저도 모르게 MJ의 바지 속을 상상한 도원은 눈가를 확 붉혔다. 그런 도원을 보며 MJ는 다시금 소리를 내어 웃고 말았다.

"그보다 갑자기 웬 팝콘이야."

도원은 홧홧해진 얼굴을 돌리면서 대답했다.

"식탁 위에 봉지째 놓여 있기에 돌려 봤어요."

"아, 둘 중 하나가 사다 놨나 보네."

"둘 중 하나요?"

"음."

MJ는 뭐라고 말해야 하는지 몰라서 난감한 표정을 지었다. 고민하던 그가 씨익 웃었다.

"얘기가 길어질 거 같은데. 팝콘 먹으면서 들어도 되고."

이제 막 목욕을 하고 나왔는지 MJ 몸에서 나는 냄새가 좋았다. 바람이 찬 밖에서는 맡을 수 없는 포근한 꽃향기들이 MJ의 주변을 솜털처럼 날아다녔다.

겨울이 잘 어울리는 사람 같았는데 이제 보니 봄꽃을 몸에 둘러도 어색하지 않을 것 같았다.

"영화 볼까 했어요. 때마침 팝콘도 있으니까요."

"영화?"

"네, 여기 텔레비전 되게 커요."

거실 벽에 걸려 있는 대형 텔레비전을 본 MJ의 표정이 삽시간에 굳었다. 그는 긴장한 얼굴로 물었다.

"뉴스 봤어?"

뜬금없는 물음에 도원은 눈만 깜빡였다.

"뉴스는 왜요?"

"······지상파고 케이블이고 집중적으로 선생님 얘기를 다룰 것 같은데."

"아, 현상 수배되었다는 그거요."

"봤어?"

"못 봤습니다. 저 텔레비전은 껍데기뿐이라서요, 방송은 나오지 않아요. 인터넷 안 되는 컴퓨터랑만 연결되어 있어요."

심각한 MJ와 달리 도원은 그 심각성을 전혀 모르는 눈치였다. 텔레비전을 보여 준다고 전원을 트는 몸짓이 가볍기만 했다.

텔레비전을 켜자 컴퓨터 모니터 화면이 복사되어 송출되고 있었다. 인터넷에 연결되어 있지 않은 컴퓨터였다. 기본적인 OS만 설치되어 있었다. 영화만 잔뜩 결제하여 영구 소장한 폴더 하나만이 유일한 오락거리였다.

MJ는 도원이 뉴스를 확인하지 못했다는 것에 안도했다. 도원이 평온한 표정으로 영화 제목들을 훑어보면서 웃는 것이 다행이었다.

"집주인은 타임 슬립 장르를 좋아하는 것 같아요."

배시시 웃는 도원을 보던 MJ가 얼굴을 붉혔다. 향긋하게 떠다니는 샴푸 냄새보다도 더 간지러운 미소였다.

"영화를 잘 모른다면서 그런 장르는 아네."

"시간 역행 소재는 장르 불문 베스트셀러죠."

"흠. 그럼 내 이야기는 다음에 하고 영화 먼저 보자. 담요 가져올게."

MJ는 성인 남성 둘은 거뜬하게 감쌀 수 있는 포근한 회색 담요를 가져왔다. 어깨에 두른 담요를 활짝 벌려서 도원을 품에 안았다. 도원은 MJ 품에 편히 기대어 팝콘을 한 알씩 입 안에 밀어 넣었다.

까맣게 변한 화면에 배급사 로고가 뜨고 타이틀 음악이 울렸다. 멜로 영화 속 여주인공을 보는 도원의 얼굴이 파랗게 빛났다. 바사삭 씹히는 팝콘을 반사적으로 입 안에 밀어 넣으면서 화면에서 시선을 떼지 못했다.

MJ는 고개를 숙여 도원의 머리에 볼을 기댔다. 도원은 무거운 MJ를 밀어내는 대신에 팝콘을 집어서 대신 먹여 주었다.

사이좋게 팝콘을 나눠 먹다가도 MJ가 볼에 쪽, 뽀뽀를 했다. 도원이 그런 MJ를 올려다보았다. 비스듬히 고개를 꺾어 똑같이 볼에 뽀뽀를 해 주었다. 목 언저리의 빼곡한 키스 마크를 내려다본 MJ는 그 하얀 피부에 얼룩덜룩 피어 있는 입술 자국을 하나하나 손으로 훑었다.

손목 안쪽까지 불긋했다. 도원을 얼마나 괴롭혔는지를 보여 주는 자국이면서도, 아무리 흔적이 늘어나도 갈증이 나는 기분이었다.

이렇게 평온한 행복이 계속되면 좋겠는데.

영화 속 능력이 생긴다면 이대로 시간을 멈추고 싶은데.

"어라, 웬 팝콘 냄새."

현관문이 열리고 들린 목소리였다. MJ가 고개를 들었다. 양손에 검은 봉지를 든 그리즐리와 목발을 짚은 아이스가 서 있었다. 아이스는 텔레비전 앞에 다정하게 앉아 있는 두 남자를 보고는 뒷걸음질 쳤다.

"아씨, 깜짝이야."

이곳에 와서 도원을 처음 본 게 아닐까 싶었다. 그동안 MJ가 방 안에 가두고 숨겨 놔서 얼굴 한 번 보지 못한 도원에게 아이스는 조금 어색한 표정으로 시선을 돌렸다.

눈치가 빠른 사람이란 건 역시 그를 두고 하는 말이었다. 그와는 정반대로 아무리 설명을 해도 눈치채지 못하는 그리즐리 같은 사람도 있지만 말이다.

"어어, 선생님 나오셨네. 인사드려야겠다."

그리즐리가 헤실헤실 웃으며 하는 말에 아이스가 중얼거렸다.

"어휴, 이 눈치 없는 자식."

아이스는 자리를 피하고자 그리즐리의 등을 떠밀었다.

"우린 위층에 올라가자."

"왜? 선생님한테 인사해야지."

"나중에 해도 돼."

"내가 누군지 모르시잖아. 지금 하자."

"달가워하지 않으실 텐데."

"에이, 괜찮아, 뭐 어때."

그리즐리는 아이스가 등을 떠미는 손길을 피해 도원 곁으로 다가갔다.

"선생님, 안녕하세요. 그리즐리라고 합니다."

순박하게 웃는 남자에게 도원은 뒤늦게 인사를 했다.

"아, 안녕하세요."

"몸이 아직도 안 좋으신가요?"

"음, 괜찮습니다."

"안색이 좋지 않으신데요."

도원은 손바닥으로 얼굴을 쓸어 만지곤 MJ를 향해 물었다.

"그렇게 보기 안 좋아요?"

"조금."

MJ의 그 대답을 마치 '보기 안 좋은' 도원을 살펴도 된다는 허락으로 이해한 그리즐리였다.

"체온을 재고 싶은데요. 괜찮으시죠, 선생님?"

도원은 다시 MJ를 쳐다봤다. 누군지 모르는 사람. 왜 체온을 재는지 알 수 없는 상황. 그 모든 게 도원을 불안하게 만들 것만 같아서, MJ가 대신 대답했다.

"나중에 해."

"그런 말이 어디 있어. 영양액도 준비해 왔어. 링거 준비해 줄게."

그리즐리의 반박을 들은 아이스가 한숨을 내쉬며 말했다.

"그리즐리, 나중에 주무실 때 하면 돼. 지금은 선생님을 내버려 두자."

"그래도 빨리 맞아야 빨리 건강을 되찾으시지."

"지금은 MJ랑 영화 보게 내버려 두자."

"영화 볼 여유 없잖아."

"이 화상아."

왜 한 소리를 듣는지 몰라서 그리즐리는 어리둥절하기만 했다. 그가 가방에서 링거 수액을 꺼내며 반박했다.

"안 돼, 안 돼. MJ한테 너랑 내가 알아 온 내용을 보고해야 하잖아."

"그건 내일 아침에 해도 돼. 우리는 2층에 올라가자."

"바로 말하고 준비해야 한다면서. 급한 거 아니야?"

"너 일부러 이러는 거지. 완전 곤란하게 만들고 있잖아. MJ 표정 안 보이냐?"

"그런 거야?"

"응, 그런 거야."

"그럼 수액만 놓고 올라가자."

"아이고."

"왜 그래. 여기서 혈관 주사 놓을 수 있는 사람 나밖에 없잖아."

"MJ도 놓을 줄 알아."

"MJ는 놓을 줄은 아는데 피가 너무 많이 나오더라. 저번에 보니까 역류하던데?"

"그런 섬세함이 조금 부족하긴 하지."

"그러니까 놓고 가자."

"어휴, 졌다, 졌어."

그의 고집에 아이스는 손을 들었다. 지켜보던 MJ도 괜한 입씨름을 할 것 같아서 따지지 않았다. MJ는 도원에게 물었다.

"수액 맞으면서 영화 봐도 괜찮을까?"

고집스러운 그리즐리에게 안 된다고 말해도 듣지 않을 분위기였다. 도원은 선택지가 없는 표정으로 멋쩍게 웃었다.

"네, 괜찮습니다."

"선생님은 거절을 참 못하더라."

"으음, 꼭 해야 할 때가 오면 해 보겠습니다."

그리즐리가 도원의 옆에 앉아서 MJ와 도원을 초롱초롱한 눈으로 바라봤다. 그 시선에 어쩔 줄 몰라 하는 도원을 위해서 MJ가 간단하게 소개 시간을 만들어 줬다.

"선생님, 아까 말한 두 사람이야. 이쪽은 그리즐리, 아이스는 뭐. 말 안 해도 알지?"

그 말에 그리즐리가 비로소 방긋 웃었다.

"안녕하세요, 선생님. 편하게 그리즐리라고 불러 주세요, 헤헤."

도원은 처음 보는 덩치 큰 남자를 긴장한 얼굴로 물끄러미 올려다봤다. 그는 당혹해하거나 어색해하지도 않았다.

위생 비닐을 뜯어 주사기를 집었다. 커다란 손에 비해 턱없이 작고 연약해 보이는 주삿바늘을 섬세하게 움직여 제법 능숙하게 손등의 혈관을 찾아 꽂았다.

피가 살짝 나오긴 했지만 바로 수액을 연결했다. 수액 주머니를 벽에 걸린 못에 걸어 놓는 일련의 과정이 자연스러웠다. 도원이 물었다.

"직업이 간호사신가요."

남자가 바싹 자른 머리카락을 손바닥으로 쓸어 넘기다 말고 도원을 봤다.

"그렇게 보이나요?"

"아무래도 제가 일하던 곳에서 자주 보던 풍경이다 보니……."

"여러 해 하다 보니까 익숙해져서 그런 거 아닐까요."

"익숙한 것과 능숙한 것은 다르다고 생각해요."

"보통은 제 외모를 보고 그 직업은 잘 생각 안 하시던데 특이하시네요."

"아, 제가 실례했다면 죄송합니다. 굉장히 섬세하셔서 눈이 갔어요."

"정말 특이하시네요."

섬세함과는 거리가 멀어 보이는 커다란 손으로 짧은 머리를 쓸어 넘긴 그리즐리가 씨익 웃어 보였다. 그는 아이스에게 돌아가 말했다.

"나 저 선생님 좋아."

아이스는 대답 대신 MJ 눈치를 보면서 오금을 발로 찼다.

"내일 아침에 볼게요. 선생님, 푹 쉬세요."

그리즐리는 바닥에 내려놓은 비닐 봉투와 배낭을 모두 챙겨서 아이스가 밟는 계단을 뒤따랐다. 실랑이하는 소리가 2층으로 이어졌다. 어차피 말싸움의 승자는 고집쟁이 그리즐리라는 사실을 알기에 MJ는 일찌감치 관심을 끊고 도원을 살폈다.

팩에서 떨어지는 수액의 양이 많은 듯했다. 호스에 꽂힌 집게를 조절하여 수액 속도를 늦춘 뒤 도원의 손등을 살폈다. 바늘이 빠지지 않도록 꼼꼼하게 테이핑해 준 손등은 혈관이 조금 부풀어 있을 뿐, 별다른 문제는 없어 보였다.

MJ는 소파에 등을 묻고는 도원의 머리를 제 가슴팍에 기댈 수 있도록 자세를 잡아 주었다. 화면 속 남자 배우와 웃고 있는 여자 배우를 바라봤다. 사랑에 빠진 둘은 사십이 넘은 나이에도 십대 못지않은 싱그러운 젊음을 품고 있었다. 마치 도원처럼.

"선생님은 아이스 싫어하는 거 같더라."

와사삭, 팝콘을 씹어 먹던 도원이 멈칫했다. 화면에서 시선을 뗀 도원이 MJ를 올려다봤다. MJ는 도원의 볼에 입술을 묻고 속삭였다.

"선생님은 거절도 잘 못하지만 숨기는 것도 잘 못하거든."

"으음, 제가 왜 싫어하겠습니까. 당신과 가장 친밀한 사이인데요."

"기억 못하는 모양인데, 선생님이 나한테 그렇게 물은 적 있어. 아이스를 믿냐고."

침묵이 오래갔다. MJ가 내려다본 도원은 눈동자가 사방을 굴러 다니고 있었다. 그런 말을 했을 때가 언제인지 기억 속을 샅샅이 찾는 중이었다. 도원이 자신 없는 얼굴로 물었다.

"제가 그런 말을 했나요?"

"섹스할 때 잠깐. 딱 한 번."

"아, 음."

"조금 전에 아이스 목소리 듣고 나온 반응도 그렇고, 그냥 넘길 문제는 아닌 것 같아서 말이야."

"아닙니다. 이러다가 제가 두 사람 사이를 이간질하게 될까 봐 겁나네요."

"장담하는데 이 세상에서 이간질을 제일 못하는 사람이 선생님 일 거야."

"그냥 제 생각일 뿐이니까요. 아직 확실한 것도 없고."

"말해 봐. 내가 판단할게."

도원은 여전히 망설였다. 단순히 친구 사이에서 있던 이야기를 말해 놓는 술자리가 아니었다.

MJ는 아이스와 오랜 시간을 함께 움직여 왔다. 아이스도 다리에 큰 부상을 입을 정도로 MJ의 일을 적극적으로 도와주는데, 괜한 추측으로 그런 둘의 믿음을 훼손하고 싶지 않았다.

도원의 이야기를 MJ가 헛소리로 치부하고 넘길 수도 있지만······

어느 쪽이든 말해서 득 될 게 없지 않을까.

　그러다 문득 자신이 입을 다물고 있다가 혹시나 MJ에게 문제가 생기면 어쩌지 하는 걱정이 들었다. 아이스와 관련된 일은 전혀 염두에도 두지 않던 MJ에게 아이스 자체가 변수가 되어 버리면 이 중요한 시기에 많은 일을 그르치지 않을까, 하는 생각 말이다.

　"내일 아이스와 먼저 이야기해도 될까요."

　MJ의 눈썹이 올라갔다. 말을 아끼는 도원을 보자, 정말로 심각한 문젠가 걱정하는 눈치가 되었다.

　"나한테 말 못할 문제야?"

　"잘 모르겠습니다. 당사자랑 먼저 얘기하는 게 순서일 것 같아요."

　"흐음."

　"그렇게 중요한 문제는 아니에요. 아, 음. 아닐 겁니다."

　"선생님의 방식은 지금까지 존중해 왔어. 이번에도 그러길 바란다면 나도 더 이상 캐묻지 않을게. 하지만 선생님보단 내가 아이스를 더 잘 안다고 자부해. 못해도 몇 년 동안 함께 움직였잖아. 날 믿지 못해서 말 못하겠다는 말은 하지 않았으면 좋겠어."

　"그럼요. 제가 어떻게 MJ를 못 믿을 수 있겠어요."

　"정말이지?"

　"네."

　"그럼 다행이야. 가능하다면 선생님이 아이스를 직접 대면하지 않았으면 좋겠거든. 몸이 먼저 아이스를 거부하던데."

　"제가요?"

　"목소리만 듣고도 굳었거든."

　"……그랬단 말이죠."

"그래도 괜찮으면 아이스한테 먼저 말해도 되지만 무리하지는 마."

"신경 써 줘서 고마워요."

"뭘. 당연한 건데."

MJ는 담요 속의 손을 움직여서 도원의 엉덩이를 양손으로 움켜쥐었다. 곰곰이 생각하던 도원이 흠칫 놀라 MJ를 쳐다봤다.

"섹스는 안 돼요."

안 된다는 말을 골백번도 더 들었기에 MJ는 그 말의 위력을 크게 염두에 두진 않았다. 말하지 않아도 섹스로 도원의 몸에 부담을 주고 싶지 않았다. 링거까지 맞고 있는 사람을 괴롭힐 정도로 앞뒤 분간 못하는 짐승은 아니었다. 아니라고 믿었다.

"이젠 선생님이 나 아닌 다른 사람을 생각하는 것도 질투 나네. 그럴 상황 아닌 거 아는데, 아이스까지 생각하고 있으니까 괜히 질투 나."

도원은 숨길 수도 없는 상대에게 퍽 난처한 미소를 지어 보였다.

"MJ를 제일 많이 생각하잖아요."

"알아. 선생님은 나한테서 눈도 못 떼잖아."

"큰일이네요. 그게 다 보인단 말이죠."

"이젠 아니라고 부정도 안 하네."

"못하겠어요."

"귀여워."

"으음."

"선생님 좆 빨고 싶다."

엉덩이를 주무르던 손이 바지 속으로 들어왔다. 속옷 안으로 파고든 손이 도원의 엉덩이 골과 허벅지를 쓰다듬었다. 도원은 맨살에 닿는 MJ의 온기를 느끼면서 숨을 깊게 내뱉었다.

"우린 한 번에 너무 많은 걸 하네요."

"어떤 걸 말이야?"

"영화 보고, 팝콘 먹고, 아이스 얘기도 해야 하고, 좆도 빨아야 하고."

"다 할까?"

"하나만 선택하죠."

"좋아, 그럼 난 선생님 좆을 빨래."

"전 영화 볼게요."

"집중 못 할 텐데. 나중에 내 탓 하면 안 돼, 선생님."

"그거 지금 선전 포고죠."

"당연한 걸 말하는 거지, 그렇게 비장할 것까지야."

음모를 손가락으로 돌리면서 더 깊이 들어오는 손가락에 도원의 눈가가 붉어졌다. 이젠 MJ의 애무에 바로 반응하는 몸이었다. 이러다간 먼저 다리를 벌리고, 구멍도 손가락으로 직접 풀면서 MJ의 좆을 몸에 넣고 싶어 안달이 날까 봐 걱정되었다.

바보가 되어도 좋으니 MJ와 실컷 섹스만 하고 싶은 생각 반, 지금은 꾹 참고 중요한 문제를 해결한 뒤에 마음 놓고 질펀하게 뒹굴고 싶은 생각 반으로 머릿속이 가득 찼다. 도원은 이성적인 사람이었다. 그것이 그나마 다행이었다.

"섹스는 중요하게 처리해야 할 일을 모두 끝내고 실컷 해요. MJ가 하고 싶은 것도 다 들어줄게요."

MJ는 상상만으로도 흥분했다. 도원의 엉덩이를 만지작거리면서 거칠어진 숨을 애써 고르려고 노력했다.

도원의 양쪽 엉덩이를 세게 움켜쥐었다. 허벅지 안쪽까지 물고 빠느라 새빨간 자국이 남았을 그 피부가 움찔거리며 떨렸다. MJ가 도원의 볼을 핥으며 참지 못하고 속삭였다.

"내가 하고 싶은 거 정말로 다 하게 해 줄 거야?"

"……그, 정말 위험한 것만 아니면요."

"그럼 다른 걸로 선생님 엉덩이 때려 봐도 돼?"

"헉, 본격적인 스팽킹이라도 하고 싶으세요?"

"얇고 부드러운 걸로 하자. 몸이 다치지 않고 자국이 확실히 남는 걸로. 이를테면 가죽으로 만든 끈이나 채찍 같은 거."

"도구까지는 생각 못해 봤는데……."

"해 보자, 응?"

MJ는 도원의 도톰하게 부푼 엉덩이를 만지며 황홀하게 중얼거렸다.

"손자국보다 더 촘촘하고 가늘게 흔적을 남기는 거야. 얇은 실 같은 자국들이 도톰하게 부풀어 올라서 선생님 살갗을 빨갛게 만들겠지. 많이 아플까? 그렇게까지 아프지 않게 어떻게든 내가 힘 조절해 볼게."

도원의 얼굴이 점차 붉어졌다. MJ에게 진짜로 맞는다는 상상을 하자 목이 바싹 마르는 기분이었다.

"그게 안 되면 허벅지에 벨트 묶어 봐도 돼? 선생님 허벅지, 진짜 하얗고 부드러워서 뭔가로 꽉 조여 보고 싶어. 검은색이나 붉은색 벨트로 엉덩이 바로 밑을 묶어 보고 싶어. 섹스할 때 흥분하면 여기 엄청 떨리거든. 묶어 놓은 상태에서 떨리면 장난 아니겠지? 응?"

도원은 아랫입술을 살짝 깨물었다. 놀라고 당황하기도 했지만 이렇게 구체적으로 상상한 MJ의 발언을 직접 머릿속에 그려 보았다. 도구를 쓰면 아파서 MJ에게 매달릴지도 모른다. 제발, 이라고 애원할 가능성이 컸다.

그렇게 어르고 달래도 MJ는 흥분한 짐승처럼 몸을 숙이겠지. 몸 안을 거칠게 쑤시는 피스톤 운동이 이어질 것이다. 도원은 몸에 가해지는 자극을 온전히 느끼지 못하고 MJ의 지배하에서만 느낄 수 있는 기묘한 감각에 시달릴 것이 뻔했다.

언젠가 손발에 구속구를 차고, MJ의 몸 위에 올라타 허리를 흔들게 된다면⋯⋯ 그 구속구를 벗기 위해 펌핑 횟수를 세고, 자위를 하고, 매달리고, 더 쑤셔 박아 달라고 속삭이고, 먼저 흥분해서 어쩔 줄 몰라 하고⋯⋯.

얼굴이 새빨개진 도원이 바싹 붙이고 있던 몸을 떼어 냈다. 상상에 의한 흥분이 도원의 심장을 빠르게 뛰게 만들었다. 도원의 변화를 알아본 MJ는 마른침을 삼켰다. 하고 싶어 미칠 지경이었다.

살짝만 때리고, 살짝만 가두고, 살짝만, 살짝이란 이름으로 완전히 구속해서 자신만 바라보게 만들어 길들이고 싶었다.

이렇게 상냥하고 사랑스러운 얼굴을 가진 남자가 실은 아주 천박한 섹스에 흥분하는 연인이라는 걸 빨리 확인받고 싶었다. 그를 길들이고 싶었다. 그에게만 길들여지고 싶었다. MJ는 황홀하게 도원을 바라봤다.

"얼른 일 끝내고."

쪽, 도원의 쇄골에 입을 묻었다. MJ는 도원의 손등에 꽂힌 바늘이 빠지지 않도록 조심하며 몸을 뒤집었다. 도원을 소파에 부드럽게 눕히고 다시 한번 쪽, 이번엔 쇄골보다 아래에 잇자국을 남겼다.

"이것저것 다양한 물건을 사러 다니자. 사서 다 써 보자. 선생님 한테 제일 잘 어울리는 게 뭔지 알아야지."

눈가까지 발갛게 익어 있는 도원은 자신에게 여전히 입술을 비비는 MJ에게 입을 벌려 주었다. 얼굴을 배회하던 혀가 도원의 입 안으로 빨려 들어왔다. 도원은 MJ의 오돌토돌한 혀의 미뢰와 가지런한 치열을 모두 핥으면서 대답했다.

"MJ, 당신의 목에 채울 목걸이부터 살 겁니다."

황홀한 표정을 짓는 MJ에게 도원은 부끄러운 듯 조용한 목소리로 속삭였다.

"내 이름을 새긴 목걸이를 채우고 싶어요. 당신의 주인은 나니까."

도원이 왕좌에 앉았다. MJ의 왕이 되어 옷을 벗는 법을 아는 듯했다. 왕의 명령을 MJ가 어떻게 거절할 수 있을까. MJ는 기쁜 마음으로 대답했다.

"꼭 해 줘, 내 주인님."

밝게 웃는 모습은 도원이 본 MJ의 미소 중 손에 꼽을 수 있을 정도로 아름다웠다. 이런 MJ를 먼저 챙기는 게 뭐가 문제가 될까. 이렇게 웃는 MJ를 지키고 싶은데.

도원은 아이스 문제를 다시 한번 생각하다가 조심스레 입을 뗐다.

"저기, MJ."

도원의 부름에 MJ가 눈을 깜빡였다. 그다음 말을 기다리는 그의 얼굴을 매만지면서 도원이 조용히 말했다.

"이야기할게요. 아이스에 관한 거요."

도원의 분위기에 MJ가 조심스럽게 물었다.

"……생각이 바뀐 거야?"

"네. 아이스의 입장을 생각하다가 당신에게 나쁜 일이 생기면 안 되니까요."

"흐음."

"나한테는 당신이 최우선이에요. 다른 건 필요 없어요."

그 말에 MJ가 웃었다. 행복해하는 MJ의 미소에 도원은 생각을 번복한 것을 후회하지 않았다.

"그거 듣기 좋은데. 그럼 이야기해 봐."

도원은 아이스를 처음 만났던 바를 떠올리며 말했다.

"제게 수상한 전화번호 쪽지를 건넸을 때 아이스를 처음 의심했어요."

MJ가 조금 전까지 보여 주던 달콤한 시선이 사라진 자리엔 진지함이 깃들어 있었다. 도원은 그 시선에 응하듯이 사실대로 말해 주었다.

"전처와 크리스마스 이후에 같이 저녁을 한 적이 있었어요. 그대로 집에 갈 기분이 아니어서 역 근처 바에 들렀고요. 아이스는 그곳에서 바텐더로 일하고 있었습니다. 친구의 대타로 왔다고 너스레를 떨었는데, 글쎄요. 절 만날 의도로 그곳에 있었던 것 같기도 하고, 정말 우연인 것 같기도 하네요."

틀어 놓은 영화 속 여자 주인공이 남자와 사랑에 빠지고 있었다. 한순간의 불장난과는 다른, 아주 깊고 진실된, 인생에 몇 번 없을 특별한 사랑이었다.

그래서 남자의 죽음이 다가오는 이야기가 보는 사람을 초조하게 만들었다. 남자가 죽은 후, 여자가 과거로 돌아가서 다시 사랑을 나눌 것을 알았다. 그 사랑이 완성되기 전에 남자가 다시 죽을 것을 알았다.

그 처절함과 안타까움에 몰입을 하게 만들었다. 영화 속 달콤한 사랑 고백 소리에 도원의 목소리는 조그마하게 묻혔다. 2층에 올라가 있는 아이스와 그리즐리가 애를 써도 귀로는 듣기 힘든 소리였다.

"쪽지에 적힌 번호는 크랙의 연락처였습니다. 저와 크랙을 연결시키려고 했다는 것을 이해할 수 없었는데 그걸 따져 묻기도 전에 마포대교 자살 사건이 터졌습니다. 병원 일에 집중하다 보니 물어볼 타이밍을 놓쳤어요."

그리고 그렇게 놓친 타이밍이 지금까지 이어진 것이고. 도원은 유야무야 넘겼던 일을 늦었지만 이제라도 제대로 짚어 보겠다는 심산으로 이어 말했다.

"이번에도 비슷한 일이 생겼네요. 시위 현장에서 저는 MJ, 당신과 연결된 채널이 끊어진 줄 몰랐어요. 인이어에 들린 소리가 아이스 목소리 하나였거든요. 그가 저를 공사 현장으로 보냈습니다."

시위 현장에서의 일을 생각하면 도원은 지금도 손이 떨렸다. 지나가 버린 일이라고 속 편히 말할 수가 없었다. 날씨는 언제든 흐려질 수 있다. 언젠가 해수면이 세찬 풍랑을 맞아 들썩이면 그 밑에 깊고 눅진하게 깔린 어둠이 파도와 함께 들추어질지도 모를 일이었다.

썰물과 밀물을 반복하는 파도가 아직은 높지 않아서 어둠이 밑바닥에 잠겨 있었다. MJ라는 빛이 하늘에 떠 있어서 괜찮은 것 같았다. 지금은 괜찮았다. 지금 순간은.

"그곳에서 지승준을 만났습니다. 이것도 우연일까요? 아닌 것 같아요. 바텐더 일이 우연인지 고의인지는 제가 판단할 수 없지만 이

건 확실하게 고의였습니다. 지승준이 제 인이어폰에 속삭였거든
요. 당신과 저만 지승준을 만나러 오도록 아이스에게 지시를 내렸
으니까요."

고의적인 일들의 연속이었다. 아이스가 주도한 일은 아니었지만
누굴 위해서 움직였는지는 명확했다. 도원을 크랙과 연결시키려
했다. 지승준을 직접 만나도록 만들었다. 리더가 죽도록 방치했다.
마지막으로 도원과 MJ가 단둘이 지승준을 만나도록 주장했다.

아이스는 MJ를 배신하기로 마음먹은 것일까. 지승준에게 완전
히 돌아선 것일까. 그만한 금전적 이득과 생명의 안전을 보장했다
면 아이스가 배신할 가능성은 충분했다.

그러나 배신하는 타이밍이 의문이었다. 왜 도원과 얽힌 이제 와
서 이중 첩자 같은 노릇을 하는 것일까. 그전에는 그럴 기회가 전
혀 없었던 것일까. 만약 배신하는 게 아니라면 무엇을 위해서 지승
준과 MJ 사이를 재는 것일까.

아이스의 속내를 도원으로선 알 수 없었다.

"7년 됐어."

도원이 MJ를 빤히 비리봤다. MJ가 손가락을 접어 숫자를 다시
꼽았다.

"아, 6년이구나. 내가 지승준 밑에서 일한 햇수."

MJ는 접었던 손가락을 펴고 가죽 시트를 톡톡 두드렸다.

"아이스도 그 시기 비슷하게 지승준 밑으로 들어왔어. 가출하고
찾아온 거래. 돈이 필요해서 위험한 심부름을 했거든. 같이 놀던
여자애들은 채팅으로 남자를 만나서 놀아 주는 대가로 용돈도 받
고 그랬는데, 남자애들은 그런 게 어렵잖아. 그래서 힘쓰는 일로

많이 빠졌다더라."

어린 시절부터 불법적인 일에 이용당한 이야기가 꽤 구체적이었다. 어린 MJ와 아이스가 어떤 식으로 일해 왔는지 상상이 되어서 도원은 굳은 표정을 풀지 못했다.

"걔는 체격이 좋지 않아서 그런 데에서도 잘 안 써 주는 모양이었고. 아는 형 도움으로 크랙을 먼저 만났다고 했어. 뭐 좀 운반해 주면 돈을 주겠다는데 액수가 상상을 초월하기에 한두 번 하다 보니 발을 못 뺀 거지."

"운반했다는 물건이 마약이었나요?"

"물뽕이었던 걸로 알아."

"아아."

"꽤 오래 했거든. 같이 운반조에서 일하던 애들은 다 경찰한테 잡혀 들어갔는데 걔만 운 좋게 도망 다녔어. 이미지 때문이었을 거야. 힘 못 쓰게 생긴 그 이미지 말이야. 걘 그냥 여자애들이랑 잘 노는 발랑 까진 애처럼 생겼잖아. 마약을 운반하는 일보단 그 마약을 사는 쪽에 가까운. 그 미묘한 차이가 크랙 눈에 든 거였어."

"크랙이 아이스를 높은 위치로 만들어 준 거군요."

"맞아. 크랙이 필로폰 전담을 맡겼다더라. '아이스'라는 이름도 붙여 주고. 나랑 만난 건 그 후야. 서로 본명도 모른 채 아이스와 매리제인이라고만 부르면서 나이도 같아 친해진 거지."

도원은 아이스의 얼굴을 머릿속에 그려 보았다. 선이 굵지 않아서 부드럽고 둥근 이미지였다. 잘 웃는 인상 때문에 여자들에게 인기가 많을 정도라니, 지금과 별반 다르지 않은 모양이었다.

능청스럽고 농담도 잘하는 가벼운 이미지. 그 이미지는 누가 자신을 쫓아오지는 않을지, 항상 긴장하며 위험한 물건을 옮기는 사람으로 보기 어려웠다.

"아무래도 잘 팔리는 마약은 한정되어 있어. 너무 특이한 건 사람들도 찾지 않고 괜히 위험하게 수입하지도 않거든. 한국에서 인기 많은 건 비아그라 같은 정력제나 클럽에서 섹스용으로 쓰는 것들이었어."

MJ는 인기가 많은 약들을 구체적으로 언급했다. 필로폰, 코카인, 엑스터시, 대마. 그중에서 물뽕과 대마는 효과 때문에 투톱이었다고 덧붙였다.

"나랑 아이스는 친해질 수밖에 없었어. 제일 잘 팔리는 마약을 전담한 총괄자니까 납품처도 겹치고, 이동 루트도 비슷해서 상부상조했거든."

MJ는 아이스와 함께 일했던 때를 떠올리고 있었다. 딱히 좋은 추억으로 남은 기억이 아니었기에 미간을 잔뜩 찌푸린 채였다.

"그 당시의 나는 지금보다 성격도 불안정해서 친하게 지내는 사람이 없었어. 그런 내가 신기했는지 아이스가 먼저 다가온 거야. 아이스는 처음엔 계속 마약 일에 종사하고 싶이 하진 않았어. 적당히 돈 벌다가 손 털고 나가려 했어. 하지만 쉽지 않았지. 이 정도로 중요 루트를 다 꿰고 있는 총괄자를 크랙이나 지승준의 대리자가 놔줄 리 없잖아."

"도망가거나 하면 어떻게 됐나요?"

"죽였어."

"예?"

"정말로 죽였어. 크랙은 손해 볼 짓 절대 안 하거든."

심각해진 도원의 표정을 보면서 MJ는 흘러내린 앞머리를 쓸어서 넘겨 주었다.

 "도망치면 죽어. 그걸 알고 난 후로 아이스는 많이 초조해했어. 손 털고 싶은데 그랬다간 죽을 거 같으니까 어떻게든 빠져나갈 구멍을 물색했거든. 다 실패했어. 어떻게 벗어나야 할지 모르니까 나를 몰래 지원해 주더라고. 내가 지승준을 죽이려고 하는 걸 알고 도와주게 된 거야. 자기가 살려고 도박을 한 거지."

 그 도박이 이중 스파이 짓인 걸까. 도원은 고개를 조금 더 숙였다. 목소리가 한층 더 낮아졌다.

 "이중 스파이는 오히려 더 목숨이 위험해지잖아요."

 "그래도 필요할 때가 많거든. 상대 세력에 끄나풀을 심어놓을 게 아니면 스파이 짓이 필요악이었어."

 "지승준과 크랙은 그런 아이스를 알았나요? 당신과 지승준 사이에서 이중 스파이 행동을 하는 사실을요."

 "알았겠지. 내가 알고 있었으니까."

 알면서도 친구라고 말할 수 있다고? 도원의 흔들리는 눈을 보면서 MJ는 말을 이었다.

 "내 세력이 커졌어. 크랙과 지승준에게 부당하게 잡혀 오거나 안 좋은 일을 당한 사람들 혹은 아이스처럼 살아남기 위해서 그들에게 완전 등 돌린 사람들은 내 쪽으로 붙었어. 그러면서 지승준과 나로 세력이 완전히 두 동강 났지."

 "⋯⋯원룸에서 봤던 사람들이군요. 상당히 어려 보였는데."

 "약을 옮기는 건 어린애들 위주로 썼거든. 경찰들 감시에서 벗어나기 좋아서 말이야."

"한꺼번에 들고 일어난 건 이번이 처음인 거죠?"

"응. 나랑 리더가 제대로 부채질했거든. 아이스도 성향상 이제 슬슬 무게 추를 잴 때가 됐어. 내 쪽에 계속 붙어 있는 게 득일지, 지금이라도 지승준에게 다시 돌아가는 게 그나마 목숨이라도 부지할 수 있는 것일지. 아마 머리 터지게 고민하고 있을 거야."

지승준과 그의 대리자가 한 말을 비로소 알 것 같은 도원이었다. 동료의 배신을 염두하고 있는 MJ의 세계에서 믿을 수 있는 것이 도원밖에 없다는 그 말은 말 그대로 생존과 관련된 이야기였다.

생존이 최고의 목표인 그들에게 어디에 붙어야 살 확률이 높은지를 따지는 것은 당연한 일이었다. 설령 배신을 당한다고 해서 감정적으로 속상해하거나 상처 입을 만큼 순진한 사람들도 아니었다.

MJ가 살아온 아무것도 믿을 수 없는 세상을 조금이지만 엿본 기분이었다. MJ가 생각하는 도원은 메마른 땅에 핀 꽃 한 송이어서, 그 꽃이 꺾이거나 시들지 않게 하기 위해 최선을 다하고 있었다. 또다시 황폐해진 사막에 혼자 서고 싶지 않아서.

"함께한 세월이 길다고 언제나 아군이 되는 건 아니군요."

"여긴 배신해서 살아남는 사람만 끝까지 가. 그러니 아이스나 그리즐리가 내게서 돌아서서 아버지 편에 붙는 것도 충분히 이해할 수 있어."

"그 반대의 경우는 생각 안 하시나요. 당신이 아이스와 그리즐리를 버릴 수도 있습니다."

"맞아, 나도 여러 가지 경우의 수를 따져 보는 중이야."

"아이스가 어느 쪽이든 도망치기 쉽도록, 양쪽에 발을 걸치고 있다면 당신도 그러면 돼요."

"나처럼 확실한 지승준의 적이 어떻게 양발을 걸칠 수 있어?"

"지승준도 제어하지 못하는 세력이 있죠."

도원이 말한 세력을 MJ는 바로 알아들었다.

"경찰 말하는 거야?"

"경찰을 판으로 끌고 와요."

"너무 위험해. 경찰에겐 지승준이나 나, 선생님 모두 적이야. 우리만 그들을 아군으로 생각한다고 될 문제가 아니야."

"아군으로 생각하는 게 아닙니다. 이용하자는 겁니다."

"어떻게?"

"지금 당신에게 제일 필요한 게 무엇이죠?"

"내 세력과 연락하는 거. 지승준은 자기 세력을 모으지 못하는 상태야. 다 경찰 관리를 받고 있어. 그러니 내가 우위에 설 수 있는 건 쪽수뿐이잖아."

"대적할 사람이 필요하다면 당신 사람들을 불러들이는 것보다 경찰을 이용하는 편이 더 좋을 거예요. 시위 때 벌어진 총격 사건 때문에 군부대가 함께 움직일 가능성도 크니 화력 면에서도 훨씬 유리하지 않을까요."

"우리가 경찰이나 군대를 이용할 수 있다면 더할 나위 없이 좋겠지만, 불가능하잖아."

"가능할 것 같습니다."

"……정말이야?"

"맹 소장님과 연락됩니까."

"조력자도 끌어들일 거야?"

"아뇨, 소장님껜 아이스 같은 역할을 부탁할 겁니다. 경찰에게 저희 동향을 알려 주도록 할 거예요. 우리의 최종 목적지가 어디인지를 전달해 주는 역할이요."

"그 정보를 경찰이 안전하게 신뢰할 리 없어."

"빈유미 형사라면 신뢰할 겁니다."

MJ는 곰곰이 생각해 보았다. 맹강조 소장과 빈유미 형사를 이용해 경찰 세력 전체를 움직이게 만들고 이용하는 방법을 쉽게 머릿속에 그리지 못했다. 미끼라도 될 셈인 걸까. 정보를 흘려서 군 병력까지 동원하자는 소리 아닌가.

생각이 복잡해진 MJ를 보고 도원이 손을 잡아 주었다. MJ에게 믿음을 주기 위해 도원은 최선을 다했다.

"나와 당신은 더 이상 이 일을 주도하지 않아도 돼요. 그러지 않아야 하고요. 우리가 전면에 나설수록 계속 위험해져요. 서로가 서로의 족쇄가 될 겁니다."

도원은 자신이 애를 쓸수록 MJ가 계속해서 위험해지고 있다는 사실을 인정하게 되었다. 도원 역시 겪지 않아도 될 고통을 겪고 있었다. 서로 사랑하고 있다고는 해도 피폐해지는 시기가 길어지면 지치는 일도 시간문제였다.

"우리도 지승준과 같은 방법을 쓰는 건 어떨까요. 이용할 수 있는 걸 모두 이용하고 뒤로 빠져 있는 방법이요."

MJ와 자신 사이는 누가 봐도 배신하지 않을 믿음으로 엮여 있다. 다른 말로 변수가 없는 사이라는 것. 그래서 지승준이 이 관계를 계속해서 이용하는 것이다.

MJ를 끌어내기 위해서 도원을, 도원을 끌어내기 위해서 MJ를, 서로를 배신하지 않을 걸 아니까 지승준의 계획하에서 두 사람이 조종당하는 상황이 반복되는 것이다.

　—저 녀석의 세상이 오로지 선생님 하나로 가득 찼으면 좋겠어요. 선생님의 세상도 저 녀석 하나만 의미 있으면 좋겠고. 그렇게 둘이 서로가 서로의 세상으로 커져 버릴 때까지 기다리고 있어요.

　—세상이 선생님 하나 말고는 무의미해졌을 때, 저 녀석은 나를 죽일 거예요. 그리고 내 밑에 있는 사람들은 선생님을 죽이겠지. 그럼 저 녀석은 어떻게 될까. 모든 걸 걸어서 지키고 싶었던 선생님을 잃게 된다면, 어떻게 할까, 응? 애초에 나를 죽이려는 시도조차 못하겠죠?

　그의 예언대로 되어 가고 있었다. 이미 MJ에게 도원은 대체가 불가능한 사람이었다. 서로가 서로의 약점이 되고 말았다.

　미끼가 되어 서로를 위험하게 만들고 있었다. 이제 와서 지승준을 설득한다고 해도, 생각을 바꿀 사람이 아니었다. 그의 생각은 약육강식의 법칙으로 돌아가고 있었다. 철저한 몰락과 폐허 위에 앉아서 해골을 던지고 놀 사람이 바로 지승준이었다.

　그게 얼마나 오만한 생각인지를 알려 줄 차례다. 도원이 MJ를 선택한 것도 MJ가 도원을 선택한 것도, 지승준의 계획이 아닌 서로의 마음으로 선택했다는 사실을 증명할 차례다.

　"아이스에겐 저와 당신만 지승준을 만나러 간다고 알려 주세요."

　언제부턴가 여자 주인공이 화면 속에서 울고 있었다. 사랑하는 사람을 잃고 절규하는 소리는 세상이 무너진 것처럼 고통으로 가득 차 있었다. 그녀의 찢어지는 비명에 영화 화면도 함께 조각나 부서졌다. 모든 게 그녀의 발아래로 떨어지고 있었다.

　MJ는 그 화면을 단 한 번도 돌아보지 않았다. 오직 도원만을 바라봤다. 그가 보고 들을 수 있는 세상은 도원이 전부였다. 부서진 세계가 아닌, 온전한 빛의 세계였다.

"경남 마약 공장까지 우리 둘만 움직이면 돼?"

"네, 대신 맹강조 소장과 연락할 수 있는 수단은 우리만 갖고 있어야 합니다. 그 누구도 연락할 수 없게 해야 합니다."

"최대한 준비해 볼게."

"그 후에 제가 소장님께 연락할게요. 어떤 계획인지 말할게요. 소장님은 바로 이해하실 겁니다."

"그럼 나는 뭘 하면 되지."

"당신은 지승준을 처리할 방법을 생각해 주세요. 가급적 경찰에게 넘길 수 있도록 구속 물건을 준비하는 건 어떨까 싶습니다."

"……이해했어."

"이걸 마지막이라고 생각하겠습니다. 우리가 애를 쓰는 마지막으로요. 더 이상의 가능성은 생각하지 말고 이게 끝이라고 생각하고 준비해요. 정말로 끝이 나는 순간이 찾아와도 놀라지 않게요."

혼자서 이어 가는 생각보다 탄탄하고 질긴 길이 생겨나고 있었다. 위태롭게 외발로 걷지 않아도 되는 길이었다.

MJ는 한 번도 경험해 본 적 없는 길 위에 서 있었다. 누군가를 믿는다는 것은 발아래가 넓어지는 일이었다. 좁은 길을 헤쳐 나가다가 낭떠러지로 미끄러질까 봐 긴장하지 않아도 괜찮았다. 으르렁, 목을 울리고 사납게 앞뒤를 돌아보지 않아도 되었다.

도원의 손을 꼭 잡고 있으면 안심이 되었다. 이상한 일이었다. 자기 자신보다 믿을 수 있는 존재가 세상에 있을 수 있다니.

여러 가지 가능성을 얘기해 주는 도원의 말을 한참 동안 듣기만 했다. 도원의 목소리는 기분 좋았다. 잘 닦인 구두라든가 각을 맞추어 접은 손수건 같은 느낌이다.

언제든 그렇게 보존해 주고 싶은 존재였다. 꽃처럼 화려하지도 않은데 어디서 이렇게 향기가 나는지도 모르겠다. 독한지도 모르고 들이켠 술 같은 사람이다. 이래서 지승준도 집착하는 걸까.

"듣고 있나요."

이제 실수는 해선 안 된다면 제법 엄하게 말하는 도원에게 생긋 미소 지어 보이는 MJ였다.

"응. 듣고 있어. 선생님 목소리 전부."

"우리 진지해져야 해요."

"난 선생님에게 언제나 진지했는걸."

"하지만 지금 당신의 표정은……."

"내 표정이 왜?"

도원은 입가를 뭉그러트렸다. 말하기 부끄러운지 한참이나 MJ를 올려다보기만 했다.

당신의 표정은 내게 빠진 것만 같아요.

어떻게 그렇게 말할 수 있을까. 결국 도원의 입에서 힘 풀린 목소리가 새어 나왔다. 진지해지자고 말했으면서 그 진지함을 잊고 말았다.

"당신은 정말 잘생긴 것 같아요."

도원에게만 보이는 그 표정이 얼마나 잘생겼는지를 누구에게도 증명하지 못한다는 것은 퍽 애석한 일이었지만 말이다.

"뭐, 선생님 농담할 때야? 진지해지자며."

"진지한 고백입니다."

이 귀엽고 사랑스러운 연인의 고백에 MJ는 좋아서 귀까지 새빨
갛게 물들인 채 웃고 말았다.

　　　　　　　　　　C

싱크대를 꽉 채우는 덩치의 두 남자가 서 있었다. 그중 하나인
MJ는 얼굴에 화상 자국이 평소보다 선명해 보였다. 아침에 스스로
머리를 밀고 면도를 한 덕분에 머리카락에 가려졌던 흔적이 더욱
도드라져 있었다.

MJ는 능숙하게 프라이팬을 다루었다. 고슬고슬하게 밥알이 흩
어지는 볶음밥의 양이 제법 많았다. 프라이팬을 한 손으로 들기 무
거울 텐데 전혀 개의치 않았다. 자유로운 나머지 손으로 베이컨을
구우며 숙달된 요리인의 실력을 보여 주었다.

싱크대 옆 테이블에서는 그리즐리가 갖은 채소를 칼로 썰었다.
요거트에 시리얼까지 뿌리며 샐러드를 준비했다. 콧노래를 흥얼거
리면서 냉장고에서 한가득 꺼낸 재료를 어떻게 이용할까, 고민히
는 눈치가 즐거워 보였다.

"MJ, 이거 간 맞아?"

그리즐리가 숟가락으로 샐러드를 듬뿍 떠서 건넸다. 한입 맛본
MJ가 입가를 찌푸렸다.

"시잖아."

"진짜?"

"이거 먹어 봐. 여기에 토마토소스가 낫나, 간장소스가 낫나."

"난 토마토가 좋아."

"흠."

MJ는 가스 불을 줄였다. 다 볶은 밥을 네 개의 접시에 나눠 덜면서 싱싱한 토마토 몇 개를 집어 들었다. 샐러드에 이어 토스트를 준비하는 그리즐리가 "나 오븐 좀 쓸게."라고 말하며 움직인 덕에 두 남자의 동선이 엉켜 들었다.

주거니 받거니 얘기를 하면서 서양식, 중식, 한식을 넘나드는 그들의 요리 실력을 거실 소파에 앉아 있는 도원과 아이스가 구경했다. 사람을 외모로 판단하면 안 된다지만, 역시 이런 풍경은 평소 볼 수 없던 것이라 어색했다.

"선생님, MJ가 요리를 즐겨 했나요?"

도원은 아이스를 잠깐 스치듯 바라봤다. 밝은 아이스의 분위기만큼 도원도 편안한 음성으로 대답했다.

"즐겨 하는 것까진 모르겠습니다. 잘하긴 해요."

MJ가 지금까지 도원에게 해 주었던 음식의 종류가 많았다. 삼계탕, 스테이크, 설렁탕, 각종 서양식 아침 식사. 그 정도면 요리에 일가견이 있는 게 아닐까. 의외의 대답에 아이스가 작게 휘파람을 불었다.

"음식 맛에 민감하지 않은 척 굴더니 이 녀석 보게."

"저기, 음, 아이스의 친구분이시죠? 저분도 요리 좋아하시는 것 같은데요."

"그리즐리라고 부르시면 돼요. 호칭이 입에 안 붙으면 그냥 곰이라고 부르셔도 됩니다. 쟤가 요리를 좋아하는 건 모르겠네요. 저 챙겨 줄 때 요리하는 걸 보긴 했어요. 재료가 많아서 그런가, 지금처럼 신나게 하는 건 처음 보네요."

"두 분 다 신나신 거 같아서요."

"저걸 언제 다 먹을까요."

"저 솔직히 자신 없습니다."

"남는 건 지들이 먹겠죠, 뭐."

볶음밥에 올릴 토마토소스를 만들고, 노릇하게 익힌 베이컨까지 올린 MJ는 다 쓴 프라이팬을 싱크대에 담갔다. 냄비를 꺼내서 저녁 동안 불려 놓은 북어포를 가져와 국을 끓이기 시작했다.

그리즐리는 옆에서 훈제 오리에 양념을 발랐다. 음식들은 가짓수만큼이나 부피도 거대하게 늘어 갔다. 저 많은 음식을 언제 다 먹느냐 즐거운 걱정을 할 때에 도원은 가만히 아이스를 지켜보았다.

크랙이 다리 한쪽을 못 쓰게 만들었는데도 지승준에게서 완전히 등을 돌리지 않았다. 리더를 희생시킨 것에 큰 죄책감과 불안함을 보이지도 않는다.

아이스는 손해를 감수하는 법과 자존심을 버리는 법을 잘 알고 있는 듯했다. 모호한 표정으로 속사정을 철저히 밑바닥에 숨겨 버리는 사람. 그래서 마냥 기볍게는 느껴지시 않는 사람.

"당신은 MJ를 좋아하나요?"

부엌 풍경을 구경하던 아이스가 고개를 돌려 도원을 쳐다봤다. 처음에는 무슨 뜻인지 몰라서 눈을 깜빡거렸다. 곧 자기만의 해석과 결론을 내린 아이스는 비명을 지를 것 같은 표정으로 대답했다.

"아악! 저랑 쟤 그런 사이 아닙니다!"

"네? 친구 아니세요?"

"네? 그런 질문이셨어요?"

"아, 제가 말을 잘못한 건가요."

"어휴, 쟤한테 다른 마음 먹었냐고 물어보는 줄 알았습니다."

"죄송하지만 그건 제가 허락하지 않을 겁니다."

"물론이죠, 저도 원치 않아요."

아무렇지 않게 자신이 MJ의 연인임을 상기시킨 도원이었다. 아이스는 옆머리만 긁적였다. 이럴 때 보면 도원 선생도 참 만만치 않은 인물이다, 싶은 생각이 들어서 웃을 수가 없었다. 단순히 농담을 주고받는 분위기가 아니었다.

"당신에게 친구란 존재가 어떤 것인지 궁금해서 물었습니다. MJ는 친구를 위해서라면 자신을 어느 정도 희생할 수 있는 사람입니다. 그래서 당신도 같은 마음인지 궁금합니다."

옆머리를 긁적이던 손이 멎었다. 도원은 여전히 어른스러운 자세와 다정한 말투를 유지하고 있었지만, 그 속에 심은 뼈가 제법 굵었다.

뭘 떠보는 걸까.

아이스가 경계심을 보이자 도원은 오히려 미소를 지어 보였다. 경계심 많은 사람을 지금까지 '상담사'라는 직업 하에 지겹도록 만나 온 전문가다웠다.

"당신이 친구인 MJ가 아닌, 이해관계로 얽힌 지 박사를 더 돕는다는 생각이 들어서요."

도원의 목소리는 가스 불이 피어오르고 도마 위에서 칼질을 하는 소리에 가로막혔다. MJ와 그리즐리는 여전히 4인분 이상의 요리를 만들며 서로의 의견을 묻고 있었다. 손이 멈추지 않았다. 아마도 당분간은 도원과 아이스의 대화에 관심을 가질 분위기는 아니었다.

아이스가 목 뒤를 울렸다. "흐응." 하고 작게 터지는 소리를 도원은 변함없는 표정으로 지켜보고 있었다.

"선생님 안 그렇게 보이시는데 가끔 터프한 거 아시죠? 이렇게 푹 찌르고 들어오면 저 깜짝깜짝 놀라요."

도원이 아이스의 미소에 생긋, 웃는 얼굴로 받아쳤다.

"필요하다면 더 세게 말할 수도 있어요. 그런 상황이 없길 바랄 뿐이고요."

"하하, 이러다 욕설까지 나오면 제 안의 선생님 이미지는 완전히 뒤집어질 거 같네요."

"해 드릴까요?"

"하하, 네?"

"해 드릴 수 있어요. 원한다면 얼마든지요."

이걸 농으로 들어야 하는지, 진심이 섞인 분노로 들어야 하는지 모를 지경이었다.

도원이 부드러운 분위기와 다정한 어투를 유지하는 것은 내담자를 다뤄야 하는 직업 특성상 어쩔 수 없는 부분이라는 듯이, 제 사생활까지 그런 배려와 아량을 받고 싶다면 응당 그에 맞는 관계성을 유지해야 한다는 소리로 들리기도 했다.

MJ에게 다정하게 대해 주는 것은 그가 연인이기 때문이다. 만약 아이스가 MJ를 배신한다면 도원이 MJ를 대하는 다정함으로 아이스를 대할 필요까진 없다는 경고이기도 했다.

도원은 웃고 있었다. 그 웃음이 마냥 신사적이지 않다는 것을 알아채고 아이스는 얼굴에 띠운 미소를 슬그머니 감췄다.

도원이 위협과 경고를 번갈아서 넌지시 던지는 이유를 곰곰이 생각해 보았다.

어떤 심정인지 이해가 갔다. 도원이 아이스를 의심하면서 시작된 변화라면, 그 변화가 MJ와 그리즐리가 보기에도 확연히 달라졌다고 느끼기 전에 멈추어 세워야 했다.

"선생님께서 그런 생각을 하실 만합니다."

도원이 아이스를 관찰하기 시작했다. 아이스의 화법에 주의를 기울이고 있었다. 분석 대상이 된다는 것은 꺼림칙한 일이었다. 아이스는 도원이 어떻게 자신을 해석할지 몰라서 적잖이 긴장한 얼굴로 말했다.

"그래도 너무 의심하진 마세요. MJ에게 나쁜 일은 하지 않거든요."

"의심을 살 만한 행동을 하신 걸 인정하는군요."

"아니라고 발뺌할 수는 없잖아요."

"앞으로도 그러실 건가요."

"앞날까지는 장담 못하겠네요. 내일은 너무 먼 미래라서요."

"보통 사람은 그 먼 미래를 생각하며 살고 있습니다. 계획을 하면서, 희망을 가지면서요."

"그렇게 낙관적으로 생각할 수 없는 사람도 있죠. 선생님이 더 잘 아실 거예요. 당장 해가 지면 어떤 악마가 튀어나와 저희를 죽일지도 모르는 걸 더 걱정해야 하죠. 다음 날 뜰 해를 고민하는 건 사치가 될 때가 있어요."

"아아."

"대답이 별로 마음에 안 드시는 눈치네요."

"거짓말은 잘 알아보거든요."

"이런, 선생님 분석하는 거 너무 무서워요."

"어쩌겠어요, 그게 제 직업인걸요. 숨기는 건 괜찮습니다. 하지만 속이는 건 얘기가 달라져요. 그 속임수가 MJ에게 피해를 준다면 전 당신을 배제하고 일을 진행할 겁니다."

"그건 조금 곤란한데요."

"그렇죠? 스파이가 정체를 들키면 곤란한 일밖에 없겠죠."

"스파이요? 제가요?"

"아니라고 발뺌할 수는 없잖아요."

아이스의 말투를 그대로 따라 하면서 도원이 생긋 웃어 보였다. 아이스는 제 허벅지에 올린 손을 세우고 톡톡, 다리 위를 손끝으로 두드렸다. 도원을 보면서 "으음." 하고 목 뒤를 울리면서 몇 번이고 곤란한 표정을 지어 보였다.

아이스는 누군가 자신에게 스파이라고 물으면, 글쎄, 이렇게 허술한 스파이가 있을까 싶었다. 애초에 누군가를 속이기 위해 움직이는 것이 아니지 않나. 필요에 의해 양쪽의 정보를 양쪽 모두에게 전달해 주는 것뿐이었으니 말이다.

스파이는 아니다. 연락책에 가까웠다. 그럼에도 도원은 굳이 스파이란 말을 써서 위기감을 조성했다. 연락책이라는 중립적인 단어로 아이스를 칭하면, 그는 스스로의 행동에 책임을 지지 않을 가능성이 컸다.

중간에 낀 건 나잖아. 그런 식의 너스레 떠는 아이스는 보고 싶지 않았다. 그를 강제적으로 붙잡아 두고 긴장시키기 위해서는 강압적인 화법을 구사할 필요가 있었다.

"크랙의 번호를 제게 전해 주었을 때 말입니다. 제가 크랙과 연락을 했으면 지금쯤 어떻게 되었을까요."

내일을 먼 미래라고 칭한 아이스에게 어제는 너무 먼 과거였다. 그 어제의 어제, 또 다른 어제를 곱씹기엔 무수한 노력이 필요했다.

도원에게 행했던 것, 도원이 보였던 반응을 떠올려 보았다. 생각해 보니 도원은 아이스가 원하는 방향으로 움직이지 않은 사람이었다. 예상과 달리 언제나 더 위험해지거나 덜 위험해지길 반복했다.

"크랙과 연락이 되었다면, 으음, 선생님을 붙잡아서 MJ를 협박하는 데에 쓰지 않았을까요?"

크랙이 그것을 원했다. 결국은 이루어지지 않았지만.

"그럼 MJ에게 불리해졌겠네요."

"아뇨, MJ라면 미쳐 날뛰어서 크랙에 대항했을 겁니다."

"그랬다면 지금까지 비밀리에 움직이던 MJ의 덜미가 잡혔을 가능성이 크네요."

"그렇게 생각하면 MJ에게 불리할 수도 있겠네요."

"시위 현장에서 MJ와의 통신을 끊고 당신이 침묵했던 것은 무엇인가요."

"리더가 대리자를 죽이길 원했어요. 당신을 이용해서 대리자를 공사 현장으로 부른 것이고요."

"그 반대의 결과가 났죠."

"이 정도로 극단적인 결과가 날 줄은 몰랐지만 그녀도 어떤 식으로든 결론을 내려 했기 때문에 제가 판단할 영역은 아닌 것 같습니다."

"그곳에 지 박사가 올 것도 알았나요?"

"그럼요."

"지 박사가 제게 섹스를 제안했습니다."

"네, 들었습니다."

"제가 만약 그 자리에서 그걸 받아들였다면 MJ가 섹스하는 저와 지승준을 봤을 수도 있고요. 그게 당신이 바라던 그림의 일부인가요."

"하하."

"리더와 저를 미끼로 줘서라도 MJ가 반드시 크랙과 아버지를 죽이길 바라시는 건지, 아니면 MJ를 그저 위험하고 예측 불가능한 상황에 던져 놓길 원하는 건지 모르겠네요. 헷갈리게 만드시니 스파이인지 이중 스파이인지도 분간을 잘 못하겠어요."

"저 그렇게 복잡하게 생각 안 해요."

"그럼 당신의 그 간단한 생각을 물어봐야겠군요."

"으음, 곤란한데."

"말 안 하면 더 곤란해질 수도 있어요. 제가 이 상황을 MJ에게 다 설명할지도 모르잖아요."

"그건 더 곤란해요."

아이스는 "으음, 음, 음." 하고 목 너머를 여러 차례 울렸다. 도원이 부드러운 어투로 몰아가는 바람에 정신을 차려 보니 등 뒤가 골목 끝, 담벼락이었다. 대답하지 않고는 못 도망가게 사방에 교묘하게 펜스를 친 셈이었다.

거짓으로 대답한다면 도원은 눈치챌 것이다. 그는 상대가 쓰는 문장과 단어에서 생각을 읽어 내는 것을 넘어 무의식을 발견하는 사람이었으니.

아이스의 시선이 도원의 손등에 꽂힌 링거 바늘을 향했다. 죽이고자 마음먹는다면 링거액에 약을 탈 수도 있다. 잠이 든 도원의 얼굴을 베개로 눌러서 질식사를 시킬 수도 있다. 도원을 밖으로 끌어내 절벽 밑으로 실족사를 시킬 수도 있는 법이다.

아이스는 도원을 처리해서라도 제 비밀을 지켜야 할지를 계산해 보았다. 그 계산을 도원이 막았다.

"저를 처리하는 건 당신 선택이지만 제가 당신이라면 그건 선택하지 않을 거예요."

아이스의 얼굴에 섬뜩한 표정이 지나갔다. 도원에게 생각이 읽히자 매서운 눈빛으로 도원을 노려봤다. 도원은 흔들리지 않았다.

"제가 죽으면 MJ는 당신을 의심할 겁니다. 그건 당신이 원하는 그림이 아니잖아요. 당신에겐 아직 MJ의 신뢰가 필요하지 않나요?"

링거액에서 시선을 떼고 다시 바라보는 아이스의 눈에 도원의 알수 없는 표정이 비쳤다. 도원은 눈길을 옮겨 가는 아이스의 행동 하나하나를 살피고 있었다. 그의 생각을 들여다보고, 어떠한 결심을 하게 되는지를 알아냈다.

상담 중 내담자가 상담사에게 적의가 있는지, 욕정이 있는지, 불신과 원망이 있는지는 그들의 표정이나 말투뿐만 아니라 그들이 사용하는 언어적 습관으로도 알 수 있도록 훈련받은 전문가가 바로 도원이었다.

대화 속에서 아주 작은 단서도 놓치지 않도록 공부하고 실전에서 수많은 시행착오와 실패와 성공을 모두 겪으며 몸으로 익혀 왔다.

아이스가 눈치가 빠르고 이해득실을 계산할 수 있는 사람이라지만 도원을 상대로 게임을 걸어서 자신할 수 있는 단계는 아니었다. 도원이 계산 없이 다가가는 상대는 현재 MJ가 유일했다. MJ를 제외한 모든 사람들은 도원의 분석대상이었다.

"하나만 부탁해도 되겠습니까."

도원이 이어서 말했다.

"아니, 부탁이라기보다는 명령입니다. 제가 시키는 대로 하지 않으면 당신의 이상 행동을 MJ에게 말할 겁니다."

웃음기 없는 얼굴로, 아이스가 물었다.

"선생님은 저를 의심하시는데 그런 말을 해도 될까요."

"당신은 날 이용해 MJ를 처리하려는 지 박사와 다르니까요. 적어도 나를 이용해서라도 MJ를 돕고 싶어 하는 사람이잖습니까. 그러니 언젠간 저와 MJ 둘 중 한 명을 반드시 선택해야 할 때, 망설이지 않길 바랍니다."

"저기요, 지금 본인이 무슨 말을 한 건지는 아세요?"

"네. MJ를 선택하세요. 그게 당신이 살아남을 수 있는 마지막 길입니다."

"무슨 생각을 하고 계신 거예요?"

"대단한 생각은 아닙니다. 제가 할 수 있는 것만 머릿속으로 정리하는 중이라서요."

"선생님."

"MJ가 그래도 당신을 특별하게 생각하기 때문에 내가 해 주는 마지막 배려입니다."

"그 뜻이 아닐 텐데요. 제가 당신을 위험하게 만들고서라도 MJ를 구하려 하면 어떡하실 건가요."

"그러길 바랄게요."

"……진심이세요?"

"네, 진심입니다. 아버지와 MJ 중에 선택해야 할 순간이 오면 MJ를 선택하세요. 나와 MJ 중에 선택해야 할 순간이 와도 MJ를 선택하세요. 욕심부리다간 당신 목숨까지 위험해져요. 계산이 빠른 사람이니 무슨 뜻인지 알 거예요."

"MJ에게 저에 대한 걸 말하려는 게 아니었어요? 왜 저한테 이런 말을 하시는 건데요?"

"당신에 대해서 이미 MJ에게 말했다면 어떡하실래요."

그럴 리가. 도원을 이용하려 한 아이스를 알았다면 MJ가 단 한마디 질책도 하지 않을 리 없다. 광분하며 달려들어야 할 텐데.

MJ가 그렇게 감정 컨트롤을 잘하는 사람이 아니라는 사실은 누구보다도 아이스가 잘 알고 있었다. 도원이 거짓말을 하고 있거나, MJ가 아이스가 판단한 것 이상으로 사회성과 이성이라는 것을 빠르게 배워 나가고 있다는 뜻이었다.

아이스는 혼란스러웠다. 도원과 MJ, 누구에게 놀아나는지 알 수 없게 되었다.

도원은 더 이상 자세한 설명을 해 주지 않았다. 소파에서 일어나 부엌으로 걸어갔다. 묻고 싶은 말이 가득한 아이스의 눈빛이 자리에서 일어나는 도원의 등 뒤까지 따라붙었지만 도원은 끝내 돌아보지 않았다.

슬리퍼 밑창이 바닥을 부드럽게 쓰는 소리를 MJ가 알아차렸다. 담요를 두르고 있는 도원을 보고 MJ가 웃었다. 음식이 묻은 양손으로 도원을 만지는 대신 고개를 숙였다. 도원이 그런 MJ의 볼에 쪽, 뽀뽀를 해 주었다.

그리즐리가 옆에서 보고 움찔하며 "헉." 소릴 냈지만, 곧 아무것도 못 본 척 양념을 다 한 훈제 오리를 상 위에 올려놓았다. 한상 가득 차려진 음식엔 주제가 없었다. 있는 재료로 만들 수 있는 요리 모든 것을 총동원했다고 밖에는.

"이걸 언제 다 만든 거예요."

두 남자가 가득 채워 낸 상 위를 구경했다. MJ가 기분 좋은 목소리로 받아쳤다.

"선생님 다 먹으라고 만든 거야."

"너무 많지 않나요. 젓가락이 다 갈 수 있을 것 같지가 않은데요."

"먹여 줄게."

"그런 의미가 아닙니다."

"입으로 먹여 줄까?"

"그런 의미가 아니었는데, 으음, 그 제안 끌리네요."

입으로 받아먹어도 될까, 하고 진지하게 고민하는 남자라니. MJ는 도원의 머리칼에 코를 박고 얼굴을 비볐다. 커다란 덩치로 도원에게 애교를 부리는 모습을 그리즐리가 창백한 시선으로 바라보다가 끝내 외면해 버렸다.

이제 그는 의식적으로 고개를 돌리지 않았다. 오로지 상을 차리는 데에 집중했다.

"아이스랑 무슨 얘기 하던데, 어제 말했던 그 얘긴가."

조용한 목소리에 도원이 고개를 끄덕였다. MJ는 싱크대에 물을 틀었다.

"의심하던 거 뭔지 이제 얘기해 줄 수 있어?"

식기 세정액을 비누 삼아 팔꿈치까지 묻은 음식물을 씻어 냈다. 물소리가 커서 그리즐리에게도 대화 소리가 들리지 않을 듯했다. 도원은 턱만 살짝 들어 MJ에게 속삭였다.

"MJ, 그를 믿지 마세요."

MJ가 도원 너머의 아이스를 바라보려 했다. 도원은 그런 MJ의 턱을 한 손으로 잡아 자신에게 시선을 고정시켰다. 아이스를 바라보지 못하게 했다. 조금이라도 아이스에게 의심할 여지를 주지 않기 위해서 여느 때처럼 다정하고 사랑스러운 분위기만을 만들어 냈다.

"날 봐요. 다른 곳에 눈 돌리면 안 돼요."

그럴 의도는 아니었겠지만 MJ에게는 유혹으로 들리는 말이었다.

아이스를 관찰해야 한다는 의무를 잠시 내려놓고 도원에게 입을 맞췄다. 누가 봐도 서로를 사랑해서 푹 빠져 있는 연인의 모습이었다. 맞물린 입술을 벌렸다가 다물면서 서로의 아랫입술을 빨아내는 소리가 조용하게 울렸다.

며칠 사이에 도원의 이미지가 달라졌다. 안 그래도 피부가 하얗고 팔다리가 길어서 날씬해 보이던 인상이 이제는 조마조마하게 변했다. 살짝 고개를 틀어 올려다보는 얼굴은 몸과 마음이 고생하여 위태로워 보이기도 했다.

유치원에 다니는 딸이 있는 이혼남으로 보이지 않았다. 사랑에 빠진 청년으로 보였다. 연인을 바라보는 시선에는 다정함과 애욕이 묻어났다. 자연스럽게 몸을 기대어 오고 허리를 손끝으로 가만히 더듬어 보는 손길에도 색기가 묻어났다.

육욕의 즐거움을 알게 된 사람은 나긋하고, 야하고, 심지어 자신이 어떤 모습으로 보이는지를 전혀 자각하지 못했다.

누가 이런 도원을 볼까 봐 MJ의 입 안은 바싹 말라붙었다. 도원이 하염없이 바라보고 있어도 걱정과 불안이 끊이질 않았다.

도원이 다른 곳으로 눈을 돌릴 리가 없다는 걸 확신하면서도, 그런 도원을 탐내는 사람이 나타날 것만 같아서 경계심이 뾰족하게 날을 세웠다.

아, 하루 종일 섹스만 하고 싶어.

MJ는 그런 생각을 이었다.

도원을 누구에게도 보이지 않고, 도원이 자신만을 보고 있는 그 공간으로 들어가고 싶어.

생각하면 할수록 속만 타들어 갔다.

엉덩이를 주무르고, 주무른 그 엉덩이 안을 치대면 도원이 얼마나 낭창하게 기대어 오는지 뻔히 알고 있건만.

"아이스를 믿을 수 있을 때는 딱 하나예요. 당신을 위해서 저를 이용하려 할 때. 그때만 믿으세요."

"아버지와 나 사이에서 정보를 선택적으로 전달해 주면서 조율하는 건 알고 있었어. 내가 그의 손에 놀아난 걸까?"

"유치하게 당신과 지승준 편을 나누어 아이스가 어느 편이냐고 물으면, 그는 당신 편에 더 가까워요. 하지만 자기 자신이 위험해진다면 당신의 손을 놓을 수도 있습니다."

"그런데도 결정적인 순간이 오면 믿어도 돼?"

"절 이용하려 한다면, 그건 믿어도 돼요."

"……그 표현은 듣기 싫은데."

"극단적인 비유를 하다 보니 그렇게 되었네요. 아이스를 믿지 못할 이유는 없는 것 같습니다. 그렇다고 의지하기엔 상황이 여의치 않으니, 순간에 따라 판단할 수밖에 없을 것 같아요."

"……."

"아이스를 많이 믿었나요? 배신하지 않을 인물 중 하나였나요. 그래서 듣기 괴로운가요."

"살아남기 위해 다른 사람 뒤통수를 치고, 죽이고, 이용해 먹는 걸 워낙 많이 봤어. 아이스 정도면 양반이라고 생각해. 나를 배신하더라도 지금까지 날 위해 움직여 준 것까지 미워하진 않으니까. 그냥, 조금 복잡해진 것뿐이야. 아이스까지 변수로 생각해야 하나, 하고."

"당신이 유일하게 친구라고 불렀던 사람이었는데, 내가 이런 생각을 하라고 종용하는 것 같아 미안합니다."

"괜찮아. 아직도 나는 친구라고 생각하지만, 괜찮다고 생각할게."

"미안해요."

"선생님이 잘못한 건 아무것도 없는걸."

"친구의 배신에도 티 내지 말라고 부탁하는 거니까요. 미안합니다."

"들키지 않도록 노력할게. 그러기 위해서는 아이스에 대해서 너무 깊게 생각하지 않는 게 답이겠지."

"생각이 번잡해질 것 같으면 절 생각해요."

"으음, 그건 그거대로 생각이 번잡해지겠어."

"MJ는 MJ가 할 수 있는 것에 집중해요."

"섹스 말이지?"

"이런 때에도 농담이라니."

"농담 아냐. 끝나고 두고 봐. 무슨 기구를 사야 할지도 다 생각해 뒀으니까."

"그, 그만 자극해요."

"귀여워, 선생님."

상을 모두 정리한 그리즐리가 거실로 고개를 빼꼼 내밀었다.

"아이스."

그 소리에 거실 창밖을 가만히 바라보고 있던 아이스가 고개를 돌렸다. 목발을 짚고 일어서기까지 시간이 걸렸다. 그리즐리가 앞치마를 벗고 그의 거동을 도와주었다.

그리즐리와 함께 차려 놓은 상 위는 보기만 해도 푸짐했다. 고기, 밥, 수프, 채소, 과일, 디저트까지 완벽하게 만들어 놓은 다국적 요리들이었다.

MJ는 다시 고개를 돌렸다. 제 품에 안겨 있는 가느다란 체구를 보고, 다시 요리를 바라봤다. 도원의 얇은 손목과 붉어진 얼굴을 보며 인상을 찌푸렸다.

"선생님, 여기 앉아."

MJ는 무릎 위를 두드렸다. 도원이 움찔했다. "예?" 하고 되묻지 않은 것은 MJ의 의도가 지나치게 확실했기 때문이다.

"먹다가 그만두고 도망갈 거 같아서 그래. 하나씩 전부 맛본 후에 놔줄 거야."

"……언제 놔줄 건데요?"

"음. 옷 속에 손을 넣어서 윗배가 도톰하게 부풀어 오르는지를 확인하면."

그 말에 도원은 움찔거리며 그리즐리와 아이스를 바라봤다. 눈치를 보는 도원의 반응에 MJ는 뭐가 그리 즐거운지 이를 드러내며 웃기까지 했다. 도원은 목소리를 낮추어 책망하듯이 말했다.

"그리즐리랑 아이스가 뭐라 생각하겠어요."

"쟤네가 뭔 생각을 한다고. 얼른 와."

MJ가 도원을 억지로 제 무릎에 앉히고 볼에 뽀뽀를 해 주었다. '뭔 생각'을 할 줄 모른다고 정의해 버린 아이스는 아까부터 끔찍한 표정이었다. 그리즐리는 생전 처음 보는 MJ의 모습이 신기해서 "와." 하고 작은 소리로 탄성까지 내질렀지만 말이다.

"있지, 어제 영화 보면서 생각했는데, 선생님을 지칭할 말들이 많더라."

MJ는 도원에게 환하게 웃으면서 말했다.

"선생님은 커다란 바다야. 밤이 되면 은하수가 고스란히 담긴 하늘이 되기도 해. 그래서인가 봐. 별이 빠진 물은 아무리 떠올려도 마실수록 갈증이 생기거든."

그게 도원이었다. 보기만 해도 아름답고 깊고 넓어서 그 안에서 담뿍 젖고 싶지만, 정작 그를 욕심껏 취해도 목구멍이 좁아져서 욕구만 늘어나는 존재.

도원은 그 말을 듣고 고개를 숙였다. 차마 아이스나 그리즐리를 볼 자신이 없었다. 몸을 떨며 부끄러워하는 도원에게 MJ는 입 앞까지 숟가락을 가져왔다.

환자인지, 어린아이인지, 연인인지, 도통 알 수 없는 태도로 도원을 대하는 MJ는 그래도 음식을 거부하지 않고 얌전히 받아먹는 모습에 기뻐했다.

아직 상식이 남아서 어떻게든 외부의 시선과 평가를 신경 쓰는 도원이었다. 그와 반대로 외부를 신경 쓰는 것 따위는 태어나면서부터 머릿속에 탑재된 적 없는 MJ였다.

둘의 모습을 식탁 맞은편에 앉은 아이스와 그리즐리가 지켜봤다. 곤욕스러워하면서도 MJ가 하고자 하는 걸 다 들어 주는 도원이 대단해 보였다.

"망할. 밥 먹으면서도 저 바퀴벌레 같은 커플에 염장 당해야 한다니."

제 처지를 딱하게 여기는 아이스의 한 마디에 옆에서 그리즐리가 해맑게 웃어 보였다.

"부러우면 내가 먹여 줄까?"

"죽을래?"

"아아."

"저리 치워."

"나 팔 아파, 아아."

"나 토스트 싫다고!"

입 앞까지 들이민 토스트를 싫다고 말하면서도 끝내 받아먹는 아이스였다. 그런 아이스를 보며 그리즐리는 배시시 웃기만 했다.

빈유미는 고개를 들었다. 택시 기사가 내비게이션에 잘못된 주소를 입력한 것이 아니리면 눈앞에 있는 제법 큰 규모의 3층 저택이 빈유미가 찾는 곳이 맞았다.

가로등 불빛보다도 더 많은 숫자의 무인 카메라와 무인 경비 시스템들이 초록색, 주황색 점등으로 반짝이는 동네. 평소에 빈유미가 올 일이 없는 곳이다.

빈유미는 쓰고 있던 모자를 벗고 눌린 머리를 손으로 털어 내면서 대문 벨을 눌렀다. "누구세요?" 묻는 인터폰 안쪽을 향해 발돋움을 하고 대답했다.

"맹강조 소장님과 저녁 약속을 한 빈유미입니다. 소장님 댁 맞으신가요?"

안에서 "어머." 하는 작은 탄성이 들렸다. 문은 별다른 지체 없이 열렸다. 불 켜진 현관 입구에 키 작은 여성이 서 있었다. 도톰한 카디건을 걸친 그녀는 정갈한 단발머리에 동그랗고 큰 안경을 쓰고 있었다.

"안녕하세요. 빈유미 형사입니다. 서울지방경찰청 기동수사대 1팀 소속입니다."

"남편에게 얘기 많이 들었습니다. 만나서 반가워요."

빈유미의 굳어 있던 표정이 꿀처럼 녹아내렸다. 동글동글한 부인의 인상만큼 소녀처럼 밝은 목소리가 긴장해 있던 빈유미를 녹였다. 부인이 내민 손을 맞잡고 악수를 했다. 손바닥이 부드럽고 아기 살결처럼 말랑말랑했다.

"추우실 텐데 어서 들어오세요."

부인이 안내해 준 현관 입구를 지나 거실로 들어갔다. 깔끔한 맹강조 소장의 성격과 달리 거실에는 온갖 물건들이 벽면과 바닥에 쌓여 있었다. 그 풍경을 구경하는 빈유미에게 부인은 소파를 권했다.

"요즘 베이커리 학원을 다니고 있어요. 그곳에서 만들어본 아이싱 쿠키랍니다. 입맛에 맞으면 좋겠는데, 이 차랑 드셔 보시겠어요?"

"와, 너무 예뻐요."

"고맙습니다."

웃는 부인의 모습에서 빈유미는 진심으로 눈을 떼지 못했다. 쿠키에 쉽게 손을 대지 못한 채 꽃잎 하나까지 표현한 섬세함을 구경했다.

부인이 함께 차려 준 허브티에서 찻물이 진하게 녹아 나올 때에 맹강조 소장이 2층 계단을 밟으며 내려왔다. 소장을 발견한 빈유미가 자리에서 일어났다. 소장은 웃으며 그녀와 악수를 했다.

"요즘 바쁠 텐데 와 줘서 고맙네."

"아닙니다, 소장님이야말로 많이 바쁘실 텐데 만나 주셔서 감사합니다."

중요한 용건으로 왔지만, 맹 소장과 그의 처가 서로 장난을 치며 화기애애한 모습을 보자 긴장이 절로 풀리는 것 같았다.

오랫동안 함께 살아온 부부도 아직도 살갑게 서로를 챙길 수 있는 모습이 신기했다. 이런 사람을 도원이 의지했다는 사실에 어쩐지 신뢰도가 커졌다.

"안사람이 쿠키를 더 먹으라고 챙겨 줬다네. 더 들겠나?"

"너무 예쁜 것 같아요. 아까워서 어떻게 먹죠."

"먹으라고 만든 거 아닌가. 어서 먹어."

"감사합니다. 이런 디저트를 먹는 게 얼마 만인지 모르겠네요."

"저런, 디저트 먹을 시간도 안 나는 건가. 안사람에게 조금 챙겨 달라고 말해 볼까?"

괜찮다고 거절할 수가 없는 빈유미였다. 요즘 먹는 것이라고는 전투 식량에 가까운 커피 음용이 고작이었다. 케이크나 쿠키처럼 눈과 입이 모두 즐거운 음식을 먹은 지가 얼마 만인지.

"주시면 감사히 받겠습니다. 무, 물론, 수사에 적극 협조하고 있는 두뇌에게 당 보충을 위해서입니다."

변명을 어물어물대는 바람에 맹 소장이 안쓰럽게 바라보다가 웃고 말았다.

"경찰들이 연구소를 아주 쥐 잡듯이 뒤졌다네. 들었나, 빈 형사."

"네. 소장님께서 참고인 신분으로 몇 번이나 경찰서를 오가셨던 것도 알고 있습니다."

"듣기로는 도원 선생에 대해서는 거의 무죄로 굳어지는 분위기라면서."

"담당 형사가 그렇게 말해 주던가요?"

"말 안 해도 보면 딱 알지 않나. '아버지'란 사람과 도 선생은 시기적으로 접점이 없는걸."

맹 소장은 찻잔을 둘러 마시면서 여기저기서 들은 얘기를 했다.

"도 선생은 미국에서 한국으로 들어온 지 이제 갓 2년째인 사람이고, 작년까진 자네와 경찰청에서 일을 했지. 지난 몇 년간 사냥 협회나 마약 사범들과 조직을 연대하고 사건을 일으킨 사람과 동일범이라거나 배후라고 지목하는 건 너무했어."

"그래도 성과는 있었습니다."

빈유미의 말에 맹강조가 반색했다.

"그래?"

"네. 협회에 등록하지 않고 아버지의 일에 동조하는 개인 총기 소지자들의 정보를 알았거든요."

그들은 주로 딥 웹을 통해서 긴밀하게 아버지와 접촉하고 있었다. 현재는 그쪽 수사에 초점이 맞춰진 상황이었다.

아버지의 정체와 위치만 제외한, 거의 모든 사항이 드러나고 있었다. 서에 불려와 조사만 받은 관계자만 기백 명이 넘는다. 하지만 그들이 아버지에 대해 말하는 것들은 모두 믿을 수 없는 것들이었다.

그들은 저마다의 사정으로 총을 꺼냈고, 아버지 혹은 크랙이라는 자가 모은 사람들과 어울려 같이 약을 했다. 부유한 클럽 파티 멤버들의 경호원 역할을 하기도 했다.

그들 중 태반은 자신들이 무슨 짓을 하는지도 모르고 있었다. 돈 많고 머리 빈 애들이 클럽에서 다치지 않도록 신변을 보호하는 일쯤으로 알았다.

오죽했으면 클럽 모임이 마약 파티라는 것을 아는 사람도 극히 일부분이었을까. 사냥 협회에서 아버지 일에 심취한 일부가 '동창회'를 만들었다. 동창회는 서로 배신하지 않기 위해서 정기적인 모임을 가졌다. 그들은 함께 마약을 즐겼고 따로 모여서 사람을 사냥하는 뒷거래를 했다.

그들은 시간이 지날수록 크랙과 아버지를 믿게 되었고, 그들을 마치 전능한 신처럼 취급했다. 끊임없이 제공받던 마약과 약간의 세뇌, 자극적인 사람 사냥이 반복되면서 벌어진 일이었다.

그 어떤 공통점도 없고 협회 사람들이 공유하는 일관적인 이미지도 없는, 허상 같은 존재가 바로 '아버지'였다. 그의 정체를 이제 빈유미가 밝힐 치례였다.

"소장님도 이 메일 받으셨나요?"

빈유미는 휴대 전화를 켜고 얼마 전에 받은 메일 한 통을 열었다. 소장은 메일에 첨부된 문서를 확인하고 빈유미를 바라봤다.

문서 내용은 지난주에 도원에게서 퇴직서와 함께 받아 보았다. 그리고 이것과 관련해서 빈유미가 자신을 찾아올 줄도 어느 정도 예상한 바였다.

도원이 메일을 보낼 때는 맹강조가 MJ의 '조력자'라는 사실이 밝혀지기 전이었다. 조력자가 아닌 상태의, 그저 직장 상사에 불과한 맹강조와 빈유미가 이 문제를 함께 의논하길 바라는 의미로 보낸 것이었다.

맹강조는 제 위치를 다시금 되새겼다. 조력자가 아닌 도원의 상사이자, 이 문제를 경찰에게 조언해 줄 수 있는 위치인 자신에 대해서.

"받아서 주말 동안 보았네. 처음엔 무슨 메일인지 몰랐지만, 주말에 사건이 터지고 나서 감을 잡았지. 도 선생이 이 문제에 휘말려서 주말 사건까지 얽혀 들어간 모양이야."

빈유미의 낯빛이 단숨에 밝아졌다.

"저도 그렇게 생각했습니다. 갑자기 이유 없이 이런 메일을 저와 소장님께만 보낸 건 아니라고 봤거든요. 왜 하필 저와 소장님일까, 생각해 봤습니다. 그래서 대략 결론을 내려 봤거든요. 아, 그냥 유추일 뿐이라 틀릴 수도 있지만요."

그녀는 자신 없는 말투를 이어 갔다.

"제가 연쇄 방화범 사건을 맡은 3팀 소속이잖아요. 누구보다 매리제인을 잘 처리할 수 있다고 생각한 게 아닐까요? 소장님에게 어떤 조언을 구할 수 있어서 함께 보낸 것으로 추측하고 있습니다."

맹 소장의 머릿속이 빠르게 돌아갔다. 도원이 빈유미와 자신에게 메일을 보낸 이유를 찾아보았다. 몸을 숨겨야 할 시간에 경찰에게 단서 일부를 제공한 꼴이다. 그 단서에 도움을 주든 혼선을 주든, 맹 소장이 어떠한 역할을 하길 바라고 있었다.

도원은 MJ를 위해서 움직이고 있었다. MJ가 반대해도 주말 시위에 참여하고자 하는 욕구가 분명히 존재했다. 아버지가 구체적으로 어떤 것을 목표로 삼고 있는지, 앞으로 어떻게 행동할지를 알려고 했다.

사직서를 들고 와서 차라리 일을 그만두겠다고 한 그였다. MJ를 위하면서 아버지의 과거 상담 내용이 적힌 글을 빈유미에게 전했다면, 그 이유가 분명하게 있을 터.

"매리제인과 아버지가 함께 사냥을 당할 뻔한 '트라우마'로 얽혀 있단 것을 알았어요. 그 둘이 서로를 제거하기 위해서 움직이는 것도 알겠고, 도원 선생님이 본의 아니게 그 가운데 낀 것까지는 추측할 수 있었습니다. 제가 궁금한 건 그 트라우마가 되는 사건이에요. 사건은 메일에 써 있지 않아서요. 이걸 맹 소장님은 알고 계신 거죠?"

[내가 아는 아버지에 대해 적습니다. MJ, 당신을 위해 내가 해 줄 수 있는 유일한 일이에요.]

이야기의 첫 시작부터 도원이 밝혔다. 이것이 MJ를 위해서 도원이 할 수 있는 유일한 일이라고. 하지만 이야기 전체가 알려 주는 것은 고작 어린 시절에 지승준을 어떻게 만났으며, 그가 어떤 특징을 지니고 있었는지를 복기하는 수준이었다.

이게 어떻게 MJ를 위해서 해 줄 수 있는 일이라는 것일까. 단지 정보를 주는 것에 그치는 이야기가 어떤 식으로 작용하길 바란 걸까.

"물론 알고 있었네. 도원 선생이 연구소 DB와 외부 자료를 찾아 헤맨 적이 있거든. 아버지와 매리제인이 동시에 겪은 트라우마 사건. 유치원 차량을 납치한 뒤 어린아이들을 사냥감으로 몰아 총격한 일이 있었지. 거기서 살아남은 게 아버지와 매리제인이었네."

"메일에는 여전히 제가 해석하기 힘든 부분이 있습니다. 이를테

면 여기요. 나도 사냥당했어요. 사람을 잡아 볼까요? 나는 쫓기는
사람이 되고 싶지 않아요. 쫓는 사람이 될 거예요."

끊임없이 머릿속을 회전시키던 소장이 멈칫했다. 휴대 전화로 메
일 내용을 읽고 있는 빈유미를 돌아봤다. 소장은 상체를 숙여 그녀
와의 거리를 좁혔다.

"잠깐 그 글, 내가 다시 봐도 괜찮겠나."

"네, 보세요."

핸드폰을 건네받은 맹 소장은 자신도 한 번 봤던, 그 파일 속 내
용을 정독했다.

[사람을 잡아 볼까요?]

[저는 누군가에게 사냥당할 뻔했어요. 갑자기 그때 기억으로 되
돌아가서 비참해지고 무서워지고 한편으론 날 사로잡은 그 기억을
저주하게 돼요.]

[나는 쫓기는 사람이 되고 싶지 않아요. 쫓는 사람이 될 거예요.]

정신분석학자인 도원이 할 수 있는 일. 도원이 믿고 의지하는 맹
강조 소장이 할 수 있는 일. 그것은 사람과 문장, 글과 묘사를 통해
상대방의 무의식을 침투하는 일이다.

무의식은 무질서한 곳의 질서들로 가득 찬 곳이다. 규칙을 찾을
수 없지만, 그것들이 규칙처럼 보이는 기저의 '무언가'를 찾게 하는
곳이기도 했다.

그래서 무의식을 다루는 사람들은 그러한 무의식이 내면화가 된
정답을 찾지 않는다. 내면화가 되어 가는 과정 자체에 집중한다.

왜 그런 무의식이 생겼는지. 왜 그런 무의식이 심어질 수밖에 없
었는지. '왜', '어떻게', '어떤 방식으로'. 무의식 자체가 무엇인지를

찾는 것은 의미 없다. 무의식이 남긴 흔적과 자국을 추적하는 것에 의미가 있다.

맹 소장은 도원의 글 속에서 그 자국을 발견할 수 있었다.

도원이 직접 보여 줬을 땐 매리제인 얘기에 집중해서 놓친 부분이다.

아버지가 가장 두려워하는 것은 쫓기는 것이었다. 아버지를 쫓아 달라고 도원이 맹 소장과 빈유미에게 동시에 메일을 보낸 것이다.

"아아, 알겠어. 알 것 같아."

그녀가 눈을 동그랗게 떴다. 맹 소장은 급히 일어나 외투를 챙겼다. 털모자를 깊숙하게 눌러쓴 그가 말했다.

"경찰청에 같이 가도 되나? 자네뿐만 아니라 책임자인 최기혁 형사에게도 말해 줄 게 있는데."

그녀가 따라서 일어났다.

"물론입니다. 택시 잡을게요."

"아닐세. 내 차 타고 가지. 운전도 못할 정도로 눈이 침침하진 않거든."

"어떤 얘기를 하시려는 건지 미리 알 수 있을까요?"

"아버지란 사람을 쫓으러 가 볼 걸세."

"네?" 하고 되묻는 그녀에게 소장이 시원하게 덧붙였다.

"매스컴으로 뻥뻥 터뜨려 버려. 이번엔 우리 쪽에서 아버지를 사냥한다고 선포해 보자고."

21

21

MJ가 아이스와 그리즐리 모르게 건네준 기기에는 이름 없는 이로부터 메시지 한 통이 도착해 있었다.

[여덟 시간 남음.]

메시지를 보낸 이는 맹강조였다. 그가 보낸 메시지의 의미를 단번에 이해한 도원은 시선을 올려 천장을 바라봤다.

천장 무늬를 눈으로 좇으면서 생각을 하나씩 정리해 갔다. 머릿속에 구체적인 계획이 자리를 잡아 갔다. 변수를 모두 통제할 수 없기에 완벽한 계획은 아니었다. 그저 약간의 운이 따라 주길 바라는 못 미더운 계획이었다.

지승준이라면 반드시 행동할 법한 트리거를 건드릴 것이다. 그 트리거대로 지승준이 행동하길 바라지만 만약 예상대로 이뤄지지 않는다면 어떤 차선책을 준비해야 할까.

맹강조에게 연락해서 경찰들과 사전에 짜고 칠 수 있도록 논의라도 해 봐야 할까. 아니, 지승준과 연락을 하는 듯한 아이스가 보는 앞에서 경찰과 얘기를 할 수는 없는 법. 오히려 일이 복잡해질지도 모른다.

도원의 생각이 깊어지는 동안에 부엌에서는 아이스의 목소리가 차분하게 울렸다.

"MJ, 이거 확인해 봐."

MJ는 테이블 위에 스위스 아미나이프Army knife와 맥라이트, 무전기, 전자레인지로 만든 사제 EMP 등을 확인하다 말고 아이스를 바라봤다.

MJ 맞은편에 앉은 아이스가 총 하나를 건넸다. 공업용 타정총이었다. 불법으로 개조해서 총신의 모양도, 사용되는 못의 크기도 건설 자재용이 아니었다. 살상용에 버금갔다.

"사냥 협회 압수 수색 들어가서 총기류 단속이 심해. 개인용 공기총이나 사격용 권총 하나 사는 것도 쉽지 않아. 불법으로 구하라고 하면 못 구할 것도 없겠지만 아버지 귀에 들어갈 거 같거든. 괜찮으면 이거 쓰고, 정 안 되면 새로 구해 볼게."

MJ기 타정총을 집어 들었다. 투박하고 무거운 모양으로 개조되어 있었다. 두 손으로 잡고 정조준해야 할 것 같지만 MJ는 한 손으로 가볍게 총신을 쥐었다가 놓길 반복했다.

"발사하면 몇 미터 날아가지."

"정품은 30미터 날아가는데 개조해 놔서 두 배. 그래도 단거리에서 쓰는 게 좋아."

"못은 몇 개 들어가고?"

"한 번에 15개 정도."

아이스가 꺼내서 보여 준 못의 크기는 상당히 컸다. 만약 타정총을 목이나 척추, 가슴에 대고 발사하면 그대로 목숨을 잃을 것 같았다. MJ는 시험 삼아 못을 넣어 보고 냉장고 옆의 코르크 보드에 대고 발사했다.

못은 코르크 보드를 뚫고 그 뒤의 타일까지 깨부수었다. 화약총을 쏠 때 들리는 천둥 같은 소리나 짙은 불 냄새는 나지 않았다. 은밀하게 작업할 때는 오히려 소음기를 단 화약총보다도 효과적이었다.

"나쁘지 않네. 시간도 없는데 그냥 이거 쓸게."

"그리즐리랑 선생님 것도 준비해 놨어."

2층에서 젖은 머리를 수건에 털며 내려오던 그리즐리가 그 말을 듣고 해맑게 웃었다.

"난 괜찮아. 수렵용 엽총 있어."

"그 베넬리 말하는 거야?"

"기억하네."

"그거 틱 현상 있다며. 중요할 때 발사가 안 되면 어쩌려고 그래."

"그래봤자 1퍼센트 미만의 확률이야."

"그 정도면 큰 변수야. 천 번 중의 한 번도 불안한데. 백 번 중의 한 번꼴이라니. 안전 불감증이다, 그거."

"걔들이 킬 박스에 사냥감 몰아넣고 쏘는 거라 틱 현상 있어도 큰 문제 없었어."

"이번에 킬 박스에 들어가는 게 우리야. 엽사도 엽견도 아버지 측에서 준비하고 있어. 급탄 필요할 때 발사 안 되면 정말 큰 문제 생겨."

"으음. 그렇게 말하니까 자신 없네. 알았어. 점검 잘 해 둘게."

"혹시 모르니 이것도 챙겨 놔. MJ랑 같은 거야."

"……으음, 네가 이렇게 신경 써 주니 이상하네."

"뭐가."

"뭐랄까. 이런 건 내 역할이었는데, 역할을 뺏긴 것 같아."

"하여튼 이상한 데에서 감성적이라니까."

MJ와 똑같이 개조된 타정총을 집어 든 그리즐리는 머쓱해했다. 아이스가 마지막으로 도원을 돌아봤다.

"선생님도 챙기세요."

도원은 멍하니 고개를 든 채 손끝만 움직이는 모습을 꽤 오랜 시간을 이어 갔다. 아이스가 "선생님." 하고 불렀지만, 여전히 돌아보지 않았다.

타정총을 만지던 MJ가 자리에서 일어나 도원 곁으로 다가갔다. 시체처럼 멍하니 위만 올려다보는 모습에 MJ는 불안한 표정을 숨길 수 없었다.

"멍하니 뭐하고 있어."

도원이 눈을 깜빡였다. MJ는 반응 속도가 느린 도원을 신중하게 살폈다. 새벽에 종종 깨곤 했을 때처럼 식은땀을 흘린다든가 악몽에 시달리는 것처럼 보이진 않았다. 그나마 편안한 모습이 MJ를 안심시켰다.

"응? 선생님."

살가운 MJ의 어조에 비로소 도원이 고개를 돌렸다.

"아."

여전히 한 박자 느린 도원을 보면서 MJ는 도원의 어깨를 주물러 주었다.

도원은 여전히 시청 광장에서 죽은 사람들의 망령들에 시달리고 있었다. 물을 마시다가도 물컵을 놓치고 자리에 주저앉는가 하면 목욕을 하다가도 세면대를 붙잡고 거칠어진 숨을 조절했다.

바람에 창문이 흔들리면 흠칫 놀라 동공이 커다랗게 확장되는 것도 예삿일이었다. 그럼에도 도원은 애써서 환각과 환청들을 극복하고 있었다.

도원의 노력을 알기에 MJ는 도원의 시선이 멍해질 때마다 더 조심스러워질 수밖에 없었다. 다행히도, 지금의 도원은 MJ가 우려하는 상황은 아닌 듯했다.

믿을 수 없을 만큼 제 생각에 몰두해 있었다. 다른 사람들의 대화를 전혀 듣지 못한 것뿐이었다.

"MJ?"

"응. 괜찮아?"

"아, 미안해요, 생각 좀 하느라."

과거의 부정적인 경험을 두 번 다시 겪지 않기 위해서 애를 쓰는 도원이 버거워 보였다. 본인이 그런 내색을 전혀 하지 않더라도 MJ는 알 수 있었다. 펑펑 울고 싶은데 그러지 못해서 멍하니 하늘만 올려다보는 어린애처럼 보인다는 사실을.

도원이 배시시 웃어 보이는 미소에도 MJ는 따라 웃을 수가 없었다.

"무슨 생각을 그렇게 멍때리면서 해."

"펜과 종이가 있었다면 적어 내리면서 정리했을 텐데 그런 게 없어서 아쉬워요. 늙어서 머리로 다 기억할 수 있을지 자신이 없거든요."

"늙긴 누가 늙었다고 그래, 이렇게 멋있고 젊잖아."

"하하, 빈말이라도 듣기 좋네요."

"그런 말 하면 나도 화낼 거야. 내 눈엔 선생님이 세상에서 제일 멋있고 아름다워. 여기서 더 나이가 들더라도 선생님은 여전히 아름다울 거야."

"……앞으론 아이 크림 잘 바를게요."

"주름도 없으면서 자꾸 그래."

"그렇지만 내 연인이 이렇게 젊고 예쁘니까, 아무래도 신경 쓰이는걸요."

"선생님이 내 외형을 마음에 들어 하면 그걸로 충분해. 다른 사람 보여 주려고 가꾸는 것도 아닌걸."

"이러다가 나 혼자 추하게 늙을까 봐 걱정이에요."

"나 참, 진짜 몹쓸 소리만 하네. 선생님 혼자 늙는 게 걱정이면 내가 더 빨리 늙어야겠다. 빨리 흰머리라도 나야겠어."

"……나 때문에 속상해서 빨리 늙는다는 건 아니죠?"

"진짜 무슨 말을 못하겠다니까."

도원은 양손을 뻗어 MJ의 허리를 꼭 끌어안았다. MJ는 얼굴을 붉혔다. 가만히 올려다보는 도원에게 복잡한 심정이 들었다.

도원은 다양한 연애 경험이 없다는 말을 했나. 첫사랑과 결혼을 해서 전부인 외의 상대를 사랑하는 법을 모른다고 했다. 그래서 유독 나이에 어울리지 않게 청순한 분위기를 풍기는 사내였지만 이럴 때 보면 연애 경험이 다양하지 않다는 건 모두 거짓말이 아닌가, 하는 생각이 들었다.

도원과 사귀는 사람이 있다면 남녀를 불문하고 도원에게 주도권을 빼앗길 것이라 장담했다. 정수리까지 열이 뻗칠 만큼 도원이 잘못한 일이 있다고 해도 이 모습을 보면 사르르 녹아 꼭 끌어안을 수밖에 없게 했다.

도원이 실익을 계산하지 않고 감정에 솔직한 말을 툭툭 내뱉으면, 본의 아니게 상대방을 조련하는 느낌마저 준다. 도원은 그 사실을 정말로 스스로 모르는 상태이거나, 잘 알기에 이용한다고밖에 설명할 길이 없었다.

결국 MJ는 마른침만 꿀꺽 삼켰다. 섹스할 때 엉덩이를 때려 주면 귀까지 발갛게 익어서 허리를 살짝 비트는 것도 침이 넘어가지만 평상시에도 이러는 도원에게 MJ는 앓는 소리를 내고 말았다.

"흐으, 이러다가 나 조절 못하면 큰일 나."

MJ는 이성과 본능 사이에서 힘겨운 줄다리기를 했다. 그러한 내면의 고통을 알 리 없는 도원만 태연했다. 도원은 MJ의 등 뒤를 안고 있는 팔을 들었다. 가느다란 손가락으로 옷 위의 근육을 천천히 쓸어내렸다. 자극적인 스킨십이었다.

"큰일 나면 안 돼요. 내가 허락 안 할 거예요."

그리즐리와 아이스만 없었다면. 둘만 없었다면 도원의 바지를 벗겼을 것이라고. 만지거나 빨아 주지 않아도 일발 장전되는 이 짐승 같은 기둥이 얼마나 큰일인지 직접 겪어 봐야 한다고. MJ는 힘겹게 대답했다.

"최대한 자제하고는 있지만 언제 한계에 달할지 모르겠어. 선생님이 여기 오고 나서는 더 경계가 옅어져서 나도 어디에서 멈춰야 할지 모르게 됐거든."

"제가 뭔가 달라졌나요?"

"이거 봐. 진짜 큰일이라니까."

"아, 음…… 평소랑 다름없다고 생각했는데요."

"그럼 여기 나가서도 계속 이럴 거야?"

"계속 이러는 게 뭔지 모르겠지만 난 변하지 않을 겁니다. 저라는 사람은 예전이나 지금이나 똑같은걸요. 앞으로도 저는 저로 남아 있겠죠. 아, 늙는 건 어쩌지 못하겠지만…….."

"아니야. 선생님은 이렇게 먼저 끌어안는 사람 아니었어."

"아."

"달라진 거 인정하는 거지?"

"아, 그런 변화라면 저도 조금 당황스럽네요. 사랑을 하게 되면 사람은 누구나 달라져요."

"이게 정말 사랑 때문이라고 생각해?"

"아닌가요?"

도원은 여전히 MJ를 꼭 끌어안고 있었다. 올려다보는 시선은 MJ가 아닌 다른 것을 담지 않았다. 볼 수 있는 시야 내에는 MJ가 전부인 것처럼 도원의 다정하고 상냥한 집중력은 오로지 MJ에게만 쏟아지고 있었다.

사랑 때문일까, 정말로? 정말로 그런 거면 MJ의 걱정이나 우려는 모두 불필요한 것이 되니, 이 행복을 마냥 즐기면 되겠지만. 이게 정말 사랑 때문일까.

단순한 사랑 때문이 아니라 충격적인 일을 겪고 난 후에 자신이 믿고 의지할 것이 MJ뿐이라는 식으로 각인이 되어 나타난 반응이라면……. MJ는 도원의 설레는 말을 액면 그대로 받아들일 수가 없었다.

도원이 사랑 때문에 MJ를 믿고 의지해 준다면 기쁘고 고마운 감정을 넘어 황홀하기까지 한 일이다. 그러나 섹스와 방화를 도피처

삼아 힘든 일을 견뎌 냈던 MJ처럼, 도원 역시 MJ와의 관계를 그런 도피처로 삼고 있다면 무척 슬플 것이다.

"저기, 둘만의 세계엔 나중에 갔으면 하거든요."

아이스가 저 멀리에서 말하자 도원이 그제야 고개를 돌렸다. 그리즐리까지 빤히 바라보고 있었다.

두 사람과 눈을 마주친 도원은 뒤늦게 당혹감을 느꼈다. 추태를 부린 건가 싶었다. 도원이 당황해서 머뭇거리는 사이에 아이스가 차마 MJ와 도원을 똑바로 보지 못하고 말을 이었다.

"지금은 호신용 무기를 하나라도 더 챙겨서 접선 지역으로 이동하는 게 좋지 않을까요."

아이스가 마지막 남은 타정총을 가리켰다. 도원이 짧은 탄성을 뱉었다.

"앗, 네."

도원도 얼굴을 붉혔고 아이스도 얼굴을 붉혔다. 서먹하게 서로의 시선을 피했다. 총을 가져가기 위해 자리에서 일어나려는 도원을 MJ가 막아 세웠다.

"없는 게 더 나을 것 같아."

MJ의 태도에 도원은 충격을 받아 물었다.

"제가 짐이 되는 건가요?"

"그런 거 아냐."

"미국에서 총기 사용법은 익혔습니다."

"그것과는 다른 문제라서 그래. 이게 필요한 상황은 만들지 않을게."

"……이번에도 보호만 받다가 짐이 될 것 같은데요."

"짐이 된 적 없어. 그리고 이번에는 제대로 보호받아 줘. 다른 때엔 얼마든지 날 부려 먹어도 되니까."

도원이 한 손으로 들기엔 무거운 총이었다. 게다가 총상을 입은 손은 아직 완벽하게 치료되지 않았다. 손에 이상이 생긴 걸 MJ는 섹스를 할 때마다 알았다.

도원은 손에 힘을 잘 주지 못했다. 완치가 되지 않아 그럴 수도 있겠지만 MJ가 보기엔 신경이나 근육에 문제가 생긴 듯했다.

MJ가 삽입할 때 도원은 그를 습관적으로 끌어안았다. MJ 특유의 격렬한 피스톤 운동에 몸을 잘 가누지 못해서 등을 잡고 매달렸다. 그때마다 총상을 입은 손은 번번이 제대로 MJ를 붙들지도 못한 채 미끄러졌다.

욕실 거울에 등을 비춰 볼 때마다 MJ는 속이 상했다. 손톱자국이 한쪽 어깨에만 치우쳐 있었다. 반대편 어깨는 어찌나 깨끗하던지. 그런 도원이 타정총을 발사하면 스스로 위험해질지도 모른다. MJ는 타정총 두 개를 모두 자신이 챙기며 아이스에게 물었다.

"지금 바로 출발할 거야?"

아이스가 벽시계를 확인했다.

"그래야겠는데. 지금 출발해도 4시간은 걸리는 거리야. 도로가 막히면 그보다 더 걸릴 테고."

"공장으로 바로 가는 건가."

"공장 위치는 나도 몰라. 1차 확인 지역에 들르면 알 수 있댔어."

"확인 지역?"

"사전 접선 지역 같은 거야. 네가 다른 사람들을 끌고 오진 않는지, 도원 선생님을 떼어 놓고 오진 않았는지를 확인하려는 모양이니까."

MJ는 한동안 아이스를 바라봤다. 그가 아버지와의 접선 지역을 잘 알고 있는 점, 그 정보에 대한 정확성, 아이스가 이 정보를 제공함으로써 아버지 측에는 MJ의 어떤 정보를 대가로 제공할지에 대한 추측, 많은 것이 MJ의 머릿속을 한차례 휘감았다가 빠져나갔다.

MJ는 아이스의 일 처리 방식을 일찍이 알고 있었다. 아버지와 자신 중간에서 교각 역할을 했다. MJ뿐만 아니라 MJ 측 사람들도 아는 부분이었다. 정보를 다룬다. 그 정보가 언젠간 아이스의 뒷덜미를 낚아챌지도 모르겠지만.

"사전 접선 지역은 어딘데."

"운전면허 학원이야."

"학원? 학원은 또 뭔데?"

"가면서 설명해 줄게."

아이스는 짐을 정리했다. MJ가 식탁 위에 늘어놓은 각종 기기들을 배낭에 담고 등에 멨다. 그리즐리가 냉큼 다가와 그런 아이스에게서 가방을 빼앗았다. 대신 목발을 쥐여 주었다.

자꾸만 제 행동을 제약하는 그리즐리 때문에 아이스가 불퉁한 표정을 지었다. 그런다고 봐줄 그리즐리가 아니었다. 다리 아픈 사람을 명확하게 환자 취급한 덕분에 아이스만 뒷머리를 벅벅 긁었다.

"완전 애 취급이야."

그리즐리가 웃으며 대답했다.

"아니, 환자 취급이지."

도원과 MJ, 아버지 생각에 머릿속이 복잡했던 아이스는 그리즐리가 이럴 때마다 숨통이 트이는 것을 인정할 수밖에 없었다.

다른 사람도 아닌 그리즐리와 함께해서 다행이라고 그의 등을 토

닦여 주었다. 아이스가 왜 저를 두드려주는지 모르는 그리즐리는 여전히 바보처럼 눈만 껌뻑였지만 말이다.

◐

산길이 제대로 닦여 있지 않은 곳에 오프로드 차량 한 대가 서 있었다. 바퀴가 크고 투박한 군용 차량이었다. 그리즐리가 그 높은 운전석을 차지했다.

길 안내를 해야 하는 아이스가 조수석에 올라탔다. 뒷좌석에 앉는 도원과 MJ에게 아이스는 지도 하나를 건넸다. 잠시 후 차에 시동이 걸렸다. 투박하고 거대한 바퀴가 언 땅을 긁어내기 시작했다.

"학원은 오래전에 폐쇄되었어. 공장 부지로 용도 변경하려던 게 뭔가 문제가 생겼는지 공사 들어가기 직전마다 계속 부도가 나더라고. 그래서 몇 년째 학원 부지가 그대로 보존되어 있어. 그건 학원이 존재했을 때 수강생들 대상으로 나눠 주던 장내 지도야."

색이 바랜 코팅된 종이에는 주행 코스와 시무실 위치, 수강생들 대상으로 시내까지 운영하는 통원 버스의 시간표가 적혀 있었다. 현재 물가에선 반값으로 칠 만한 수강료가 지도 뒷면에 큼지막한 붉은 글씨로 적혀 있었다.

네 사람을 태운 자동차가 고르지 못한 산길을 덜컹거리며 내려갔다. 아이스가 말을 이었다.

"나는 거기 두 번 가 봤어. 큰 거래를 마치고 정산 때문에 간 거였어. 학원 들어가는 입구에 나이 든 문지기가 있는데 신원 확인이 안 되면 통과는 꿈도 못 꿔. 시체로 통과하는 경우는 봤다만."

그리즐리가 핸들을 꺾으며 대꾸했다.

"의심되면 바로 죽이는 거야?"

"그런 거 같아. 변명할 시간조차 주지 않고 바로 테이블 밑에서 총을 꺼내거든."

"그럼 나랑 너는?"

"통과 못하지 않을까. 들어가도 된다고 허가받은 사람은 MJ랑 선생님뿐이라서."

"헉, 그럼 우리 죽는 거야?"

"바보야, 밖에서 기다리면 되지."

둘의 대화를 듣던 MJ가 물었다.

"사전 접선 지역이라면서? 거기에 지승준이 있는 것도 아닌데 굳이 나와 선생님만 들어갈 필요가 있어?"

MJ의 질문을 상향등을 조절하던 그리즐리가 거들었다.

"맞아, 어차피 또 최종 도착지까지 이동해야 하잖아. 미리 헤어지는 게 난 별로인데."

아이스가 대답했다.

"우리가 결정할 사안이 아니야. 아버지가 그렇게 요청했는걸."

그리즐리가 입을 열기도 전에 MJ가 맞받아쳤다.

"그쪽이 짜 놓은 판에 들어갈 생각 없어."

"그러다 죽어."

"먼저 죽이면 돼."

"아무렇지도 않게 사람을 죽여 온 노인네랑 타정총 두 개 들고 있는 너랑 겨루는 게 되겠냐. 그 사람이 개별적으로 고용한 사람들이 어디에 숨어서 공격할지도 모르는데."

"좋아, 그러면 내가 먼저 그쪽에 숨겨 놓은 사람이 있는지 없는지를 확인해 볼게. 그리고 들어가면 되겠네."

"어어, 너 자꾸 헛소리하면 혼낸다."

"문지기가 고용한 사람들이 있는지만 살펴보는 거야. 네가 생각하는 것만큼 무모한 것도 아니고."

"무모한 소리 맞네. 일 더 키울 생각하지 마. 선생님이랑 둘이서 일 보고 와. 그게 최선이야."

"그랬다가 선생님이 그 안에서 다시 납치되거나 미끼 취급당하면서 붙잡히면, 그건 네가 책임질 거냐."

"그럴 리가 없잖아."

"왜 없겠어. 일반인을 총으로 쏴 죽이고, 선생님 앞에서 리더를 죽여 시체를 전시해 놓은 애들이야. 이미 사고방식 자체가 인간이 아니야. 짐승이지. 짐승은 길들이기 마련이라고. 인간이 짐승 이빨이 무서워서 스스로 개 목걸이를 차야겠어?"

으르렁거리는 MJ는 한 치도 물러서지 않았다. 위험할 게 뻔한 곳에 도원을 떠밀지 않겠다는 강한 의지가 느껴졌다.

네 명이 갈라지지 않고 동시에 움직이기 위해선 문지기와 그가 고용한 사람을 죽이는 방법밖에 없다고 여겼다. 그 방법을 택하지 않으면 도원과 MJ가 맨몸으로 적진 한복판을 걸어 들어가는 것과 다르지 않았다.

도원을 이용하려는 아버지 측 전술을 아는 상황에서 그쪽이 원하는 먹이를 주지 않으려는 MJ의 태도는 당연했다. 아이스는 MJ 대신 도원에게 물었다.

"선생님은 어떻게 하고 싶으세요? 선생님도 MJ와 같은 생각이
세요?"

도원은 대답 대신 차량에 내장된 시계로 시간을 확인했다. 그러
곤 멀거니 창밖의 하늘을 올려다보았다.

하늘이 쪽빛으로 환했다. 구름이 없는 맑은 하늘은 달이 크고 가
까웠다. 곳곳에 겨울에만 볼 수 있는 별자리들이 군집을 이루고 있
었으나, 그 낭만적인 풍경에 젖어 들지는 않았다.

"MJ, 손목시계 있나요?"

도원의 청에 MJ는 손목에 차고 있던 전자시계를 풀어서 도원의
손목에 직접 채워 주었다.

"초 단위까지 정확해. 아침에 조정했거든."

"여분이 있는지를 물은 거였어요. 쓰던 걸 뺏으려던 건 아니었는데."

"난 됐어. 선생님이 더 필요하다면야."

"음. 그러면 제가 시간을 계산하도록 할게요. 아이스, 아까 사전
접선지까지 가는 데에 몇 시간 걸린다고 하셨죠."

아이스는 일단 내비게이션에 찍힌 예상 도착 시간을 말해 주었
다. 시계를 통해 초 단위까지 계산한 도원이 중얼거렸다.

"가는 데에 4시간 23분. 지금 남은 시간이 7시간 48분 21초. 도
착하면 3시간 24분 39초, 38초, 37초."

톡톡, 손가락으로 아랫입술을 두드리며 생각을 시작한 도원이
MJ에게 물었다.

"알람 기능이 있다면 알려 주세요."

MJ가 도원에게 몸을 기울였다. 도원의 손목에 채워 준 시계를
손수 만져 주었다. 제 손목에는 딱 붙어 있던 시계가 도원의 손목

에서는 가장 안쪽 구멍을 써도 헐거워서 위아래로 흔들거렸다.

"옆에 버튼 보이지."

"네."

"이걸 바깥으로 빼면 타이머 기능이 작동돼. 반대편으로 한 번 더 돌리면 야간 불빛 기능이 들어오고. 선생님이 원하는 시간 설정한 뒤에 다시 꽂아 넣으면 그 시간에 알람 울려."

타이머를 새벽 2시 30분에 정확히 맞추었다. 도원이 읊조린 타임 리미트에서 15분 전이었다.

"아이스, 우리는 생각보다 시간이 없어요. 가서 문지기가 고용한 사람들까지 찾고 정리할 만한 여유가 없을 거예요."

그 말에 반색하는 아이스와 달리, MJ는 걱정스러운 표정을 지우지 못했다.

"우리 둘만 들어가도 괜찮겠어?"

"하지만 둘은 너무 위험하죠."

"맞아, 네 명도 솔직히 적어. 여기서 숫자가 더 줄어들면 위험해."

"제가 문지기에게 물어볼게요. 우리를 공격할 인원이 주변에 있는지. 없다면 문지기만 제압하면 되는 기죠?"

이게 무슨 어처구니없는 소리일까. 그 이성적인 선생이 살인을 평생의 과업 삼은 노인과 마주 선 채 "당신 동료가 근처에 있나요?"라고 물어본단다. 아이스가 경악했다.

"그걸 묻는 순간 선생님은 죽을 거예요."

"정말 그럴까요?"

"당연한 걸……."

"하나만 묻겠습니다. 문지기는 그곳을 언제, 어느 순간에도 지키려고 하나요. 아니면 상황에 따라서 자신이 판단해서 움직이나요."

상황에 따라 판단할 정도로 유연성이 있는 사람이던가. 문지기의 성향을 생각해 보던 아이스가 고개를 저었다.

불통 같은 사람이었다. 다른 사람 말은 죽어도 듣지 않았다. 그러려고 아버지가 고용한 사람이다. 아이스가 아는 한, 문지기는 누구와도 대화하지 않고, 누구에게도 제 일을 미루는 사람이 아니었다.

파수견은 주인의 말만을 들었다. 아버지가 시킨 일을 충실히 수행하기 위해 방해되는 것은 아무것도 하지 않을 사람이었다.

"무슨 일이 있어도 움직이지 않으려 할 겁니다. 아버지가 시킨 일이 아니라면요."

"그럼 가능하겠네요. 들어가는 건 다 같이 들어갈 거예요."

"진심이세요?"

"네, 진심입니다. 한 사람의 명령을 절대적으로 듣는 사람이라면 오히려 다루기가 쉬울 거예요."

MJ는 그 말에 뜨끔했다. 도원을 가만히 쳐다봤다. 도원은 MJ가 왜 그렇게 쳐다보는지 몰라서 눈만 깜빡거리다가 뒤늦게 숨을 들이마셨다.

"당신 얘긴 아니에요……."

미안해할 것 없다. MJ는 도원이 자신을 다루기 쉬울 정도로 편하게 생각해 주는 것이 좋았다.

"어떻게 다 같이 들어갈 수 있을까?"

"질문을 할게요."

"질문?"

"정말로 현장에 그 사람 하나뿐인지, 동료들이 있는지를 확인할 질문이요."

"위험한 거 아니지?"

"그럼요. 아주 사소한 질문인걸요."

"정말 위험한 거 아니지?"

"네, 약속할 수 있어요. 절대 위험하지 않아요."

"⋯⋯그럼 좋아, 선생님 뜻대로 할게."

"고마워요."

사근사근하게 도원의 말을 듣는 MJ를 보면서, 아이스는 미간을 찌푸렸다.

변하지 않는 게 당연한 것들이 변하고 있었다. 그리즐리조차도. 그는 그저 남을 돕는 착하고 순해 빠진 회색 곰일 뿐이다. 그런 그가 지금은 스스로 엽총을 집어 옆구리에 끼고 있다. 상냥하고 친절한 백의의 천사가 다른 사람의 머리통을 날리는 일에 망설임이 없어졌다.

"아이스, 기름 넣고 갈게."

고속도로 진입 전에 그리즐리가 차를 갓길로 붙였다. 아이스는 "응."이라고 짧게 대답할 뿐, 찌푸린 미간을 펴지 못했다. 그리즐리가 우연히 룸 미러로 도원과 MJ를 보았다. 서로 맞잡은 손을 만지작거리며 소소한 이야기를 나누는 모습이 보였다.

그리즐리는 방긋 미소 지었다. 도원과 MJ의 모습이 보기 좋은 모양이다. 아이스는 아무 말 없이 목발만 만지작거렸다.

—아버지와 MJ 중에 선택해야 할 순간이 오면 MJ를 선택하세요. 나와 MJ 중에 선택해야 할 순간이 와도 MJ를 선택하세요.

도원의 얘기가 왜 그렇게 머릿속을 따라붙는지 알 수 없었다. 도원도, MJ도, 그리즐리도 이젠 모두 자신의 손을 떠난 것만 같았다.

이러다가 아이스마저 스스로 지키고 있던 무언가를 놓고 이들처럼 변할 것만 같아 무서웠다. 변하고 싶지 않은데 변해야만 하는 순간이 온다면 어떻게 해야 할까.

변화가 좋은 방향인지, 나쁜 방향인지를.

실은 아직도 알지 못했다.

유리창이 얇은 나무틀에 부딪혀 덜컹거렸다. 소리를 듣기 전부터 사내는 손에 쥐고 있는 권총을 정확히 유리창 너머 인영에게 겨냥하고 있었다.

언제든 공이치기를 당길 준비가 되어 있는 사내였다. 앉아 있는 낡은 의자가 삐거덕거리는 소리도 내지 않을 만큼 몸짓이 절제되어 있었다.

남자는 걸치고 있는 검은 옷 때문에 어둠 속에서 버티고 앉아 있는 사신처럼도 보였다. 빛나는 두 눈엔 평생 사람을 죽이며 살아온 살기만이 가득했다.

굴곡진 그의 안구에 찬바람을 맞아 머리가 헝클어진 도원이 비쳤다. 도원은 빨갛게 언 볼을 손등으로 살짝 누르면서 입김을 뱉어댔다.

"여기가 접선 지역이라고 해서 왔습니다. 도원이라고 합니다."

예정된 시간보다 조금 늦은 도원을 사내가 뚫어져라 올려다봤다.

입김이 사방으로 흩어졌지만 도원의 얼굴을 구분 못할 만큼 뿌옇지는 않았다.

밤사이 날이 더 추워졌다. 내륙 지방보다 따뜻하다는 해안 쪽에 위치한 학원이었지만, 바다를 횡단하여 산을 넘어 불어온 찬바람을 이길 재간은 없었다.

도원은 언 손에 무기라고 할 법한 건 아무것도 들고 있지 않았다. 나이는 젊었지만 체격은 두터운 외투로도 가려지지 않을 정도로 말랐다. 육체적인 실랑이가 벌어져도 문지기가 도원을 제압할 수 있을 것 같았다.

눈만 내려 유리창 밑에 붙여 놓은 사진을 확인했다. 길거리에서 걸어가는 도원을 몰래 찍어 현상한 사진이 여러 장이었다.

정면과 측면을 골고루 찍은 것은 물론, 모자를 썼을 때나, 세미나에서 안경을 쓴 모습도 찍혀 있었다. 사진 속 남자와 유리창 밖에서 하얀 입김을 내뱉는 도원을 한차례 더 살피고는 물었다.

"일행은?"

"MJ도 왔습니다."

얼굴의 선명한 회상 지국이 그의 신분을 대변하고 있었다. 그가 MJ인지 아닌지를 군이 묻지 않아도 충분했다. 사내가 총 끝을 까딱였다. 안에 들어가도 좋다는 표시였다.

고개를 숙여 인사를 하던 도원이 MJ와 함께 가던 걸음을 멈추고 되돌아왔다. 허공을 가리키고 있던 총구 앞에 스스럼없이 서서 말했다.

"이곳은 통과하는 장소라고만 알고 있습니다. 두 번째 접선 장소는 어디에서 알 수 있나요?"

사내는 한참 동안 미동도 없었다.

"학원 안에 다른 사람이 있습니까. 그것만 알려 주세요."

그렇게 말해도 사내는 대답하지 않았다. 당연하게 물어볼 질문이었지만 사내가 대답하기 귀찮은 종류이기도 했다.

"전달받은 건 차를 타고 이동하라는 것뿐이었다."

노인의 말에 도원은 고개를 갸웃했다.

"차요?"

"내가 따로 안내할 일은 없을 거야. 차 안에 목적지가 표시되어 있댔어."

도원이 짧게 머리를 굴렸다. 그의 화법을 깊게 생각하고 마지막으로 물었다.

"어느 차인지 알 수 있습니까."

"직접 찾아!"

"아, 처음 봐서 모르는 것투성인걸요. 다른 분이 계시다면 안내를 부탁드리고 싶습니다."

"니미럴, 귀찮게 하긴."

사내는 욕설을 내뱉으며 자리에서 일어났다. 이 이상 귀찮게 하면 죽여 버리겠다는 심산이면서도, 그 간단한 살인을 하지 않으려고 무던히 애쓰는 것이 느껴졌다.

사내는 쇠꼬챙이로 잠근 문을 열고 도원에게 손전등을 건넸다. 사내의 온기가 남아 있는 손전등을 쥐고서 제 머리통에 정확하게 겨누어진 총구를 들여다보았다.

아무 말도 하지 않는 남자가 총 끝만 까딱여서 차가 있는 방향을 잡아 주었다. MJ도 총의 사정거리 안에 들어왔기에 별 긴장 없이 그들을 안내할 때였다.

"……?!"

남자의 등 뒤에서 손이 불쑥 튀어나왔다. 손목이 잡혔을 때 본능적으로 방아쇠를 당겼다.

탕!

높은 총성이 하늘을 향했다. 손목이 꺾이면서 발포된 총알은 허공을 향해 날아갔다.

뒤를 돌아보았다. 우람한 덩치의 남자가 보였다. 노인 혼자 감당하기엔 지나치게 젊고 강한 육체였다. 힘과 기술 모두 불리했다.

그는 도원과 MJ 외에도 사람이 있을 수 있다는 생각을 못 했다. 도원이 너무 겁 없이 자동차의 위치를 물은 탓에 그 자연스러움에 깜빡 말려든 것이다. 바짓단에 숨겨둔 권총을 급히 꺼냈다. 하지만 총을 꺼내는 노인보다 그를 뒤에서 붙잡은 남자가 더 빨랐다.

곰처럼 덩치 큰 정체불명의 남자가 손수건을 든 손으로 더 세게 입에 틀어막았다. 몸부림을 치던 남자가 얼마 못 가 눈을 까뒤집었다. 다리가 휘청 꺾이면서 머리부터 바닥으로 고꾸라졌다.

MJ가 붙잡지 않았으면 그대로 언 땅에 고개를 박고 피를 흘렸을 것이다.

"뭐야, 약품 쓴 거야?"

아이스가 질린 얼굴로 다가왔다. 몸부림치는 사람을 기절시킨 그리즐리는 헛헛하게 웃었다.

"무섭잖아."

총을 든 노인과 노인의 머리통보다 큰 주먹을 가진 젊은 남성 중 누가 더 무서울지. 짧게 고민해 보다가 "에휴." 하고 한숨을 내쉬었다. 아이스는 오히려 문지기가 혼자라는 것을 사인으로 알려 준 도원을 신기하게 바라봤다.

"문지기 혼자라는 건 어떻게 아셨어요?"

도원은 MJ가 목에 둘러 주는 목도리 밖으로 눈만 빼꼼 내밀고 대답했다.

"간단한 질문에 반응하는 걸 지켜봤어요. '안내해 달라.'는 말에 어떻게 반응하는지를요."

"네? 그 질문 하나로 모든 걸 파악했다고요?"

"모든 건 아니고요. 음, 일행이 있었으면 안내는 다른 사람을 시키지 않았을까요."

"일행이 있는데 본인이 직접 나온 걸 수도 있잖아요."

"이렇게 경직된 행동을 보이고 남을 의심하는 사람이 직접 움직이는 건 이상하겠죠. 시킬 사람이 있었다면 이분이 직접 일어나려 하지도 않았을 거예요."

"정말 그거 하나 생각하고 이렇게 움직이신 거예요?"

"보조적으로는 마이크로 익스프레션Micro Expression: 숨은 감정이 드러나는 미세한 표정 변화으로 파악했습니다. 혹시 무슨 문제라도 있나요?"

"……아뇨, 아닙니다."

이젠 도원이 어떤 메커니즘으로 사람을 분석하는지를 깊게 따지지 않기로 했다.

경찰청에서도 근무한 적 있는 도원이 프로파일러의 수사 기법에도 통달한 것이 이례적으로는 보이지는 않았지만, 훈련받은 학자의 방식을 일일이 파악하면서 이해하기엔 도원은 너무 똑똑한 사람이었으니까.

"안에서 챙길 거 챙겨 가자."

"오케이."

그리즐리가 쓰러진 사내를 사무실 안으로 들이는 사이에 MJ는 사내가 들고 있던 총과 사무실 안에 여분으로 둔 총들을 챙겼다.

사무실 중앙에는 기름 난로가 타고 있었다. 그 위에 올려놓은 주전자에서 물이 끓었다. 따뜻한 차나 커피를 타 마시는 것 외엔 스프링이 빠진 낡은 침대 하나가 생활용품의 전부였다.

MJ는 전등 스위치를 찾아보았다. 벽에 붙어 있는 스위치들을 보이는 족족 위아래로 눌렀다. 깨진 전구 등 어디에도 불은 들어오지 않았다.

하는 수 없이 가방에서 플래시 라이트를 꺼냈다. 도원이 문지기에게서 받은 손전등 불빛을 더해서 사무실 내부를 둘러봤다.

찌그러진 철제 사물함은 먼지가 자욱했다. 자물쇠 없이 닫아 놓은 문을 열어 보았다. 내부는 텅 비어 있었다.

커피 가루를 흘린 책상에는 오래된 구형 모니터와 컴퓨터가 올려 있었다. 전원 버튼을 눌러도 컴퓨터는 켜지지 않았다. 물이끼가 낀 정수통과 기능시험 날짜가 적혀 있는 화이트보드를 모두 둘러뵈도 특이한 것을 발견할 수 없었다.

그저 조금 특이한 게 있다면 책상 서랍 안에 열쇠 3개가 들어 있는 점이었다. 모두 자동차 키로 보이는 것들이었다.

도원이 아이스에게 물었다.

"문지기가 차를 타고 움직이라고 했어요. 차를 찾아봐야 할까요?"

아이스가 창문 밖을 내다보며 말했다.

"저기 세워 둔 차들 말이죠. 족히 수십 대는 되는 것 같은데요."

그의 말대로 시험용 차량이 수십 대가 서 있었다.

"곤란하네요. 정신을 차릴 때까지 기다려야 하는 걸까요."

"한 시간은 걸릴 텐데요?"

"아, 음. 하나하나 다 타 봐야 할 것 같군요. 별문제 없겠죠?"

도원의 제안에 그리즐리가 손사래를 쳤다.

"저는 여기 있겠습니다. 무서운 걸 잘 못 보거든요. 다녀오실 분들은 다녀오세요. 아, 그러고 보니 아이스도 다리가 불편하지. 여기 앉아."

스프링 빠진 침대에 걸터앉아서 제 옆자리를 손바닥으로 두드렸다. 태연한 그의 행동에 아이스는 깊은 한숨을 내쉬었다.

"하아, 너 솔직히 말해 봐. 이 일 도울 생각 없는 거지."

"너무 컴컴하잖아. 귀신 나올까 봐 그래."

"덩치가 아깝지도 않아?"

"내 덩치가 뭐 어때서."

서랍과 사물함을 아무리 뒤져도 만족할 만한 것을 찾지 못한 MJ는 자동차 키만 챙겨 주머니에 넣었다. 창밖을 살피는 도원의 곁으로 다가왔다.

"차를 타고 움직이라고 말했으니 우리가 직접 다 타서 확인하는 수밖에 없겠지."

그리즐리가 손을 흔들었다.

"MJ, 잘 다녀와."

그 말을 들어줄 MJ가 아니었다.

"헛소리 말고 일어나."

"나 공포 영화도 못 봐. 폐가 체험 같은 것도 해 본 적 없는걸."

"총 챙겨서 따라와. 선생님은 내 손 잡고."

허튼소리는 더 이상 듣지 않겠다는 듯, MJ는 도원의 목도리를 더 단단하게 여며 주고 문을 열었다. 불어 닥친 밤바람에 그리즐리가 기침을 뱉었다. 시무룩한 표정으로 아이스를 돌아보았다.

"아이스, 가는 거야?"

"나 혼자 여기 남아 있는 게 더 위험하겠다."

목발을 챙겨 나서는 그를 따라가야 할지 말지 망설였다.

기름 난로 위에 놓인 물 주전자가 높은 휘파람 소리를 냈다. 꼭 여자 비명 같았다. 덜컹거리는 창문 소리까지 더해지자 그리즐리는 더 이상 버티지 못하고 얼른 총을 챙겼다.

"무섭지도 않나, 쟤들은, 아, 가, 같이 가!"

MJ는 언덕을 내려가 기능시험장에 줄지어 주차된 차량들을 살폈다. 겉보기엔 멀쩡해 보이는 차들이었다. 열쇠로 문을 열지 않아도 열리는 것들이 있었다. 그러나 사이드 브레이크가 고장 났다거나 시동이 걸리지 않는 것이 대부분이었다.

주차된 차량만 못해도 서른 대. 이 서른 대를 일일이 살피면서 MJ가 사무실에서 챙겨 온 차 키와 대조하는 것은 어려운 일이 아니었다. 그저 조금 귀찮을 뿐이었다.

1호 차부터 4호 차까지는 시동이 걸리지 않았다. 기름도 채워져 있지 않았다. 5호 차는 타이어에 펑크가 나있었고, 6호 차는 열린 보닛 안쪽으로 쓸 만한 부품들이 모두 사라진 상태였다. 7호 차와 8호 차 그리고 뒤에 일렬로 서 있는 십 몇 호 차까지는 바퀴 달린 쓰레기보다 못한 몰골이었다.

MJ는 열한 번째 차량을 지나쳐 열두 번째 차에 올라탔다. 가지고 있던 차 키 중 하나가 들어맞았다. 키를 돌려 시동을 걸어 보았으나 시동은 걸리지 않고 배터리가 방전되었다는 붉은 표시 등만 깜빡거렸다. MJ는 방전된 차에 맞는 차 키를 꽂아 둔 채 내렸다.

"키가 맞는 차가 있긴 해. 나머지도 다 확인해 볼까?"

도원이 목도리를 내려 입을 보이고 대꾸했다.

"키가 맞더라도 이렇게 오래된 곳이면 배터리가 방전되었거나 기름이 다 떨어졌겠는데요."

"키가 맞는 차를 찾아도 그걸 타고 뭘 해야 할지 모르겠긴 해. 역시 문지기가 마취 풀려서 깰 때까지 기다리는 게 나을까."

도원은 소매를 걷어 시계를 확인했다. 3시간 15분 남짓 남았다. 문지기가 깰 때를 기다리면 2시간밖에 남지 않는다. 지승준 얼굴도 보지 못했는데 2시간 만에 모든 일을 처리하는 것은 무리다.

"다 열어 보죠."

도원은 MJ가 들고 있던 키 중 하나를 받았다. 나머지 차량을 MJ와 도원이 나누어서 모두 타기 시작했다. 도원은 앞 열부터, MJ는 뒷 열의 차부터 순차적으로 확인했다.

넉 대를 확인했을 때, 도원은 처음으로 시동이 걸리는 차를 찾았다. 배터리가 방전되지도 않았다. 기름도 50㎞쯤은 달릴 수 있는 양이 주유되어 있었다. 수 년 동안 버려져 있던 차가 배터리와 기름을 모두 보존하고 있을 리는 없고, 이날을 위해 따로 준비되었다는 생각이 들었다.

"아, 귀신 나올까 봐 진짜 무서웠어요. 불빛 하나 없으니까 엄청 무섭네요."

그리즐리가 뒷좌석 문을 여닫는 순간에 문짝이 쿵, 소릴 내며 바닥으로 떨어졌다. 그리즐리는 문을 열던 자세 그대로 굳어 버렸다. 뒤늦게 정신을 차리고는 화들짝 놀라서 말했다.

"제, 제가 부순 거 아닙니다. 원래 문짝이 떨어져 있었어요!"

도원은 바닥을 나뒹그는 문짝을 보았다. 차가 낡아서 문이 떨어졌다고 봐야 옳겠지만 저 덩치에 저 힘으로 세월에 풍화된 문짝을 완전히 못 쓰게 만든 장본인임은 부인할 수가 없었다. 다행히 MJ가 마지막으로 타 본 차도 시동이 걸렸다. 도원은 제가 탄 차의 시동을 껐다.

"MJ 차로 이동해요. 문 하나 없이 달리는 건 무리잖아요."

그리즐리는 내려서 차 문을 블록처럼 끼워 맞췄다. 또 떨어질까봐 손바닥으로 팍팍 두드렸다. 감쪽같이 고쳐 놓고는 MJ가 탄 차의 뒷좌석에 올라탔다. 그 옆에 아이스가 앉았다.

도원은 조수석에 올라타 안전벨트를 맸다. 겉보기엔 몹시 낡은 시험용 차였지만 안에는 내비게이션까지 내장되어 있었다. 내비게이션은 이미 누군가에 의해서 목적지가 설정되어 길 안내를 하고 있었다.

〈잠시 후 우회전입니다. 이어서 유턴입니다.〉

감정이 없는 기계적인 목소리가 형체 없는 귀신의 존재보다 서늘했다.

〈잠시 후 우회전입니다. 이어서 유턴입니다.〉

차량이 출발하지 않으면 내비게이션은 작동을 멈출 수 없게 설계되어 있었다.

"선생님, 이거 목적지가 어딘지 볼 수 있을까."

도원은 내비게이션 화면을 두드려 큰 지도를 불러왔다. 목적지는 산 한가운데였다. 차를 타고 가면 10분밖에 걸리지 않는 거리였다. 집도 뭣도 아닌 산 중턱을 가리키고 있어서, 제대로 설정된 것인지는 여전히 미심쩍었다.

도원은 다시금 밖을 살폈다. 서른 대가 넘는 학원 차 중 시동이 걸리는 것은 두 대였다.

한 대는 배터리가 방전되지 않았으면서 기름이 차 있었다. 타이어가 펑크 나 있거나 부품이 도난당하지 않아 그럭저럭 자동차의 역할을 하는 데에 무리가 없었다.

도원이 찾은 차는 뒷문에 문제가 있었다. 그러나 아버지가 말했던 것처럼 도원과 MJ 둘만 오게 되었다면 설령 뒷문이 고장 났더라도 앞의 차를 탈 가능성이 컸다.

이유 없이 두 대의 차를 준비한 것은 아니었을 것이다. 도원과 MJ가 다른 사람과 함께 했다면 이 차를 탈 것이고, 단둘이었다면 앞의 차를 탔을까.

차 키를 일일이 끼워 맞추면서 탈 수 있는 것을 찾아보았다면 순서상 이 차에 도달하지 못하는 게 맞았다.

"MJ."

사이드 브레이크를 내리는 그의 손을 멈춰 세웠다. 돌아보는 MJ를 도원은 가만히 바라봤다. 언제나 긴장된 상태에서 모든 것에 가시를 세운 채 살아온 MJ였다. 아주 사소한 것으로도 목숨을 잃을 수 있는 삶이었다.

척박한 곳을 살아온 MJ가 이제야 도원이 부르면 다정한 눈빛으로 바라볼 수 있게 되었다.

"응, 선생님."

살짝 미소 지으면서 대답하는 목소리가 평온하다. MJ의 본능과 감이 둔해진 것이 아니다. 제게 위해를 가하는 것보다 도원을 더 많이 신경 쓰고 있어서 벌어지는 사소한 지나침이었다.

예전의 MJ였다면 이 차를 타고 움직이지 않았을 것이다. 도원은 사이드 브레이크에서 MJ의 손을 떼어 냈다.

"이 차 말고 앞 차에 타요."

MJ가 멈칫했다. 문짝이 떨어진 앞차에 시선을 주었다.

"이 차에 무슨 문제 있어?"

"이 차는 우리를 위해 준비된 차가 아닌 것 같아요. 아마도요. 저 라면 네 명 다 안락하게 탈 수 있는 이 차보다는 처음부터 저와 MJ만 목표로 잡고 있어서 뒷문이 떨어지든 말든 상관없는 저 차를 타게 했을 것 같거든요."

부산하게 서 있는 폐차들을 헤치고 들어와야 닿을 수 있는 차였다. 도원과 MJ뿐이었다면 그 정도로 번거로운 수고를 했을 리가 없다. MJ는 가슴을 가로질렀던 안전벨트를 풀었다.

"아이스, 그리즐리, 내려. 차 옮겨 탈 거야."

아이스는 이 추위에도 앞머리 사이로 송글송글 맺힌 땀을 닦아 냈다. 목발을 짚고 움직이기란 그리 쉬운 일이 아니었다.

"이 차에 문제 있어?"

"있어."

"멀쩡한데 그냥 타지."

"그러다가 폭발하거나 바퀴가 빠져서 절벽 아래로 추락해도 책임 안 질 거야."

폭발과 추락이란 말에 움찔했다. 아이스는 가까스로 들고 탄 목발을 다시 바닥에 내리고 차 문을 열었다. 도원이 탔던 차로 옮겨 갔다.

그리즐리는 왼쪽 뒷문만 망가트렸지만 이번에는 아이스가 오른쪽 뒷문을 부서트렸다. 열자마자 뚝 떨어지는 문짝을 보며 억울한 표정을 감추지 못했다.

"내가 부순 거 아니에요."

그리즐리와 똑같은 반응에 도원은 참지 못하고 소리를 내어 웃었지만 말이다. 그리즐리가 아이스를 대신해서 바닥에 떨어진 문을 억지로 다시 끼워 맞추었다. 어느 누구도 왜 이런 불편한 차를 타느냐고 툴툴거리지는 못했다.

"선생님. 계기판 앞에 지도 있어."

MJ의 말에 도원이 붉은 표시가 되어 있는 지도를 살폈다. 조금 전에 본 내비게이션이 가리키던 곳과는 정반대였다.

"이 차가 틀렸으면 어떡하지."

MJ의 물음에 도원이 대답했다.

"이 차가 맞아요."

"어떻게 확신해?"

"지승준이라면 준비할 법한 일이니까요."

사냥을 복잡하고 어렵게 하는 걸 좋아하는 사람이다. 단순히 쫓고 쫓기는 것이 아닌 게임처럼 즐거움과 과정을 더 중요시하는 사람.

도원의 확신에 MJ 역시 의심을 품지 않고 기어를 바꿨다. 뒷자리에선 아이스와 그리즐리가 옥신각신하는 소리가 들렸다.

"좀 떨어지면 안 돼? 좁잖아."

"너도 다시 문이 떨어질까 봐 붙어 앉은 거잖아. 이쪽도 마찬가
진걸."

아이스와 그리즐리는 문 쪽으로 기대지도 못한 채 서로 바싹 붙
어 앉았다. MJ는 둘의 불편함 따위 아랑곳하지 않고 차선이 거의
지워진 기능 시험장을 크게 회전했다.

문지기가 쓰러져 있는 사무실을 지나쳤다. 기름 난로에서 새어
나온 불빛이 은은하게 창가를 비추었다. 사람 그림자는 없었다. 문
지기가 정신을 차리고 무슨 일이 벌어졌는지를 지승준에게 알리기
까진 한 시간 정도 남은 셈이었다.

지도에 의지해 달리자 어느새 길이 없는 산속을 달리고 있었다.
덜컹거리며 산속을 올라가던 자동차가 비로소 멈추었다. 지도에서
표시된 붉은 점은 눈앞의 높은 철문을 가리키고 있었다.

반쯤 열려 있는 철문 안쪽으로 덜 자란 나무와 누렇게 타버린 잡
초들이 펼쳐져 있었다. 굽이굽이 깊은 도랑이 파인 기묘한 길이 끝
없이 이어져 있었다.

자동차가 다닐 만큼의 폭은 되지 않았다. 자동차의 상향등 불빛
이 닿지 않는 곳 너머로 좁은 고랑 길이 구불구불 이어졌다. 그리
고 고랑 길 위엔 십수 명의 사람들이 서 있었다.

"……대리자."

중얼거리는 도원의 시선 끝에서 한 여자가 불같이 끓어오르는 눈
으로 바라보고 있었다. 긴장감이 팽팽하게 이어졌다. 서로 아무 말
도 하지 않은 채 바라보는 시간이 길어질 정도로.

남은 시간 2시간 이상.

도원이 찬 손목시계의 전자 판이 초 단위로 바뀌고 있었다.

2시간.

도원이 생각하는 마지막에 가까워지고 있었다.

◗

대리자를 알아본 MJ가 총을 챙겨서 내렸다. 개조한 타정 총을 가진 MJ와 달리 대리자는 반자동 사격총을 들고 있고, 그 뒤로 십수 명의 사람들이 총을 들고 서 있다.

맨몸이나 다름없는 MJ는 자신에게 겨누어진 수십 개의 총구를 보고도 동요하지 않았다.

"다시 보네, MJ. 총 내려."

MJ는 그녀의 말을 듣지 않았다. 내리라고 한 타정총을 들어 대리자를 겨냥했다. 그녀를 둘러싼 사람들이 MJ에게 언제든 대응할 준비를 했다. MJ가 방아쇠를 당기면 그의 몸을 벌집처럼 구멍 낼 사람들이었다.

"지승준은?"

MJ의 물음에 대리자는 사납게 뜬 눈으로 대꾸했다.

"총 내리란 말 안 들려?"

"지승준 어디 있냐고 묻잖아."

"좋은 말로 할 때 총 내리라고!"

신경질적인 그녀의 반응에 도원이 다급히 그를 불렀다.

"MJ."

MJ가 고개를 돌렸다. 차창 밖으로 고개를 내밀고 있는 도원이 길게 자란 앞머리 사이로 하얀 입김을 내뱉고 있었다.

도원은 MJ에게 고개를 저어 보였다. 그녀를 자극해서 좋을 것이 없다는 눈짓을 읽어내곤, MJ는 타정총을 바닥에 내렸다.

자동차 불빛을 정면으로 받는 그는 도원을 처음 만났을 때와 차림새가 비슷했다.

청바지에 검은색 터틀넥 셔츠, 점퍼에 검은색 가죽 장갑과 운동화였다. 달라진 것은 화상 자국을 가리지 않는다는 것뿐이다. 손바닥으로 화상 자국이 난 얼굴을 만지작거리거나 머리카락을 쓸어서 넘기던 습관도 사라졌다.

도원의 시선이 일그러진 피부에 닿아 있으면 불편한 표정으로 입가를 찌푸리곤 했는데, 이제는 강렬한 헤드라이트 불빛 앞에 혼자서 있어도 경계하거나 위협하는 행동을 하지 않았다. 조수석에 앉아 있는 도원을 말갛게 바라볼 뿐이었다.

당신이 원하는 모든 방법대로 움직이겠다는 듯, 검고 강인한 늑대는 제 주인의 명령을 기다렸다.

사냥개라면 사냥감의 목덜미를 물어뜯으라고 말하는 게 당연했지만 도원에게 MJ는 잘 교육받은 사냥개가 아닌, 누구보다 제 뜻을 존중해 주는 연인이었다. 그리고 도원은 연인이 혼자서 총 앞에 서 있도록 내버려 둘 수 없는 사람이었다.

차에서 내린 도원이 MJ 옆에 섰다. MJ를 향했던 총구들이 반으로 분산되어 도원과 MJ를 각각 겨냥했다. 도원은 겁먹지 않으려고 최대한 침착한 표정을 유지하며 대리자에게 말했다.

"지 박사가 직접 나올 줄 알았습니다. 제가 너무 많은 대접을 바란 걸까요."

그녀의 눈썹이 꿈틀거리며 올라갔다. 공사판에서 턱에 총을 들이밀었을 때 "죽여요."라고 말한 도원이 떠올랐다. 비에 젖어 있던 도원은 차갑고 냉정한 시선으로 노려볼 줄 알았다. 무서워 벌벌 떠는 사람이 아니었다.

총을 쥔 대리자의 손이 더 단단해졌다.

"도원 선생, 거기 서서 옷부터 벗어. 의심되는 물건을 숨기진 않았는지 확인할 거니까."

"당신이 무슨 자격으로요."

"그때처럼 또 신경전이라도 벌이겠다는 게 아니면 말 듣는 게 좋을 거야."

"전 한 번도 당신의 말을 들은 적 없습니다."

"배짱도 좋네! 이럴 때까지 말싸움하고 싶어?!"

"제가 마음에 안 들면 죽이세요."

"하!"

"전 그때도 지금도 똑같습니다. 그렇게 당신 마음에 안 들면 죽이세요. 그리고 지 박사에게 가서 말하면 되잖아요. 실수로 방아쇠를 당겼네요, 라고. 그게 뭐가 어렵습니까?"

도발하는 도원 때문에 대리자는 씨근덕거리는 숨을 참았다. 그녀가 자기를 죽일 수 없다는 걸 잘 아는 사람이었다. 여기서 도원을 처리해 버리면 앞으로 아버지와 대리자의 관계가 틀어질 것이란 사실도.

"협박은 상대에게 먹힐 때나 하는 겁니다. 쏘지도 못할 거면서 왜 이렇게까지 하는지 모르겠네요. 총 내리세요. 그건 저희가 아니라 당신들이 들어야 할 말입니다."

수많은 총구 한복판으로 걸어 들어오는 도원에게 흔들림은 없었다. 등 뒤로 돌린 도원의 떨리는 손을 볼 수 있는 사람은 MJ뿐이었다. 그것을 알 리 없는 대리자가 받아치기 시작했다.

"대가리는 못 날려도 다리나 팔 하나 병신 만드는 게 어려울까."

"어렵지 않겠죠. 쉬운 일이니 한 번 보여 주세요."

"이게 진짜!"

굽히지 않는 도원의 모습에 대리자의 인내심이 먼저 한계에 달했다. 대체 뭘 믿고 이렇게까지 여유로운지 알 수가 없었다. 도원이 맨몸으로 다가올수록 대리자는 저도 모르게 뒷걸음질을 쳤다.

"무슨 꿍꿍이야. 뭐 다른 걸 준비하기라도 한 거야?"

"당신에게 설명할 필요는 없을 것 같은데요."

"제기랄! 당신 때문에 내 일도 다 망했어. 이게 얼마짜리 사업인데 당신이 끼어들어? 당신이 뭔데, 제기랄!"

"더 망쳐 드릴 수도 있어요."

"너!"

"그걸 원하는 게 아니라면 총 내려요. 위협 따위 하지 말아요. 먹히지도 않으니까."

대리자를 응시하는 도원의 시선이 차갑게 굳어 갔다. 대리자는 그 눈을 가진 사람들을 알고 있었다. 결심한 사람의 눈. 그것은 죽음까지도 각오한 눈이었다.

"지승준한테 안내하세요. 여긴 당신이 낄 자리가 아닙니다."

씨근덕거리던 대리자가 결국은 뒤편에 있는 남자들에게 외쳤다.

"선생님 모시고 갈 거니까 반만 따라와! 나머진 대기하고 있고!"

그녀의 말을 따라 남자들이 반으로 나뉘었다. 한쪽은 대리자를 따라왔고, 다른 한쪽은 아이스와 그리즐리가 타고 있는 차 앞을 지켰다. 도원은 자신을 위협하는 사람들에게 둘러싸인 채 걸음을 옮겼다.

어두운 고랑 길을 손에 든 플래시 하나에 의지해야 했다. 성인 남성 두셋만이 나란히 걸을 수 있는 좁은 길 옆은 깊은 구덩이가 수없이 많이 파여 있었다.

앞장서서 걷는 대리자가 플래시 불빛을 흔들 때마다 골과 이랑이 어둠 속으로 사라졌다가 다시 나타나길 반복했다.

MJ는 도원이 위협에 무방비하게 노출된 것이 불안했다. 먼저 대리자의 신경을 돋우었기에 돌발적인 상황에서 제일 먼저 공격을 당할 것만 같았다. 그런 일은 사양하고 싶었다. 차라리 그들의 악의를 제가 다 받아 내고 싶었다.

"매번 생각하지만."

MJ의 한마디에 일동이 긴장했다. 대리자가 멈추어 서서는 플래시로 등 뒤를 비추었다. MJ는 쏘아지는 불빛에 눈이 아플 텐데도 인상 한 번 찌푸리지 않고 말을 이었다.

"마약을 키우기에 이 나라는 너무 작지 않나. 좁은 땅덩어리에서 그깟 냄새나는 풀떼기 키우려고 아득바득하는 거 불쌍하지 않아?"

갑자기 웬 도발을.

도원은 당황한 내색을 하지 않으려고 잡은 손만 더 세게 쥐었다. MJ는 얽힌 손가락들로 도원의 손등을 두드렸다.

걱정하지 마. 불안해하지 마. 괜찮아.

MJ가 달래 주는 그 손길은 이럴 때마저도 다정했다.

"당국이랑 술래잡기하기에도 바쁜 와중에 이렇게 판 키우는 건

손해라는 거 잘 알 텐데. 너랑 아버지가 그걸 모르고 이런 부지에 제조 공장을 지었을 리도 없고."

MJ의 지적에 대리자는 바람에 나부끼는 머리칼을 털모자 안쪽으로 밀어 넣었다.

"사업 구상 방향은 언제든지 바뀔 수 있어."

"내가 불 질러서 다 없앤 지 얼마나 됐다고 바로 이렇게 일을 벌일까."

"왜, 판에서 빠지고선 이제 와서 관심이 가?"

"마리화나 루트는 국내에서 해외까지 내가 너보다 더 잘 알 텐데."

"잘난 척하지 마."

"척한 적 없어. 잘난 거야."

인상을 찌푸린 그녀에게 MJ는 당연하다는 듯이 말을 이었다.

"마리화나는 내가 더 전문가야. 보면 알아. 이게 정말로 키우거나 제조하기 위한 건지, 단순히 창고로 만들어 놓은 건지 말이야. 보아하니 직접 재배 같은데. 장기전을 생각한단 말이지."

눈을 가느다랗게 뜬 MJ가 흐응, 하고 목뒤를 울렸다.

"하긴, 카르텔도 직접 키우고 제조하는 곳을 더 선호하니까 공장 하나쯤은 있어야 거래가 편해지지. 그렇다고 해외 수출용으로 생각하기에는 규모가 작단 말이야."

그는 턱밑을 문지르면서 곰곰이 생각하는 척 말을 이었다.

"어디 보자. 일본이랑 한국 마약 거래량도 꽤 많은 편이니 여길 안심 거점지로 알려서 시장 거래량 독점하는 거 나쁘지 않아 보여. 중국은 걸리면 사형이니까 우리나라 루트 통하려는 걸 더 선호할 테고, 동남아나 미국 쪽 거래할 때도 아쉬울 거 없으니까. 아하, 이제야 알겠네."

MJ는 조금 전까지 매만지던 턱 끝을 까딱이면서 웃었다.

"대리자, 당신 한국의 마약 제조 사업을 완전히 독점할 생각인가 보네. 욕심이 어마어마하잖아, 이거."

MJ는 공장 부지 안에 들어왔을 뿐, 실질적인 건물은 보지도 못했다. 주변 지형과 이곳에 도착하기까지의 루트, 마리화나를 실제로 거래했던 거점 지역과의 동선을 생각하여 많은 것을 유추한 것에 불과한 이야기였다.

그럼에도 그의 추측은 정답에 가까웠다. 대리자가 입가를 씰룩이면서 한 마디도 대꾸하지 못하는 것이 그 증거였다.

마리화나에만 공을 들이는 대리자의 태도를 MJ는 무모하다고 여겼다. 마리화나는 대중적인 마약이어서 사고팔기 쉬운 편이다. 당국에 꼬리 잡힐 위험이 큰 마리화나에 이렇게 돈을 쓰고 공을 들일 리가 없었다. 신약을 제조하려는 게 아니라면 말이다.

한국이라는 완벽한 마약 독점시장을 쥐고 있는 그녀가 마리화나에만 올인 하지는 않을 터. 가장 만만한 마약을 공장으로 가지고서 거래 상대의 신뢰를 받는 용도로만 쓰는 게 분명했다.

실제로 거래하는 마약은 마리화나보다 훨씬 비싸고 구하기 어렵고 중독성이 강한 것들일 테다.

"매리제인이 왜 마약인지 알아?"

MJ가 턱을 살짝 들었다. 흩어지는 입김 사이에서 웃고 있었다.

"매리제인은 쾌락의 상징이야. 아무 노력도 하지 않고 삶을 잊을 정도로 편안하고 행복해질 수 있어. 매리제인에 빠져들면 병신이 되어 가지. 제 몸이 축나는 것도 모르고 중독돼. 아주 기분 좋은 고통에 던져지는 거야. 정신을 차릴 수가 없어져. 정신을 차리고 싶지도 않을 거야. 매리제인을 빨고 있으면 그렇게 행복한데 뭐 때문에 고통스러운 현실로 돌아오려 하겠어."

어지러운 클럽 불빛 아래에서의 풍경은 MJ에게 너무도 익숙한 것이었다. 젊은 사람들이 말린 마리화나를 궐련지에 넣고, 만다. 종이 끝을 침으로 적셔 붙이고는 불을 붙인다.

혀와 코, 폐로 빨아들인 몽롱한 즐거움에 소파에 드러눕는 여자를 남자가 올라타는 일은 부지기수다. 남자의 바지를 억지로 벗기고 그의 성기를 장난치듯 가지고 노는 여자들도 많다.

여자가 여자의 젖을 빠는 것도 익숙한 풍경이 된다. 정상위로 섹스하고 있는 남자 뒤를 또 다른 남자가 다가가 애널 섹스를 하고서는 세 명이 어지럽게 엉켜서 누구를 위해 다리를 벌려 주는지, 허리를 흔드는지 모르는 무아지경이 되기도 한다.

그 달콤한 유혹을 거부할 수 있는 사람이 몇이나 될까. 술만큼 중독되지도 않아. 담배처럼 몸에 해롭지도 않다고. 한 번만 즐기고 완벽하게 끊을 수 있는 거야.

MJ가 파티에 등장하기만을 초조하게 기다리는 사람들이 날이 갈수록 늘어 갔다.

그들이 원하는 것은 완벽한 현실에서의 이탈. 이곳이 아닌 저곳으로의 쾌락. 짧고 강렬하지만 미칠 것 같은 경험. 살아가면서 결코 겪을 수 없는 특별한 순간이었다.

"인생 말아먹는 거 한순간이야. 사람들 인생 조져 놓고 떼돈 벌 생각을 한 시점에서 너도 똑같이 그럴 수 있다는 거 생각했어야지. 안 그래, 한 대위."

누군가에겐 지중해 해변에 누워 있는 요람을 느낄 수 있게 해 주는 매리제인이 이 순간 대리자에겐 혀끝이 얼얼한 매운 향신료가 되어 코를 타고 뇌까지 들어오는 기분이었다.

"마치 네 얘기 같네."

"내가 그렇게 위험하고 중독성이 강한가? 너무하네. 내 덕에 돈도 많이 벌어 놓고서는."

"그래서 이제 와 이런 얘기를 하는 이유가 뭐야. 배신한 건 너잖아."

"배신이라니. 몰랐나 본데 대마는 원래 야생에서 더 잘 자라. 가둬 놓고 재배하면 향이 별로 안 좋다고."

"손 뗐으면 조용히 살았어야지. 아버지 일에 대적하고, 내 사업도 엉망으로 만들었어. 대가를 치르는 게 당연한 거야."

"대가. 그래, 그 대가라는 걸 말해서 생각났는데. 내 인생을 말아먹은 지승준과 리더 인생 말아먹은 너는 반드시 대가를 치루고 가게 할 거야. 기대해도 좋아."

자신과 리더의 과거 사정을 언급하는 MJ를 보며 두 눈을 부릅떴다. 거센 바람에 털모자가 뒤로 넘어가며 정돈해서 밀어 넣었던 머리카락들이 흘러나왔다.

빠져나온 머리칼들이 무당의 춤사위처럼 흔들렸다. 나자빠진 팔다리가 되어 이성을 잃고 춤을 추었다.

그 모습을 본 MJ가 웃었다. 눈을 크게 뜬 MJ는 빨갛게 실핏줄이 솟아오르는 흰자위로 대리자를 마주했다. 섬뜩한 시선에 도원과 MJ를 겨냥하고 있던 총구들도 덩달아 흔들렸다.

대리자가 뒤돌아서서 MJ의 발밑에 방아쇠를 당겼다. 깡, 하고 둔탁한 소리가 났다. 얼어붙은 땅이 깨지고 총알은 어딘가로 튀어 나갔다. 저 뒤편에 서 있던 남자 하나가 발목을 붙잡고 나뒹굴었다.

"아악! 초, 총알이, 악!"

남자는 바닥에서 튀어 올라 제 발목에 총알이 박히자 바닥을 굴렀다. 비명을 지르는 동료를 보면서도 사람들은 머뭇거리면서 누구 하나 몸을 움직이지 못했다.

총에 맞을 뻔하고도 여전히 웃고 있는 MJ를 귀신 보듯 바라보는 게 고작이었다. MJ는 흥분하는 대리자를 보며 웃음을 참지 못했다. 미친 사람처럼 웃음을 터뜨렸다.

"군에서 사람 하나 족쳐서 원한 산 년이 뭐가 잘났다고 이 지랄인데. 군에서 마약 거래하다가 들켜서 후임 하나 쏴 죽였잖아. 그거 본 리더가 얼마나 네년 죽이려고 이를 갈았다고."

"이 개 같은 새끼가!"

"그러라고 간 군대가 아니잖아. 아하아, 혹시 사냥 협회랑 카르텔 맺기 전에 군대에서 어떻게 해 보려고 한 거라면, 네가 그 거대 집단과 교섭하기엔 능력 부족이라는 걸 몰랐나 보네."

"매리제인, 사람 열 받게 하지 마. 안 그래도 빡치니까."

"머저리는 아닌가 봐. 그럼 너 기분 좋으라고 이런 소리 하는 거겠냐."

"아버지가 널 죽이지 말라고 했지만 병신 만들지 말란 소리는 안 하셨어. 한 번만 더 주둥이 놀리면 그 입부터 박살내 버릴 줄 알아."

"그래, 할 줄 아는 게 총 쏘는 거밖에 없으면 그거라도 잘 해야지. 너는 돈 욕심도 많고, 한몫 잡아 보려는 허욕도 심하고, 한국 마약 사업을 네 손으로 조절하고 싶은 권력욕도 있는 거 같은데, 그것도 능력 되는 사람이 해야지. 스스로 감당 못하면서 무리하니까 이 꼴이 났잖아. 못하면 총이나 쏴. 욕심 그만 부리고.”

“죽고 싶어?”

“씨발, 죽고 싶은 게 누군데 이래. 너야말로 쫄리면 꺼지라니까.”

“이 새끼가, 진짜!”

“다른 사람들을 발밑에 두고 계획을 짜는 사람은 너 같은 그릇이 아니야. 보면 알아. 너는 죽었다 깨어나도 여기서 마약 사업 벌일 능력도 안 되고, 사람들을 모으거나 부려 먹을 정도로 머리가 돌아가지도 않아!”

대리자가 장전한 총을 바닥이 아닌 MJ의 다리와 배에 겨냥했다. 죽이지만 않는다면 괜찮다. 입을 닥치게 만들도록 몸 어딘가에 구멍을 뚫어 버릴 작정이었다.

장기가 손상되어 출혈 과다로 죽을 확률이나 쇼크사로 목숨이 위태로울 수 있다는 사실 따윈 잊은 후였다. MJ는 그저 흥분한 대리자를 보며 통쾌하게 웃기만 했다.

“하하, 쏴 봐. 쏴 보라고! 내 인생으로 돈 벌어먹은 년이 뭐가 잘났다고 아가리를 놀리고 있어!”

그녀의 공격적인 시선이 닿았다. 살의가 담긴 총구가 반짝였다.

아버지가 이들에게 집착하지만 않았어도 일찍이 머리통을 날려 버렸을 것을. 배때기에 총알이 박히고도 그렇게 당당할 수 있는지 보자.

그리 생각하며 방아쇠를 당길 때였다.

MJ 앞을 가로막는 한 사람의 움직임에 대리자는 흠칫 놀라 총구를 돌렸다. MJ는 기겁을 하며 눈앞을 가로막은 손을 잡아당겼다. MJ에게 잡힌 몸이 휘청거렸다. 덕분에 총알은 남자의 옆구리를 스치며 뒤편으로 날아갔다.

"선생님!"

"미쳤어?!"

총소리에 놀라서 눈을 꽉 감았던 도원이 기다려도 온몸에서 아픔이 느껴지지 않자 서서히 눈꺼풀을 들어 올렸다.

MJ가 새파랗게 질려서 아득한 시선으로 바라보고 있었다. 대리자 역시 MJ가 아닌 도원이 총상을 입었다면 아버지에게 보복을 당했으리란 생각에 아찔한 표정을 짓고 있었다. 그녀는 히스테릭하게 외쳤다.

"젠장! 도원, 당신 한 번만 더 이러면 묶어서 끌고 갈 줄 알아!"

못 죽인다. 못 죽여.

그 사실을 다시금 확인한 도원은 어금니를 깨물었다. 아이러니하게도 죽지 않는다는 그 확신 하나가 지금의 도원에겐 최고의 무기가 되었다.

도원은 MJ에게 붙잡힌 손을 놓고 대리자에게 다가갔다. 언제 터져도 놀라지 않을 만큼 긴장감과 살의가 뭉쳐 있던 대리자가 도원에게는 위협으로라도 총구를 겨누지 못했다.

그 모습을 확인한 도원이 망설이지 않고 대리자의 뺨을 때렸다. 갑작스러운 폭력에 대리자가 눈을 홉떴다. 바닥으로 떨어진 털모자를 주울 생각도 하지 못했다. 빨갛게 부푼 뺨을 손바닥으로 감쌀 생각도 하지 못했다.

그녀는 도원이 이런 식으로 나올 줄 몰랐기에 눈만 크게 뜨고 바라보는 게 다였다. 도원이 벌겋게 달아오른 손바닥을 주먹으로 움켜쥐고 말했다.

"당신 소리 지르는 거 구경하려고 여기까지 온 거 아닙니다. 지승준에게 안내하라고 했어요. 당신 끼어들 자리가 아니라고."

MJ에 이어 도원까지. 대리자는 더 이상 화를 참을 수가 없었다.

"이 아저씨가 미쳤어, 진짜!"

"MJ가 도발했다고 바로 맞받아치는 걸 한심하게 생각하세요."

"제기랄! 씨발! 아아악! 짜증 나, 전부!"

그녀는 바닥에 침을 뱉었다. 더는 도원과 말을 섞지 않았다. 멈추었던 길을 나아갔다. 그녀가 성큼 발을 뻗는 모습에 지켜보던 사람들이 총을 내렸다.

바닥에 튄 총알에 맞은 사람을 챙기는 몇몇을 제외하고 나머지는 도원과 MJ를 대리자가 앞서 간 방향으로 떠밀었다. MJ는 그제야 도원을 잡고 원망스럽게 말했다.

"총에 맞으면 어쩔 뻔했어! 나랑 약속했잖아, 안 이러기로. 나 이러면 불안해서 더는 못 가. 지승준 만나도 선생님만 살필 거 같단 말이야."

"미안해요. 당신이 대리자를 도발하는 거 보니까 당신한테 문제가 생길 거 같아서 나도 모르게 그랬어요."

"일부러 그랬어. 저 여자 관심을 나한테 돌리려고 한 거야!"

"왜 매번 혼자서 악역을 자처하나요."

"그게 내 방식이야. 나한테 집중한 사람들은 선생님한테까지 신경 쓰지 않아. 나도 그게 편하고 안심이 되는걸."

"난 그런 악의를 당신 혼자 책임지고 받아들이는 게 싫습니다. 그럴 거면 지금처럼 둘이 나눠 받아요."

"지금은 그런 애길 할 때가 아니잖아!"

"지금이니까 해야죠. 이런 게 습관이 되면 무서운 거예요. 당신은 사랑받는 데에 더 익숙해져야겠어요. 미움받는 일에 힘들어지면 좋겠습니다."

"선생님한테는 그러잖아. 그거면 되잖아."

"정말 그렇게 생각해요?"

올려다보는 도원의 시선에 MJ가 멈칫했다. 선생님 외에 다른 뭐가 중요한가를 말하길 망설였다. 도원의 분위기가 조금 이상해서였다. 마치 억지로 앞으로의 삶의 기준과 가치를 알려 주려는 것처럼 보였다.

그렇게 생각하는 것은 MJ의 과대 해석일까.

대화는 미온한 불안을 남긴 채 더는 이어지지 못했다. 앞서 걷던 대리자가 2층짜리 건물 앞에 멈추어 선 탓이다.

건물은 오래되어 주변에 녹 가루를 떨어트리고 있었다. 성의 없이 쌓아 놓은 미송 위에도 먼지가 자욱했다. 오랫동안 쓰지 않아 버려져 있던 건물임이 분명했다.

대리자가 문고리를 잡고 옆으로 밀자 합판 문을 지탱하고 있던 여러 개의 비퀴기 시멘트 바닥을 드륵드륵 긁는 소리가 울려 퍼졌다.

바깥과는 다른 훈기가 퍼졌다. 높은 습도와 더위가 아열대성 기후를 재현해 놓은 듯했다.

그 후덥지근함 속에서 곰팡내가 맡아졌다. 미송이 좀 먹은 냄새였다. 어두워 잘 보이지는 않지만 창고 안에는 목재들이 쌓여 있는 듯 나무 냄새와 그 나무를 좀 먹은 여러 쿰쿰한 냄새들이 뒤섞여 있었다.

"다들 여기서 대기해."

대리자의 명령에 총을 든 이들이 문 입구에 멈추었다. 대리자는 MJ와 도원을 먼저 창고 안으로 밀어 넣고 문을 닫았다. 벽면을 손으로 짚어 불을 켰다. 높은 천장에 알알이 박힌 전구 등에 순차적으로 불이 들어왔다. 밝아지는 천장의 불길은 복도 끝까지 이어졌다.

성인 장정 스무 명이 일렬로 서도 공간이 남는 넓은 곳이었다. 복도는 중간중간 계단과 또 다른 복도로 가지를 치듯 이어졌다.

복도 양옆으로 갈라진 여러 개의 방에 눈에 익은 잎사귀 식물이 자라고 있었다. 얇은 단풍잎 같기도, 오래된 부채 같기도 한 초록색 이파리가 통통하게 살이 올라 있었다.

옆방에는 꽃과 잎사귀를 따서 건조시키는 기계가 보였다. 건조되는 방은 머리가 어지러울 정도로 냄새가 심했다. 비대한 짐승이 방 안에 가득 들어앉은 듯 불유쾌한 냄새였다. 매캐한 곰팡내라고 생각했던 냄새가 쑥뜸 향을 닮아 있었다.

마리화나 특유의 냄새였다. 끽연용으로 가공하면 더욱 짙어지는 그 냄새가 연결된 방 곳곳에서 아우성이었다.

방은 여러 개였고, 1층의 규모도 상당했기에 이 모든 곳을 오로지 마리화나 재배와 가공에 쓰인다고 가정하면 그 양은 상상을 초월했다.

"지하실로 내려갈 거야."

대리자가 계단 앞에 서서 말했다. 마리화나가 가득한 방 안을 들여다보던 도원이 그 소리에 고개를 돌렸다. 2층으로 향해 있는 계단은 쓰지 않는 듯 쇠사슬이 걸려 있었다. 그녀가 가리킨 곳은 계단 밑에 뚫려 있는 작고 어두운 통로였다.

MJ의 인상이 눈에 띄게 굳어졌다. 그럴 만했다.

"저 개구멍 안에 뭐가 있는데 우리가 들어가야 하지?"

"아버지가 안에 계셔."

"나오라고 해."

"그럴 수는 없어. 아버지는 누구의 방해도 없이 너와 이 선생님을 보고 싶어 하니까."

"가지가지 하네."

"알았으니까 들어가."

"안에 뭐가 있을 줄 알고 들어가. 그 새끼보고 나오라고 해."

"들어가."

"나오라고 해."

"닥치고 들어가라고!"

울컥한 MJ가 대리자의 목을 한 손으로 움켜쥐려 했다. 그녀는 총을 빙글 돌려서 고쳐 쥐고 방아쇠를 당기려 했다.

도원이 그 둘 사이를 가까스로 파고들었다. MJ의 손이 도원의 어깨에서 멈추었다. 대리자의 총구도 도원의 배에서 멈추었다. 두 사람이 동작을 정지한 사이에 도원은 MJ와 대리자의 사이를 벌렸다.

MJ와 대리자 모두 날카로워져 있었다. 이미 인내심은 한계였다. 서로가 서로를 할퀴는 상황이 지속되면 우발적인 발포에 의해 MJ가 죽거나, MJ가 대리자의 머리통을 벽에 찧어 죽일 것만 같았다.

그들의 날카로워진 감정을 온몸으로 받아 내는 도원도 덩달아 숨이 거칠어질 것만 같았다. 인내심의 가느다란 줄기가 먼저 끊어진 사람은 대리자였다.

"더 이상 못 참아!"

탕!

총소리에 도원은 순간적으로 귀가 먼 듯했다. 총이 누굴 쐈는지를 황급히 살폈다. 아프지 않은 자신보다 MJ를 먼저 돌아봤다.

MJ가 총신을 맨손으로 잡고 있었다. 천장을 향해 총신을 들어올린 덕분에 누구도 맞지 않을 수 있었다. 총의 반동을 맨손으로 견뎌야 한 탓에 손목이 욱신거리는 아픔에 MJ가 욕설을 뇌까렸다.

"씨발."

MJ가 총을 쥐고 있는 대리자의 손을 쳐 냈다. 총을 놓친 대리자를 발로 차서 밀어 버렸다. MJ의 손아귀에서 빙글, 유려하게 돌아간 총이 대리자를 겨눴다.

순식간에 총을 빼앗긴 대리자가 그대로 굳어 버렸다. 굳어 버린 그녀의 동공이 커다랗게 확장되었다. MJ는 그녀의 돌발적인 행동을 더는 지켜볼 수가 없었다.

약간의 도발만으로 감정을 조절하지 못하는 그녀가 위험해 보였다. 사실을 말해도 흥분해서 방아쇠를 당기는 그녀가 언제 도원을 죽일지 모를 일이었다.

탕!

커다랗게 터진 화약 소리가 천장까지 울렸다. 대리자가 자리에 주저앉았다. 다리에 힘이 풀려서 덜덜 떨었다. 근접거리에서 목표를 놓칠 리가 없는데, 대리자가 살아 있었다.

MJ는 자신이 쏜 총을 내려다봤다. 도원이 양손으로 총신을 들고 있었다. MJ가 그러했던 것처럼 맨손으로 잡고 버텼다. 총알은 대리자의 뒤편으로 날아가 벽에 실금을 긋고 있었다.

놀란 건 도원도 마찬가지인 듯 호흡이 거칠었다. MJ는 아랫입술을 질끈 깨물었다. 다시 장전을 하고 대리자를 겨누자마자 도원이 소리쳤다.

"죽이면 저 여자랑 똑같은 사람이 되는 거예요!"

MJ의 손가락이 무겁게 굳어 버렸다. 제 안위를 위해 사람들을 계속 죽여 온 여자였다. 스스로 강해지기보다는 저보다 강한 사람을 운 좋게 죽여 위로 올라갔다.

MJ는 그녀를 비겁하다고 생각했다. 졸렬한 여자라고 생각했다. 그녀와 동급이 된다는 것은 도원에게 결코 지금까지처럼 사랑받을 수 없다는 뜻이었다.

"선생님, 이 여자가 우리를 위험한 곳으로 밀어 넣으려고 했어."

"내가 저 안쪽을 보고 올게요. 그럼 되죠?"

"아니, 절대 안 돼. 들어갈 거면 내가 들어가."

"여기까지 와서 실랑이 벌일 겁니까, MJ?"

"젠장! 지승준보고 나오라 그래!"

"지승준도 여기까지 와서 어설픈 함정을 설치하진 않았을 거예요."

"난 그 새끼 못 믿어!"

"저도 못 믿습니다. 그래도 자신이 가진 공장까지 보여 준 마당에 우리에게 뭘 더 숨기려 하겠어요."

"믿지 못하겠으니 믿게끔 해 보이라는데 저년이 총을 쏘려 했어. 이게 함정이 아니면 뭐야?"

"내가 보고 올게요."

"안 된다고!"

"그럼 죽일 건가요?"

"필요하면 죽일 거야!"

"그러지 마요. 눈앞에서 당신이 살인자 되는 모습을 보려고 여기

온 게 아니잖아요. 안 죽여도 되는 방법이 있잖아요. 내가 보고 오면 되는 걸요. MJ, 너무 그렇게 딱딱하게 생각하지 말아요. 여기까지 와서 내가 계속 MJ의 보호만 받을 수 없다는 거 알고 있잖아요. 이 정도는 제가 할 수 있는 일이라고 생각해요."

MJ는 입술만 질끈 깨물었다. 대리자에게 총을 겨눈 채 처음으로 시선을 돌렸다. 좁고 어두운 터널 같은 구멍을 바라보았다. 네 발로 기어서 들어가면 될 크기였다. MJ는 대리자에게 으르렁거리며 물었다.

"제기랄! 저 터널 길이가 어느 정도야!"

대리자는 입술만 달싹였다. MJ가 소리를 치자 대리자는 헐떡이며 간신히 대답했다.

"모, 몰라!"

"어디랑 연결되어 있냐고!"

"내가 들어가 본 적이 있어야 알지!"

"정말 저 안에 지승준이 있어?"

"몰라. 나도 아버지한테 듣기만 했어."

"선생님! 이런데도 이 여자 말을 믿을 수가 있어?"

이제 와서 믿고 안 믿고가 무슨 소용인가. 이곳은 지승준의 영역이다. 대리자를 죽인다고 건물 밖에 대기해 있는 수십 개의 총을 피할 수는 없다.

애초에 MJ와 도원을 살려 보낼 의지가 없을 수도 있다. 설령 그렇다고 해도 모든 상황에서 궁지에 몰린 기분을 느낄 필요는 없었다.

초조하고 절박해지고 생존 본능을 핑계로 이성을 잃고.

이런 반응을 기다리는 것일지도 모른다. 지승준이라면, 오히려 이런 극단적인 반응을 바랐을 것이다. 혼자 자멸하길 바랐을 것이다. 그런 시나리오에 동참해 줄 생각은 없었다.

도원은 터널로 들어갔다.

앞으로 얼마 남지 않은 시간을 정확하게 계산하면서.

"선생님!"

MJ의 목소리를 뒤로 한 채 도원은 앞으로 나아갔다. 좁고 어두운 터널에서 보이는 것은 없었다. 몸을 숙이고 무릎을 굽혀 몸을 반으로 접어야 간신히 앞으로 나아갈 수 있는 좁은 구멍을, 신발을 끌며 전진했다.

터널은 길지 않았다. 아래로 경사가 져 있어서 몸을 조금만 앞으로 기울이면 그대로 고꾸라질 것 같은 것만 빼면, 생각만큼 무섭지도 않았다. 몇 미터 걷지 않았는데 금세 그 끝이 보였다.

터널을 벗어나자마자 1층과 달리 사방을 메운 차갑고 습한 공기가 느껴졌다.

문이나 출입구도 만들어 두지 않은 토굴 같은 지하실이다. 고작 몇 평방미터 밖에 되지 않을 작은 공간에서 불빛이 흔들리고 있었다. 손전등을 끈에 묶어 천장에 매달아 두어서는 바닥으로 빛을 쏘고 있었다.

수직으로 내리꽂는 불빛에 은 식기가 반짝였다. 나이프로 썰 때마다 피가 섞인 육즙이 흘러나오는 스테이크를 포크로 집어 드는 손이 보였다.

불빛 아래로 고기를 썰던 손은 그 작은 조각을 집어 든 후엔 빛이 닿지 않는 어둠 속으로 사라졌다. 얼마 후에 다시 나타나 남은 고기를 썰었다.

접시가 끼익끼익 울었다. 식기끼리 부딪는 자연스러운 소리가 기괴하고 섬뜩한 짐승 울음소리를 닮아 있었다.

"함정이 아니란 것을 확인하셨으면 MJ도 부르세요."

터널의 반대편 끝에서 MJ의 소리가 들렸다. 도원을 찾는 소리였다. 도원은 고기를 써는 남자의 뒷모습에 여전히 시선을 둔 채 입을 열었다.

"내려오셔도 됩니다."

MJ가 대리자를 불러 그녀를 먼저 터널 안으로 밀어 넣었다. 미끄러져 내려온 대리자는 까진 손바닥과 상처 난 턱을 문지르며 지하실 풍경을 살폈다.

토굴처럼 생겼지만 숨 쉬기는 문제없었다. 굴이나 무덤처럼 느껴지는 어둠이 지상에서보다 깊게 느껴졌지만 밀폐된 곳 특유의 습기일 뿐이었다.

지하실로 들어선 순간부터 MJ는 대리자에게서 빼앗은 총을 들지 않았다. 겨냥할 대상을 잠시 잊고 고기를 썰고 있는 남자를 뚫어져라 보았다. 그 고요한 모습은 폭발 직전의 분노를 닮아 있었다. 도원이 MJ의 손을 잡아도 아무런 반응이 없었다.

남자는 나이프와 포크를 양손에 가볍게 쥔 채로 몸을 돌렸다. 도원과 MJ, 대리자를 바라봤다. 손전등 불빛이 닿은 안경알이 굴곡진 빛으로 흘러내렸다. 렌즈의 굴곡 면이 여느 때보다 밝게 빛났다.

썰어 낸 고기 조각을 천천히 입에 가져오는 남자는 여유로웠다. 무척 즐거운 표정을 짓고 있었다. 배부른 포식자의 얼굴이었지만, 마지막 남은 만찬을 얼마나 아끼고 미루었으며 그만큼 고대해 왔는지를 가감 없이 표출했다.

마지막 남은 고기 한 점까지 입으로 옮겨 내면서도 남자는 부른 배를 두드리지 않았다.

이제야 애피타이저가 끝이 났다. 메인 디시는 조리 도구를 쓰지 않은 날것 그대로일 것이고, 후식으로 와인처럼 붉은 피를 마실지도 모른다. 메인 디시와 디저트의 주재료가 이제야 공수된 것처럼 남자는 그 귀한 식자재들에게 정성을 다했다.

"먼 길 오시느라 고생하셨습니다. 선생님, MJ, 같이 한 접시 들죠."

도원은 MJ의 숨결이 거칠어지는 소리를 들을 수 있었다. 이 순간을 기다린 건 지승준만이 아니었다.

지승준이 신선한 식자재를 위해 살아 있는 그대로를 공수하는 데에 만반의 준비를 다했다면, MJ는 갇힌 우리 문이 열렸을 때 뛰어들어 목덜미를 물어뜯기를 고대해 온 맹수였다.

"하아, 하."

MJ는 숨을 거칠게 몰아쉬면서 새빨갛게 충혈된 눈으로 지승준에게서 한시도 눈을 떼지 못했다. MJ를 어둠 속에 가둬 두고 인간성이라는 것을 완전히 말살한 채, 입맛대로 훈육해 온 지승준을 마주하고 제정신을 유지할 리 없었다.

"후으, 후."

지승준에게 다가가려는 MJ를 도원이 붙잡았다. MJ의 손을 놓지 않으려고 온 힘을 다했다.

지승준을 보자마자 MJ는 억눌러 왔던 모든 기억과 트라우마와 고통들이 한꺼번에 되살아나기 시작한 듯 보였다.

손톱을 세워 붙잡은 도원의 손등을 긁었다. 이를 딱딱 부딪쳤다. 손에 쥔 것이 도원의 손이 아닌 라이터였다면 인위적인 손전등 불빛이 아닌 활활 끓는 불을 질러 이곳을 새빨갛게 물들여 놓을 기세였다.

"지승준 박사."

도원이 부르자 지승준이 돌아봤다. 두 사람의 시선이 허공에서 섞였다. 안구 안쪽까지 샅샅이 핥을 듯한 시선은 기묘하게도 MJ가 도원을 바라보는 시선과 닮은 구석이 있었다.

"네, 선생님."

"여기서 보는 이유가 있습니까. 밖이 더 넓고 밝습니다."

"아아, 그럴만한 이유가 있습니다."

"중요한 게 아니라면 밖에 나가서 얘기하죠."

"아뇨, 중요해요. 얼마나 중요한지 곧 알려 드릴게요."

욕구가 들끓는 시선이었다. 불빛에 반질거리는 안경알처럼 그의 흰자위도 빛났다. 도원은 그 시선을 피하지 않았다. 자신을 대상화하고 타자화하는 시선엔 이미 이골이 나 있었다.

아버지 측 사람들은 하나같이 도원을 MJ의 성욕 처리 대상, MJ를 유일하게 협박할 수 있는 인질, 사냥감, 헌팅 트로피 취급해 왔다.

그전부터 여성 잡지로부터 신사적인 성욕의 대상으로 소비되고, 동양인 최초의 의미 있는 정신분석학자라는 원치 않는 감투까지 씌워 준 세상이었다. 왜곡되고 편파적인 시선에는 익숙해져 있다고 믿었건만.

마음처럼 쉽지 않았다. 이러한 시선을 마주할 때마다 힘에 겨웠다. 처음 뺨을 맞으면 두 번째 폭력은 처음보다는 덜 아파지지만, 그러한 통각의 역치가 달라졌다고 해서 통각 자체가 사라지지는 않는 법이었다.

여전히 무서웠고 두려웠다. 그렇기에 도원은 자신이 할 수 있는 최선을 다하는 수밖에 없었다.

"왜 이렇게까지 하는 겁니까."

침착한 도원의 반응에 지승준이 웃었다. 접시에 내려놓는 포크 소리가 좁은 지하실을 울렸다.

"여전하세요. 여전히 선생님은 그대로네요. 그때 시위 겪고 나서 망가질 줄 알았는데요. 선생님은 너무 강해요."

그리고 그의 시선이 MJ에게 옮겨졌다.

"이쪽은 완전히 반대지만."

도원은 MJ를 제 쪽으로 끌어당겼다.

"이 사람은 언제나 정상이었습니다. 당신이 망가트릴 수 있을 만큼 약한 사람이 아닙니다."

"정말요?"

"뭘 의심하시는 건데요. 대체 뭘 확인받고 싶으신 건데요."

MJ가 새빨갛게 충혈된 눈을 사납게 치켜뜨며 앞으로 나아가려고 하기에 도원이 온몸으로 막아섰다.

지승준의 욕정 어린 눈빛이 그런 MJ를 무시하고 도원을 향했다. 그의 시선이 벌레처럼 온몸 위로 기어 다니고 있었다.

"있죠, 도원 선생님. 저는 몇 가지를 실험하고 싶었어요. 생명 공학에서 장기 프로젝트로 잡는 그런 형식의 실험들이요. 특정 샘플

들을 최소 몇 년 이상 추적 조사하면서 변하는 방향을 지켜보는 실험 말입니다. 보통은 유전 형질의 변화를 관찰할 때 쓰는 실험 방법이죠. 가령 같은 병을 가진 가족이나 쌍둥이로 태어난 아이들의 변화 과정 같은 것이요."

도원은 무언가를 말하려다가 입을 다물었다. 냅킨으로 입가를 닦으며 느긋하게 말하는 지승준의 이야기를 더 기다렸다.

"공학 분야랑 다르게 정신과는 아무래도 윤리 문제가 크게 걸리거든요."

"추적 조사라고요. 정신과에서 그게 무슨 뜻인지 알고 말하는 거겠죠."

"그럼요. 정신의 변화 과정이죠."

"삶은 실험이 아닙니다."

"내겐 실험입니다. 다양한 고통과 자극 속에서 어떻게 살 수 있는지를 실험하는 것과 다르지 않아요."

"지극히 오만한 생각이란 걸 아십니까. 사람은 당신의 실험체가 아니에요."

"선생님이야말로 이상한 말을 하시네요. 정신 분석이라는 건 다른 사람의 무의식을 탐구하는 거죠. 설령 그게 상대가 원하지 않는 노출이라 해도 학자가 파고드는 거예요. 그게 사람을 실험 대상으로 삼는 저와 뭐가 다르죠? 선생님이 사람을 보는 방식과 제가 보는 방식은 동일 선상에 놓여 있습니다."

"전 그런 식으로 본 적 없습니다. 전 사람들을 돕고 싶어 하는 쪽에 가까워요."

"그럼 저도 이렇게 말하죠. 제 자신을 돕고 싶다고. 저를 위한 실험이에요. 그렇지만 장기적인 추적 조사라는 게 환자의 동의를 받는다 해도 문제가 될 수가 있고요, 또 사람 사는 게 실험실 연구 환경을 조절하듯 의사가 조절할 수 있는 것도 아니잖아요."

"모집단을 선별하고 연구하는 과정 전부 당신 혼자서 할 수 있는 일이 아닙니다."

"그렇죠. 그 이유 때문에 저는 다른 동종업계 사람의 도움을 받으려 했습니다. 많은 사람이 있으면 좋았겠지만 가장 뛰어난 한 사람만 있으면 된다고 생각했거든요."

"뛰어난 사람이요?"

"아시잖아요. 그게 선생님이라는 걸."

도원은 입술을 달싹였다. 동의한 적 없는 실험에 연구원이자 피실험자로 참여하고 있던 셈이다. 지승준은 동료에게 예우를 갖추듯 한껏 우아한 손짓으로 도원을 가리켰다.

"살면서 그런 생각이 들었어요. 나랑 동일한 병을 가진 사람이 어떻게 고쳐지는지를 관찰하고 싶다는 생각이요. 덧붙여서 나와 동일한 병이 최악의 상황에서 어디까지 정신과 육체를 좀먹고 들어갈 수 있는지도요. 내가 어느 정도의 억지까지 비틀 수 있는지를 직접 경험하지 않고도 알 수 있는 귀중한 실험 샘플이니 가급적 할 수 있는 건 다 하고 싶었거든요."

도원은 아랫입술을 깨물었다. 윗니에 짓눌려 있던 입술이 톡, 터지듯 제자리를 되찾았을 때, 도원의 목소리는 MJ가 표출하는 분노보다 더 높은 단계에서 부글부글 끓기 시작했다.

"그게 나와 MJ였습니까."

"그리고 선생님은 제 생각보다 너무 현명하고 강했고, MJ는 너무 아이 같았고 약했어요."

"그래서 당신의 장기간 추적 실험은 실패했습니까."

"반대예요. 너무 의외의 결과가 나와서 더 즐거웠어요. 제 병은 어떤 나락으로 떨어지더라도 고칠 수 있을 것 같아요. 섹스와 방화와 마약으로 정신이 온전치 않아져도 살 수 있을 것 같고요."

"MJ를 당신의 피실험체로 지금까지 관찰해 왔다니, 역겹습니다. 아무리 어린 시절 트라우마가 같다고 하더라도 이런 식으로는 절대 못 고쳐요."

"그래서 실험을 통제할 사람이 필요했죠. 저와 MJ 모두에게 의미 있는 당신이요! 하하, 당신이 MJ의 전부가 되길 기다렸어요. 그랬더니 선생님은 어떤 상황에서도 MJ를 있는 그대로 받아 주게 되었어요. 그거였어요. 치료 방법이요. 그거였단 말이죠."

지승준은 흡족해 보였다. 자신의 결과물을 행복하게 바라보고 있었다.

"어차피 사람은 한 번 망가지면 다시 고쳐서 못 써요. 망가진 그대로 살 수 있게 새로운 지침서가 필요한 거죠. 그게 당신이 될 수 있는 거예요. 그런 당신이 나한테도 특효약이라고 믿고 있고요."

MJ가 도원의 손을 뿌리치고 지승준에게 달려들려 했다. 도원은 그런 MJ를 필사적으로 저지했다.

술에 취한 도원을 조수석에 앉히고 운전을 하던 지승준이, 죽은 리더 시체를 밟고 서서 도원에게 키스를 종용하던 그 지승준이, 도원에게 지끈거리는 두통으로 다가왔다.

MJ가 핏줄이 터진 눈으로 분노를 참지 못하고 있다면, 지승준은 광기 어린 흰자위를 파랗게 빛냈다. 도원은 이를 악물며 말했다.

"내가 MJ의 모든 것을 받아 줄 수 있는 건 이 사람을 사랑해서입니다. 당신에겐 절대 그럴 일 없습니다."

"으흠, 사랑이라. 사랑, 그거 되게 비겁한 만능 특효약이죠."

도원과 MJ의 관계마저 부정하는 한마디였다. MJ는 그 말에 여느 때보다도 감정적으로 반응하며 총신을 고쳐 잡았다.

도원이 뒤늦게 MJ를 바라봤다. MJ는 지승준을 겨누고 있었다. 자신에게 향해 있는 총구를 지승준은 흔들림 없이 마주하고 있었다.

어린 시절 기억에 심어진 죽음이란 공포는 대다수의 사람들에게 몸을 얼어붙게 만드는 강력한 트라우마가 될 것이지만, 트라우마를 넘어 살인을 교사하는 위치에 서게 된 지승준은 그 총구를 독한 눈으로 바라볼 뿐이었다.

MJ가 든 총은 그에게 트라우마를 불러일으키는 트리거가 되지 않았다.

"쏠 거면 제대로 쏴. 그때처럼."

손으로 제 이마를 가리켰다. 쏠 것이라면 과녁을 놓치지 말라는 듯이. 그의 도발이 감정적으로 대응하는 MJ를 더욱 흔들었다.

"이번엔 불을 지를 수도 없잖아."

히죽, 웃는 지승준을 보던 MJ가 방아쇠를 당겼다. 천장에 대고 총을 쐈다. 시끄러운 총소리가 좁은 지하실에 메아리쳤다.

위협 사격에도 지승준은 꿈쩍도 하지 않았다. 그에겐 이미 총이라는 것이 고려 대상이 아닌 것처럼 보였다. 이마를 가리킨 손을 치우지도 않았다.

"다시 쏴. 정확히 쏘라고."

"씨발 새끼!"

"특효약에도 부작용이 있지. 너처럼 원래 잘하던 것을 못하게 되는 거 말이야."

"죽일 거야!"

MJ가 다시 총을 똑바로 잡았다. MJ의 심장 뛰는 소리가 도원에게도 들렸다.

"죽일 거야!"

격렬하게 흥분한 MJ가 필사적으로 제 감정을 참아 내고 있었다. 이미 손끝이 파랗게 질릴 만큼 동요하면서도, 총을 단단히 붙잡으며 버티고 있었다.

도원은 조마조마한 눈으로 MJ를 올려다보았다. MJ는 예측이 불가능한 사람이었다. 이러다가 MJ가 자기 자신을 다치게 할 것만 같았다. 도원은 필사적으로 머리를 굴렸다.

생각을 해야 했다. 생각을 해야만 했다. 지승준과 MJ가 언제라도 맞붙어 최악의 상황이 되지 않도록 어떻게든 생각을 멈추어서는 안 됐다.

"지승준."

그도 MJ도 도원의 목소리를 들었으면서 서로만을 노려보았다. 여전히 10점짜리 과녁을 알려 주는 손가락과 그 과녁에 붉은 구멍을 뚫어 줄 손가락이 팽팽한 긴장감으로 서로를 노려보았다. 이어져 있는 긴장된 실을 도원이 어떻게든 잘라 냈다.

"이 사람을 사랑해 보라고 말한 것도 지 박사 당신이었습니다. 당신이 사랑에 대해 그렇게 말할 자격이 있습니까?"

"아아, 극장에서 그렇게 말했죠. 기억하고 계시네요."

"사랑이라는 감정도 당신의 실험 범위에 들었습니까."

"반은 맞아요. 난 그 만능 특효약이 어디까지 효과가 있을지 궁금했으니까요. 사랑이란 건 말이죠. 비겁한 속임수예요. 종족 번식의 본능으로 성교를 하는 건 너무 야만적이니까 그럴듯한 감성적인 메커니즘을 만들어 내서 당위성을 부여하는 게 사랑이잖아요."

"생물학적으로 접근하라고 있는 관념이 아닙니다, 사랑은!"

"왜 아니죠? '섹스해서 애 낳고 우리의 유전자를 후세에 남기자'라는 말보다는 '사랑해' 한 마디로 모든 본능 욕구가 해결되는 게 비겁한 게 아니면 뭘까요?"

"그 번식 본능이 나와 MJ에게는 해당되지 않는다는 걸 알면서도 그런 말을 합니까."

"그래서 처음엔 정말 놀랐습니다. 번식보다 높은 층위의 욕구가 무엇이기에 두 사람이 그렇게 서로를 믿는지 처음엔 이해할 수가 없었거든요. 그런데 알게 되었어요. 생존인 거죠. 후세를 남기는 것보단 현재를 살아남는 게 더 중요한 거예요. 그래서 사랑할 수 있는 거고."

"내가 살기 위해서 MJ를 사랑한다는 말은 사랑보다 더 비겁하게 느껴지네요."

"선생님에게만 해당되는 말이 아니에요. 서로에게 서로가 필요하잖아요. 목숨만큼."

"그럼 내가 죽어서라도 MJ를 사랑한다는 걸 증명하면요."

이런 고백을 로맨틱하게 듣고 넘길 수 없는 상황이었다. 도원은 총을 겨누고 있는 MJ의 앞을 가렸다. MJ는 자신의 시야 사이로 도원이 들어오자 자동적으로 방아쇠에 올려놓은 손가락을 내렸다.

여전히 엉망으로 엉킨 감정에 숨을 거세게 내쉬는 MJ였다. 필사적으로 이성을 붙잡으려는 것이 느껴졌다. 도원은 지승준이 앉아 있는 테이블로 다가갔다. 가까이 갈수록 접시에 묻은 피 냄새가 악취처럼 심해졌다.

"당신의 실험에 얼마나 많은 오류가 있고 잘못 도출된 공식들이 있는지를 내가 증명해 보이고 싶어졌습니다. 그게 당신에게 반론할 수 있는 유일한 거겠죠."

이마를 관통시키라 짚어 주던 손가락이 비로소 내려갔다. 지승준은 스테이크를 맛볼 때보다도 더욱 즐거운 웃음을 띠고 있었다. 맛있는 음식을 앞둔 미식가처럼 기대가 가득한 눈웃음을 지어 보였다.

"난 그래서 선생님이 좋다니까요. 타나토스적인 사랑, 그거 쉬운 거 아니거든."

"MJ에게서 배운 거죠."

"세상에."

"당신은 평생 못할 사랑이죠. 자기 자신을 죽이고 싶을 정도로 사랑하는 게 아니라면."

"선생님은 많은 오해를 하고 있어요. 난 선생님 생각처럼 나 자신을 그렇게 좋아하지 않아요."

"아뇨, 당신은 본인만 사랑합니다. 다른 사람들의 정점에 서 있는 당신, MJ를 제 손아귀에서 주무르는 당신, 나를 보는 당신, 바로 그 당신 자체만 좋아해요. 절대 외부를 바라보는 게 아니죠. 외부를 바라보는 시선을 가진 당신에게 도취되어 있단 말입니다."

"그게 오해라는 겁니다. 난 그런 사람이 아니에요. 내가 어떤 사람인지는 MJ가 더 잘 알겠죠."

지승준이 테이블에서 일어났다. 도원의 손목을 잡자마자 MJ가 총신을 몽둥이처럼 잡았다. 총을 휘두를 생각으로 달려들었다.

지승준의 이마를 쏠 수 없다면 개머리판으로 찍어 버릴 기세였다. 지승준은 도원을 방패 삼았다. 도원의 귀에 대고 속삭였다.

"지금 같은 상태의 MJ와는 대화가 불가능하니 조금만 공격성을 낮출게요. 뭐, 금방 고분고분하게 얘기할 상태가 될 테니까 선생님도 더 편해질 거고."

"그게 무슨……."

"메인 디시죠!"

도원이 반박하기도 전에 지승준은 손을 들어 천장에 매달린 손전등을 잡았다. 달려오던 MJ를 보면서 지승준이 차갑게 말했다.

"솔직한 얘기를 하려면 그럴 만한 준비가 되어 있어야지! 안 그래, MJ?"

달칵.

손전등 불빛이 사라지자마자 사방이 새카만 어둠으로 변했다. 조금 전까지 지승준이 서 있던 곳으로 도원이 급히 몸을 돌렸다. 손을 뻗어 보았지만 잡히는 것은 없었다.

히벅지에 테이블이 부딪혔다. 지승준이 먹고 있던 스테이크 접시가 흔들리면서 그 위에 가지런히 놓았던 은제 커트러리가 바닥으로 떨어졌다. 까랑거리는 소리가 토굴 안을 가득 메웠다.

"선생님?"

MJ의 목소리가 들린 방향으로 도원이 고개를 돌렸다. 보이는 것이 없었다. 아무것도 보이지 않는 새카만 어둠이었다.

목소리를 향해 고개를 돌려도 그게 어느 방향인지 구분할 수 없었다. 눈을 깜빡여도 어둠뿐이었다. 눈을 감고 있는지 뜨고 있는지 알 수 없는 상태였다. 이 정도로 새카만 어둠 속에서 도원은 순간 적인 공포를 느꼈다.

몸을 제어할 수가 없었다. 어디가 어딘지 깊이도 넓이도 가늠되지 않았다. 시각을 잃은 것만으로 청각과 후각과 촉각이 극대화되었다.

아주 사사로운 소리에도 몸이 흠칫 떨렸다. 피 냄새가 짙은 것이 스테이크 향기인지, MJ가 불시에 기습을 당해서 상처를 입은 것인지 알 수 없어졌다.

눈이 먼 기분이었다. 눈으로 봐야 믿을 수 있는 세상에서 버려지고 말았다. 무엇 하나 객관적으로 믿기 어려운 세상이었다. 들리는 소리가 정말 실체가 맞는지, 맡아지는 향기가 헛것은 아닌지를 장담할 수 없었다. 도원은 사방으로 손을 흔들었다. 갑자기 숨이 막혔다.

"MJ."

도원의 음색에서 감정 변화를 알아챈 지승준이었다. 그의 목소리에 웃음기가 실렸다. 이러려고 여기까지 오게 한 게 분명했다. 그가 준비한 게임의 시작이었다.

"기억의 시초부터 긁어 보자고."

지승준이 속삭이기 무섭게 도원의 손이 붙잡혔다. 놀란 도원은 아무것도 보이지 않는 쪽으로 고개를 돌렸다. 제 손목을 붙잡은 상대가 내뱉는 숨소리가 들렸다.

"하아, 하아."

거친 숨소리였다. 도원은 손을 올려 보이지 않는 얼굴을 더듬었다. 손끝에 분명하게 만져지는 화상 자국과 짧게 깎은 머리카락에 안심하기는 일렀다. MJ가 지나치게 불안정하게 느껴졌다.

"MJ? MJ, 어디 다쳤어요?"

얼굴을 더듬던 도원이 손을 내려 목과 어깨 가슴과 등허리를 만져 볼 때였다. MJ가 그런 도원의 손을 낚아챘다. 도원을 품에 꼭 안았다. 몸이 떨리고 있었다.

"……읏, 제기랄."

숨소리도, 목소리도 모두 공포에 질려 있었다. 도원을 끌어안은 품 안이 사정없이 떨렸다. 도원은 덜컥 겁이 났다. 왜, 왜 이러지. 이유를 침착하게 찾아보기엔 도원도 눈에 보이는 것이 없어서 다급하기만 했다.

"MJ, 왜 그래요. 어디 아파요?"

MJ가 헉헉거리며 숨을 몰아쉬었다.

"선생님, 나 머리 아파."

"네?"

"읏, 머리 깨질 거 같아."

"MJ, 쉬이, 괜찮아요."

"안 괜찮이. 너무 아파. 윽, 제기랄, 이거 뭐야."

다리에서 힘이 풀린 것 같았다. MJ는 도원을 안을 힘조차 없는지 그대로 휘청 미끄러졌다. 깜짝 놀란 도원이 MJ를 따라서 앉았다. 손끝으로 더듬어 어떻게든 MJ를 부축했다.

숨소리가 더 거칠어졌다. 왜, 왜 갑자기. 이 좁은 지하실 안에 무색무취의 환각제라도 가득 찬 걸까. 안 돼, 이런 환경에서 환각제는. 도원이 고개를 들어 보이지 않는 사방을 향해 외쳤다.

"지승준! 불 켜요!"

대답은 들려오지 않았다. 도원의 팔뚝에 MJ의 손톱이 박혔다. 도원은 저릿한 통증에 숨을 급히 들이마셨다. MJ의 상태가 심상치 않았다.

"불 켜라고요!"

도원의 목소리가 아득해지는 MJ였다. 분명히 도원의 팔뚝을 움켜쥐고 있었지만, 자신이 잡고 있는 사람이 도원이 맞는지를 확신할 수 없는 이상한 혼란 속에 빠져 버렸다.

처음, 이 지하실에 들어올 때부터 기분이 나빴다. 자신을 수년간 괴롭힌 당사자가 태평하게 스테이크나 썰고 있어서라고 생각했지만, 그런 현실적인 분노와는 궤가 조금 달랐다.

지하실로 들어오면서 신발 밑창이 끈적거리는 기분이었다. 버석하게 말라 있는 시멘트 바닥이 진흙일 리가 없는데도 자꾸만 발이 밑으로 푹푹 꺼졌다.

천장에 매달아 두어 미묘하게 흔들리는 손전등 불빛은 지나치게 인위적으로 테이블 한 면만 밝히고 있었다. 그 외의 어두운 부분은 이해되지 않을 정도로 새까맣게 보였다.

그래서 조금만 눈동자를 돌려 어둠 속을 응시해 보았다. 아무것도 없는 게 분명할 텐데, 어째서인지 시선이 느껴졌다.

인간의 시선은 아니었다. 눈이 여러 개 붙은 겹눈의 곤충이나 소, 돼지, 말, 개와 같은 가축이었다. 모두들 새빨간 눈동자를 깜빡이지도 않고 어둠 속에 숨어 MJ를 지켜보고 있었다.

도원은 그 시선을 느끼지 못하는 듯했다. 그는 예리하게 지승준과 대화를 주고받느라 MJ가 마주한 어둠의 존재를 몰랐다.

그 어둠은 MJ의 기억 속에 있던 것을 닮아 있었다. 빨간 하이힐을 신은 거미와 MJ에게 젖을 물리려는 암퇘지가 숨어 있던 어둠이 었다.

엄마와 아빠가 헌팅 트로피로 걸어 놓은 사슴 머리 밑에서 격렬하게 섹스를 하는 동안에, 창고에 갇혀서 물 한 모금 마시지 못하고 몸을 웅크리고 있던 어린 날의 MJ와 언제나 함께 있던 존재들이었다.

그것들은 때론 바람이 되어 MJ의 목 뒤에 소름을 일으켰다. 젖은 땅이 되어 MJ가 늪에 빠진 기분으로 숨을 쉴 수 없게 만들었다.

아버지의 성기를 머리에 달고 나온 사슴이 어서 수음해 보라며 가랑이를 쿡쿡 쑤시는가 하면 질척한 애액으로 넘쳐나는 커다란 입을 가진 물고기가 뻐끔거리며 다가오는 모습에 비명을 지르기도 부지기수였다.

─살려 주세요.

MJ는 벽을 두드리면서 울었다.

─살려 주세요, 잘못했어요, 엄마, 아빠, 살려 주세요.

울면서 밤새 외쳐야 어머니가 손전등을 들고 나타났다. 아버지의 잇자국을 젖가슴에 달고서는 땀에 젖은 헝클어진 머리가락을 넘기면서 우아하게 말했다.

─그러니까 앞으로 아버지 말씀 잘 들을 거지? 말 안 들으면 혼나요.

어떻게 그런 인자한 말을 무언가를 오랫동안 빨아서 부어오른 듯한 입술로 뱉을 수가 있는 걸까. MJ는 혼란을 견디지 못하고 울음을 터뜨렸다.

그러니까 이 어둠은 그 어둠을 닮아 있었다. 밀폐된 지하실 안인데도 끝없는 어둠으로 벽이 보이지 않았다. 도원을 희롱하며 자극하는 말과 폐소 공포를 마치 장난처럼 지켜보는 지승준, 그럼에도 끝까지 손을 놓지 않는 도원 때문에 머리가 아팠다.

당장 지하실을 박차고 나가고 싶었다. 한 점 남은 손전등 불마저 꺼졌을 땐, 도망쳐야 한다는 그 생각마저 머릿속에서 소등되어 버렸지만 말이다.

'MJ!'

다급하게 부르는 그 목소리가 아주 느리게 머릿속에 울려 퍼졌다. MJ는 휘청이는 몸을 가누지 못했다. 도원이 잡아 주지 않았다면 그대로 옆으로 쓰러졌을 것이다.

욱신거리는 머릿속에서 어둠을 날려 버리던 방화불이 살아났다. 손에 잡히는 대로 불을 질러 버리다가 그 흥분과 공포를 이기지 못하고 발기하면 여자의 가랑이 사이로 자신을 밀어 넣곤 했다.

그 방법밖에 몰랐다. 도망치고 싶은데도 사방이 검게 물들어 있어서 일단 사방을 불로 밝히거나 죽은 환상 속의 존재들이 아닌 살아 있는 존재의 교성을 들어야 착란 속에서 벗어날 수 있었다.

그 두려움과 착란을 한동안 느끼지 못했었다. 도원과 만난 후부터는 끝이 보이지 않는 어둠의 존재를 잊고 있었다. 도원이 섹스를 받아 주었다. 방화를 저지르지 않아도 밤이 무섭지 않다는 걸 말해 주었다. 그래서 현실과 환상을 구분 못하던 어린아이 상태로 돌아가지 않을 수 있었다.

그랬는데. 괜찮았는데.

"MJ!"

도원은 급하게 소리쳤다. MJ가 쓰러지던 몸을 일으켜 도원을 역

으로 잡아 눌렀다. 헉헉거리며 쏟아지는 숨소리가 과호흡 상태 같
았다.

폐가 제 기능을 못했다. 횡격막이 호흡 속도를 따라가지 못했다.
숨을 들이마시는데도 몸속으로 빨려 들어가는 숨보다 입 밖으로
밀려 나오는 속도가 빨랐다.

MJ는 도원의 외투를 어깨 뒤로 젖혔다. 손을 더듬어 도원의 셔
츠를 양쪽으로 잡아 벌렸다. 뜯긴 단추가 바닥으로 굴러떨어지는
소리가 여느 때보다 크게 들렸다.

터진 셔츠 자락 속으로 고개를 묻은 MJ가 가슴을 깨물었다. 도
원은 그 머리통을 밀어내며 외쳤다.

"MJ, MJ, 정신 차려요, MJ!"

어디선가 웃음소리가 들렸다. 도원은 번쩍 고개를 들었다. 어둠
속을 아무리 두리번거려도 웃음을 내뱉는 지승준의 위치를 알 수
없었다. 웃음소리에 잠시 정신이 팔린 사이에 MJ는 도원의 바지
버클을 붙잡았다.

도원이 그 손을 붙잡았다. 어떻게든 말리려는 손짓에 MJ는 바지
를 벗기기가 쉽지 않았는지 으르렁, 이 사이를 울렸다. 도원이 애
원했다.

"하지 마요. 이러면 후회할 거예요, 제발……."

필사적으로 말리는 도원은 곧이어 뺨을 후려치는 손찌검에 온몸
이 딱딱하게 변하고 말았다.

짜악, 하고 터진 것은 침대 위에서 엉덩이를 맞을 때 외엔 들어
본 적이 없는 소리였다. 마치 망치로 머리를 얻어맞은 것처럼 도원
은 큰 충격을 받고 말았다.

MJ가 뺨을 때렸다. 다른 사람도 아닌 MJ가.

"허억, 헉."

숨을 몰아쉬는 MJ가 반대편 손을 들었다.

짜악!

찢어지는 소리가 다시 한번 울려 퍼졌다. 눈앞이 새하얗게 점멸하는 고통에 도원은 그대로 굳고 말았다. 도원이 얼어붙은 사이에 MJ가 도원의 바지를 벗겼다. 바닥으로 떨어진 옷가지 소리가 들렸다. 그 위로 팬티마저 벗겨서 던졌다.

이번엔 MJ 차례였다. 다급하게 바지 버클을 풀고 팬티 밖으로 흥분한 성기를 꺼냈다. 짙은 살 냄새에 도원은 아득해져 있던 정신이 차츰 돌아왔다. 허벅지를 잡아서 양쪽으로 벌리는 손길을 도원은 저항할 타이밍마저 놓쳤다.

MJ가 상체를 숙였다. 도원을 어깨와 가슴으로 내리눌렀다. 숨을 쉬기 힘들 정도로 짓눌렀다.

도원은 MJ를 거세게 밀칠 수가 없었다. 온몸에 소름이 돋고 심장이 미친 듯이 뛰는데도 MJ를 거부하며 떨쳐 낼 수가 없었다.

안 돼.

속으로 끊임없이 내뱉고 싶은 그 한 마디를 입에 담을 수가 없었다. 여기서 브레이크를 걸면 MJ는 정말 미쳐 날뛸 것만 같았다.

안 된다는 그 한 마디에 멈추어 서는 게 아니라, 브레이크를 고장 내고 제멋대로 달릴 것만 같았다. 안 된다는 말 대신 다른 말을 절박하게 뱉었다.

"MJ, 제발."

애원하는 소리에 울음기가 섞여 들었다. MJ는 구분하지 못했다.

"MJ, MJ."

반복된 애원에도 MJ는 멈추지 않았다. 손으로 풀어 주지도 않고 다리 사이로 파고드는 거대한 압박감에, 도원은 끔찍한 고통에 휩싸였다.

아무것도 보이지 않아서 바닥만 양 손톱으로 긁었다. 손톱 아래가 빠지는 기분이었다. 피가 흘러나온 열 손톱이 모두 아팠다. 그러나 벌어진 구멍 사이를 무지막지하게 파고드는 MJ의 것에 비할 바가 아니었다.

"허억!"

도원은 숨을 한 번에 몰아쉬었다. 단숨에 눈물이 터져 흘렀다.

안 돼, 이런 식으로 다시 후회할 짓을 하면.

MJ라면 정신을 차리고 나서 얼마나 심각한 자해를 할지 상상이 가지 않았다. 이번엔 원룸에 있던 접시를 던지는 수준으로 끝나지 않을 것이다. 벽을 주먹으로 쾅쾅 치거나 머리를 박는 행동에서 멈추지 않을 것이다.

지승준은 MJ를 어떻게 정신적으로 몰아가야 하는지를 알고 있는 사람이었다. 이런 식으로, 이런 식으로 할 줄은 도원도 몰랐지만 말이다.

"하윽, 아, 아아."

MJ는 거칠게 숨을 쏟아 뱉었다. 도원을 만나기 전, 어느 여자든 붙잡고 했을 법한 소리였다.

"하, 허억, 좋아, 아, 아."

손톱뿐만 아니라 엉덩이 사이를 타고 흐르는 피가 느껴졌다.

섹스가 아닌 도피에 가까운 행동.

그렇게 끊임없이 섹스와 강간이 다르다고 말해 줬고, 무슨 수를 써서라도 그것을 지키고 도원이 말한 가치를 받아들여 왔던 MJ가 이렇게 도원이 지키고자 한 것을 송두리째 무너트려 버렸다.

　강간이라는 폭력을 본인이 검열하지 못했다. 어두운 창고라는 가장 깊은 기억을 자극한 지승준에게 완전히 끌려가 버렸다.

　도원은 온몸을 바들바들 떨었다. 찢어진 구멍 속으로 퍽퍽 치고 들어오는 성기를 이전처럼 사랑스럽다고 여길 수가 없었다.

　비명이 터지는 입술을 이로 물어뜯으면서 소리를 내지 않으려고 안간힘을 썼다. 손을 뻗으면 MJ를 밀치고 때릴 것만 같아서 바닥을 움켜쥐어 손톱이 전부 상하도록 내버려 둬야 했다. MJ는 도원의 다리를 더 양쪽으로 벌렸다.

　"아악!"

　커다랗게 터진 고통스러운 소리에도 그 소리를 내는 사람이 도원이라는 것 하나만 인지하는 상태였다. MJ는 도원을 꼭 끌어안았다. 제 품에서 얼마나 엉망이 되는지도 모른 채 좋아서 미친 듯이 흐느꼈다.

　"흐으, 흐으으, 하으, 너무 좋아, 아, 선생님, 아하아, 아흐아."

　MJ는 좋아서 미칠 것 같았다. 이게 얼마만의 섹스인지 날짜 개념도 흐려졌다. 젖어 있는 구멍에 빨려 들어갔다. 어두운 창고가 아닌 늪 같은 구멍으로 몸을 함빡 적시는 기분이었다.

　뜨거운 구멍 속을 퍽퍽 쑤실 때마다 온몸의 세포들이 좋아서 날 뛰기만 했다. 상대가 도원이라는 걸 본능적으로 깨닫고 어쩔 줄 몰라 했다.

　이름 모를 흰 피부의 사창가 여자들이 아니었다. 자신의 왕이 안겨 있었다. 누구보다도, 세상에서 가장 아름다운 자신만의 킹이.

어둠 속에 도원이 함께 있어서 숨을 쉴 수 있었다. 그때와 같았다. 정체 모를 방에 갇혀서 도원이 나오는 다큐멘터리를 보며 자위를 하고, 화면 속 도원의 얼굴에 정액을 뿌리던 때.

그땐 자기혐오와 죄책감이 따라붙었지만 지금은 아니었다. 도원과 직접 몸을 섞을 수 있었다. 상상 속 도원이 아닌 실제 존재하는 도원과.

MJ는 더 세게 도원의 허리를 잡았다. 비틀린 허리에 새파란 멍자국이 남는 것도 모른 채 도원을 움켜쥐었다.

"하악, 학, 학, 선생님, 하악, 으읏, 윽."

완벽한 오르가슴의 상태에서 MJ는 허리를 잡았던 손을 내려 엉덩이를 두 손으로 잡아 올렸다. 엉덩이를 움켜쥐고 다른 손으로는 그 탄력 있는 살덩이를 찰싹 때렸다. 경련을 일으키며 꽉 조이는 구멍의 감각에 MJ는 머릿속이 하애졌다.

"MJ."

쉬어 터진 목소리였다. MJ는 그 목소리가 너무도 사랑스러워서 움직임을 멈출 수 없었다.

"아, 좋아, 아, 선생님, 더 불러 줘."

"M…… MJ."

"미칠 거 같아, 하아, 흐아아."

"MJ, 그, 그만……."

말리기 무섭게 얼굴을 한 대 더 얻어맞았다. 도원은 입안에서 피맛을 느꼈다. 입 안의 살점이 너덜너덜해졌다.

"하읏, 학, 학, 좀만, 좀만 더."

"아, 아파요…… 웃."

"으읍, 으, 하아, 학."

"MJ, 이제…… 그만, 제발……."

MJ의 눈 안에서 불꽃놀이가 벌어졌다. 격렬한 오르가슴에 온몸을 주체할 수 없었다. 도원의 엉덩이를 더 때린다는 것이 자기도 모르게 도원의 뺨을 세게 때려 버렸다는 것도 알지 못했다. 고통으로 경련하는 구멍의 조임에 배부른 포식자처럼 목을 울리면서 행복해할 따름이었다.

마지막으로 피치를 올렸다. 도원의 몸이 힘없이 흔들렸다. MJ는 전립선을 지나 도원의 몸속 가장 깊은 곳에 성기를 꽂아 올렸다.

부르르 떨리는 성기 밖으로 뜨거운 정액이 배출되었다. 한 번에 멈추지 않고 두세 번 더 폭발적으로 쏘아 붙였다. 이대로 도원의 몸을 뒤집어 한 번 더 피스톤 운동을 하려 할 때였다.

달칵.

지하실 전체에 불이 들어왔다. 손전등 불빛에 의지해 있던 때와 달랐다. 창고 1층 복도처럼, 지하실 천장에 전등 여러 개가 박혀 있었다. 흰색 백열전구가 줄지어 켜지며 좁은 지하실을 대낮처럼 환히 비추었다.

도원을 뒤집으려던 MJ가 멈칫했다. 뺨에 손자국이 선명한 도원이 고통스러운 얼굴로 숨을 몰아쉬고 있었다. 입술이 찢어져서 피가 나오고 있었다.

멍하니 도원을 바라봤다. 도원의 얼굴에 난 손자국과 그 옆에 묻은 시멘트 가루들이 서서히 인식되었다.

……뭐지, 이건.

MJ는 도원을 다시 들여다봤다. 눈물이 맺혀 있는 도원의 두 눈은 공포와 고통으로 일그러져 있었다.

……왜 선생님이…….

MJ는 온몸에서 핏기가 가시는 기분이 들었다. 울고 있는 도원은 MJ를 똑바로 보지 못하고 있었다. 젖은 속눈썹을 덜덜 떨면서 그 가느다란 목을 옆으로 돌린 채 의미 없는 곳에 시선을 두고 있었다. MJ는 찬물을 뒤집어쓴 기분으로 천천히 주변을 살폈다.

어둠 속에서 MJ를 노려보던 빨간 구두를 신은 거미와 성기를 뿔처럼 달고 있던 사슴들은 그 어디에도 보이지 않았다.

머리를 터뜨릴 것처럼 이마에 총을 겨누는 사냥꾼의 총구멍도 없었다. 도원이 나온 다큐멘터리 불빛만 깜빡이던 그 감금된 방도 모두 눈앞에서 사라지고 없었다.

보이는 것이라곤 너무 입술을 깨물고 있어서 피를 흘리고 있는 도원이었다.

눈물을 참지 못하고 거칠어진 숨을 몰아쉬는 도원은 시멘트 바닥을 맨손으로 붙잡아 버티느라 손가락 끝에서 먼지와 시멘트 가루가 뒤섞인 피가 나고 있었다. 억지로 벗긴 바지 속엔 점점이 핏자국이 묻어 있었다.

MJ는 믿을 수 없는 얼굴로 멍하니 그 모습을 보았다. 아직도 삽입되어 있는 성기는 부풀어서 도원의 내벽 곳곳을 찌르고 있었다.

"더 하지. 보기 좋은데. 원래 섹스는 야만적인 거라고. 종족 번식의 본능이 어디 가겠어? 사랑은 부작용이 심한 아스피린 같은 거야."

지승준은 조금 전까지 스테이크를 썰어 먹던 테이블에 비스듬히 기대어 서서 엉망이 된 도원을 보았다. 그가 미소 지었다. 즐거워서 어쩔 줄 모르겠다는 듯이, 마른 입술까지 제 혀로 축이면서 행복해했다.

MJ의 표정이 무너졌다. 그의 머릿속을 돌아다니던 거미와 돼지와 사슴과 총구를 들이민 사람들이 모두 터져서 시야를 새빨간 피로 물들였다.

MJ가 천천히 입을 벌렸다. 침을 삼킬 정신마저 없었다. 그의 입을 타고 툭, 길게 떨어지는 침을 따라 커다란 비명이 따라 나왔다. 비명은 울부짖음에 가까웠다. 세상에서 가장 끔찍한 일을 목도한 사람처럼 목구멍이 찢어져라 소리를 질렀다.

"아아아아아악!"

도원의 뺨과 허리에 물든 멍자국과 아직도 선명하게 남아 있는 손바닥의 감촉을 떠올렸다. 도원의 부푼 뺨을 만들어 낸 장본인인 두 손바닥도 새빨갛게 달궈져 있었다. 붉은 손바닥이 끔찍해서 욕지기처럼 비명이 쏟아졌다.

"아악, 아아아악, 아아아아아악!"

"아하하하하!"

지하실을 울리는 커다란 비명과 배를 잡고 웃는 지승준의 소리가 뒤섞였다. 이곳에는 정신병에 걸릴 것 같은 MJ와 이미 정신병에 걸려서 눈앞에 벌어지는 모든 일에 박수를 치며 즐거워하는 지승준만이 존재했다.

MJ는 도원에게서 빠져나가려 했다. 네 발로 기어 어딘가로 도망치려 했다. 사방이 너무 밝아 몸을 숨길 곳이 없었다. MJ는 그 넓은 곳에서 목이 졸리는 고통에 비명을 질렀다. 그저 커다랗게 비명을 지를 뿐이었다.

비명을 지르는 MJ를 도원이 양팔을 뻗어 끌어안았다. 눈물이 멎지 않은 눈으로 도원은 지승준을 노려보았다. 하도 짓씹어서 너덜너덜해진 입술을 다시 깨물었다.

"빌어먹을." 하고 육성으로 욕을 내뱉은 도원은 아직도 비명을 지르는 MJ의 허리를 양다리로 감싸 끌어안았다.

"MJ, 내가, 내가 하자고 한 거예요. 당신 잘못이 아니에요. 내가 하자고 한 거예요."

비명은 멎지 않았다. MJ가 어떻게든 몸을 피해 도망가려는 것을 도원은 꽉 매달려서 귓가에 대고 쉬이, 하고 달래 주었다. 충격을 받은 MJ의 머리통을 소중하게 끌어안았다.

MJ를 제 품 안에 가두어 아무것도 보지 못하도록 했다. 도원은 눈물과 흙먼지로 엉망이 된 눈으로 지승준을 노려보았다. 슬프고 고통스럽고 괴롭고 역겨워서, 도원은 어떻게든 MJ를 꽉 끌어안았다.

MJ는 목구멍이 너덜너덜해질 지경으로 비명을 질러 댔다. 도원은 머리를 움켜쥐고 소리치는 MJ를 간신히 울음을 참으며 세게 안아 주었다. 해 줄 수 있는 일이 이것밖에 없어서, 도원은 목이 메었다.

그의 비명을 자신이 대신 삼기고 싶었다. 단 한 번도 본 적 없는 고통스러워하는 MJ를 보자 이대로 미칠 것만 같았다. MJ를 어떻게 해야 좋을지, 도원도 온몸이 아프고 가슴이 찢어질 것 같아 생각을 잇기가 쉽지 않았다.

"안 아파요. 당신이랑 합의하에 한 거예요. 난 아프지 않으니까 계속해도 돼요."

도원은 울컥, 터지는 눈물을 참지 못했다. 지승준은 그런 도원과 MJ를 보면서 발기된 바지 속 사정을 숨기지 않았다. 엉망이 된 도원을 보면서, 그런 도원을 엉망으로 만든 MJ의 난도질당한 정신 상태를 보면서 흥분하고 있었다.

지금이라도 바지를 내리고 발기된 성기를 꺼내 찢어져 피가 나는 구멍에 쑤셔 보고 싶다는 욕망이 가득 담긴 시선을, 도원은 피하지 않았다.

아프고 고통스러워서 두 다리가 떨리면서도 MJ가 몸속에 들어와 있는 것을 거부하지 않았다. 강간이 아니라고, 이것은 도원이 허락한 섹스라는 것을, MJ에게 끊임없이 알려 줬다.

힘이 풀려 아픈 다리로 MJ에게 매달렸다. 비명을 지르고 싶은 것은 도원임에도 MJ의 성기를 찢어진 구멍으로 계속 물고 놔주지 않았다. 괜찮다고, MJ의 머리를 소중하게 끌어안아 지승준을 보지 못하게 했다.

"사랑해요, MJ, 나는 괜찮아요. 이런 당신도 정말 좋아해요."

으스러지게 몸을 끌어안으면서 도원은 지승준이 자위라도 할 것처럼 바지 위로 성기를 만지는 모습에서 눈을 떼지 않았다.

엉망이 된 건 자신이 아니라 MJ였다. 도원은 지승준을 용서할 수 없었다. 용서하지 않을 것이다. 이런 식으로 사람을 망가트린 지승준을 절대 용서할 수 없었다.

22

도원은 테이블 의자에 가만히 앉아 있었다. 숨소리는 거의 들리지 않았다. 눈꺼풀을 깜빡이는 움직임도 없었다. 양손은 허벅지 옆에 의미 없이 닿아 있을 뿐이었다.

시선엔 초점이 없었다. 작은 테이블을 사이에 두고 지승준과 마주 앉았는데도 아무 말도 꺼내지 않았다. 작고 어두운 세상에 갇힌 아이 같았다. 무서워서 몸을 펴기 힘들어하는 아이. 그동안 버텨왔던 것들이 단 한 순간에 무너져 버렸다.

"격렬하게 운동한 후엔 잘 먹어야 몸이 안 상하죠."

지승준이 도원 앞에 새로운 스테이크 접시를 내려놓았다. 겉면의 핏기가 생생한 날고기였다.

"MJ가 그 방에서 많이 먹었던 걸로 준비했어요. 컴퓨터 모니터에 선생님만 준비되면 완벽한 재현이겠는데, 실재가 이렇게 눈앞에 있으니 상관없으려나."

그 방이라는 말에 도원은 움찔, 어깨를 떨었다. 지승준이 영화관에서 보여 주었던 장면이 떠올랐다.

창문도 없는 방에서 어린 MJ가 몸을 웅크리고 있던 화면. 모니터를 끊임없이 깨부수면서도 결국 도원이 나오던 화면에 자위를 하고, 입을 맞추고, 손끝으로 더듬으면서 한참이나 바라보던 MJ를.

도원은 지승준이 바라보는 지하실 구석으로 차마 고개를 돌릴 수가 없었다. 그의 시선 끝에 어린아이에서 몸만 자랐을 MJ가 있다는 것을 알았다. 아직은 그를 똑바로 바라볼 수 없었다.

식은땀이 흐르는 이마를 손으로 닦아 내지도 못한 채, 도원은 허벅지 옆에 의미 없이 내려놓은 손을 주먹 쥐었다.

"선생님, MJ를 언제까지 외면하려 그래요. 한 번 봐 봐요."

상냥하게 제안하는 그에게 도원은 아무런 대답도 하지 않았다. 지승준이 속삭였다.

"MJ의 지금 분위기 정말 끝내줘요. 귀신같아. 표정이 산 사람 같지 않거든요. 무덤을 열고 나온 시체처럼 창백하고 핏기가 없어요. 피눈물이 나올 것처럼 새빨간 눈동자만 혈색이 있네요. 토끼 같기도 해요. 귀여워."

지승준은 도원의 턱을 붙잡아 강제로 MJ에게 고개를 돌리려 했다.

"얼른 보래도."

도원은 지승준의 손을 쳐 냈다. MJ를 보면 그대로 달려가 그를 끌어안을 것만 같았다. MJ가 얼마나 충격을 받았는지를 두 눈으로 확인하고 나면 숨을 쉬는 것마저 힘들어질 것 같았다.

MJ에게 도원 자신이 약점이 될 줄은 알았지만, 이런 식으로 그를 부서뜨리는 존재가 될 것이라고는 전혀 생각하지 못한 일이었다.

MJ가 조금 더 사람답게, 더 많은 사람에게 사랑받는 것에 익숙해지는 사랑스러운 사람이 되길 바랐는데. 그 어떤 경험과도 비교할 수 없는 충격을 그 누구도 아닌 도원이 스스로 안겨 준 꼴이 되었다.

　엉망이 된 MJ를 확인하면 자신도 더는 버티기 힘들 것 같았다. 자신 때문에 모든 걸 망치게 될 것만 같아서.

　"대화가 불가능한 상태가 되길 바란 건 아닙니다. 어쨌든 정신 좀 차리면 좋겠어요. 아니면 선생님 대신에 MJ와 얘기할까요?"

　도원의 뒤쪽에서 나지막한 신음 소리가 들렸다. 아픈 소리를 들은 도원의 표정이 일그러졌다. 그러나 끝내 뒤돌아보지 못했다.

　모든 걸 내려놓고 싶은 마음과 여기까지 와서 그만둘 수 없다는 오기가 뒤죽박죽으로 섞였다. 힘겨워하는 그를 돌아보지 못하면서, 만약 돌아본다면 울며 그를 안고 지승준에게 모든 걸 그만두겠다고 말할지도 몰랐다.

　도원에게는 인내의 시간이었다. 참는 것이 이렇게 힘든 일인 줄 몰랐다. 섹스 중독에 빠져있던 MJ에게 "안 돼요."라고 강요했던 자신을 미워하게 될 것만 같았다.

　"나와 얘기해요."

　다 갈라진 목소리였다. 딱딱한 의자에 앉아 있는 것만으로도 버거운 몸뚱어리였다. 목소리가 쉬어 빠지게 새어 나오는 것이 이제 와 뭐가 중요할까. 거칠고 날카롭게 쪼개진 음성에도 지승준은 여유를 보였다. 그는 어디 보자며 MJ와 공유하고 있는 기억을 들추었다.

　"좋아요, 선생님이랑 무슨 얘길 할까."

지승준이 흠, 하고 목 뒤를 울렸다.

"실험 얘기가 좋겠네요. 그전에, MJ와 나에겐 아주 재수 없는 경험이 있다는 걸 말하고 넘어가죠. 미치광이 사냥꾼이 어린애들을 잡아 죽이던 사건에 휘말린 경험 말이에요."

이 얘기를 MJ가 듣지 않을 수 있을까. 안 들었으면 좋겠다. 계속해서 그의 트라우마를 긁어내고 파헤치는 이 잔인한 이야기들이 MJ의 귀에는 닿지 않길 바랐다.

"수많은 아이들이 죽고 난 후에야 우리 순번에서 종결된 사건. 선생님도 아시죠? MJ는 라이터를 들고 있었고, 내가 죽이라고 했어요. MJ는 살인자가 되었고 나는 목격자가 되었습니다."

도원은 어떻게든 냉정함으로 자신을 무장한 채 말했다.

"당신의 화법엔 현혹되지 않습니다. MJ는 살인자도 아니고, 설령 MJ가 어쩔 수 없이 그 사람을 죽였다 해도 그건 불가항력이었어요. MJ에게 책임을 전가하지 말아요. 뱀과 같은 교묘한 화법만 배웠습니까."

목소리가 온전치 않은 도원이 스스로의 몸도 정신도 챙기지 못하면서 MJ를 챙기고 있었다. 그 모습에 지승준은 커다랗게 웃음을 터뜨리려 했다. 체력도 거의 떨어진 상태에서 강간당한 그가 남을 챙겨야 하는 상황만큼 잔인한 일은 없었다. 등 뒤에서 MJ가 도원을 부르려 했다.

"선…… 선생님."

지승준은 즐거운 시간을 방해받은 사람처럼 MJ를 노려봤다.

"일단 MJ가 우리 대화에 끼어들지 못하게 해야겠군요. MJ 입 막아."

대리자가 지승준으로부터 냅킨을 건네받았다. 대리자는 냅킨을 대각선으로 접어 말았다. MJ의 입을 묶는 소리가 들렸다. 침으로 축축하게 젖어 가는 냅킨을 물게 된 MJ가 도원의 뒤편에서 거친 숨만 몰아쉬었다.

도원의 이마에 맺혀 있던 식은땀이 허벅지 위로 떨어졌다. 힘겹다는 건 이럴 때 쓰는 표현일까.

"MJ 얘기를 더 해 보겠습니다. MJ는 그 일이 있고 나서 덕이라고 불린 개랑 같이 살았어요. 고모 손에서 키워지다가 돈을 모두 갖고 도망쳤다고 들었습니다. 나는 그동안 미국에 있는 사촌 집에 머물렀어요. 좋은 환경에서 공부도 하고, 훌륭한 선생님을 만나기도 했죠. 바로 도원 선생님 말입니다."

냅킨에 가로막혀 아무 말도 하지 못하는 MJ가 몸부림치는 소리가 들렸다. 대리자가 막고 있었다. 성인 남자의 몸부림을 대리자 혼자 감당할 리는 없을 테니, 그 사이에 손을 묶지 않았을까 하는 추측을 했다.

몸부림을 치다가 육체를 옥죈 구속구에 행여나 몸이 상하지는 않을지, 도원은 아랫입술을 깨물었다.

"선생님이 사촌을 대상으로 임상심리학을 연구하는 것을 보고 흥미가 생겼습니다. 원래 사람들은 안 좋은 기억이나 강박증을 시간이 지나면 자연스럽게 잊거나 고치잖아요. 그게 '자란다'는 뜻이죠. 어린아이에서 성인이 되어 가는 과정에는 필수적으로 '망각'이 벌어지게 되고, 그 힘으로 건강한 정신으로 살 수 있게 되니까요."

당연한 얘기를 하면서 지승준은 그 당연함에서 배제된 것처럼 굴었다. 자신의 특이점을 도원에게 말해 주는 것만으로도 즐거워 보였다.

"근데 나는 그게 불가능했습니다. 행복해지다가도 다시 머리채가 잡혀서 우리에게 총구를 들이밀던 순간으로 회귀했거든요. 몇 번이나 행복을 방해받은 겁니다."

그는 어린 시절 받았던 고통들을 떠올리며 "흐음." 하고 불만족스러운 소리를 냈다. MJ를 기분 나쁜 표정으로 바라보고는 다시 도원에게 시선을 돌려 말했다.

"나중엔 화가 나더군요. 사람을 죽인 건 MJ인데 왜 내가 고통스러워해야 하지? 왜 내가 매번 쫓겨 다니고 도망 다녀야만 하는지, 내 청춘을 전부 그 고통 속에 보냈다면 이해하겠어요?"

더는 잠자코 들어 줄 수가 없었다.

"기억에 집착한 건 당신이었잖아요. 그걸 인생의 오점으로 생각하면서 어떻게든 지워 버리겠다고 이 지경까지 몰고 왔잖아."

과장되게 통탄하는 어조가 뒤따랐다.

"그 끔찍한 걸 도저히 잊지 못했으니 그렇죠. 휴, 선생님을 만나서 다행이지, 안 그랬으면 난 아직도 그 일에 시달렸을지도 몰라요."

"왜 하필 나였는데요. 더 훌륭한 선생님들도 많았을 텐데."

"그렇게까지 열심히 트라우마나 노이로제에 관해서 열심히 연구하던 사람이 없었거든. 특히나 젊고 유능하고 동양인인 사람 중엔 말이죠. 다큐멘터리를 본 순간 난 확신이 들었어요. 당신이 우릴 고칠 수 있다고."

도원은 힘이 잘 들어가지 않는 손으로 주먹을 움켜쥐었다. 손바닥에 진 주름 사이로 깨진 손톱 조각이 밀려들어 올 것만 같았다.

"그래서 MJ한테도 보여 준 겁니다. MJ가 제대로 교육받지 못하고 살아와서 선생님이 얼마나 훌륭한 얘기를 하는지 못 알아들을까 봐 몇 달 동안 수만, 수십만 번 반복해서 보여 준 거예요. 내 사촌을 거기 보내서 이해 못하는 용어들은 직접 알려 주라고 했어요. 다행히도 MJ는 교육받은 수준에 비해 머리가 좋은 편이었어요. 내 예상을 웃도는 수준으로 선생님 논문을 이해했죠."

교묘한 그의 혀는 MJ를 차츰 발아래로 내려놓기 시작했다.

MJ의 인생 전반을 지승준이 모두 컨트롤했다는 화법에 수많은 사람들이 걸려들지 않았던가. 그가 짜놓은 판이 얼마나 큰 그림인지를, 사냥 협회 사람들과 마약을 빌미로 모여든 상류층 자제 모임의 맹신을 통해 직접 증명되지 않았나.

뱀의 혀가 쉼 없이 날름거렸다. 도원을 이야기에 빠져들도록 유혹했고 자연스럽게 나락으로 끌어내렸다.

"하나 예상과 달랐던 게 있다면, MJ가 선생님께 성적으로 반응하는 부분이었습니다. 그건 정말 몰랐어요. 상관없어서 내버려 두었지만요. 나중엔 오히려 그쪽이 선생님께 접근하기 더 좋을 것 같아서 강화시키는 데에 이용하기도 했어요."

아니, 그건 지승준이 이용한 수단이 아니다. MJ 본연이 가지고 있는 나쁜 습관과 버릇일 뿐이었다. MJ가 성적으로 매달렸던 것을 이용했다는 말에 참을 수 없는 분노가 치밀었다.

도원이 감정적으로 동요할수록 지승준의 표정은 밝아졌다. 그는 힘들어하는 도원을 보며 진심으로 즐거워했다.

"MJ가 선생님을 포기하거나 벗어나려 하지 않고 집착할 만한 게 필요했거든요. 그래야 도중에 그만두지 않을 거 아니에요. 섹스하고 싶고 좋아한다는 감정은 그런 면에서 적격이죠. MJ의 섹스 강박과 외로움을 동시에 치유해 줄 수 있는 게 가능할까 흥미롭기도 했고."

뱀의 혀는 MJ의 힘이 미치지 못하는 무의식의 영역까지 제 업적으로 만들고 있었다. MJ가 도원을 좋아하고 그를 원한 것은 오롯이 MJ의 감정이었지만, 그마저도 마치 지승준이 알고 있었고 그러라고 유도한 것처럼 발설했다.

"하아, 하……."

MJ의 몸부림이 심해졌다. 몸부림을 따라서 어딘가 쇠사슬이 덜컹거리는 소리가 들렸다. 도원은 움켜쥔 주먹을 덜덜 떨면서 침착하게 입을 벌렸다.

"MJ가 나를 통해서 트라우마를 치료받는 과정을 지켜봤습니까."

"맞습니다."

"그런 의미에서 실험이라고 한 건가요."

"나와 똑같은 경험을 겪고, 똑같은 기억을 가지고 있는 게 MJ였습니다. 그가 치유될 수 있다는 걸 확신한다면 나도 같은 치료를 받고 싶었어요."

"제게 직접 와서 상담 받으면 됐잖아요. 왜 MJ를 이용한 겁니까."

"기억하기 끔찍한 걸 상담받으면서 몇 번이나 되풀이하는 건 괴롭잖아요."

"MJ는 괜찮고요?"

"아, 뭐."

대답하지 않았다. 그저 생긋 웃어 보일 뿐이었다. 이걸 뱀이라고 불러야 할까, 악마라고 해야 할까. 도원은 입을 꾹 다물었다가 간신히 열었다.

"설령 MJ가 그 트라우마를 극복하는 데에 성공했다고 해도, 동일한 방법으로 당신도 벗어날 수 있을 리가 없습니다. 잘 아는 분이잖아요."

"그래서 실험이 필요했던 겁니다. 실험실에서는 할 수 없는 장기간의 추적 조사. MJ를 지켜보며 어떤 식의 치료가 효과적인지를 지켜보려고 했어요."

"당신의 그 트라우마를 극복하고자 MJ의 인생을 마음대로 주무르고, 사냥 협회나 마약 사업까지 벌인 거란 뜻입니까."

"음, 그건 조금 다른 실험입니다. 어떤 상태에서 사람들이 극단적인 선택을 하는지 궁금했어요. MJ의 추적 실험이 실패하면 나와 동일한 기억이 아니라도 남들과는 다른 특별한 고통을 받은 존재들이 필요했으니까요. 전쟁 국가였다면 이렇게 고생할 필요 없이 자기 손으로 동료를 쏴 죽이고 눈앞에서 어린아이 머리에 총알을 갈긴 군인을 잡아 오면 되는 거였겠지만요."

"……당신, 지금 얼마나 악마 같은 소리를 하는지 알고 있습니까."

"악마들은 많아요. 마약에 미친 사람들, 총으로 사람을 죽이는 사람들. 전부 그들의 의지였어요. 내가 화약고를 그들에게 보여 준 것은 맞지만 직접 불을 붙여 던진 사람들은 그들이죠. 누가 더 악마일까요. 이게 구분이 가능한가요?"

지승준은 도원이 손도 대지 않는 날고기 접시를 제 쪽으로 끌어와 나이프와 포크를 쥐고 고기를 썰었다.

날카로운 칼질에도 쉽게 끊어지지 않는 싱싱한 힘줄을 반복해서 썰었다. 가늘게 버티던 힘줄을 끝내 툭툭 잘라 냈다. 그 안에서 흘러나오는 핏물을 소스처럼 찍어 발랐다.

"그들을 지켜봤습니다. MJ를 지켜보는 것만으로는 부족한 것들을 지켜보았어요. 어떤 수준에서 사람이 미치는지, 어떤 고통과 쾌락 단계에서 사람이 이성을 잃는지 그 역치를 직접 관찰했어요. 그리고 내가 견딜 수 있는 수준을 가늠하기 시작했죠."

지승준은 MJ가 도원을 볼 때보다도 더 노골적인 시선으로 도원을 응시했다. 철새라고 느꼈던 그 분위기가, 이제는 맹금류처럼 보였다.

"선생님이 MJ와 유대 관계를 가질 때도 MJ의 역할을 저로 대입해서 상상하곤 했습니다. 전 선생님을 상대로 동성 섹스가 가능할 것 같다고 확신했어요. MJ처럼 사람을 죽이는 일은 확신하지 못했지만요. 불가능한 것도 찾았어요. 인육을 먹는 건 못하겠더라고요. 이 스테이크가 쇠고기가 아닌 인육이었다면 난 나이프질은 해도 먹는 건 거부할 거예요."

포크 끝에 찍은 고기를 돌려가며 바라보던 지승준은 도원에게 고기를 내밀었다. 트라우마를 극복하려고 여러 실험을 벌였다곤 하지만 이면에는 그저 사람들이 마약이든, 총이든, 섹스든 사회 통념과 풍속 안에서는 쉽게 선을 넘기 힘든 행위를 관음하며 즐긴 사람으로 보였다.

제 손을 더럽히는 대신 꼭두각시로 민든 사람들이 더럽혀지고 자멸해 가는 과정을 보면서 즐거워하는 사람. 많은 사람들을 괴롭혔다. 상대가 MJ일 때는 그의 모든 정신을 부숴 버리기까지 했다. 인간이 할 짓이 아니었다.

"……그게 다 너 하나 파악하려고 벌인 짓이라고."

도원이 예의를 갖출 수 없는 한계에 달하자 지승준의 안경알과 그 너머 흰자위가 번쩍였다. 즐거워서 참을 수 없는 미소로 웃었다.

"사는 건 한 번뿐이에요. 실수하고 되돌리기 어렵잖아요."

"네가 실패 안 하려고, 다른 사람들을 실패하도록 만든 거야."

"그렇게 보이시나요?"

"남의 인생을 어떻게 그렇게 휘두를 생각을 하는데."

"본인 인생은 본인들이 지켜야죠. 말했다시피 전 화약고 문만 열어 줬다니까요? 그곳에서 마약을 꺼내고 총을 꺼낸 건 그들 본인이에요. 내게 휘둘리기 싫었다면 그 문을 닫아 버리면 됐어요. 중독되어 쾌락만 요구할 것이 아니라."

"MJ에게도 그랬다고 생각해? 그에게 화약고 문만 열어주었어? 아니잖아. 문 연 창고 안에 밀어 넣고 밖에서 잠가 버렸잖아. 아무런 선택지도 주지 않았어."

"MJ는 특별하니까요."

"너와 같은 기억을 가졌다는 그 이유 하나만으로."

"네, 이 버러지 같은 기억을 지울 수 있는 방법을 알려 줄 특별한 사람이어서요."

"그런데 이제 와서 왜 이러는데. 방법을 못 찾았어? 사람을 이렇게 병신 만들면 좋아? 즐거워서 미칠 거 같아?"

"방법은 찾았어요. MJ는 할 일을 다 했으니까 이젠 별 관심 없어요."

"……너 같은 새끼를 악마라고 하는 거야."

"고기 드세요. 저 팔 아파요."

"……미친 새끼."

"억지로 먹여 드릴까요."

공포는 잔잔한 바다가 갑자기 높은 파도로 머리를 덮을 때처럼 다가왔다. 웃고 있던 지승준의 표정이 단숨에 바뀌었다. 포크를 든 채 정중하게 고기를 권하던 태도는 사라지고 한 손으로는 도원의 먹살을 잡고 다른 손으로는 입을 벌려 생고기를 쑤셔 넣었다.

비릿한 육질과 피 냄새에 도원이 헛구역질을 했다. 뱉어낼 수가 없었다. 지승준이 그대로 도원의 목을 조른 탓에 숨을 쉴 수가 없어서 입을 벌렸다. 씹지도 못한 날고기 한 점이 식도로 미끄러져 내려갔다.

도원의 몸부림에 의자가 발길질에 나뒹굴었다. 억지로 삼켜진 고기에 커다란 기침을 내뱉었다. 몸을 가눌 수 없었다. 지승준은 넘어진 도원을 깔고 앉았다.

"웬만한 치료 과정은 다 지켜봤지만, 이건 아무리 생각해도 잘 모르겠어요. 도대체 당신과의 섹스가 뭐기에 MJ가 당신에게 이렇게 매달리게 된 걸까요? 당신이랑 그걸 하면 저도 새로운 세계에 눈을 뜨게 되나요? 네?"

도원은 눈을 한 번 세게 감았다가 떴다. 눈꺼풀 안쪽으로 땀이 흘러들었다. 몸 상태가 최악이었다. 이대로 정신을 잃고 쓰러지면 그동안 축적된 피로에 스트레스가 더해져 몸 성히 깨어나긴 힘들 것 같았다.

이번엔 눈을 떴을 때 자신을 안아 주거나 달래 줄 MJ가 곁에 없을지도 몰랐다.

지금 상태의 MJ라면, 도원을 강간한 자신을 절대 용서하지 않을 것이다. 어딘가로 도망가서 영영 나타나지 않을까 봐, 그래서 도원은 필사적으로 정신을 잃지 않으려 했다.

정신을 놓치는 순간이 MJ를 잃는 순간이라는 절박함이 들었다.

"흐어, 흐, 윽⋯⋯!"

MJ가 몸부림치는 소리가 격렬해졌다. 입에 물린 재갈로 소리가 이지러졌다. 사람의 언어보다는 짐승의 포효를 닮은 소리가 여러 번 치솟았다.

도원은 자꾸만 정신을 잃을 것 같은 고통 속에서 어떻게든 버텨 냈다. 온몸이 쪼개질 듯 아파서 지승준을 밀쳐 낼 힘도 없었다. 단추가 떨어져 나간 셔츠 안으로 지승준의 손이 들어왔다. 그걸 뿌리칠 힘 하나 남아 있지 않았다.

MJ가 여러 번 빨고 핥아서 붉게 부어올랐던 신체 부위를 지승준이 주물렀다. 부푼 유두를 손가락 사이에 잡고 돌리면서 톡톡 치기도 했다. 도원의 귀 뒤로 소름이 돋았다. 얼음물을 뒤집어쓴 기분이었다. 싫었다. 너무 싫었다.

"MJ는 당신과 육체관계에서부터 진행했죠. 섹스 중독이었던 그를 고치려 했지만 실패하고 받아 줬잖아요. 그게 키워드인가요? 단순한 상담 치료로는 불가능한 치료 단계인 거죠. 육체적 교합이 끔찍한 기억마저 치료할 수 있는 단서가 되는 거예요. 맥락은 알겠어요. 죽음의 상황에서 가장 필요한 것은 생존을 향한 열망이고, 섹스란 생존의 몸부림 중 가장 원초적인 것이니까."

도원이 마지막 힘을 쥐어짜서 그의 손을 쳐 냈다. 허공으로 밀려난 손이 도원의 턱을 붙잡았다. 으스러질 듯 강한 힘에 도원이 작게 비명을 질렀다. 지승준은 콧대를 타고 흘러내린 안경을 고쳐 썼다.

"그게 아니면 뭔가 다른 게 있나요. 제가 모르는 거요. 제가 겪어 본 적 없는 뭔가가 숨겨져 있다면 말해 보세요."

지승준의 악력에 힘겨워하는 도원이 필사적으로 그 손을 떼어 내려 할 때였다.

"지승준, 놔……!"

거친 일갈에 도원을 압박하던 지승준이 멈칫했다. 도원을 희번덕거리는 눈으로 바라보던 시선이 지하실 구석 한편을 향했다.

재갈을 목 밑으로 내린 MJ가 눈을 크게 뜬 채 앉아 있었다. 옆에서 대리자가 다시 입을 틀어막으려 했지만 입가에 번진 피와 냅킨으로 만든 재갈에 묻은 피를 보고 선뜻 손을 내밀지 못하고 있었다.

기둥에 연결된 쇠사슬이 덜그럭거렸다. 쇠사슬은 MJ의 양손에 찬 수갑으로 이어졌다. MJ는 제정신이 아니었다. 시선을 스스로 제어하지 못했다. 입가가 다 터질 정도로 재갈을 억지로 물어뜯어 풀어내고도 고통을 느끼지 못하고 있었다.

뇌의 어디가 잘못된 것처럼, MJ의 광기는 정도 이상을 넘어 있었다.

"내가 목적이었으면 나랑 이야기해."

그렇게 정갈한 문장으로 말하는 게 더 이상하고 기묘했다. 동공이 풀린 눈을 커다랗게 뜨고 바라보는 MJ는 손목을 마구잡이로 비틀고 있었다. 수갑에 손목의 살이 벗겨지고 있었다. 벌어진 살 틈으로 피가 떨어졌다.

지승준은 도원의 턱을 잡고 있던 손을 떨어트렸디. 도원은 몸을 옆으로 돌리고 기침을 쏟았다.

잠잠했던 위경련이 다시 시작되었다. 어지럼증과 함께 찾아온 토기에 도원은 씹지 못하고 삼켰던 날고기를 노란 위액과 함께 입 밖으로 흘리고 말았다. 지승준은 도원을 곁눈질로 보다가 다시 MJ에게 시선을 주었다.

지승준은 MJ와 얽히기 싫어하던 동창회 사람들을 이해할 것 같았다. 그는 광기와 비정상으로 재만 남긴 채 타오를 수 있는 광인이었다.

뭐라더라. 그를 불꽃이라 말했던가.

지승준이 아는 불꽃의 속성은 갈라놓고 흐트러뜨려도 여전히 본질을 간직하고 있는 존재였다. 아무리 잘게 쪼개진 불씨라도 불의 속성을 잃는 법이 없었다.

육체를 구속당한 상태에서도 그 섬뜩한 시선과 상대를 압도하는 분위기는 변함없었다. 약을 한 사람보다 더 제정신이 아닌 공격성이었다.

도원을 향한 아주 단단하고 뜨거운 덩어리였다. 이 유대감은 무엇일까. 서로의 몸이 성하지 않아도 포기하지 않는 유대감의 정체가 뭘까. 그 어떤 희생을 감수해서라도 상대를 지키려고 하는 마음가짐이라니.

"날 죽이고 싶었다며. 선생님 그만 괴롭혀."

바닥에 몸을 동그랗게 말고 숨을 고르던 도원이 고개를 들었다. 인중과 입가, 턱까지 피에 물든 MJ를 멍하니 바라봤다.

지승준은 안경을 손가락으로 밀어 올렸다. 느긋하게 팔짱을 꼈다. 무언가를 생각하던 지승준이 MJ의 옆에 서 있는 대리자에게 말했다.

"아이스는 어디 있지?"

그녀가 잠깐 생각하고는 말했다.

"부지 밖 문 앞에 있을 겁니다."

"연락해 봐."

"들어오라고 할까요."

"데리고 와. 확인할 거 있으니까."

더는 묻지 않는 대리자가 수갑 열쇠를 지승준에게 넘기고는 토굴 벽을 짚으면서 위로 올라갔다. 그녀의 발소리가 위쪽으로 이어졌다. 대리자가 넘긴 열쇠를 손바닥 안에 말아 쥔 지승준은 발소리가 들리지 않게 된 후에야 MJ에게 다가갔다.

수갑은 일찍이 피범벅이 되어 있었다. 살을 파고든 수갑이 아플 텐데도 MJ는 손목을 비틀고 있었다. 손목을 엉망으로 만들어서라도 수갑에서 벗어나려는 것처럼 보였다.

지승준이 MJ 앞에 한쪽 무릎을 접어 앉았다. 피 묻은 수갑이 손목을 반쯤 파고들고 있었다.

"그러다 양손 다 못 쓰게 돼."

같잖은 동냥질에 MJ는 웃지도 않았다.

"상관없어."

"상관없지는 않을 텐데. 병신 된 손으로 뭘 할 수 있을까."

"네놈 목 조를 정도의 힘만 남으면 상관없어."

"살인자가 되겠다고?"

"이미 한 번 해 본 거 두 번 못 할까 봐."

"선생님이 슬퍼하실 텐데."

"상관없어."

"호오."

"네놈을 끝낼 수만 있으면 다 필요 없어. 네놈만큼은 반드시 죽일 거야. 무슨 수를 써서라도 너는 지옥 끝까지 데려갈 거다."

흔들림 없는 시선이었다. 한 음절 한 음절 끊어 내는 목소리는 망설이지 않고, 모든 걸 내던지고 있었다. 붉은 핏줄이 터진 흰자 위 속 까만 눈은 미친 사람의 그것처럼 번뜩였다. MJ는 다시 한번 속삭였다.

"처음부터 이랬어야 했어. 널 죽이는 데에 집중해야 했어. 선생님을 놓치지 않으려고 내가 너무 어리석었어. 이랬어야 했는데."

피에 젖은 입술이 히죽였다. MJ의 광기 어린 얼굴에 웃음이 꽃피기 시작했다.

"너도 트라우마를 이기고 싶었어? 그런데 어쩌지. 선생님은 날고쳐 주지 못했어. 사람은 고쳐 쓰는 게 아니야. 망가지면 망가진대로 살아야지. 어떻게 다시 태어난 것처럼 깨끗해지겠어. 너랑 나는 수건이 될 수 없는 걸레야. 더러워진 물은 절대 못 빼."

많은 걸 손에서 놓아 버린 것 같았다. 지키려고 움켜쥐고 있던것들을 손가락 사이로 모두 흘려보내고, 빈손을 주먹 쥐어 흉기로밖에 쓸 수 없는 사람처럼 보였다.

"걸레는 더 이상 쓸 수 없으면 버려야 해. 바닥도 닦지 못하면 쓰레기통에 버려야 하는 거야. 숨도 못 쉬게 쓰레기 봉지를 묶어서바닥에 묻어 버려. 누구도 꺼내 쓰지 못하게. 썩어서 자연으로 돌아갈 수도 없게."

MJ는 지승준을 혐오했다. 그 혐오는 고스란히 자기 자신에게로되돌아왔다.

"이미 겪은 기억을 어떻게 바꿔. 그때 느낀 고통을 어떻게 이겨내. 그걸 감당하면서 살아야 할 이유가 있으면 모를까, 감당 못하면 죽어야지. 내가 죽여 줄게. 더는 괴롭지 않을 거야. 이런 복잡한짓 할 필요도 없고."

"선생님이 들으면 아주 섭섭할 소리야. 널 위해서 얼마나 많은걸 희생했는데 그간의 노력이 모두 헛수고라고 말하다니."

"네 헛수고도 딱하네. 이렇게 게임 판을 짜고, 나를 실험했는데 건진 게 없잖아."

"고쳐진 게 없다니. 정말일까."

"거짓말할 이유가 없잖아. 네가 실험에 실패해서 나는 정말 즐겁거든."

"하하, 고쳐진 게 없다고. 내가 그 말을 믿을까?"

"불쌍하네. 넌 사람을 죽이지도 못했는데 실제로 죽여 본 적 있는 나와 동질감을 느끼고 네 입으로 고통스럽다고 말했지. 불쌍한 새끼야, 너와 나는 비슷한 게 하나도 없어. 날 통해 뭘 얻으려고 했는지 모르겠지만 이거 하나는 확실하게 말해 줄게."

위아래 이마저 새빨갛게 물든 MJ가 입꼬리를 올렸다. 속삭이는 목소리가 깊어졌다.

"넌 실패했어. 처음부터 전부 다."

지승준은 고개를 살짝 옆으로 숙였다. 형광등 불빛에 안경알이 전부 새하얗게 변했다. 빛으로 눈이 가려진 지승준에게서 보이는 감정은 인위적으로 웃고 있는 입꼬리가 전부였다.

지승준은 바닥에 엎드려 있는 도원에게 고개를 돌리고는 흔들리는 눈으로 MJ를 바라보고 있는 도원에게 말했다.

"선생님이 말해 봐요. 이런 사람을 고치는 직업이잖습니까."

힘없는 시선이 지승준을 향했다. 그 따뜻하고 부드러운 눈 속에 담긴 것은 절망이었다.

지승준이 지금까지 보아 왔던 수많은 사람들의 밑바닥을 닮은 시선이었다. 아무리 발버둥 쳐도 벗어나기 힘든 사람들의 눈. 목을 움켜쥔 현실에 몸부림칠수록 더욱 헤어 나올 수 없는 늪으로 빠지는 감정이었다.

도원에겐 치명적이었다. 지금까지 쌓아 온 가장 가치 있는 것을 잃어버린 것과 다름없기 때문이다. 도원은 신체가 아닌, 정신에 가해진 고통을 완화하는 일에 평생을 매달렸다.

도원의 인생관, 가치관, 신념과 업적을 송두리째 무너뜨리는 행동을 지금의 MJ가 보여 주고 있었다.

"아, 사람은 고쳐 쓰는 게 아니랬죠. 그래요, 정신 분석을 통해 내담자에게 해 주고 싶은 것은 트라우마를 이겨 낼 힘을 주는 것이고 더 나은 이야기로 기억을 재조립해서 앞으로 살아가는 즐거움을 주는 것이었죠."

소설가로 치면 '새로 쓰는 이야기'가 아니라 존재하는 초고를 '바꿔 쓰는 이야기'. 그게 트라우마 치료의 가장 중요한 부분이다.

"다른 사람도 아닌, 당신의 전문 분야가 지금 실패한 건가요?"

지승준의 말에 도원은 아무런 반응도 보이지 못했다. MJ는 이미 도원의 상황을 인지하지 못하는 단계였다.

그의 모든 정신과 신체는 오로지 한 가지 자극에만 반응했다. 지승준을 죽인다. 그것이 그를 숨 쉬게 하는 절체절명의 가치였다. 그리고 도원을 가장 아프게 하는 가치였다. 온몸이 뒤틀리는 듯해서 도원은 숨을 쉬는 것도 버거워졌다.

"고치라고 MJ를 보낸 건데, 누가 잘못한 걸까요."

지승준이 도원의 팔을 잡아 억지로 일으켰다. 비틀거리는 도원을 테이블 의자에 앉혔다. 도원은 MJ에게서 시선을 떼지 못했다.

―선생님.

눈치를 보듯 부르던 목소리가 그리웠다.

─이게 뭐가 잘못된 거야?

아무것도 모르던 얼굴로 고개를 갸웃하던 MJ가 그리웠다. 잘못된 가치 자체를 습득하지 못한 표정이 얼마나 아이같이 순수해 보였는지.

도원에게 강제로 삽입을 하려 하던 MJ가 도원이 일단 하지 말라는 말에 스트레스를 참지 못하면서도 끝까지 견뎌 내던 모습이 자꾸만 떠올랐다.

─사랑해.

고백하면서 얼굴을 붉히던 것도 생각났다. 도원이 허리에 다리를 감아서 소중하게 끌어안아 주면 어쩔 줄 몰라 하면서 정신이 나간 사람처럼 섹스에 만족하며 매달리던 모습도 선명하게 떠올랐다.

그 모든 게 다 신기루처럼 느껴졌다. 그렇게 발버둥을 쳤는데 모든 게 모래성이었던 모양이다.

지승준은 대리자가 놓고 간 총을 들었다. 탄창에 남은 총알을 확인했다. 총을 옆구리에 끼는 대신 도원의 품에 들려 주었다.

"MJ를 쏴요. 당신이 틀리지 않았다는 걸 증명하는 유일한 방법이에요."

MJ는 교살을 속삭이는 지승준만을 바라보았다. 자신이 지금 어떤 상황인지 전혀 인식하지 못했다. 그저 지승준을 먹잇감처럼 바라보았다.

"당신의 업적에 오점이 남는 건 나도 싫어요. 당신은 완벽한 사람이거든. 내겐 가장 완벽한 사람이야."

완벽이라는 말에 도원은 멍한 표정이었다. 자신과 완벽이란 단어는 너무도 거리가 멀었다.

자신은 누가 챙겨 주질 않으면 끼니도 제때 때우질 못한다. 남들이 다 하는 결혼도 실패했다. 누군가에겐 혐오를 받을지도 모르는 성 취향을 가지기도 했다. 지금은 직업을 잃었고, 현상 수배범이 되어 쫓기는 신분이다.

이런 사람을 매장당했다고 하지 완벽하다고 말하는 사람은 없다. 완벽하다고 말하는 사람은 MJ와 지승준이 전부였다.

한 명은 그 모든 약점과 실패마저도 사랑해 주었다. 한 명은 그 실패들을 부정하며 평가조차 하지 않았다.

한 명에겐 오로지 인간적인 도원만이, 다른 이에겐 학자로서 위대함만 남은 도원만이 사랑할 수 있는 존재였다.

"죽여요. 다른 것들은 내가 다 되돌려 줄 테니까."

총신은 차갑게 식어 있었다. 도원의 손이 닿아 있어도 그 온기는 총신으로 옮아가지 않았다.

"내가 당신의 새로운 피실험자가 되어 줄게요."

지승준이 달콤하게 속삭였다.

"나는 실패하지 않아. 당신의 방식이 얼마나 효과적인지를 똑똑히 지켜봤어. 내가 고쳐지는 모습을 보여 줄게. 아무것도 틀리지 않았다는 걸 증명해 줄 테니, MJ에게 쏟아부었던 감정을 고스란히 나에게 줘요."

달콤함은 독이 되어 도원의 숨을 졸랐다.

"날 당신의 세계로 만들어 줘. 당신은 그게 가능한 사람이란 걸 보여 줬어. 이번엔 MJ가 아닌 날 당신의 절대자로 만들어 달라고. 당신의 엉덩이를 때려 줄 수 있는 주인님 말이야."

도원의 손가락을 방아쇠에 걸면서 지승준은 도원의 볼에 입을 맞쳤다.

"죽여요, 어서."

도원은 천천히 총을 고쳐 잡았다. 도원의 뒤편에 서 있는 지승준을, MJ가 여전히 깜빡임 없는 눈으로 바라보고 있었다.

그는 자신을 죽일 수 있는 도원을 인식하지 못했다. 섬뜩한 살의로 지승준을 바라보기만 했다. 도원이 MJ를 죽일 수 있다는 가능성은 애초에 그의 상식에 존재하지 않는 명제처럼 보였다.

도원은 총구를 들었다. 지승준이 말한 10점 과녁을 벗어나 더 높이, 끝까지 높아져 한 바퀴를 돌아 뒤편에 서 있는 지승준을 향할 때까지, 그 움직임은 아주 자연스럽고 유려하게 이어졌다.

거꾸로 든 총이 지승준의 왼쪽 가슴팍에 정확하게 닿았다. 심장이라는 히든 타깃을 겨누었다.

"열쇠 줘."

도원의 목소리엔 고저가 없었다.

"열쇠 줘."

냉정해진 것은 아니었다. 오히려 절망이 깊어져 체념에 가까운 상태였다. 반복된 말을 가만히 듣고 있던 지승준이 대리자가 주고 간 열쇠를 도원에게 건넸다.

도원은 그 열쇠를 MJ의 손이 닿을 수 있는 곳에 던졌다. 시멘트 바닥에 청량한 쇳소리를 내며 떨어진 열쇠에도 MJ는 시선을 옮기지 않았다. 도원은 천천히 자리에서 일어났다. 지승준을 총 끝으로 터널 입구까지 밀었다.

"나가."

지승준은 도원의 말에 굳이 반박하지 않았다. 몸을 똑바로 펴기 불편한 좁은 터널을 올라가면서 제 등을 겨눈 채 조용히 따라 나오는 도원을 즐겁게 볼 뿐이었다.

"MJ를 포기한 걸로 받아들여도 될까요, 선생님."

터널을 벗어나자 마리화나 냄새가 사방에서 진동했다. 향기에 취해 자율신경계가 고장 난 사람이 된 것 같았다.

이 향에 그렇게 많은 사람들이 현실을 놓고 무기력한 행복 속으로 빠져들었나 보다. 한순간의 꿈에 취해서, 그저 무력하고 헛된 기쁨에 취해서, 정신을 차리면 남지도 않는 그 허상을 쫓느라고.

"MJ를 살려 주면."

도원은 버석한 입술을 열었다.

"네 뜻대로 할게."

그 말에 지승준은 웃으면서도 그 기쁨을 당장은 만끽하지 않았다. 케이크 위의 딸기 한 점을 가장 늦게 먹으려 남겨 두는 어린아이처럼 굴었다.

"그건 안 돼요. MJ를 살려 두면 그는 다시 나를 쫓을 거예요. 또그 망할 추격전을 하고 싶진 않아요."

"내가 뭘 하면 될까."

"흐음, 선생님 진심이세요?"

"MJ를 더는 괴롭히지 않는다면 뭐든 할게."

지승준은 마지막 딸기를 포크로 찍어 올렸다. 입 안에 퍼지는 달콤한 과육을 음미하듯 그의 얼굴에 웃음이 번졌다.

"선생님."

지승준이 도원의 턱을 잡았다. 광기가 흐르는 안경알에 도원의 무표정한 얼굴이 비쳤다. 지승준은 그 무력함을 기다려 왔다. 도원이 스스로 무릎 꿇기를 숙원해 온 것이다.

"선생님이 말해 봐요. 날 위해 무엇을 할 수 있어요?"

말 없는 도원에게 지승준이 고개를 숙였다. 키스할 듯 다가오는 그의 입술을 피해서 도원이 고개를 옆으로 돌렸다. 가느다란 목선에는 MJ가 남긴 키스 마크가 선명하게 찍혀 있었다.

그 흔적들이 지승준을 짜릿하게 만들었다. 자신의 입술로 이 몸에 남은 모든 흔적을 덮을 수 있다. 그 상상만으로도 발기할 것 같았다.

"……미국으로 가는 건 어떻지?"

도원의 물음에 지승준이 되물었다.

"미국이요?"

"……널 따라서 미국으로 가는 거. MJ는 여권이 없어. 신분을 증명하기 쉽지 않아서 미국으로 따라오기 힘들 거야."

도원이 한국에서의 기반을 모두 포기한다고 말했다. MJ를 위해 제가 가진 모든 걸 내려놓았다. 그를 살리기 위해 자신을 포기했다. 그래, 이 정도는 되어야 한 사람을 '사랑한다'는 말을 할 수 있는 사람이었다.

그 사랑의 자리가 텅 비게 된다면. 그게 본인이 원하는 방식이 아닌, 강제적으로 빈자리로 남게 된다면.

지승준은 웃을 수밖에 없었다. 모든 것이 완벽했다.

턱을 잡고 있는 손이 천천히 목을 따라 내려왔다. MJ가 남긴 흔적을 손끝으로 덧그렸다. 소름이 돋은 그 목에 당장이라도 입술을 묻고 싶었다. 갈기갈기 찢어 놓고 싶었다. 이 목숨을 쥔 게 이제 자신임을 알려 주고 싶었다. 자신이 이 목의 주인이었다.

"좋아요. 아주 좋아요."

지승준이 도원의 손을 잡았다. 지승준을 죽일 것처럼 위협하던 총구가 천천히 바닥으로 내려갔다. 표정 없는 도원의 손을 꽉 잡은 지승준이 그를 끌고 공장 1층 복도를 성큼성큼 걸었다.

"일단 선생님을 둘러싼 억측과 오해를 풀어야겠죠. 그건 간단합니다. 이 일의 실제 배후이자 '아버지'로 불리는 사람을 이미 넘길 준비를 모두 마쳤거든요. 그 대역을 경찰에 넘기면 어차피 검경 중에도 동창회 사람들이 속해 있기 때문에 금방 끝날 겁니다."

대역이라는 말에 도원이 가만히 지승준을 올려다보았다. 그 무기력한 시선이 몸서리치게 좋아서, 지승준은 너스레를 떨어도 될 상황에 진실을 말하고 말았다.

"아이스는 너무 완벽한 대역이죠."

아마도 당사자는 그 사실을 전혀 모르는 것 같았기에, 합의하에 이루어진 캐스팅이 아니라는 것을 도원도 알 것 같았다. 지승준은 상관없이 말을 이어 나갔다.

"선생님에 관한 이슈가 잠잠해질 때까지 길어 봤자 일주일 정도 걸리겠죠. 그때까지만 조용히 있다가 미국으로 가면 됩니다. 아아, 일주일 동안 어디 있죠. 호텔이 좋겠죠? 그래요, 호텔이 좋아요."

그는 망상을 구체적으로 발설하기 시작했다.

"호텔 꼭대기 층을 통째로 빌리는 겁니다. 일주일간 할 건 많아요. 선생님과 자는 걸 상상하는 것만으로도 정말 많은 걸 해 보고 싶어 안달이 났었어요."

쏟아지는 목소리는 흥분을 감추지 못했다. 아니, 오히려 흥분한 자신을 거리낌 없이 드러냈다. 그는 숨까지 헐떡였다.

"선생님께 엑스터시, 로힙놀, GHB같은 흥분제도 잔뜩 먹여 보고 싶어요. 로터도 넣어 보고, 모조 성기로 자위도 시키고 싶고요. 묶어 놓고 때릴 수 있게 도구들도 준비해야겠네요."

MJ라는 인생의 오점을 처리하고, 존경한다는 도원을 발아래 꿇리는 것으로 마무리 지으려 했다. 도원은 이 자폐적인 자기애에 맞설 힘도 없었다. 모든 게 지치고 피곤해져서 아무 생각도 들지 않았다.

"아아, 남자도 몇 명 더 불러 볼 거예요. 선생님이 내게 박혀서 입으로는 다른 남자 걸 빨고, 양손으로 또 다른 남자 것을 흔들고 문지르고, 내가 끝나면 그 세 명이 차례로 선생님을 안고, 젖어서 벌어진 구멍에 모조 성기를 넣어 주고."

아무런 동요도 보이고 싶지 않건만. 익숙하지 않은 모욕에 도원은 상처받을 정도로 깊은 치욕스러움을 느꼈다.

붉게 달아오른 얼굴로 지승준을 노려보았다. 그런 도원을 보면서도 지승준은 짜릿해했다. 도원을 노예로 만드는 상상만으로도 당장 속옷을 내릴 수 있을 것 같았다.

"교육을 시켜 줄게요. 제가 아주 친절하게 모든 걸 다 알려 줄게요. 아침에 침대를 벗어나고 싶으면 유혹하는 방법을 말해 줄 거예요. 그리고 밥을 먹기 위해선 일단 엉덩이 사이를 벌리고 내게 박히는 법을 알려 주고, 출근을 할 때 몸에 로터를 품는 방법, 오줌을 싸면서 정액도 사정하는 방법, 관장으로 자위를 하고, 텅 비어 있는 구멍이 이상해서 자꾸만 내 것을 스스로 박아 넣고, 내게 매달리고, 나를 주인님으로 부르고…… 해 볼 게 너무 많아요. 일주일 동안 맛보기도 못하겠어요."

숨 쉴 틈도 없이 쏟아지는 모욕적인 말에 도원은 바닥만을 내려다봤다. 아랫입술을 깨물면서 어떻게든 버텨 보려 했다.

하지만 자신을 성 노예로, 섹스와 마약 중독자로 만들려는 그의 말에 속이 뒤집힐 것 같았다. 구토가 올라왔다. 식도를 넘어 역류한 구역질을 도로 삼켜 냈다.

지승준은 제정신이 아니었다. 그의 소유욕과 정복욕은 잘못된 방향으로 사정없이 분출되었다.

"언젠간 연구도 귀찮아질 거예요. 펜을 놓아도 괜찮아요. 내가 당신의 업적을 이어 갈 테니까."

도원은 간신히 입을 떼어 냈다. 도원의 목소리는 심하게 떨리고 있었다.

"날…… 나를…… 망가트리는 수고가 너무, 많네."

지승준이 도원을 보며 만족스럽게 웃었다.

"그게 내 취향이라고 말하지 않았던가요?"

분노하는 도원에게 지승준은 결국 참지 못하고 입술을 물었다. MJ가 남긴 흔적 위에 자신의 입술 자국을 덧그렸다. 조금 더 진하게 남은 자국은 상처에 가까웠다. 도원을 가지고 놀 수 있는 유일한 주인의 표식이었다.

"아, 후련해."

그리고 창고 밖으로 나가는 문을 열면서 지승준이 외쳤다.

"다들 철수해. 차 대기시키고."

십수 명의 남자들이 총을 든 경비견처럼 문을 지켜야 할 풍경. 그 풍경이 없었다.

지승준의 목소리는 텅 비어 있는 문 앞에서 흩어졌다. 밤바람에 하얗게 입김을 부서뜨린 지승준이 열린 문에 손바닥을 댄 채 가만히 서 있었다. 달빛이 밝아 구불구불한 고랑 길 곳곳을 비췄다. 나무 그림자가 짙게 진 곳만 빼고 말이다.

도원은 들고 있던 총을 지승준의 등에 댔다. 비어 있는 건물 앞을 가만히 바라보던 지승준이 천천히 뒤를 돌아봤다. 도원이 작게 속삭였다.

"앞에 봐. 뒤돌아보지 말고."

침착하고 낮은 목소리였다. 도원의 눈을 들여다보지 못했기에 이 고요한 목소리가 무슨 꿍꿍이를 감춘 것인지, 아님 바로 직전까지 보았던 체념과 절망의 연장선인지를 확인하지 못했다.

철컥, 하고 장전되는 총소리만이 섬뜩하게 들렸다.

삐이, 삐이, 삐이, 삐이.

알람 소리가 들렸다. 도원의 손목에서 규칙적인 전자음 소리가 울려 퍼졌다. 타이머가 맞추어져 있는 손목시계의 소리는 고요한 밤 풍경에 녹아들지 못했다. 이질적이고 위협적으로 지승준의 뒤통수를 때렸다.

"사람을 조립하는 장난감 취급하는 것도 적당히 해. 그런 유치한 놀이에 끝까지 장단 맞춰 줄 생각 없어. 네 말대로 난 MJ를 포기한 적 없긴 하지. 그런데 그건 몰랐나 봐. 난 여러 번 나 자신을 포기했었거든. 그때마다 MJ가 붙잡아 준 것뿐이었는데. 이젠 그럴 사람도 곁에 없잖아?"

조용조용 이어 가는 목소리가 지승준의 뒤통수를 후려쳤다.

"하하, 선생님, 설마 여기서 날 죽이려는 건 아니겠죠."

"너는 단 한 순간도 나를 파악하지 못했어. 나를 뛰어넘지도 못하는 사람이 나를 망가트리긴 어려울 거 같거든."

그리고 방아쇠를 당겼다.

삐이, 삐이, 삐이, 삐이.

시계의 알람 소리가 방아쇠 끝에서 들리는 소리를 순간적으로 덮어 버렸다.

타앙—.

멀리서 들리는 총소리에 아이스가 고개를 들었다. 굳게 닫힌 높이 3m가량 되어 보이는 철문 너머였다.

아이스 혼자만이 들은 환청은 아니었던 모양이다. 그리즐리가 차창 밖을 살폈다. 밖에서 그 둘을 감시하는 지승준 측 사람들도 닫혀 있는 문 쪽을 바라보고 있었다.

"방금 총소리였어?"

그리즐리의 질문에 아이스가 인상을 찌푸렸다. 그리즐리가 걱정스러운 말투로 중얼거렸다.

"안에서 무슨 일이 있는 건 아니겠지."

문 앞을 지키던 파수꾼들이 부산스러워졌다. 귓속말로 이야기를 주고받으면서 상황 파악을 하려 했다. 그러나 총소리가 더는 들리지 않자 굳이 철문 안으로 들어가려고 나서는 사람도 없게 되었다. 그들은 다시 이전처럼 아이스와 그리즐리가 타고 있는 자동차를 감시했다.

도원과 MJ에게 무슨 일이 생긴 건가 싶어서 아이스는 손톱 옆의 살점을 깨작거리며 뜯어냈다.

타정총도 바닥에 내려놓고 간 MJ는 맨몸이었다. 맨몸으로 무장한 사내와 저격수로 정평이 나 있는 대리자를 상대할 수 있을까. 그것도 도원이라는 핸디캡을 가지고서.

손톱을 잡아 뜯는 습관이 없는 그가 손가락을 연신 괴롭히는 모습이 무척 불안정해 보였다. 평소 아이스의 성향대로라면 기다리기 지루하다며 그리즐리의 허벅다리에 머리를 기대어 누워 잤을 텐데 말이다.

그리즐리는 허리를 숙였다. 운전석 의자에 옆머리를 기대고 아이스를 빤히 바라봤다. 손톱 끝을 잡아 뜯어 살점이 빨갛게 일어난 아이스는 뒤늦게야 그리즐리의 시선을 알아차렸다. 순진한 얼굴로 눈을 껌뻑이는 덩치 큰 곰에게 뭐, 왜, 하고 묻기 전이었다.

"네가 초조해하는 거 처음 봐."

그 말에 문득, 아이스는 제 손을 내려다보았다. 살점이 벗겨져서 발갛게 욱신거리는 손가락들이 보였다. 주먹을 움켜쥐어 손가락을 숨기려다 벗겨진 살점에 손바닥 안에 고여 있는 땀이 닿았다. 쓰라렸다. 이 지경이 될 때까지 손을 혹사시킨 줄도 몰랐다.

"걱정되는 거 있어?"

태평한 물음이다. 그리즐리의 긴장감 없는 시선에 아이스도 초조함이 잦아드는 듯했다. 여전히 굳건히 닫혀 있는 철문이었다. 그 안쪽 먼 곳에서 총소리가 들렸지만 아무런 반응이 없는 것에 안심해야 할지를 아직은 확신하지 못했다.

"아, 미치겠네."

아이스가 의자 등받이에 고개를 숙였다. 이마를 기대어 한숨을
내쉬었다. 그리즐리가 작게 웃음소리를 흘리며 말했다.

"MJ는 별일 없을 거야. 미치지 마."

"그런 거 아냐."

"도원 선생님이라는 분, 우리 생각보다 훨씬 많은 걸 준비하셨더
라고. 단시간에 그런 거 생각하기 힘들 텐데, 그런 게 가능한 것도
능력이잖아. 그런 사람이 MJ를 챙기는데 뭐가 문제겠어."

훨씬 많은 걸 준비하셨다고. 그 말에 아이스가 의아한 시선으로
그리즐리를 돌아봤다. 두 남자가 앞좌석 의자에 머리를 박고 서로
를 바라보는 분위기가 어색할 법도 한데 전혀 자각하지 못했다.

"선생님이 뭐 준비했는지 알아?"

그리즐리가 눈을 데굴데굴 굴렸다.

"대충은 짐작이 가."

"뭔데?"

"경찰을 불렀을 거야."

여상한 말투였기에 "아, 그래?" 하고 넘어갈 뻔했다. 다른 때였
으면 고개를 주억거렸을 아이스는 몸을 바로 세웠다. 다시 차 밖을
살폈다.

지승준 측 사람들은 변동 없었다. 아이스와 그리즐리를 감시하고
있지만 추가로 명령을 받지 않은 대기 상태의 모습 그대로였다. 그
럴 리 없겠지만 혹시 몰라서 목소리를 낮췄다.

"경찰을 불렀다니. 여기로 말이야? 어떻게?"

"으음. 어떻게 불렀는지는 나도 잘 몰라. 방법까진 파악 못했어."

"그럼 추측이란 거네."

"아마도. 선생님은 MJ의 조력자와 연락할 수 있는 핸드폰을 하루 넘게 본인이 갖고 있었어. 아까 차에 탔을 때 손목시계를 MJ에게 받은 것도 그렇고, 타이머 기능을 쓰는 것도 그렇고. 뭔가가 벌어질 '때' 자체를 준비하는 분위기였잖아."

MJ의 조력자와 연락할 핸드폰을 가지고 있었다고 할지언정, 그와 통화를 하거나 메시지를 주고받는 모습은 없었다. 가끔 뭔가를 확인하고 다시 천장을 멍하니 바라보는 게 전부였다.

도원이 MJ에게 아이스를 의심하는 내색을 할까 봐 아이스는 주의 깊게 도원을 살폈다. 도원이 누군가와 자주 연락을 주고받지 않았다는 건 확신할 수 있었다. 그런 도원이 경찰을 불렀다고. 어떻게.

"경찰이 올 거라고 확신해?"

그리즐리가 고개를 끄덕였다.

"응."

"어떻게 확신해?"

"이거 말이야."

"무전기?"

그리즐리는 무전기의 볼륨을 살짝 높였다. 전파 간섭이 있는지 노이즈가 심했다. 누군가와 주고받는 무전 소리는 대화를 거의 구분할 수 없었다. 경찰들이 쓰는 공식 호출음만 구분될 뿐이었다.

"이 무전이 잡힌다는 건 근처에 경찰이 있다는 소리야. 대화하는 게 한두 팀이 아닌걸. 못해도 다섯 팀이 넘는 대규모 병력이야. 시위 총격 사건이랑 연결 지어 준비했으면 군 병력이 투입될 가능성도 커. 이 정도면 여기가 어떤 장소인지, 뭐가 있는지를 알고 사방을 포위했다고 보는데, 아닌가?"

"그럼 우리까지 포위되었다는 거잖아."

"그런 셈이지."

"태평하게 그럴래?"

"그렇다고 지금 뭐 어떻게 도망칠 수는 없어 보이니까."

"그 무전 몇 킬로까지 가능한 거더라."

"1㎞ 아니었나."

"진짜 근처에 있다는 소리네."

도원이 어떤 방법으로 경찰을 불렀는지가 궁금해도 머리를 맞대고 고민할 시간은 없었다. 지금 바로 둘 중 하나를 선택해야 했다.

"앞좌석으로 넘어가서 시동 켜면 출발시킬 수 있어. 이대로 우리 둘이라도 피하자."

넘어가려 해도 덩치가 큰 그리즐리가 움직이면 운전석과 보조석 사이에 끼어 버둥거릴 테니, 아버지 측 사람들이 못 알아볼 리가 없다.

아이스가 들키지 않고 넘어간다 해도, 한쪽 다리가 정상이 아닌 상태에서 브레이크나 액셀러레이터를 제대로 밟을 수 있을지도 미지수였다.

운 좋게 파수꾼들을 피해 운전을 한다 해도 산을 내려가는 와중에 경찰의 추격을 받을 수도 있다. 기다렸다가 파수꾼들과 함께 잡히거나, 도망치다가 경찰들 품에 몸을 던지는 꼴이 되거나, 도긴개긴인 선택이었다.

그걸 고민할 필요가 있냐는 듯, 그리즐리가 웃었다.

"선생님과 MJ를 기다리자."

예상했던 대답에 아이스는 조금 기운이 빠졌다.

"진짜 어처구니없을 정도로 태평하네. 감옥 가도 상관없어?"

"으음. 가면 몇 년 썩겠지? 마약은 그래도 변호사 잘 쓰면 초범의 경우 집행 유예도 받던데."

"어이구, 우리가 퍽이나 집유 뜨겠네. 못해도 5년 썩을걸."

"그럼 잡히면 큰일이네."

"그래. 그러니까 우리라도 피하는 게 낫지."

"너는 둘을 버리고서라도 감옥에는 가지 않겠다는 거구나."

"그렇게까지 희생할 필요는 없어. 나도, 너도."

"그래?"

"대답이 뭐 그래."

"걱정되면 너 하나라도 몸 피해. 나는 여기 있을게."

태평한 소릴 하는 그리즐리를 나무라지도 못했다. 싱글벙글 웃고 있는 얼굴을 보니 아이스도 덩달아 심각함을 잃을 지경이었다.

감옥이 만만한 것도 아니고. 얜 왜 이러냐, 진짜.

아이스는 의자 등받이에 푸욱, 고개를 파묻고 한숨을 내쉬었다.

"하아."

아이스가 다시 손톱 옆의 살을 뜯기 시작했다. 그리즐리는 그런 아이스의 손을 다독여 주었다. 똑같은 상황에서 그리즐리는 태연했고 아이스는 초조했다. 아이스는 불안할 수밖에 없는 이유를 혼잣말처럼 중얼거렸다.

"선생님이 선택하라고 했어. 무슨 일이 생기면 자기가 희생할 테니 MJ를 챙기라고 했어. 이렇게 떨어져 있는 상황에서는 선생님도 MJ도 못 챙겨. 그들을 아버지에게 던지고 우리끼리 몸을 피해도 되겠지만, 그게 아니라면……."

가만히 듣고 있던 그리즐리가 물었다.

"선생님이 네게 뭔가를 부탁했나 봐."

"……부탁이라고 해야 하나. 뭐, 비슷하네."

"어떤 거였어?"

"선택의 순간이 오면 MJ를 도와주래."

"흠."

"나는 그 선생님을 이용해서 MJ를 빼낼 생각이었거든. 선생님도 그것까진 알고 있는 눈치였는데도 그런 말을 하더라고. 내가 배신했다고 화내지 않았어. 배신할 거면 한 번 더 완벽하게 해 달라는 투로 부탁했단 말이지."

그리즐리는 아이스를 가만 쳐다보면서 씩 웃고 말았다.

마음에 안 드는 상황이라며 화를 내거나 짜증을 낼 수도 있을 텐데, 그러지 않는 아이스가 실은 착한 사람이거나 다른 꿍꿍이가 있는 거 아닐까 하는 생각이 들었다.

그래서 MJ 측 사람들 사이에서도 아이스는 호오가 심했다. 믿을 수 없다는 사람들은 그의 의뭉스러움을, 믿을 수 있다는 사람들은 남에게 피해 주지 않는 선에서 결정하는 소신을 보았으니 말이다.

그리즐리는 양쪽 모두라고 생각했다. 아이스는 기본적으로 자기 자신을 내보이는 타입이 아니다. 화려한 외모 뒤로 본심을 숨긴다. 때에 맞춰 상황을 결정하는 타입이었다.

누구를 신경 쓰기보단 자기 자신을 먼저 챙기던 사람. 그런 사람이 MJ만큼은 지키려 하는 게 신기했다. 그리즐리는 아이스에게 솔직하게 말해 주었다.

"MJ가 아니었으면 내가 여기서 이렇게 누군가를 기다리고 걱정할 일도 없었을 거야. 지금쯤 프로포폴, 펜터민 같은 향정신성 마약을 뒤로 몰래 빼돌렸거나, 사람 죽이는 약물을 주사기에 넣고 있었겠지.”

갑작스러운 과거 얘기에 아이스는 손톱을 뜯던 것도 멈추고 그리즐리를 바라봤다. 그는 여전히 태평한 표정이었다.

“MJ가 아니었어도 감옥 갈 일은 어차피 하게 됐을 거야. 그러니 감옥에 가냐 마냐, 가게 되면 몇 년 썩느냐는 내게 별로 중요한 문제가 아니야. 나 하나 편해지자고 MJ를 배신하면 감옥 다녀오는 것보다 훨씬 오랫동안 고통스러울 거 같아. 그건 싫어.”

의리와는 조금 다른 대답이었다. MJ에게 빚진 것을 갚아도 부족한 판에 모든 걸 저버리며 살기엔 자신이 더 불편할 것 같다는 대답이었다.

아이스는 그리즐리가 본업이었던 간호사로 살았을 때를 대략 알고 있었다. 돈이 필요해 뒷거래로 마취약이나 향정신성 약품을 빼돌려 팔았던 전적이 있었다.

위법 행위를 할 수밖에 없었던 사연과 그 과정에서 MJ와 어떤 연이 닿아 지금의 신뢰성을 갖게 되었는지까지는 자세하게 알지 못했다. 그러니 감옥에 가는 게 MJ를 배신하는 것보다야 낫다고 말하는 그에게 잘못된 생각이라고 싸울 수도 없는 노릇이다.

“네가 나와 같이 가 주지 않는다면 나 혼자서 몸을 피하는 건 불가능해. 알다시피 다리가 이 모양이라 뛸 수가 없잖아.”

그리즐리가 그제야 엇, 하고 말했다.

“맞다, 미안해.”

“네가 뭘 미안해. 내가 널 부려 먹을 자격이 있는 것도 아니고.

어쩔 수 없네. 선생님 말대로 해야겠어. 일단 MJ와 선생님을 기다리자. 정 급하면 MJ를 우선으로 생각하고."

치지직, 끊어지던 무전기 속의 소리가 이전보다 선명해지기 시작했다. 이해하기 힘든 단어들이 변칙적으로 들어 있는 무전은 암구호 덩어리였다. 여러 팀이 동시에 움직였다.

그들이 접근하기까지 얼마 남지 않은 것은 확실했다. 어떻게 경찰이 이곳을 알고 찾아왔는지, 이게 모두 도원이 준비한 판인지를 따질 겨를이 없었다. 그리즐리는 손에 들고 있던 무전을 점퍼 속에 밀어 넣었다. 아이스의 어깨 한쪽을 잡고 몸을 낮췄다.

"차만 이동시키자. 여기 너무 입구야. 산속으로 밀어 넣고 MJ와 선생님 상황을 파악하자."

아이스는 차창 밖에 서 있는 사람들을 보고 미간을 좁혔다.

"갑자기 차 움직이면 총 쏠 거 같은데."

"분위기 봐서 해야겠지. 내가 저 뒤쪽으로 운전해 둘게."

"어떻게?"

"예를 들면 지금."

"뭐?" 하고 아이스가 묻자마자 높은 철문이 양옆으로 열렸다. 파수꾼들이 동시에 열리는 문 쪽으로 고개를 돌렸다.

대리자가 보였다. 그녀 뒤로 함께 들어갔던 파수꾼들이 밀려 나왔다. 발목에 총상을 입은 사람과 손을 다친 사람이 동료에게 부축을 받았다.

다친 사람들을 차에 실어 산 밑으로 내려보내는 사이에 대리자가 차 속에 있는 아이스에게 시선을 돌렸다. 이상한 표정이었다. 충격을 받고 울고 싶은 듯 표정이 일그러져 있었다. 안에서 무슨 일이 있었는지 모르는 아이스는 의아함을 감추지 못했다.

"아이스, 나와 봐."

아이스는 목발을 먼저 내리고 차 밖으로 나왔다.

"안에서 무슨 일 있었어?"

아이스의 물음에 대리자는 대답 없이 다른 걸 물었다.

"도원이라는 사람. 어떤 사람이야?"

갑자기 그게 무슨 질문인가 싶어서 눈을 깜빡였다. 아이스가 고개를 갸웃하자 그녀는 조심스럽게 말했다.

"믿어도 되는 사람이야?"

대체 뭘 믿는다는 건지. 아이스는 흠, 목 뒤를 울렸다.

"나도 잘 몰라. MJ는 선생님을 믿지만, 우리가 그럴 필요 있나. 왜 갑자기 그런 걸 물어?"

"아버지가 널 찾으면 너와 나를 함께 죽일 거라고 했어."

"뭐?"

"강간당하고 제정신도 아닌 상태일 텐데, 내가 부축해 줄 때 그렇게 흘리듯 말했단 소리야."

"뭐어?! 강간?"

아이스가 펄쩍 뛰었다. 이게 대체 무슨 소리란 말인가.

"그런데 정말로 아버지가 널 불렀어. 나보고 널 데려오라고 했어. 그 선생님이 어떻게 그걸 알고 미리 말해 준 거지?"

아이스는 대리자의 이야기를 좀처럼 따라가지 못했다. MJ와 함께 있는데 누구한테 폭력적인 일을 당했다는 건지도 모르겠고, 어떤 상황에서 예상한 말을 했다고 대리자가 심각하게 받아들이는지 그것도 잘 공감할 수 없었다.

아이스는 혼란스러운 얼굴로 대리자를 살폈다. 그녀는 지승준의 말을 곧장 따르지 않았다. 아이스를 저 철문 안으로 끌고 들어가는 대신 한쪽 다리로 비딱하게 서서 혀끝을 찼다.

─아이스와 당신을 이용하려 할 겁니다. 총알받이가 되고 싶지 않으면 도망치세요.

도원은 상처 난 몸을 가누지 못했다. 두 다리에 힘이 풀려 허리를 똑바로 펴지 못했다. 시멘트에 긁힌 등허리는 새빨갛게 상처가 나 있었다. 깨진 시멘트 가루가 피에 섞여서 엉덩이 골을 타고 흐르기도 했다.

MJ는 그즈음 이미 제정신이 아니었다. 도원을 보면서 온몸을 떨었다. 지승준이 직접 수갑을 채우고 쇠사슬에 묶어 지하실 구석에 묶어 놓을 땐 저항하지도 못했다.

벽 사이로 녹아 없어질 것처럼, 그저 벽에 붙어서 몸을 웅크리고 있는 게 고작이었다. 가해자도 정신을 온전히 유지하지 못하는 상황에서 도원은 피가 흐르는 몸을 돌보기보다 대리자에게 말을 건넸다.

─아버지는 여기서 끝낼 생각입니다. 당신들도 버릴 거예요.

식은땀이 흐르는 고개를 숙였다. 앞머리가 눈을 가렸다. 대리자가 상의를 잡아 준 덕에 옷깃에 입이 가려졌다. 지승준은 도원의 목소리를 듣지 못했다.

─당신에게 심부름을 시키거나 아이스를 불러들일 때 다시 돌아오지 않길 바랍니다.

처음엔 그 말뜻을 이해 못했지만 정말로 지승준이 아이스를 데려오라 시켰을 때, 대리자는 묘한 섬뜩함을 느꼈다.

등골을 타고 한기가 흐르는 듯했다. 도원이 한 말을 흘려들을 수가 없었다. 정말로 그가 말한 대로 이루어지면 어쩌지, 하는 걱정과 당혹감이 앞선 것이다.

"아까 총소리를 들었어. 그거랑 관련된 문제야?"

아이스의 질문에 대리자는 잠겨 있던 생각에서 빠져나왔다. 그녀는 고개를 흔들었다.

"총소린 별거 아니야. 창고 건물을 지키던 사람들을 철수시키다가 오발탄이 터졌어. 다행히 손모가지는 날아가지 않았어. 행운이지."

"왜 철수시켰어. MJ랑 도원 선생님 감시하려고 붙인 거잖아."

"이상해서."

"이상하다니."

"도원이란 사람이 경고한 게 자꾸 마음에 걸려. 여기서 우리 쪽 사람을 더 잃으면 정말 힘들어져."

"아버지를 의심하는 거야?"

"그건 아니지만, 사람 잃으면 내 손해잖아. 아직 사업이 정상적으로 돌아가지도 않는데."

이이스는 더 이상 총소리의 정체를 묻지 않았다. MJ와 지승준이 서로 총을 쏘는 사태가 벌어진 것은 아니었기에 일단 안심을 했다. 상황을 마냥 낙관적으로 바라볼 수는 없었지만 말이다.

"선생님과 MJ에게 무슨 일이 있는 건지 말해 줘."

"MJ에게 선생님을 강간하도록 만들었어. MJ는 맛이 갔어. 아버지는 MJ를 완전히 망가트릴 셈이야."

아이스는 그 말에 아무 말도 하지 못했다. 예상도 못한 일에 입술만 달싹였다. 무슨 말을 해야 할지 몰랐다. 대리자의 이야기가 이어졌다.

"선생님은 무슨 생각인지 모르겠어. 뭔가 있는 거 같긴 한데 그게 뭔지 대체. 아버지가 하는 행동이 충격이라서 솔직히 선생님 문제까지 생각할 여유도 없어."

"……아버지 완전히 고삐 풀렸구나."

"도원 선생님에게 집착하는 건 알고 있었어. 같은 분야의 젊은 권위자라서 그런 줄 알았는데 이렇게 뒤틀린 줄 몰랐어. 매리제인에게 하는 것도 너무 무서워. 눈 뜨고 못 보겠어."

"정상인 척하는 사람인 거 모르지 않았잖아."

"알아. 제정신이 아닌 건 알지만 그래도."

상식선에서 아버지는 이해 범주를 넘었다. 그런 아버지가 주는 고통을 견디는 도원도 다른 의미에서 이해 범주를 넘은 사람이었다. 가장 인간적인 반응은 오히려 MJ였다. 사랑하는 사람을 스스로 괴롭게 해서 맛이 갔다는 게 얼마나 상식적인 반응인지.

지승준은 괴물이었다. 그런 괴물에 맞서기 위해 도원도 괴물이 된 것 같았다.

지승준을 상대하는 사람이 MJ가 아닌 도원이 되었다. 원래는 이쪽 사정과는 상관없는 외부자였다. 보호받아야 할 사람이었다. 하지만 지금은 상황을 통제하고 개선할 수 있는 유일한 존재가 되었다. 아이스와 대리자처럼 밀접한 관계자도 깊게 파고들기 어려운 중심 알맹이까지 들어가 버렸다.

단지 MJ 하나 때문이었다. MJ를 잃고 싶지 않아서 자발적으로 들어간 것이다. 지키고 보호하는 대상이 도원이 아닌 MJ가 된 셈이었다. 자신을 고쳐 달라고 찾아온 늑대 한 마리를 반려로 인정한 주인이 된 것 같았다.

─도원이라는 사람. 어떤 사람이야? 믿어도 되는 사람이야?

대리자의 질문에 이미 답은 나온 셈이다.

"경찰이 올 거야."

아이스의 말에 대리자가 눈을 크게 떴다. 천천히 눈살을 찌푸렸다.

"설마 네가 불렀다는 건 아니지."

"선생님이 불렀어."

"어떻게? 너한테 감시하라고 말했잖아. 그 별장에서 수상한 행동
은 안 하는지 감시해 준다면서, 경찰에 연락하는 동안 너도 가만히
있었다는 거야?"

"진정해. 나도 모르다가 조금 전에 안 거야. 선생님이 사전에 뭔
가를 준비했어. 우리가 모르는 방법으로."

"맙소사. 안 돼. 여기가 제일 큰 공장이야. 여기마저 날아가면 진
짜 끝이라고. 여길 어떻게 지킨 건데!"

"포기하자. 다른 방법으로 제조 공장을 세우면 되니까."

"네 일 아니라고 함부로 말하지 마!"

"그렇다고 경찰을 상대할 수는 없잖아."

"여기까지 잃으면 내가 그동안 해 왔던 게 다 뭐가 되는데!"

그녀는 MJ와 도원, 아버지로 엮여 있는 문제에 더는 집중하지
않았다. 그녀가 총력을 기울여야 할 것은 이곳을 지키는 일이었다.
그녀가 사람들에게 외쳤다.

"경찰이 와, 다들 정리하고 옮길 수 있는 거 찾아, 얼른!"

재배 중인 양귀비나 대마를 날리는 건 괜찮지만, 국내 유통망과
해외 루트 정보는 사수해야 한다. 사람들은 일사불란하게 움직였

다. 닫았던 철문을 열고 공장으로 들어가려 했다.

때마침 산 밑에서부터 커다란 진동이 울렸다. 움직이던 사람들이 모두 멈추어 소란스러운 진원지로 고개를 돌렸다.

도로가 엉성하게 닦인 산길을 커다란 화물차가 올라오고 있었다. 바퀴가 여덟 개 달린 25톤 대형 화물차는 밝은 헤드라이트 불빛을 켜고 있어 운전석도 제대로 보이지 않았다.

대리자는 옆에 서 있는 파수꾼에게서 총을 받아 헤드라이트를 향해 발포했다.

허공을 울리는 커다란 총소리에 오른쪽 헤드라이트 불빛이 꺼졌다. 트럭이 비틀거렸다. 급정거는 하지 않은 채 다시 무게 중심을 잡고 이전보다 속도를 높였다.

총소리가 한 번 더 이어졌다. 왼쪽 헤드라이트의 유리가 사방으로 튀면서 눈부신 빛도 사라졌다.

비로소 운전석의 인영을 구분할 수 있었다. 운전석과 보조석에 사람이 앉아 있었다. 보조석에 앉아 있는 사람은 무전기를 들었다. 트럭은 속도를 줄이지 않고 철문까지 돌진해 들어왔다.

그 틈에 누군가 아이스의 팔을 잡아당겼다. 아이스가 자동차 조수석으로 넘겨졌다. 몸을 바로 세우기도 전에 자동차에 시동이 걸렸다.

바퀴가 헛도는 급발진에 아이스는 차 시트 안쪽으로 처박히는 충격을 받았다. 급히 방향을 튼 자동차를 모는 사람은 그리즐리. 그가 성급하게 핸들을 꺾은 탓에 마른 나뭇가지들이 무성한 나무를 들이박았다. 철문의 옆 나무를 박아 쓰러트리고는 더 깊은 산 속으로 들어갔다.

길이 없는 곳이었다. 바위와 얼어붙은 흙뿐인 곳을 자동차가 뒤집힐 듯 말 듯 위태롭게 나아갔다.

그리즐리는 연신 부지 내에 있는 공장 건물을 찾아보았다. 나무와 바위에 가려져서 공장의 지붕도 보이지 않았지만 주변을 돌다 보면 정문을 통한 길이 아니라도 닿을 곳이 있다고 여겼다.

"아이스, 뒤쪽 좀 확인해 줄래? 화물차 상황 좀 알려 줘."

아이스는 의자 등받이를 부둥켜안았다. 엉덩이를 들썩이는 거친 드라이브 중에도 그리즐리의 말을 따랐다. 뒤를 돌아보자 손전등 불빛이 어른거렸다. 많은 사람들의 소리가 들리기도 했다.

파수꾼들이 들고 있던 총의 개수에 비해 발포되는 총소리는 적었다. 총을 쏠 시간도 없거나, 그럴 만한 상황이 아니거나. 구분할 수 없었지만 많은 사람들이 소리치는 소리는 들렸다. 그리즐리의 무전기가 뒷좌석에서 선명하게 울려 퍼졌다.

〈부지 내 고랑 길로 자동차 출입 불가합니다!〉

〈총기 소지 인원 30명가량, 모두 흩어졌습니다.〉

〈1팀, 2팀 서쪽 맡았습니다.〉

〈3팀, 4팀 동쪽입니다.〉

〈당신을 이 시간부로 마약류 관련한 법률 위반 및 미신고 총기 소지 혐의로 현행범 체포합니다.〉

〈발포합니다. 대응사격 들어가겠습니다.〉

〈독수리 발견, 독수리 발견.〉

〈군 병력 배치 완료 보고 받았습니다!〉

〈특별 팀 전원 합류합니다.〉

〈독수리 발포, 발포합니다!〉

혼재된 무선이 급박하게 이어졌다. 아이스는 창백해진 얼굴로 그리즐리를 돌아봤다. 그는 웃음기가 가신 얼굴로 중얼거렸다.

"MJ랑 선생님 빼내서 도망쳐야 해. 기름이 얼마 없어. 몇 킬로 달리지도 못해."

무전 속에서 독수리를 외치는 소리가 많았다. 독수리가 뜻하는 암구호를 아이스는 눈치로 알아차렸다. 그들이 쫓는 독수리는 아버지의 대리자였다.

〈특별 팀 빈유미, 독수리 대응 사격하겠습니다.〉

여러 차례 총성이 울렸다. 무전기 속이 아닌 밤하늘을 가르는 총성이었다. 아이스도 그리즐리도 말이 없었다. 그저 어떻게든 MJ와 도원을 찾아야 한다는 생각뿐이었다.

이제 다른 길은 없었다.

뒤쪽은 낭떠러지 끝, 절벽이었다.

23

23

'MJ.'

익숙한 목소리가 그를 불렀다. 처음에는 인식 자체를 할 수 없는 목소리였다.

목소리는 너무도 평온하고 다정해서 현실성이 없었다. 눈앞이 멀 정도로 화가 날 때면 체온이 낮은 손바닥이 볼을 감싸곤 했다. 그 부드러운 감촉이 한참 후에 떠올랐다.

'MJ.'

온몸이 불덩이를 삼킨 기분이었다. 눈은 멀어 시야를 통제할 수 없었다. 머릿속은 뜨거워졌다. 조각난 생각들이 물처럼 흘러내렸다.

손발로 피가 빠져나가 바르르 떨렸다. 온몸의 자율 신경과 반사 신경만 살아 움직였다. 인간의 몸이 아니라 하나의 고깃덩어리였다.

이렇게 무거운 덩어리를 제대로 가누지 못하고 한기만 도는 벽에 기대어 앉은 꼴이다.

'MJ.'

MJ는 눈을 깜빡였다. 그저 앉아만 있을 뿐인데도 온몸에서 식은 땀이 흘렀다. 짧은 머리카락 사이에 맺힌 물방울들은 두피를 가로지르고 목 뒤와 어깨로 흘러내렸다.

MJ는 천천히 주변을 돌아봤다. 천장에 매달린 손전등이 삐거덕 소릴 내며 흔들리고 있었다.

좁다란 빛의 파원이 비추고 있는 테이블 위에는 귀퉁이만 잘려나간 생고기 덩어리가 말라 가고 있었다. 의자는 바닥을 나뒹굴고 있었다. 넘어진 의자 옆에 핏자국이 점점이 흩뿌려져 있었다.

지하실은 좁고, 기이하게 밝았고, 아무도 없었다.

상황 파악을 하지 못한 눈으로 멍하니 주변을 둘러보다가 발밑에 떨어져 있는 열쇠를 발견했다. 신발로 열쇠를 밟고는 뒤돌려 묶여 있는 손에 닿을 수 있도록 끌고 왔다.

열쇠를 손으로 집을 때 손목을 타고 끔찍한 통증이 올라왔다. 녹슨 철 냄새가 나는 액체가 손목을 타고 쉼 없이 흘러내렸다.

수갑을 푼 후에는 두 손을 믿을 수 없는 눈으로 내려다봤다. 누군가 손목에 톱질을 한 것만 같았다. 살점들이 너덜거렸다. 갈라진 살 틈으로 피가 쉼 없이 흘러내렸다.

아픔을 잘 모르던 덩어리 같은 몸이 눈으로 상처를 확인한 후에야 욱신거리며 고통을 호소했다.

"선생님."

'네, MJ.' 하고 속삭여 대답해 주는 목소리가 자꾸만 귀에서 어른거렸다. 부르면 하던 일을 잠깐 멈추고 뒤돌아봐 주던 사람이었다. 무시하는 법은 결코 없었다.

아무리 바빠도 곤란한 표정으로 '이것만 끝내고요.'라고 말하며 신경을 써 주던 사람이다. 웃을 때 고개를 약간 옆으로 숙이던 모습이 눈앞에서 떠나질 않았다.

MJ는 아픈 손목보다도 더 정처 없는 눈으로 텅 빈 지하실 안을 돌아봤다. 도원이 없었다. 분명 같이 있었는데 보이지 않았다.

"선생님."

아무리 불러도 대답해 주는 목소리가 들리지 않았다. MJ는 상처 난 손으로 벽을 짚고 지하실을 빠져나왔다.

1층에서 역겨운 냄새가 번지고 있었다. 재배실과 건조실을 돌아봐도 이파리를 활짝 벌리고 있는 식물들만 한가득이었다. 도원은 어디에도 없었다.

MJ는 혼란스러운 얼굴로 멈추어 섰다. 아픈 손목을 잊고 피에 젖은 손으로 입가를 가렸다.

공백이었던 기억이 되살아났다. 잠깐 떠올리지 못했던 도원과의 일이 선명하게 되살아났다.

새카맣던 어둠이 물러나고 지하실에 불이 켜졌을 때, 도원은 울고 있었다. MJ를 끌어안고 괜찮다고 했다. 울면서 괜찮다고 했다. 그런 말이 나온 상황은 대체 뭐였을까. 왜 선생님을 울고 있었고, 괜찮다고 한 것일까.

지하실에 불이 들어오자마자 퓨즈가 끊어진 것처럼 정신이 나가 버렸다. 무슨 행동을 어떻게 했는지 기억이 나질 않았다.

도원과 섹스를 하고 있었던 것 같은데, 아니 이런 상황에서 섹스란 걸 할 리가 없지 않나. 분명 지승준도 함께 있었고. 지승준이 있는 곳에서 그런 행동을 했을 리가.

그러고 보니 지승준은 어디 간 거지. 선생님과 같이 어딜 간 걸까? 뭐지? 뭐가 어떻게 된 거지?

기억과 감각들이 뒤죽박죽으로 뒤섞였다. 어린 시절 창고에 갇혀서 고통스러워하던 감각과 눈앞에 총구를 들이민 남자의 웃는 입술만은 선명하게 기억했다.

도원을 만나기 전에 종종 혼자 잠을 자다 느꼈던 것들이었다. 그럴 때마다 손에 라이터를 쥐거나 여자의 유방을 움켜잡았다.

똑같은 것을 지하실 안에서 느꼈다. 그러나 지하실엔 불에 그을린 자국 하나 없었다. 방화 대신 섹스를 했다는 소릴까. 그럼 도원을 바닥에 넘어트리고 구멍을 파고들기라도 했다는 걸까.

그럴 리가. 정말로 그럴 리가. 그런 미친 짓을 했을 리가.

MJ는 멍한 얼굴로 천장을 바라보다가 고개를 저었다. 그럴 리가 없다. 그냥 미쳐서 날뛰는 자신을 수갑으로 묶어 놨을 것이다. 그래서 손목이 이 지경이 되었을 것이다.

도원을 공포의 해소 대상으로 붙잡아 몸을 섞었을 리 없다. 의식도 없는 상태에서 그와 섹스를 했다면, 그건 절대 섹스였을 리 없다. 도원을 상대로, 자신이 그랬을 리 없다.

"선생님."

그를 찾는 목소리가 더 간절해졌다. 조각난 기억 속에서 도원이 울고 있어서 심장이 거세게 뛰었다. 온 정신이 스스로 벌인 행동을 부정하고 또 믿지 않았지만 이미 몸은 알고 있었다.

발기한 페니스를 어떻게 써야 자신이 살아올 수 있었는지를, 수십 년간 함께 동고동락한 몸의 감각이 모를 리가 없었다.

MJ는 그 감각을 필사적으로 외면했다. 몸이 내어 주는 답을 회

피했다. 그 답을 듣지 않으려 했다. 들으면 미칠 것 같았다. 안 돼. 그럴 리 없어, 병신 같은 생각 말고. 안 된다니까.

"선생님, 선생님, 어디 있어? 선생님. 대답해 봐."

목소리가 엉망진창으로 갈라졌다. 성대를 심하게 혹사하지 않고서야 목소리가 이럴 리 없었다. 몸 상태가 단 하나의 답을 가리키고 있었다.

기억나지 않는 척하지 말라면서 도망갈 수 없는 증거들을 들이밀었다. 자신이 무슨 짓을 했는지 똑똑히 확인하라는 듯이 말이다.

"선생님!"

발로 문을 하나씩 걷어찼다. 사람 없는 1층을 확인하고 문을 박차 뛰어나가려 했다. 하지만 건물에 오기 전 그 입구를 보초처럼 지키고 서 있던 동창회 남자들이 생각났다. 그들이 지키고 있다면 문을 열고 나가는 순간 난사되는 총알에 몸이 벌집이 될지도 모를 일이었다.

출입구를 여는 대신 반대편으로 되돌아 계단으로 뛰어갔다.

2층으로 올라가는 계단 밑에는 펜스가 쳐져 있었다. 자물쇠가 걸려 있는 문을 잡고 흔들었다. 녹슨 경첩이 흔들렸다. MJ는 망설이지 않고 문짝을 잡아 뜯었다.

경첩에 박힌 못이 하나 빠지자 흔들거리던 펜스가 와르르 무너졌다. 자욱한 먼지를 날리며 넘어진 펜스 위를 뛰어올랐다.

2층으로 달렸다. 훈기로 뒤덮여 있던 1층과 달리 2층은 차가운 밤공기로 가득했다. 쓰지 않는 방마다 깨진 유리를 커튼으로 덮은 창문이 하나씩 달려 있었다.

MJ는 커튼을 젖히고 창밖으로 고개를 내밀었다. 어둡고 적막한

산이 멀리까지 등성이를 뻗치고 있었다. 그 깊은 골짜기에서 불어
온 바람이 공장을 스치고 지날 때마다 휘이, 휘파람 소리가 났다.

삐이, 삐이, 삐이, 삐이.

어디선가 시계 알람 소리가 들렸다. MJ는 귀를 쫑긋했다. 손목
시계에 타이머를 맞추면 듣곤 했던 소리였다. 창밖, 어딘가에서 들
리고 있었는데 방향성을 잡기 쉽지 않았다. 바람 소리가 자꾸만 소
리의 근원을 혼란스럽게 했다.

"선생님, 선생님."

MJ가 반대편 방으로 달려갔다. 기도하는 마음으로 도원의 이름
을 읊조렸다.

"제발, 선생님."

시계 소리는 가까워지지 않았다. 건물 밖으로 뛰어나가 직접 찾
아보는 게, 이렇게 높은 데에서 찾아보는 것보다 더 효과적일지를
초조하게 생각해 볼 때였다.

타앙!

사방을 찢고 울려 퍼지는 소리가 시계 타이머 소리를 순간적으로
덮었다. 총소리가 타이머의 비어 있는 간극을 메웠다.

메아리치는 총소리는 고랑 길에서 들렸다. 누군가 고랑 길에서
총을 쐈지만 신경 써서 내다볼 겨를이 없었다. MJ는 건물 앞에 어
른거리는 사람 인영을 발견했다. 입구를 내려다볼 수 있는 창문을
찾아 다른 방으로 뛰어 들어갔다.

창 아래 도원이 보였다. 그의 앞에 지승준이 서 있었다. 도원이
지승준의 옆구리에 장총을 겨냥한 채였다. 도원이 당긴 방아쇠는
틱, 하는 작은 공이치기 소리만 들렸다. 탄창에서 탄피가 떨어지지

않았다. 지승준이 뒤를 돌아봤다. 그가 웃고 있었다.

"대리자가 총을 그냥 두고 갔을 리가 없잖아요. 탄환이 없으니까 쓸모없어져서 내버려 둔 건데요."

도원은 당황하지 않았다. 빈 총으로 할 수 있는 대응책을 찾아 움직였다. 총신을 쥐고 있는 힘껏 휘둘렀다.

총신이 등허리를 후려치면서 지승준이 휘청거렸다. 그 반동에 도원 역시 휘청였다.

"하아, 하."

도원의 입에서 입김이 하얗게 피어올랐다. 차가운 밤공기와 대조되는, 평소보다도 훨씬 뜨거운 입김이 구름처럼 번져 나갔다.

몰아쉬는 숨결은 도원이 마지막 남은 힘까지 쥐어짜고 있다는 뜻이었다. 바닥을 짚은 지승준이 이번엔 어깨까지 떨면서 웃었다. 그는 웃음을 주체하지 못했다.

"아하하하, 날 죽이려 했어요, 선생님이! 선생님은 방금 살인자가 될 뻔했다고!"

도원은 입술을 질끈 깨물고 총을 다시 휘둘렀다. 웃고 있는 어깨와 옆구리에 단단한 총신이 내리꽂혔다.

"컥." 하는 작은 신음이 섞여 들었지만 웃음이 멎지는 않았다. 유쾌하게 터지는 웃음이 비틀려 있었다. 마냥 즐거워하지는 못한 채 의심으로 일그러져 있었다.

"이거 내가 이긴 거 맞죠? 선생님이 나한테 머리로 안 되니까 포기한 거잖아. 최후의 수단으로 총까지 쏜 거라고!"

도원은 회피하지 않았다.

"그래, 죽일 거야."

살인을 예고하는 소리에도 지승준은 자지러지게 웃었다.

"선생님이, 그 위대한 선생님이 나를 감당 못해서 죽이려 하다니!"

"그렇게 생각해?"

"아하하, 하, 뭐?"

"하나도 파악 못한 주제에 다 아는 것처럼 구는 것도 적당히 해."

도원은 한 번 더 장총을 휘두르려 했다. 지승준은 장총이 제 머리를 가격할 각도를 계산하면서도 피할 생각을 하지 않았다.

도원의 말을 이해할 수 없었기 때문이다. 감당 못하는 상대를 죽인다는 극단적인 선택을 하면서도, 자신의 판단을 믿고 있는 도원이었다.

지승준이 파악하지 못한 것이 있다고 말하는 모습은 그의 광기를 자극하기 충분했다. 폭력에 폭력으로 맞서는 선택을 한 도원을 말린 사람은 지승준이 아닌 MJ였다. 내려다보던 MJ가 거센 산바람에 한쪽 눈을 감으면서 소리쳤다.

"선생님!"

총을 든 손이 움찔하며 굳어 버렸다. 도원은 급하게 고개를 들었다.

"MJ?"

바로 위 창문에서 내려다보는 MJ를 확인하자 안도나 안심이 순간적으로 그의 시선에 스쳤다. 도원이 잠시 한눈을 판 사이를 지승준은 놓치지 않았다.

지승준은 탄창이 빈 총신을 양손으로 잡고 흔들었다. 도원의 몸이 덩달아 휘청거렸다. 도원의 양손에서 힘이 빠진 사이에 지승준은 총을 빼앗아 뒤편으로 던져 버렸다. 그리고는 도원의 명치를 주먹으로 있는 힘껏 때렸다.

도원은 비명도 지르지 못한 채 비틀거렸다. 서서 몸을 지탱하는 것조차 기적에 가까운 일인 듯, 간신히 버티고 있던 도원이 그 충격은 참지 못하고 무너져 내렸다. 힘이 빠진 다리를 제대로 펴지 못한 채 배를 잡고 웅크렸다. 도원의 모습에 MJ가 소리를 질렀다.

"개 같은 새끼가! 그만하지 못해!"

지승준은 품으로 쓰러진 도원을 내려다보기만 했다. 머리 위에서 소리치는 MJ보다도 흰자위를 뒤집고 도원을 내려다보기 바빴다.

"내가 파악하지 못했다고? 방금 한 말 뭐야."

도원은 결국 눈물을 흘렸다. 지하실에서 겪은 일 때문에 두 다리가 덜덜 떨렸다. 내장까지 다쳤을지 모르는 몸은 뜻대로 따라 주질 않았다.

다시 내장을 가격하는 주먹질을 견디기는 무리였다. 도원의 바지 밑, 발목을 타고 핏줄기가 흘러내렸다. 도원의 신체는 한계를 넘은 지 오래였다. 그 한계를 알면서도 극단까지 밀어붙이는 사람이 지승준이었다.

"선생님이 졌잖아. 왜 인정을 안 해? 무슨 수작인 거야?"

보채는 지승준과 창백한 얼굴을 들지 못하는 도원을 보며 MJ의 눈도 덩달아 뒤집혔다.

"씨발, 개 같은! 지승준 하지 마! 때리지 말라고!"

지승준이 고개를 꺾고 소리쳤다.

"너야말로 닥쳐! 어딜 끼어들려고 해! 지금 선생님이랑 얘기하고 있잖아!"

창밖으로 뛰어내리려는 MJ에게 지승준이 더 세게 경고했다.

"선생님이 날 쏘려고 했어! 탄창에 총알이 들었다고 믿고 있었어! 날 죽이려 했어! 나와의 머리싸움에서 진 개가 되길 기다렸는데 아니라잖아! 씨발, 닥치고 기다려, 너는!"

지승준은 입을 크게 벌리고 눈을 부릅떴다. 웃는 것인지 소리치는 것인지 알기 어려운 괴물 같은 모습이었다.

"아하하, 내가 놓친 게 있을 리 없잖아! 뭐야, 뭐냐고! 선생님, 빨리 말 안 해? 여기서 쑤셔 박아 줄까? 그래야 빌면서 고백할 거야?"

MJ는 더 이상 지체하지 않았다. 커튼을 한 손으로 잡고 창밖으로 뛰었다.

뜯어지는 낡은 천 소리와 함께 떨어진 MJ가 그대로 바닥을 몇 바퀴 굴렀다. 발목을 타고 올라오는 통증이 상상을 초월했다. 그래도 분노가 앞선 몸은 아픔에 앓기보다도 지승준의 목덜미를 붙잡는 일을 선택했다.

지승준의 목을 잡아 뒤로 넘어트렸다. 미끄러지는 몸을 향해 MJ가 달려들었다. 그대로 머리통을 발로 찼다. 끼고 있던 안경이 저 멀리까지 날아갔다.

콧잔등에 날카로운 상처가 난 지승준이 그런 MJ를 부릅뜬 눈으로 바라봤다. MJ의 주먹이 한 번 더 빠르게 날아왔다. 반대편으로 고개가 날아가다 못해 몸이 반동을 이기지 못하고 땅바닥을 굴렀다.

MJ가 곧바로 따라붙었다. 지승준이 몸을 일으키기도 전에 MJ는 지승준의 멱살을 붙잡았다.

지승준의 몸이 단숨에 들어 올려졌다가 다시 한번 바닥에 패대기쳐졌다. 언 땅에 등허리가 부딪힌 지승준이 고개를 젖히면서 커다랗게 기침을 터뜨렸다. 충격에 숨을 못 쉬는 지승준을, MJ는 잔인할 정도로 발로 차 버렸다.

"하아, 하악, 학."

입김이 안개처럼 MJ의 얼굴 앞으로 쏟아져 나왔다. 전력으로 상대방을 때리는 일은 상대가 받는 충격만큼 MJ의 손목과 발목에도 고스란히 되돌아와 욱신거리는 통증을 남겼다.

더욱이 2층에서 뛰어내려 인대가 잘못된 발목은 아파서 가만히 서 있는 것조차 힘들었다. 아픈 몸을 견딜 수 있는 이유는 하나였다. 통증을 신경 쓰지 못할 만큼 MJ도 제정신이 아니었기 때문이다.

"허억, 퉤."

지승준은 바닥에 피가 고인 침을 뱉었다. MJ에게 얻어맞은 눈 한쪽이 새빨갰다. 핏줄이 터져서 눈 안에 피가 고여 있었다.

그런 눈을 하고도 도원을 찾아서 보고 있었다. 땅을 짚고 엎드려 있는 도원을 시야에 담았다. 도원이 끝까지 몰려 더 이상 아무 선택 사항도 없을 때, 두려운 상대를 제거해야 한다는 믿음만으로 총을 쏘길 바랐다.

그런데 막다른 곳까지 몰려서, 더 이상 지승준을 이길 수 없다는 판단하에 방아쇠를 당긴 게 아니었다.

―너는 단 한순간도 나를 파악하지 못했어. 나를 뛰어넘지도 못하는 사람이 나를 망가트리긴 어려울 거 같거든.

그 한 마디가 지승준을 비틀어 짰다. 도원의 말과 행동이 생각한 것과 달랐다. 이게 아니었다. 도원은 MJ도 고치지 못하고, 지승준에게서도 벗어나지 못하는 무력함을 느껴야 했다.

아무리 발버둥 쳐도 지승준을 뛰어넘지 못하는 걸 무의식중에 인정해야 했다. 망가져야 했다. 망가진 그를 갖고 싶었다. 그래야 의미가 있었다.

MJ라는 세계가 산산조각으로 부서져서, 되돌릴 수 없는 고통 속에서 허우적거리는 도원이라야 지승준은 자신을 이해할 수 있는 사람을 갖게 되는 것이라 믿었다.

MJ라는 오점을 도려낸 인생을 보완해 줄 수 있는 사람. 현명하고 침착하면서도 지승준만을 절대자로 모시는 그 사람을.

다른 사람이라면 일찍이 두려워 도망갔겠지만, MJ를 사랑한다는 이유만으로 모든 걸 버티고 견뎌 낸 그 도원을!

그림이 완성되지 못했다. 이렇게 하면 마지막 붓질을 잘못해 스케치부터 정성 들여 온 그림을 망치게 되어 버린다.

밑그림부터 선 하나하나를 신경 써서 그려 온 그림인데 이제 색깔을 다 입힌 그림에 물 한 방울이라도 튀게 할 수는 없었다. 이대로는 그림을 완성시킬 수 없다. 도원은 아직 망가지지 않았다.

"내가 놓친 게 뭐야, 응? 선생님."

쉬어 빠진 목소리로 지승준이 외쳤다.

"내가 놓친 게 뭐냐고!"

지승준이 허리춤에서 권총을 꺼내 MJ에게 겨누었다. MJ의 머리통을 그대로 날려 버리려 했다.

MJ를 죽이고 싶은 욕구와 이렇게 되면 그냥 죽일 수가 없는 욕구가 지승준의 내면에서 충돌했다. 손쉽게 MJ를 처리하면 도원을 망가트릴 마지막 기회마저 잃을 것만 같아서 망설였다.

MJ에게 어떤 식으로 얻어맞더라도 지금은 그 아픔이 중요한 게 아니었다. 그림이 아직 완성되지 않은 게 더 중요했다.

"내가 놓친 게 뭐냐고! 빨리 말 안 해?!"

지승준은 도원을 잡아 넘어트렸다. MJ가 비명을 질렀다.

"이 새끼가!"

지승준은 허공에 총을 쏴서 MJ가 한 발자국도 가까워지지 못하게 했다. 그가 끼어들 자리를 결코 내주지 않았다.

"가까이 오지 마! 이 총엔 탄환이 많아. 선생님 대가리 날아가는 꼴 보고 싶지 않으면 넌 그 자리에 닥치고 서 있어! 선생님! 대답해. 빨리 대답하라니까!"

도원은 총구가 향해 있는 MJ를 돌아봤다. MJ가 분노로 몸을 떨고 있었다. 그런 MJ에게 한마디 말을 붙이기도 전에 지승준이 도원의 명치를 무릎으로 세게 짓눌렀다.

"……아, 악!"

찢어진 밑으로 내장이 밀려 나가는 기분이었다. 도원으로선 한 번도 느껴 본 적 없는 끔찍한 고통이었다. 이대로 정신을 잃으면 무책임한 안락을 얻을 수 있을 것이다.

책임져야만 하는 고통과 모든 걸 포기해 버리는 무책임한 안락 사이에서 표류하던 도원이었지만, 그래도 언제나 선택지는 하나였다. 견디는 일에는 이제 지겨울 정도로 면역이 생겼다.

"모든 것에…… 오점이 없다고 생각해서 이렇게 된 거야."

힘없는 도원의 발언에 지승준이 눈을 벌겋게 뜨고 대꾸했다.

"내 오점은 저 새끼야! 저 새끼만 내 인생에서 지우면 깨끗해져!"

"MJ가 지워져도 네 과거는 지우지 못해."

"선생님이 저 새끼 트라우마를 고쳤으면 죽일 생각까진 안 했을 수도 있어. 고쳐질 수 있다면 나도 고칠 수 있다는 거니까! 그런데 실패했잖아!"

"실패하지 않았어."

"실패했어! 사랑이니 뭐니, 모든 희생과 정성을 다 쏟아부었는데도 못했잖아. 저 새끼가 박았던 밑을 내가 다시 들쑤셔 줄까? 지금 여기서, 응?!"

MJ의 터질 듯한 광기가 휘몰아쳤다. 지승준의 머리채를 잡아 벽에 두부를 던지듯 찧어 버리고 싶어 했다. 그러면서도 힘겹게 외면하고 있던 결정적인 실수에 머리가 돌아 버릴 것 같은 표정이었다.

—섹스와 강간은 달라요.

하필 도원이 처음으로 MJ의 손을 잡아 주었던, 그 명제를 어겼다. 다른 걸 알면서도 다스리지 못했다. 짐승보다 못한 새끼가 되어 도원의 명예와 믿음을 바닥에 패대기친 것이다.

"저 새끼가 선생님의 치료를 못 따라갔거나, 선생님의 방법이 잘못되었거나! 앞의 가능성이 더 크지! 자기가 사랑하는 사람 강간하는 새끼잖아?!"

MJ는 온몸을 떨었다. 그의 동공은 도원을 향해 있지만 도원을 담지 못했다. 지승준의 말에 창백한 얼굴을 숨기지도 못했다. 숨을 쉬는 것도 고통스러울 만큼 힘겨워하는 MJ에게 총구를 흔들었다. 지승준이 소리쳤다.

"그러니까 저 새끼를 지워 버리고 나로 내담자를 바꾸라고! 나를 사랑하고, 우러러보고, 나를 위해 희생하라고! 그게 그렇게 힘들어?!"

바늘처럼 날카로운 감정들이 쏟아져 나와도 도원은 질린 입술을 깨물기만 할 뿐, 그 외침에서 도망치지 않았다. 눈을 또렷하게 뜨고 지승준을 바라보며 말했다.

"나는 MJ를 연인으로 받아들인 순간, 치료 같은 건 포기했어. 그런 게 중요해지지도 않았고. 나는 MJ가 정신적으로 어디가 잘못되었든 아니든 중요하지 않아. MJ여서 좋은 거야. 그러니 널 사랑하고 희생하고 존경할 일은 없을 거야. 그 감정은 오로지 MJ에게만 허락했으니까."

"저 새끼 대가릴 날려 버리고 당신을 내 침대에 묶어 놓을 거야!"

"마음대로 해."

"다리를 벌리고 매일같이 입에 좆을 물릴 거야!"

"좋아, 네 걸 씹어서 뱉어 버릴 쓰레기통도 준비해 둬."

"하루 종일 그 창녀 같은 구멍에 내 좆물을 가득 채워 줄 거야."

"그러면 내 입에 재갈은 물려 두고 박아. 혀 깨물어서 시체가 된 사람한테 박으면 너무 혐오스럽잖아."

"남자들을 불러서 널 하루 종일 정액받이로 써 버릴 거야."

"그런다고 네 오점이 지워질 일은 없겠지."

"네 그 천박한 구멍을 벌리고 아침 점심 저녁 좆물로 배를 채우게 할 거라고!"

"마음대로 하라니까."

"제기랄, 도원!"

"그래, 지승준!"

"내가 놓친 게 뭐야? 뭐냐고, 뭔데 이렇게까지 나오는 건데! 왜 포기하질 않는데!"

"네 오점이 왜 안 지워지는지 말해 줄까?"

도원은 아랫입술을 깨물었다. MJ가 울고 있었다. 눈물을 보이지 않을 뿐, 이미 커다란 울음을 터뜨린 상태였다. 그런 MJ를 보자 도원은 옛적에 잃어버렸던 평정심을 주워 담을 겨를도 없었다. 천 번도 넘게 MJ에게 손을 뻗고 싶은 마음을 억눌렀다.

당신은 잘못한 거 없어. 괴로워하지 마. 내가 괜찮아. 내가 괜찮단 말이야.

MJ를 끌어안고 어린아이처럼 울고 싶은 심정을 가까스로 삼켰다. 뜨거운 불덩어리를 삼킨 것처럼 속에서 열기가 치솟았다.

자신이 어떤 식으로 무너지고 망가지더라도 지승준이 원하는 것은 절대 주지 않을 것이었다. 그에게 내어 줄 바에야 버리고 말 것이다.

"너는 여전히 사냥감이야. 살아남기 위해 도망 다니던 필사적이고 나약하고 보잘것없던 네 어린 시절은 끝나지 않았어. 네가 아무리 아버지나 빚, 신 같은 권위를 뒤집어쓰려 해도 소용없어. 넌 총구를 들이밀면 여전히 오줌을 지릴 토끼니까."

핏줄기가 터진 안구에 도원의 모습이 굴곡지게 들어왔다. 확장되는 동공이 금방이라도 정신을 잃을 것 같은 도원을 집어삼켰다.

지승준은 괴물처럼 얼굴을 일그러뜨렸다. 금기되어 있던 비밀을 걸어 낸 것에 반발했다. MJ를 향해 있는 총이 단박에 도원의 머리통을 날려 버릴 듯 떨렸다. 터져 나오는 분노기 도원의 숨통을 조였다. 그럼에도 도원은 꿋꿋하게 한 마디, 한 마디를 이어 갔다.

"빨간 눈이 잘 어울리네. 울음보 터진 어린애처럼."

들어 올린 손이 도원의 뺨을 거세게 내리쳤다. 그리고 그 타이밍을 MJ는 놓치지 않았다.

달려가 들고 있던 권총을 빼앗았다. 지승준이 돌아보기 전에 뒤통수에 권총을 겨냥했다. 준비 시간도 주지 않았다. 총을 장전하는 왼손의 움직임과 방아쇠를 당기는 오른손가락의 움직임은 아주 짧은 시간차만 두고 거의 동시에 벌어졌다.

발포되기 직전의 총을 도원이 막았다. 여기까지 와서 지승준을 죽이지 말라는 소리를 할까 봐, MJ가 소리를 지르려 했다. 도원의 대답은 의외였다. 그는 몸을 부들부들 떨며 분노를 참지 못하는 지승준에게 말했다.

"어디 도망가 봐!"

MJ가 그 말에 경악하며 반박하지 않은 것은, 지승준의 반응이 심상치 않았기 때문이다. 부릅뜬 눈으로 도원을 내려다보는 그는 생에 최고의 모욕을 들은 나약한 남자가 되어 있었다.

그토록 지우려고 발악했던 오점이 이전까지는 과거에 머물러 있었다면, 이젠 현재까지 스며들어 와 인생 전체를 까맣게 물들이고 있었다.

"끝까지 도망가 봐! 이번엔 널 위해 대신 총을 쏴 줄 MJ도 없어!"

MJ는 장전된 총의 방아쇠에서 손을 떼지 않았다. 도원이 허락한다면 혹은 지승준이 한 번만 더 도원에게 손찌검을 한다면 이번에는 어떠한 만류가 있더라도 그의 뒤통수에 구멍을 뚫어 주려 했다.

MJ의 목표는 단 하나. 지승준을 처리하는 것이 되었다. 그는 생존 본능에 가까운 마음으로 모든 생각을 닫아 버렸다. 지금은 방아쇠를 당겨야 한다는 생각밖에 할 수 없었다.

MJ가 도원을 강간했다는 지승준의 말이 MJ를 좀먹어 들었지만 필사적으로 외면했다. 머릿속을 휘몰아치는 감각들을 일부러 모른 척 밀어 버려야만 했다.

어둠 속에서 도원의 다리를 벌리고 피스톤질을 했던 감각을 선명하게 떠올리면, 장전된 총을 제 목구멍에 틀어박고 싶어질 테니 말이다.

본능이 말했다. MJ가 살기 위해서 지금은 그때의 감각을 잊어야 한다고. 눈앞의 지승준만 보라고. 더는 연인의 피가 흐르는 다리 사이를 막무가내로 파고들었던 감촉을 떠올리면 안 된다고. 울면서 괜찮다고 끌어안아 주던 도원을 생각하면 안 된다고.

MJ는 필사적으로 자신 속에서 자신을 지웠다. 지워야만 했다.

부지 입구에서 거대한 무언가가 충돌하는 소리가 울렸다. 바닥을 낮게 진동하는 충돌음이 심상치 않았다. 서로의 시선과 생각이 얽혀 있던 세 사람은 소리가 난 쪽으로 고개를 돌리지도 않았다.

그딴 것을 신경 쓸 여유가 없었다. 여러 명의 목소리와 고함 소리가 들리는가 하면 총소리가 뒤섞이기도 했다. 이것이 지승준이 놓치고 있던 것이고, MJ가 도원을 믿고 있기에 캐묻지 않은 것이기도 했다.

자신이 파악하지 못한 것의 실체를 깨닫게 된 지승준의 얼굴은 모욕감과 부끄러움으로 굳어 갔다. 여전히 사냥감 취급을 받는 자기 자신을 어떻게 숨겨야 하는지 알지 못하는 얼굴이었다.

도원을 믿고 있기에 끝까지 따라온 MJ는 그 신뢰를 지비렸던 행동을 머릿속에 되살리지 않으려고 견뎌 냈다.

요인은 달랐으나 반응은 비슷했다. 도원을 중심으로 돌아가는 사고방식과 긴장감이 팽팽하게 이어지다 못해 폭발하여 사방으로 불꽃을 날렸다.

멀리서 불빛이 보였다. 사람들의 손에 들린 손전등 불빛이 공장 건물을 향했다. 빛이 아직 닿지는 않았다. 그러나 방향만은 올곧아 이곳에 도착하기까지 얼마 걸리지 않을 것이다. 단 몇 분. 시간문제였다.

"여기서 만나는 건 어떻게 알고 미리 경찰을 불렀어. 장소는 아이스에게도 말한 적 없어."

또다시 사냥감이 된 지승준은 자신의 나약함을 숨기려는 것처럼 온몸을 떨었다. 끝까지 모든 걸 완벽하게 끝낼 수 있었던 그림이 결국 망가져 버렸다.

물 한 방울 튀지 않게 하려 했건만. 잠깐 고개 돌린 사이에 아예 그림이 찢겨 있을 줄이야.

지승준이 씹어뱉듯이 말을 이었다.

"사전 접선 지역에서 움직이는 차는 두 대뿐. 하나는 절벽을 향해 내비게이션을 설정해 둔 차였고, 다른 하나가 여기였어. 여기 오기 전까지는 위치가 어딘지도 알지 못했잖아. 그런데 어떻게 안 거야! 어떻게 안 거냐고!"

흥분한 지승준에게 도원은 쉽게 대답을 주지 않았다. 느리고 천천히, 여유를 두고 입을 열었다.

어리고 연약한 지승준을 달래는 어른의 심정이었다. 밤에 악몽을 꿨다고 우는 아이에게 '이런, 이런.' 하고 등을 쓸어 만져 주듯이 말했다.

천천히 곱씹어 정확한 발음으로.

지승준의 가장 적나라한 낯빛이 드러나는 말이었다.

"너무 심각해지지 마. 이건 게임일 뿐이잖아."

사냥감이 그런 거 알아서 뭐 해. 답은 사냥꾼이 알아야지. 쫓기는 사람은 쫓는 사람을 생각할 시간이 없잖아. 목숨부터 구하려고 발악하는 게 사냥감의 도리라고.

마치 도원이 그렇게 말하기라도 한 것처럼 지승준은 이를 갈며 분해했다.

일그러지는 지승준의 얼굴 뒤로 빛을 밝게 뿌리는 헬기 한 대가 다가오고 있었다. 커다란 프로펠러 소리는 지승준을 킬 박스로 몰아넣은 사냥개처럼 보였다.

◐

대형 화물트럭이 철문으로 돌진했다. 차양을 우러러봐야 하는 높고 두터운 철문은 달려든 트럭에 부딪쳐 꿍음을 내며 우그러졌다.

트럭의 앞면과 유리창이 모조리 박살 날 정도의 충격이 땅을 울렸다. 화물차가 싣고 온 컨테이너 박스 문이 동시에 개방되었다.

컨테이너 박스 안에서 군 병력이 쏟아져 나왔다. 무장한 군인들이 일사불란하게 대열을 맞췄다. 그 뒤로 방탄조끼를 입고 총을 든 사복 경찰들이 나왔다.

경찰 헬기 두 대가 고요한 산속을 가르고 날아와 서치라이트 불빛을 강렬하게 비추었다. 공장 입구를 대낮보다 밝게 비추는 빛이었다.

대규모 병력과 헬기의 거대한 프로펠러 소리, 눈을 뜨기 힘들 정도로 밝은 불빛이 시각과 청각을 덮어 버렸다.

"모두 총 버려! 반복한다! 총 버려!"

군 병력의 엄호를 받는 경찰 라인에서 가장 앞에 서 있는 남자가 소리쳤다. 트럭에서 나온 인원이 초기 진압에 성공했다고 전달받았는지, 산 밑에서 사이렌을 켠 경찰차 수십 대와 창문이 폐쇄된

범인 호송용 버스까지 연달아 올라오고 있었다.

대리자는 안경알을 밝게 비추는 헤드라이트 불빛을 부릅뜬 눈으로 노려봤다. 머리 위로 헬기가 낮게 비행할 때마다 짧은 단발머리가 솟구치고 뒤집혔다.

겁먹은 아버지 측 파수꾼들은 저희를 겨냥하고 있는 경찰들에게서 주춤주춤 뒷걸음질을 쳤다. 부서진 문 근처에 넓게 서 있던 파수꾼들이 좁혀 오는 포위망에 따라 한 곳으로 모여들었다.

저마다 등을 맞대고 총을 든 채 경찰들을 겨누었지만 압도적으로 불리했다. 상대가 경찰이라도 상관없으니 죽이고 도망가겠다는 전의를 완전히 상실하게 만드는 광경이었다.

대리자는 무리를 총괄하는 경찰을 바라봤다. 라인의 제일 앞에서 대리자에게 총구를 겨누고 있는 남자는 많이 잡아봤자 50대 초반으로 보이는 남성이었다.

머리가 벗어져 이마가 넓었고 풍채가 좋지도 않았다. 마르고 왜소한 체형이었다. 그리고 시선의 초점이 하나로 모이지 않는, 양옆으로 벌어지는 사시를 가지고 있었다.

카멜레온처럼 좌우를 구분하여 볼 수 있을 것만 같았다. 초점을 모아 하나만 볼 수 있는 사람들과 달리, 서로 다른 초점으로 동시에 두 개 이상을 볼 수 있을 법한 사람.

대리자가 총을 들자마자 수십 명의 경찰들이 들고 있는 총구가 동시에 대리자를 향했다. 머리 위에서 빙글빙글 도는 헬기 프로펠러에 대리자의 옷자락은 격렬하게 나풀거렸다.

도망칠 곳도, 숨을 곳도 없는 곳에서 이미 파랗게 질려버린 파수꾼들이었다. 그들은 순순히 총을 내리고 항복의 의사를 보일 듯했다. 대리자가 불시의 행동을 하지 않았다면 말이다.

탕!

그녀가 총을 쐈다. 바로 옆에 있던 파수꾼 머리가 날아갔다. 총을 바닥에 내리고 양손을 들려던 남자였다. 같은 편을 쏴 죽인 대리자의 행동에 방아쇠에 얹은 경찰들의 손가락이 몇 차례나 움찔거렸다. 그녀는 총을 다시 장전하고 항복의 의사가 명백한 두 번째 파수꾼 머리통을 재차 날렸다.

탕!

순식간에 두 사람이 죽어 버리자 사시 눈의 형사가 소리쳤다.

"당장 총 버려! 명령이다! 불복할 시 대응 사격하겠다!"

그러나 형사의 말이 끝나기도 전에 대리자는 세 번째로 같은 편에게 총을 쐈다.

탕!

대리자에게 위협사격이 가해졌다. 그녀의 발밑에 경찰 측에서 쏜 총알 세 발이 박혔다. 대리자는 눈도 깜짝하지 않았다. 네 번째 총알 역시 오차 없이 같은 편에서 항복을 표시한 남자의 머리를 뚫고 지나갔다.

탕!

망설임 없는 총알은 경찰이 겨누고 있는 수십 개의 총보다 더 위협적이었다. 그것은 경고도 없이 손쉽게 목숨을 앗아 가 버렸다.

더 이상 항복할 생각도 못한 채 굳어 버린 파수꾼들을 확인하자, 대리자의 총질도 멈추었다.

그녀는 빈 탄창을 열고 점퍼 주머니에서 총알을 꺼냈다. 총알을 하나씩 밀어 넣으면서 빈 탄창을 채워 갔다. 무거워지는 탄창만큼,

경찰들의 항복 요구에 불응할 수밖에 없어진 남자들의 몸이 떨렸다.

모두가 대리자를 보고 있었다. 네 명을 연달아 죽인 그를 당황해서 지켜보는 시선이었다. 그녀의 손에 들린 총이 사냥용 엽총이 아니라, 반자동 기관총이었다면 경찰들을 향해 팔을 휘둘렀을지도 모를 일이라고 생각하는 듯했다.

"당신이 이 작전 책임자야?"

대리자는 사시 눈의 경찰에게 완전히 몸을 돌렸다. 그녀의 총이 같은 편이 아닌 경찰을 향할 수 있다는 것만으로 경찰들의 모든 총이 대리자를 겨냥했다.

남자는 대답이 없었다. 그녀는 대답이 없는 것도 대답이 된다는 사실을 알고 있었다. 그가 책임자였다.

"이름이 뭐야."

같은 편에서도 이질적으로 톡 튀어나와 있는 대리자를, 사시는 한참이나 살펴보다가 입을 뗐다.

"서울경찰청 광역수사대 1팀 최기혁 형사다."

"서울에서 이렇게 한꺼번에 많은 형사들을 보낸 건 아니겠지."

"46군데 경찰서 협조를 얻어야 했지. 군 병력도 지역 부대 세 곳에서 지원받았고."

"아버지란 사람 하나 잡으려고?"

"우리나라 최대 규모의 마약 조직 소탕하려고."

"멕시코 거물들이 울고 가겠어."

"멕시코였으면 넌 이미 경고 사격 없이 죽었어."

"아버지를 넘기더라도 여기서 그만둘 생각은 없다는 거네?"

"지승준은 교살 및 일반인 납치, 감금, 의료법 위반 등 11개 항목 혐의로 처넣을 거야. 마약 밀수, 사범, 판매, 투약, 밀조 혐의로 검거하는 건 한여은, 당신이야. 방금 전에 살인 혐의도 늘었네. 과거에 군사 보안법 위반한 것도 추가될 테니 '혹시나'하는 생각은 말아. 둘 다 평생을 교도소에서 썩게 해 줄 테니까."

단호한 최기혁의 반응에 그녀는 "흐으." 하고 웃음만 흘렸다. 같은 편을 죽일 때보다 훨씬 가벼운 표정이었다. 그녀가 혼잣말처럼 중얼거렸다.

"신상은 언제부터 알았대."

이름 석 자로 불린 게 얼마 만인지, 그녀는 제 이름이 낯설어서 반갑지도 않았다.

군인 시절 죄목까지 입에 담은 최기혁이 괘씸할 따름이었다. 제 인생에 그림자조차 비친 적 없던 외부인이 이제 와 모든 것을 앗아가고 있었다.

대리자가 군대에서 탈영한 과거와 그 후로 한국 최대의 마약상이라는 위치까지 일구어 낸 업적, 현재 벌어진 살인 사건까지. 모두 합쳐서 인생을 잘못 살았다고 단언하는 최기혁에게 화가 날 수밖에 없었다.

마약을 하는 게 뭐가 잘못일까. 현실 도피적인 쾌락이 뭐가 어때서. 남에게 피해도 주지 않는데 그게 뭐가 잘못된 걸까.

"감옥에 가는 건 상관없어. 그런 건 무섭지 않아. 그런 게 무서웠으면 시작도 하지 않았어."

가진 게 얼마 없었다. 발악하며 여기까지 일구어 올 때도 바닥이 비옥한 대지가 아닌, 언제든 허물어질 수 있는 모래라는 점을 잘 알고 있었다.

그래도 그것을 잃는다는 것은 대리자 스스로 이 일을 그만둘 때라고만 믿었다. 아버지의 동창회가 건재하는 한, 크랙이 마약 파티를 즐기며 회원 수가 늘어나는 한, 국내 유통망은 문제없다고 믿었다.

이제 막 일본과 중국, 동남아로 거래 지역을 늘리려고 착실하게 준비하고 있었건만.

대리자가 무언가 행동을 취하는 것보다 경찰 측의 발포가 빨랐다. 날아온 총알이 대리자의 손을 관통했다.

총을 놓친 대리자가 아픈 손을 붙잡았다. 손의 뼈와 근육이 모두 파열된 고통에 쌍욕을 뱉었다.

"개, 씨팔!"

대리자는 저를 쏜 사람을 죽일 듯이 노려보았다. 덩치 큰 남자들 사이에 유독 더 작고 말라 보이는 여형사가 서 있었다. 머리가 짧아서 소년처럼 보이기도 했다.

제법 먼 거리에서 총을 쥔 손만 겨냥한 실력이 대단했지만 그런 사격술에 감탄할 여유는 없었다.

"이곳에 도원 선생님이 있다는 거 알고 있습니다. 도원 선생님 어디 계십니까!"

여형사의 물음에 대리자는 참지 못하고 소리 내어 웃었다.

"아이스 말이 맞나 보네. 그 사람이 진짜로 경찰이랑 연락했잖아."

"어디 계십니까!"

"대체 언제, 어떻게 연락한 거야."

"선생님 어디 계시냐고요!"

"내가 어떻게 알아, 썅!"

대리자가 멀쩡한 한 손으로 옆에 서 있던 파수꾼으로부터 총을 빼앗았다.

옆구리에 끼고 한 손으로 장전했다. 하지만 장전한 총을 들기도 전에 여자 형사가 총을 쐈다. 손등을 뚫었던 이전의 정확한 사격이 두 번 반복되진 않았다.

대리자가 움직이는 바람에 총알은 손 대신 볼을 스쳤다. 광대 위에 길게 찢어진 상처가 아플 텐데도 대리자는 자지러지게 웃었다.

"아하하, 하, 아악! 씨팔! 아하학!"

그 모습을 최기혁이 빤히 바라보다가 말했다.

"빈 형사. 여긴 자네가 맡아."

대리자의 손등과 볼에 각각 상처를 입힌 장본인은 적잖이 당황한 표정을 숨겼다.

책임이 막중했다. 이런 대규모 병력을 통솔해 본 적도 없고, 그럴 만한 깜냥이 되지도 않는다고 생각했다. 울상을 지으면서 "죄송합니다, 못하겠습니다."라고 말해도 누구 하나 나무라지 않을 상황이었다.

그럼에도 빈유미는 입술을 꾹 깨물며 숨을 골랐다. 그녀는 아직도 자기 자신을 믿지 못했지만 주변에서 믿어 주고 있었다. 주변에서 과대평기히는 것이 아니라면 할 수 있을 것이다. 빈유미는 입술을 깨물며 고개를 끄덕였다.

"알겠습니다."

떨리고 있는 가느다란 목소리를 알면서도 최기혁은 많은 짐을 그녀에게 안겨 주었다.

"죽지 못하게 해."

"어떻게든 생포하겠습니다."

"저 총괄 아니면 다른 점조직 꼬리 잡기 쉽지 않아."

"반드시 전부 알아내겠습니다."

"도원 선생이 어디 있는지도 알아내고."

"그걸 최우선으로 삼겠습니다."

최기혁이 화물차 부근을 포위하고 있는 병력에게 손짓했다. 40명이 넘는 군인과 경찰들이 화물차가 부순 철문 안으로 향했다. 그보다 많은 병력이 대리자와 파수꾼을 포위하고 있었기에 눈앞에서 부지 내로 들어가는 경찰들을 마냥 지켜보는 수밖에 없었다.

하늘을 배회하던 헬기 두 대도 양옆으로 갈라졌다. 한 대는 최기혁이 이끄는 병력 위를 따라가며 앞길을 비추었다. 앞으로 나아가기엔 비효율적으로 설계된 구부러진 고랑 길이었다. 최기혁의 혀차는 소리는 시끄러운 헬기 소리에 묻혀 들리지 않았다.

"빈유미 형사에게 맡겨도 되나요? 너무 어리지 않나요. 이런 경험은 없을 것 같은데."

그녀를 잘 모르는 지방 경찰서 마약 수사대 소속 경찰의 물음이었다. 최기혁은 망설임 없이 대답했다.

"교섭은 경찰청 내에서 탑인 인재입니다."

"이런 일을 전담하나요?"

"그건 아닙니다. 경력도 얼마 안되고요."

"그런데 마약 조직 총괄 교섭을 맡기신다고요?"

"문제 있습니까."

"아니, 아무래도 좀……."

"교섭 능력에는 얼마나 다양한 정보를 이용하느냐도 포함되죠. 빈유미 형사는 경찰청 내에서 아버지가 만든 조직과 아버지로 주목될 수밖에 없었던 도원 박사 그리고 박사를 보호하고 있는 남자에 대해서 유일하게 모두 알고 있는 사람입니다. 우리가 아는 정보보다 그녀가 아는 정보가 훨씬 사적입니다."

"사적이라고요."

"그게 이번 작전의 키워드입니다."

사적인 일이? 사적인 개입과 사적인 감정이 작전 수행에 중요한 역할이라니. 선뜻 이해하기 힘든 말에 협력 경찰의 표정이 일그러졌다. 그러나 최기혁은 특유의 냉정하고 차가운 시선을 거두지 않았다.

"보이는 게 전부가 아니죠. 돈이나 권력은 부수적인 문제였습니다. 그보다 중요한 걸 차지하려고 이 사달이 났으니."

모두들 도원의 뒤를 쫓을 때 그녀만이 도원이 아닌 매리제인을 지목했다. 매리제인이 방화범이란 사실이 밝혀지며 그와 엮인 '아버지'의 실체가 드러나기 시작했다.

감쪽같이 가려져 있던 그의 실체를 처음에는 경찰청장도 납득하지 못했다. 맹강조 소장이 도원으로부터 공유 받은 조사서 내용을 보여 준 후에야 특수 작전 명령이 떨어졌다.

"쯧, 자세한 이야기는 안쪽 건물까지 확인하고 나서 합시다."

헬기의 고도가 낮아졌다. 조금 더 밝아진 빛이 인도하는 길을 따라 최기혁과 형사들이 달려 들어갔다. 빈유미가 통솔하고 있는 찌그러진 철문 너머에서 더 이상 무차별적인 총성은 들리지 않았다.

머리 위로 헬기가 날아왔다. 바닥을 샅샅이 뒤지던 강렬한 불빛이 건물 앞에서 엉켜 있는 세 남자를 비추었다. 내리박히는 불빛이 MJ가 손에 든 총을 훑고, 그 총구에 뒤통수를 내어 준 지승준, 지승준에게 멱살이 잡힌 도원을 차례로 확인했다.

"여기로 경찰을 불러올 수 있던 방법을 알려 줘."

지승준은 헬기 소리를 뚫고 소리쳤다.

"어떻게 경찰을 불렀는지 말해 달라고!"

언 땅을 긁듯이 뒤집어 놓는 바람에 옷자락과 머리카락이 엉망이 된 지승준의 외침이었다. 도원의 성향이라면 조용하고 조심스럽게 행동할 줄 알았다. 이렇게 화려하게 대응할 사람이 아니지 않나.

"자수했어."

자수라는 말을 알아듣지 못하는 지승준에게 도원은 한 번 더 친절하게 말했다.

"'아버지의 용의자'로 전 세계의 주목을 받고 있는 내가 자수했어. 날 잡으러 오라고 경찰에게 선전 포고했어."

지승준은 얼굴 근육을 씰룩였다. 극단적인 선택은 MJ의 몫이고, 도원은 옆에서 고삐를 잡아 주는 기수인 줄 알았더니, 둘 다 경주마였을 줄이야.

"여기 와서 자수한 거야? 그건 아니잖아. 연락하는 건 보지 못했는데."

"출발하기 전에 연락해 뒀어."

"웃기지 마. 매리제인 공장 위치는 자동차 안에 넣어 놓은 지도로만 확인할 수 있었어. 그걸 무슨 수로 경찰에 미리 말했다는 건데."

"조력자가 있어. 이런 상황이 있을 때 미리 어떻게 대처해 달라고 메일을 보내 놨어. 경찰에게도. 조력자하고만 연락할 수 있는 핸드폰도 있고. 조력자가 경찰에게 폰을 추적하게 만들었겠지."

지승준은 입가를 한 번 더 씰룩였다.

"조력자가 선생님을 도와줬다고. 하, 아무리 조력자라 해도 세계적인 테러리스트 취급받는 용의자를 도와 경찰에 알려 주는 건 본인도 위험한 일일 텐데, 그런 걸 해 줬다고?"

"조력자는 조력자일 뿐이야. 실질적으로 경찰들을 설득한 건 다른 사람이겠지."

"그게 누군데?"

"너도 아는 여형사일 텐데."

멈칫했다. 머릿속에 떠오르는 여형사의 모습은 선명하지 않았다. 곰곰이 생각해 보아도 얼굴이 흐릴 정도로 관심 밖의 인물이었다.

"……빈유미 형사?"

지승준은 그녀가 어떤 역할을 할 수 있는지를 이해하지 못했다. 그 여자가 뭘 할 수 있다는 건지, 납득하지 못하는 지승준에게 도원이 대답해 주었다.

"크랙을 담당한 형사야. MJ의 뒤를 몇 달 동안 쫓아다닌 이번 작전 최고의 전문가지. 너와 얽힌 사람들에 대해 누구보다 잘 알고 있어. 게다가 나와 협업도 했던 사람이니 그녀의 발언에 얼마나 힘이 실릴지는 알잖아."

그런 연약한 여자 혼자 준비했다고. 아니, 그럴 리 없다. 그녀는 경험이 없고 미숙하고 감정적이다. 도원을 위하는 마음은 보였지만 마음만 앞설 뿐이었다.

경찰 병력을 움직일 정도의 힘이 실리기 힘든 위치였다. 지승준은 믿지 못했다.

"누가 도와줬어?"

도원의 대답은 변함없었다.

"그녀가 사람들을 설득한 거야."

고작 여자 하나의 말에. 그런 게 무슨 힘이 있다고. 아니, 다른 방법이 있으면서 말해 주지 않는 거다. 사람을 분하게 만들고 약이 바싹 오르게 하려고 하는 거라고.

도원의 대답을 부정하면서도 한편으로는 빈유미가 활약했을 때 가능한 경우의 수를 머릿속에 재빨리 생각해 보았다.

그가 파악하고 있던 도원 측의 주요 인물들이 모두 엇나가 버렸다. MJ 측에서 움직이던 사람들이 행동할 줄 알았는데 도원 쪽 사람들이 움직이다니. 그걸 미리부터 준비했다니.

빈유미의 활약, MJ의 조력자가 위급한 상황에서도 도망치거나 외면하지 않은 점. 그래, 도원에 대한 모든 것이 빗나갔다.

하나도 파악하지 못했다는 그의 말이 비로소 이해가 되었다. 도원이 MJ를 위해 주변 사람들까지 이렇게 이용할 줄은 생각하지 못했던 것이다.

궁지에 몰렸어야 할 상황이라 생각했건만. 사실 도원은 여러 구멍으로 빠져나갈 수 있는 상태였다.

이걸 고작 며칠 만에 생각했다는 건가. 도원은 제정신이 아니었다. 시위에서 사람들이 죽어 가는 모습을 보고 무너지기 직전이었다. 그러한 심각한 정신적 고통을 겪고 있던 이 며칠 사이에 준비했다고는 믿을 수 없었다.

"그녀가 배신하면 어쩌려고 했어?!"

지승준은 악에 받쳐 물었다. 어째서 도원과 그 주변 사람들은 서로를 돕고 있던 걸까. 이득이 될지 아닐지 전혀 모르는 상황에서 무얼 믿고!

"조력자가 선생님 있는 위치만 알려 주고 발 빼면 어쩌려고 했는데! 뭘 믿고 그 사람들한테 다 맡긴 거야!"

"부탁한 사람들이 날 포기했다면 내가 잡혀 들어갔겠지. 말했잖아, 자수했다고."

"그걸 감안하고 신고했단 소리야?!"

"뭐가 문젠데?"

지승준은 그 어느 때보다 화가 나 있었다. 도원을 포기하게 만들고, 무릎 꿇게 만들고, 속박하는 것은 모두 지승준 자신이 하고 싶은 일이었다.

도원이 지승준을 넘지 못한다고 인정하게 만드는 과정으로 이용하려 했다. 그런데 자수를 했단다. 일이 틀어지면 감옥 갔겠지, 라고 태연하게 말한다.

도원이 스스로를 포기하는 건 지승준의 예상에 없었다. MJ를 절대 포기하지 않는 모습을 보고 그의 삶도 포기하지 않을 거라 믿었는데. 이렇게 손쉽게 자기를 포기해 버린 것이다.

"고작 어린 여형사랑 연구소 꼰대가 이번 일의 결정타라니, 씨발."

차가운 총구가 조금 더 세게 지승준의 뒤통수를 눌렀다. 지승준이 잊고 있던 총구의 존재가 머리통을 눌렀다. MJ가 외쳤다.

"닥쳐…… 닥쳐, 지승준!"

그는 MJ를 돌아보지도 않았다. 지승준은 화가 머리끝까지 치밀어 올랐다.

"내가 다 해 왔어! 나 혼자 이 많은 사람들을 다스리고 갖고 놀았다고! 고작 이런 걸로 엎어질 만큼 엉성한 판이 아니었다고!"

도와? 도와서 함께 해결한다고? 도원 같은 존재가 누군가의 도움을 받는다고?

씨팔, 당연히 생각 못하지. 도원이 다른 사람을 도와줄지언정, 도움을 받는다는 게 말이 돼? 그렇게 대단하고 똑똑한 학자가?!

"씨발." 하고 이를 갈며 욕을 한 지승준은 도원을 죽일 듯이 노려보기만 했다.

어긋난 것이 한두 개가 아니었다. 도원이 예상 범위 밖의 행동을 한 것을 도무지 믿을 수가 없었다.

도원이 지승준에게 총을 쏘려 했다. 지승준을 죽이려 했다. 정의롭게 해결하려 들 줄 알았던 도원이 살인을 망설이지 않았다.

안 되면 포기하려 했다는 약하고 인간적인 모습을 보였다는 사실을 믿기 어려웠다.

도원은 단 한 순간도 MJ를 놓지 않았다. 그가 감금된 영화를 보면서도 이를 악물며 몇 번이나 되돌려 보며 MJ를 손에 꼭 붙들고 있었다.

섹스 중독과 방화 충동을 버거워하고 고치기 힘들어하면서도, 평생 단 한 명의 여자를 사랑하고 결혼까지 했던 도원이 스스로 다리를 벌리고 MJ를 받아들였을 때, 지승준은 적지 않은 기쁨과 충격을 받았다.

살아온 인생의 가치관을 MJ 때문에 바꾸었다. MJ와 함께하기를 택한 도원이라면 어떠한 순간에서도 끝까지 지승준과 맞설 것이라 생각했다. MJ를 위협하는 지승준을 쫓아오고 상대해 주리라 믿었다.

그라면, MJ를 위하는 여러 가지 행동을 보여 준 그라면, MJ에게 노력한 것과 같은 온도로 자신에게 매달릴 것이라 생각했다. 그런데 아니었다. 도원은 끝까지 MJ만을 위했다. MJ만을 위했다, 끝까지. MJ는 되는데 지승준은 되지 않았다.

"나도 쟤랑 똑같은 경험을 겪고 자랐어! 근데 왜 쟤는 되고 나는 안 돼?"

도원을 이해하지 못하는 시선과 상처받은 감정이 동시에 뒤섞였다. 도원의 멱살을 쥐고 있는 손은 도원만이 느낄 수 있는 작은 떨림으로 흔들렸다. 악랄하고 가학적인 즐거움만 가득 차오르던 그의 눈빛이 달라졌다. 폭력을 통해서 얻어야 할 즐거움을 찾지 못하고 있었다.

포장을 뜯었더니 고장 난 장난감이 들어 있는 것을 발견한 아이와 같았다.

아니, 딱딱한 장난감을 벽에 던지며 놀려고 했으나 너무도 부드럽고 폭신한 인형이라는 사실을 알게 되어, 이것을 어떻게 가지고 놀아야 하는지 모르는 아이가 되었다.

확신의 세계에서만 살아온 그에게 불확실의 연속은 걱정 그 자체였다. 통제할 수 없는 것들의 나열. 지승준의 힘이 미치지 못하는 일들의 반복. 무기력해진 쪽은 도원이 아닌 지승준이었다.

흔들리는 머리카락 아래로 도원을 내려다보는 눈동자는 시시각각 그 색을 바꾸었다. 증오의 푸른색이 되었다가 성욕의 붉은색이 되었다. 혼돈의 보라색과 죽음을 닮은 검은색으로 물들기도 했다.

한 사람에게 품을 수 있는 감정 이상을 도원에게 서슴없이 표출했다. 자신을 철저히 가리고 숨겨놓는 사람이 이제 그 한계를 스스로 깨트리고 도원에게 품은 감정을 내보이고 있었다.

"어째서."

지승준이 중얼거렸다.

"왜 쟤만 되는 건데."

그의 질문에 도원이 답을 하기 전이었다.

쿵, 묵직한 것이 바닥으로 떨어지는 소리가 나더니 캉캉, 하고 바닥에 긁히는 철제 소리가 땅을 울렸다. 헬기 소리에도 고개를 돌리지 않았던 세 남자가 동시에 소리가 난 방향을 바라봤다.

건물 뒤편에서 갑작스레 차 한 대가 튀어나왔다. 산속을 엉망진창으로 달려온 차는 문짝이 떨어져 있었고 지붕과 보닛은 찌그러져 있었다.

왼쪽 전조등이 깨져 있어서 깜빡거리는 오른쪽 전조등만으로 어두운 밤길을 비치고 있었다. 뒤집힐 듯 말 듯 간신히 균형을 잡은 차가 세 남자에게로 달려왔다. 스키드 마크가 길게 남을 정도로 괴팍한 운전이었다.

"MJ! 선생님!"

문짝이 떨어져 나간 뒷좌석에 아이스가 앉아 있었다. 차창 손잡이를 한 손으로 잡고 버티는 아이스가 손을 내밀었다.

"타요!"

커다란 외침을 헬기의 프로펠러 소리가 덮었다. 뒤엉켜 있는 세 사람을 비추던 불빛이 건물 뒤쪽에서 튀어나온 찌그러진 자동차로 옮겨졌다. 바람은 차에 앉아 있는 아이스의 옷자락도 뒤집어 놓았다. 헬기의 불빛은 이제 운전석에서 앉아 있는 그리즐리까지 환하게 비추고 있었다.

자동차는 흙먼지를 일으키며 급브레이크를 밟았다. 번져 올라가는 마른 땅의 희뿌연 것들이 잠시 시야를 흐린 사이에 아이스가 MJ와 도원에게 손을 뻗었다.

그들에게 시선이 빼앗겨 있는 와중이었다.

지승준이 MJ의 손목을 쳐 냈다. MJ의 손에 들린 총이 아차 하는 사이에 바닥으로 떨어졌다. 지승준은 재빨리 그 총을 잡아 MJ의 머리통에 총구를 겨누었다. 그대로 방아쇠를 당기려 할 때였다. 도원이 지승준의 옷을 잡아당겼다.

타앙!

발사된 총이 MJ의 머리를 스쳤다. 화상 자국이 짙은 살점 위로 총알이 길을 냈다. 살이 파이고 상처가 나 피가 흘렀다. 도원은 휘날리는 머리카락 사이로 아이스를 찾았다.

"아이스!"

도원의 외침에 흙먼지 사이로 아이스가 더욱 손을 뻗었다. 도원은 그 손을 향해 MJ를 잡고 힘껏 밀쳐 버렸다.

멱살이 잡힌 채 차 안으로 집어 던져진 MJ를 아이스가 황급히 붙들었다. MJ의 당황한 시선이 도원의 이마를 스쳤다.

"무, 무슨! 선생님!"

MJ가 아이스의 손을 뿌리치고 다시 차 밖으로 튀어나오려 했다. 아이스가 그런 MJ를 붙들었다.

MJ는 차 안으로 끌려 들어가지 않고 힘으로 버텼다. 단순히 옷을 잡아당기는 일이었다면 아이스가 MJ의 힘을 이기지 못했을 것이다. 그 사실을 그리즐리도 알고 있었기에 일부러 핸들을 돌려 자동차를 후진시켰다.

MJ는 옷이 잡힌 채 뒤로 끌려가 버렸다. 무게 중심을 잃고는 무릎을 꺾어 바닥에 주저앉았다. 그 틈을 놓치지 않고 아이스는 MJ를 뒷좌석에 붙들어 놓았다.

아이스가 운전석을 돌아봤다. 도원까지 챙기기엔 헬기의 감시와 달려오는 경찰 수를 감당할 수 없었다.

"그리즐리, 밟아!"

그 말에 그리즐리는 비명처럼 소리를 질렀다.

"뭐? 선생님을 버리려는 거야?"

"시간 없어!"

"하지만!"

"멍청아! 내가 아까 얘기했잖아! 분명 말했잖아!"

아이스의 높은 목소리가 그리즐리의 머릿속을 강타했다. 선택해야 하는 순간이 온다면 도원 대신 MJ를 택하라는 말이 또렷하게 생각났다. 그 말에 그리즐리의 눈빛도 흔들렸다.

도원을 돌아봤다. 지승준을 붙들고 있는 도원과 눈이 마주쳤다. 그는 미련을 두지 않았다. 그리즐리와 아이스가 이대로 MJ를 데려가 버리길 원하는 시선이었다.

그리즐리가 아랫입술을 깨물었다. 도원까지 챙기다가는 그리즐리, 아이스, MJ 모두가 최악의 상황을 맞게 될지도 모른다.

"꽉 잡아."

MJ의 멱살을 잡은 아이스가 억지로 MJ를 좌석에 앉히고는 그를 온몸으로 누르며 붙들었다. 아이스에게 붙잡혀 제대로 빠져나오지 못하는 MJ가 포효하듯 소리쳤다.

"뭐 하는 거야! 당장 멈춰!"

말이 끝나기 무섭게 한 번 더 총성이 울렸다. 지승준의 손끝에서 화약 연기가 매섭게 피어올랐다. 도원이 그 손을 붙잡고 흔들지 않았다면 타이어에 총알이 박혀 그대로 미끄러졌을 것이다.

도원은 지승준의 어깨를 잡아 뒤로 꺾었다. 손가락이 꺾이는 바람에 지승준이 놓친 총을 도원이 재빨리 잡았다.

"씨발!"

화가 난 지승준이 손을 넘겨 도원의 뺨을 때렸다. 도원의 몸이 순간적으로 휘청거렸지만 총을 다잡고 지승준을 겨누는 데엔 한 치의 망설임도 없었다.

지승준에게 맞은 뺨이 새빨갛게 부풀어 올랐다. 그러나 그보다도 더 새빨간 눈이 지승준에게서 떨어지질 않았다. 사력을 다해 지승준을 이 자리에 묶어 놓겠다는 신념, 그 하나만이 불꽃처럼 이글거렸다.

그리즐리는 건물 뒤 산길로 있는 힘껏 액셀러레이터를 밟았다. 도원에게서 멀어지는 형국에 MJ가 소리쳤다.

"선생님!"

차에서 뛰어내리려는 MJ를 아이스가 붙들었다. MJ가 미친 듯이 소리쳤다. 짐승처럼 발광했다.

"선생님!"

그리즐리의 목을 졸라서라도 차를 억지로 멈추어 세우려는 MJ를 아이스가 온몸으로 붙들었다.

"너는 여기서 붙잡히면 감방에서 못 나와! 일단 도망치고 나중 일을 생각해!"

"싫어! 안 돼, 선생님! 아악, 개자식, 이 개 같은 자식아!"

"MJ, 제발!"

"싫어, 싫다고! 선생님! 아아악!"

도원은 마지막까지 차 속에서 자신을 보는 MJ를 바라봤다. 도원의 표정에 안도의 빛이 잠시 스쳤다. MJ를 붙든 아이스에게 그 안도의 시선이 머물렀다.

MJ의 비명이 길게 터져 나오는 자동차가 이내 완전히 산속으로 빨려 들어갔다.

하나를 포기할 수밖에 없을 때, 그게 자신이어서 얼마나 다행인지를 모른다. 기회가 된다면 아이스에게 고맙다는 말을 해 주고 싶었다.

시야에서 자동차가 사라지자 도원은 화끈거리는 볼이 비로소 아프다고 느낄 수 있었다. 실은 온몸이 아파서 눈물이 뚝뚝 떨어졌다. 이게 정말로 몸이 아파서 나는 고통의 눈물인지, 그보다 더 높은 단계의 정신적 회한인지는 알 수 없었다.

도원은 지승준의 턱 밑에 총구를 들이밀었다. 총알이 없던 이전 총과 달랐다. 지승준이 꺼낸 권총은 묵직했다. 한 발을 실수하더라도 두 번째, 세 번째 기회가 있다는 의미였다.

총을 든 도원은 숨을 느리게 내쉬었다. 흩날리는 머리칼 사이로 단 한 차례도 깜빡이지 않은 눈을 지승준에게 고정했다.

지승준은 거칠고 가쁜 숨을 내뱉었다. 분노하는 그의 숨은 뜨거웠다. 차가워진 도원의 입김과 정반대의 온도로 들끓었다.

서로를 바라보는 시선이 엉망으로 뒤섞였다. 감정적이고 사적인 많은 의미들이 서로를 휘감았다.

서로를 저주하면서도 놓을 수 없는 집착적인 이유가 존재했다.

지승준 자신을 위해 도원이 필요했다. 도원은 MJ를 지키기 위해 지승준을 멈춰 세워야 했다. 지승준은 착란적인 내일에, 도원은 몰락 같은 오늘에 모든 걸 걸었다. 뒤엉켜 구르는 고통스러운 감정이 재해처럼 휘몰아쳤다.

두 대로 늘어난 헬리콥터 소리가 긴박했다. 낮게 비행하는 헬기가 불빛을 쏘았다. 도원과 지승준 주변이 타오르는 태양을 머리에 인 것처럼 밝아졌다.

헬기에 몇 명이 타고 있는지, 그들이 무엇을 하는지를 확인하기엔 마땅치 않았다. 달려온 경찰과 군 병력이 도원과 지승준을 둘러싸고 총을 겨누는 것도 어지러운 시야에 간신히 들어올 뿐이었다.

수많은 소리 속에서 도원은 눈을 느리게 감았다 떴다.

세상이 천천히 움직이기 시작했다. 한 템포 느리게 흘러가는 세상 속에서 소리들은 늘어진 카세트테이프 같았고, 눈부신 빛 때문에 온 세상이 희뿌예서 나무 그림자와 건물 외벽을 구분하기도 쉽지 않았다.

생각도 느려졌다. 복잡했던 머릿속은 단순해졌다. 한계에 달한 몸이 일으킨 환각과 환청, 환상을 도원은 거부하지 않았다.

눈앞에서 옷자락을 휘날리는 지승준과 새하얀 빛이 뒤죽박죽 섞이고 있었다. 지승준은 겨눈 총구 바로 앞에서 도망치지 않았다. 경찰들을 의식하지도 않았다. 도원만을 바라봤다. 오로지 도원 하나만을 시선에 담아냈다.

그의 표정에는 환희도 고통도 없었다. 두 대의 헬리콥터에서 쏘아진 빛 속에서 그저 도원을 쳐다보기만 했다.

그가 입을 열었다. 이명이 들릴 정도로 양쪽 귀의 기능이 엉망이었지만 지승준의 목소리는 들을 수 있었다. 아니, 들렸다고 느낀 것인지도 모른다. 그저 입 모양과 짧은 단문의 물음이 도원에게 깊게 인상 박혔다.

"죽여 봐. 그래, 죽여 봐, 선생님. 제대로 쏴서 죽여. 그런데 그건 알아둬."

히죽, 웃는 입 안에 피가 고여 있었다. 얼마나 세게 어금니를 깨물고 분노를 참고 있었는지, 그의 이빨은 조각나 깨진 채 피를 머금은 입 안을 굴러다니고 있었다.

뭉개진 잇몸에서 피가 계속 새어 나왔다. 지승준은 그 피를 뱉지도 삼키지도 않은 채 턱밑으로 흘리며 말했다.

"내가 죽으면 다 끝날 것 같아?"

강렬한 빛에 시야가 흐릿해졌다. 너무 하얀 헬기 불빛에 온 세상의 색이 사라지는 듯했다.

"아니, 안 끝나. 끝까지 달라붙을 거야."

지승준이 더 환하게 웃었다. 그의 웃음은 사람의 것이 아니었다. 귀신의 것이었다. 끝났다고 믿은 순간에 더 깊은 지옥으로 빨려 들어갈 것이라고 저주하는 악마의 것이었다.

악마는 끝까지 웃었다. 그의 미소만이 새하얗게 변한 세상에서 유일하게 또렷한 실체로 존재했다.

"그게 무엇이 되었든 당신의 발목을 잡을 거야. 망령마저 견뎌 봐, 선생님. 나와 MJ가 그래 왔던 것처럼."

사방에서 경찰들이 소리쳤다.

"총 내리세요!"

"도원 박사님, 제보 듣고 상황 파악했습니다! 걱정 마시고 총 내리세요!"

"진돗개, 진돗개! 상황 봐서 마취총 준비해!"

"병력 진입합니다!"

"대기하라!"

"대기합니다!"

어지러운 사위 속에서 지승준은 도원에게 손을 뻗었다. 경찰의 모든 요구에 불응했다. 가만히 있지도 않았고 투항하지도 않았다. 그깟 명령에 복종할 이였다면 여기까지 오지도 않았을 것이다.

그는 죽음을 무서워하지 않았다. 죽음보다 더 가치 있는 것을 찾는 구도자였다. 그 가치가 도원의 손에 쥐어져 있었다.

도원의 총을 잡은 지승준이 제 입 안에 총구를 쑤셔 넣으면서 도원에게 천천히 몸을 붙였다. 방아쇠에 걸려 있는 도원의 손가락을 있는 힘껏 쥐면서 눈을 부릅떴다.

방아쇠에 걸린 도원의 손가락을 지승준이 누르려 했다. 마지막 길마저 도원의 발목을 붙잡으려 했다. 지옥이라 여긴 현재를 더 큰 지옥으로 만들려 했다.

도원을 나락까지 끌어내릴 수 있다면 상관없다는 투였다. 그게 현재 선택할 수 있는 지승준의 가장 큰 행복이라면, 머리통 따위 기꺼이 내줄 수 있다며 만면에 미소를 짓고 있었다.

'MJ는 되는데, 왜 나는 안 돼? 안 된다면 되게 해 줄게. 당신의 손으로 끝낸 목숨은 평생 망령이 되어 당신을 쫓아다닐 테니까.'

발탄 되기 직전, 도원의 뒤에서 손 두 개가 튀어나와 도원의 손에서 억지로 총을 빼앗았다.

커다랗게 뜨이는 지승준의 눈에 상처투성이의 남자가 비추어졌다. 그것은 땀에 젖은 얼굴을 한 MJ였다. 그는 온갖 흙먼지와 부러진 나뭇가지를 몸에 매달고 있었다.

상처투성이의 몸을 숨을 헉헉거리며 다스리지도 못했다. 헬기가 불러온 바람에 옷이 뒤집히면서 시야를 가렸다. MJ는 긴 외투 자락으로 도원을 감싸고는 제 손으로 방아쇠를 당겼다.

"아니야, 너한테 죽는 건 내 계획이 아니⋯⋯."

미처 말로 완성되지 못한 문장이 머릿속에서 피와 함께 터져 버렸다. 도원에게 선사하는 마지막 지옥 길이었는데, MJ가 끝까지 방해했다.

너한테는 아니었다고. 지승준은 위로 까뒤집히는 눈동자를 붙잡지 못했다. 안 돼, 라고 말하기도 전에 구멍이 난 머리에서 피가 터져 나왔다.

도원이 뒤돌아 상처투성이의 남자를 올려다봤다. MJ는 죽은 지승준을 멍하니 보고 있었다. 흔들리는 시선으로 지승준을 담았다. 화약 냄새를 풍겼던 총이 천천히 바닥으로 떨어졌다.

달칵.

한 사람의 목숨을 앗아 간 물건에서 들린 소리는 너무도 연약하고 가벼웠다. 그럼에도 MJ는 세상에서 가장 무거운 짐을 던 사람처럼 힘없는 모습으로 피를 흘리는 시체만을 바라봤다. 초점이 맞지 않는 그 눈동자가 천천히 도원에게 옮겨 갔다.

그토록 원하던 순간이었다. 지승준을 처리하는 것이 MJ에게는 인생의 목표나 다름없었다. 그 꿈을 이룬 순간에도 MJ는 웃지 않았다. 행복함을 완전히 거세당한 표정이었다.

MJ는 울 것처럼 얼굴을 일그러트렸다. 일그러진 표정으로 눈을 감았다. 입이 천천히 벌어졌다.

"미안해."

그 어떤 처절한 고백보다도 무겁게 짓누르는 사과였다.

"미안해, 선생님."

MJ를 향해 도원이 다급히 손을 뻗었다. 온몸에 힘을 주어 MJ를 끌어안았다. 녹아 흐를 정도로 거세게 뛰는 심장이 느껴졌다.

마주 안은 도원의 가슴을 타고 그 뜨거움이 전해졌다. 헬기의 프로펠러 소리를 뚫고 나가는 포효 소리에 도원도 눈물을 터뜨렸다.

군인과 경찰들이 MJ를 잡았다. 순식간에 장정 여섯 명에게 잡힌 MJ가 바닥으로 쓰러졌다. 군인들이 무릎으로 MJ의 등과 어깨를 눌렀고, 경찰들은 강제적으로 뒤돌린 팔에 수갑을 채웠다.

도원은 MJ에게 손을 뻗었다. MJ는 바닥에 짓눌린 고개를 간신히 들어 그런 도원을 봤다. 경찰들이 도원을 잡고 뒤로 잡아끌었다. 경찰들의 팔 사이에 갇힌 도원이 MJ를 불렀다.

"MJ, MJ!"

외쳐도 그에게 다가갈 수 없었다. 자신을 붙잡는 경찰들을 뿌리치고 MJ에게 가려 해도, 경찰들은 도원을 잡아 세울 뿐이었다. 도원은 부축해 주는 손길에 몸을 맡기지 못하고 버둥거렸다.

"괜찮으세요? 괜찮으신가요? 선생님, 접니다, 알아보시겠어요?"

"도원 박사, 정신 차려요!"

붙잡고 묻는 사람들을 하나하나 구분할 수가 없었다. 도원의 시야는 여전히 슬로우 모션으로 변해 버린 영화처럼 느리고 또 답답했다.

"하아, 하악."

도원은 숨을 헐떡였다. 눈물이 기도로 들어가는 것만 같았다.

아이처럼 눈물이 터졌다. 너무 속상하고 슬퍼서 우는 것 외엔 아무것도 할 수 있는 일이 없었다. 아무런 도움이 되지 못했다. 그렇게 도와주려 했는데, 결국 아무것도 하지 못했다.

드문드문 생각나는 조각들이 온전하지가 않았다. 선생님, 하고 부르던 목소리는 생각났다. 그가 위험하고 무서워서 몸을 떨던 기억과 너무 좋아서 먼저 다리를 벌리고 섹스를 하던 감정이 뒤섞였다.

도원을 협박하던 목소리와 좋아서 죽을 것 같다며 사랑을 속삭이던 목소리도 한데 뒤엉켰다. 그에게서 피하고 싶고 벗어나고 싶었던 감정과 그를 대신하여 죽을 수도 있다는 생각이 낙차가 심한 물줄기가 되어 바닥으로 곤두박질쳤다.

—아버지를 만나면 어쩔 거예요.

—죽일 거야.

마치 그 외의 것은 모르는 어린아이 같은 대답이었다.

그때, 그 대답을 정정해 줬어야 했는데. 다른 대답이 있다는 걸 알려 줬어야 했는데.

설마 MJ가 그럴까, 하고 미루어 뒀던 그게. MJ의 인생이니까 너무 깊게 관여하지 말아야지, 생각했던 바로 그게. MJ의 가치관마저 다스리지 말자고 한 발자국 물러나고 유일하게 대답하지 않았던 그것이.

이렇게 모든 것을 앗아 갈 줄은 몰랐다.

정말로 몰랐다.

대수롭지 않은 얼굴로 올려다보는 MJ가 마지막으로 떠올랐다. 울고 있는 지금의 얼굴과 너무도 달랐던 그때가 주마등처럼 스쳐 지나갔다.

─죽일 거야.

안 된다고 했어야 했는데.

왜.

왜.

왜…….

도원은 머리를 감싸 안았다. 벌집처럼 구멍 난 MJ와의 추억과 그와 공유한 기억들이 도원을 미치게 했다.

"미안해, 선생님, 진짜 미안해. 지하실에서, 내가 미안해. 내가 잘못했어, 선생님."

수갑을 차고 호송차에 올라타던 그가 결국 참지 못하고 뒤돌아서 소리쳤다. 그는 자신을 붙잡는 사람들을 어깨로 밀치면서 도원을 찾았다. 울고 있는 도원에게 들리도록 있는 힘껏 목소리를 쥐어짜 외쳤다.

"정말 미안해, 미안해, 선생님, 선생님, 선생님! 선생님!"

모두가 보는 앞에서 MJ가 살인자가 되었다는 사실에 모든 사고가 굳어 버린 도원과 달랐다.

MJ는 도원이 세스와 강간의 차이를 온몸으로 알려 주던 것에 보답을 못한 자신을 혐오하는 목소리를 내질렀다. 그는 도원을 살릴 수 있다면 지승준을 비롯한 여러 명을 죽일 준비가 되어 있었다.

준비되지 않았던 것은 도원을 상처 입히는 자기 자신이었다. 그에겐 그것이 제일 중요했다. 그것밖에 몰랐다.

도원은 현기증을 이기지 못했다. 비명을 지르는 MJ의 음성과 온 세상을 새빨갛게 물들이는 사이렌 소리가 뒤섞였다.

"선생님, 선생님!"

MJ가 다시 소리쳤다. 자신을 붙잡고 있는 사람들을 밀쳤다. 군인이 팔꿈치로 등을 찍고, 명치를 때려서 바닥에 주저앉혔다. MJ는 기침을 토하면서도 도원을 바라봤다.

도원은 여전히 고개를 들지 못했다. 바닥의 흙모래를 손아귀에 감으면서 가만히 엉망이 된 현실에서 멀어지려 했다.

"선생님, 나 좀 봐 봐, 응? 선생님, 나 좀 봐 줘, 나 봐, 나 보라고! 선생님!"

경찰과 군인들은 온 힘으로 벗어나려는 MJ를 붙잡는 것만으로 애를 먹었다. MJ에게 위협적으로 말해도 MJ는 도원에게 가려고 발버둥 쳤다.

"선생님, 내가 잘못했어요, 미안해요, 선생님, 선생님! 나 좀, 나 좀 봐 줘, 제발, 제발, 아아아아아아아아아아악!"

전기 충격기를 가져온 경찰이 MJ의 목 뒤를 눌렀다. 비명을 지르던 MJ는 그대로 정신을 잃었다. 아직도 몸을 가누지 못하는 도원은 본능적으로 고개만 들었다.

흐려진 시야로 경찰에 둘러싸인 MJ가 보였다. 기절한 MJ를 태운 경찰 호송 차량이 커다란 사이렌 소리를 울리며, 고랑 사이에 댄 합판을 밟으면서 빠른 속도로 달려 나갔다.

탄피가 떨어진 공장 건물 앞 상황과 시체가 된 지승준을 살피던 경찰들이 폴리스라인을 치기 시작했다. 도원을 부축하는 손길과 그 손길에 몸을 맡긴 도원에게 또 다른 응급차가 다가왔다.

도원의 기억 아주 깊은 곳까지 포효 소리가 따라 붙었다. 지승준의 것과 MJ의 것이 구분되지 않던 외침이었다. 그 둘의 감정은 구분할 수 없는 무언가로 끈적거렸다. 가만히 용기 안에 담기지 못하고 사방으로 흘러넘쳤다.

하나는 타오르는 불꽃이 되었고, 다른 하나는 발목을 덮는 물이
되었다.

살아남은 게 이긴 것일까. 아님 살아남은 자에게 평생 지울 수
없는 트라우마를 선사하고 죽은 게 이긴 것일까.

대낮처럼 밝게 빛나는 매리제인 공장이 응급차에 실리는 도원을
내려다보고 있었다. 도원은 불편한 호송용 침대에 누워 천천히 눈
을 감았다. 쏟아지던 비명과 총소리가 꿈결처럼 멀어졌다.

세상은 아직 해가 뜨지 않은 새벽이었다.

달이 진 새벽.

어둠이 가장 깊은 동트기 전 새벽녘이다.

24

24

"……는 경찰이 용의자를 검거하던 도중 사살된 것으로 밝혀졌습니다. 이번 소탕 과정에서 주요 대기업과 정치인의 자제들이 중심이 되어 조직된 마약 사범 280명, 마약 이동에 동원된 사냥 협회 회원 32명이 검거되었으며, 검거 중 사상자 70여 명입니다. 압수된 마약은 총 8종이며 300만 명이 동시에 쓸 수 있는 규모로 집계됐습니다."

도원은 리모컨을 들어 텔레비전 화면을 바꾸었다. 어느 채널을 틀어도 똑같은 뉴스가 반복되었다. 하루 종일 방송되는 뉴스는 어미만 바꾸며 똑같은 정보를 나열하고 있었다.

리모컨 버튼을 눌러 이것저것 돌려 보다가 예능 프로그램을 재방송해 주는 채널에서 멈추었다.

화면에는 아이돌 가수들이 나와 까르륵 웃고 있었다. 살랑거리는 웃음소리가 젊었다. 깨끗하고 청량한 분위기가 어쩐지 현실감이 들지 않았다.

다시 채널을 돌렸다. 영화 전문 채널에서 타임루프 영화를 방송해 주고 있었다.

MJ와 함께 봤던 그 영화였다. 사랑하는 사람을 잃어서 몇 번이나 시간을 되돌려 보지만 결국 상황은 처음보다 악화되어 돌이킬 수 없는 늪에 빠지는 인물의 이야기였다.

〈시간을 되돌릴 수 있나요?〉

웃으며 물었던 주인공이 몇 번의 죽음과 희생을 겪고 난 후엔 울음을 터뜨리며 절규했다.

〈모든 걸 없던 걸로 하고 싶어요. 그냥 그대로 살았으면 좋겠어요, 살려 주세요!〉

결국 텔레비전을 껐다. 시끄럽던 병실이 조용해지며 아삭아삭 사과 씹는 소리만 선명해졌다. 끝으로 갈수록 뭉그러지는 소리가 차츰 어색하고 불편한 분위기를 가중시켰다.

"선생님, 지루하시면 영화 몇 편 결제해 드릴까요?"

그 친절에 도원은 옆으로 고개를 돌렸다. 빈유미가 사과를 깎다 말고 눈이 마주친 도원을 향해 웃어 주었다. 대답 없는 도원을 향해 조금 곤란한 표정을 지어 보이기도 했다.

여전히 아무 말도 없는 도원에게 빈유미는 어색한 목소리로 이야기를 이어 갔다.

"영화가 별로면 요즘 유행하는 프로그램 최신 화까지 결제할게요."

여전히 반응 없는 도원에게 빈유미는 계속해서 말을 덧붙이며 애를 썼다. "책을 더 좋아하시나요? 요즘 베스트셀러 몇 편 주문해 드릴게요."라든가, "아 맞다, 저 남자 친구 생길 것 같아요, 얼마

전에 소개팅했는데 느낌이 좋아요" 라고 들떠서 목소리를 높이기도 했다.

가만히 입가에 미소를 띠며 들어 주기만 하는 도원에게 빈유미는 저희 집은요, 제 썸남이요, 제 친구가요, 로 시작하는 이야기를 오랫동안 이어 가지 못했다.

다시금 찾아온 정적의 병실에 가습기가 돌아가는 소리만 낮게 울려 퍼졌다.

"손은 괜찮으세요?"

멍하니 벽지를 바라보던 도원이 그 물음을 뒤늦게야 들었다. 빈유미가 붕대를 감고 있는 팔을 인지시켜 준 후에야 도원은 아, 하고 짧은 반응을 내뱉었다.

총상 입은 팔은 수술을 깨끗하게 마쳤다. 일상생활에 지장이 없을 것이라 담당의가 말했지만 당분간은 손 떨림이 있을 수 있다고 했다.

손 떨림을 직접적으로 느낀 적은 없었다. 리모컨을 쥐고 있는 손은 떨리지 않고, 밥을 먹을 때 수저를 들어도 음식을 떨어트리지 않았다.

떨림을 느끼기는 했다. 혼자서 잠이 든 저녁때였다. 아무것도 쥐지 않으면 손끝이 파르르 떨려서 이불을 움켜쥐어야만 했다. 누군가의 온기를 쫓는 그 손을 애써 달래지 않으면 쥐가 난 것처럼 어깨까지 저려 왔으니 말이다.

팔을 제외한 부분의 수술과 치료는 간단했다. 항문이 파열되었다고 진단을 받았지만 그 수술 역시 어렵지 않게 마쳤다.

혈액 속 염증 수치가 높고 기립성 저혈압에 따른 현기증을 조심하라 당부받았지만, 전체적으로는 잘 먹고 잘 쉬어서 퇴원하면 일상생활에 아무 지장이 없다는 이야기였다.

병원 스케줄보다는 오전, 오후, 저녁 세 타임으로 나누어 조사를 받는 일이 더 피곤했다. 오전엔 최기혁 형사를, 오후엔 빈유미 형사를, 저녁엔 담당 검사를. 같은 종류의 이야기를 세 번 이상 반복하는 것에 힘들어할 만하다.

빈유미는 또다시 찾아온 침묵에 썩 곤란해했다. 아무 말이나 이어 가지 않으면 먹던 사과 조각이 목구멍에 걸릴 것만 같았다.

"저, 음, 아이스 말이죠."

빈유미는 바로 오늘 아침에 잠정적으로 결론이 나온 수사 내용을 말했다.

"아이스는 결국 추적하지 못했어요. 근처에 버려진 운전 학원에서 그들이 탄 차량이 발견되었거든요. 기름이 다 떨어져서 차를 바꿔 타고 간 건지, 버리고 간 건지……. 거기에서 수사가 중단되었어요. 증거를 전혀 찾을 수가 없네요."

그녀는 "아." 하고 소식을 전하는 것도 잊지 않았다.

"아버지의 대리자 아시죠? 한어은이라는 여지요. 미결 수용자로 구치소에 구금되었습니다. 워낙 많은 사람들을 죽여서 대단한 변호인단이 붙어도 종신형을 피할 수 있을까 싶어요."

빈유미가 직접 대리자를 제압했다는 얘기는 도원도 알고 있었다. 그녀는 자신이 직접 잡아넣은 일화를 나름대로 뿌듯해하고 있었다.

"본인도 그걸 아는지 주요 마약 유통로와 공급처, 거래자들을 알려 주는 대신 형을 줄여 달라고 거래를 요청했어요. 검찰 측에서 어떻게 나올지 궁금하네요."

도원은 여전히 말이 없었다. 어색해하는 빈유미의 이야기만 길어졌다.

　"그리고, 음, 맹강조 소장님께서 복귀 준비를 돕겠다고……. 몇 달 충분히 쉬신 다음에 연구소로 돌아오시라고 하셨는데…… 아, 음, 도원 선생님, 혹시 소장님 연락 피하고 계신가요? 소장님께서 걱정되시는지 저한테 넌지시 여쭤보셨거든요. 그게…… 혹시 불편해하는 거 아니냐면서……."

　도원은 가만히 고개를 숙였다. 흘러내린 머리카락이 마른 뺨에 닿았다. 뺨엔 누군가에게 따귀를 맞은 손자국이 선명했다. 목에는 졸린 흉터가 보였으며, 검푸른 멍의 붓기도 빠지지 않았다.

　워낙에 피부가 희고 깨끗했기 때문에 그 상처들은 단순한 아픔 이상으로 보였다.

　이상하게도 야했다. 그의 붉은 피부와 검푸른 자국들은 보기 흉한 흉터가 아닌 누군가의 흔적처럼 보였다. 이렇게 남겨도 괜찮다고 허락한 듯한 낙인 같은 흔적.

　빈유미의 시선을 느낀 도원이 옆으로 살짝 고개를 틀었다. 흘러내린 머리카락 너머로 붉은빛이 도는 검은 눈이 드러났다. 점잖고 신사적인 남자라고만 알고 있었던 도원이 어떻게 저런 눈빛과 시선을 가지게 되었는지, 빈유미는 혼란스러운 표정을 애써 숨기고 마른침만 꿀꺽 삼켰다.

　그녀로서는 짐작할 수 없는 많은 일을 겪고 난 후의 변화였다. 그 변화가 좋은 방향인지 나쁜 방향인지는 아직 판단할 수 없었다.

　"그, 아, 맞다, 맹강조 소장님은 너무 걱정 마세요."

　빈유미는 도원의 시선을 피하며 입을 뗐다.

"소장님은 제보자 보호 원칙에 따라서 일주일 정도 저희가 따라 붙게 되었어요. 아버지 측 조직이 와해되어서 실질적인 위협은 없지만, 혹시 모르니까요. 소장님도 평상시와 다를 바 없이 생활하세요. 이 쿠키들도 소장님네서 얻어 왔어요. 사모님이 엄청 맛있게 만들어 주셔서요."

"언제쯤 나갈 수 있을까요?"

갑작스러운 도원의 질문에 빈유미가 깜짝 놀라 되물었다.

"네?

"언제쯤 퇴원할 수 있는지 물었습니다."

"퇴원이요? 아, 더 쉬셔야……."

"수술도 마쳤고 치료도 특별한 게 없다고 들었거든요. 퇴원해도 문제없다고 생각합니다. 언제쯤 가능하죠?"

영화에도 흥미가 없고 단것에도 흥미가 없는 이 무미건조한 취향의 남자가 오직 하나만을 묻고 있었다.

그럴 때마다 빈유미는 무척 곤란한 기분이 되었다. 도원이 무의식중에 보이는 많은 행동과 분위기가 그를 잘 알고 지내 왔던 빈유미를 당혹스럽게 만들고 있었다.

"최 팀장님과 어디까지 이야기하셨나요?"

"잘 모르겠군요."

"가서 확인해 드릴까요?"

"그래 줄 수 있나요?"

"물론이죠, 선생님은 제 담당인걸요."

"신경 써 줘서 고맙습니다. 최 팀장에게는 일단 겪은 내용을 모두 진술하기는 했습니다."

"어? 그럼 퇴원하셔도 될 텐데요. 언제 진술 끝나셨어요?"

"오늘 오전에요."

"오늘 팀장님이랑 길이 엇갈렸는데 그거 때문에 못 전해 들었나 봐요. 으으음, 잠시만요. 문자 한 통 보내 볼게요."

짧게 문자를 주고받던 빈유미가 웃으며 고개를 들었다.

"조사 결과와는 상관없이 건강 문제로 계속 입원해 계시는 줄 알고 계셨다네요. 선생님께서 원하신다면 오늘 바로 퇴원하셔도 된대요. 퇴원 수속 도와 드릴까요?"

원무과에 가서 알아보고 온다며 일어서는 빈유미를 도원이 붙잡았다.

"퇴원하게 되면 바로 MJ를 만나러 가도 될까요."

병실을 나가려던 그녀가 걸음을 멈추었다. 빈유미의 표정이 순식간에 복잡하게 바뀌었다. 걸음을 되돌려 간병인 의자에 앉아 도원을 말없이 응시했다. 아주 많은 말을 하고 싶어 하는 표정이었다.

굳이 비유하자면 도원은 무언가에 푹 빠져 있는 사람 같았다. 마치 외부에서 자신을 현혹하는 많은 것들을 차단하고 온 관심을 단 하나에 집중한 것처럼 보였다.

그 한 가지를 생각할 때만 삶에 기력이 생겼다. 밥을 깨작거리며 떠먹다가도 그 무언가를 생각하면 반찬을 억지로라도 듬뿍 집어 먹었다.

힘들 때마다 버텨 내려고 노력하는 게 눈에 보였다. 과할 정도로 혼자 악착같이 견뎌 내고 있었다.

도원이 매일 밤잠을 설친다는 얘기를 이미 간호사를 통해서 들은 후였다. 간호사 콜만 안 부른다 뿐이지, 밥을 먹다가 제대로 삼키지 못하고 토할 만큼 체력이 쇠진해 있었다.

죽으로 바꾼 식단도 그릇을 모두 비우는 경우가 없었다. 이 정도로 몸이 엉망이 된 원인 중 하나가 수사 중 드러난 MJ와의 관계라는 사실을, 관련자들은 다 알면서 굳이 입 밖으로 꺼내지 않는 중이었다.

최기혁은 도원이 심각한 사건을 겪으면서 MJ에게 스톡홀름 신드롬 비슷한 것을 겪는다고 주장했다. 검사도 비슷한 의견이었다.

정신 치료나 심리 감정을 진행하는 게 좋지 않겠냐는 말에 도원은 두 번 생각하지 않고 모든 치료를 거부했다.

강제적으로 검사를 진행할 정도는 아니었다. 도원은 세간이 이목이 집중된 피해자였다. 그런 피해자에게 강제적인 집행을 내린다면 세상이 다시 한번 시끄러워질 일이었다.

"MJ를 만나고 싶으신가요."

도원이 고개를 끄덕였다. 빈유미를 물끄러미 바라보는 시선에는 단언하기 어려운 감정들이 복잡하게 얽혀 있었다. 억지로라도 밥을 먹을 때의 시선이었다. 현재의 도원을 버티게 하는 힘이었다. 빈유미의 목소리가 조심스러워졌다.

"MJ가 구치소에 구금되어 있는 건 알고 계시죠?"

말 없는 도원의 반응에 그녀가 덧붙였다.

"퇴원해도 된다고 하면 접견 신청 도와 드릴게요. 영치품이랑 영치금 모두 안내해 드리겠습니다. 오늘 중으로 면회가 되면 제가 구치소까지 차로 태워 드릴게요."

도원은 고개를 끄덕였다. 그녀가 전화기를 들고 나간 뒤 멍하니 벽지만 바라봤다. 눈을 몇 차례 깜빡인 도원이 손안에 쥐고 만지작거리던 리모컨을 들었다.

텔레비전을 다시 켰다. 영화를 보면 눈물이 날 것 같아서 채널을 돌렸다. 화면 속에서는 여전히 아이돌들이 자지러지게 웃음을 터뜨리고 있었다.

도원은 멍한 시선으로 텔레비전 속 화면을 바라보았다.

웃고 떠드는 밝고 명랑한 젊은 사람들의 모습은 여전히 현실감이 없었다.

◑

삼거리에서 신호를 받은 차가 멈추어 섰다. 좌측 지시등을 켠 자동차가 깜빡거리며 규칙적인 소리를 내는 동안 도원은 창밖을 내다봤다.

도로는 한적했다. 오가는 차는 거의 없었다. 15분마다 도착하는 버스에서 내린 사람들은 횡단보도의 신호를 기다리고 있었다. 표정에는 한결같이 근심이 어려 있었다. 마른세수를 하면서 한숨을 깊게 내쉬는 사람들도 있었다.

그들 대부분은 손에 무언가를 들고 있었다. 가장 눈에 띄는 것은 아무래도 운동화였다. 영치품으로 넣는 운동화들은 가격 상한선이 정해져 있기 때문에 대부분 비슷한 브랜드의 상품을 들고 있었다.

마치 군대에 간 아들이나 남자 친구를 챙겨 주듯, 제한된 금액 안에서 어떻게든 좋은 걸 주고 싶어서 발을 동동 구르는 모습으로 보였다.

신호를 받은 차가 구치소 정문을 통과했다. 빈유미는 일반 입회실로 통하는 입구에 도원을 내려 주고는 창문 너머로 말했다.

"저는 주차하고 올라갈게요. 먼저 들어가 계시겠어요?"

도원은 야트막한 오르막길로 이어진 일반 입회실 입구를 물끄러미 올려다보았다. 숨을 몰아서 쉬어도 입김이 나지 않았다. 봄이 시작되는 입춘다웠다.

추위는 물러나서 목도리 없이 목을 내놓고 다니는 사람들이 많아졌다. 어깨를 움츠리고 종종걸음으로 걸어 다니던 사람들이 이제는 웃는 얼굴로 하늘을 올려다볼 줄 알았다.

다음 주, 아니 그다음 주면 얼어 있던 땅이 모두 녹아서 흰 눈이 얕게 쌓여 있던 산의 바닥도 까맣게 되돌아올 것이다. 지겹도록 봤던, 그 산속의 눈 쌓인 풍경들이 언제 그랬냐는 듯 녹아내릴 것이다. 흰 눈 위에 쌓였던 누군가의 발자국까지도 지워질 것이다.

민원실은 조용했다. 전방의 전광판에서 대기 번호를 표시하는 빨간 숫자가 쉼 없이 바뀌어도 안내되는 음성 하나 없었다.

번호표를 뽑을 수 있는 기계는 좌측에 놓여 있었다. 서점과 편의점도 보였다. 도청이나 구내 민원실과 같이 밝은 풍경이었기에 '어서 오세요, ○○구치소입니다.'라는 안내판이 없었다면 이곳을 민원 업무를 보는 평범한 도내 시설처럼 생각했을지도 몰랐다.

번호표를 뽑고 대기 의자에 앉은 도원이 주변을 둘러보았다. 모두들 숨죽인 채 번호판을 보는 모습에서 비로소 현실감을 느꼈다.

만나고 싶어도 그 만남이 제한적인 사람들이 모인 곳이었다.

많아 봤자 하루 한 번이다. 구금된 수용자의 급수에 따라 한 달에 네 번 정도밖에 만나지 못하는 사람도 있었다. 오전에 다른 접견 신청이 있는 줄도 모르고 오후에 온 사람들은 면회가 불가능하다는 통보에 무거운 발걸음을 떼기도 했다.

몇몇은 구석에 마련된 책상 의자에 앉아서 편지를 적고 있었다. 어떤 이들은 편의점 옆에 붙어 있는 작은 서점에서 책 한 권을 사와 딱딱한 모서리를 손끝으로 만지작거리기도 했다.

제한된 만남, 제한된 선물, 제한된 면회 시간. 사람들은 모든 것이 통제된 곳에서 짧게는 며칠, 길게는 몇 년 동안 수용자를 찾아오고 있었다.

이 모든 것이 낯설고 익숙하지 않은 사람들은 불안하고 불편한 표정을 숨기지 못했다. 벌써 13년째 아들을 찾아오는 나이 든 노모의 발걸음이 무딘 것에 비하면 모두가 경직되어 있었다.

빈손을 내려다본 도원이 주먹을 쥐었다. 자신이 이곳에 왔어야 했는데 MJ가 대신 온 것만 같아서 목구멍이 꽉 막히듯 힘들어졌다.

지승준을 누군가가 멈추어 세워야 한다면 자신이길 바랐다. 이 일의 근원인 지승준의 집착 대상이 자신이었기에 그 연결 고리를 자신이 끊어 내야 한다고 생각했다. 적어도 MJ는 아니길 바랐다.

MJ는 원치 않는 인생을 너무 많이 걸어온 사람이었다. 살기 위해 누군가를 불태워 죽여야 했고, 살기 위해 도원이 나온 모니터 화면을 보며 수음을 해야 했고, 살기 위해 자신이 전담하고 있던 마리화나 농장을 모두 불태우는 동시에 살기 위해 지승준과 대적했다.

행복이 무엇인지 앞으로 어떻게 살아가고 싶은지를 생각할 겨를도 없었다. 비틀린 인생을 바로잡는 것만으로도 힘겨워했다. 더 비틀려 가는 인생을 그만 멈추어 세우려는 일에 최선을 다했다.

자의가 존재하지 않는 삶이었다. 누군가의 조작으로만 살아온 삶이었다. 그래서 지승준을 죽이는 방식을 선택하려 했다.

도원은 그런 MJ를 말리려 했다. MJ가 지승준을 죽인다면 그는 영원히 지승준이라는 늪에 갇힐 것만 같았다. 죽어 버린 망령에게 끝까지 시달릴 것처럼 보였다.

해바라기 꽃다발을 받아 들고서는 쑥스러워서 쓰고 있던 모자를 눌러쓰는 귀여운 행동은 두 번 다시 못 볼 것만 같았다. 사랑을 속삭이면서 넋이 나가 웃던 애교 많은 표정을 모두 잃을 것만 같았다. 다시금 귀신이나 유령처럼 이 세상에 없는 존재로 되돌아갈 듯 보였다.

MJ가 진심으로 행복해지길 원했다. 그가 행복이라는 게 뭔지를 가만히 고민하다가 그걸 위해 노력하는 삶을 살았으면 좋겠다고 생각했다. 남들에게 사랑받는 것에도 익숙해지길 바랐다.

그랬는데. 아이스랑 같이 자리를 피했을 거라 생각한 MJ가 총을 빼앗아 제 손에 화약 냄새를 묻힐 줄은. 그럴 줄은.

도원은 움켜쥔 주먹을 얌전히 허벅지 위에 올렸다. 땀이 배어 나온 손바닥을 무릎 위에 닦고서 허리를 숙였다.

젖은 손바닥으로 얼굴을 감쌌다. 차라리 지신이 방아쇠를 당겼다면 좋았을 텐데. 이렇게 힘들지 않을 텐데. 많은 것을 잃게 되겠지만, 반대로 MJ는 홀가분했을 텐데.

MJ도 똑같은 생각이었을지 모른다. 도원과 관련된 일에서 아무런 거리낌도 원치 않았기에 자신이 가진 모든 걸 포기한 것일지도 모른다.

도원이 알고 있는 MJ라면 그런 선택을 하고도 후회하지 않을 사람이었다. 설령 후회를 하더라도, 도원에게 무거운 죄책감과 평생을 갚아 가도 부족한 빚을 진 기분이 들게 만든 것을 후회할 사람이었다.

MJ도 도원도 같은 생각으로 방아쇠를 당긴 것이다. 다만, MJ가 더 빠르고 정확했을 뿐이었다. 서로를 생각하는 마음은 똑같은 형태였다.

얼굴을 감싼 손바닥을 천천히 쓸어내렸다. 일그러진 표정을 애써 다잡았다. 눈을 세게 감았다가 떠도 마음은 진정되지 않았다. 심장을 발등까지 잡아 내리는 무거운 압박감에 숨이 가빠 왔다.

"하아, 하아."

도원은 왼쪽 가슴 위를 주먹으로 두드렸다. 병원에서 검진받을 때 아무 이상이 없다고 했던 심장을 다시 반복해서 두드렸다.

검진 결과가 잘못된 게 아닐까. 숨만 쉬어도 이렇게 아픈데. 다시 검진 받아야겠다. 너무 아파서 눈물이 나올 것 같은데 아무런 이상이 없다니 뭔가 이상했다.

"선생님?"

주차를 마친 빈유미가 다가왔다. 그녀는 고개를 숙이고 있는 도원을 발견하고 안절부절못했다.

"어디 아프세요?"

도원은 대답하지 못했다. 입을 열면 목소리 대신 넝마가 된 심장이 조각조각 튀어나올 것만 같았다. 새카맣게 그을린 잿더미로 변한 심장의 흔적을 그녀에게 보여 주고 싶지 않았다.

도원이 뽑은 번호표와 같은 숫자가 전광판에 떴다. 도원은 빈유미를 살짝 밀어내고 업무 담당자에게 걸어갔다. 수용 번호와 신청 번호를 알려 주고 예약했던 접견 신청 내용을 확인받았다.

"접견 시간은 10분입니다. 촬영과 녹음 모두 금지입니다. 들어가시면 열쇠가 꽂혀 있는 사물함에 핸드폰 넣으시고요, 안내받으시는 접견실로 들어가면 됩니다."

직원의 설명에 도원이 버석하게 마른 입술을 간신히 열었다.

"10분밖에 못 보나요?"

직원은 힐끔, 도원을 올려다보고는 신청한 수용 번호를 다시 확인했다. 도원과 같은 반응을 이미 여러 번 겪어 왔기 때문에 대수롭지 않게 대답했다.

"변호인이 입회하면 특별접견 신청이 가능하세요."

"……아, 변호인이요."

"네, 신청해 드릴까요?"

"아닙니다. 다음에 하겠습니다."

"일일 한 번만 접견 신청이 가능한 점 참고해 주세요. 그럼, 접견실로 바로 안내해 드리겠습니다."

도원은 안내받은 접견 준비실 앞에서 멈추어 섰다. 회색 철문의 문고리를 잡고 숨을 골랐다. 체온이 옮아간 손잡이가 따끈따끈하게 익어 갔다. 땀이 묻어서 미끄럽기도 했다. 주요 세미나에서 상을 받을 때에도 느껴보지 못한 긴장감이 도원을 어지럽게 했다.

처음 얼굴을 보고 해야 할 말도 준비하지 못했다.

괜찮아요? 미안해요. 고마워요.

무슨 말을 먼저 던져서 이야기를 시작해야 할지도 망설여졌다. 아무렇지 않은 얼굴로 봐야 할까. 아니면 끔찍하게 고통스러운 감정을 토로해야 할까. 이럴 때를 대비한 매뉴얼을 왜 안내 직원은 알려 주지 않은 걸까.

문을 열기 전에 빈유미를 돌아봤다. 그녀는 업무상 구치소에 몇 번 왔었는지 이 공간을 어색해하지 않았다. 불편해 보이지도 않았다. 그녀가 신경 쓰는 사람은 오히려 수용자보다도 도원 쪽이었다.

긴장하고 있는 도원에게서 구치소를 처음 방문하는 사람이라면 으레 갖는 약간의 두려움과 걱정을 읽었다. 한 가지 감정으로 단언할 수 없는 도원의 얼굴을 빈유미는 끝까지 보지 못하고 시선을 돌려야 했다.

"MJ 본명 알려 드릴까요."

도원은 멈칫했다. MJ를 만난 후 한 번도 의식하지 못한 존재 중 하나가 바로 그의 이름이었다.

수용 번호를 알려 준 빈유미가 MJ의 본명을 아는 것이 당연한데도 낯설었다. 어쩐지 도원에게만 다가와 특별한 존재로 머문 신비스러움이 평범한 이름 석 자에 발가벗겨질 것만 같았다.

MJ의 본명은 그가 어린 시절에 부모님께 학대받거나, 지승준과 장진원에게 감금당했을 때 불렸을 이름이다. 그 이름에 미련이 있었다면 MJ는 도원에게 이름을 불러 달라고 속삭였을 것이다.

"아닙니다. 괜찮습니다."

그는 그러지 않았다. 이름을 필요로 하지 않았다. MJ의 정체성은 그 이름 안에 담겨 있지 않았다. 그는 마약의 은어로 불리는 것을 더 편안해했다. 그래서 본명을 알 필요가 없었다. MJ가 원하지 않는다면, 그건 그를 부를 수 있는 이름이 아니었다.

"기다릴게요. 만나고 오세요."

도원은 사물함에 지갑과 핸드폰을 넣었다. 설명을 들은 대로 문을 닫고 열쇠로 잠그자, 뒤편에서 기다리고 있던 교도관이 1호실이라고 적힌 접견실 문을 열었다.

접견실은 좁았다. 그리고 생각보다 어둡지 않았다. 벗겨진 벽을 새로 페인트칠한 벽 구석이 다른 곳보다 밝은 회색으로 얼룩져 있었다.

곰팡이 냄새는 나지 않았다. 방 중앙에는 플라스틱 가림막이 놓여 있었다. 가림막을 사이에 두고 수감자와 접견인이 대화할 수 있도록 한가운데에 작은 구멍들이 뚫려 있었다.

가림막 앞에는 얇은 나무 테이블이, 그 테이블에 팔꿈치만 얹으면 가득 찰 것처럼 좁은 테이블 너머엔 동색의 의자가 놓여 있었다.

도원은 좁은 테이블의 면을 손가락으로 훑어보았다. 긴장이 가시지 않아서 몇 번이나 의식적으로 숨을 내쉬고 삼켜야 했다.

조심스럽게 의자에 앉아 테이블 위에 양손을 올렸다. 손가락들을 꿈지럭거리면서 매만졌다. 초조하고 불안한 기색이 역력했다. 표정으로 내색하지 않으려고 몇 번이나 마른침을 삼켰다. 눈을 감았다 뜨길 반복했다.

"미안해요. 음, 미안합니다, MJ."

미안하다는 말을 연습했다. 조금은 가볍게, 다시금 무겁게, 한 번은 장난처럼, 다른 한 번은 눈물을 삼키면서.

"미안해요. 미안해, MJ."

다른 무슨 말보다 사과를 먼저 하려고 입에 몇 번이고 담았다. 그때마다 도원은 가슴을 투덕투덕 주먹으로 두드렸다.

"……미안해."

우울증 환자들에게 하지 말라고 상담마다 했던 이야기가 부메랑이 되어 돌아오고 있었다.

이도 저도 할 수가 없었다. 우울증 환자들이 울면서 힘겨워하던 상태를 직격탄으로 맞고 있었다. 이렇게까지 힘든 일인 줄도 몰랐다. 학술서에서만 보던 이야기가, 내담자들의 입을 통해서만 듣던 이야기가, 이렇게 끔찍한 줄 몰랐다.

정신분석학자라는 명분으로 얼마나 기만적인 위로를 그들에게 해 왔던 것일까. 위로가 될 수 없는 순간이 이렇게 많을 수가 있을까.

눈물이 날 것 같은 시선으로 테이블의 나뭇결만 멍하니 바라보는 사이에 반대편 문이 열렸다.

도원은 고개를 반짝 들었다. 자신이 열었던 접견실 철문보다 수 배는 두꺼운 철문 안쪽에서 해진 운동화의 뒤축을 구겨 신은 남자 가 들어왔다.

그의 얼굴을 정면으로 올려다보자 줄곧 곱씹어 보았던 사과의 말 은 나오지도 않았다.

수의를 입고 파란색 번호표를 달고 있었다. 짧게 깎은 머리는 이 전보다 바싹 깎아 두피가 다 보일 정도였다.

그 덕에 불에 일그러진 피부와 자잘하게 상처가 나 있는 흉터들 이 더 눈에 띄었다. 도톰하게 솟아 있는 찌그러진 핏줄과 근육들이 화상 자국과 함께 엉켜서 붉은 빛을 내고 있었다.

남자는 도원의 맞은편에 마주 보고 앉아 테이블 밑으로 손을 내렸 다. 찰그락, 쇳소리가 들렸다. 도원에게 보여 주지 않으려 했지만, 무겁게 옥죄고 있는 수갑 소리는 그 무엇보다도 또렷하게 들렸다.

그는 한참이나 말없이 도원을 바라봤다. 아무것도 생각할 수 없 어서 멍해진 도원과 달리, 그는 상대적으로 침착하고 여유로웠다.

숨을 깊게 들이쉬고 천천히 입을 열었을 때도 목소리는 떨려 나오지 않았다.

"아, 선생님, 오랜만에 보니까 진짜 좋다. 안색도 나쁘지 않네, 다행이야."

기분 좋게 웃는 표정을 따라서 그의 속눈썹이 흔들렸다. 화상 자국을 지나 머리통을 쓸어 넘기는 습관을 가진 남자는 저도 모르게 짧은 머리를 넘기다가 수갑을 도원에게 보여 주었다는 것을 깨닫고 급히 손을 내렸다.

웃던 표정에 억지스러움이 녹아나기 시작했다. 그는 애써 아무렇지 않은 척 굴었지만, 한 번 일그러진 표정을 되돌리지는 못했다.

도원은 입술을 세게 깨물었다. 왈칵, 눈물이 차오를 것 같았다. 도원은 그의 얼굴을 하나하나 뜯어보았다. 자신이 알고 있던 상처보다 더 늘어나진 않았을지, 어딘가 잘못되진 않았을지, 눈에 새겨 넣는 것만으로도 아쉬워서 무엇을 먼저 말해야 할지 몰랐다.

MJ는 도원의 시선을 하염없이 받아 주기만 했다. 여유를 가장했던 표정은 많이 지워졌지만 도원을 봐서 안심이라는 감정만큼은 사실이었다.

MJ는 고개를 쭉 내밀어 도원과 시선을 마주했다. 눈 속에 모두 새기려는 듯, 그렇게 눈 한 번 깜빡이지 않고 바라만 봤다. 도원이 바싹 말라 있던 입을 뗐다.

"밥은 잘 먹고 있어요?"

질문을 뒤늦게 인식한 MJ가 "아." 하고 신음을 흘렸다. 도원의 목소리가 더 듣고 싶어서 초조한 기색마저 보였다. MJ가 고개를 끄덕였다.

"여기 밥 잘 나와. 삼시 세끼 다 챙겨 주더라."

"괴롭히는 사람은요."

"없어. 독방 쓰거든. 다른 수감자들 볼 시간도 많지 않아."

"혼자서 심심하지는 않나요."

"방에 텔레비전이 있어. 교화 방송만 나와서 재미없는 것뿐이지만, 그래도 생각보단 살 만하더라."

"다른 생활은요? 불편하지 않나요?"

"음. 다른 생활이라고 해 봤자 거실 생활 정돈가. 번호표 때문인지 거실에서 나 건드리는 사람도 없어. 아, 거실은 여기 신입 수용자들이 머무르는 덴데 다들 하얀 번호표야. 파란 건 마약 사범 특별 번호표래. 신기하지."

그는 왼쪽 가슴팍을 보여 주면서 덧붙였다.

"구치소나 형 확정되고 나서 교도소로 옮겨진 뒤에도 6개월 이상 같은 곳에 수감되지 못한대. 계속 옮겨 다녀야 한대. 마약 사범들은 다 그런가 봐."

그 말을 마친 MJ는 잠시 입을 열지 못했다. 그는 번호표를 만지작거렸다.

남들보다 긴 숫자, 다른 바탕색을 가진 특수한 번호표는 그가 마음 편히 머물러 있을 공간마저 앗아 갔다. 반년마다 내쫓는 것이다. 누군가와 친해질 시간조차 주지 않는 것이다.

어딘가에 머물러 있는 삶을 살아 본 적 없는 MJ지만, 의지와 상관없이 내쫓기는 삶을 살아오지도 않았다.

그는 원하는 곳을 찾아다니는 산짐승이었다. 산짐승을 쇠창살 안에 가두어 두고, 다른 짐승들이 잡아먹힐까 봐 옮겨 다니게 하는 것은 지금까지 그를 고고하게 만들었던 자존감과 여유를 송두리째 깎아 버리는 행위이기도 했다.

MJ는 번호표에서 손을 떼지 못했다. 내쫓기듯 계속해서 옮겨 다님으로써 잃는 것은 자존감뿐만이 아니었다.

"옮겨지는 교도소는 다 알려 줄게."

MJ가 조용히 말을 이었다.

"……잊지 말고 찾아와 주면 안 될까?"

도원은 더 이상 들을 수가 없었다. 아무렇지 않게 MJ를 바라보는 것은 한계였다. 덤덤하게 말하는 그에게 눈물이 차올라서 견딜 수가 없었다.

떨리는 손으로 플라스틱 가림막을 만졌다. 뒤편에 입회해 있는 교도관이 물러나라고 경고를 했지만, 손을 뗄 수가 없었다. 손이 닿을 수 있다면 그를 꼭 안아 주었으리라.

"미안해요."

목소리가 온전하지 못했다. 성대를 떨면서 위태롭게 흘러나왔다. MJ가 불안해할까 봐 수천 번 거울을 보며 아무렇지 않은 표정을 짓는 연습을 했었다.

이젠 다 소용없어진 일이었다. 가림막에 댄 손을 따라 습기가 끼어 갔다. 따뜻한 체온을 MJ가 눈으로 확인했다. 그 체온을 지금껏 독점해 왔던 MJ였기에, 눈앞에 보이는데도 만지지 못하는 현실에 표정을 일그러뜨렸다. 도원은 주먹을 움켜쥐었다.

"미안해요, MJ."

MJ의 얼굴에 억지로 짓고 있던 웃음이 완전히 사라졌다. 그는 불안하게 흔들리는 눈으로 도원을 바라봤다.

너스레 떨듯 테이블 밑에 손을 가리고 있던 그였다. 번호표라든지, 수용소 내에서의 생활이라든지, 아무렇지 않게 잘 지내고 있다는 것을 말해 주려 했다.

그렇게 혼자 남은 방에서 연습했지만 그 역시 연습대로 말할 수 없었다. 병원에서 연습했던 도원처럼, 독방에서 혼자 연습했던 MJ 역시 하고 싶은 말을 끝내 연기하며 말하지 못했다.

양손을 테이블 위로 올렸다. 도원이 손을 대고 있는 가림막에 수갑 찬 손을 겹치면서 불안한 눈동자로 도원을 바라봤다. 간신히 버티고 있던 평정심이 와르르 무너져 내린 MJ가 다급히 말했다.

"선생님, 괜찮아? 그때 쓰러졌잖아. 나 때문이었지? 병원에서 뭐래? 큰일 난 거 아니야? 괜찮아? 움직이기 힘든데 여기 억지로 온 거면 안 되는데."

흔들리는 시선이 도원을 사정없이 훑고 지나갔다.

"선생님은 미안하다는 말 하지 마. 내가, 내가 더 미안해. 그때, 선생님한테 몹쓸 짓 해서, 미안해. 정말 미안해."

억지로 몸을 취했던 비정상적인 상황을 대체 왜 사과하는 건지. 그것 때문에 여태껏 마음고생을 했다는 것만으로 도원은 억장이 무너졌다.

"괜찮아요. 그건 하나도 안 아팠어요."

"미안해, 선생님. 미안해……."

눈물은 MJ에게서 먼저 터졌다. 힘들어하는 도원을 보고 MJ가 허술하게 쌓아 올렸던 무덤덤한 표정은 그대로 무너져 버렸다.

"MJ……."

"선생님이 나 만나러 안 올까 봐, 너무 무서워서…… 독방에서 너무 무서워서……."

"MJ."

"……총 쏘고도 안심할 수가 없어서. 선생님이랑 한 약속을 깬 게 한두 가지가 아니라서. 그래도 그게 나여서 다행이었어. 더 이상 선생님한테 무슨 일 생길까 봐 걱정하지 않아도 되니까 그것만큼은 정말 다행이라서. 그렇지만, 그렇지만, 나는……."

횡설수설하는 MJ가 가림막에 올린 손을 덜덜 떨었다. 손끝이 하얗게 질려 있었다. 눈물은 그의 젖은 눈가를 타고 두 볼을 지나 턱 밑으로 고였다. 뚝, 뚝, 떨어지는 눈물이 쉴 새 없이 테이블의 나무면을 적셨다.

"선생님, 선생님, 내가 잘못했어. 나 버리지 마. 나 잊지 마. 선생님. 선생님……."

떨고 있는 어깨를 본 도원은 울지 않으려고 애를 썼다. 가림막으로 전해지지 않는 MJ의 체온을 조금이라도 느껴보려고, 도원은 자신의 손을 가림막에 대고 있는 MJ의 손바닥 위로 정확하게 포갰다.

닿지 않았다. 이렇게 보이는데도 닿지 않았다. 고작 얇은 플라스틱 판 하나가 뭐라고.

도원은 필사적으로 눈물을 삼키고 말했다.

"MJ, 내가 어떻게든 변호인단을 꾸릴게요."

"밤에 선생님이 곁에 없어서 너무 힘들어. 선생님이 날 보고 싶지 않다고 말할까 봐, 너무 무서워……."

"집행 유예까진 어렵겠지만 어떻게든 최고의 변호인으로 꾸릴게요. 인권 문제를 걸고넘어지면 될 거예요. 당신이 수년 동안 당한 감금과 노예 생활을 말하면 돼요. MJ, 그때까지만 참아요."

"선생님…… 나 버리지 마."

"그런 말 하지 마요. 절대 그럴 일 없어요."

"정말 미안해…… 나 버리지 마."

울고 있는 MJ의 모습에 도원은 입술을 깨물며 눈물을 참았다. 불안한 시선으로 바라보는 MJ는 안절부절못했다.

그는 뒤돌아서 교도관을 바라봤다. 무장 교도관은 의미를 알 수 없는 표정으로 MJ를 보고 있었다. 일어서거나 하면 곧장 달려와 무력으로 진압할 것이다. 접견 시간을 다 채우지도 못한 채 강제 퇴실하게 될 것이다.

그래서 MJ는 어떻게든 참으려 했다. 일어나거나 가림막을 쿵쿵 두드리지 않으려고 의식적으로 굴었다. 얌전한 수감원으로 보이기 위해서, 눈에 띄는 행동을 하지 않으려고 노력했다.

조금이라도 말썽이 있으면 재판 받는 중에 불이익이 간다는 얘기를 들었기 때문이다.

"선생님, 선생님."

일주일 넘게 독방에서 불안함을 감추지 못했던 MJ는 도원을 보자마자 눌러 왔던 감정을 터뜨렸다.

그 감정은 모두 도원을 잃는다는 것에 기인하고 있었다. 자신이 지켜 주지 못했다는 생각이 지배적이었다.

도원을 사건에 휘말리게 했고, 그의 사회적 명성과 직업의식까지 모두 흐트러뜨려 놓은 채 건강도 악화시킨, 이 악화일로의 모든 원인이 자기 자신에게 있다고 스스로를 원망하고 있었다.

도원을 만나지 않았더라면. 그를 좋아하지 않았다면. 그에게 의지하지 않았다면. 좋아하는 사람이 아파하고 힘들어하고 괴로워하는 모습을 보지 않았을 텐데.

이런 게 사랑이라면 건강하지 못한 일이었다. 병들어 있는 일이었다. 도원에게 좋을 것이 하나도 없는 괴로운 집착이었다.

그럼에도 도원을 포기하지 못하는 자신 때문에 MJ는 죽고 싶은 심정이었다. 도원이 자신에게 지쳐서 이제 그만하자고 말할까 봐 겁이 났다. 더는 만나 주지 않고 포기할까 봐 무서웠다.

이젠 그를 찾아가 용서를 빌고 감정을 구걸할 수도 없는 상황이었다. 언제까지 이곳에 갇혀 지낼지도 모를 일이다. 온기도 숨결도 닿지 않는 곳에서 바라보는 것밖에 못하는 상황이었다.

언제든 손가락 사이로 빠져나가는 모래알이 되어 도원이 사라진다는 걱정에 잠을 잘 수가 없었다.

죗값을 치르고 갇혀 있는 것보다 도원을 잃는 것이 더 고통스러웠다. MJ는 볼을 타고 흐르는 눈물을 닦지 못했다.

"선생님……."

도원이 곁에서 떠난다는 생각만으로 이미 버틸 힘이 없었다. 소중한 것을 잃어버린 아이처럼 무너진 표정이 되어, 하염없이 도원을 바라보며 울었다. 그것 외에는 정말로 아무것도 할 수 없었다.

"날 싫어한다고 해도 돼. 내가 밉고 꼴 보기 싫다고 해도 돼. 다 이해할게. 죽일 듯이 패도 다 맞을게. 선생님이 개처럼 기라고 하면 다 할게. 다 할 테니까……."

목이 메인 MJ가 숨을 억지로 참으며 말했다.

"제발, 선생님. 제발…… 미안해. 정말 미안해. 선생님 없이 살고 싶지 않아…… 미안해."

도원은 꼭 움켜쥔 주먹을 떨었다. 불안정하게 울고 있는 MJ에게 앞으로 어떤 식으로 재판이 진행될지, 최대한 형을 낮춰 보겠지만 그래도 징역을 아예 면하지 않는 방법은 찾기 어렵겠다는 등, 이성적으로 논의하고 싶어도 그럴 상황이 못 되었다.

앞으로의 일을 논의할 수도 없을 만큼, 지금 당장 도원을 잃을까봐 두려워 울고 있는 MJ였다. 도원은 가슴이 무너졌다. 그를 끌어안아 주고 싶었다. 어떻게든 달래 주고 싶었다.

당신을 떠날 리 없잖아요. 버릴 리 없잖아. 왜 그렇게 날 못 믿어.

하고 싶은 말이 목구멍까지 올라왔지만 접견 시간이 얼마 남지 않았다. 도원은 가림막에 댄 손을 폈다 접길 반복하면서 눈을 꽉 감았다가 떴다.

"MJ, 날 봐 주세요."

어깨까지 떨면서 불안해하는 MJ가 어렵사리 도원과 눈을 맞추었다. 몸에 입은 상처보다도 더 큰 상처를 입은 눈으로 도원을 보고 있었다. 도원은 그 눈가를 어루만져 주듯이 가림막을 손끝으로 쓸어 만졌다.

"사랑해요."

여전히 떨고 있는 MJ에게 도원은 더 낮게 속삭였다.

"사랑해."

아무리 말해 줘도 MJ의 눈물은 멎지 않았다. 무력하기는 MJ만큼 도원도 마찬가지였다. 가림막을 사이에 두고 해 줄 수 있는 말이 이런 말밖에 없다.

"MJ, 나한텐 당신밖에 없어."

빈말이 아니었다. MJ를 포기할 거였으면 이런 상황이 되기 전에 손을 놨을 것이다. 이미 최악을 맛보았다. 그 최악을 함께 버텼는데 이 이상 악화될 일이 무엇이 있을까.

도원은 두렵지 않았다. 두려운 것이 있다면 MJ가 스스로를 포기하는 일이었다. 함께 버텨 오고 쌓아 왔던 모든 사랑과 신뢰가 무너져서 또다시 길들여지지 않은 짐승의 상태로 회귀해 버리는 것이 무서웠다.

MJ가 스스로를 포기하지 않는다면 도원이 먼저 손을 놓는 경우는 없을 것이다.

"당신밖에 없어. 진심이야. 정말로, 당신만 바라보며 여기까지 왔다고."

도원의 반복된 발언에 MJ의 떨림이 잦아들었다. 교도관이 남은 시간을 알려 주었다.

"1분 남았습니다."

MJ의 얼굴을 볼 수 있는 시간이 얼마 남지 않았다는 것을 깨닫자 도원은 다급히 입을 뗐다.

"매일 편지를 쓸게. 편지에는 당신에게 선물해 주었던 해바라기도 그려 줄게. 당신이 입었던 옷도 다 내 방에 걸어둘 거고, 당신이 해 줬던 음식도 전부 내가 요리해서 먹을게. 내가 잘 챙겨 먹지 못한다고 걱정했잖아. 다 챙겨 먹을게. 건강해질게. 지금보다 살도 찔 거야. 운동도 열심히 할 거고."

다른 것은 생각할 수 없었다. 사랑을 잃을까 봐 울고 싶은 건 도원이었다.

"당신이랑 같이 봤던 영화도 몇 번이나 돌려 볼게. 당신이랑 함께 갔던 온천도 사진 찍어서 보내 줄게. 편지도, 전화도 빠짐없이 할게. 어떤 좁은 곳에 혼자 있든, 새로운 곳으로 강제로 보내지든, 계속 내가 같이 할게."

목이 메는 것을 억지로 참으며 도원은 이를 악물었다. 울지 않기 위해 눈꺼풀을 깜빡이지조차 않았다.

도원의 시선은 오로지 MJ만을 향했다. 단 한순간도 다른 곳을 보지 않았다. 도원은 삼키지 못하는 감정을 입 밖으로 짓씹듯이 흘려보냈다.

"당신은 내가 못 놔. 알았어? 한 번만 더 이러면 정말 가만 안 둬. 내가 당신 못 놔준다고."

수많은 말을 쏟아 내는 도원을 멍하니 바라보는 MJ였다. 도원은 불안해하는 MJ에게 그 불안감을 전가하지 않으려고 감정만큼은 필사적으로 다스렸다. 그럼에도 숨기지 못하는 괴로움이 가림막에 대고 있는 손가락의 떨림을 통해 전해졌다. MJ가 입을 열었다.

"……미안해."

도원이 눈을 매섭게 떴다.

"한 번만 더 그 말 하면 가만 안 둬."

"……미안, 아니…… 아니, 선생님."

"선생님이라고 부르지 마. 반말하면서 어디서 선생님이야. 연인에게 선생님이라고 하는 사람이 세상에 어디 있어. 내일까지 날 어떻게 부를지 생각해 놔. 앞으로 평생 불러야 하는 애칭이야. 고민하느라 시간을 더 달라는 건 용서해 주겠지만 또다시 '미안, 선생님' 그 말 하면 화낼 줄 알아."

MJ는 입을 벙긋거렸다. 떨림이 멈춘 눈으로 한참이나 도원을 바라봤다. 그는 많이 놀란 기색이었다. 또 다른 의미로는 당황하여 머뭇거렸다. 입회한 교도관이 말했다.

"시간 다 되셨습니다."

MJ에게 퇴실을 명령했다. MJ는 굳은돌처럼 그 자리에 앉아 일어나질 못했다. 그의 눈은 도원에게서 떠날 줄을 몰랐다. 눈물은 멈추었는데 놀라서 그런 듯했다.

교도관이 재차 퇴실을 명령해도 MJ는 다리만 떨면서 어쩔 줄 몰라 했다. 이대로 헤어지면 앞으로 영영 보지 못할까 봐, 물가에 내놓은 아이를 보듯 불안해했다.

도원은 그런 MJ에게 다시금 확신에 찬 어조로 말했다.

"사랑해."

MJ는 그 말에 마냥 행복해하지 못했다. 가림막을 쿵쿵 두드리려는 걸 도원이 다급히 고개를 저어 말렸다. 퇴실하라는 세 번째 명령에도 MJ는 자리에서 일어나지 못했다.

결국 교도관이 MJ를 억지로 일으켰다. MJ가 그 손길을 뿌리치려는 모습에 도원이 다시금 강하게 고개를 저었다. 손끝만 움찔거리던 MJ가 교도관 손에 잡혀 문밖으로 끌려 나갔다. 도원은 돌아보는 MJ에게 외쳤다.

"접견은 하루에 한 번밖에 못해. 당분간은 내가 매일 올 거니까 만나고 싶은 사람이 있어도 다음 달로 미뤄. 알았어, MJ?"

MJ가 끌려 나간 문이 완전히 닫히기 전에 도원이 마지막으로 외쳤다.

"내일 이 시간에 올 테니까 날 평생 부를 말이나 생각해 놓으라고!"

문이 닫혔다. MJ의 모습이 그 너머로 사라졌다. 주저앉아서 울 것 같았던 MJ가 저 안쪽에서 혹여나 난리를 부리지는 않을지 심장이 쿵쿵 뛰었다.

도원은 가림막에 머리를 기댄 채 눈을 감고 숨을 몰아쉬었다. 귀만 열어 두터운 철문 너머에서 무슨 소리가 들리지는 않을지 집중했다.

아무 소리도 들리지 않았다. 뒤축을 구겨 신고 있던 운동화가 바닥에 끌리는 소리도 들리지 않았다.

화가 나고 안타까워서 주먹으로 쾅, 가림막을 치고 말았다. 끝까지 참고 있던 눈물을 그제야 터뜨렸다.

"흐윽, 윽…… 윽, MJ, MJ……."

도원은 의자에 기대어 앉았다. 이런 상황에서조차 도원이 제 곁을 떠날까 봐 울던 MJ였다. 그의 모습이 감은 눈꺼풀 안쪽에서 아른거렸다.

사실 애칭 같은 건 중요하지 않았다. 뭐라고 불리건 그게 큰 의미가 없다는 것도 안다.

평생을 선생님이라고 불러도 괜찮았다. 그저 MJ에게 내일도 도원이 방문할 것이라는 믿음을 주고 싶을 뿐이었다.

그에게 도원과 함께 시간을 쌓아 간다는 느낌을 심어 주고 싶었다. 혼자 독방에 갇혀서 출소일을 기다리는 것이 아니라 애칭을 정하고, 할 일을 정하고, 함께 고민하면서 생각해 보는 일정을 주고 싶었다.

당신은 혼자가 아니라고 말해 주고 싶었다. 함께 고민하는 일들이 모두 끝날 때까지는 계속해서 함께일 것이라고 말해 주고 싶었다.

그러니 애칭을 정하지 못했다고 곤란한 표정으로 말해도 괜찮았다. 아니, 출소 때까지 정하지 못했으면 했다.

이게 좋아, 저게 좋아, 물어보면서 웃는 MJ를 상상했다. 그러길 바랐다. MJ가 불안해하지 않길 바랐다.

도원은 양손으로 얼굴을 덮었다.

—내가 죽으면 모든 게 끝날 것 같아요?

지승준의 얼굴이 아른거렸다. 그가 했던 말이 비수가 되어 심장에 박혔다.

끝이 아닌 시작이었다. 해야 할 일이 산더미였다. 정리해야 할 것도 너무 많아서 끝이라는 지점까지 채 반도 달려온 것 같지가 않았다. 결승점이 너무 멀어서 영원히 끝나지 않을 마라톤처럼 느껴졌다.

목구멍까지 숨이 차올랐다. 주저앉아 포기하고 싶었다. 그럼에도 계속해서 일어나려 했다. 일어나야만 했다.

현기증이 이는 태양을 올려다보면서도 그 햇살을 피하지 않았다. 달리는 일 자체를 포기할 수가 없었다. 넘어져도 붙들어 주는 손이 있었다.

그가 넘어지면 자신이 붙잡아 주고, 자신이 쓰러지면 그가 지탱해 주면 된다. 서로가 서로에게 기댈 수 있는 손이 있는 이상 끝나지 않은 트랙이라 할지라도 몇 바퀴나 달릴 수 있었다.

끝나지 않아도 되니까. 영원히 달려도 되니까. 그저 그 손만 잡고 있길 바랐다. 많은 것을 바라지 않았다. 손을 맞잡고 있는 것이면 충분했다.

"이번엔 내가 기다릴게요."

어둠 속에서 빛을 보며 시간을 보냈던.

그가 기다려 주었던 과거처럼.

"내가 당신을 기다릴게요."

밝은 곳에서 어둠을 기다리며 익숙해질.

미래는 도원의 차례였다.

The Last

The Last

도원은 재킷 주머니에 넣어 두었던 담배를 꺼냈다. 담뱃갑에는 니코틴, 타르 최소 함량이라는 문구가 써 있었다. 평소 피우던 담배 대신 구입한 브랜드였다.

슬슬 금연해야 할 텐데.

그렇게 생각하면서도 유해 물질이 덜 든 담배를 사서 피우는 게 이미 금연할 의지가 그리 강하지 않다는 걸 말해주고 있었다.

처음 담배를 피웠을 때는 이 매캐한 것을 왜 입에 담는지 모른다고 눈을 깜빡거렸다. 이제는 혼자 있을 때 습관처럼 찾아서 입에 물었다. 맛보다는 습관 탓이었다. 그것도 일종의 핑계라면 핑계였지만 말이다.

차 창문을 내리고 불붙인 담배를 입에 물었다. 찬바람이 차 안쪽으로 밀려들어 왔다. 두 볼이 발갛게 얼어 갔다.

창문을 닫고 난방을 틀고 싶었지만 차 안에 담배 냄새가 배는 것은 싫었다. 이를 딱딱 부딪치며 초라한 행색으로 담배를 계속 피웠다.

도원은 창문을 내린 곳에 팔꿈치를 올리고 턱을 기댔다. 비스듬히 고개를 꺾고 어두운 새벽하늘을 올려다보며 볼이 홀쭉 들어갈 만큼 깊게 담배 연기를 들이마셨다. 그때마다 하늘의 별보다 담뱃불이 강렬하게 빛났다.

폐 속을 한 차례 돌고 나온 연기를 뿌옇게 뱉었다. 담배 연기가 금세 흩어지는 하늘을 여전히 나른하게 쳐다봤다.

눈을 반만 뜬 채 손가락 사이에 끼우고 있는 담배를 까딱거렸다. 눈가에서 살랑이는 머리카락이 한 번씩 세찬 밤바람에 뒤집혔다. 그래도 눈가를 부스스 훑어 내리는 앞머리를 정갈하게 정돈하지 않았다.

셔츠 단추가 어긋나게 잠긴 걸 알면서도 귀찮아 고쳐 입지 않았던 도원이다. 속옷도 뒤집어 입었을지 누가 알겠나.

나른하게 담배 연기를 뱉던 도원은 창밖으로 내민 담뱃재만 손끝으로 톡톡 털었다. 여전히 열없는 눈만 느리게 깜빡였다.

실은 잠을 한숨도 자지 못했다. 자 본답시고 회원권을 끊은 헬스장에서 늦은 시간까지 고생을 했다. 결론적으로는 헛수고였다. 몸이 피곤해지기만 했다. 뇌 속은 대낮처럼 밝게 잠을 몰아냈다.

친해진 남성 트레이너는 처음에 도원의 외모만 보고 말을 놓으려 했다. 그러다가 회원 카드에 적힌 나이를 보고 놀라서 눈을 휘둥그레 떴다.

그는 도원이 술 담배를 즐겨 한다는 말에 두 번 놀랐다. 대회 준비를 한다고 자주 술자리를 갖지 못하는 트레이너는 부러움이 가득한 어투로 그렇게 물었었다.

—원래 술 담배 많이 하셨어요? 그런데 어떻게 이 나이까지 몸이랑 피부 관리를 이렇게 잘하셨어요?

그 술 담배라는 것을 즐겨한 지 7년 정도밖에 되지 않았다. 그전에는 일절 입에도 대지 않던 혐오 식품이었다. 자세한 사정을 모르는 트레이너는 7년이라는 기간에 혀를 찼지만 말이다.

—그간 안 하던 것을 왜 시작하셨나요.

도원은 그 질문에 뭐라 대답했는지 잘 생각이 나지 않았다. 예전이었다면 상대와 나눈 대화를 강박적으로 기억하고 판단 가치로 삼았겠지만, 그런 습관은 잃어버린 지 오래였다.

아마도 추측컨대 "이전 직장에서는 술 담배 하면 상대에게 불쾌감을 줬거든요."라는 대답을 했던 것 같다. 직장 문제로 안 하다가 직장을 옮기면서 시작했다는 말이 특별할 게 없다고 생각했는지 트레이너는 더 이상 물어보지 않았다.

헬스를 마치고 집에 들어와서 무엇을 했더라. 자려고 침대에 누웠지만 도저히 잠이 오지 않아서 힘들어한 기억이 났다. 익어 가는 고기의 심정으로 몸을 몇 번이나 뒤집다가 모든 걸 때려치우고 침대 밑으로 내려와 버렸다. 술이라도 마시고 자야겠다는 생각에서였다.

침대 밑에서 오랫동안 주고받은 편지 뭉치를 발견했다. 처음에는 헤진 모서리만 삐쭉 나와 있는 편지 봉투를 발견하고 걸음을 멈추었다. 발끝으로 침대 밑에 다시 밀어 넣으면 되었겠지만, 침대 앞에 한쪽 무릎을 꿇고 앉았다.

침대 밑으로 손을 넣자 손끝에 묵직한 종이 상자가 잡혔다. 힘을 주어 당기자 오래된 택배 박스 안에 차곡차곡 쌓아 놓은 수백 통의 편지가 보였다.

편지가 한가득인 상자를 가만 들여다보다가 자연스럽게 담배를 찾았다. 담배에 불을 붙이고 재떨이를 옆에 가져다 놓았다. 담뱃재를 털면서 손때가 묻은 편지를 하나씩 열어 보았다.

박스 속 편지는 연도별로 정리되어 있었다. 지난 7년간의 세월이 그 속에 고스란히 녹아 있었다.

편지 봉투에 적혀 있는 교도소 주소는 수시로 바뀌었다. 처음 구속되었던 서울남부 구치소에서는 접견 신청 횟수가 편지를 보낸 횟수보다 많아서 남은 물건이 많지 않았다.

편지로 남긴 이야기는 대부분 법 집행 상황에 대한 정보교류였다.

[검사 결과 마약 투약 혐의는 없는 것으로 밝혀졌습니다. 밀수를 한 대리자 한여은은 15년 형 이상을 받았고, 살인 혐의와 교살까지 가중 처벌되어서 거의 무기징역에 가깝다고 들었어요.

항소도 안 할 거라는데 확실하진 않습니다. 당신은 투약도 밀수도 하지 않아서 판매 혐의로만 집행된다네요. 최고 5년 형이라는데 제가 어떻게든 감형해 보겠습니다.]

[미안해요…… 변호인단이 잘해 줬는데…….]

[방화 쪽 구형 5년이라고 합니다. 정신 이상 확인을 위해 며칠 병원 검사를 할 수 있어요. 너무 겁먹지는 마세요. 감형을 위해 반드시 제출해야 할 증거라고 생각해 주세요.

가서 제게 했던 얘기를 그대로 하면 돼요. 담당의는 제가 아는 분이니 잠깐 부탁해서 얼굴이라도 볼 수 있도록 해 볼게요.]

[벌금 2억 원 때문에 놀랐어요? 저 돈 많아요. 신경 쓰지 마세요.]

[아이스 측 정보를 검찰에 넘기면 감형해 주겠다고 하네요.]

[아이스는 연락이 안 됩니다.]

[편지가 늦었네요. 많이 기다린 건 아니죠? 직장을 옮기고 이사를 하느라 정신이 없었습니다. 다음 주에 2심 결과 나올 때 찾아갈게요.]

주고받던 편지 대부분이 잉크가 많이 번져 있었다. 지금은 말라서 쭈글쭈글해진 종이 면이 한때는 눈물 자국이었다는 것을 도원은 잘 알고 있었다.

꽤 많은 것을 백방으로 노력했던 기억이 났다. 변호인을 선임하고 대법원까지 가는 법정 심사에 들인 돈만 수십억 원이었다.

MJ가 징역형을 사는 중간중간 구속 집행 정지를 신청하거나 병원 치료를 위해 법원에 할 수 있는 모든 걸 신청한 돈도 추가로 수억 원 쓰였다. 그러나 MJ에게 사실대로 말한 것은 거의 없었다.

낯선 곳에서 수형 생활을 하는 것만으로도 MJ는 몸을 건사하기 힘들어 보였다.

안 그래도 여러 면에서 충동 장애가 있는 그가 소 내에서 말썽을 부리면 모든 노력이 수포로 돌아가기에 최대한 그의 안정을 위해서 도원은 할 수 있는 모든 걸 배려해야 했다.

그렇게 떨리는 손으로 한 자, 한 자 눌러 적던 글자는 사과의 말로 시작해서 바짝 마른 눈물 자국으로 마무리 짓던 날들을 지나 색색의 펜들로 그려 넣은 꽃이나 새 그림과 기다란 일상 이야기로 변해 갔다.

즐거운 일보다는 지루한 일이 많아서 툴툴거리던 글자들에 그의 목소리가 고스란히 녹아났다.

[선생님, 보고 싶어. 밤마다 자꾸 꿈을 꿔. 선생님이 총에 맞는 꿈이야. 놀라서 깨면 무서워서 다시 잠들 수가 없어. 선생님, 선생님, 보고 싶어. 보고 싶어, 선생님.]

[항소심 결과도 안 좋다고 들었어. 괜찮아, 난 기다릴 수 있으니까. 선생님, 너무 무리하지 마. 밥 잘 먹고, 잘 자고 있지? 선생님, 절대 무리하지 마.]

[왜 연락이 안 돼? 선생님, 제발. 자꾸 꿈에 나온단 말이야. 선생님, 무서워. 가지 마. 가지 마, 선생님.]

[교도소를 옮겼어. 새로운 곳은 과묵한 사람들뿐이야. 시끄러운 애들이 없어서 더 편해지긴 했어.]

[올 때 치킨 사 줄 수 있어? 먹고 싶은데.]

[이번 주 치료 일에 선생님 볼 수 있겠다. 병원에서 아는 척해도 되는 거지?]

[오늘 교관한테 칭찬받았어. 왜 이렇게 공부 잘하고 일도 잘하냐고 놀라더라. 내가 무기수였으면 벌써 1급 따고 추천 받아서 모범수 선정 넣었을 거래.]

MJ는 어느 순간부터 교도소를 옮길 때마다 소소하게 벌어지는 사건들을 즐기기 시작했다.

이곳에서는 가능했던 영치품이 저쪽에서는 반려당한 적도 있었고, 접견실에서 뭘 그렇게 웃고 떠드느냐고 교도관이 도끼눈으로 본 적도 있었다.

변호인이 입회한 특별면회실은 창살이나 플라스틱 가림막이 없어서 직접 MJ의 얼굴을 만지거나 손을 잡은 적도 있었다.

그때마다 MJ는 하염없는 시선으로 도원을 바라봤다. 가끔은 변호인의 양해를 구하지 않고 먼저 입을 맞추기도 했다.

재판은 여러 번의 항소와 판결을 반복하면서 7년 형으로 마무리 지을 수 있었다. 상당한 돈을 써야 했지만 통장 속 줄어 가는 숫자를 보면서도 도원은 크게 걱정하지 않았다.

MJ가 자신을 기다리면서 활짝 웃는 모습을 보면, 돈이 없어서 더 좁은 집으로 옮기고, 대출을 알아보던 곤란함을 단숨에 잊어버릴 수 있었다.

수년이 지나도록 애칭 하나 못 정하고 선생님, 선생님 하고 부르는 MJ가 귀여웠다. 도원은 일부러 그를 약 올릴 때마다 선생님이라고 부르지 좀 말라고 한 소리 하기도 했다.

손에 들고 있던 담배가 짧아져 있었다. 마지막 한 모금을 짙게 들이마신 뒤 꽁초를 차 밑에 버렸다.

겨울이 선명하게 남아 있는 흙 위로 담배꽁초의 불씨는 빠르게 사그라졌다. 도원은 폐에 남은 담배 연기를 입김처럼 뱉었다.

흩어지는 연기 사이로 불 꺼진 교도소 건물이 보였다. 새삼 교도소 벽이 참으로 높아 보였다.

안내받은 출소 날짜와 시간을 몇 번이나 관계자에게 확인했지만 불안했다. 이상한 불안함이었다. MJ를 다시 만날 수 있는데 기쁨보다 불안이 앞서다니, 스스로도 알 수 없는 감정이었다.

어쩌면 두려운 것일지도 모른다. 세월에 변해 버린 도원을 보고 MJ가 실망할 것에 마음 한쪽이 무거웠다. 도원은 더 이상 MJ가 아는 다정하고 따뜻한 선생님이 아니었다. 그에게 뭔가를 가르칠 만한 지위도 없었다.

힘들고 피곤하면 애써 견뎌 내던 일전과 달리, 이제는 담배와 술을 찾는다. MJ가 너무 보고 싶어서 울음을 참을 수 없을 때는 창문에 기대어서 부끄러움도 잊고 소리를 내어 울기도 했다.

자위도 종종 했다. 간혹 텔레비전에서 몸 좋은 남자들을 보다가 MJ를 겹쳐 떠올리고는 해면체를 부풀리며 숨을 몰아쉰 정도였다.

앞을 만져 주는 것만으로는 부족해서 샤워를 하다가 뒤를 만지기도 했다. 어느샌가 뒤에 손가락을 넣고 자위하다가 천천히 허리를 흔들기까지 했다.

MJ를 부르면서 뒤에 쑤신 손가락으로 자위를 하는 제 모습에 극심한 자괴감이 들었다. 참 볼썽사납게 늙어 버려서 웃음도 나오지 않았다. 이런 추한 모습을 가지게 된 아저씨를, MJ처럼 젊고 아름다운 남자가 다시 받아줄 수 있을지가 문제였다.

도원은 몇 개비 남지 않은 담배를 다시 꺼냈다. 속이 답답해서 담배를 빌려 깊은숨을 쉬지 않으면 힘에 부쳤다.

달이 진 새벽하늘과 높게 서 있는 교도소 철문을 보면서 손끝을 작게 떨었다. 두려움은 한숨처럼 쉽게 가시지 않았다. 발바닥에 끈적하게 달라붙어서 도원을 자꾸만 밑으로 끌어내렸다.

"여기서 흥분하지 마, 흥분하지 마, 도원."

도원은 스스로에게 중얼거렸다.

"병신같이 그러지 마……."

혼잣말로 마음을 다잡으려 해도 쉽지 않았다. 7년이라는 오랜 세월의 금욕 생활은 단단하고 확고했던 도원의 윤리의식을 부서뜨리기에 충분한 시간이었다.

자위를 하며 상상했던 MJ를 다시금 떠올렸다. 너무 오랫동안 섹스를 하지 못했기 때문일까. 상상 속의 MJ와 도원은 지나치게 음탕했다.

몇 년 동안 제대로 만져 본 적 없는 서로의 몸을 더듬었고, 잠자는 것도 밥 먹는 것도 아쉬워서 언제나 침대 위에 뒤엉켜 있었다.

성욕이 남들보다 강한 MJ는 반쯤 맛이 가 있었다. 그는 오랫동안 참아 왔던 것을 한 번 터뜨리자 거의 제어하지 못했다. 도원도 MJ가 그리웠기에 짐승처럼 달려드는 그를 말리지는 않았다.

'하아, 하, 선생님, 하아.'

MJ가 도원에게 입술을 포갰다. 오랜만의 키스에 혀끝이 전기라도 통한 듯 짜릿하게 떨렸다.

입을 벌려 준 도원은 막무가내로 파고드는 혀를 밀어내지 않고 침착하게 받아 주었다. 파고든 혀를 부드럽게 감싸서 입 안으로 끌고 들어오자 MJ는 순간적으로 키스의 주도권을 빼앗겼다.

빼앗긴 주도권을 MJ는 굳이 힘을 써서 되찾으려 하지 않았다. 도원도 이 키스를 원하고, 또 바라 왔다는 걸 확인하며 오히려 더 기분 좋게 도원의 리드를 따랐다.

헐떡이는 숨결 사이로 MJ의 혀와 도원의 혀가 비틀 듯 서로를 꼬면서 애무했다.

'하아, 하, 아, 미치겠네, 아, 선생님 냄새 진짜 좋아.'

도원의 볼에 코를 박은 MJ가 숨을 헐떡였다.

'접견실에서, 하아, 이 냄새 맡고 나면 3일은 잠을 못 잤어. 페니스가 도저히 수그러지지 않아서.'

MJ는 도원의 손을 끌어와 버클을 푼 바지 안쪽으로 밀어 넣었다. 도원의 손바닥이 팽팽하게 부풀어 오른 성기를 감싸자 MJ는 쌀 것 같은 욕정을 참아 내느라 정신이 반쯤 나간 얼굴을 했다.

상상 속 MJ와 도원은 참지 않았다. 참는 것은 이골이 났다. 예전 같으면 일단 한 번 빼고 나서 정신을 차리고 다시 섹스를 했겠지만, 상상 속에서는 맛이 갈 것 같은 상태를 더 즐겼다.

'하아, 하, 빨아 줄까요?'

MJ가 헐떡이면서 대답했다.

'흐으, 선생님 엉덩이에 넣고 싶어.'

'늘리지 않으면 안 들어가요.'

'해 줄게, 침대로 가자.'

'아뇨, 제가 할게요.'

'어? 선생님이?'

'이제 저도 이 정도는 할 줄 알아요.'

도원은 천천히 벽을 타고 내려와 바닥에 앉았다. 허벅지에서 걸린 MJ의 바지를 더 내리고 팬티에 반쯤 눌려 있는 성기를 꺼냈다.

핏줄이 새빨갛게 도드라져 기립한 성기에서 음탕한 냄새가 났다. 젖은 음모와 눅눅하게 녹어 있는 냄새, 시큼한 무언가가 도원의 식욕을 당겼다.

도원은 눈동자만 올려 MJ를 바라봤다. MJ는 벽을 한 손으로 짚은 채 도원을 내려다보고 있었다. 금방이라도 도원을 침대에 던지고 다리 사이를 파고들 것처럼 흥분해 있었다.

도원은 MJ의 성기를 천천히 입에 머금었다. 아, 하고 터지는 MJ의 상기된 목소리를 들으면서 손을 내려 제 바지 버클을 풀었다.

담배를 빨 때처럼 볼을 홀쭉하게 만들고 위로 치솟은 성기를 입천장에 문질렀다. 예민해진 귀두가 까끌거리는 입천장에 문질러질 때마다 MJ는 주먹으로 벽을 살짝 치면서 허리를 뒤로 뺐다가 밀어 넣었다.

콧속으로 진하게 풍기는 MJ의 사타구니 냄새에 도원도 흥분해 갔다.

MJ가 들고 있던 젤을 건네받아 손가락들을 적셨다. 도원 스스로 바지를 벗고 팬티를 내린 뒤, 젤을 듬뿍 던 손가락을 허리 뒤로 가져갔다.

뽀얗게 드러난 엉덩이 사이로 손가락이 미끄러져 들어갔다. 검지만 들어간 손가락을 움직였다. 나머지 손으로는 왼쪽 엉덩이를 잡고 구멍을 더 벌렸다. 도원은 뜨거워진 숨을 입 안에 가득 찬 MJ의 성기에 흩뿌렸다. 그러면서 천천히 허리를 움직였다.

하아, 하아, 터지는 자극적인 숨소리는 도원이 아닌 MJ의 입에서 먼저 시작되었다. 입으로는 MJ의 성기를 머금고, 양손으로는 구멍을 애무하며 자위하는 도원을 믿을 수 없는 눈으로 내려다보았다.

구멍에 들어간 손가락이 두 개로 늘어났다. 원래의 제형을 잃고 물이 되어 흘러나온 젤이 음낭을 적셨다. 발기된 성기 기둥을 타고 굴러떨어진 물이 귀두 끝에서 똑, 또옥, 바닥으로 떨어졌다.

눈을 감고 있는 도원의 얼굴이 상기되었다. 살짝 찌푸린 표정으로 숨을 몰아쉬었다. MJ가 벌겋게 충혈된 눈으로 뚫어져라 바라보는 시선에 민망해하기도 했다.

MJ의 성기를 적시기 위해 핥던 침은 도원의 입술을 적시고 턱

밑으로 떨어졌다. 턱을 타고 흘러내린 묽은 침이 젖꼭지에 걸렸다. 발갛게 일어선 유두 끝이 침으로 젖어 갔다.

'하아, 흐, 선생님, 얼른.'

MJ가 보채는 동시에 구멍을 넓히던 손가락이 세 개로 늘었다. 도원은 몸에 가해지는 압박을 견디기 힘들어서 입에 물고 있던 MJ의 성기를 뱉었다.

귀두 끝으로 떨어지는 녹은 젤이 점차 많아졌다. 도원이 상체를 숙이고 바닥에 볼을 붙이려 하자 MJ가 참지 못하고 도원에게 손을 뻗었다.

'앗.'

도원이 놀라서 눈을 크게 떴다. MJ가 튜브에서 남은 젤을 손에 덜어 내고 도원의 엉덩이에 쑤셔 넣었다. 제 손가락 세 개와 MJ의 손가락 한 개를 동시에 맞이한 구멍이 움칠거리며 벌어졌다 좁아들길 반복했다.

도원은 눈가까지 상기된 얼굴로 MJ를 올려다보았다. MJ는 이미 한계였다.

'넣을게.'

엉덩이를 들고 자위하던 몸이 뒤집혔다. MJ가 도원을 들어 올려 허벅다리 위에 앉혔다. 그의 커다란 손이 엉덩이를 양쪽으로 힘주어 벌렸다. 흘러내린 젤이 도원의 귀두가 아닌 MJ의 성기 위로 떨어졌다.

도원은 상기된 얼굴에 쪽쪽, 키스를 하는 MJ를 멈추어 세웠다.

'MJ, 아직 덜 풀어졌…….'

말이 끝나기도 전이었다. 수직으로 기립한 성기 끝이 무자비하게 도원의 몸속으로 빨려들어 왔다. MJ의 양쪽 어깨에 손을 올리고 있던 도원은 온몸을 열고 퍽퍽 쳐들어오는 성난 기둥에 다급히 숨을 들이마셨다.

고개를 뒤로 젖히면서 몸에서 긴장을 풀려고 애를 썼다. MJ는 흥분한 자신을 제어하지 못했다. 아니, 제어할 필요성을 못 느낀다는 게 더 정확한 대답일 것이다.

'하윽, 아아아, 선생님, 하아.'

한계까지 벌어진 도원의 구멍이 움찔거릴 때마다 MJ가 온몸을 비틀었다. 좋아서 어쩔 줄을 몰라 했다.

도원은 눈을 반밖에 못 뜨고 황홀해했다. 삼키지 못한 침을 턱밑으로 흘리며 안절부절못했다. MJ는 황홀한 표정으로 그런 도원을 끌어안기만 했다.

MJ는 손바닥을 활짝 펼쳐 도원의 양쪽 엉덩이를 동시에 때렸다. 수축하는 구멍과 내벽의 떨림에 MJ는 조금 더 거칠어진 숨을 몰아쉬었다.

잊은 줄 알았던 감촉이 되살아났다. 손바닥으로 무자비하게 도원의 엉덩이를 잡아 벌리고 때리면서 흥분을 주체하지 못했다.

'읏, 하악, 앗, MJ.'

무방비하게 맞이한 강렬한 자극에 속수무책인 것은 도원도 마찬가지였다.

엉덩이에 가해진 자극은 잊고 있던 신경세포 다발을 동시에 흔들었다. 반쯤 흥분해서 흔들리던 성기가 순식간에 팽창해서 MJ의 아랫배를 때렸다.

도원은 엉덩이에 빨간 손자국이 날 정도로 세게 얻어맞을 때마다

몸을 움찔거렸고, 발가락 끝에 힘을 주었다. 곱아든 발등이 파르르
떨렸다. MJ를 끌어안고 몸을 기대어도 흥분이 가시지 않았다. 위
아래로 들썩이는 피스톤질에 간신히 붙잡고 있던 정신이 나가 버
렸다.

'하응, 하, 아아, 웃.'

빨갛게 익은 얼굴을 MJ의 목에 기댔다. 좋아서 흐느끼는 도원을
보고 MJ는 잡아 벌린 엉덩이를 때리며 몸을 들썩였다.

귀두까지 빠져나온 성기가 단숨에 도원의 몸속을 잡아 찔렀다.
도원은 꼬챙이에 꽂힌 물고기처럼 파드득, 떨었다. 강렬한 자극이
었다.

빠아아아아아앙.

도원이 고개를 핸들에 묻는 바람에 클랙슨 소리가 요란하게 울렸
다. 흠칫 놀라 허리를 세우자 상상만으로도 흥분한 자신의 표정이
룸 미러에 비쳤다. 도원은 잘 익은 복숭아처럼 붉어진 눈으로 차
밖을 내다보다가 한숨을 내쉬었다.

"……야, 이 미친놈아."

스스로를 욕해 보지만 타격은 없었다. 욕먹어 마땅한 짓이라고
생각할 정도였으니 말이다.

MJ가 교도소에 들어간 후부터 도원은 삶의 기준이 점차 느슨해
졌다. 실질적으로 그와 섹스할 수 없는 시간이 길어질수록 상상 속
섹스는 더욱 구체화되었다.

몽정으로 끝날 이야기가 아니었다. 도원은 MJ와 섹스를 한 꿈을
꾸고 일어난 아침에도 그 꿈속의 MJ를 상상하며 몇 번이나 자위를
해야 했다. 모조 성기라도 구입해서 몸 안에 넣고 싶은 욕망을 자

제하는 것만으로도 놀라운 일이었다. 도원은 욕구 불만의 몸을 거의 다스리지 못했다.

'하읏, 흣, 아, 어떡해, MJ, 아.'

상상 속 도원의 성기 끝에서 프리컴이 떨어졌다. 전립선을 치고 올라올 때마다 제어할 수 없는 흥분으로 도원의 몸은 제멋대로 쾌감을 즐기기 시작했다. 얼굴에 이어 손끝까지 빨갛게 물들었다. 온몸이 높은 체온으로 들뜨기 시작했다.

MJ는 도원을 벽과 자신 사이에 가둔 채 온몸으로 밀어붙였다. 위아래로 크게 흔들리는 도원은 자꾸만 미끄러지는 손으로 MJ의 등과 어깨를 감싸 안았다. MJ에게 기댄 얼굴을 비비면서 신음을 쏟아 냈다.

사타구니에서 맡아지던 MJ의 냄새가 이젠 온몸에서 풍기기 시작했다. 그 짐승 같은 냄새가 도원을 더없이 흥분시켰다.

도원은 참지 못하고 고개를 들어 선명한 화상 자국에 입술을 비볐다. 혀끝에 닿는 퍼석하고 주름진 흉터 자국이 달콤했다. 마약을 한다면 이런 기분이지 않을까, 막연한 생각이 떠다녔다.

'흐아, 하, 아, 선생님, 하아, 아, 선생님.'

도원이 흉터를 핥아 주자 MJ의 흥분도 심해졌다. 터질 듯이 부풀어 오른 성기가 도원의 비좁은 구멍을 잡아 벌리며 오로지 MJ에게만 허락한 포인트를 내어 주었다.

제 품에서 쾌락에 물들어 가는 연인을 보자 MJ는 도원을 벽에 기대어 앉히고 온 힘을 다해 허리를 움직였다. 도원은 괴로운 듯 황홀한 비명을 터뜨렸다.

'그, 그만, MJ, 아! 아앗!'

MJ의 탄성이 그런 도원의 음성에 섞여 들었다.

'아아, 아, 아아!'

속눈썹을 파르르 떨면서 절정에 달한 도원의 몸이 수축했다.

MJ는 박혀 있는 성기를 쥐어짜는 구멍의 반응에 비명을 질렀다. 도원의 몸에 무리가 갈까 봐 밖에다가 싸려고 했지만, 그 형편없는 계획을 비웃듯이 페니스 끝에서 농도 짙은 정액이 쏟아져 나왔다.

한 번에서 멈추지 않았다. 두 번, 세 번, 음낭을 가득 채우고 있던 액체들이 도원의 내벽을 새하얗게 적셨다.

온몸이 늘어진 채 숨을 몰아쉬는 도원을 멍하니 바라봤다. 초점이 흐린 눈에 MJ의 얼굴이 비쳤다. MJ는 한참이나 도원의 눈 속을 들여다보았다.

가끔 접견실에서 만났을 때 본 MJ의 시선이 꿈속에서도 재생되었다. 도원이 알던 모습보다 MJ는 나이가 들었고, 조금 더 단단해졌고, 혼자 있는 것이 훨씬 더 자연스러워 보였다. 그래도 여전히 도원을 바라보는 얼굴은 어린애 같았다.

도원을 갈구하고, 도원만을 좇았다. 도원이 있으면 세상 그 어떤 기쁨도 대체할 수가 없다고 생각하고 있었다.

이게 자신 혼자만의 감정이었으면 쓸쓸하고 외로웠을 텐데. 다행히도 도원 역시 MJ를 멍한 시선으로도 끝까지 바라보고 있었다.

상상 속의 도원은 MJ에게 수도 없이 말했다. 고맙다고. 정말 고맙다고. 그럴 때마다 MJ가 대답을 돌려줬다.

'내가 더 고마워.'

그 말은 MJ의 편지에도 적혀 있는 말이었다. 기다려 줘서, 떠나지 않아 줘서, 곁에 계속 있어 줘서, 자신을 포기하지 않아 줘서.

수많은 의미가 담긴 고마움의 인사에 도원은 많은 시간 눈물을 흘렸다.

7년이라는 긴 세월 동안 도원이 MJ의 문제만을 열정적으로 생각한 것은 아니었다. 그 긴 시간 동안 도원도 일신상의 문제로 지치거나 힘들어서 MJ에게 이전만큼 열정을 다하지 못하는 경우도 있었다.

MJ에게는 담배 피우면 안 돼요, 술은 몸에 좋지 않아요, 라고 말했던 과거를 번복해서는, 이젠 누구보다도 잠이 오지 않는 밤에 술과 담배를 찾고 있었다.

그러나 지치고 피곤해서 잠시 멈추어 서던 도원은 MJ를 사랑하는 마음만큼은 끝까지 거두지 않았다.

온도 차이는 있었지만 그래도 도원의 일생에서 MJ는 여전히 1순위였다. 그걸 알았기에 MJ가 형을 다 살 때까지 도원이 원하는 대로 아무런 말썽도 사고도 치지 않고 견딜 수 있었다.

[선생님, 하던 일 그만두고 지방에 있는 대학 교수로 갔다는 얘기 들었어. 거기 생활 나쁘지 않다며. 만나는 사람들도 다 괜찮다고.

그래서 기쁜데도 불안해. 언젠가 선생님이 나를 필요로 하지 않을까 봐 불안해서 미칠 것 같아. 나 없이 잘 살고 있다는 말만 들어도 초조해서 미치겠어.

선생님이 나를 떠난다고 하면 그냥은 보내 줄 수 없을 것 같아. 정말 그런 순간이 오면 어떡하지? 며칠 고민하다가 답이 안 나와서 벽에 몇 번이나 머리를 쿵쿵 박기도 했어. 선생님의 마음이 식을까 봐. 선생님이 그만 포기하고 싶어 할까 봐.]

[선생님이 나 없는 동안 어떻게 지냈는지 듣고 싶고, 별일 없었는지 알고 싶어. 내가 그 안에서 무슨 생각을 했는지, 앞으로 뭘 하고 싶은지, 무엇을 준비했는지도 다 자랑하고 싶어. 그렇지만……]

끊어졌던 편지는 마치 조금 전에 있었던 감정을 얘기하듯 몇 주가 지난 후에도 똑같은 온도를 품고 있었다.

[지금은 아무 생각 없이 선생님만 보고 싶어. 보고 싶어, 선생님.]

사랑한다는 말 한 마디로 지금까지 함께해 온 MJ였다. 그를 배신할 수 있을 리가 없었다. 그러기엔 너무도 두터운 신뢰로 얽혀 있지 않은가. 서로의 의지로도 끊을 수 없는 신뢰라는 게 뭔지를 보여 주고 있지 않나.

영원히 열리지 않을 듯한 크고 두터운 철문이 움직였다. 드륵, 드륵, 땅을 긁는 소리에 도원의 심장이 거세게 뛰었다. 저 문이 실제로 열리는 것을 처음 본 도원은 손에 들고 있던 담배를 떨어트렸다.

시간을 확인했다. 오전 5시 10분이었다. 철조망으로 둘러싸인 안쪽에서 인영이 움직였다. 교도관이 덩치 큰 그림자에게 무언가를 건넸다. 교도소에서 보관하고 있던 물건들의 검사가 완료된 듯했다.

도원은 천천히 차 문고리를 잡아당겼다. 차가운 새벽녘의 바람조차 그 순간만은 아무런 느낌도 들지 않았다. 어둑한 하늘도 문을 나서는 남자를 볼 수 없게 만드는 장애물은 되지 않았다.

교도관에게 건네받은 가방을 한쪽 어깨에 멘 채 등 뒤로 닫히는 커다란 문을 막연히 올려다보던 남자가 발소리를 듣고 고개를 돌렸다.

그는 도원을 바로 알아봤다. 그 자리에 멈추어 서서 다가오는 도원을 보고 있었다. 어깨에 걸친 가방이 흘러내려 바닥에 떨어졌다. 그러나 허리를 굽혀 줍지 않았다.

그의 양손은 가방 대신 도원을 향했다. 걸어오던 도원이 점차 빠른 걸음으로 다가가다가 마침내 뛰기 시작했다.

활짝 벌린 양팔 사이로 파고들었다. 품에 안기는 도원을 벌렸던 양팔이 으스러지게 안아 주었다. 고개를 파묻은 MJ의 옷에서는 햇살 냄새가 났다. 낮에 빨아 널어 둔 섬유 사이사이로 따뜻한 향이 배어 있었다.

도원은 그 옷가지를 모두 구겨 버리듯 힘주어 안았다. 상대 역시 도원을 절대 놓지 않겠다는 의지로 있는 힘껏 붙잡았다. 도원의 몸이 기우뚱거리다 못해 바닥에서 발이 살짝 뜰 정도였다. 그럼에도 양팔에서는 힘이 풀리지 않았다.

"선생님."

들떠 있는 목소리에 도원은 웃고 말았다. 양팔로 MJ의 등허리를 꼭 안아 주었다. 가슴과 목 부근에 파묻었던 고개를 들었다. 깨끗하게 면도한 턱에 스치듯이 입을 맞추고 고개를 뒤로 빼내었다.

"MJ."

사랑스럽게 올려다보는 도원에게 MJ는 말을 아꼈다. 도원이 먼저 턱과 볼에 쪽쪽, 뽀뽀를 해 줄 때마다 눈물을 참느라고 애를 써야 했다.

MJ는 도원에게 하고 싶은 말이 많았다. 고맙고 미안한 마음이 이미 저만치 부풀어 올라서 이걸 모두 갚으며 살다간 평생을 함께

해도 모자라다는 생각이 들었다.

아마도, 도원이 먼저 지쳐서 그만하자고 말해도, MJ는 가상의 차용증을 들이밀며 협박하듯 말할 것이다.

당신이 구원한 인생과 당신이 노력해 준 시간과 당신이 들인 돈을 모두 갚기 전엔 떨어질 마음이 없노라고. 이 차용증엔 유효 기간도 없으니 평생을 종신 계약으로 묶인 것이라고.

당신은 채권자지만 이 증서를 찢을 권리조차 없다고. 증서가 효력을 다하는 날은 수십 년 뒤에나 다시 생각해 봐야 할 것 같다고.

이전의 도원이라면 곤란한 표정을 짓거나 안 된다는 말로 그를 멈추어 세웠겠지만 세월은 그를 변화시켰다.

원하는 것을 갖기 위해 그리고 지키기 위해 아무리 노력해도 언제나 아쉬움이 남는다는 것을 겪었기 때문이다.

도원은 더 이상 그를 제지하지 않았다. 멈추어 세우지도 않았다.

신중하게 바라보기보단 더없이 막연한 시선으로 사랑을 속삭일 준비가 되어 있었다. 도원에겐 함께 있는 MJ의 존재가 더 중요했다.

"돌아가요."

함께 있을 곳으로. 앞으로도 함께할 곳으로.

도원이 다정하게 잡아 주는 손길에 MJ는 발걸음을 떼다가 다시 멈추고 말았다. 고개를 숙인 그를 돌아본 도원이 당황하다가 이내 웃음을 터뜨렸다.

"울긴 왜 울어요."

도원의 지적에 MJ가 억지로 눈물을 삼켰다. 억눌린 목소리로 아무렇지 않은 듯 말해 보지만 어린아이의 투정 같기만 했다.

"몰라."

"눈물만 많아졌네."

"아, 몰라."

짓궂게 MJ를 붙잡은 도원에게서 웃음이 끊이지 않았다. 멈추어서서 오랫동안 고개를 숙이고 있는 MJ를 끌어안았다. 도원은 몇 번이나 그의 볼에 입을 맞춰 주었다.

"배고프죠? 밥 먼저 먹을래요?"

MJ는 눈물을 닦으면서 절실하게 대답했다.

"아니, 선생님 먼저 먹을래."

그렇게 애절한 부탁은 처음이었다.

"제발, 선생님. 나 죽을 거 같아. 눈물이 안 멈춰."

웃어야 하는지, 울어야 하는지 모를 상황에서 도원은 얼굴을 붉혔다. 차마 그를 나무랄 수 없었다. 조금 전까지 차 안에서 얼마나 몹쓸 상상을 했던가. 괜스레 심장이 뜨끔했다.

"예전 같으면 무슨 소리냐고 황당하게 올려봤을 텐데요."

"밥은 나중에 먹을래. 선생님도 욕구 불만이잖아. 아니야? 아니라면 어떤 새끼랑 한 거야. 죽여 버릴 거야."

"아니, 안 했어요. 아니, 그보다 내가 바람을 피우면 날 죽여야지 왜 상대를……."

"선생님 혼자 내버려 뒀으니 선생님이 욕구 해소하려고 딴 새끼 만나는 건 어쩔 수 없다고 생각했어. 거기까진 이해하려고 했는데. 그래도 그 새끼는 죽이고 얘기하자."

"아뇨. 없어요. 그런 사람 없어요. 상상 속에서도 살인은 하지 마세요."

"거짓말하지 마. 어떻게 7년을 그냥 버텼어."

"그러는 당신은요?"

"나는 매일 저녁 선생님 사진 보면서 딸 쳤어."

"고, 고마워요. 나도 비슷해서……."

"……진짜?"

"의심하는 거예요?"

"그럴 리 없잖아. 선생님이 나한테 거짓말할 리가 없지. 다행이야. 선생님 주변 정리해야 할 생각에 진짜 한숨도 못 잤거든."

"……그러게요, 진짜 다행이네요."

아직도 눈물을 멈추지 못하는 MJ가 진심을 다해 말했다.

"그럼 밥은 됐으니까 섹스하러 가자. 하루 종일 할래."

도원은 결국 붉어진 얼굴을 그의 옷깃에 묻었다.

"한번 시작하면 못 끝낼 거 같으니까 밥 먼저 먹어요. 체력 보충."

"먹어도 어차피 배고파질 텐데."

"그거 되게 짐승 같아요."

"나 못 참겠어. 진짜로. 여기 아파서 죽을 거 같아."

정말로 부풀어서 터질 것 같은 아랫도리를 본 도원이 입술을 달싹였다.

"그…… 어쩔 수 없네요. 룸서비스 시켜야겠네."

"룸서비스?"

"근처 호텔 잡아 뒀거든요."

"왜?"

"제가 먼저 당신 옷을 벗기고 달려들까 봐 혹시 몰라서 보험 들어놨어요."

"……방금 그 말에 나 더 흥분했어."

"우리가 같은 생각이라니 기쁘네요."

"손 하나 까딱 못하게 만들어 줄 거야."

"그럼 오늘은 MJ가 해 주는 수발을 다 받아야지."

MJ가 고개를 숙였다. 도원의 볼에 쪽, 뽀뽀를 하며 속삭였다.

"응, 다 받아 줘. 화장실도 업어서 데려다줘야지."

"……그건 됐어요. 아니, 그보다 교도소 앞에서 무슨 이런 얘기……. 이런 야한 얘기를 제일 먼저 하려던 게 아니었는데요……."

도원은 나지막하게 한숨을 내쉬었다. 그럼 이거보다 뭐가 더 중요하냐고 어리둥절하게 쳐다보는 MJ에게 도원은 진심을 다해 말했다.

"사랑해요."

그 순간만큼은 도원이 지켜 온 시간, MJ가 기다린 시간을 셈할 필요가 없었다.

MJ란 존재가 아니었다면 도원은 여전히 아무도 없는 빈 오피스텔 원룸에서 의미 없이 곰 인형을 끌어안고 잠이 들었을 것이다.

세탁소에 맡겼다가 찾아온 옷을 입고, 끼니는 편의점 음식으로 때운 채 자기 자신의 삶이 무슨 의미가 있는지를 알지 못한 채로 그저 멍하니 내담자들만 만나 왔을 것이다.

그런 도원에게 MJ는 자신의 삶을 가장 아름답게 바꿔 준 사람이었다. 껍데기뿐이었던 자신을 진심으로 바라봐 주고 사랑을 속삭여 준 MJ에게 들려줄 말은 하나였다.

"사랑해요. 순서가 이게 아니지만, 나 이 말 꼭 하려고 했단 말이에요. MJ, 사랑해."

오랫동안 서신을 통해서만 고백해 온 마음이었다. 이제 종이는 필요 없었다. 앞으로 지겹도록 들을 고백이다. 이제야 그 첫 시작을 입에 담은 것뿐이었다.

사랑해.

그 단순한 한 마디에 담긴 영원 같은 울림을 MJ도 알 수 있었다. MJ는 겨우 멈추려 했던 눈물을 다시 쏟았다.

"젠장, 선수 뺏겼어."

"기다려 줘서 고마워요."

"이것도 뺏겼어."

"앞으로 내가 평생 데리고 살 거니까 다른 사람 찾을 생각도 하지 마요."

"어디까지 뺏어 갈 셈이야. 선생님, 오늘 진짜 가만 안 둘 거야."

젖은 눈을 접으며 환하게 웃는 MJ였다. 투박한 발언과 달리 그는 온몸으로 행복을 표현했다.

"내가 더 사랑해, 선생님. 이건 내기를 해도 좋아. 내가 이길 자신 있으니까."

그 한 마디면 맞잡은 손을 놓지 않을 수 있었다. 그 한 마디로 충분했다.

—선생님.

처음 도원을 부르던 그는 한 마리 강인한 늑대 같은 남자였다. 그가 어둠 속에서 도원을 먼저 발견했다.

주변이 어둠인 줄도 몰랐던 도원이었다. MJ가 어둠이라고 말해 주지 않았다면, 눈이 멀어 현실을 여전히 알지 못했을 것이다.

어둠은 매일 찾아올 것이다. 그러나 다시금 파란빛으로 번져 가는 하늘을 기다리는 것은 밤이 할 일이었다.

어둠은 MJ도, 도원도 가두지 못할 것이다. 어둠 속으로 더 깊게 더 낮게 가라앉을수록 빛나는 별을 볼 수 있을 테니.

그 속엔 갈 길을 알려 주는 북극성도 있을 것이다. 무수한 별빛에서 어제 죽은 별과 다시 태어나는 별을 셈하다 보면 어둠이란 아주 오랫동안 불을 밝힐 수 있는 유일한 공간이란 사실도 깨닫게 될 것이다.

올려다본 하늘에는 별빛이 무수했다. 은하를 건너온 그 영원한 빛이 MJ를 닮아 있었다. 시들지 않는 불의 꽃송이들이 만개한 밤이었다. 그리고 매일같이 새벽이 찾아올 것이다.

어둠이 지나가는 발걸음을 따라오는 것이 밝은 새벽이란 것을. 무심결에 고개를 들었을 때 그 발걸음이 지워져 온전한 대낮을 맞이할 수 있다는 것을. 같이 밝아진 하늘을 쳐다보는 것만으로도 충분하다는 사실을.

서로의 귀에 대결하듯 속삭여 주고 진심을 전하는 것으로도 바쁜 시간이 될 것이다.

"사랑한다는 말을 대체할 수 있는 말이 없을까, 찾았던 시간이 있었는데요. 음…… 없는 것 같아요. 적어도 저는 못 찾겠네요. 다른 말을 찾다가 제가 벙어리가 될 것 같아서 포기했어요. 그나마 대체할 만한 말이라면……."

도원은 MJ를 꼭 안아 주며 밝게 웃었다. 지금껏 한 번도 보여 준 적 없는 가장 아늑하고 안온하며 따뜻한 미소였다.

"당신은 내 빛이에요."

사랑한다는 고백은 이제 빛으로 영원히 서로를 비출 일만 남아 있었다.

"나도 당신의 영원한 빛이 될게요."

동쪽에서부터 조금씩 밝아 오는 그 햇살처럼.

MJ가 꼭 끌어안는 품속에서 도원이 웃었다. 빛을 기다릴 필요도 없는 어둠, 어둠에 익숙해질 필요가 없는 빛 속에서 붉게 올라오는 햇살을 온몸으로 만끽했다. 부드럽고 따뜻한 햇살 냄새가 두 사람을 녹였다.

몸은 두 개였지만.

색과 향기와 감정은 하나였다.

앞으로도 영원히 구분될 수 없을 단 하나의 빛이었다.

Epilogue

Epilogue

깔끔한 호텔이었다. 구두 밑창이 비치는 대리석 바닥, 손자국이 남지 않은 창문, 로비를 장식한 이름 모를 잎 넓은 식물들. 잘 관리된 호텔이라면 그리 특별하지 않을 모습이었다.

평소라면 관심 없을 내부 풍경이건만.

도원은 호텔의 사소한 모습에서조차 시선을 떼지 못했다. 일부러라도 다른 것에 집중하는 중이었다. 주변을 둘러보고, 사소한 것에라도 관심을 가져야 쿵쿵 뛰는 심장 소리를 피할 수 있을 것 같으니까.

이렇게 긴장한 게 얼마 만이지. 놀란 것처럼 펄떡거리는 심장 박동을 듣고 있자니 무서운 건지 설레는 건지 분간할 수 없을 지경이었다.

왜 이래, 이렇게까지 뛰어 본 적 없으면서. 왜 그러는 거야.

제 목소리를 들을 수도 없는 심장을 타박해 봤자, 되돌아오는 대답은 조금 더 빨라진 두근거림뿐이었다.

도원은 한동안 의미 없는 정물에 억지로 눈길을 줘야만 했다. 그러지 않으면 심장 소리에 휩쓸려서 바로 옆에 서 있는 MJ에게 뭐라고 한마디 할 것만 같았다.

심장이 너무 뛰어서 귀가 먹먹해질 것 같아요, 라고 말하면 얼마나 촌스럽게 생각할까. 기껏 오랜만에 만나서 어린애보다도 더 감정 조절을 못하는 자신을 보고 실망하면 어쩌려고.

근사하게 MJ를 리드하고 싶은데. 그러려고 많은 걸 준비했는데. 그 노력이 무색할 정도로 모든 생각이 날아가 버렸다. 안절부절못하며 아무 생각도 들지 않았다.

눈이 마주치면 속마음을 들킬 것만 같다. 그 속마음을 숨기지 못하고 손을 잡고 싶을까 봐 식은땀이 날 지경이다. 끌어안고 사랑을 속삭이고 싶으면 어떡하지. 그러다가 곤란해진 그가 살짝이라도 밀어내면 정말 감당할 수 없을지도 모른다. 상처 받고 후회할 짓은 애초에 하고 싶지 않은데도, 그 다짐은 뛰는 심장 소리에 맞춰서 금이 가고 부서져 내리기 바빴다.

그래서 도원은 필사적으로 시선에만 의지했다. 조금이라도 귀가 열려 그의 고른 숨소리를 들을까 봐, 스치는 손가락 사이로 느껴지는 체온에 홀릴까 봐 어떻게든 아무렇지 않은 척을 하기 위해서 '눈'에 의지할 수밖에 없었다.

"어서 오세요, 예약 확인 도와드리겠습니다."

이른 새벽부터 체크인을 하는 손님이 없었기에 프론트에는 직원 한 명만이 남아 도원을 응대했다. 직원을 보자 저 혼자 널을 뛰던 도원의 심장도 조금이지만 잠잠해질 수 있었다.

그래도 아직까진 다른 사람들 시선을 신경 쓸 겨를이 남아 있었다. 그마저도 구분 못할 정도면 직원이 뭐라 하건 들리지도 않고 허겁지겁 룸으로 들어가지 않았을까.

남들 눈에 이상한 꼴을 보이지 않아서 다행이라며, 도원은 평소와 다름없는 단정한 몸짓으로 지갑을 열었다. 도원에게서 신분증을 건네받은 직원이 종이 한 장을 내밀었다.

"예약하신 내역 확인해 주시기 바랍니다. 이상 없으시면 여기에 사인해 주시면 됩니다."

도원은 결제 내역과 방의 종류 등을 확인하는 종이에 사인을 마쳤다. 그러곤 카드 키를 내미는 직원에게 물었다.

"조식은 몇 시부터 하나요?"

직원은 상냥하게 웃어 보였다.

"오전 6시 반부터입니다. 곧 있으면 이용하실 수 있으실 텐데 안내해 드릴까요?"

도원은 그 말에 손목시계를 확인했다. 직원 말대로 15분 뒤쯤이면 이용할 수 있을 듯했다. 그래도 밥을 먹고 방에 가서 쉬는 게 낫지 않을까. 그 현실적이고 짧은 고민에 도원은 처음으로 고개를 돌렸다.

누군가 닦아 놓은 바닥이나 제 모습이 비치는 창문, 화분에 심어 있는 이름 모를 식물이 아닌, 세상에서 가장 특별한 존재가 제 옆에 서 있다. 긴장한 모습을 들키고 싶지 않아서 애써 눈길을 피했던 것이 헛수고가 될 만큼, 이렇게 시선이 마주하자 먼저 고개를 돌릴 수가 없었다. 다른 누구도 아닌 그 'MJ'였다. 프런트 직원과 이야기하는 도원을 가만히 바라보고 있는 사람이 다름 아닌 MJ다.

아, MJ가 맞네. 언제부터 이렇게 내려다보고 있던 걸까. 시선이 섞여도 피하지 않는 걸 보면 오래전부터 지켜보고 있던 걸까.

왠지 모르게 꿈처럼 느껴졌다. 매일 밤 떠올린 MJ의 모습은 달조차 뜨지 않은 어둠에 어울리는 모습이었다.

지난 7년간 단 한 번도 MJ와 함께 밝은 햇살 아래서 마음 놓고 걸어 본 적이 없었다. 외부와 통제된 접견실 혹은 사람들의 시선을 피한 병원, 그 두 군데가 아니라면 판사와 검사의 날카로운 시선을 인내해야 했던 법정에서만 함께 할 수 있었다.

그래서 그와 함께 있기 위해선 좁고 어두운 곳이 당연하다고 생각해 왔다. 다른 누구의 시선도 신경 쓰지 않으면서 자유롭게 햇살을 받으며 서 있는 지금의 모습은 너무 낯설고 이상했다.

MJ는 밤만 어울리는 줄 알았다. 실은 이렇게나 새벽빛이 잘 어울리는 사람인데.

새삼 깨달은 현실에 도원은 아무 말도 할 수가 없었다. 햇살을 받는 MJ의 모습을 보는 것만으로도 시간이 아까워 다른 곳을 볼 수 없었다. 그렇게나 그를 의식하지 않으려고 노력한 모든 순간이 아무 소용없이 변해 버린 순간이었다.

"조식은."

멍하니 자신을 바라보고 있는 도원을 대신해서 MJ가 입을 열었다.

"필요 없어."

낮고 서늘한 목소리로 안내를 거부하자, 프런트 직원은 많이 당황한 눈치였다. MJ가 곧바로 도원의 손목을 잡고 엘리베이터를 타는 뒷모습만 놀란 듯이 바라보고 있었다. '감사합니다.'라거나 '편안한 시간 보내세요.'라는 으레 다른 손님들에게 덧붙이던 마지막 인사도 까맣게 잊은 표정이었다.

엘리베이터에 올라타고 양문이 닫히는 순간, MJ는 도원을 벽 쪽으로 돌려세웠다.

"MJ?"

놀란 시선으로 바라보는 도원의 허리를 그대로 휘어잡았다. 도원은 속으로 생각만 하고 있던 MJ의 팔 힘을 강렬하게 느끼는 순간, 눈을 크게 떴다. '아.' 하고 터지는 짧은 탄성이 조금이지만 떨리고 있었다. 입술이 닿은 순간 로비에서부터 줄곧 이어지던 생각들이 완전히 무너져 버렸다.

앓는 모습 보이지 말자. 촌스럽잖아.

지금 그렇게 다짐했던 촌스러운 모습으로 도원은 현기증이 일만큼 가득한 행복을 느끼고 말았다.

MJ의 벌어진 입술이 도원의 숨을 빨아들였다. 뜨겁게 젖어 있는 입 안을 탐하기도 했다. 키스 와중에 흥분해 버린 MJ는 자기도 모르게 몸에 힘을 주어 도원을 꽉 끌어안기도 했다.

도원은 허리가 너무 세게 잡혀서 넘어질 것처럼 휘청거렸지만 엘리베이터 벽에 간신히 기대어 선 덕분에 강렬하게 쏟아지는 MJ의 키스를 받아들일 수 있었다.

오랫동안 굶주린 짐승처럼 입 안을 탐하는 키스였다. 단순히 입술을 비비거나 숨결을 느낀다거나 따뜻한 체온을 공유하는 의미를 넘어섰다. 아무렇게나 흘러나오는 호흡은 성욕 이상의 의미로 흥분해 있었고, 쏟아지는 숨결 속에서도 도원의 살 냄새를 맡으려고 코를 비비기도 했다.

MJ는 도원을 제 입술 위에 다시 새겨 놓으려 했다. 키스할 때 뒤섞이는 타액과 숨으로 도원 안쪽을 자신의 것으로 뒤섞어 놓으려 했다. 그것만으로도 만족하지 못할 땐 도원의 혀를 빨던 입술을 내려 희고 가는 목에 입술 자국을 남기기도 했다. 언젠가 지워질 그 흔적에 집착하면서 MJ는 거칠게 숨을 몰아쉬었다.

"하아, 흐, 선생님."

참을 수 없다는 듯이 터지는 목소리에 도원의 머릿속도 아득해졌다.

예약한 방이 몇 층이었지. 7층⋯⋯ 7층이었나.

손을 뻗어 숫자 패널을 더듬고 간신히 7층 눌렀다. 문이 닫힌 채 멈추어 있던 엘리베이터가 비로소 움직이기 시작했다. 중력을 거슬러 올라가는 좁은 공간에서 도원은 묘한 부유감을 느낄 수 있었다. MJ가 끊임없이 입을 맞추며 허리를 휘감는 압박감이 주는 부유감을.

"MJ, 하, 응⋯⋯."

여기서 이러면 안 된다고 말릴 수가 없었다. MJ의 체향이 짙게 맡아지는 키스를 받고 싶어서 먼저 입을 열고 혀를 내밀기도 했다.

조금 더 붙고 싶어.

이미 밀착한 상태에서 키스를 하는데도 갈증이 났다. 무엇 때문에 이렇게 목 안이 사막처럼 버석해지는지도 모른 채 도원은 숨을 헐떡였다.

조금 더. 조금 더 갖고 싶어.

도원은 양팔로 MJ의 목을 감았다. 힘을 주어 끌어안는 도원의 행동에 MJ는 손을 들어 도원의 얼굴 옆, 엘리베이터 벽을 짚었다. 한 손으로는 허리를 잡고, 다른 손으로는 도원을 가두어 버렸다.

몇 번이나 고개를 틀어 입을 맞춰도 부족했다. 그토록 하고 싶었던 키스였는데도, 도원과 MJ는 만족할 수가 없었다.

조금 더⋯⋯.

무엇을 더 원하는지는 명백했다.

조금 더, 조금만 더…….

서로가 원하는 것을 누구보다 잘 알고 있었다. MJ는 더는 참지 못하고 도원을 번쩍 안아 들었다. 잡고 있던 허리를 꽉 끌어안아 올리는 것에 그치지 않고, 아예 허벅지 안쪽을 두 팔로 잡아 버티는 자세였다. 엘리베이터 벽에 도원이 등을 기대면서 움찔했다.

"앗, MJ."

갑자기 허공으로 들린 도원은 놀란 나머지 MJ의 허리에 두 다리를 감았다. MJ가 두 팔로 도원의 체중을 모두 감당하는 바람에 도원이 더 안절부절못했다.

"무겁잖아요, 내려 줘요."

하지만 MJ는 몸을 돌려 도원을 벽에 기대게 했다. 도원이 저도 모르게 MJ의 머리를 감싸 안자, MJ가 고개를 들어 도원에게 입을 맞췄다.

"선생님, 음."

맞붙은 입술 사이로 헐떡이는 숨소리에 도원은 가슴 안쪽이 찌르르 울렸다.

"MJ, 하아, 음, 내려 줘, 응."

입 안을 파고드는 혀 때문에 제대로 말을 잇지 못해도 MJ는 좋아서 몇 번이나 고개의 각도를 틀며 키스를 할 뿐이었다. 발붙일 곳 없이 온전히 MJ에게 자신을 맡긴 상태로 하는 키스란, 등골이 오싹할 정도로 기분 좋은 일이었다.

어떡하지, 너무 좋아.

도원은 MJ의 머리를 더 세게 끌어안았다. 얼마만의 키스인지, 아무리 숨과 타액이 뒤섞여도 목 너머는 갈증만 일었다. MJ의 숨과 향기, 체온을 아무리 느껴도 입 안이 바싹 마르는 조급함만이 일었다.

해갈되지 않아. 뭘 어떻게 해도 미치겠어.

"MJ……."

도원이 떨리는 목소리로 조금 더 세게 MJ를 끌어안은 때였다.

땡.

7층에 도착한 엘리베이터가 맑은 종소리를 울리는 순간, MJ는 도원을 안은 팔을 내렸다. 이번엔 무릎 밑을 받쳐 들었다. 도원의 두 다리가 순식간에 공중으로 들렸다. 덕분에 MJ의 목을 끌어안은 팔에 더 큰 힘을 준 도원은 영락없는 공주님이 되고 말았다. MJ는 제 품에 안겨 있는 도원에게 다시 키스하면서 열린 엘리베이터 문을 걸어 나왔다.

"몇 호야?"

다 큰 사내 어른을 이렇게 안아 드는 게 어디 있느냐고. 힘자랑 하는 거냐고 타박이라도 줘야 하는데. 힘을 준 두 팔과 기대어 있기에 느낄 수 있는 가슴팍의 단단함에 도원은 마른침을 삼키는 게 고작이었다.

"칠백…… 십이 호요."

오른쪽 복도로 꺾어 들어가 얼마 지나지 않아 도원이 말한 호수가 보였다. 프런트에서 받은 카드 키로 문을 열고 들어간 MJ는 그대로 응접실을 지나 침실 침대 위에 도원을 내려놓았다.

푹신한 이불 시트에 눕혀지기 무섭게 MJ가 그 위를 올라탔다. 몸을 숙인 MJ의 숨소리가 엘리베이터에서보다 빨라져 있었다.

"하아, 흐으, 할 얘기가 많은 거 아는데……."

목구멍 너머를 긁는 것처럼 거친 음성이었다. 너무 흥분해서 기도가 긴장으로 바싹 좁혀진 듯이. MJ는 도원의 입술에 제 입술을 댄 채로 중얼거리듯이 말했다.

"한 번만 하고 나서 얘기하자. 그래도 되지?"

도원의 숨결, 냄새, 체온, 살갗의 느낌, 부드러운 머리칼과 속눈썹까지 단 하나도 놓치지 않으려는 것처럼 집중한 MJ는 정말로 참기 힘들어 보였다. 도원에게 쪽쪽, 뽀뽀를 하면서 외투에서 팔을 빼는 일을 동시에 할 만큼이나. 그런 MJ에게 도원도 적극적으로 응했다.

"나도 벗게 잠깐만 비켜 줘요."

MJ는 벗은 외투를 침대 밑에 던지고 입고 있던 니트 셔츠까지 한 번에 벗어 던졌다.

"아니, 가만히 있어."

"네? 옷 입은 채로 하게요?"

"내가 벗길 거야."

별거 아닌 그 한마디에 도원은 얼굴을 붉혔다. 호텔 로비에서 본 MJ의 모습이 생경해서 꿈만 같았다. 빛나는 햇살을 받으며 서 있는 그의 모습을 오랫동안 꿈으로만 그려 와서 환상을 보는 게 아닌가 했다. MJ가 출소하기만 너무 기다려서 현실감이 떨어진다고 생각했건만.

지금의 MJ 반응은 지나친 현실로 다가왔다. 도원 자신도 그랬지만, 오랫동안 섹스에 굶주려서 몸이 달았을 것이라 생각했다. 마지막으로 정을 나눴던 기억이 너무 끔찍해서, 교도소에서 편지를 주고받는 동안 MJ는 두 번 다시 도원을 안지 못할 거라 생각하고 있었다.

그러나 도원은 지승준의 간계에 휩쓸려 저지른 실수로 MJ를 평생 괴롭힐 생각 따위 없었다. 안 좋았던 기억은 빨리 잊도록 도와주고 싶었다. 그러한 도원의 생각보다 MJ가 오랫동안 그 일로 죄책감을 가지고 괴로워한 탓에 출소하고도 힘들어하면 어쩌나, 걱정했건만.

도원의 걱정은 기우였다. MJ는 예상보다 더욱 탐욕스러웠다. 현재의 행위 외엔 아무것도 생각하지 못하고 있었다. 도원이 흥분한 MJ를 따라가려 해도 한 템포씩 뒤처지는 것은 어찌 보면 당연했다.

"하아, 하, 선생님 냄새."

목 부근에 고개를 묻은 MJ가 깊게 숨을 들이마셨다. 도원의 살갗에 코를 파묻고 폐부 깊숙한 곳까지 도원의 향을 새겨 넣었다. 커다란 짐승이 매달려 주인 냄새를 맡는 듯한 행동이건만, 왜 이렇게 색정적으로 느껴질까.

오래 떨어져 지내는 동안에 MJ가 더는 이러한 감흥이 없으면 어쩌나, 걱정했던 도원이다. 도원은 MJ를 만나면 참지 못하고 달려들 텐데, MJ는 나이 든 도원에게 실망해서 그러지 않을 것만 같았다.

하지만 아직도 흥분한다면 더 적극적으로 해도 괜찮을까. 추하게 보지 않으면 좋겠는데. 도원은 망설임 끝에 셔츠 칼라깃을 단정하게 묶고 있는 넥타이를 한 손으로 잡아당겨 풀었다.

"계속 그렇게 불러 줄래요?"

MJ가 싫어하지 않는다면, 더 표현하고 싶었다. 자신이 얼마나 MJ를 좋아하는지를. 그리고 MJ가 아직도 도원을 좋아한다는 확신을 받고 싶었다.

"선생님."

다정하게 이름이 불릴 때마다 도원은 눈물이 날 것 같았다.

서로 불안했던 게 고스란히 느껴졌다. 서로의 마음이 멀어졌을까
봐 걱정했던 그 모든 것들이.

"더요."

"선생님……."

"좀 더……."

"도원 선생님."

"……응, MJ."

"……도원, 내 사람, 내 선생님."

풀어낸 넥타이가 툭, 소리 내며 침대 밑으로 떨어졌다. 셔츠 위 단
추 두 개를 풀어낸 도원은 제 목에 기대어 있는 MJ의 고개를 들었다.
MJ의 까만 홍채에 흥분한 도원의 얼굴이 고스란히 비치고 있었다.

붉어진 얼굴로 숨을 헐떡이는 도원은 물기를 머금은 꽃처럼 싱그
러워 보였다. 젖어 있는 도원의 시선에 MJ가 빠져 숨을 못 쉴 정도
로. 그렇게 MJ를 뒤흔드는 젖은 향기는 난생처음 맡아 보았다.

"선생……."

MJ는 자신이 도원의 넥타이를 풀 기회를 놓친 것에 항변하려 했
지만, 도원이 그런 MJ의 입술에 제 입술을 댄 채 속삭였다.

"쉬."

부드럽고 낮은 목소리가 그대로 MJ의 귓속에 녹아들었다.

"나도 당신을 감상할 기회는 줘야 하잖아요."

도원은 그대로 MJ의 목 부근에 고개를 묻었다. 잘 마른 빨랫감
냄새가 나는 목이었다. 살갗을 빨다가 문득 아, 이 부드러운 살이
꿈이 아니라 현실이 맞구나, 그렇게 깨닫게 되자 이를 드러내어 깨
물고 말았다.

"하아, 하으으······."

목구멍 너머에서 낮게 울리는 목소리가 좋아서 도원은 MJ의 허리를 끌어안았다. 바짝, 몸을 기대어서 목을 힘주어 빨자 눈앞의 입술이 미세하게 떨리며 숨을 토해 내기 시작했다. 도원의 적극적인 키스 공세에 MJ는 '으음······.' 하고 신음했다.

목 주변에 몇 번이나 키스 마크를 남기던 도원은 시선을 내려 아래를 바라봤다. 밀착한 하반신이 옷 위로도 부풀어 있었다. 맞닿은 부분이 본능적으로 비벼질 때마다 그 뜨거운 열감이 고스란히 느껴졌다.

이렇게 흥분하면 안 되는데. 머리론 알아도 몸이 따르질 않았다. 도원은 더 이상 참을 수가 없었다.

"하아, MJ, 가만히 있어요."

"훗, 선생님, 하아."

"가만히. 내가 할 거니까."

"내가 먼저 하면 안 돼, 응?"

"이건 나한테 양보해요."

"아으, 못 참겠어."

"조금만, 응? 넣게 해 줄 테니까."

이런 민망한 말을 입 밖으로 내면 부끄럽기 망정인데. 지금은 절박함이 그 민망함을 뛰어넘고 있었다.

MJ······ 빌어먹을, 당신을 너무 오랫동안 못 느껴서 내가 이상해진 거야. 당신이. 당신이 날 너무 오랫동안 내버려 둬서.

거칠게 숨을 몰아쉰 도원은 눈앞을 가득 메운 근육이 꽉 찬 몸을 손으로 쓸어 만졌다. 교도소에서 할 일이 없어서 규칙적으로 운동을 하고 책을 읽었다더니, 마지막으로 기억하는 MJ의 몸보다 훨씬 좋아져 있었다.

쇄골에서부터 이어진 어깨는 손가락이 눌리지 않을 정도로 단단했다. 도원의 허리를 끌어안고 있는 팔뚝에 파란 힘줄이 도드라져 있었다. 평평하게 솟은 가슴 근육도, 그 밑에 그림자가 질 정도로 골이 깊어진 복근도. 뼈마디를 채운 단백질 조직들에 도원은 저도 모르게 마른침을 삼켰다.

천천히 가슴을 매만졌다. 손가락 사이에 유두를 끼우고 돌리자 MJ의 표정이 다급해졌다. 거칠게 쏟아지는 호흡을 느끼면서 도원은 MJ의 가슴을 빨기 시작했다.

"하아."

MJ가 좋아서 신음을 쏟아 내는 바람에 도원도 덩달아 흥분했다. MJ의 등 뒤로 두 팔을 돌려 끌어안고는 손끝으로 등골을 쓸어 만졌다. 손가락 한 마디는 들어갈 정도로 움푹 파인 곳을 쓸어 만지자 도원을 끌어안고 있는 MJ가 몸을 파르르 떨었다.

"흐, 그만해, 나 진짜 못 참겠어."

MJ는 도원의 손길에 아랫도리가 터질 것만 같았다. 가슴을 빨며 올려다보는 도원의 표정에 심장이 남아나질 않았다. 긴 듯한 앞머리 사이로 긴 속눈썹을 깜빡이며 바라보는 도원을 손대지 않고 지켜만 보는 것은 고문에 가까운 일이었다.

어떻게 이렇게 사랑스러운 사람을 아무도 안 건드렸지. 선생님이 이 예쁜 얼굴을 나한테만 보여 준다고? 못 믿겠어. 내가 선생님한테 이렇게 사랑받는 걸 믿지 못하겠어.

"선생님, 이제 하면 안 돼? 응? 제발."

안절부절못하며 재촉하는 MJ의 모습에 도원도 더는 MJ를 감상할 여유가 없었다. 이미 서로가 내뱉는 뜨거운 숨으로 공기마저 뜨거워진 것처럼 느껴지고 있었다.

"알았어요. 해도 좋아요."

도원은 그렇게 말하다가 멈칫하고 뱉은 말을 정정했다.

"해 줘요, 너무 하고 싶어, 지금 바로 해 줘."

당신만 미칠 거 같은 게 아니야. 나도 한계라고.

짧은 머리카락 속, 파랗게 드러난 두피에. 화상 자국에. 이마에, 눈썹에, 눈가에, 콧잔등에, 입술에. 아무리 쪽쪽거려도 아쉬움이 남는지 손으로 몸을 만지고 맞붙은 몸을 살짝 비비기도 했다.

얼굴이 빨갛게 달아오른 채로 '하아, 하아.' 하고 뜨거운 숨을 쏟아 내는 도원은 절정에 달한 사람처럼 보였다. 지나치게 자극적인 모습은 버티던 MJ마저 흥분의 최고점까지 끌어 올렸다.

"빨리, 응? MJ."

도원이 바지를 벗는 동안에 MJ는 도원의 셔츠 단추를 풀었다.

하지만 너무 흥분해서 작은 단추가 손가락 사이에서 미끄러지는 일이 잦아지자 결국 참지 못하고 힘을 주어 뜯어내 버렸다. 팍, 하고 터져 버린 단추가 침대 밑으로 데굴데굴 굴러 갔다. 몇 개는 협탁 위로 튕기며 땡강, 땡강, 요란한 소리를 내며 부딪기도 했다. 도원은 실밥이 너덜거리는 셔츠 앞섶을 보고 놀라서 눈을 크게 떴다.

"하아, 하, 미안."

잡아 뜯은 셔츠까지 억지로 벗겨 내고 나자, 속옷 차림의 도원만이 남았다. 국부만을 아슬아슬하게 가린 얇은 검은색 속옷을 보고 MJ는 침을 삼켰다. 머릿속에 한꺼번에 많은 생각들이 지나갔다.

이대로 속옷이 젖을 때까지 핥고 싶어. 손만 넣어서 만질까. 아니, 아예 알몸으로 만들고 여기저기 빠는 게 나은데. 웃, 입술도, 쇄골도, 유두도, 허벅지 안쪽, 발가락까지. 전부 다 핥고 싶어. 하지만 도중에 못 참고 쌀 것 같은데. 어떡하지. 넣고 흔들고 싶고. 동시에 다 못하려나.

MJ는 입고 있던 바지를 내리면서 도원의 위로 몸을 포갰다. 도원의 목 부근에 고개를 묻고 살 냄새를 깊게 들이마셨다. 잉크와 종이 냄새가 나는 것 같았다. 도원과 어울리는 향기였다.

"흐으, 선생님, 나 못 참겠는데, 한 번만 넣고…… 딱 한 번만 싸고 제대로 만져 줄게. 안 될까?"

여기저기 다 빨고 핥고 싶지만, 그러다가 밑이 터져서 죽을지도 모를 일이다. MJ는 조급한 심정으로 도원의 속옷 속으로 손을 밀어 넣었다.

"아, 아읏!"

예고도 없이 파고든 두 손이 페니스 기둥과 음경을 동시에 쥐고 주무르는 탓에 도원은 가슴이 들썩일 정도로 크게 숨을 몰아쉬었다.

다른 사람의 손을 탄 것은 7년 만이었다. 안 그래도 흥분해 있던 성기가 그 지나친 자극을 견딜 리 만무했다.

"하, 하으, MJ, 잠깐……!"

그렇게 주무르면……!

말리기도 전에 MJ의 손안에서 절정을 맞이했다. 발끝을 오므리면서 얇은 이불 시트를 움켜쥔 도원은 갑작스러운 절정에 허리를 떨었다. 등허리가 허공으로 들어 올려질 만큼 한꺼번에 발끝에서 정수리까지 강타한 자극에 어쩔 줄 몰라 했다. 몇 번 만지지도 않았는데 손아귀를 끈적거리게 적신 도원을 보고 MJ는 망설임 없이 도원의 속옷까지 벗겨 버렸다.

"하아, 후, 선생님, 많이 쌓였네."

정액에 젖은 손가락이 단번에 좁은 구멍 안으로 파고들었다. 아직 사정의 진한 여운을 다 즐기지도 못한 도원은 다시금 성감대를 자극하는 손길에 흥분했다.

조금 더 로맨틱한 여흥을 즐기고 싶었다. MJ를 다시 만나면 그동안 하지 못한 이야기, 함께 가지 못한 곳을 즐기며 서로가 비어 있던 시간을 메우고 싶었다. 하지만 막상 MJ를 보자마자 생각한 것은 누구에게도 보인 적 없는 가장 음습하고 이기적인 마음이다.

MJ를 갖고 싶고, 그가 자신만을 바라봤으면 좋겠다는 생각. 제대로 된 대화를 이어 가기보다 그를 탐욕하고 싶어 안달이 났다. 이런 자신을 지저분한 속물로 볼까 봐 호텔을 예약하기까지 몇 번이나 망설이기도 했다.

그러나 예상보다 더 흥분한 MJ를 보고 솔직히 당황하고 말았다. MJ가 나이 든 육신에 흥이 식을까 봐 걱정이었는데, 예상외로 너무 좋아해 주니 부끄러워서 눈 둘 곳을 찾지 못했다.

"아으응, 웃……."

그동안 헬스장에서 꾸준히 운동을 했다 한들, MJ의 젊음을 따라갈 수 있을까. 더욱이 그의 정력은 30대 때 한창이던 도원도 버거워했다.

몸 안으로 파고든 손가락은 집요할 정도로 도원의 성감대를 괴롭혔다. 갈고리처럼 휘어진 손가락이 뜨거운 내벽을 긁을 때마다 도원의 허리가 움찔거리며 튀었다. 좁게 다물어진 구멍은 가운뎃손가락

하나를 받아들이는 것도 버거워 보였다. 그 작은 입을 오물거리면서 도원이 힘겨워하는 모습을 보자 MJ는 안달이 나서 몸을 들썩였다.

"하아, 선생님, 그동안 여기에 뭐 안 넣었어?"

노골적인 질문에 도원은 젖은 눈을 깜빡였다. 눈가만 붉어져 있던 열기가 볼과 귀까지 번졌다. 목도, 어깨도 잘 익은 과실처럼 붉어지는 바람에 MJ는 참지 못하고 그 살갗을 훑으며 피부색보다 더 진한 입술 자국을 잔뜩 남겼다.

"훗, 손가락이랑 그리고……."

"그리고?"

"……모, 모형 성기…… 작은 거요."

대답하는 입술은 떨리고 있었다. 말하기 부담스러우면 거짓말을 해도 될 텐데, MJ 앞에서는 단 한 번도 사실을 숨기려 한 적 없는 도원이었다.

그것은 습관처럼 굳어져서 어떠한 상황에서도 MJ에게 거짓말을 하는 법이 없었다. 길이 잘 든 선량한 복종처럼 느껴져서, MJ는 기분 좋은 충만함에 도원의 볼에 쪽쪽 뽀뽀를 해 주었다.

"자위하면서 쓴 게 너무 작았나 봐. 이렇게 꽉 닫혀서 어떡하나 몰라."

"아, 그렇다고 손가락을 두 개나 한꺼번에 넣으면……!"

"손가락 두 개도 힘들어? 모형 성기가 얼마만 했는데?"

"무, 묻지 마요."

"손가락 세 개 정도는 되었어?"

두 개로 늘어난 지 얼마 되었다고 그새 손가락이 하나 더 들어왔다. 세 개의 손가락이 삼각뿔처럼 끝을 모아 안쪽을 파고들자 도원은 고개를 뒤로 젖혔다. 꼬리뼈를 타고 올라오는 쾌감은 지난 몇 년 동안 느껴 본 적 없던 자극이었다.

이게 원래 이렇게 부담스러웠었나. 혼자 할 땐 젤을 듬뿍 발라서 조심스럽게 해서 몰랐던 건가. 쾌감을 느껴도 잠깐 몽롱하고 기분 좋은 정도로 말았는데, 이건 너무…….

MJ의 손길은 지나치게 예민한 곳을 자극했다. 혼자 할 때는 살짝 건드리고 마는 곳을 MJ는 집요할 정도로 달라붙어 애무했다. 허리께에서만 찌르르 올리던 쾌감들이 척추를 타고 정수리까지 번져 갔다. 손끝, 발끝까지 들불처럼 번져 가는 열기에 더 이상은 참지 못했다.

"MJ, 아, 안쪽만 그렇게 휘젓지 마요."

양손으론 머리를 기대고 있는 베개를 움켜쥐었다. 한쪽 무릎을 세운 발끝으로는 얇은 시트를 말아 쥐었다. 아까부터 한 번 사정했던 페니스에서 말간 액이 흐르고 있었다. 껍질이 벗겨진 선단을 반질반질하게 만든 액체는 반쯤 선 기둥을 타고 흘러내려 음모까지 적셨다.

도원이 고개를 돌려 베개에 볼을 묻은 채 숨을 헐떡이다 말고 뭔가를 흘려보내는 자신의 성기를 멍하니 바라봤다.

사정할 것 같아. 아니, 이게 사정하는 건가. 뭐가 나오는 건지 모르겠어.

"MJ, 나 못 참겠어."

떨려나오는 목소리에 MJ도 인내심이 말라 가긴 마찬가지였다. 빠듯하게 움직이던 손가락들이 조금 더 거칠게 도원의 안쪽을 휘저었다.

"좀만 더. 아직 다 안 풀렸어."

"아흣, MJ."

"안 돼, 선생님 다쳐."

"그, 그냥 넣어 줘요. 못 참겠어요."

"웃, 나 직접 넣으면 부드럽게 할 자신 없다니까. 지금 충분히 풀어 줘야……."

MJ의 말이 끝나기도 전에 도원은 베개를 잡고 있던 손을 풀고 자신의 성기를 붙잡았다. 조금 더 강도 높은 절정에 달하고 싶어서 스스로 성기를 만지기 시작한 도원을 보고 MJ는 그만 눈이 뒤집히고 말았다. 하얀 몸을 비틀면서 스스로 쌓인 욕구를 해소하려고 헐떡이는 도원의 모습은 그를 알고 지낸 지난 세월 동안 한 번도 본 적 없는 자극이었다.

"하읍……!"

젖은 성기를 훑던 도원은 MJ가 손가락을 빼낸 구멍으로 부푼 성기를 밀어 넣는 순간, 작게 비명을 질렀다. 손가락 세 개도 버겁게 느껴졌던 구멍이 한계까지 벌어지며 MJ를 우물거리며 삼키기 시작했다.

뜨거워. 안쪽이 가득 차서 아랫배가 찢어질 것 같아.

불편한 이물감과 충만한 만족감 그 사이에서 헤매던 도원은 젖은 속눈썹을 떨면서 MJ를 바라봤다. 짙은 숨을 몰아쉬고 있는 MJ는 성기를 조이는 압박감에 눈살을 찌푸리며 신음하고 있었다. 도원이 아프다고 내뱉으려는 말조차 목구멍 너머로 쏙 들어갈 만큼, 섹시하게 찌푸린 인상이었다.

MJ에게 뜨겁고 비좁은 그 느낌은 너무 오랜만이었다. 정말로 오랜만이어서 이렇게 흥분되는 건지, 아니면 도원이 솔직하고 적극적으로 욕망을 내보이는 모습이 사랑스러워 진정이 안 되는 것인지 알기 힘들었지만.

꾸역꾸역 밀어 넣는 성기에 '아앗, 아!' 하고 힘겹게 반응하는 도원을 꽉 끌어안았다. MJ의 양팔에 갇힌 도원은 몸에 가해지는 자극에 반응도 할 수 없게 되었다. 허리가 비틀리고, 손가락이 파르르 떨리는 자극의 홍수 속에서 옴짝달싹도 할 수 없었다. MJ가 기대어 누르는 힘에 저항 못하고 다리가 벌어질 뿐이었다.

"MJ, 아, 조, 좋아, 아."

허벅지 안쪽, 가장 민감한 피부 밑에서부터 덜덜 떨려 오는 것을 MJ도 느낄 수 있었다. 조금 힘겨워도 그만두라는 말은 하지 않는 도원이다. 양보 없이 밀어 넣은 성기가 가장 깊은 곳에 박혀도 도원은 MJ에게 꽉 잡힌 양팔을 떨기만 할 뿐이다.

허리 위로는 MJ의 압박적인 힘에 갇혀 반응할 수 없으면서, 그 아래로는 벌어진 다리를 몇 번이나 움찔거리며 떠는 모습이 MJ의 눈에 더없이 야해 보였다.

손으로 더 풀어 줬으면 좋았겠지만 이제 와서 후회해 봤자였다. 도원의 빨갛고 촉촉하게 달아오른 얼굴에 끊임없이 키스를 내려앉히던 MJ가 물었다.

"괜찮아? 하아, 아프진 않고?"

움직이지 않는 두꺼운 기둥을 품고 있을 뿐인데도, 몸 안의 꽉 찬 느낌에 힘겨워하던 도원이 천천히 고개를 끄덕였다.

"조금…… 아프지만…… 괘, 괜찮아요."

가느다랗게 떨리는 목소리에 MJ의 숨소리가 거칠어졌다.

"참고 있는 거야? 너무 아프면 잠깐 쉬고."

"그…… 건."

도원은 시선을 내리면서 속삭이듯 말했다.

"……싫어요."

……어떻게 사람이 이렇게 사랑스러울 수 있을까.

MJ는 도원의 얼굴에서 시선을 뗄 수 없었다. 잘게 떨리는 속눈썹과 젖은 눈, 붉어진 얼굴과 윗니로 살짝 깨무는 입술까지 눈 한 번 깜빡이지 않고 바라봤다. 1초라도 놓치는 것이 아까운 것처럼 도원의 미세한 반응조차 두 눈에 새기듯이 지켜봤다.

"해 줘요. 지금 심장 터져서 죽을 것처럼 좋으니까."

MJ가 그 말에 시동을 걸듯이 천천히 허리를 움직이기 시작했다.

단순히 안쪽으로 들어와 있을 때와 달라졌다. 쫀득거리며 물고 놔주지 않는 내벽을 긁듯이 빠져나갔다가 다시 진입하길 반복하자, 아무리 괜찮다고 한 도원이라도 반복된 자극에 아파하기 시작했다.

"아, 흣, 아, 아파, 아."

정말로 힘겨워 보여서 MJ는 손에 침을 뱉어 성기의 기둥을 적셨다. 도원이 페니스로 흘린 말간 물까지 묻혀 페니스를 다시 매끄럽게 만들고 움직여도 도원의 젖은 눈에 차오르는 눈물을 멈추게 하진 못했다.

"아, 아파, MJ, 아."

도원의 힘겨워하는 반응을 보면서도 MJ는 묵직한 흥분에 정신을 차릴 수가 없었다. 안 그래도 섹스에 그다지 요령이 없던 도원이었다. MJ를 받는 것에 익숙해지기까지 시간이 걸렸는데 그 익숙함을 까먹고 처음으로 되돌아온 것처럼 버거워했다.

못 견디겠으면 잠시 멈춰도 되는데.

도원이 원한다면 MJ는 끙끙 앓으면서도 멈출 사람이었다. 그런 MJ의 반응을 알기 때문에 도원은 멈추라는 말 한 마디를 하지 못했다.

MJ가 흥분해서 자신을 붙드는 것이 좋았다. 계속 이렇게 붙잡고 놔주지 않길 바라는 마음마저 들었다. 그래서 허리가 빠질 것 같으면서도 그만두라고 할 수가 없었다. 몸은 아팠지만, 그 아픔을 상쇄할 정도로 머릿속이 황홀하고 가슴이 아릿할 만큼 벅찬 기분이 들었으니까.

"흐, 으, 선생님, 아, 진짜 좋아, 정말로."

여러 가지 감정이 북받쳐 오른 도원이 결국 차오른 눈물을 툭, 흘렸다. 우는 도원을 보면서 MJ는 미안함이나 걱정보다도 흥분을 먼저 느끼고 말았다. 도원의 눈물이 이 섹스를 거부하는 것과는 거리가 멀어서였다.

뒤로 빠졌던 성기가 그대로 강렬하게 찍어 들어오는 순간, 도원의 몸이 크게 흔들렸다. 젖힌 고개를 베개에 묻으면서 숨을 헐떡여도 몸 안쪽에서부터 터져 나오는 쾌감을 달랠 길이 없었다.

살갗이 가려우면 손으로 긁으면 되고, 두통이 생기면 약을 먹어 가라앉히면 그만이지만, 쾌감은 어떻게 조절할 수 있는 걸까. 한번 흥분하기 시작하면 주변을 삼키는 들불처럼 더 멀리, 더 많이 강렬하게 피어오르는데.

"하윽, 아, 아, MJ, 아!"

MJ의 피스톤질이 너무 과격해서 침대 시트가 자꾸 한쪽으로 밀렸다. 두툼한 매트리스도, 고급스럽게 마감된 침대 틀도 그 힘을 견디지 못하고 흔들렸다.

발끝으로 이불만 말아 쥐던 도원의 다리에서 힘이 빠지며 벌어지자 MJ는 그 사이에 더 깊게 자리를 잡았다. 품에서 작게 비명을 삼키는 도원을 꽉 끌어안은 채 맹렬하게 움직였다.

　"아아, 하아, 흐으."

　"MJ, 너, 너무 세, 아, 아아!"

　"흐, 괜찮아, 밑에, 웃, 아, 안 찢어졌어."

　"조, 좀만 천천히, 아응, 아!"

　"후으, 이것만, 이것만 하고, 웃!"

　구멍 안쪽이 경련하고 있었다. MJ의 성기를 집어 삼킨 채 요동치는 내벽은 흥분하여 뜨겁게 달아오른 상태였다. 좁고 뜨거운, 가장 깊은 안쪽을 찌를 때마다 도원이 울었다. 그 모습을 보면서 MJ는 머릿속이 아득해질 정도로 기분이 좋아 어쩔 줄 몰랐다.

　진짜 보고 싶었어. 정말로. 정말로 선생님 안고 싶었어.

　힘이 부쳐 밀려나는 도원을 한 팔로 끌어안았다. 나머지 팔로는 침대의 헤드보드를 움켜잡았다. 격렬하게 흔들리는 허리 짓에 침대를 움켜쥔 손끝이 하얗게 변해 갔다.

　이렇게 침대를 잡는 데라도 힘을 쓰든가 해야지, 이 흥분을 고스란히 도원에게 퍼붓다가는 다칠 것만 같았다. 안 그래도 퍽퍽, 안쪽을 두드릴 때마다 너무 기분이 좋은 MJ는 도원이 받아들일 수 있는 이상으로 밀어붙일 것만 같아 어떻게든 이성을 유지하려고 안간힘을 썼다.

　젠장, 이렇게 좋을 줄 알고는 있었지만. 아, 못 참겠어.

　도원이 매달릴 수 있도록 목에 팔을 감게 했지만, 그 손은 MJ의 등이나 목, 어디에도 걸리지 못하고 자꾸만 미끄러졌다.

"싸, 쌀 것 같아, 아, MJ, 잠깐만, 아!"

"후으, 싸도 된다니까. 싸고 싶을 때마다 계속 싸."

"그, 그렇지만, 아응, 아, 잠깐 멈춰…… 아웃."

힘겨워하는 도원이 짧게 비명을 뱉었다. 이미 한 번 배출했던 성기가 부풀어 오르며 그 끝으로 말간 정액을 터뜨렸다. 도원의 배와 가슴 밑으로 튀어 버린 정액이 이불 위로 흘러내렸다.

사정 후에 으레 찾아오는 여운과 탈력을 느껴야 하건만. 사정 중에도 내벽을 문지르며 치고 들어오는 빠른 피스톤질에 도원의 머릿속은 엉망이 되었다.

MJ가 없는 동안 자위를 하면서 익숙해져 있던 사정 패턴이 모두 뒤바뀌었다. 배출을 하면서도 성감대를 자극받는 강도 높은 절정에 도원은 결국 눈물을 펑펑 쏟기 시작했다.

"MJ, 이, 이상해, 아, 그만, 아, 아!"

이성의 끄트머리에서 헐떡이는 도원을 보며 MJ는 마른 입술을 혀로 핥았다. 처음이라서 적당히 하려고 했는데 그럴 수가 없었다. 조금 더 게걸스럽게 도원을 탐하고 싶었다.

"미안."

무엇에 대한 사과인지, 도원은 생각할 겨를이 없었다. MJ가 삐거덕거리는 헤드보드에서 손을 떼고는 양팔로 도원을 일으켜 앉힌 것이다.

"하웃, 으, 으, 헉."

허벅지 위에 앉힌 도원을 위아래로 쑤시기 시작했다. 얼마나 기분이 좋은지, MJ의 얼굴은 빨갛게 달아올라 정신을 차리지 못했다.

"하으, 너무 좋아, 선생님, 아, 진짜, 너무 좋아."

도원은 가슴이 짓눌릴 정도로 MJ에게 강하게 안긴 채 오므리지 못하는 무릎을 벌리고만 있었다. 몸에 튀었던 정액이 밀착된 피부 위에 번지듯이 묻어나기 시작했다. 도원은 터지는 눈물을 주체하지 못하면서 MJ가 쏟아 내는 쾌락과 흥분과 정력에 힘겨워했다.

"흐, 선생님."

도원의 목에 이를 세워 넣은 MJ는 도원을 으스러지듯이 끌어안으며 절정에 달했다. 격렬하게 들썩이던 침대와 이불이 잠잠해지면서 MJ는 도원의 목에 얼굴을 묻은 채로 숨을 몰아쉬었다. '헉, 허억.' 하고 쏟아지는 숨결에 만족감이 묻어났다. 얼마나 고대하고 기다렸던 섹스였는지, 한 번 사정으로도 MJ의 성기는 가라앉지 않았다.

"한 번만 더 하면 안 돼……?"

보채듯이 칭얼거리는 MJ에게 어떻게 그만하라는 말을 할 수 있을까. 딱 한 번인 섹스만으로 녹초가 되어 버린 도원은 MJ의 몸에 기대어 앉은 채 아무 대답도 하지 못했다.

아…… 너무 좋은데 죽을 거 같아. 어떡하지.

과연 MJ를 끝까지 받아 줄 수 있을지, 아니면 지금이라도 멈추고 조금씩 천천히 하자고 달래야 할지. 머릿속이 멍해서 제대로 된 판단이 서질 않았다. 도원이 멍하니 자신의 몸 안을 가득 채운, 농도 짙은 MJ의 정액에 얼굴을 붉힐 때 MJ는 도원을 엎드려 눕도록 했다.

"흘러내리면 아까우니까 이 자세로 하자."

그리고 MJ는 다시 한번 더 피스톤질을 시작했다. 도원은 몸 안쪽에 싸 놓은 MJ의 정액이 더 깊이 흘러들어 오는 것만 같은 착각에 빠졌다. 너무 깊게 싸 놓으면 나중에 씻어 내지 못하는데. 그러다가 배앓이를 하면 어떡하지. 도원은 제 목덜미를 깨무는 MJ를 돌아보면서 멍하니 중얼거렸다.

"너무 싸지 마요, 배가…… 배 속이, 아, 응."

배 속 얘기를 하는 도원을 보며 MJ는 엉뚱한 상상을 하고 말았다.

"왜, 너무 싸면 임신이라도 할까 봐?"

처음엔 그 말을 못 알아들은 도원이 뒤늦게 당황해서 흔들리는 눈으로 MJ를 바라봤다.

"그, 그 뜻이 아니라."

"선생님 임신할 수 있는 몸이었으면 더 큰 일이었겠다, 그렇지?"

"MJ, 아웃……!"

"아이 갖자고 이렇게 들러붙어서 선생님 놔주지 않을 테니까."

MJ가 다시금 퍽, 치고 들어오는 힘에 도원은 신음을 삼켰다. 체중을 실어서 더 깊은 곳까지 찔러 들어오는 바람에 MJ가 싸 놓은 정액이 정말로 안쪽까지 밀려들어 오는 기분이었다.

이, 이상해. 어디까지 집어넣으려는 거야.

도원은 야릇한 고통에 헐떡거렸다. 아이를 낳을 수 있는 몸이었다면, 아마도 이렇게 계속해서 깊게 싸질렀을 거라는 선언에 이불에 눌린 자신의 성기도 다시 부풀어 오르기 시작했다.

"하응, 당신 정말, 아."

"후, 선생님."

"너, 너무 깊어, 아응, 아!"

천천히 예열 되면서 다시 시작된 강렬한 피스톤질에 이번만큼은 도원도 견디지 못했다.

도중에 이성이 나가 버렸다. MJ를 끌어안았고, 그의 귀에 MJ가 아닌 원래 이름을 속삭이기도 했다. 본명에 얽힌 그다지 좋지 않았던 기억들이 도원과의 행복한 시간 속에서 새롭게 재정의되어 갔기에 MJ는 섹스보다 더 큰 충만함에 안절부절못했다.

"흐으, 선생님, 더 불러 줘. 더, 날 불러 줘."

애타는 MJ의 청을 도원은 외면하지 않았다.

"MJ……."

듣기 힘들고 괴로워만 하던 이름에 얽힌 추억 위로 도원이 새로운 색을 덧입혀 주고 있었다. 그를 소중하게 불러 주고, 사랑해 주는 단 하나의 이름으로.

"MJ, 조, 조금만 쉬었다 하면 안 될까요?"

낭만적으로 이름을 속삭여 주며 행위를 지속하고 싶었지만, 도원은 이미 한 번 절정에 달한 것만으로도 힘이 드는 상태였다.

먼저 하고 싶다고, MJ를 놓치고 싶지 않다고 달려들었지만 그것도 한 번이 고작이었다. 도원이 지쳐서 숨을 몰아쉬는 동안에도 MJ는 이제야 엔진이 예열된 자동차처럼 달릴 준비를 하고 있었지만.

"좀만 더하고 쉬자."

"하응, 그, 그렇지만, 아……."

"괜찮아, 착하지, 선생님."

"아, MJ, 아흣, 아, 그, 그만……."

그만하라는 말만큼은 하고 싶지 않았는데. 정말로 힘이 든 도원이 두 눈에 눈물을 매달고 말했다.

"그, 그만, MJ, 나 못 따라가요……."

그 애처로운 청이 오히려 더 MJ를 흥분시켰다. 그 바람에 도원이 펑펑 울면서 MJ에게 매달려 그만둬 달라는 일이 벌어진 것은 둘만의 비밀이다.

바사삭, 부드럽게 부서지는 튀김옷 안쪽으로 육즙이 가득 찬 돼지고기가 드러났다. 두 손바닥만 한 돈가스를 네 등분한 MJ는 그 커다란 조각에 소스를 듬뿍 입혀 한입에 삼켰다. 한동안 조용히 맛을 음미하던 얼굴에 미소가 번졌다. 복역하는 동안 마음껏 먹지 못한 한이 풀리는 모양이었다.

돈가스 가게에 오기 전엔 초콜릿을 안주 삼아 술을 마셨고, 어린 아이들 틈에서 떡볶이에 어묵, 핫도그까지 먹더니, 이제는 돈가스와 함께 나온 샐러드엔 눈길 한 번 주지 않는다.

으음…… 편식하면 안 되는데.

한쪽으로만 치우친 식성이지만, 그래도 잘 먹는 모습이 보기 좋았기에 도원은 채소도 잘 먹으라는 잔소리를 삼켰다. 대신에 자신의 몫으로 잘라 놓은 조각을 MJ의 입에 넣어 주기도 했다. MJ는 도원이 주는 음식을 받아먹으면서 도원의 안색을 살펴 물었다.

"선생님 힘들면 호텔에 계속 있을걸 그랬나?"

그 말에 도원은 식은땀이 나려 했다.

지금 시간은 오후 6시. 호텔에서 나온 시간은 오후 3시. 오전에 체크인 하고 들어가 한숨도 자지 못했다. 룸서비스로 시킨 식사를 하면서 몇 시간을 그 방 안에서…….

"흠흠."

호텔에서 종일 뭘 했는지를 상상하려니 얼굴이 새빨개져서 목을 가다듬을 수밖에 없었다.

"아뇨, 잘 나왔어요. 나와서 구경도 하고, 맛있는 것도 사 먹고 그래야죠."

차마 호텔에 계속 있다가는 몸이 만신창이가 되어 침대에서 꼼짝도 못할 것 같다고 사실대로 말할 수가 없었다.

행복해서 방긋 웃고 있는 MJ를 어떻게 구박할 수 있을까. 계속 앉아 있는 것이 불편해서 화장실 핑계를 대고 일어나면 도원은 허리를 손으로 툭툭 두드리는 게 고작이었다. 이날을 위해서 그렇게 운동을 했는데도 젊고 강한 애인의 정력을 따라가지 못하는 것에 속으로 한탄하면서.

"아, 그러고 보니, 선생님. 혹시 그 둘이랑 연락 돼?"

MJ가 직접 잘라서 먹여 주는 돈가스를 우물거리다가 눈을 깜빡였다.

"아이스랑 그리즐리요?"

눈치 빠른 도원의 반응에 MJ는 어색하게 웃기만 했다. '응.'이라고 활기차게 대답할 수가 없었다. 그도 그럴 것이 그 두 사람은 범죄를 저지르고도 교묘하게 빠져나가지 않았나.

MJ만 법의 심판을 받은 사실을 도원은 불편하게 여겼다. 그 정도는 MJ도 눈치껏 알고 있는 사실이었다. 그러나 MJ의 걱정과 달리, 도원은 두 사람에 대해 민감하게 반응하지 않았다.

MJ가 교도소에서 복역하던 초반만 해도 너무 불안하고 견디기 힘들어서 아이스라도 경찰에 넘기기 위해 사방으로 찾아 헤맨 것은 맞지만, 초조함은 시간이 지날수록 무뎌졌다. 이젠 '그때 내가 못 찾아서 차라리 나을지도 몰라.'라고 생각했다. 다른 사람을 고발하고 희생시켰다면 지금처럼 온전한 행복을 누리기 힘들었을 테니.

"여러 방법으로 찾아보려 했지만, 결국 어디 있는지 모르겠더라 고요."

덤덤한 대답에 MJ도 더는 묻지 않았다. 그들이 먼저 연락하지 않으면 도원이든 MJ든, 이쪽에서 먼저 연락하기는 쉽지 않을 듯했 다. 만약 그 두 사람이 MJ와 도원과의 인연을 완전히 잘라 내기로 결정했다면 평생 연락하지 않을 테고, 약간의 정이라도 남아 있다 면 MJ가 출소했으니 조만간 연락을 취할 수도 있는 일이다.

"두 사람에게 연락 오면 꼭 알려 줄게요. 음, 그보다 MJ."

MJ의 입가에 묻은 튀김 가루를 엄지로 훔쳐서 닦아 준 도원이 생 긋 웃어 보였다. 침대 위에서 너무 울어서 눈가가 헌 것처럼 붉었지 만, 그렇게 야한 눈가로 웃고 있으니 MJ의 심장도 덜커덕거렸다.

MJ를 바라보는 시선은 맑고 곧았다. 마치 지금까지 MJ에게 표 현하지 못한 시간을 보상해 주려는 것처럼 다른 무엇에도 시선을 돌리지 않은 채 MJ만을 온전히 시선에 담았다.

그것은 언 땅이 녹는 계절처럼, 동쪽 하늘을 붉게 물들인 새벽빛 처럼, 따뜻하고 포슬포슬한 달콤한 디저트처럼 MJ를 적셨다.

"당신이랑 맛있는 것도 먹고 싶고, 좋은 곳도 놀러 가고, 함께 보 고 싶은 것이 많아요."

오래 전, MJ가 도원에게 한 말이 있었다. 동물원에서 늑대를 보 고 싶다고. 그들의 습성을 본받고 싶고, 지켜보고 싶노라고. 그 말 을 도원은 오랜 시간이 지난 지금까지도 기억했고, 이제야 비로소 MJ가 바라던 사소한 행복을 이뤄 줄 차례라고 생각했다.

날이 풀리면 MJ와 함께 동물원을 찾아갈 것이다. 동물원을 다녀

온 후엔 놀이공원을 가야겠지. 아이처럼 해맑게 웃는 MJ의 머리에 인형 머리띠를 씌워 주고 사진도 잔뜩 찍으면 얼마나 예쁠까.

MJ가 처음으로 만든 여권에는 미국 입국 스탬프를 찍어 주어서 함께 도원이 나고 자란 곳을 방문할 생각도 했다. 가서 맛있는 것도 많이 먹고, 승마나 서핑도 해야지. 날이 추우면 스키를 타러 가도 좋고. 모든 계절, 모든 시간, 모든 순간을 MJ와 하나씩 채워 나갈 생각에 절로 미소가 번졌다. 소풍을 기다리는 어린아이처럼 설레기까지 했다.

"당분간은 저하고 하고 싶은 일만 하고 지내요. 다른 사람한테 눈 돌리지 말고, 나만 봐 줘요."

다정한 애정 표현에 MJ는 얼굴을 붉혔다. 사랑스러운 이 사람이 아닌, 다른 누구에게 시선을 돌릴 수 있다고. 하여튼 쓸데없는 걱정만 한다니까.

"무슨 일을 하고 싶은지 잔뜩 생각해 둘 테니 각오하는 게 좋을 거야, 선생님."

MJ의 선포에 도원이 소리를 내어 웃었다.

"제가 하고 싶은 거 전부 다 하려면 몇 년 걸릴 텐데."

"내가 하고 싶은 게 더 많을걸."

"제 게 더 오래 걸릴 거예요."

"내 거 다 하려면 시간, 체력, 돈 다 받쳐 줘야 해."

"제 게 더 난도 높아요."

"내 게 더 상상을 초월하는 것들이야."

이게 뭐라고 싸우는 걸까. 유치하고 영양가 없는 이야기에 도원은 웃음을 터뜨렸다. 그런 도원을 보고 뜨끔한 MJ가 머리를 긁적였다.

"선생님이 날 이기려고 하니까 그렇지."

"당신이 이기려고 하는 거예요. 내가 평소에 져 주니까 당연하게 생각하는 거 봐."

"아니거든?"

"우리 또 이런 걸로 말싸움하는 건 아니죠?"

다른 사람이 본다면 별스럽다고 혀를 찰까, 아니면 사랑하는 사이에선 그렇게 남들에겐 의미 없는 것들이 서로에겐 소중해서 중요하게 생각한다고 당연하게 여겨 줄까.

아마도 다른 사람의 이해를 바라기엔 두 사람의 외형적인 특징이나 나이, 성별, 직업과 과거사 모든 것이 복잡해서 쉽지 않을 것이다. 그래서 도원은 일찌감치 다른 사람들의 시선은 신경 쓰지 않게 되었다. 지금은 사랑하는 사람이 밥을 먹는 모습만 봐도 시간이 아까울 때였다.

"우리, 밥 다 먹고 옷 사러 가요."

누구에게나 평범한 그 말이 두 사람에게만큼은 가장 특별했다.

"당신이 입어 줬으면 하는 봄옷을 잔뜩 사 주고 싶어요."

당분간은 그 평범한 행복이 세상에서 가장 특별하겠지만.

⟨epiloge end⟩

Cookie

Cookie

쌔근쌔근, 고른 숨소리가 들릴 때마다 MJ는 제 숨을 멈추곤 했다. 캄캄한 적막을 흔드는 숨결에만 집중했다.

옆자리에 앉은 도원은 불편한 자세로도 깊게 잠들어 있었다. 도심 불빛이 별처럼 흘러 지나가는 얼굴은 평온했다. 케케묵은 긴장이 풀린 몸은 그의 숨소리만큼 아늑하고 고요했다.

체력적으로 많이 힘들었겠지. 교도소에서 출소한 당일이라고, 이것저것 하고 싶은 게 많은 나머지 거의 쉼 없이 움직였으니까.

MJ는 낮 동안 그와 나눈 시간을 떠올리며 피식 웃었다.

도원이 원하는 대로 봄옷 몇 가지를 샀다. 쇼핑 후엔 레스토랑에서 식사를 했지만, 음식을 반 이상 남기고 말았다. 호텔에서 보낸 열기를 잊지 못한 도원이 먼저 새끼손가락을 살며시 걸어올 때면, MJ는 지금처럼 고개를 살짝 돌린 채 도원을 한동안 바라보기만 했다. 눈이 마주치면 도원은 쑥스러운 듯이 웃었다. 시선을 피하지 않는 MJ를 향해서 "그냥…… 당신 온기가 그리웠거든요."라는, 숨기지 못하는 열망을 수줍은 미소 뒤로 삼켰다.

7년. 결코 짧지 않은 그 기간 동안 도원은 한결같은 사람으로 남아 있었다. 처음엔 그런 도원이 진짜가 아닌 어떤 환영이나 인식 외의 존재처럼 느껴졌다. 마치 방부제에 푹 담갔다가 다시 꺼낸 사람 같았다. 변함 없는 외모뿐만 아니라, 그의 다정함과 상냥함 그리고 애정과 사랑까지. 모든 시간이 도원이란 사람 위에 고스란히 박제되어 있었다. 어제 헤어졌다가 오늘 만난 사이처럼 말이다.

MJ는 도원이 걸고 있는 손가락을 하나하나 얽어서 깍지를 꼈다. 놀란 듯이 바라보는 맑은 갈색 눈에 MJ는 오랫동안 지어 보지 못했던 미소로 화답했다. 따뜻한 온기를 손아귀에 쥐고 있으면서도 그 온기에 익숙해지면 도원을 놓친 것 같은 기분이 들어서 몇 번이나 도원을 돌아봐야만 했다.

하루 종일 무리한 도원이 피곤해 보인 나머지 MJ는 호텔을 1박 더 연장할까 했다. 하지만 도원이 거절했다. 내비게이션에 입력되어 있는 집주소를 누르면서 안전벨트를 꼭 맨 그는 아이처럼 들떠 보였다.

"당신과 함께 살고 싶은 집이 있어요. 얼른 보여 주고 싶은데, 같이 가면 안 될까요?"

아직 매매는 하지 않은, 전세 계약만 마친 전원주택. 도원은 그 집에서 살아보다가 마음에 들면 땅을 포함해 집 전체를 매수하면 된다고 말했다. 도원은 MJ를 위해서 먼저 미래를 준비하고 있었다. MJ가 '욕심부리지 말자'고 스스로를 단속하면, 도원은 그 자물쇠를 풀고 들어와 '욕심부려 주세요'라고 청하는 듯했다.

7년이 지난 후에도 도원과 연락을 할 수 있단 것만으로도 행복했다. 그런데 그 행복에 익숙해지기 전에 다른 행복을 맛보는 배부른 돼지가 되어 가고 있었다. 이러다 너무 많은 행복을 맛보고 소화불량이라도 생기면 어쩌려고 이러는 걸까.

MJ는 도원을 위해 보답할 것들을 생각하며 뭐라도 해 주고 싶어 안달이 났다.

"그럼 내가 운전할게."

"에이, 가 본 적 없잖아요."

"내비게이션 말만 들으면 되는데?"

"우리 MJ, 언제부터 다른 사람 말 잘 듣게 된 거예요?"

"다른 사람이 아니라, 선생님이 입력한, 선생님의 주소인 거지."

설마 기계에 입력된 목소리에 질투를 하는 건가 싶어서 피식 웃어 버린 MJ였다. 도원은 자꾸만 감기는 눈을 어찌할 줄을 몰라서 결국 운전대를 MJ에게 내주고 말았다. 옆자리에 탄 도원은 차가 출발할 때쯤엔 목소리가 한결 잠겨 있었다.

"집 앞마당이 넓거든요. 감나무, 석류나무는 전 주인이 심어 두고 갔어요. 여름, 가을에 열매가 맺힐 걸 상상하니 기쁜 거 있죠. 겨울에도 꽃을 보게 동백나무도 심고, 봄에는 벚꽃나무도 볼까요?"

얘기하는 동안 고개가 스르륵, 아래로 떨어졌다.

"그 집에서 학교까지 차 타고 20분이면 가는데…… 도로가 막히면……."

웅얼거리던 도원은 금세 잠에 빠져들었다. 노래가 흘러나오던 라디오를 끈 MJ는 그 어느 때보다도 부드러운 핸들링으로 도원의 짧은 잠을 거들었다. 톨게이트를 빠져나와 고속도로를 달려서, 새카맣게 저문 저녁의 산 그림자 속으로 빠져든 지 얼마 지나지 않아

음량을 줄인 내비게이션이 말했다.

〈목적지에 도착했습니다.〉

부드럽게 코너링한 차를 낯선 대문 앞에 멈추어 세웠다. 길 안내를 종료한 내비게이션 화면 속 주소와 커다란 철문에 붙어 있는 주소를 확인하고는 사이드 기어도 올렸다.

액셀에서 발을 뗀 MJ는 도원 쪽으로 완전히 몸을 돌렸다. 잠들어 있는 그 얼굴이 눈에 멍울지듯이 남았다. 혼자서 잠들어야 했던 지난 7년 동안 이 얼굴을 너무 상상해서 막상 직접 보면 친숙할 줄 알았는데. 건드리면 사라지는 신기루처럼 느껴져 손 한 번 뻗질 못했다. 면회 올 때마다 봐도 질리지 않더니, 이렇게 바라보다 밤이 새도 좋을 정도였다.

도심에서 흘러내리던 불빛이 더는 얼굴 위에 머물지 못하는 곳. 시끌벅적한 사람들과 차 소리가 없는 주변 일대는 그저 새카만 고요뿐이었다. 눈이 많이 녹은 도심 시내와 달리, 아직 담벼락 밑은 발자국 없는 눈들이 얼음처럼 딱딱하게 굳어 있었다. 시간이 갇혀 버린 것처럼 캄캄한 어둠 속에서 도원을 하염없이 바라봤다. 봄이라고 부르기엔 추운, 3월의 밤이었다.

문득 혼자 보낸 시간들, 그러니까 교도소에서 보낸 시간보다 더 이전에 겪었던 어둠들이 떠올랐다. MJ가 느낀 태초의 어둠은 두려운 상대가 아니었다. 달빛에 잘 구운 도자기같이 눈을 감고 있는 도원처럼 포근한 존재였다. 그 아늑함 속에서 설원이 까마득히 익어 갔다.

〈늑대는 무리 생활을 합니다.〉

어둠 속에서 이름 모를 성우의 내래이션이 떠올랐다.

〈그 어떤 짐승보다 공동체 생활을 지향하죠.〉

방송 속 목소리만큼 다양한 소리와 어둠이 MJ를 감싸 안았었다.

오래된 삼나무들이 하늘을 가려 별도 달도 빛을 잃은 밤. 밤손님으로 찾아오는 바람만이 휘이, 휘이 귀신 웃음소리를 내고 있었다. 바람은 창틀을 쥐고 덜컹덜컹 흔들었다. 아늑한 곳, 포근한 곳을 일부러 헤집어 놓을 요량으로 요란하게도 흔들어 댔다.

덜컹덜컹덜컹덜컹.

경첩이 언제 떨어질지 모를 만큼 흔들리는 문틀 사이로 아주 약한 빛이 새 나오고 있었다. 그 빛 속에서 목소리가 말했다.

〈무리의 우두머리는 가장 강한 수컷입니다. 수컷 늑대는 한 마리의 암컷하고만 부부로 지내며 새끼를 낳습니다. 일부일처제인 셈이죠. 무리의 다른 늑대들은 새끼를 낳지 않습니다. 대신 우두머리의 새끼를 공동으로 양육합니다. 이토록 사회적이고 헌신적인 동물이 또 어디 있을까요.〉

창밖과는 다른 설원이 낡은 티브이 속에 펼쳐져 있었다. 너무 깨끗해서 보석처럼 반짝거리는 눈밭에 검은 갈기를 휘날리는 늑대 한 마리가 서 있었다. 흩날리는 눈발이 털끝에 달라붙어 반짝반짝, 살아 있는 보석처럼 빛나는 생명체였다. 그윽하고 깊은 눈으로 가만히 카메라를 응시하는 늑대에게 화면 속 목소리가 말한다.

〈아름답습니다.〉

짓궂은 바람이 아무리 창틀을 쥐고 흔들어도 눈 하나 깜빡이지 않던 소년은 그 한 마디를 따라했다.

"아름답다."

그 짧은 한 문장이 오랜 울림으로 남았다.

"아름, 답다라……."

그 말이 주문처럼 소년을 붙들었다. 파란 티브이 불빛이 얼굴을 뒤덮어도 두 눈을 빤히 뜬 채 눈밭에서 선 검은 털의 짐승을 바라봤다.

짐승은 제 몸을 숨기지 않는다. 그에게 천적이 없다는 뜻이다. 새하얀 세상에 유일하게 박힌 까만 존재. 단단하게 빛나는 광물 같은 동물.

멍하니 바라보던 티브이 화면이 치직거리는 소리와 함께 일그러졌다. 카메라를 응시하던 까만 눈이 점멸되는 화면 속으로 사라졌다.

까맣게 타들어 가는 화면엔 웅크려 앉아 있는 소년이 비쳤다. 오랫동안 잘라 주지 않은 듯 덥수룩하게 긴 앞머리가 눈을 모조리 가리고 있는 아이였다. 아이 곁엔 이제 두 살이 된 검은 개가 앉아 있었다.

소년이 세 살 때 처음 데려온 강아지. 견종은 도베르만 믹스인 것으로 안다. 집을 지키라고 데려온 새끼 강아지를 6개월 넘게 훈련소로 보내 놓기도 했다. 강아지를 데려온 소년의 아버지는 개의 좆이 사람만 하다고 '딕'이란 이름을 붙였었다.

그 개에게 내심 도사견처럼 포악한 성질을 기대한 것 같았다. 아무나 물어뜯어 죽일 수 있는 광견을 원했지만, 개는 점잖았다. 생각보다 유순했고, 사람을 좋아했으며, 똑똑하고 의젓해서 화를 내는 법도 없었다. 덕분에 소년의 아버지는 개를 식량이나 축내는 밥버러지 취급을 했다.

"병신 같은 개야."

그 한마디를 끝으로 창고에 던져 놓은 개를 소년이 돌봤다. 매일

사료와 물을 챙겨 줬다. 주인에게 버림받은 걸 아는 딕은 며칠 동안 식음을 전폐하며 갈비뼈가 드러날 만큼 쇠약해졌지만, 한결같이 다가와 챙겨 주는 아이를 보고 차츰 먹이에 입을 대기 시작했다.

딕의 새로운 주인은 저보다 약하고, 작고, 생각을 제대로 말로 전하지도 못하는 어린 소년이 되었다. 딕은 그 새 주인에게 헌신적이었다. 언제나 소년 곁을 지켰다. 자신처럼 버려진 처지를 이해한 듯 소년 곁을 한시도 떨어지지 않았다. 언제나 소년에게 몸을 붙이고 앉았다. 소년이 움직일 때면 자다가도 고개를 들어 바라봤다. 딕의 하루는 소년을 관찰하고, 소년이 말하기도 전에 필요한 것을 도와주는 방식으로 이루어졌다.

그래서 소년은 티브이 속 늑대가 바로 자신의 옆에 있는 딕과 같은 견종이라고 생각했다. 고장 난 티브이에서 등을 돌릴 수 있던 것도, 화면 속 늑대보다 현실의 딕이 훨씬 좋았기 때문이다.

"오늘은 엄마도 아빠도 안 오나 봐."

소년은 바닥에 동그랗게 만 몸을 뉘였다. 딕이 다가와 그런 소년의 앞에 몸을 말고 엎드렸다. 사람보다 더 따뜻한 체온을 가진 딕에게 얼굴을 붙였다. 꼬르륵, 소년의 배 속에서 우짖는 소리가 났다.

"……배고파."

빈 개 밥그릇을 바라봤다. 딕과 나눠 먹은 밥그릇은 깨끗하게 비어 있었다.

소년은 털이 빠진 낡은 담요 한 장 위에 몸을 기댄 채 눈을 감았다. 어둑한 눈꺼풀 너머로 티브이 속에서 봤던 설원이 펼쳐졌다. 어두운 이 창고가 아닌, 새하얗게 빛나는 눈밭, 발자국 하나 남지 않은 그 깨끗한 설원에 서 있던 검은 늑대.

아름답습니다.

그 문장이 오랫동안 귓가를 맴돌았다.

눈꺼풀 안쪽에서 어룽거리는 까만 보석 같은 그 두 개의 눈동자가 잊히지 않기에 눈을 떴다. 자신을 가만히 바라보고 있는 딕과 시선이 마주했다. 소년은 그런 딕의 품에 파고들면서 중얼거렸다.

"아름다워."

꼬리를 살짝 흔드는 기척이 느껴졌기에 소년은 배시시 웃을 수 있었다. 창틀을 쥐고 요란하게 흔드는 바람과 티브이 속 설원과 달리 새카맣고 무서운 산이 펼쳐진 밤이었지만, 소년은 무섭지 않았다. 축축하고 눅눅한 창고 안에서도, 아름다운 딕과 함께 잠들 수 있는 소중한 시간이었다.

Winter Nights
Prequel of MJ

창고에 갇힌 채 살았던 소년이 유치원을 갈 수 있었던 것은 폐쇄적이고 작은 부촌에서 주변 사람들의 시선을 의식한 어머니 덕분이었다.

"저 집은 어린애가 하나 있던데 통 보이질 않네."

"남자애지? 집 밖으로 나오는 걸 본 적이 없어."

"뛰어 노는 소리도 안 들려. 애 엄마나 애 아빠가 데리고 나오지도 않고."

높은 담장, 걸어 잠근 대문, 이동 수단은 자가용으로만 이루어진 동네. 전원 주택 생활을 하는 그들은 이웃집 사정에 어두울 수밖에 없었다. 그러나 어머니들끼리 단일 커뮤니티가 형성되는 동네여서 아이들과 관련된 소식은 빠른 편이었다. 아이가 생기면 곧잘 어디 유치원을 보낼지, 입주 과외는 해 봤는지에 대한 정보가 실시간으로 공유되는 현장에서 소년의 어머니가 모임에 참여하지 않으니 수상한 소문이 돌 수밖에 없었다. 사실 확인을 할 수 없는 소문은 대체로 비슷했다.

"애한테 장애가 있지 않을까? 그러니 밖으로 못 내보내겠지."

"애 엄마랑 애 아빠는 멀쩡하던데. 저기 꽤 크게 사업하는 집 아니었나? 혹시 불법 저질러서 숨어 지내는 거 아니려나."

"범법자가 저리 잘 나돌아 다니겠어? 주말마다 사냥하러 다닌다며. 꿩이나 멧돼지 잡아오는 거 몇 번 봤다던데."

"에그머니나, 사냥이 취미야? 무섭겠네. 집에 총도 많을 거 아냐."

"바깥 활동도 많다면서 애는 왜 안 데리고 다니지. 혹시 애 학대하는 거 아냐?"

"안 그래도 며칠 전에 저 집에 경찰 왔다 갔어. 학대 신고 들어왔대. 애가 있는데 아무 소리도 안 들리니까 이상하잖아."

"어떻대, 학대 맞대?"

"애 멀끔하다던데. 검은 개를 한 마리 키우나 봐. 그 개랑 마당에서 잘 논다던데."

"희한하네."

"희한해."

소문은 '이상하지만, 문제없는 집'이라는 점으로 이어졌다. 경찰까지 왔었는데 아무 이상이 없다고 한다. 외부인으로선 개입할 수도 없다. 날로 늘어나는 궁금증은 그나마 소년이 유치원을 다니기 시작하면서 조금씩 희석되어 마침내 사라졌다.

학대 의심을 받던 소년은 멀끔했다. 또래 아이들답지 않게 의젓하고, 친구들과 잘 어울리지 못했지만, 이상하다 말할 정도는 아니었다. 사람들의 의혹에서 벗어난 소년은 오전 여덟 시 반에 등원하면,

같은 차를 타고 오후 다섯 시에 돌아왔다. 돌아온 소년은 가정부도 없이 홀로 너른 집을 모두 정리해야 하는 어머니와 함께했다. 아니, 정확하게 말하자면, 옷을 갈아입고 창고에서 홀로 시간을 보냈다.

"사랑하는 아들. 오늘도 엄마랑 숨바꼭질 해 줄 거지?"

소년은 언제나 땀에 젖어서 흐트러져 있는 엄마의 머리카락을 올려다보곤 했다. 그녀는 쉬는 날이 없었다. 종일 집을 쓸고 닦고, 음식을 만들고, 빨래를 널면서, 계절마다 침구와 커튼, 카펫을 바꾸느라 조금도 쉬지 못했다. 다른 집은 요일별로 가정부도 다 다르게 쓴다던데, 소년의 집은 모두 제 엄마의 몫이었다. 낯선 사람을 집에 들이길 극도로 꺼리는 아버지 덕분이었다.

저녁에는 쉴까 싶은데, 밤마다 침실에서 새 나오던 비명소리가 생각났다. 아버지는 그가 숨이 붙은 채 잡아온 커다란 사슴보다도 더 크게 헐떡이면서 어머니의 비명을 쥐어짰다. 숨바꼭질이 너무 길어져서 새카만 창고가 무서워질 때쯤 문을 두드리면 그제야 손전등을 들고 젖은 머리를 헐겁게 묶은 채 다가오던 어머니. 소년은 그런 어머니의 손을 꽉 쥐고 물었다.

"숨바꼭질. 오늘은 안 하면 안 돼?"

매일 밤 창고에서 괴물이 튀어나왔다. 젖이 퉁퉁 불은 돼지나 엄마의 빨간 구두를 신고 있는 거미들이 자꾸 튀어나왔다. 함께 있는 딕은 보지 못하는 괴물이었다. 무서워 울면 딕이 끙끙거리면서 불안한 소리를 냈다. 그러다 왈왈 짖으면, 아버지가 몽둥이를 들고 튀어나왔다.

'망할 개새끼! 밥값 하라고 비싼 돈 들여서 훈련시켜 놔도 사람 하나 물 줄 모르는 모자란 새끼! 짖긴 뭘 짖어! 주둥아리 찢어 버리

기 전에 닥치고 있어!'

딕이 몽둥이에 두드려 맞아 자지러지는 소릴 내면 소년도 함께 울음을 터뜨렸다. 그 후 소년은 딕이 맞는 것이 싫어서 딕이 불안해할 만한 짓은 하지 않았다. 괴물이 보여도 숨을 꾹 참고 눈을 질끈 감으면서 버텼다. 하지만 혼자서 버티기 힘들어 호흡 곤란까지 오면 어머니의 손을 잡고 애원했다.

"숨바꼭질 재미없어. 하기 싫어. 안 할래. 엄마, 내 방에도 불 켜 줘."

소년이 말하는 '방'이란 괴물들이 득시글한 창고였다. 습한 바닥에서 올라오는 한기는 해진 이불로 밤새 몸을 말고 있으면 어느 정도 막아 낼 수 있지만, 어둠 속에서 낄낄거리며 웃는 괴물들은 불이 없으면 쫓아낼 수가 없었다. 전등 하나면 되는데. 그 전등을 어머니는 거부했다.

"아빠가 불빛을 싫어하잖아. 나중에 엄마가 달아 줄게, 당분간만 참자."

"당분간? 세 밤만 자면 돼? 아니면 네 밤?"

물어도 엄마는 모호한 미소만 지었다. 땀에 젖은 머리카락을 쓸어 올리면서 힘없이 중얼거렸다.

"우리 아들 학교 들어가면. 응, 그러면 괜찮을 거야. 지금은 아빠가 예민해져서 그래. 아빠가 괜찮아지면 우리 아들도 같이 지내자, 알았지?"

소년은 입을 꾹 다물었다. 제 엄마가 "응? 아들."하고 대답을 종용하기에 원치 않는 표정으로 고개를 끄덕인 것이 전부였다.

그나마 아버지가 사냥을 나가는 주말에는 숨통이 조금이지만 트였다. 엄마가 씌워 주는 마스크와 모자를 쓰고 딕을 산책시킬 수 있었다. 딕도 일주일 중 단 한번인 그 외출을 알고, 주말 아침만 되면 낑낑거리면서 문 앞을 빙글빙글 돌았다. 짧은 자유를 만끽하고 돌아오면 또다시 어둡고 습한 곳에서의 방치가 이어졌다. 그러나 그 제한적인 자유도 얼마 가질 못했다.

유치원 차가 납치당했다. 원생들이 죽어 갔다. 그 죽음 속에서 소년은 아버지가 버린 라이터를 주머니에서 꺼냈다. 총구를 겨눈 남자에게 그 라이터 불을 붙였다. 성대가 녹는 비명 소리가 빈 산을 울렸다.

'아아아악!'

소년은 정신을 잃고 쓰러졌다. 가물거리는 시야에서 함께 살아남은 소년은 불타는 남자를 바라보고 있었다. 크게 뜬 두 눈에 남자의 불길이 일렁였다. 반질거리는 그 안구가 소년을 향하는 순간, 소년은 완전히 의식을 잃었다.

살아남은 사람은 단둘. 그 생존이 행운이자 희망으로 여겨져야 할 텐데, 언론의 대대적인 관심을 받게 된 소년의 아버지는 극도의 신경질적인 반응을 보였다.

"매일 기자며 경찰이 집 앞을 감시하고 있어! 밤낮으로 우리를 지켜 본다고! 빌어먹을 눈깔들 때문에 사냥 모임에 갈 수가 없잖아! 그 모임이 얼마나 중요한데!"

소년과 함께 살아남은 아이는 미국 친척 집으로 보내졌다지만, 소년에겐 그런 친척이 없었다. 기자, 심리학자, 상담가, 경찰관까지 너 나 할 것 없이 대대적으로 소년에게 관심을 돌리자 아버지는 소년을 가둔 창고를 완전히 봉해 버렸다.

다니던 유치원도 그만뒀다. 개를 데리고 산책하던 자유도 박탈했다. 많은 사람들의 관심으로 혹여나 자신이 숨기던 것이 드러날까 봐 불안해하기만 했다.

"취미로 잡은 게 짐승뿐만이 아닌데, 어떡하지. 들키면 어쩌지. 아니야, 사냥 협회가 내가 가입한 곳만 있는 것도 아니고. 잘 묻어 놨어. 안 들켜. 씨발, 저 새끼한테 달라붙은 경찰이랑 기자들만 아니면 들킬 일 없다고."

아비의 신경질이 심해질수록, 괴물의 환영을 보던 소년의 정신도 쇠약해졌다. 아이는 낮에도 창고 문을 두드렸다.

"살려 주세요, 살려 주세요!"

소년은 목이 쉴 때까지 울었다. 그때마다 손전등을 들고 내려온 어머니가 말했다.

"당분간만 참자. 응? 당분간만."

기약 없는 '당분간'의 늪 속에서 소년이 할 수 있는 것이라곤 없었다. 부모님도 도와주지 않는 어둠을 스스로 몰아내기 위한 자구책을 마련해야만 했다.

아비가 집을 비운 사이에 앞마당으로 나가서 바닥에 떨어진 마른 나무 잎사귀와 가지들을 모았다. 아버지가 담배를 피우고 버린 라이터를 주워서 그 나뭇가지에 불을 붙였다. 그러면 새카만 재가 남을 때까지 어둠 속 괴물들을 몰아낼 수 있었다. 그것이 창고 안에서 소년이 할 수 있는 유일한 일이었다.

찰칵.

치솟는 불을 보면서 소년은 손에 쥔 라이터 부싯돌을 몇 번이나 튀겼다.

찰칵, 찰칵.

불꽃을 한참이나 응시했다. 모든 것을 집어삼키고 밝게 빛나기만 하는 그 불을 두 눈에 담았다. 살아남는 순간까지 불꽃을 머금고 있던 또 다른 생존자를 떠올리면서, 소년 역시 불꽃을 눈에 담았다.

찰칵, 찰칵.

눈에 새겨진 불꽃이 심장에 울분처럼 쌓여 갔다. 불꽃이 삼키고 토한 까만 재는 창고 밑에 쌓여 갔고, 그 재보다 시커멓게 변한 마음이 소년의 심장을 태웠다.

"한번 더 타오를래?"

일렁이는 불꽃 심지를 보며 소년이 말했다.

"더 크게. 저번처럼 무서운 것들을 모두 집어 삼키자."

불꽃이 고개를 끄덕였다. 소년은 그 불꽃을 보며 처음으로 이를 드러내어 환하게 웃었다.

소년이 나뭇가지가 아닌 곳에 라이터 불을 켠 것은 그것이 두 번째였다. 사람에게 불이 옮겨 붙은 것도 두 번째였다.

불은 모든 것에서 승리했다. 어둠 속 괴물을 몰아내고, 자신을 죽이려던 납치범을 불태우고, 아주 오래 저만 내버려 둔 부모님에게 복수하면서. 한 번도 패전하지 않는 절대적인 힘을 보여 주었다. 소방대원이 쓰러진 소년과 딕을 들것에 옮길 때, 빨갛고 환하게, 어두운 밤하늘마저 붉게 물들이는 집을 보면서 소년은 중얼거렸다.

"아름다워……."

하얀 눈밭에 서 있는 늑대만큼이나 아름다운 붉은 꽃송이들이었다.

화상을 입은 머리와 목, 어깨에는 손톱만 한 수포가 가득했다. 담당 의사는 소년의 유일한 보호자라고 찾아온 고모 내외에게 소년의 상태를 설명했다.

"화상이 심해서 진피층까지 손상되었습니다. 2도 화상이에요. 환자의 몸이 쇠약해져 있는 상태라 회복이 매우 더딥니다. 부작용이 없는지를 지켜봐야 합니다."

그 부작용이라는 걸 소년은 알지 못했다. 불이 잡아먹은 환부는 매일 고열을 앓게 될 정도로 아팠다. 불에 물린 자국에선 진물이 흘렀다.

2주 동안 치료를 받았지만 상태는 악화되었다. 3주째, 감염을 확인한 후론 병원을 옮겼다. 허벅지나 엉덩이 살을 도려내어 감염 부위에 덮으냐 마느냐 하는 이야기가 오가는 동안에 불이 다져 놓은 피부가 차츰 안정되기 시작했다.

새로 밭을 갈아 흙을 덮지 않아도 땅이 온건하다는 것을 알려 주려는 양, 피부는 이식 수술 없이 정상적으로 아물어 갔다. 다칠 때만 아픈 것이 아니라, 상처가 아물 때도 눈물이 나올 정도로 아프다는 사실을 소년은 처음 배웠다.

치료를 마친 소년은 퇴원 후에 고모네서 지냈다. 하지만 오래 머물지는 못했다. 평생 얼굴 한 번 비추지 않던 어른들이 왜 아픈 소년의 손발을 대신해 줬는지를 알게 됐기 때문이다.

"저 어린애 앞으로 상속되는 유산이 부동산만 수십 억이에요. 유가증권까지 합치면 얼마가 될지 상상도 할 수 없어요. 변호사와 상담해 봤는데, 우리가 저 애를 부양하지 않으면 권리를 양도받을 수 없대요. 우리가 키워요, 네?"

"미쳤어? 제 엄마 아빠를 불태워 죽인 악마 같은 새낄 어떻게 키우자는 거야!"

"돈이 얼만데요!"

"그놈의 돈, 돈, 돈! 쟤를 양자 입적이라도 하자는 거야?"

"왜 못해요? 당장 하면 되지!"

"저 악마 같은 새끼가 우리까지 죽일 거야!"

"그럼 굴러 들어온 돈 덩어리를 걷어차자는 거야, 뭐야! 당신이 내 동생만큼 돈을 잘 벌었으면 이딴 소리 안 했을 거 아냐!"

"미쳤나, 이년이!"

"뭐, 이 새끼야!"

방 안으로 굽어드는 두 사람의 그림자는 악마의 기다란 손톱 같았다. 돈에 모든 걸 바칠 수 있는 여자. 천륜을 어긴 채 살인을 저지른 어린 사탄의 재림에 겁먹은 남자.

소년은 두 사람이 옥신각신하는 기괴한 대화 소리에 귀를 틀어막았다. 그 당시 소년이 선택할 수 있는 것은 없었다. 매일 밤 문틈 사이로 보이는 시커먼 그림자와 웃음인지 신음인지 모를 소리에서 벗어나려면 집을 나가는 수밖에 없었다.

사람이 두려워지고 겁이 난 것은 그때부터였다. 누군가 지나가며 소년을 힐끔 쳐다보는 시선도 견딜 수 없었다. 보기 흉한 화상 자국에 시선이 머물면 소년은 어디로든 달려가 몸을 숨겼다.

더 깊은 산으로, 골짜기로, 인기척을 피했다. 자신을 따라온 딕만을 끌어안은 채 춥고 배고픈 숲속에서 잠을 청했다. 추운 잠자리에 익숙해졌을 땐, 고모부와 고모가 실종 신고와 미아 찾기 전단지까지 돌린 뒤였지만, 소년은 알지 못했다.

바싹 마른 뱃가죽 위를 손으로 덮었다. 한동안 꾸룩꾸룩 울어대며 마른 변만 토끼 똥처럼 싸던 속이 어느새 잠잠해졌다. 하루에 제대로 끼니를 섭취하지도 못하는 목구멍에선 단내가 났다. 혀 밑에 침이 고이면 행여라도 입술 밖으로 새 나갈까 봐 입술을 우물거리며 한 모금도 낭비하지 않고 삼켰다.

그렇게 노력해도 굶주림을 피할 순 없었다. 또래 아이들보다 건장했던 몸이 눈에 띄게 말라 갔다. 갈비뼈와 어깨뼈가 드러나고 허벅지 사이가 들떴다. 겨우내 나뭇가지처럼 메말라 가며 굶주림을 잠으로 견뎌 냈다. 그러다 어느 날 본능적으로 느꼈다.

이러다 죽겠구나. 산속의 마른 나뭇가지나 이름 모를 풀과 버섯만 주워 먹다간 영양실조든, 야생의 독에 중독되어서건 죽겠구나.

머리가 핑, 돌 정도의 현기증을 견뎌 내면서 민가로 내려왔다. 코를 킁킁거리던 딕은 어느 가게 뒤편에 쌓아 둔 음식물 쓰레기 봉지로 달려갔다. 꽉 묶어 놓은 비닐봉지를 뜯어서 버린 지 반나절도 안 된 생선구이와 삼겹살 찌꺼기들을 발견했다. 허겁지겁 먹어치우는 딕을 향해 다가온 소년이 건물을 올려다봤다.

외진 산골, 동네 주민들이 술을 마시러 오는 고깃집이다. 간혹 온천에 들른 관광객들이 길을 잃고 차를 돌리다가 끼니를 때우려고 들어오는 경우도 있었지만, 소년처럼 직접 걸어서 오는 곳은 아니었다.

소년은 가게 문을 열고 들어갔다.

"어서 오세요!"

가게 주인이 반갑게 인사하다 멈칫했다. 식사 시간을 지나서 한산해진 때에 온 소중한 손님이라 반사적으로 방긋 웃었지만, 더러운 몰골에 비쩍 곯은 소년을 보고 입을 다물었다. 힐끔, 문 밖을 봐도 소년의 보호자로 보이는 사람은 없었다.

가출했다가 흘러들어 온 애인가.

경찰에 신고할까, 고민하던 가게 주인은 소년의 얼굴 한쪽에 난 화상을 보고 미간을 찌푸렸다. 제때 치료를 못 한 듯 붉은 살이 툭툭, 터져 나온 화상자국이다. 어린애가 이렇게 상처입고 방치될 일은 없을 텐데. 어디 범죄에 연루되어 있는 앤가 싶어서, 간섭하기 꺼려지는 건 어쩔 수 없었다.

묵묵히 서 있는 가게 주인을 빤히 바라본 소년이 근처 테이블에 앉았다. 손으로 그림 메뉴를 가리켰다. 오겹살 돼지 구이다.

"3인분."

가게 주인은 그 말에 입가를 일그러트리곤 말했다.

"음식 좀 싸 줄 테니 갖고 나가렴."

냉정한 문전박대에 소년은 한참 의아한 시선을 주더니 주머니에서 돈을 꺼냈다. 고모와 고모부가 탐냈던 보험금과 유산을 전부 현금화해 두었다. 그 종이 쪼가리들을 자신만 아는 산에 묻어 놨다. 고모와 고모부는 그 돈이 "서울에 빌딩을 살 수 있는 금액"이라 했지만, 그게 어느 정도로 대단한지 몰랐다. 밥을 여러 번 사 먹을 수 있는 돈이라는 정도밖에.

"돈은 있어."

그중 일부를 주머니에 아무렇게나 쑤셔 넣고 왔다. 밥값이 얼만지는 몰라도 만 원짜리 수십 장이 우수수 떨어지는 앞에서 "나가렴."이라고 말했던 가게 주인이 눈을 크게 뜬 건 당연했다.

욕심 많은 사람이었다면 그 돈을 주워서 음식을 차려 줬을 텐데. 여전히 소년이 어디 범죄에 연루되었다 생각한 주인은 그 돈을 받으면 자신도 문제가 생길 거란 두려움이 더 컸다. 주인은 바닥에 떨어진 돈을 주워 소년의 바지 주머니 속에 다시 넣었다.

"3인분 구워 줄게. 가지고 나가."

돈도 받지 않고, 고기만 구워서 일회용 통에 넣어 준다. 계속해서 등을 떠미는 통에 소년은 계산도 하지 못한 채 통만 안고 가게 밖으로 쫓겨날 수밖에 없었다.

그사이에 음식물 쓰레기 봉지를 엉망으로 만든 딕이 다가왔다. 굶주린 개는 소년의 품에서 풍기는 고기 냄새에 끙끙거렸다. 뜨거워서 바로 먹이지 못하는 고기를 들고 산으로 다시 돌아갔다. 식은 고기를 딕과 나눠 먹으면서, 소년은 가게 주인도 받아 주지 않는 종잇조각들을 구깃, 쥐었다.

그 후론 쌀이 필요할 때만 민가로 내려갔다. 잠은 햇살이 잘 드는 나무 위로 올라 천을 엎어 잤고, 겨울에는 바위틈에 난 동굴에서 혹한과 눈을 피했다. 물은 깨끗한 곳에서만 사는 물고기들이 있는 곳의 개울물만 식수로 이용했다.

다른 식재료는 전부 산에서 채집하고 사냥한 것으로 때웠다. 독버섯과 식용버섯을 구분하는 법은 어려웠다. 독개구리가 앉아 있는 버섯 포자를 잘못 삼켜서 온몸에 두드러기가 나 며칠을 앓아 눕기도 했다. 먹을 수 있는 뿌리 식물을 캐는 것도 쉽지 않았다.

도라지, 칡, 삼 종류의 뿌리는 꽃대와 이파리로만 구분할 수 있었고, 그마저도 비슷비슷한 모양의 잎 모양들에 속아서 소득 없이 땅을 파헤치며 허송세월을 보내기도 했으니 말이다.

고기는 덫을 놓아 잡은 다람쥐, 토끼, 이름 모를 산새들과 너구리, 고라니로 해결했다. 동물들 껍질을 벗기다가 진드기와 곰팡이가 옮는가 하면, 기생충이 생겨서 며칠을 앓아 눕고 아파서 울기도 했다.

아무도 돌봐 주지 않고, 도움을 요청할 수 없는 생존에 익숙해지면서 소년은 한 뼘씩 자라 갔다. 산 뒤쪽 골짜기를 내려가면 한 학년에 한 반뿐인 분교가 있었고, 그곳에서 학생이나 선생님이 버리는 교과서를 호기심에 챙겨와 공부를 하기도 했다. 다른 사람들과의 언어 사용을 통해 자연스럽게 습득해야 하는 국어가 소년에겐 가장 어려운 과목이었다. 인사말을 연습할 친구도, 은유와 비유가 섞인 한국어의 예절을 익힐 기회도 없었다. 읽고, 쓰고, 말하는 것 외의 언어소통에는 한계가 있을 수밖에 없었다. 그러다 보니 대인 관계에 관한 사회문화, 도덕윤리와 같은 분야는 자연스럽게 관심이 멀어졌다. 누가 가르쳐 주지 않아도 스스로 고민하다 보면 답을 찾을 수 있는 수학과 과학 분야에 유독 몰두한 것도 그러한 이유에서였다.

공부를 통해 습득한 지식과 정보를 통해서 '계산'에 익숙해지자, 자연스럽게 요리와 공구를 다루는 손재주가 늘었다. 음식을 계량하는 법을 배우자 혼자 해먹던 음식들이 맛있어졌다. 공구를 이용해 시설을 설치할 수 있게 되면서 잠잘 곳도 더 튼튼하게 만들었다.

손재주는 날이 갈수록 늘어갔지만, 사람을 대하는 건 여전히 어려웠다. 얼굴엔 보기 싫은 흉이 나 있는, 덩치 크고 무서운 인상의 소년과 선뜻 마음을 트고 지내는 사람은 없었다. 소년이 머무는 산속에서 가장 가까운 곳에 진흙집을 짓고 사는 할머니만이 유일한 말 상대였다.

"겨울에도 찬물에 씻음 몸 버린다. 와서 쉬다 가거라. 어차피 이 늙은이 혼자라서 네 녀석 불편할 것도 없을 거다."

할머니는 남편을 일찍 사별했다고 했다. 장성하여 독립한 자식들도 잘 찾지 않으니, 소년이 거리끼는 사람들과 뒤섞일 일도 없었다.

처음에는 어색하게 밥 한 끼, 잠자리 한 번씩 제공을 받았다. 소년은 그 보답으로 노인이 혼자 힘으론 할 수 없는 일을 대신해 줬다.

일 년에 한 번씩 부엌간의 무너진 황토 흙을 개어 발라 줬다. 일주일에 한 번씩 솥단지 안을 마른 볏짚으로 박박 문질러 씻어 주기도 했다. 불이 나간 형광등을 갈기도 하고, 녹이 슨 샤워 헤드도 바꿔 끼웠다. 온천수가 졸졸 새 나오는 샘에 온수관을 심어 뒷마당에 365일 식지 않는 온천탕을 만들어 주기도 했다.

"무식하게 힘만 쓸 줄 알았더니, 손재주도 좋구나."

살면서 칭찬이란 걸 받아 본 적이 있던가. 쓸모 있는 인간 취급도 못 받았던 것을.

소년은 할머니의 관심과 애정이 낯간지러웠지만, 싫지 않았다.

"노친네, 쓸데 없는 소리만 하고 있어."

부끄러워서 일부러 더 거칠게 말해도 노인은 끌끌거리며 웃기만 했다.

머리가 굵어지다 보니 소년도 궁금한 것들이 생겨났다. 앞으로의 인생 계획 같은 막연한 것도 떠올려 보고, 이제는 얼굴도 가물가물

한 친부모에 대한 생각들이었다.

그들은 왜 나를 싫어했을까. 아빠는 어떤 사람들과 어울렸던 거지.
악몽처럼 괴물들이 기어 나올 때마다 할머니의 아궁이에 불을 뗐
지만, 그것만으론 부족했다. 과거에 묻어 둬야 할 어둠이 계속해서
현실로 기어 나왔다. 어두운 산속 어딘가에서, 깊고 새카만 밤하늘
에서, 그 괴물들은 끊임없이 귓가에 대고 속삭였다.

'죽어, 죽어, 죽어.'

소년이 듣지 않으면 자살을 종용하던 목소리가 날카로운 바늘처
럼 바뀌었다.

'죽여, 죽여, 죽여.'

머릿속을 쿡쿡 찌르는 명령에 소년은 불을 더 들쑤셨다. 새빨간
불이 활활 타오를수록 스스로 죽거나 누군가를 죽이라는 환청이
옅어졌다.

마음속에 묻어 놨던 괴물은 소년이 홀로 삼킨 외로움과 분노와
고통을 자양분 삼아 자랐다. 소년보다 훌쩍 자라난 괴물은 이젠 이
젠 어둠 속에서 소년을 조종하는 새로운 '아빠'가 되었다. 총을 들
고 다니던 커다란 그림자가 소년을 등 뒤에서부터 감싸 안았다.

'왜 나와 있어? 얼른 어둠 속으로 돌아 가. 그곳이 네 집이잖아.
누가 이렇게 불 앞에 앉아 있으래, 응?'

시도 때도 없이 찾아드는 그림자를 내쫓기 위해서 라이터를 손에
쥐고 지냈다. 손끝에서 불꽃이 튀지 않으면 불안함이 커져 흥분할
정도였다.

언제까지 이렇게 살 순 없어. 이걸 통제하는 법을 배워야 해.

소년은 어둠을 몰아내고 남들처럼 빛 속에서도 살 수 있는 방법

을 찾고 싶었다. 그래서 오랜 고민 끝에 할머니에게 부탁했다.

"뭐 좀 알아보고 올게. 그동안만 딕을 돌봐 줘."

할머니는 선뜻 고개를 끄덕였다. 덕분에 소년은 오랫동안 자신을 숨겼던 산을 떠나 아버지의 행적을 뒤쫓을 수 있었다.

친부의 행적을 좇다가 발견한 곳은 수상한 사냥 협회였다. 협회는 정식으로 등록이 되어 있었다. 조합원들이 쓰는 총기류는 경찰서에 맡겨 놓고 사냥 시즌에만 찾아서 쓸 정도로 관리를 철저하게 하는 곳이었다. 겉보기엔 아무 이상 없는 곳. 하지만 소년은 그곳을 의심했다. 정기적인 교류가 지나치게 잦은 것이 그 이유였다.

평균적으로 일주일에 한 번. 많으면 일주일 내내 만나기도 했다. 그곳에서 무슨 모임을 갖는지를 알면 친부가 왜 자신을 가둘 수밖에 없었는지, 그토록 자신과 어머니를 학대하며 예민하고 사납게 굴었는지를 알 수 있으리라 생각했건만.

"이게 누구야. 그때 나라를 떠들썩하게 만들었던 애들 중 하나잖아?"

20대의 젊고 잘생긴 남자는 자신들의 뒤를 캐는 소년에게 아주 큰 관심을 보였다. 소년은 그를 알지 못했다. 그저 사냥 협회의 간부쯤으로 협회인들이 취급하는 것밖에 몰랐다. 그런 간부가 자신을 알고 있다는 사실에 본능적으로 위협을 느꼈다.

"우리가 하는 게 뭔지 궁금했어? 나도 여기 협회 일 맡기 시작한 지 얼마 안 되서 잘은 모르는데, 큭큭, 내가 아는 대로 알려줄까?"

그의 달콤한 제안은 거부하지 않았다. 이곳이 뭐 하는 곳인지를 알게 되면, 친부의 이상 행동도 이해할 수 있을 것이다. 그러면 더 이상 밤마다 찾아오는 나무 그림자나 괴물들을 무서워하지 않아도 될 테니.

"와 봐. 뭐 하나 보여 줄게."

히죽거리며 웃는 그에게 소년이 물었다.

"이름이 뭐야?"

젊은 남자는 소년을 돌아보며 히죽 웃었다.

"크랙."

그 낯선 이름에 소년은 고개를 갸웃했다. 남자의 미소가 짙어졌다.

"크랙이라고 부르면 돼."

'크랙'이 소년을 데리고 간 곳은 창문 하나 없는 비좁은 창고였다. 그곳엔 컴퓨터와 책상, 의자 그리고 잠을 잘 수 있는 매트리스가 놓여 있었다.

"이제부터 다큐멘터리를 하나 볼 거야. 궁금한 건 언제든지 물어봐. 내가 아는 선에서 대답해 줄게."

그가 보여 준 다큐멘터리는 [범죄와의 전쟁] 3부작 시리즈였다. 왜 이런 걸 보여 주는지 몰랐다.

"뭐야? 이걸 왜 봐?"

크랙은 대답 없이 문을 닫았다. 소년은 영문을 모른 채 닫힌 문을 잡아당겼다. 덜커덩거리는 무거운 철문은 꿈쩍도 하지 않았다.

"크랙?"

아무리 잡고 흔들어도 대답이 없었다. 소년은 당황해서 문짝을 있는 힘껏 두드렸다.

"열어, 씨발!"

힘을 써서 문짝을 부서트러서라도 나가려 했지만, 커다란 자물쇠로 잠긴 문은 꼼짝도 하지 않았다.

"허억, 헉."

소년이 잊고 지낸 공포가 서서히 등 뒤를 감쌌다. 소름이 돋은 등허리를 타고 어둠이 밀려 올라왔다. 그 어둠은 소년의 관자놀이에 정확히 총구를 겨냥했다.

자신이 불태워 죽인 납치범과 아버지, 둘의 얼굴을 가진 어둠이었다.

"아아악!"

비명을 지르며 정신을 잃었지만, 다시 눈을 떴을 때도 캄캄한 창고 안이었다. 소년은 문고리를 붙잡고 애원했다.

"열어, 열어 줘, 열어 달란 말이야!"

울며불며 부탁해도 소용 없었다. 자신을 뒤덮은 어둠 속에서 괴물들이 기어 나왔다. 하이힐을 신은 거미와 사람 유방을 단 돼지, 말 좆을 단 남자들이 킬킬거리며 저를 바라봤다.

소년은 온몸을 떨면서 모니터를 켰다. 이 어둠 속에서 유일하게 파랗게 빛나는 화면. 그 화면 곁으로는 어둠도 괴물도 다가오지 않았다. 소년은 모니터 앞에 앉아서 자신을 예의 주시하는 괴물들을 피하기 위해 안간힘을 썼다. 모니터가 꺼지면 나무 그림자 같은 아버지의 유령도 함께 다가왔지만, 빛이 다시 들면 물러나 멀찍이서 자신을 바라봤다.

며칠을, 아니, 수개월을 그렇게 유령과 귀신, 괴물들과 함께 좁은 창고에서 이유도 모른 채 감금당해 모니터의 빛에만 의지했다. 그 빛 아래서 밥을 먹었고, 볼일을 보고, 잠을 자고, 멍하니 벽을 바라보았다. 빛에 아른거리는 한 남자의 얼굴을 인식하며 뚫어져라 바라보게 된 것도 그 때문이다.

「사람을 대하는 일은 조심스러워요. 정답이나 공식이 없어서 객관적인 학술 지표를 믿고 따르기도 위험하거든요. 특히, 상대를 알아야 그 속의 문제점을 볼 수 있는데 얼마나, 어디까지, 어떻게 알아야 할까요.」

그것이 '도원'이라는 사람과의 첫 만남이었다. 멍한 시선에 도원만이 빛났다. 일렁이는 불꽃처럼 도원의 미소가 눈 속에 새겨졌다.

눈송이가 내려 앉은 솜털이 별보다 반짝이던 사람. 하얀 눈밭 위에서 검은 털을 휘날리며 고고하게 서 있던 늑대가 생각났다. 카메라를 응시하는 반짝반짝 빛나는 도원이라는 사람을.

눈밭 위의 유일한 보석처럼 바라봤다.

◐

"판매책 늘렸다며."

연초를 피우던 남자가 말했다.

"듣고 있어? 크랙이 판매책 늘렸대."

앞에 앉은 이의 신발을 발로 툭툭 차면서 말해도 상대는 대답이 없었다. 머리가 반쯤 벗어진 남자는 테이블 위에 놓인 궐련지를 만지작거렸다.

잘 편 종이를 새끼손가락 하나 크기의 홈이 난 작은 나무에 끼웠다. 그 위에 말려서 빻은 마리화나 가루를 집어넣었다. 더는 채워넣을 수 없을 정도로 가루를 꾹꾹 눌러 채운 종이 끝엔 풀을 발라서 돌돌 말았다.

그렇게 완성한 연초를 옆에 쌓아 놓았다. 피라미드 모양으로 쌓여 가는 연초의 꼭대기에 마지막 퍼즐처럼 갓 만든 연초가 내려앉았다.

그제야 피라미드를 쌓던 남자가 눈가가 움푹 파여 검게 물들어 있는 눈을 들었다.

"크랙이 판매책을 늘려?"

이 애기를 처음 꺼낸 남자는 테이블 위에 쌓인 연초 하나를 가져갔다. 입에 물고 라이터의 불을 켠다. 눅눅하고 기름진 쑥뜸 냄새 같은 것이 순식간에 남자들의 옷과 머리카락에 진득하게 달라붙었다.

"어, 마리화나, 필로폰. 일단 두 루트는 확정이래."

"누가 책임 맡았대?"

"모르지. 그런 정보를 우리한테까지 흘려 줄까."

눈 밑이 검은 남자가 '크랙'의 일에 배제되었단 소식에 입가를 씰룩였다.

"그냥 아무나 맡아서 팔면 되지, 왜 책임자를 만들어, 귀찮게."

그가 지금까지 만들어 낸 연초는 눈대중만으로도 백 개가 넘었다. 연초 하나에 가루 10g이 들어간다고 계산하면, 그들이 다룬 마리화나는 1kg이 넘는다는 뜻이다. '하시시'로 정제하거나 물뽕으로 이용할 땐 가격이 배로 뛰지만, 이들은 g당 10만 원에서 30만 원 선에서 거래했다. 그들의 눈앞에 쌓인 연초는 최소 1억원어치였다.

금값이 kg당 4000만 원 안팎인 것을 생각하면, 이는 금보다 비싸고 보관이 용이하며 현금 유동성이 강하며, 한번 찾는 고객은 계속 찾는 로열티를 가진 값비싼 투자물이나 다름없었다. 이런 유용한 걸 판매책 하나에게만 할당한다니.

"그럼 우리가 못 팔아?"

"우린 재배만."

"아, 우리가 키운 걸 그 판매책이 갖다 판다고? 재주는 곰이 부리고 돈은 사람이 챙긴다더니, 씨발."

바닥에 퉤, 침을 뱉을 때였다.

"불만이면 크랙, 그 새끼한테 직접 말해."

서늘하고 낮은 목소리에 남자들이 멈칫했다. 그 목소리는 야생동물이 목 안을 울리듯이 으르렁거렸다. 낯선 사람의 등장에 남자들이 황급히 자리에서 일어났다.

"누, 누구야!"

남자들은 수렵용 엽총을 손에 쥔 채 가까이 다가오는 남자를 올려다봤다.

그림자가 유독 길었다. 긴 다리를 느리게 뻗으며 다가오는 그는 큰 키의 소유자였다. 남자들이 고개를 뒤로 완전히 젖혀야지만 매서운 눈매를 볼 수 있을 정도였다. 얼굴은 앳되어 보였지만, 커다란 키와 덩치에 머리 한쪽에는 선명한 화상 자국에 저희들도 모르게 뒷걸음질을 쳤다.

내려다보는 것만으로도 주변 공기가 바뀌었다. 팽팽하게 당겨지는 긴장감하며 상대를 압도하는 야생적인 시선은 두 사람을 꼼짝도 할 수 없게 만들었다. 그는 한쪽 어깨에 걸쳐 놓은 배낭을 바닥에 떨어트렸다. 풀썩, 바닥으로 떨어지는 천 소리가 유독 크게 들렸다.

"크랙 쪽에서 곧 연락 올 거다. 책임자가 물건 챙겨서 갔다고 대답하면 돼. 그 외에 다른 말은 필요 없어."

남자는 테이블을 한 손으로 쓸었다. 피라미드처럼 탑을 쌓았던 하얀 연초들이 그 커다란 손바닥에 비질 당하듯이 테이블 밑에 벌려 놓은 배낭 속으로 와르르 쏟아졌다. 배낭을 닫고는 다시 한쪽 어깨에 걸쳤다. 남자는 제 키보다 낮은 입구를 한 손으로 짚고는 고개를 숙여서 건물을 빠져나갔다.

두 사람은 그 남자를 귀신에 홀린 것처럼 바라봤다. 갑자기 들어와 물건을 가져간 그를 막아 세우지 못했다. 그 압도적인 분위기를 맞설 자신이 없었으니까.

따르르르릉.

얼이 나가 있던 남자들은 갑자기 울린 유선전화에 정신을 차렸다. 시끄러운 전화기를 들자, 수화기 너머 크랙 쪽 행동대장이 가타부타 설명 없이 말했다.

〈물건 전달 완료했나.〉

수화기를 반대편 귀로 옮긴 남자가 버럭 소리 질렀다.

"뭐야, 그 새낀! 웬 덩치 큰 새끼가 와서 물건 가져갔어! 우리한테 이런 말은 한 적 없잖아!"

〈이런, 그 녀석, 또 아무 설명도 없었어?〉

"없었어. 당신이 곧 연락한다는 말밖에 없었다고."

〈그 성격이 일하기 편하긴 한데.〉

"누구냐니까?"

신경질적인 남자들 반응에 행동대장이 대답했다.

〈매리제인.〉

마치 오래된 영화 속 여자 주인공 같은 감상을 불러오는 이름. 대마초의 또 다른 이름. '크랙'처럼 마약 그 자체로 이름이 불리는 '책임자'라는 뜻이다.

수화기 속 상대는 이런 설명이 익숙하다는 투로 말했다.

〈우리끼린 MJ라고 부르니까 너희도 편한 대로 불러. 앞으로 너희랑 볼 일 많을 거야. 너무 성질 건들지 않게 조심해. 그 녀석, 한번 정신 나가면 아무도 감당 못 하니까.〉

그 경고는 농담으로 들리지 않았다. 사람을 바라보던 MJ의 시선은 포식자의 그것과 같았으니 말이다.

보름달이 떴다. 구름 한 점 없는 밤하늘인데도 달이 너무 밝아 달무리가 지는 듯한 이상한 날이었다. 아현동 고가도로 위를 환하게 밝히는 빛은 그 고가 밑에 쌓인 눈에는 닿지 않았다.

다리 밑엔 트럭들이 정차해 있었다. 번호판이 없는 승용차도 그 옆에 뿌연 먼지를 뒤집어 쓴 채 잠들어 있었다. 간간히 달려 나가는 승용차들이 노란 하향등으로 다리 밑을 밝혔지만, 그 속에 숨은 침묵의 겨울까지 걷어가진 못했다.

그 어둠 속을 MJ가 걸어갔다. 깊게 들이마신 숨을 내뱉을 때마다 입김이 뿌옇게 퍼졌다. MJ의 두 눈엔 온기가 없었다. 얼었다 녹기를 반복한 얼음 위를 권태로운 표정으로 걷기만 했다. 얼음 옆엔 간신히 달빛이 닿아 눈이 녹은 진창만 까맣게 흘러내렸다. 진창이 아닌 얼음 위를 선택한 느릿한 걸음걸이가 고가 끝까지 이어졌다.

"오늘은 좀 늦었네."

동굴처럼 짙은 어둠 속에서 사교성 좋은 목소리가 들렸다. MJ는 생기 없는 눈으로 그 목소리의 주인을 바라봤다. 머리를 노랗게 염색한 키 작은 남자였다. 얼굴을 목도리로 둘둘 말고서는 말할 때만 손끝으로 그 목도리를 내려 입만 빼끔거리고 있었다.

"뭐야, 왜 이렇게 기운 없어, 감기 걸렸어?"

화려한 외양 때문에 눈에 띄는 사람이다. 하지만 그 화려함 때문인지 이쪽 업계에서 일한다는 오해를 죽어도 받지 않는 이. MJ는 귀찮은 듯 중얼거렸다.

"아이스."

아이스라 불린 남자는 그 반응에 손까지 살랑살랑 흔들면서 인사를 받아 줬다.

"그래, 감기 조심해, 인마."

언제 친해졌다고 저렇게 말하는지. 신경에 거슬렸지만, MJ 입장에선 여자애처럼 조그마한 남자를 때릴 수도 없는 노릇이라 무시했다. 주변을 두리번거리는 MJ를 보고 아이스가 눈치 빠르게 말했다.

"그 형 담배 사러 갔어. 갑자기 떨어졌다고."

'그 형'이란 소리에 MJ는 기가 막혀 아이스를 돌아봤다.

"형?"

아이스는 MJ의 반응에 눈만 끔뻑였다.

"엥? 왜? 형 맞잖아. 우리랑 띠동갑일 텐데."

크랙 밑의 행동대장을 '형'이라 부르는 건 아이스가 유일했다. 행동대장이 그 소릴 들으면 가만히 내버려 둘까, 얻어터질 게 뻔하다고 생각할 때였다.

"누가 형이야, 형은."

구멍가게에서 담배를 사온 행동대장이 노란 머리를 쥐어박았다.

"아야야." 하고 엄살을 피운 아이스가 씨익 웃어 보였다.

"그럼 형이지, 아저씨야? 아저씨라고 불러 줘?"

"하여튼 너 언제 한번 군기 잡을 줄 알아."

"나 미필이야."

"끝까지 한마디도 안 지지."

"어라, 이 대화 승부가 있는 대결이었어?"

"근데, 이 새끼가."

결국 한 대 더 얻어맞은 후에야 "형 주먹 너무 맵다고."라면서 입을 비쭉였다. 끝까지 '형' 소릴 놓지 않는 아이스에게 쯧, 혀를 차는 행동대장이었다.

MJ는 그 모습이 신기해서 눈을 떼지 못했다. 저 재수 없는 아이스는, 실은 꽤 많은 사람들의 경계심을 누그러트리는 재주가 있었다. 저 재주가 어디까지 통할지 궁금했다. 크랙에게도 먹히려나.

그사이에 '형'이라 불린 행동대장은 고가 밑에 세워 둔 승용차로 걸어가 문을 열었다.

"가져온 물건들 옆에 실어."

아이스가 그 말에 찡긋, 윙크해 보였다.

"이미 실었지."

눈치 빠른 아이스의 행동이 싫지는 않았던 모양인지, 행동대장은 주먹을 다시 들지 않았다. MJ는 사이가 좋은 건지, 나쁜 건지 알 수 없는 둘을 지나쳤다. 어깨에 메고 온 배낭을 열어 안의 내용물을 의자 위에 쏟아냈다. 남자는 아이스가 미리 넣어 둔 물건과 MJ가 던진 물건들을 모두 확인하고는 차문을 닫았다.

"수고비."

거래는 무조건 현금이다. 세탁한 돈이 아니면 거래하지 않는다.

그 두 가지를 철저하게 지키는 행동대장은 꽤 여러 사람 손을 거치다 온 듯 낡고 해진 현금 뭉치를 꺼냈다.

"아싸!"

아이스가 먼저 받아서 돈다발을 셌다. MJ는 확인하지 않고 배낭에 돈다발을 밀어 넣었다. 그사이에 금액 확인을 마친 아이스가 한결 밝아진 목소리로 말했다.

"오늘 더 챙겨 줬네? 웬일이야?"

행동대장은 갓 사 온 담배 한 개피를 꺼내 물며 대답했다.

"이번엔 지방 공장까지 가서 직접 수거해 왔잖아. 둘 다 차비 더넣어 준 거야."

"차비가 몇 백이라니."

"마음에 안 들면 놓고 가."

"에이, 좋아서 그렇지, 다음엔 배 타고 나가도 되니까 더 멀리 보내 주고 뱃삯도 챙겨 줘!"

"징글맞은 놈. 돈이 필요하면 몸 쓰는 거 하든가. 클럽 가드가 좀필요한데 지원자가 없거든."

"내 덩치로 무슨 가드야. 약에 취한 손님들이랑 몸싸움 생기면 내가 이리저리 던져지겠는데."

"알면 운동해서 몸 좀 키워라, 새끼야."

"아, 귀찮아. 난 계속 운반책 할래. 이게 더 적성에 맞아."

답 없는 대화가 끝도 없겠다 싶었는지, 행동대장은 운전석에 올라탔다. 시동을 켠 차에 전조등이 들어온다. 그림자 속에 몸을 숨긴 까만 고양이가 노란 눈을 빛내는 것처럼 음산했다. 핸들을 크게 돌린 차가 고가 밑을 빠져나가기 직전에 차창이 내려갔다.

"당분간 너희 둘 다 쉬어. 운반조로 일하던 애들 경찰에 다 잡혀가서 분위기 안 좋아."

눈을 휘둥그레 뜨는 아이스 대신 MJ가 물었다.

"경찰이 갑자기 왜. 뭐 들켰어?"

"아니, 정부 바뀌면서 으레 하는 그거지 뭐. 보여 주기 식 치안 유지. 운 나쁘게 잡혀 들어가서 몇 년 썩지 말고 몸 사리라고. 그래도 봄 되기 전에 연락 한번 할게. 너희가 그래도 일은 확실하게 처리해서 나도 믿고 맡기기 좋으니까."

남자는 다 태운 담배를 창밖으로 던지곤, 그 매캐한 냄새가 묻은 손가락을 흔들었다.

"너희 둘, 운반 루트 겹치는 곳 많으니까 이참에 친해져 보든가."

그렇게 성의 없는 인사를 남긴 남자는 차를 돌려 고가 너머로 사라졌다. 아무리 달이 높게 뜬들, 빛이 들지 않는 다리 밑은 여전히 새까맸다. 그 어둠 속에 덩그러니 남겨진 둘 중 MJ가 먼저 몸을 돌렸다. 대중교통도 모두 끊긴 시간이라 택시를 잡고 이동하든가, 근처 아무 모텔이나 들어갈 생각이었건만.

"매리제인."

그 가벼운 부름에 MJ의 미간이 찌푸려졌다. 돌아보지 않고 8차선 도로를 걸어서 횡단하자 뒤에서 아이스가 소리쳤다.

"헉, 미친놈아, 차에 치여!"

빽 소리를 질러도 MJ는 무시했다. 아이스도 후다닥 도로를 건너서 얼른 MJ의 뒤를 쫓아왔다.

"아, 왜 사람 무시하고 그래."

종알종알 말도 많네.

MJ는 귀찮은 듯이 더 거리를 두고 걸었다.

"여자애들이랑 놀아."

"나 아는 여자애들 없는데."

많을 거 같이 생겨서는. 한 번에 큰돈 버니까 음주가무 즐기면서 흥청망청 쓸 것처럼 생겼잖아.

사람을 외형으로 판단하면 안 된다지만, 화려해서 눈에 띄는 곱상한 남자애가 마약 운반을 하며 번 돈을 성실하게 모을 것 같진 않았다. 저 정도로 사교적이고 능글맞다는 건, 사람들도 많이 만나고 다닌다는 소리 아니겠나. 사람이 아쉽지도 않으면서 먼저 다가오는 모습이 썩 좋게 보이진 않았다.

저만치 걸어가는 MJ 뒤를 아이스가 불만 많은 얼굴로 노려보며 다가왔다.

"무시하지 말고. 너랑 나랑 나이도 같다고 들었는데, 앞으로 일할 곳도 겹치니까 좀 친하게 지내보자. 아까 형도 당부했잖아. 야, 내 말 계속 씹을 거야?"

MJ가 한 걸음 걸으면 아이스는 두 걸음으로 부지런히 따라왔다. 무시하는 MJ 옆자리를 꿰차고는 종얼거리기를 멈추지 않았다.

"넌 어쩌다가 대마초 책임자가 됐어? 난 크랙 만나서 운반책 구한다기에 내가 먼저 자원한 거거든. 근데 와 보니까 나 같은 애들 별로 없더라. 다들 무슨 사연이 한가득인 거야. 와, 나 무슨 싸구려 영화 줄거리 듣는 줄 알았잖아. 다들 구질구질하게도 살았더라."

철없는 소리에 MJ는 결국 걸음을 멈췄다. 고가대로가 막아 주던 이전과 달리, 불 꺼진 가구점들로 가득 찬 골목에는 찬바람이 칼날

처럼 불어왔다. 그는 태연하게 알바 구인공고라도 보고 온 것처럼
말하는 아이스를 노려봤다.

이 새끼 사는 게 쉬운 걸까. 아님 뭐 어떻게 죽어도 미련 없다는
걸까. 돈이 필요해서라거나, 중독자가 되지 않으면 현실을 살 수
없다는 구질구질한 핑계로 가득 찬 세상에서 '그냥 따라 왔어'라는
식으로 말할 수 있는 사람은 MJ가 아는 한 없었다.

아무 말도 하지 않고 예민하게 미간을 찌푸린 MJ에게 아이스는
철없이 조잘거렸다.

"돈 빨리 모으고 싶어. 모아서 동남아로 나가 살고 싶거든. 날씨
너무 좋잖아, 거기. 난 추위를 잘 타서 우리나라에서 사는 거 너무
힘들더라고. 그래서 얼른 그만두고 싶은데 오늘처럼 돈뭉치 보면
한 번만 더 하자, 딱 한 번만 더, 이러다가 끝도 없이 계속하게 된
거 있지. 목숨 걸고 한다는 생각 때문에 마음대로 쓰지도 못하고
계속 모아만 두니까 한심하지, 하하."

그래, 아무 데나 펑펑 낭비하지 않아서 그나마 다행이겠네.

MJ는 괜한 오지랖은 부리고 싶지 않았다. 남의 인생에 관여할
정도로 한가롭지도 않았기에 작게 한숨을 내쉬며 몸을 돌렸다.

"돈을 다 모아도 크랙한테서 말없이 도망치진 마."

MJ의 조언에 아이스가 졸졸 따라왔다.

"왜?"

"지금까지 그렇게 몰래 연락 끊은 사람들 전부 죽였거든."

아이스는 충격으로 굳었다. 고작 운반책 일을 그만뒀다고 사람을
죽인다는 소리에 완전히 얼어붙은 것이다. MJ는 아이스가 뭣도 모
른 채 큰돈을 주는 위험한 일 정도로만 알고 이 일에 끌려 들어온 것

을 짐작할 수 있었다. 도망치면 죽을 정도로 위험한 줄도 모른 채.

"크랙은 손해 볼 짓 절대 안 해. 명심해."

MJ는 어둑한 골목 끝, 전구가 나가서 지지직거리는 간판이 있는 곳으로 걸어갔다.

월드 모텔. 내 집같이 편안한 하룻밤을 선사합니다.

싸구려 인사 글이 적혀 있는 붉은 벽돌 건물로 들어갔다. 모텔 주인에게 일회용 칫솔과 면도기까지 받아서 올라온 MJ는 방의 불을 환하게 켜 둔 채 한동안 침대에 걸터앉았다.

씻는 것도 잠시 미뤄 둔 MJ는 침대에 스르륵 드러누웠다. 옆방 문이 열렸다 닫히는 소리가 들렸다. 아이스가 따라 와서 자는 게 아닌가 싶다. 동남아 가고 싶어서 시작한 일이 죽을지도 모를 만큼 위험하다니까 머릿속이 복잡해질 테지.

병신 같은 새끼.

그렇게 속으로 욕하며 옆으로 드러누웠다. 찬바람이 할퀴고 가는 낡은 창문만 물끄러미 바라봤다. 발목에 족쇄를 찬 것도 아니고, 어디에 갇힌 것도 아닌데, 자유를 완벽하게 잃은 기분이었다. 조금이라도 허튼짓을 한다면 이 좁은 한국에서 소리소문 없이 처리될 것이다. 크랙은 그럴 만한 인맥과 돈을 충분히 갖춘 사람이었다.

"……하아."

답답함에 한숨을 푹 내쉬고 눈을 감았다. 의미가 없는 하루가 또 저물어 갔다. 내일도 의미 없는 하루를 살 테지만, 그래도 포기하지 않기로 했다.

"……도원, 선생님."

입에 잘 붙지 않는 그 말을 웅얼거렸다.

"……선생님."

한번도 자신의 인생에 '선생님'이라 불릴 사람이 없었기에 그 무엇보다도 어색한 호칭을 계속 연습했다. 언젠가 만나게 된다면, 아주 잘 배운 학생처럼 능숙하게 부르기 위해서. MJ는 잠들기 직전까지 '선생님'이란 말을 입술에 붙였다.

온천 할머니로부터 연락이 왔다.

〈요즘 많이 바쁘니. 통 얼굴을 못 보는 구나. 이 똑똑한 똥개가 네가 보고 싶어서 매일 문밖만 내다보는데, 네 녀석은 어찌 이리 매정한지. 조만간 한번 내려오려무나. 이 똥개도 늙어서 건강이 좋지 않아.〉

일이 바쁘다는 핑계로 딕을 못 본 지 몇 달이 지나고 있었다. 크랙은 마리화나 운송 일이 아니면 개인적으로 시간을 보낼 때 감시를 붙였다. 지정한 거주 지역을 벗어나지 못했고, 지급받은 대포폰과 타인 명의의 카드로만 소비 생활을 할 수 있었다.

신분증도 위조했다. 위조한 신분증은 금융 거래가 불가능한 노숙자의 명의를 빌렸다고만 들었다. 마치 이 세상에서 MJ라는 존재를 철저하게 숨기기 위해 모든 것이 준비된 것처럼.

최근 친해진 아이스는 그 모든 일이 게임 같다고 재밌어했다. MJ의 불쾌한 초조함을 전혀 이해하지 못할 정도였다. 그때마다 MJ는 욕을 입 밖으로 내뱉었다.

"대체 언제 약속을 지키려는 거야, 씨발."

'도원'이란 사람을 만나게 해 준댔는데. 그를 만나게 해 준다면 뭐든 한다고 말했다가 지금은 마약 유통까지 하게 됐다. 이러다간 몇 년을, 아니, 몇십 년을 세상에서 지워진 존재로 크랙의 욕망을 채우는 일에만 이용당할 것 같았다.

조만간 이 일도 정리하긴 해야 하는데. '도원'의 행방만 알면 뭐라도 정리할 수 있을 텐데. 대체 그 사람은 어디에 있는 건지.

답답한 마음에 신경질적으로 머리를 쓸어 넘긴 MJ는 온천 할머니의 연락에 머릿속이 더 복잡해졌다.

〈이 똥개도 늙어서 건강이 좋지 않아.〉

그 말이 못내 마음에 걸렸다. 딕을 키운 지 십수 년이 되었다. 죽을 때가 되었다고 청승맞게 문가만 쳐다보는 건 아닐까. MJ를 봐도 이젠 꼬리 칠 힘도 없을 텐데.

손톱 끝을 깨물던 MJ는 결국 짐을 싸서 차에 올라탔다. 자신을 감시하는 행동대장에겐 따로 전화를 했다.

"충청도에 볼일이 있어서 잠깐 내려갔다 올게."

〈지금? 자정이 넘었어. 무슨 일인데.〉

"키우던 개가 아파."

그 말을 행동대장은 제대로 알아듣질 못했다. 그는 〈뭐?〉라고 대꾸하더니 결국 자지러지게 웃음을 터뜨렸다.

〈네가 짐승 돌볼 처지냐! 씨발, 잠이 확 깰 정도로 웃기네, 아하하하!〉

저를 비꼰 말에도 MJ는 미간만 꿈틀거릴 뿐, 화를 내지 않았다.

"알았으면 간다. 감시원 붙이지 말고."

〈하, 씨발, 웃긴 놈. 알았어, 주소만 찍어 보내. 네 이동경로랑 위치 정보는 확인해야 하니까. 아, 아프다는 그 개 사진도. 나도 구경해 보자.〉

킬킬 웃는 전화를 그냥 끊었다. 문자 메시지로 〈개새끼 사진 안 보내면 넌 돌아와서 뒤진다〉라는 유치한 협박은 보지도 않았다.

MJ는 기어를 바꿨다. 미션 오일이 다 됐는지, 기어가 뻑뻑하게 움직였다. 신경질적으로 드라이브에 맞추면서 핸들을 돌렸다.

150㎞ 거리를 달려 내려온 온천가옥의 대문 밖까지 딕이 나와 있었다. MJ가 타고 오는 차 소리를 들은 듯했다. 짧은 꼬리를 사정없이 흔들면서도 반듯한 네발 자세로 서서 차에서 내리는 MJ를 바라봤다.

어둠 속에서도 노랗게 빛나는 눈빛은 여전히 강인했다. 한달음에 뛰어와 MJ에게 안기고 싶지만, 그래도 된다는 명령이 없어서 꿋꿋하게 기다리고 있었다. 그러한 딕의 모습에 MJ의 얼굴에는 수개월간 보지 못했던 미소가 걸렸다.

강인하고 늙은 개. 그 늙음마저도 중후함으로 소화하는 멋있는 동반자.

"딕."

MJ가 한쪽 무릎을 바닥에 꿇으면서 두 팔을 벌렸다.

와서 안겨도 좋아.

그 신호를 받자마자 개의 자세가 순식간에 흐트러졌다. 기다렸다는 듯이 뒷발을 박차고 달려 나간 커다란 검은 개가 온몸으로 MJ에게 안겼다. 혀를 내밀고 숨을 가쁘게 내쉬면서 좋아서 꼬리를 흔들고, 그 기쁨을 주체하지 못하는 듯이 사방을 빙글빙글 돌면서

MJ를 온몸으로 맞이했다.

"왜 나와 있었어, 나 오는 줄은 어떻게 알고."

딕의 긴 목을 아주 소중하게 끌어안아 줬다. 짧은 털에 얼굴을 묻었다. 겨울 산 내음이 맡아졌다. 바싹 마른 나뭇가지의 향기였다.

자신의 10대를 지켜 줬던 개는 20대의 MJ에겐 하염없이 작게 느껴졌다. MJ는 지난 세월 동안 더 크고 단단하게 자랐지만, 개는 반대였다. 뼈는 약해지고, 털은 윤기를 잃었다. 등은 굽어서 뱃가죽이 쪼그라들듯이 붙었고, 왼쪽 눈엔 백탁이 생겨 앞을 잘 보지 못했다.

그럼에도 아이처럼 안기는 개는 사랑스러웠다. MJ가 살아온 인생의 대부분을 함께한 동반자는 아직도 밝고 명랑했다.

"할머니는?"

마치 MJ의 말을 알아 들은 것처럼 딕은 뒷발로 선 채 앞발로 바닥을 내려찍는 행위를 해 보였다. 짖지 않고 바닥을 구르는 행동을 MJ는 바로 이해했다.

"자는구나."

할머니가 깨지 않도록 스스로 짖지 않는 법을 터득한 딕이었다. 날렵한 삼각형의 머리통을 커다란 두 손으로 쓸어 만져 주자 딕은 꼬리를 계속해서 흔들었다. 그러다 꼬리를 흔드는 제힘에 버티지 못하고 휘청, 넘어지기도 했다. 유약해진 그 모습에서 할머니가 전화로 〈건강이 염려된다.〉고 말한 이유를 알 수 있었다.

"들어가자. 닭백숙 해 줄게."

먼저 후다닥 들어가는 제 늙은 개를 보면서 MJ는 마음껏 미소 지었다. 얼굴을 온통 침으로 범벅해 놓은 딕의 등허리를 손바닥으로 찰싹 때리면서 "방정 떨지 말고."라고 주의를 줘도 여전히 꼬리에 온몸이 끌려 다녔다.

할머니가 주무시는 침실 건물이 아닌, 게스트하우스로 쓰는 독채의 주방 불을 켰다. 차에 싣고 온 생닭 봉지를 싱크대에 내려놓자, 다 해진 소파에 딕이 올라가 앉는다. 딕은 낡은 옷 위에 몸을 기댔다. 색 바랜 그 옷은 MJ의 눈에도 익숙했다.

이곳에 처음 와서 머물렀을 때 입었던 티셔츠다. 작아져서 걸레로나 쓰라고 문밖에 뒀던 걸로 기억하는데. 딕이 그 옷을 물어다가 자기가 잘 앉는 소파에 깔아 두고 매일 냄새를 맡았나 보다. MJ는 닭의 핏물을 빼는 동안 그런 딕에게 다가가 머리를 쓰다듬었다.

"내일 방석 사러 가자. 너 다리에도 엉덩이에도 살이 너무 없어. 엄청 푹신한 거 사 줘야겠다."

딕은 그 말에 셔츠를 입에 물고 놓지 않았다. 다른 방석 따위 필요 없으니 이 옷을 제게서 뺏어 가지 말라는 것 같았다.

사람 말은 못 알아들을 텐데.

그래도 같이 지내온 세월 동안 너무 꼭 붙어 지내서인지, 서로 말하지 않아도 무슨 생각인지를 알 수 있었다. MJ는 딕의 눈빛만 봐도 그의 감정이 읽혔다. 딕은 MJ의 표정만 봐도 무엇이 필요한지를 알았다. MJ가 보는 딕은 세상에서 가장 평온해 보였다. 딕이 보는 MJ 역시 가장 아늑하고 행복한 상태였다.

MJ는 하도 불을 많이 쥐고 있어서 바싹 말라붙은 손바닥으로 몇 번이나 딕의 머리를 쓰다듬었다. MJ의 정성 어린 손길이 기분 좋은지 딕은 연신 표정이 밝았다.

아예 손길을 즐기려고 자세를 잡았다. 등뼈가 만져질 만큼 마른 몸을 동그랗게 만 채 앞다리를 접고, 머리를 얹었다. 눈을 감고 그 손길을 즐기는 딕을 MJ는 몇 번이나 반복해서 불렀다.

"딕."

딕은 눈을 뜨지 않은 채 귀를 쫑긋하거나 꼬리를 살랑살랑 흔들면서 대답했다. 그러다 움직임이 잦아들면 MJ는 다시 불렀다.

"딕."

확인하듯이 부르는 그 이름에 딕은 '왜 그래.'라는 듯이 계속해서 귀와 꼬리를 움직였다. 늙은 몸으로 뛰어나와서 온몸으로 MJ를 반기느라 힘이 부쳤을 만했다. MJ는 조금 더 다정하게 머리를 쓰다듬어 주고 자리에서 일어났다.

"쉬고 있어. 닭 삶아 줄게."

핏물을 뺀 닭을 압력밥솥에 넣어서 삶았다. 사람이 먹을 음식은 아니기에 간은 하지 않았다. 닭을 고아 내는 동안 딕은 평온한 표정으로 눈을 감고 있었다. 그 모습을 보자, 어렸던 자신이 딕을 제대로 챙겨 주지 못했던 미안함이 자꾸만 떠올랐다.

제 한 몸 건사하기도 벅차서 딕이 음식물 쓰레기통을 뒤지고 다니는 것도 말리지 못했다. 꽝꽝 언 산속의 길에 미끄러질까 봐 조심스럽게 걷는 데에 신경을 써서, 먼저 앞장서서 달리던 딕이 갑자기 튀어나온 멧돼지와 대치하다가 크게 다친 것도 제대로 치료해 주지 못하고 흉터가 남았다. 크랙이 저를 가두고 다큐멘터리 영상만 보여 주는 동안에 딕은 마지막으로 MJ가 사라졌던 주변을 몇 달이고 떠나지 않은 채, 깡마른 몸으로 흙을 파서 산새와 들짐승의 먹이나 변으로 간신히 연명하며 버텼다. MJ가 크랙의 일을 하기 위해 도시로 떠난 후에도 아무 불만 없이 온천 할머니네 머물며 그녀를 지키고 MJ를 기다렸다.

딕은 언제나 자신의 뒤를 보여 주는 개였다. MJ가 앞서 나갔다가 다치지 않도록, 자신이 한 번 더 다치는 것을 기꺼워하던 동반자였다. 어린 MJ가 아닌, 청년 MJ를 만났다면 그렇게 고생시키지 않았을 텐데. 너무 어리고 분별없는 자신을 부모처럼 돌봐 준 딕에게 늦었지만 이제라도 같이 도시에 가서 함께 살까, 라고 물어보고 싶었다.

"딕, 네가 좋아하는 닭이야."

삶은 닭을 찬물에 식히고, 손이 뜨거워도 하나하나 살을 찢어 접시에 담아 가져왔다. 이 닭 비린내를 맡으면 딕은 언제나 코를 벌름거리며 혀를 내밀고 헥헥거렸다. 하지만 오늘은 많이 피곤했나 보다. 눈을 감은 채 반응하지 않았다.

MJ는 소파 곁으로 다가와 앉았다. 팔걸이에 고개를 얹은 MJ는 딕의 머리에 가만히 제 얼굴을 기댔다.

"딕."

조용한 울림에도 딕은 반응하지 않았다. MJ는 손에 들고 온 접시를 바닥에 내려놨다. 찬물에 닭을 씻은 맨손은 빨갛게 얼어 있었다. 그 언 손으로 딕의 머리를 가만히 쓰다듬어 주었다. 귀를 쫑긋하고 꼬리를 살랑살랑 흔들던 모습은 보이지 않았다. 딕은 고요했다.

숨소리조차 들리지 않는, 깊은 겨울밤 같은 반응이다.

"사랑해."

사람 말을 알아 듣는 것처럼 반응하던 딕은 귀머거리처럼 아무 반응도 보이지 않았다. 세상에서 가장 어설픈 고백에도 딕은 헥헥거리지도, 의아한 얼굴을 갸웃거리며 쳐다보지도 않았다. MJ는 이 말이 어색해서 지금까지 아껴온 것을 몹시 후회했다.

살아 있을 때 더 많이 해 줄걸. 왜 아낀 걸까. 아껴야 할 말이 아니었는데.

MJ는 울지도 못하는 얼굴로 한참이나 딕의 머리를 쓸어 만졌다. 평온한 표정으로 눈을 감고 있는 딕의 몸에 얼굴을 묻었다.

울음은 나오지 않았다. 우는 법을 배운 적이 없어서. 이별을 가르쳐 준 사람이 없어서. MJ는 그저 빨갛게 언 손으로 딕의 굳어 가는 앞발만 꼭 잡아 줬다. 몸이 살짝 떨렸다. 오늘따라 추위가 심한 것 같았다.

날씨도 무심하지. 따뜻할 때 보내 주지, 이렇게 마른 발로 천국까지 먼 길을 어떻게 달려가라고. 꽃잎이 휘날릴 때, 예쁜 꽃가마 태워서 보내 줘도 모자란데.

딕, 앞으로 너 보고 싶으면 어떡하지. 어디로 찾아가야 널 만날 수 있을까. 나는 천국 못 갈 텐데. 내가 열지도 못하는 천국의 문 앞에서 또 얌전히 기다리면서 귀를 쫑긋하고 있으면 안 되는데.

"사랑해."

빈곤한 새벽 앞에서 MJ는 끊임없이 속삭여 줬다.

"사랑해, 딕."

차갑게 식어 가는 딕에게 모든 것이 침묵인 순간이 오더라도 그 마지막의 마지막까지 MJ의 따뜻한 사랑 고백만이 딕을 감싸 주길 바랐다.

"사랑해. 앞으로도 사랑할게, 딕."

신을 믿지 않는 MJ는 처음 맞이하는 이별을 최선을 다해 견뎌 내고 있었다.

MJ에게 '미친놈'이란 수식어가 붙기 시작한 것은 그로부터 한 달 뒤쯤이었다.

"아, 아니, 씨발! 우리가 몰래 빼돌리려고 한 게 아니라!"

대마는 찾는 사람이 많은 만큼, 제조업자들도 뒤로 몇 그램씩은 빼돌려서 개인 소득에 이용하는 것이 비공식적인 관례였다. 그 관례를 MJ는 용납하지 않았다. 단 1g이라도 숨긴 것을 들키면 MJ는 손에 붙잡히는 모든 것을 부서트렸다.

와장창!

4단 선반을 한 손으로 쥐고 넘어트리자, 그 안에 정렬되어 있던 도자기들이 와르르 바닥으로 쏟아지며 굉음에 가까운 파열음이 울렸다.

"아악!"

사방에서 터져 나가는 도자기 소리에 놀란 남자가 주저앉았다. 하지만 MJ의 한 손에 멱살이 잡혀 허공까지 끌어올려졌다. 성인 장정을 거침없이 다루는 MJ의 괴력은 상상을 초월했다.

지금까지 크랙의 명령으로만 움직이는, 폭력성과 거리가 먼 사람이란 평가가 많았다. 그 평가가 완전히 뒤집혔다. 차갑고 말없는 남자로만 알려져 있던 MJ는 이전과 완전히 달라져 있었다.

새빨간 핏줄이 터질 정도로 두 눈을 부릅뜬 MJ는 히죽 웃고 있었다. 웃음이 메말라서 어둠 속으로 짐승처럼 숨어들기만 하던 이전과 정반대였다.

그는 이유 없이 웃었다. 어둡고 추우면 가감 없이 라이터의 불을 켰다. 개의 높은 체온에 익숙해져 있는 그에게 밤은 지나치게 추웠고, 그 추위를 이겨 낼 체온이 필요하면 사창가에서 직업여성을 부르기도 했다.

더 이상 지켜야 할 소중한 것이 없기에 스스로를 아낄 필요도 없었다. 자신을 왜 아껴야 할까. 아낀다고 기뻐할 존재도 곁에 없는데. 그나마 마약에 빠지지 않으려는 것도 순전히 온천 할머니 때문이었다. 자주는 아니라도 가끔 한 번씩 찾아뵐 때마다 MJ가 어디 다치진 않았는지, 밥은 잘 먹고 다니는지를 꼼꼼하게 확인하는 그분에게 마약 중독자가 되는 한심한 모습은 보이고 싶지 않아서였다.

그러나 온천 할머니를 만나지 않을 땐 굳이 자신을 신경 써 줄 사람이 없기에 마음 편히 파괴적으로 굴어도 되었다.

어둠이 싫으면 불을 지르면 되지. 체온이 필요하면 여자를 안으면 돼. 말 안 듣는 것은 겁을 주고 패면 그만이야.

세상은 단순한 법칙으로 돌아간다. 고통을 잊기 위한 대체품이 존재하면 된다. 빌어먹을 마약중독자들이 마리화나에 손을 벌벌 떠는 것과 같다. MJ에겐 그 마약을 대신할 불과 체온으로 어둠과 추위를 몰아내면 그만이었다.

"아악, 제, 제발, 미안해, 다신 안 그럴게, 정말이야, 정말로 다신 빼돌리지 않을게!"

모든 것이 꽁꽁 얼어붙은 세상에서 MJ가 느낄 수 있는 생이란 그렇게 절규하며 고통스러워하고, 삶을 구걸하는 사람들의 모습이 전부였다.

펄떡거리며 살아 숨 쉬는 그 뜨거운 욕망이야말로, 어둠을 몰아내던 불을 닮아 있었다. 바람에 위태롭게 흔들리는 작은 불씨도 말라붙은 나뭇가지를 붙잡으면 금세 몸집을 키워 가는 것과 같은 이치다. 평범하게 숨 쉬는 인간들이 오줌을 지리면서 울며불며 애원하며 절박해질 때마다 웃음이 터졌다.

그래, 이게 사는 거지. 매번 열심히 사는 사람들을 보니까 더 노력하고 싶어지잖아.

"왜, 그거 갖다 팔면 돈이 좀 돼?"

MJ는 움켜쥔 멱살을 비틀어 돌렸다. 허공에 매달려 있던 남자가 벽에 등을 쾅, 하고 부딪혔다.

"흐어, 어!"

짧게 비명을 지르는 몸뚱어리를 벽에 기댄 채 더 높게 끌어올렸다. 그 압박에 기도가 좁아들수록 남자의 얼굴은 하얗게 질려 갔다. 비명 대신 컥컥거리는 꽉 막힌 기침만 터졌다. 부들부들 떨리는 몸을 바라보면서 MJ는 다시금 속삭였다.

"그렇게 돈 모아서 뭐에 쓸 거야? 뭐 할 건지 궁금해서 그래. 말해 봐. 의미 있는 짓이면 나도 따라해 보게. 난 이 돈들 모아서 어따 써야 할지 모르겠거든."

MJ는 순수하게 궁금했다. 이렇게 펄떡이며 살아 있는 존재들이 악착같이 돈을 모아서 무엇을 목표로 사는지 궁금했다. 아무 목적도, 의미도 없이 하루하루를 살아가는 MJ에게 더 이상 길라잡이는 없었다.

먼저 앞서 달려간 딕이 돌아봐 주면서 '이곳은 안전해'라고 말해 주지 않으니, MJ는 얼었다 녹길 반복한 그림자 속 얼음 위만 위태롭게 걷는 기분이었다. 그러니 대부분의 인간들이 인생의 길라잡이로 삼고 있는 것을 따라 배우고 싶었다. 그게 있다면 양지 바른 곳으로 나가서 따뜻한 흙을 밟으며 봄 햇살을 맞이할 수 있을까.

"말해 보라고, 이 개새끼야!"

그러나, MJ의 말을 순수한 궁금증으로 듣는 사람은 단 한 명도 없었다. 어린 시절 제대로 된 대화법을 터득하지 못한 MJ의 대화 방식은 지나치게 유아적이었다. 그 덩치에, 그 분위기에 맞지 않는 유아적인 행동은 MJ를 오히려 더 미친놈처럼 보이게 만들었다. 제정신이 아닌 것 같은 그에게 맞설 사람은 없었다. 같은 성인 장정이라도 MJ의 위압감을 견뎌 낼 이가 없었기에 모든 이들이 공포에 질려 울음을 터뜨렸다.

"미안해, 진짜 미안해, 노름 때문에 빚이 많아서 그랬어. 다른 이유 없었어, 빚 3억만 갚으면 진짜 손 떼려고 했는데, 흐엉, 미안해, 미안해, MJ."

"뭐, 빚? 노름?"

"살려 줘, 흐어어어, 살려 줘, MJ."

아니 왜 다들 이 지랄이지. 빚, 노름, 여자, 허세, 그냥 중독이라서. 여러 의미에선 MJ나 그들이나 삶의 목표가 없긴 마찬가지였다. 다른 점이라곤 그들은 현재의 쾌락에 충실했고, MJ는 그 쾌락을 찾지 못하는 것뿐.

목을 움켜쥔 손을 놓았다. 깨진 도자기 위로 철푸덕, 떨어진 남자는 손바닥과 다리에 박힌 깨진 조각들에 고통스러운 비명과 신음을 흘렸다. 조각이 박혀서 덜덜 떠는 남자의 손을 워커발로 짓이기자 환부가 벌어지며 비명 소리가 커졌다. MJ는 꿈틀거리는 그

몸 위로 으르렁거리듯이 말했다.

"크랙에겐 보고할 거다. 알아서 처신해. 죽어서 산에 묻히든, 잘 도망치든."

"MJ! 마, 말하지 말아 줘! 내가 다음 분기까지 두 배로 물량 챙겨 둘게!"

"변명은 크랙한테나 해."

"MJ!"

살려 달라고 외치는 남자를 무시하고 나왔다. 사정하고 비는 것도 패턴이 비슷했다.

빚을 많이 져서. 처자식 먹여 살리느라. 잠깐 뭐에 홀린 것 같이 빠져서.

무엇 하나 자신의 잘못으로 죄책감을 갖는 사람이 없었다. 나쁜 짓을 할 수밖에 없는 상황이었노라고 동정심을 유발했고, 그들을 동정하지 않는 MJ를 냉혈한으로 만들었다. 잘못은 다른 사람이 졌는데, 그 잘못을 심판한 자신이 악마이자 미친놈으로 불리는 아이러니함에도 면역이 생겼다.

"신경 쓸 게 왜 이렇게 많은 거야. 짜증나게."

차에 올라탄 MJ는 시동을 걸었다. 크랙의 행동대장에게 사건을 보고하려다 잠시 멈추었다. 그러고 보니 행동대장도 탐욕을 부려서 몰래 처리되었다고 들었는데. 새로운 대리자가 생겼다는 말이 떠올랐다. 크랙 단일 체제로 운영되던 조직에 '아버지'라는 상부 체계가 하나 더 들어오면서 대리자가 그 중간 관리직을 한다는 얘기였다.

규모가 커지니 구조도 복잡해진다며, MJ는 요즘 밤마다 읽고 있는 경제 서적, 사회 서적, 역사 서적 속 다양한 지식들을 통해 현 상황들을 해석해 갔다. 정규 교육은 받지 않았지만, 기본적으로 머리가 좋은 편이어서 선생 없는 독학에 아직까진 무리가 없었다. 검정고시라든가, 자격증 시험처럼 정답을 외우고 문제를 푸는 것은 아직 익숙하지 않아서 못하지만.

"……흠."

보고는 새로운 곳에 올려야겠지. 크랙보다 대리자가 그쪽 담당이기도 하고.

〈마약 빼돌리던 사람 하나 더 추가.〉

'대리자'라고 저장되어 있는 번호로 지금 상황을 간략하게 정리해서 사진과 함께 문자 메시지를 보낸 직후였다.

따르릉.

문자 메시지 송신이 완료된 화면으로 누군가의 전화가 걸려왔다. 액정 화면에 떠오른 이름은 '아이스' 석 자였다. MJ는 핸들에 연결된 블루투스 버튼을 눌러 전화를 받았다.

"왜."

성의 없는 대답에 안 그래도 말 많은 남자가 구시렁거린다.

〈넌 맨날 그렇게 싸가지 없게 전화를 받냐. 한 번이라도 '으응? 무슨 일이야?'라든가, '이야, 오랜만이다'라든가, '반갑네, 갑자기 전화를 다 주고'라는 대답을 하면 안 되겠냐.〉

쓸데없는 소릴 하는 전화를 그냥 끊었다. 그러자 바로 다시 전화가 걸려왔다. MJ는 한숨을 내쉬고 다시 통화 버튼을 눌렀다.

"왜."

〈그래, 전화라도 받아 준 게 어디냐.〉

"쓸데없는 소리 할 거면 끊어."

〈너 어디야, 운전 중이야?〉

"끊는다."

〈아, 잠깐만! 좋은 소식 알려 주려고 그래!〉

좋은 소식은 얼어 죽을. 안 그래도 컨디션이 저조한 MJ는 조금 전 마약 공장에서 풀지 못한 짜증을 아이스에게 터뜨리듯이 사납게 말했다.

"너, 또 크랙이랑 아버지한테 벗어나겠다고 애들 모으고 있지, 그게 좋은 소식이냐? 쓸데없는 짓 하지 마."

아이스는 10대 때 가출한 이후 돈 때문에 크랙 쪽에 붙어 있었다. 20대 중반이 될 때까지 이런 일을 할 줄 몰랐기에 자신의 인생이 이대로 매립될까 봐 초조해했고, 언제든 기회가 생기면 이 조직에서 벗어나려고 노력하고 있었다.

애가 겁이 많아서 그렇지, 나쁜 사람은 아니라고 판단한 MJ와 친해지기도 했다. 덕분에 MJ를 편하게 대하는 아이스가 마음껏 자신의 억울함을 표출했다.

〈그거 쓸데없는 짓 아니거든. 나중에 네가 애들 만나 봐. 애들이 네가 통솔하는 거면 믿고 따르겠대.〉

"귀찮은 거 시키지 마."

〈너만큼 우리 나이 대 운반조에서 믿고 맡길 사람이 누가 있겠냐.〉

아이스는 전쟁에 나가는 군사처럼 힘차게 외쳤다.

〈리더! MJ 리더!〉

물론, MJ는 귓등으로도 듣지 않았다.

"리더가 필요하면 다른 사람을 뽑아."

〈안 된다니까. 너 아니면 애들 안 모여.〉

"싫다고."

그는 〈아이씨〉하고 신경질을 부리더니 한발 물러난 투로 말했다.

〈그럼 바지사장으로라도 있어. 네 이름으로 애들 모았는데 너 빠지면 다들 흩어진단 말이야.〉

그 정도로 요청하는데 매정하게 싫어, 됐어, 꺼져, 라고 대답하기도 힘들었다. 안 그래도 필로폰과 대마초 거래처가 겹쳐서 한 달에 네댓 번은 꾸준하게 보는 아이스다. 그런 아이스랑 이런 사소한 일로 껄끄러워 지거나 자칫 틀어지기라도 하면 MJ는 이 조직에서 완전히 고립되고 만다.

굳이 스스로 고립되는 걸 자처할 필요는 없겠다 싶었다. 바지사장인지 뭔지, 문제가 생기면 아이스한테 뒤집어씌울 수 있는 구조라면야.

"난 아무것도 책임 안 져."

승낙하는 대답에 아이스가 기분 좋게 외쳤다.

〈넌 뒤에 있어도 돼, 내가 그렇게 해 줄게.〉

"애들이랑 자리 마련해 봐. 네가 무슨 꿍꿍이짓을 벌이는 건지 들어봐야겠어."

〈당연하지, 고맙다, 친구야!〉

친구. 그 낯선 단어에 MJ는 다시금 무표정해졌다.

어두운 밤의 산간도로였기에 주변에 다니는 차는 거의 없다. 간간히 맞은편 차선에서 노란 전조등을 뿌리고 스쳐 가는 차만 한두 대 있을 뿐, 가로등도 없는 새카만 밤에 들리는 것은 산속에서 울어대는 이름 모를 짐승들 소리뿐이었다. 하늘은 수많은 별들로 빛나고 있는데 바닥은 이렇게 깊게 침잠할 수가 있다는 사실을 새삼 깨닫게 되었다.

MJ는 친구라는 낯선 단어가 불러오는 상념을 밀어냈다. 그에게 중요한 것은 지금 자신의 일이었다.

"그래서 좋은 소식이 뭔데?"

〈네가 찾는 사람 행방 알게 됐어.〉

찾는 사람? 또 마리화나 들고 튄 새끼가 있나.

고개를 갸웃하는 MJ를 위해 아이스가 설명을 덧붙였다.

〈도원이라는 사람.〉

끼이익.

비어 있는 2차선 도로에서 MJ는 차를 멈춰 세웠다. 핸들을 양손으로 꽉 쥔 채 눈만 크게 부릅떴다.

「트라우마가 생긴 어린아이가 커서도 고통받는 일은 생각보다 흔하게 일어납니다. 트라우마는 범죄자가 아닌 평범한 사람들도 모두 겪어요.」

잊고 있었다.

왜 바다을 비추는 빛만 생각했을까. 왜 먼 도로는 알지 못할 이 좁은 전조등 불빛에 불안해할까. 머리 위에서 쏟아지는 별이 하늘을 밝히는 것처럼, MJ에게도 저 높은 하늘을 밝혀 줄 빛이 있었는데.

머리 위로 유성이 쏟아졌다. 어둠을 가르고 더 어두운 땅 위로 떨어지는 그 빛의 꼬리를 한참이나 바라봤다. 빛이 머리 위를 밝혀 주고 있었다. 춥고 어두운 바다이 아닌, 딕이 가 있을 따뜻하고 온

화한 하늘을 말이다.

"지금 갈게."

MJ의 발언에 아이스가 더 놀랐다.

〈지금 나 있는 데로 온다고?〉

"어."

〈어어? 정말로, 지금?〉

"선생님 자료나 준비해."

놀란 아이스가 얼떨결에 〈어, 으응, 응, 알았어.〉라고 대답하는 전화를 끊었다. MJ는 액셀을 다시 힘 있게 밟았다. 속도계가 순식간에 시속 140㎞를 넘어갔다. 작은 돌부리만 밟아도 덜컹거리는 차를 붙잡고 산길을 가로질렀다.

그는 유성우가 사라지는 방향으로, 그 유성우의 흔적을 붙잡으려는 듯이 절박하고 빠르게 산길을 헤쳐나갔다.

"이름 도원. 미국 국적. 결혼하고 슬하에 딸이 하나 있음. 부인은 한국과 미국 이중국적인데, 한국에서 일을 하려고 가족 다 같이 들어와 있대. 그 선생님은 현재 경찰청 심리 프로파일러로 활동 중이고."

아이스가 보여 준 화면 속 도원에게서 MJ는 눈을 뗄 수 없었다. 경찰청 지하주차장에서 퇴근하는 모습을 누군가 몰래 촬영한 화면이었다.

녹화된 시간은 오후 11시. 늦은 시간까지 일을 하고 나가는지, 도원은 조금 피곤해 보이는 표정이었다. 그는 시동을 켠 채 자리에 가만히 앉아 있었다. 의자 목받이에 머리를 기댄 채 멍하니 창밖을 바라보는 그는 티비 속과 달랐다.

하얀 얼굴엔 생기가 없었다. 고된 하루의 지친 기색으로만 보기 어려울 만큼 무료하고 지쳐 보였다. 다큐멘터리 속에서 별을 품은 눈으로, 작은 눈송이가 녹아내리던 복숭아빛 뺨으로, 열정을 담아 말하던 모습은 오간 데 없었다. 그때와 똑같은 얼굴이지만 세월이 할퀴고 간 어른스러움이, 아니, 어른스러움이 아닌 삶의 열기를 잃은 버석한 겨울나무 같은 얼굴만이 남아 있었다.

휴대전화를 꺼내서 만지작거리지만 이내 아무것도 하지 않고 도어포켓에 넣었다. 그러곤 기어를 바꾸어 차를 출발시켰다. 차가 있던 주차장엔 출차 알림등만 빨갛게 빙글빙글 돌고 있었다.

"크랙이 그 사람에 대한 정보를 안 주고 있다고 했지? 그럴 만해. 경찰청과 관련된 사람이야. 네가 접근했다가 잘못하면 크랙 사업 전체에 지장을 줄 수 있잖아."

MJ는 아이스의 손에 들려 있던 기기를 받았다. 몇 초 되지 않는 짧은 영상을 다시 봤다. 어둡고 화질이 나빴지만, 자동차 전조등에 빛이 들어올 때 번호판을 확인할 수 있었다. 차량 소유주 정보를 역추적하면 그의 거주지도 알 수 있을 터다.

바로 외투를 챙겨서 일어나는 MJ를 아이스가 말렸다.

"안 돼. 지금은 움직이지 마."

아이스를 향해 MJ는 사정없이 이를 내밀어 으르렁거렸다.

"비켜."

친구 운운하던 때엔 볼 수 없던 한기였다. 아이스는 물러나지 않았다.

"그 사람 찾아갈 타이밍 아냐. 그러라고 보여 준 것도 아니고!"

"비키라고."

"너 움직이는 거 크랙 쪽 사람들이 다 감시하고 있어! 무작정 찾아가면 그 사람도 함께 위험해져. 그걸 바라는 건 아닐 거 아냐!"

그 말에 MJ는 움켜쥔 주먹에서 힘을 풀었다. 지금이라도 당장 도원을 찾아가 울고 싶은 심정이었다.

당신은 날 모르겠지만, 난 당신의 말을 붙잡고 살아왔어. 지금까지 어떻게든 버텨 왔는데, 아무리 걸어도 내 어둠은 걷히질 않아. 내 밤은 너무 길어. 걸어가는 길은 갈수록 좁아져서 한 발짝만 잘못 내디디면 낭떠러지로 떨어질지도 몰라. 그래서 이렇게 찾아왔어. 당신을 보고 싶었어. 당신을 정말 만나고 싶었어.

그렇게 속에 쌓인 말을 내뱉고 싶은데도 사방에선 제 목과 사지에 밧줄을 채운 채 놔주지 않는다. 이러려고 사는 게 아닌데, 이 노예 같은 삶에서 벗어날 방법을 찾을 수가 없었다. MJ의 굳어 가는 얼굴을 조심스럽게 지켜보던 아이스가 입을 열었다.

"크랙 쪽에 반발하는 사람들이 꽤 많이 모였어. 하지만 그 숫자만 믿고 어설프게 움직일 수는 없잖아. 너도 알지? '아버지'가 본격적으로 움직이기 시작한 거."

MJ는 아무 반응도 보이지 않았다. 사냥감을 노려보는 시선으로 아이스를 응시하기만 했다. 아이스는 마른침을 꿀꺽 삼켰다. 여기서 '도원을 만나면 안 된다'는 설득에 실패하면 MJ는 가차없이 아이스에게서 등을 돌릴 듯싶었다.

"아버지는……."

아이스는 조심스럽게 말했다.

"지금까지 한 번도 반응 없던 최종 결정권자야. 크랙 뒤쪽에 숨어 있다가 갑자기 대리자를 앞세워서 움직이고 있어. 우리도 대비해야 해. 크랙만이 아니라 아버지, 라는 존재까지 생각해야 한단 말이야."

크랙 하나 상대하기도 벅찬데 아버지라는 미지의 인물까지 염두에 둬야 하다니.

MJ는 깊게 숨을 마시면서 머릿속을 정리하고 물었다.

"아버지가 누군진 네 정보통으로도 모르지?"

아이스는 어깨를 으쓱였다.

"전혀 모르겠어. 크랙, 대리자, 두 사람하고만 소통해서 다른 방법으로 알아볼 수가 없어."

"크랙을 직접 떠보긴 했어?"

"해 봤지. 나 크랙이랑 친하잖아."

"걘 뭐래."

"깊게 들어와서 좋을 거 없대. 시키는 것만 잘하면 동남아에 별장 하나 사 주겠다, 뭐 그런 식이지."

"크랙도 네가 돈 모으는 목표를 아나 보다?"

"아, 뭐, 얘기하다 보니까 나도 말했는데, 별로 중요한 건 아니잖아."

중요하지. 크랙과 그 정도로 솔직하게 미래 얘기를 하는 사이라는 뜻인데.

MJ는 아이스를 믿어야 하는지, 혹시 크랙과 아이스가 파 놓은 함정은 아닌지를 고민했다. 같은 나이에 비슷한 일을 하느라 친해진 사이였다. 우정이랄 것도 믿음이나 신뢰랄 것도 쌓을 필요 없는 관계다. 그럼에도 아이스와 내밀한 관계가 유지되는 것은 아이스가 유독 외로움을 많이 타기 때문이었다.

곁에 아무도 없는 것에 익숙해진 MJ와 달리, 아이스는 이 생활이 지속되는 것에 힘들어 했고, 그 힘든 것을 표현할 수 있는 유일한 상대인 MJ에게 먼저 다가왔다. 그 외로움은 거짓이 아니었다. 적어도, MJ는 아이스가 겉으로 웃으면서 가벼운 태도를 보인다곤 하지만, 자신이 의지할 만한 사람만큼은 직접 결정하고 배신하지 않는 성격인 것을 알았다.

지금은 같이 다녀도 위험하지 않다. 더 지내 보다가 믿을 수 없다면, 그때 밀어내면 그만이지 않을까.

"아버지 정보를 못 찾으면 대리자 정보부터 알아봐 줘."

"그건 이미 알아봤지."

일처리 하나는 빠릿빠릿해서 맘에 들기도 하고.

MJ는 아이스가 들려주는 이야기에 귀를 기울였다.

"전직 군인 출신 여자야. 마약 때문에 군사법 위반한 사항까지 확인했고, 지금은 탈영병으로 처리되어 있어. 마약 관련 사업으로 아버지랑 어떻게 접촉했는지는 미지수야."

탈영병이라. 그것도 여자. 한국 군법상 여성 군인은 전부 부사관이나 장교일 텐데. 직업군인 신분까지 버리고 마약 사업을 할 정도라면 단순 중독자는 아닐 것 같고. 아무래도 군에서 사연이 있을 것 같은데 그 사연을 파고들면 '아버지'에 대해서도 단서를 잡을 수 있지 않을까.

"그 사람 관련해서 더 알아봐 줘. 대리자, 그 여자 아는 사람 나

오면 나한테도 말해 주고."

알겠노라 고개를 끄덕이는 아이스를 지나쳐 걸었다.

"어디 가 있게?"

아이스의 물음에 MJ는 성의 없이 대답했다.

"영상 보러."

'영상?'이라고 되묻지 않은 이유는 MJ가 말하는 게 무슨 뜻인지를 아이스가 정확히 알기 때문이다.

"쯧, 그래, 그 선생님 만나는 건 괜찮은 때 잡히면 내가 먼저 얘기해 줄게. 그 전까진 좀만 참아."

MJ는 서울 도심을 벗어나 남쪽으로 차를 몰았다. 경기도와 밀접한 서울이지만, 높은 빌딩과 LED 간판이 번쩍거리는 시내와는 다른 풍경이었다. 굽이진 산기슭을 따라 키 작고 허름한 빌라들이 줄지어 선 동네였다.

좁은 골목마다 CCTV 대신 [경찰이 상시 순찰하는 지역입니다.]라는 푯말이 붙어 있었다. 가로등조차 제대로 들어서지 않은 골목에 순찰차가 지나다니는 소리는 들리지 않았다. 우발 범죄 지역으로 분류된 작은 동네 어딘가에서 개 짖는 소리가 들렸다. 한 마리가 짖자 따라 짖는 두세 마리의 개들은 곧 MJ의 발소리를 알아본 듯 그 우렁찬 외침이 잦아들었다.

그 골목가의 좁은 반지하에 들어온 MJ는 이불 위에 몸을 던졌다. 복잡한 머릿속을 정리할 수가 없었다.

"흐으."

갑갑함은 분노로 승화됐다. 그 분노를 못 이기고 주먹을 움켜쥐었다. 쌓아 놓은 이불과 베개를 퍽퍽 때렸다. 그 거친 주먹질을 하며 뜨거운 신음을 뱉었다.

"흐으, 하."

MJ는 온몸이 용광로가 된 기분이었다. 아무리 물건을 두드려 패도 뜨거워진 머릿속은 계속 끓어 넘쳤다. 쏟아지는 고통을 참을 수가 없어서 휴대전화를 꺼냈다. 덜덜 떨리는 손 밖으로 휴대전화가 떨어져서 액정이 깨졌지만, 신경 쓰지 않았다.

매일 MJ만이 유일하게 조회 수를 올려 주는 오래된 다큐멘터리를 재생시켰다. 내레이션을 모두 건너뛰었다. 이젠 몇 분 몇 초로 건너뛰어야 하는지를 모두 외운 상태였다. 이번에도 익숙하게 어린 도원의 인터뷰 장면을 찾아냈다.

「우리는 모두 상징계 속에서 살아갑니다.」

MJ는 휴대전화를 베개 위에 올려놓았다. 그 위에 엎드리고는 한 손을 바지 속으로 집어넣었다. 두툼하게 부풀어 오른 속옷 위를 문질렀다. 조그마한 화면에서 파랗게 빛나고 있는 생기 가득한 도원을 눈 하나 깜빡이지 않고 바라봤다.

「인간에게는 사람들과 부대껴 사는 삶이 상징계가 되죠. 그것이 현실 그 자체인가 물으면 아니라고 대답할 수밖에 없습니다. 인간을 규정하는 것은 또 다른 인간이 아닙니다.」

바지와 속옷을 함께 허벅지까지 내렸다. 곤두선 기둥을 손으로 붙잡고 위아래로 훑었다. 힘줄이 불거져 나온 성기를 손바닥으로 주무르고 위아래로 빠르게 흔들면서 화면에 고개를 숙였다. 살짝 웃고 있는 그 얼굴을 멍하니 바라보면서 수음했다.

"흐으, 으, 흐으."

앓는 신음이 덮은 작은 화면 위에 김이 서렸다. 도원의 인터뷰 장면이 지나가면 영상을 돌려 다른 도원을 찾았다.

연구소에 있는 도원.

동료들과 함께하는 도원.

볕이 잘 드는 곳에 누워 있는 도원.

도원, 도원, 도원, 도원.

"하아, 하, 하아."

아이스가 보여 준 영상 속 도원은 이 영상과 달랐다. 그는 웃지도 않았고, 생기를 가득 머금은 과실 같은 모습도 아니었다. 한 입 깨물면 달콤함이 주르륵 쏟아질 것 같은 이 도원과 바싹 말라서 벌레가 파먹을 구멍조차 나지 않은 그 도원의 모습이 겹쳐져 어른거렸다.

"흐으, 흐……!"

영상을 보며 성기를 주무르는 게 정상은 아니라는 걸 알았다. 알면서도 이 이상한 행위를 고칠 수가 없었다. 대체할 것이 없었다. 도원이라는 존재를 대체할 사람이 이 세상엔 없었다.

"하으, 으, 흑!"

수음이 더 깊고 강렬해질수록, 눈 한 번 깜빡이지 않고 영상을 바라보는 눈이 새빨갛게 물들었다. MJ는 입술을 악문 채 온몸에 쌓인 분노에 그르렁거렸다. 무언가를 부수거나 불태우는 것은 한계가 있었다. 이런 식으로 자주, 간편하게 해소하지 않으면 제정신을 유지하기 힘들 정도였다.

「인간화되지 않은 인간. 인간 속에 속하지 않은 인간. 그것은 상징계에 속한 우리가 보기에 기이하고, 두렵고, 이해가 안 되고, 무섭고, 그래서 더욱 위대하고 아름다워 보이기도 해요. '실재'에 다가간 인간일수록 그의 '상징계'는 더 많은 균열이 생겨서 군데군데가 비정상적인 세상으로 보일 테니까요.」

만나면. 만나면 무슨 얘길 할까. 뭐라 하지. 너무 보고 싶었다고? 아니야, 이 덩치에, 이런 얼굴을 가진 사람이 불쑥 만나러 가면 놀랄 거야. 게다가 하는 일도 떳떳하지 않아서……

젠장, 젠장, 젠장, 젠장.

「'실재'는 언제나 위험합니다. 우리가 안락하다고 믿는 '상징'을 부술 수 있어요. 물고기가 물 밖에서도 살 수 있다면 무섭지 않겠어요?」

아니야, 살 수 있어. 물 밖에서도 물고기가 살아. 내가 당신 없이 살고 있는 것과 뭐가 달라. 이게 실재야. 나라는 수많은 균열이 만들어 낸 당신을 쫓는 실제. 내가 실제가 되면 되잖아.

보고 싶어. 그냥 아무 얘기나 하고 싶어. 당신을 화면으로만 계속 보다 보니까, 당신 얼굴 보면서 이렇게 계속 수음을 하다 보니까 꿈에서 너무 적나라하게 섹스를 하게 된다고. 이 참을 수 없는 분노를 방화와 섹스로 해갈하지 않으면 내가 미칠 것 같다고. 그래, 왜 미칠 거 같은지부터 말해 줘야겠다.

난 그냥 좁은 창고에서 나오고 싶었을 뿐이야, 선생님.

내가 추울까 봐 함께 몸을 웅크리고 잠을 자 준 딕이 맛있는 걸 많이 먹었으면 좋았을 뿐이야, 선생님.

애들이 버린 교과서로 혼자 공부를 하면서 영희와 철수의 대화를 왜 나는 혼자서 해야 할까, 서운했을 뿐이야, 선생님.

어둠이 무서워서 불을 켰어. 따뜻한 불이 추위를 녹여 줬어. 그래도 여전히 사람이 무섭고 겨울밤이 두려워서 아무도 없는 곳으로 숨었어. 날 보고 무서워하는 음식점 주인도, 불길한 재앙처럼 쉬쉬하며 뒷걸음질 치던 마을 사람도, 혹여나 온천장 근처로 놀러 온 관광객이 나를 무슨 귀신이나 괴물 본 듯이 비명을 지르며 도망가는 것도 다 싫어서 숨었어. 그럼에도 사람이란 존재를 많이 그리워했어. 어떻게 해야 그들과 어울릴 수 있는지를 많이 고민했어, 선생님.

"허억, 헉, 헉, 헉."

크랙이 가둔 창고에서 선생님을 못 만났으면, 난 그냥 죽지 않았을까. 딕을 보내고 나서 더는 삶에 미련이 없지 않았을까. 선생님이 손바닥보다 작은 화면 속에서 내 인생을 생각해 주고, 내가 겪었을 아픔이나 고통, 외로움을 고민하면서 얘기해 주는 것만으로도 이렇게 위안을 삼는 내가 너무 미련하지. 알고는 있는데, 나 같은 것에 관심 가져 주는 건 이 세상에서 선생님 하나뿐이야. 내 아픔을 들여다봐 주는 건, 선생님, 하나, 뿐이라고.

"하으, 흐, 으으, 선생님, 선생님, 도원 선생님, 원이, 원이……."

그냥, 보고 싶어, 보고 싶어, 선생님. 선생님은 지상에 떨어진 유일한 내 유성이야. 긴 밤을 밝히는 별. 저 먼 하늘에 박혀 있는, 손 닿을 수 없는 존재가 아니라, 조금만 내가 애쓰면 다가갈 수 있을 것 같아서 더 목마르게 되는 빛.

"흐으, 흐!"

마지막까지 탁탁, 소릴 내며 쥐어짜던 성기에서 끈적끈적한 정액이 터져 나왔다. 손바닥을 물들인 점성 강한 체액이 구겨진 이불 위로 툭, 툭 떨어졌다. 싸구려 이불로 흡수되어 짙은 자국만 남기는 그 모습을 MJ는 멍하니 바라봤다.

들끓던 머릿속이 조금이지만 가라앉았다. 손에 라이터가 있었으면 방화부터 저질렀을 그 뜨거운 열기가 아주 조금이지만 식어 내렸다.

손을 휴지에 대충 닦아 낸 MJ는 옆으로 누웠다. 고개를 베개에 기댄 채 작은 화면 속에서 웃고 있는 도원을 바라봤다. 피곤한 우울감에 눈을 감자, 따뜻한 목소리에 집중할 수 있었다. MJ는 흉내 내기 어려운 먼 이국의 언어로 말하는 목소리였다.

「한국에서 어떤 일이 벌어졌기에 이렇게 저를 촬영하는 것인지 알 수 있을까요?」

눈을 뜨고 다시 도원을 바라봤다. 렌즈를 빤히 바라보는 그 시선을 홀린 듯이 마주했다.

조금만.

조금만 기다려 줘.

선생님을 안전하게 지킬 수 있다고 확신할 때 찾아갈게.

아직은 죽지 말자는 삶의 목표를 되새김질했다. 감은 눈 너머로 아른거리는 도원의 빛을 직접 보기 전까진, 죽고 싶지 않았다.

정말로 죽고 싶지 않았다.

◑

대리자가 크랙과 거의 동등한 위치에서 사업을 주도하기 시작했다. 크랙이 관리하던 마약의 재배, 유통, 판매는 대리자가 이어 받았다. 크랙은 오로지 마약 판매처인 클럽 회원들 관리에만 집중했다.

클럽 회원들은 대부분 정재계 유명 인사와 셀럽들이다. 이들은 돈만 쥐어 주면 뭐든 하는 사냥 협회 회원들과 달리, 주도적으로 마약을 즐겼다. 비밀스럽게 모여서는 이런저런 말을 옮기며 각종 루머를 생산하기도 했다.

"아버지가 누구야?"

"나도 몰라. 어떤 사람이기에 한국에서 이토록 큰 마약 사업을 할 수 있는지, 내가 더 궁금하더라."

"'동창회'에선 무슨 정보 없어?"

"거긴 아버지 쪽 충성도가 너무 높아서 비밀을 캐낼 수가 없어."

"야, 걔넨 우리 엄청 싫어해."

"왜?"

"마약에 돈과 몸을 파는 미친 새끼들이래."

"아하하하, 오랫동안 충성하면서 마약 사업을 유지해 온 자신들이 훨씬 특별하다는 거야?"

"그러니까 우리랑 안 놀아 주지."

사냥 협회, 즉 '동창회'는 클럽 사람들이 생각하는 것보다 분위기가 훨씬 좋지 않았다. '아버지'가 클럽에만 관심을 가진다 생각한 동창회 사람들의 마약 섭취가 증가하기 시작했다. 그러면서 자연스럽게 '아버지'의 계시를 들었다는 협회 사람들이 생기기 시작했다. 마약 중독 상태에서 보는 환시와 환청을 아버지의 계시이자 부름으로 인식하기 시작한 것이다. 그 '계시'에 직접 움직이기 시작한 동창회 사람이 하나 있었다.

박창구. 서울 지방 경찰청 광역수사대 소속의 경찰. 그는 배신자 MJ를 처단하여 아버지에게 인정받고자 하는 욕구가 손쓸 수 없을 만큼 커져 있었다. MJ의 뒤를 쫓다 보니 그가 방화로 망치는 마약 공장들을 알 수 있었고, 마약 공장 외의 병원을 목표로 불을 지르는 이상 행동도 발견할 수 있었다. MJ가 왜 병원에 불을 놓는지를 파고들다 보니 자연스럽게 '도원'의 존재에 접근하게 되었다.

도원의 존재를 MJ도 쫓고 있고, 아버지도 흥미를 가지고 있는 것도 눈치챘다. MJ를 처단하고 도원을 재물로 바치면 자신도 아버지에게 인정받으리라 생각했다. 아버지가 이 쾌락의 나라를 만든 신이라면, 자신은 그 화신이 되어 정재계와 연예계를 호령할 수 있으리라고. 점점 생각은 기이하고 변태적으로 넝쿨처럼 뻗어 갔다.

박창구의 움직임은 MJ도 바로 알아차렸다.

"오늘 선생님 연구소까지 찾아갔다며. 박창구가 가서 난리를 부렸다던데."

MJ의 공격적인 반응에 이제 함께 일한 지 몇 달 되지 않은 '리더'가 고개를 돌렸다. 그녀는 아버지의 '대리자' 뒤를 쫓던 사람이었다. 같은 장교 출신 군인이었다고 한다. 총기 사고로 친구가 죽고 그 죽음과 연관된 대리자를 쫓고 있었다. 자세한 사연은 묻지 않았다. MJ와 함께 일하는 사람 중에 구구절절한 사연이 없는 사람이 오히려 이상했다.

"아버지 쪽과 얘기 없이 움직인 단독 행동이었어요. 박창구가 갑자기 도원 선생을 위협했다고 하더군요."

리더는 꼼꼼한 성격의 소유자였다. 그녀는 집요하게 대리자를 뒤쫓는 만큼, 철저하게 경찰들을 따돌리는 루트도 확보할 줄 알았다. MJ가 자주 연락을 하지 못하고 중요한 일에서 자리를 비울 때마다 그녀가 MJ쪽 사람들을 통솔했다. MJ쪽 사람들이 자연스럽게 그녀를 '리더'라고 부르기 시작한 것이다.

"아버지 쪽에서 어떤 움직임을 보일지 모르겠지만, 도원 선생을 중심으로 계획이 있는 것 같아요. 자세히 알아볼까요?"

"당연한 소리 묻지 마."

"그래요, 알아볼게요."

이젠 MJ의 으르렁거리는 태도에 제법 익숙해진 리더였다. 처음엔 긴장해서 입도 떼지 못하던 그녀가 이젠 팩스가 들어온 종이 하나를 먼저 건넬 정도로 진일보했다.

"여기, 도원 선생 거주 지역이랑 차량 조회 내용이요."

그 종이 하나에 MJ의 으르렁거림이 멎었다. 리더가 파악한 MJ는 상당히 복잡했다.

직설적이고 직관적이며 솔직하다 못해 자기 포장을 전혀 하질 못했다. 천재라 느껴질 정도로 똑똑한 거 같은데 기초적인 대화도 잘 안 통하는 거 보면 자폐적인 것 같고. 그렇다고 자기밖에 모르는 이기적인 사람인가 싶으면, 어느새 크랙에 반발해서 모여든 자기 사람들을 살뜰히 보살펴 준다. 너무 독단적으로 행동해서 사회성에 문제가 많다 생각되면서도, 가까이 다가오는 사람들은 별 경계 없이 다 받아 주는 걸 보니 포용력이 강한 건가 싶기도 했다. 도저히 하나로 정의되기 힘든 사람이었다.

때로는 신비로운 짐승처럼, 때로는 교화되지 않은 사람처럼 여러 매력을 보여 주는 사람이라 주변에 끊임없이 믿고 따르는 사람이 생기는 건가 싶지만. 역시 아무리 가까이 지내도 해석할 수 없는 부분은 바로 저 '도원'이란 사람을 향한 집착이었다.

정신병적으로 방화와 섹스에 집착하는 그를 유일하게 통제할 수 있는 존재는 '도원'이었다. 단 한 번도 직접 만나 본 적 없는 사람 말이다.

"……여기서 안 머네."

MJ는 거주지 주소에서 눈을 떼지 못했다. 그 얼굴엔 리더가 처음 보는 감정들이 엉켜 있었다.

설렘과 두려움 그리고 망설임과 성급함. 걱정과 체념은 물론, 모든 걸 포기하면서도 그 어느 것 하나도 포기하지 않으려는 집착까지.

원래 다면적인 사람이라서 리더는 조금씩 익숙해질 수 있었다. 그는 MJ였다. 그것으로 충분했다. MJ이기에 이해할 수 있는 행동이다.

"잠깐 나갔다 올게."

리더는 말리지 않았다. 대신 주의를 줬다.

"바로 만나려 하지 말아요. 그 사람 놀랄 거예요."

그 말에 멈칫한다. MJ는 진짜로 대면할 생각이었는지, 미간을 잔뜩 찌푸리고 있었다.

"안 돼?"

"안 되죠."

"왜?"

"당신 범죄자예요. 그 사람이 협업하는 경찰에 쫓기는 사람이요."

그게 왜 큰 걸림돌인지 모르는 얼굴이다. 하긴, 10대 때부터 마약 산업에 이용당해 왔고, 양지보다 음지 생활이 익숙한 사람이 그 익숙함 속에서 문제점을 찾는 건 쉽지 않겠지. 태어나면서 한 번도 음지로 걸어 내려온 적 없는 도원이 자신이 접해 본 적 없는 산짐 승 같은 MJ를 어떻게 받아들일지는 뻔했다. 그 사람도 MJ처럼 어딘가 지나치게 결핍된 사람이 아니라면 밀어내겠지. MJ가 빛을 찾듯이, 도원이란 사람이 어둠을 필요로 하는 게 아니라면.

"오늘은 거주지와 차량만 보고 와요. 직접 마주치지는 말고요."

리더의 말에 MJ는 더는 불만을 표출하지 않았다. 느리지만 확실하게 고개를 끄덕였다. 차 키를 챙겨서 나가는 그 뒷모습을 보면서 리더는 '도원'에 대해 더 많이 조사해야겠다고 생각했다.

그런 리더의 계산 속을 알 리 없는 MJ는 머릿속이 온종일 하얗게 들끓었다. 뿌연 포말처럼 먹먹해진 머리가 제대로 굴러가지 않자, 심장이 대신 쿵쿵 뛰고, 손바닥은 땀으로 젖었다. 온몸의 반응이 비이성적일 만큼 흥분했다. 이 정도로 뜨겁게 달아오른 적이 없는 MJ는 한 번 보고 외운 도원의 오피스텔 건물 근처에서 차를 세웠다.

"하아."

건물을 확인하고 몇 번이나 심호흡했다.

"후우."

차에서 내려서도 한동안 차문에 기대어 서 있어야 했다. 입 밖으로 번지는 새하얀 입김을 보면서 하늘을 올려다봤다.

별이 새하얗게 빛나던 시골의 하늘이 아니었다. 높은 빌딩들 사이로 좁고 어두운 네모난 하늘만 보였다. 별 대신 인공위성이 빛나는 하늘. 하늘에 있어야 할 빛은 도심의 건물들로 쏟아져 있었고, 저 멀리서 대로변을 달리는 자동차들이 유성우 대신 빛의 꼬리를 남기고 있었다.

이 많은 가짜 별 중에 드디어 진짜를 만날 수 있다. 그 생각만으로도 MJ는 쿵쿵거리며 멋대로 뛰는 가슴 위를 주먹으로 투덕투덕 두드려서 진정시켜야 했다.

도원이 탄 차만 살짝 보고 떠나자. 차에서 내려서 엘리베이터 타는 모습까지만 보는 거다. 여기서 조용히 지켜보고 가는 거야. 다른 건 안 하면 돼. 안 할 수 있잖아.

그렇게 손발이 저릴 정도로 크게 뛰는 심장에 심호흡을 할 때였다.

기다렸던 회색 일제 세단이 보인다. MJ의 손은 핏기가 가신 것처럼 저리기 시작했다. 끼고 있던 장갑을 벗자 땀에 젖은 손에서 하얀 김이 피어오른다. 바지에 대충 물기를 닦아낸 MJ는 자동차에서 눈을 떼지 못했다.

고장 난 신호등 밑에서 멈춘 차는 움직이지 않았다. 아무리 기다려도, 차는 움직이지 않았다. 소음 없이 돌아가는 엔진과 아무도 다니지 않는 텅 빈 도로를 비추는 하향등 불빛도 변하지 않았다.

그토록 많은 고민을 품고 있던 MJ가 잠시 모든 걸 잊은 것처럼 일어났다. 만나지 말라고 한 리더의 목소리는 이미 머릿속에서 지워졌다. 멈추어 있는 그 차의 사정을 모르지만, 몇 걸음만 걸으면 바로 닿는 거리였다. 조금만, 조금만 더 걸으면 그 사람이 있었다.

어둠 속에 잠겨 있는 차는 유리창에 성에가 잔뜩 껴 있었다. MJ는 그 얼어붙은 창으로 천천히 손을 뻗었다. 차가운 유리면이 땀이 난 손바닥을 따라 천천히 녹는다. 익숙한 차가움이었다. 언제나 영상 속 도원을 대할 때 매만지던 그 감촉이었다.

저도 모르게 고개를 숙였다. 입김이 어두운 창밖으로 넓게 퍼지다가 빠르게 사라졌다. 아직 재생하지 않은 영상 같은 모습에 자기도 모르게 차문을 열려다가 흠칫 놀라 한 걸음 뒤로 물러났다.

MJ는 그대로 몸을 돌렸다. 마치 실수한 사람처럼 뒤도 돌아보지 않고 달렸다. 차가운 유리가 가로막고 있는 건 10대 때 모니터로 보던 모습이나, 매일 밤 들여다보는 휴대전화 액정화면과 다를 것이 없었는데, 그 유리 너머에 실제 도원이 있다는 사실이 MJ의 모든 것을 뒤흔들었다.

미친놈. 뭐 한 거야. 선생님이 내 얼굴 봤을까? 갑자기 모르는 사람이 유리창을 만져서 놀랐겠지? 겁주려고 한 거 아닌데. 그러려고 했던 거 아닌데.

MJ는 자신의 차로 되돌아왔다. 아직도 떨림이 가시지 않은 손으로 핸들을 꽉 붙잡았다. 도원이 MJ를 거부하면 어떨지 상상하자 머릿속이 새하얘졌다.

오직 도원 하나만을 바라보며 살아왔다 해도 과언이 아니다. 그런 사람을 어떻게 만나야 하는지 객관적이고 중립적인 결론을 내릴 수 없었다.

오해하고 도망가기보단 차라리 붙잡고 가둬 둔 다음에 하나하나

차근히 설명하는 게 나을까.

아니야, 그런 최악의 첫인상은 싫어. 최대한 깨끗한 옷을 입고 정중하게 찾아가자. 선생님은 그런 사람을 더 좋아할 테니까…….

"젠장……."

MJ는 거절당하는 자신이 가장 두려웠다. 도원이 밀어낸다면 버틸 자신이 없다. 어쩔 수 없다. 방법은 하나다. 그의 직업적인 사명에 모든 걸 걸 수밖에. 병적으로 집착하는 이 방화와 섹스를 고쳐달라고 애원하는 거다. 고칠 수 있는 건 그 사람뿐이다. 다른 사람을 만나서 치료하고 싶지 않다. 정상적이고 평범한 사람이 되어 행복한 인생을 꿈꾸고 싶지만, 그 정상과 평범함의 기준마저도 없는 MJ는 도원을 기준 삼고 싶었다. 치료를 하게 된다면, 선생님의 가르침을 받는다면 더 나은 사람이 될 수 있을 것 같으니까. 선생님을 위해서 더 나은 사람이 되고 싶으니까.

"……선생님."

들리지 않는 그 부름을 버석 마른 입술에 담으면서 중얼거렸다.

"미안해. 절대 포기 못해서. 정말 미안해."

도원이 거절한다면.

……그래, 그때 죽어도 늦지 않으니까. 지금은 어떻게든 매달려볼 수밖에.

고장 난 신호등 밑에 멈추어 있던 자동차가 서서히 움직였다. 오피스텔 지하 주차장으로 사라지는 도원의 차를 보면서, MJ는 핸들을 꽉 움켜쥐었다.

꽉 움켜쥔 핸들에서 손가락을 하나씩 풀었다. 흥분해서 눈앞이 뒤집어진 MJ가 결국 못 참고 도원의 차에 몰래 올라타면서 모든 일이 벌어졌다. 그저 빨리 닿고 싶었고, 얘기하고 싶어 안달이 났기에 조급증을 참지 못했었다. 그땐 모든 게 절박해서 무조건 붙잡고 싶었다. 움켜쥐고 놓지를 못했다. 그러나 7년 동안 교도소 안에서 손을 비우는 것을 배웠다. 움켜쥔 것을 적절하게 놓아야 하는 순간을 익혀왔다. 도원에게 안전한 행복을 줄 수 있는 방법이었다.

MJ는 제 옆자리에서 잠이 든 도원을 바라봤다. 닿지 못해 안달이 났던 어린 자신과 달리, 이젠 내버려 두어 지키는 방법을 알고 있었다. 너무 소중하면 무작정 끌어안는 것보다 이렇게 지켜보는 게 더 올바른 방법이란 것도. 바로 눈앞에서 새근새근 잠들어 있는 사람이 알려 주었다.

마음 같아서는 하루 종일 이렇게 바라보고 싶지만, 그러다가 한기가 도는 차에서 도원이 감기라도 걸리면 큰일이겠지. 안 그래도 피곤한 하루였는데 푹 쉬는 게 좋을 것이다.

운전석에서 내린 MJ가 보조석 문을 열었다. 여전히 눈을 떼지 못해 도원을 앞으로 안아 들려다, 뒷좌석에 잔뜩 쌓여 있는 도원의 선물들을 보고 망설였다. 둘 중 어느 것도 우선순위를 삼을 수가 없었다. 동시에 품고 싶었기에 도원을 등에 업고, 양손에 쇼핑백을 들었다.

등에 업힌 도원이 그제야 눈을 떴다. MJ의 어깨에 고개를 기댄 도원은 주변을 둘러보고는 잠결에 잔뜩 잠긴 목소리로 중얼거렸다.

"언제 도착했어요? 왔으면 깨우지 그랬어요."

배시시 웃는 그에게 MJ가 미소로 화답했다. 어렸을 땐 그토록 어색했던 입가의 근육이 도원 앞에선 자연스럽게 호선을 그렸다.

"춥지? 얼른 들어가자."

그 말에 도원은 MJ의 목을 더 꼭 끌어안았다.

"응, 얼른 우리 집에 들어가요."

우리 집이란 말에 MJ는 살짝 아랫입술을 깨물었다. 왠지 모르겠지만 눈물이 날 것 같았다. 도원을 등에 업길 잘했다. 혹시나 실수로 눈물이 나오더라도 들키지 않을 테니까.

"집이 엄청 커."

MJ의 중얼거림에 도원이 작은 소리로 속삭였다.

"당신이랑 같이 살아야 해서 큰집으로 알아봤거든요."

"2층이나 되고 마당도 있네. 혼자 관리하기 힘들지 않았어?"

"음, 사실 관리를 전혀 못했어요. 침실이랑 욕실 청소만으로도 힘들더라고요. 앞으로 당신이랑 지내는 동안에 일할 사람을 찾아볼까요? 이왕이면 청소랑 마당 관리도 해 줄 사람으로요."

포슬포슬한 구름처럼 말하는 도원 덕분에 MJ는 정말로 눈물이 났다. 흐르는 눈물을 삼키지도 못한 채 가까스로 목소리만 평소대로 연기했다.

"아냐, 내가 할래."

"힘들어요. 내가 해 봤는데 못 하겠더라고요."

"그러니까 내가 할게."

"몸살 나요, 진짜로."

"우리 집이잖아. 다른 사람 손 타는 거 싫어."

하나부터 열까지 전부 채우고 싶어. 텅 비어 있던 내 과거도, 나 때문에 공란이 생긴 당신의 인생도, 그 모든 걸 보상하기 위해 남들 다 하는 걸로 채워 넣을 거야.

MJ의 모습에 의아함을 느낀 도원이 힐끔, 고개를 숙여 얼굴을 확인하더니 짐짓 놀란 어투로 물었다.

"당신, 울어요?"

바보 취급을 당할까 봐 꾸욱, 입술만 물고 있으려니 도원이 조금 더 편하게 등에 기대면서 배시시 웃었다.

"출소할 때부터 아주 눈물샘 고장 났다니까요."

이럴 줄 알았어. 놀릴 거 같더라니.

"오늘만 봐줄게요. 오늘 실컷 울어요. 앞으로 울 일 없을 테니까."

그 얘기에 정말로 도저히 참을 수 없어서 울음을 터뜨린 MJ였다. 등에서 내려온 도원이 그런 MJ를 보면서 "하하." 하고 웃음을 터뜨린 바람에 때 아닌 한밤중에 작은 소란이 일었다.

"어린아이처럼 우는 거 너무 귀엽잖아요."

놀리는 도원에게 MJ는 반박도 하지 못했다. 한 번도 다른 사람들에겐 해 본 적 없는 투정과 어리광을 부렸다.

"아씨, 선생님……."

"우리 똥강아지, 뚝."

"내가 왜 똥강아지야."

"이렇게 귀여운 강아지 맞잖아요."

"선생님 심미안이 이상한 거라니까."

"그럼 어때요. 내 눈에만 예쁘면 됐지."

이렇게 다정한 사람에게 모든 걸 걸어서 다행이었다. 그동안의 긴 겨울이 춥고 외로운 고통만은 아니어서, 버티고 견디면 따뜻한 봄이 오는 계절이었어서. 그래서 다행이었다.

볕이 잘 드는 남쪽 앞마당엔 눈이 흔적도 없이 녹아 있었다. 촉촉하게 젖은 땅에선 파릇한 새싹이 자라고 있었다. 그 싹이 자라 너른 마당을 푸른빛으로 물들이는 모습도 볼 것이다. 그 푸른빛이 다시 누렇게 타서 마른 겨울 가지로 바뀌는 것도. 겨울이 지나 봄과 여름, 가을을 거치는 모든 계절을 도원과 함께 보낼 것이다.

겨울은 네 가지 계절 중 하나인, 평범한 추위일 뿐이니

Cookie. Winter Nights 마침

외전 〈매리제인 : 더 라스트 스킴〉에서 계속.

ZARY JANU

매리제인 3

초판 인쇄 2019년 6월 25일
초판 발행 2019년 7월 5일

지은이 G바겐
펴낸이 신현호
편집부장 예숙영
책임편집 박상희
편집디자인 한방울
영업·관리 김민원 조인희
물류 이순우 최준혁 박찬수

펴낸곳 ㈜디앤씨미디어
출판등록 2002년 5월 1일 제117-90-51792호
주소 서울시 구로구 디지털로 26길 111 JnK디지털타워 503호
대표전화 (02)333-2513 팩스 (02)333-2514
전자우편 dncbooks@dncmedia.co.kr
디앤씨북스 블로그 http://blog.naver.com/dncbooks

ISBN 979-11-264-4828-9 (04810)
ISBN 979-11-264-4825-8 (세트)